BÜMPLIZ MORD

FRITZ KOBI

Für meine unvergesslichen Freunde Bepo,
Kathrin und Fränzi.

2. Auflage, Juni 2016

© Fritz Kobi, P. O. Box, CH-3000 Bern 13
April 2016
Alle Rechte vorbehalten
Verlag Einfach Lesen, einfachlesen.ch
Lektorat: Charlotte Häfeli, Bern
Umschlaggestaltung und Layout:
Pascal Eichenberger, Atelier Margrit
Druck und Ausrüstung:
Kösel GmbH + Co. KG, D-87452 Altusried-Krugzell
Printed in Germany
ISBN 978-3-906860-00.8

Das Gute in deiner Welt ist das Gute,
das du selber tust.

Es war ein herzzerreissender Anblick. Lisa lag mit halb eingeschlagenem, blutigem Schädel unter der kurzen Metalltreppe, die zu meinem Atelier führte. Die Vorder- und Hinterbeine waren so eng zusammengeschnürt, dass die Kabelbinder tiefe Wunden in ihre Knöchel eingerissen hatten. Mehrere Fellbüschel lagen verstreut um das brutal hingerichtete Tier und eine grosse Blutlache hatte sich um das Kätzchen gebildet... Ganz offensichtlich hatte das Tier noch lange leiden müssen, bevor es verstarb. Es musste die sinnlose Tat eines Verrückten sein. Gierig krächzten auch schon die Raben auf den Bäumen im Schlosspark. Ich ertrug das Bild kaum, welches meine kleine, unschuldige, vierbeinige Freundin bot. Aus Mitleid und Fassungslosigkeit wurde mir übel und in meiner Panik war ich für Minuten kaum imstande zu atmen. Dann aber erfasste mich ein blinder Zorn, plötzlich und heftig, als hätte mich ein Taifun erfasst. Ich hielt mich reflexartig am Handlauf der Treppe fest und biss in unsäglicher Wut auf die Unterlippe bis sie blutete.

Wer konnte so etwas tun?! Mit Tränen in den Augen zwang ich mich vor der arg zugerichteten Katzenleiche auf die Knie, um sie zu befühlen. Der Körper war schon kalt, aber noch nicht steif. Lisa musste auf der Treppe auf mich gewartet haben, als sie das grausame Schicksal ereilte. Jetzt bemerkte ich auch, dass der Mörder neben Lisas Körper drei Worte auf den Asphalt gesprayt hatte: *Parasiten müssen sterben!* Dahinter ein Zeichen, das ich als *SS5* las. Es schien also nicht sein erstes Opfer zu sein. Waren Katzen für den Idioten denn Parasiten?

5

Ich kannte die zutrauliche, lebensfrohe Katze seit dem vergangenen Sommer. Schon bei unserer ersten Begegnung strich sie mir zärtlich um die Beine und folgte mir von der Treppe ins Atelier, wo sie es sich auf einem Stuhl bequem machte und mir den ganzen Nachmittag lang, manchmal dösend, dann wieder schnurrend, beim Malen zuschaute. Von da an besuchte sie mich immer öfter. Während des Winters war sie mehr oder weniger in meinem Atelier zu Hause. Ich bastelte ihr ein Klapptürchen im hinteren Raum und stellte ihr immer genügend Futter und frisches Wasser bereit, denn ich musste annehmen, dass sie ihren bisherigen Besitzern aus irgendeinem Grund davongelaufen war. Schon nach ihrem ersten Besuch fühlte ich mich für ihr Wohlergehen verantwortlich und ich gab ihr einen Namen. Natürlich war es mir nicht möglich, ihretwegen jeden Tag ins Atelier zu kommen. Aber wenn ich drei- viermal die Woche kam, wartete sie jedes Mal zuoberst auf der kurzen Metalltreppe auf mich und sprang mir munter entgegen, wenn sie mich entdeckte. Längst hatte ich mir angewöhnt, ihr kleine Leckerbissen mitzubringen, ab und zu ein Stückchen Schinken oder Roastbeef, oder auch einmal eine Scheibe Leberwurst. Sie folgte mir jeweils mit erhobenem Schwanz in meine Arbeitsbude, und liess ihr vergnügtes Schnurren hören. Und nun war dieses Glück jäh zerbrochen! Ein idiotischer Sadist hatte Lisas Vertrauen in die Menschen schändlich missbraucht!

Ich musste etwas gegen diesen Frevel unternehmen. Aber was? Als erstes wollte ich herausfinden, zu wem Lisa eigentlich gehörte. Und wenn möglich diese Leute über den Tod ihres Kätzchens informieren. Das war das Eine. Aber mir war mit einem Schlag auch klar, dass ich diesen Katzenmörder finden musste. Das war ich Lisa schuldig. Was mochte nur dieses *SS5* unter seiner Drohung bedeuten? Hatte Lisas Mörder allenfalls schon andere Katzen auf diese Weise umgebracht.

Ich würde dem nachgehen. Worauf ich mich damit allerdings einliess, konnte ich nicht vorausahnen.

Ich stieg in mein Atelier hinauf und holte eine meiner Kameras. Die verspielte, muntere Lisa hatte ich schon oft fotografiert, aber ich musste unbedingt auch einige Aufnahmen von diesem schrecklichen Bild schiessen, das sich mir unter der Treppe bot. Wenn ich die richtigen Besitzer der Katze finden sollte, wollte ich ihnen einige der früheren, faszinierend schönen Bilder von Lisa als Andenken schicken. Für die Suche nach dem Katzenmörder brauchte ich aber Beweise. Ich schoss deshalb etwa zwanzig Bilder von dem zu Tode gefolterten Wesen, eines dramatischer als das andere.

Im Atelier, wo ich eigentlich an diesem Nachmittag an einer Auftragsarbeit für eine Privatbank weiterarbeiten wollte, suchte ich dann im Internet nach Hinweisen über eine vermisste, schwarze Katze. Ich hatte aber auch nach mehr als einer Stunde nichts gefunden. Also tippte ich einen kurzen Text: *Wer vermisst seit heute Morgen, 22. März diese Katze. Bitte melden Sie sich unter folgender Telefonnummer.* Dazu stellte ich ein Foto der unversehrten Lisa und setzte es unter die Rubrik *Vermisst.* Auf Twitter schienen mir die Chancen am grössten zu sein, die Besitzer der Katze ausfindig zu machen. Als nächstes suchte ich eine alte Leinwand und kroch wieder unter die Treppe, um den toten Körper der Katze damit abzudecken. Nicht nur, weil mir das Bild meiner erschlagenen Freundin Schmerzen bereitete. Ich wollte auch verhindern, dass sie durch Fliegen und Maden noch mehr verunstaltet wurde. Ich war so sehr geschockt, dass mich meine Sentimentalität nicht störte.

Um 12 Uhr 20 rief ich dann Lorenz Lienhard an. Lorenz war ein pensionierter Veterinär und einer meiner wenigen echten Freunde.

Er musste wissen, was zu tun war. Er hat Lisa auch gekannt.

«Glaubst du, ich sollte die Polizei informieren?» fragte ich ihn. «Immerhin wurde die Katze bei meiner Ateliertreppe umgebracht. Und ich möchte wissen, wer das getan hat.»

«Die Polizei einschalten? Die kann dir doch auch nicht viel helfen. Der Mistkerl hat die Katze bestimmt an einem Ort erschlagen, wo ihn niemand beobachten konnte. Vielleicht liegt der Tatort ja ganz woanders, und er legte den Kadaver danach absichtlich vor deinem Studio ab. Um selber nicht in Verdacht zu kommen. Hast du irgendwelche Feinde? Kommt dir jemand in den Sinn, der einen Grund haben könnte, ausgerechnet deine Katze zu töten? »

Ich begriff seine Frage erst nicht richtig. Nein, Feinde hatte ich eigentlich keine, jedenfalls so weit ich mir dies vorstellen konnte. Ich lebte ja ziemlich ruhig und zurückgezogen.

«Nein, das glaube ich nicht, Lorenz. Mit mir kann das Ganze nichts zu tun haben. Aber ich bin sicher, dass die Katze hier unter meiner Treppe starb. Das arme Tier liegt nämlich in einer grossen Blutlache.» Bei dem Gedanken musste ich wieder leer schlucken.

«Und da gibt's noch etwas Sonderbares: Neben dem toten Tier hinterliess der Täter eine Botschaft. Er sprayte folgendes auf den Boden: *Parasiten müssen sterben!* Und daneben *SS5*.»

Lorenz lachte nur: «Auch das soll es geben! Vielleicht war das aber einfach eine Signatur. Solche gewalttätigen Typen hinterlassen gern etwas Persönliches. Mann, Klaus, das kann ich mir wirklich nicht vorstellen, dass dich jemand als Parasiten sieht! Aber wie auch immer, ich rate dir die Polente vorläufig noch nicht einzuschalten. Haustiere zu quälen und zu töten ist zwar eine Straftat, aber kein Offizialdelikt, zumindest so lange es sich nur um eine streunende Katze ohne Halter handelt.»

»Aber Lisa hatte sicher einen Besitzer. Sie sah gut ernährt und gepflegt aus als sie mich hin und wieder besuchte.«

«Dann soll der rechtmässige Halter mit den Cops Verbindung aufnahmen. Wahrscheinlich gehörte sie Nachbarn, denn sie verschwand ja manchmal wieder für ein paar Tage. Das hast du mir wenigstens einmal erzählt.»

«Ja, am Anfang schon. Aber seit anfangs Jahr hauste sie nur noch bei mir. Nein, ich habe keine Ahnung wer ihr Besitzer ist. Niemand hat je nach ihr gerufen oder sie gesucht. Ein Halsband trägt sie auch nicht. Vielleicht wurde ihr ein Chip eingesetzt? Könntest du das feststellen... als ehemaliger Veterinär?»

Er wehrte barsch ab. «Nein, kann ich nicht. Als ich noch praktizierte, hatten Katzen keinen Chip. Und zudem habe ich dazu kein Lesegerät.»

«Verstehe. Ich warte jetzt mal ab, ob jemand auf Twitter antwortet. Im Moment interessiert mich mehr der Mörder als der frühere Halter.»

«Na, dann würde ich erst einmal abwarten, alter Kumpel! Die Sache scheint dich ja ziemlich mitgenommen zu haben. Das habe ich bei dir noch gar nie erlebt. Komm, lass' dich bloss nicht unterkriegen. Jeden Tag werden Milliarden Tiere gequält und getötet. Also, ich komme jetzt rüber, um mit dir ein Trauerbier zu trinken. Dabei werde ich mir die getötete Katze und das Drumherum mal ansehen. Ich bin in zwanzig Minuten bei dir.»

Als mein Bruder vor fünf Jahren an einer Viruserkrankung starb, habe ich seinen Kindern das kleine Reiheneinfamilienhaus an der Stapfenstrasse abgekauft. Dort hauste ich seither, mehr oder weniger zurückgezogen, als einsamer Alter. Lorenz wohnte mit seiner kränkelnden Frau bloss ein paar Häuser entfernt an der Brünnenstrasse.

Bis zu meinem Atelier am Buchdruckerweg war es nicht weit. Es war ein knapp viertelstündiger Spaziergang, vorbei an langweiligen Wohnblöcken zum Bahnhof Bümpliz-Nord, dann am Park des Alten und des Neuen Schlosses vorbei zur ehemaligen Druckerei. Dort hatte ich mir drei helle Räume im hintern Gebäudeteil gemietet. Ab und zu entfloh ich aber in meine alte Villa am Murtensee. Lisas wegen hielt ich es dort jedoch in letzter Zeit kaum mehr als zwei Tage aus.

Doch zurück zu meinem Freund Lorenz: Da er ein süchtiger Liebhaber von starkem italienischem Kaffee mit einem kräftigen Grappa war, schaltete ich schon einmal die Kaffeemaschine ein und stellte zwei Tassen und zwei Gläschen bereit. Dann setzte ich mich in den alten Korbsessel, trauerte meiner vierbeinigen Freundin nach und wartete auf ihn.

Lorenz kam nach etwa einer halben Stunde angeradelt. Er war ein extrem schlanker, fast zwei Meter grosser, sehniger Mann mit auffallend langen Beinen und Armen. Immer topfit und sonnengebräunt. Als er von seinem Rad gestiegen war und die ausgebreitete Plane unter der Treppe entdeckte, steuerte er sofort darauf zu. Ich zog die Leinwand weg und schnappte bei der Ansicht des demolierten Körperchens sofort wieder nach Luft. Lorenz schaute eine Weile auf das traurige Bild hinunter. Dann holte er ein Paar Latexhandschuhe aus der Tasche seiner grellblauen Windjacke und zog sie über. Geschmeidig ging er in die Hocke und begann Lises Kopfwunde zu untersuchen. «Sie hat ganz offensichtlich einen brutalen Schlag auf den Schädel bekommen. Wahrscheinlich mit einem breiten, stumpfen Gegenstand, vielleicht hat der Täter sie auch mit Wucht, Kopf voran, an die Hauswand neben der Treppe geschlagen.» Er warf kurz einen Blick auf die Hausmauer. «Sie ist aber kaum daran gestorben, denn, sieh hier, Klaus, sie ist bloss an der einen Schädelseite verletzt. Ich nehme an, sie war danach betäubt, was dem Täter Gelegenheit gab, ihr die Beine mit Kabelbinder zu verschnüren.» Er schüttelte verständnislos den Kopf und untersuchte Lisa weiter. «Man hat ihr dann aber auch noch das Näschen mit irgendeiner Masse verklebt. Könnte Leim sein. Auf jeden Fall war sie danach kaum mehr fähig durch die Nase zu atmen. Puh! Da hat jemand äusserst sadistisch gehandelt.» Er prüfte die Beinfesselung und meinte: «Die Verletzungen an den Beinen durch die Kabelbinder waren zusammen mit den extremen Kopfschmerzen und der Angst zu ersticken wohl eine fürchterliche Folter. Katzen überleben viel, wenn sie flüchten können. Aber mit dieser Fesselung war sie nicht mehr imstande die Beine zu bewegen, jedenfalls nicht ohne sich noch stärkere Schmerzen zuzufügen. Armes Tier!»

Ich deckte Lisa wieder mit der Leinwand zu.

«Wie kann jemand ein unschuldiges Tierchen dermassen quälen? Denkst du immer noch, dass ich die Polizei aus dem Spiel lassen sollte?»

Lorenz schüttelte ratlos den Kopf. «Komm, trinken wir erst einen Kaffee.»

Als wir im Atelier waren, versuchte er offensichtlich, unsere Gedanken auf ein anderes Thema zu lenken und fragte: «Wo ist denn dein junger, hübscher Mitarbeiter?»

Die Antwort war mir peinlich. «Ich habe ihn vor einer Woche entlassen.»

Den zwanzigjährigen Rumänen Attila Grigorescu hatte ich vor etwa eineinhalb Jahren spontan eingestellt. Er konnte mir gute Zeugnisse einer Kunstschule vorweisen, wirkte seriös und sein Äusseres hatte mich angesprochen. Ich dachte, mit siebenundsiebzig Jahren könnte mir so ein junger Mann bei körperlich anstrengenden

Arbeiten nützlich sein. Und ich versprach mir von seiner Gesellschaft auch ein wenig Unterhaltung. Er sprach zudem fliessend deutsch. Laut den Papieren, die er mir vorwies, hatte Attila kurz zuvor die Kunstakademie an der Universitea Nationala de Arte in Bukarest abgeschlossen und sich nach Genf durchgeschlagen. Kurz nach seiner Einreise besuchte er eine meiner Ausstellungen in der Rhonestadt und kam dort auf mich zu.

Lorenz reagierte überrascht. Er vermutete schon länger, dass ich den jungen Rumänen nicht nur wegen seiner engagierten Mitarbeit und der jugendlichen Inspirationskraft gerne um mich hatte. «Entlassen? Wieso denn jetzt so plötzlich? Du hast ihn doch immer gelobt.».

«Du weisst ja, dass er mich manchmal bestohlen hat. Du hättest ihn ganz bestimmt schon früher entlassen. Aber ich wollte es einfach nicht wahr haben, dass er stiehlt. Aber vor zwei Wochen liess er eines meiner besten Bilder mitgehen und verkaufte es an einen Kunsthändler in Thun. Zudem übernachtete er in letzter Zeit regelmässig mit einem Mädchen hier im Atelier, ohne mich dafür um Erlaubnis zu fragen.»

Lorenz grinste mich ungläubig an. «Und, wie hat er auf die Entlassung reagiert?»

«Er war total sauer und tobte eine halbe Stunde lang im Atelier herum.»

«Hm...» brummte Lorenz und fuhr sich mit beiden Händen über seinen kahlen Schädel. «Brachte vielleicht er die Katze um und bezichtigte dich als Parasiten? Das würde passen. Ein Motiv hätte er wohl. Und für einen Rumänen wäre es wohl kaum ein Kapitalverbrechen, eine Katze zu töten.

«Das kann ich einfach nicht glauben! Wir hatten zuvor ein so gutes Verhältnis. Und er wäre viel zu sensibel, um ein Haustier so grausam umzubringen. Er wusste ja, dass ich Lisa ins Herz geschlossen habe. Werde nicht rassistisch, Lorenz!»

«Du kommst mir schon ein bisschen einfältig vor Klaus.»

Er lächelte mich leicht maliziös an. «Ich will dir ja nicht die Würmer aus der Nase ziehen, aber du musst ihn wohl zu den Verdächtigen zählen. Du sagst, er war stinksauer als du ihn rausgeschmissen hast. Entschuldige meine Frage: Hattet ihr vielleicht im Bett etwas miteinander?»

Ich zuckte mit den Schultern. «Das weisst du doch? Aber wenn du es nochmal hören willst: Ich stellte rasch fest, dass ihn das nicht interessierte. Ich war ihm zu alt, und er war er mir als Bettgenosse zu jung.»

Lorenz machte ein paar Schritte, blieb dann vor dem unfertigen Bild für die Bank stehen. «Weisst du, das Ganze erinnert mich irgendwie an Leonardo da Vinci und seinen kindlichen Schuhdieb» grinste er, während er das Bild anstarrte.

«Wieviel hat er dir denn gestohlen?»

«Das Geld, das ich dort hinten in einer Blechschachtel als Reserve versteckt halte. Es waren etwas mehr als 3 000 Franken. Wahrscheinlich brauchte er Kohle, um diesem Mädchen imponieren zu können. Aber bevor er diese junge Göre kannte, kam nie etwas Derartiges vor. Und überhaupt...»

«Na ja, ich will den Jungen nicht vorverurteilen. Für den Katzenmord kommen natürlich noch andere in Frage. Du bist einer der erfolgreichsten Maler der Gegenwart, und damit hast du zwangsläufig auch Neider. Ich will dir keinen Floh ins Ohr setzen, aber es könnte irgendwer gewesen sein. Eine dieser ausländischen Erpresserbanden, die es auf reiche Alte abgesehen haben. Oder ein krankhafter Katzen-feind, dem die Miezen in den Garten scheissen. Oder, oder, oder... So oder so, du solltest erst diesen Attila zur Rede stellen, bevor du die Polizei herrufst.»

Ich nickte, allerdings nicht sehr überzeugt. «Erst muss ich ihn finden!»
Ich bereitete uns einen starken Kaffee zu und stellte die Tassen und die Grappaflasche auf den langen Holztisch.

«Attila zur Rede stellen, sagst du?» ich nahm den Faden wieder auf. «Mein lieber Lorenz, ich glaube nicht, dass der Junge noch in Bern ist. Und nach unserem Streit will er sowieso nichts mehr von mir wissen. Ich muss ihn vergessen, basta.»

«Mache dir keine unnötigen Sorgen. Es kann doch sein, dass der Täter es gar nicht auf dich abgesehen hatte, sondern auf die ursprünglichen Halter von Lisa. Warte jetzt mal ab. Wenn sich bis heute Abend niemand bei dir meldet, packst du sie in diesen Beutel. Hier!» Er nahm einen zusammengefalteten, durchsichtigen Plastik-sack aus seiner Umhängetasche und legte ihn auf den Tisch.

«Unter der rissigen Leinwand kannst du sie nicht über Nacht da draussen liegen lassen, sonst ist sie morgen voller Ungeziefer. Also, – mehr kann ich im Augenblick nicht für dich tun. Aber halte mich auf dem Laufenden. Eigentlich müsste ich ja jetzt nach Hause.» Er machte aber keine Anstalten, zu gehen.

«Aber, nun... darf ich mir vorher noch einen von diesem herrli-chen Grappa einschenken?»

Es war kurz nach drei Uhr als Lorenz davon radelte, aber erst nachdem er sich noch zwei weitere Gläschen Grappa einverleibt hatte. Er war sich absolut sicher, dass der Täter Attila hiess. Und ich hoffte von ganzem Herzen, dass er sich täuschte. Ich setzte mich wieder in meinem alten Korbstuhl und starrte auf das unfertige Bild für die Bank. Es würde noch viel zu tun geben bis das Werk vollendet war. Das Format war anspruchsvoll: Länge 2,80 Meter, Höhe 1,70 Meter. Es zeigte eine Sitzbank inmitten eines üppigen Dschungels von giftigem und grell leuchtendem Gesträuch. Zwischen Schlingpflanzen und exotischen Bäumen turnten kleine Affen herum und bunte Vögel präsentierten ihren Federschmuck. Auf einer Bank sassen ein Leopard und ein Zebra. Die Raubkatze reichte dem Fluchttier gerade ein Bündel Banknoten. Man hätte annehmen müssen, dass die Banker dieses Bild als einen Angriff auf ihre Machenschaften empört ablehnen würden. Aber dem war erstaunlicherweise nicht so. Zweimal war der Kommunikationschef bei mir im Atelier vorbeigekommen, einmal in Begleitung eines Architekten. Sie liessen sich mit Whisky bewirten und beide applaudierten meinem Werk. Allerdings warnte ich sie, dass ich den vereinbarten Liefertermin unmöglich werde einhalten können. Sie kommentierten dies mit «Kein Problem!», wiesen allerdings darauf hin, dass sie an dem offerierten Preis von 99 000 Franken festhalten wollten. Eine Londoner-Galerie hatte mir für ein ähnliches Werk vor einem Jahr 100 000 englische Pfund bezahlt und es drei Monate später für das Doppelte verkauft. Wer war denn da der Parasit?!

In der Zeit, als ich das Bild entwarf, sass Lisa Nachmittage lang auf dem Tisch und schaute mir beim Malen zu. Attila seinerseits besorgte mir die Einkäufe, und erledigte unzählige Handreichungen. Mit seinen witzigen Geschichten hatte er wesentlich zu meiner Motivation beigetragen. Und nun war ich plötzlich allein! Deprimiert schenkte ich mir noch einen Kaffee ein. Dann holte ich den Laptop aus dem Büro um nachzusehen, ob sich inzwischen jemand auf meinen *Lost-and-Found*-Hinweis gemeldet hatte. Ich fand eine einzige Antwort – und die war nicht gerade freundlich:

du hast unser katz madonna ermordet! das wird di fiel gelt oder dein altes scheisleben kosten! wir kennen di! mach di bereit!

Ich las den Text etwa zehnmal durch, so als käme er von einem andern Stern. Dann begann mein Kopf zu arbeiten. Der Absender machte, anders als der Mörder von Lisa, grobe Schreibfehler. Es fehlte auch das *SS5*. Wahrscheinlich handelte es sich also nicht um dieselbe Person. Allerdings fand ich es doppelt ärgerlich, dass bereits ein Dritter von Lisas Tod wusste. Der nun steif gewordene Katzenkörper war ja längst unter der Leinwand verborgen und lag hinter der alten Druckerei, wo nur selten jemand vorbeikam. Oder war es doch Lisas Mörder, der mir zurückgeschrieben hatte und die Schreibfehler mit Absicht eingebaut hatte. Langsam wurde mir klar, dass diese Nachricht nicht nur eine Erpressung enthielt, sondern auch eine Morddrohung. Obwohl Lorenz mir davon abgeraten hatte, sah ich nun keine andere Lösung mehr, als die Cops anzurufen. Mit einem Mal trat die Trauer um Lisa in den Hintergrund. Das Herz schlug mir bis zum Hals und eine kalte Angst nahm von mir Besitz.

* * *

Der Anruf bei der Polizei ging um 16.03 ein. «Kantonspolizei Bern, Wache Bümpliz, Schneider.» Die Stimme der Telefonistin klang etwas zu fröhlich und ein bisschen vulgär, als würde sie noch einem zweideutigen Witz nachstudieren, den ihr ein Kumpel gerade erzählt hatte. «Mein Name ist Klaus Kaltbach. Ich möchte einen Tiermord... eh... anzeigen. Meine, respektive eine Katze, die bei mir wohnte, ist brutal erschlagen worden. Ich...». Der Anrufer schien nervös und irgendwie deprimiert. Er atmete schwer.

«Eine Katze wurde getötet? Bitte warten Sie doch einen Moment.» Kurz darauf wurde Kaltbach mit einer anderen Beamtin verbunden.

«Hauptkommissarin Cécile Brun, guten Tag, Herr Kaltbach.» Brun tönte im Gegensatz zur Telefonistin ernst, aber ausgesprochen freundlich. «Entschuldigen Sie, wenn ich Sie so geradeheraus frage: Sind Sie der Kunstmaler, der diese wunderschönen Tierbilder malt?» Kaltbach ging nicht näher auf die Frage ein. «Ja, ja der bin ich. Aber das ist jetzt nicht wichtig. Ich möchte, dass jemand von der Polizei bei mir im Atelier vorbeikommt. Meine Katze ist ermordet worden... also, wie ich schon erklärt habe, es ist eigentlich nicht meine Katze. Aber sie wohnte seit letztem Herbst bei mir. Wahrscheinlich war sie zuvor ausgesetzt worden.»

«Nun, Herr Kaltbach, es ist uns leider nicht möglich, jedes Mal wenn ein Tier getötet wird, auszurücken. Allerdings...»

Kaltbach brauste auf: «Mein Gott! Es handelt sich hier nicht einfach um die Tötung eines Tieres, wie Sie das zu bagatellisieren versuchen. Meine Katze, also die Katze die bei mir lebte, ist aufs

Schlimmste gefoltert worden. Man hat sie an die Hauswand geschlagen und die Beine mit Kabelbindern zusammengeschnürt. Dann wurde ihr die Nase verklebt. Und später erhielt ich eine Todesdrohung per...»

«Gut, gut Herr Kaltbach. Es scheint, dass dieser Vorfall doch ziemlich gravierend ist. Wo wohnen Sie?»

«Vorfall nennen Sie das?!» Er brummte etwas Unverständliches. «Es geschah nicht in meiner Wohnung, sondern vor meinem Atelier am Buchdruckerweg, hier in Bümpliz im Gebäude der ehemaligen Druckerei Benteli. Wissen Sie wo...»

«Ja, ich kenne das Gebäude. Bleiben Sie bitte dort. Ich bin in einer Viertelstunde bei Ihnen.»

Der Maler wurde versöhnlicher. «Vielen Dank... Ich erwarte Sie also! Meine Räume befinden sich auf der Rückseite des Gebäudes, gegen den Schlosspark hin.»

«Sehr gut. Ich verbinde Sie jetzt zurück zum Empfang. Frau Schneider wird Ihre Personalien aufnehmen, okay?»

Um 16.21 traf Cécile Brun am Buchdruckerweg ein. Der Maler sass rauchend auf der Metalltreppe, die zu seinem Atelier hinaufführte. «Sind Sie die Polizistin?» Er stand auf und wischte seine Jeans ab. Der in die Jahre gekommene Mann sah überraschend jugendlich aus. Nur die runzelige Hand, die er ihr entgegenstreckte, deutete auf ein höheres Alter hin. Er trug keinen Ehering. Ein Witwer?

Sie zeigte ihm ihren Ausweis und stellte sich kurz vor: «Cécile Brun, Hauptkommissarin.» Sie nahm sich vor, ihren Besuch so kurz wie möglich zu gestalten, denn um sechs war sie mit ihrem früheren Vorgesetzten, dem alten Fuchs, im Restaurant Sternen, ebenfalls in Bümpliz verabredet. «Können wir als erstes den Tatort mit der toten Katze besichtigen? Sie haben das getötete Tier doch hier gefunden, nicht wahr?»

Er nickte mit düsterem Gesicht, beugte sich unter die Treppe und zog die alte Leinwand weg, die er am frühen Nachmittag über Lisa gelegt hatte.

«Ein Freund von mir war kurz nach Mittag schon da. Er ist ein pensionierter Veterinär und hatte früher eine eigene Kleintierpraxis in Köniz. Sein Name ist Lorenz Lienhard. Seiner Ansicht nach erhielt Lisa mit einem Stein oder einem andern stumpfen Gegenstand einen Schlag auf den Schädel. Oder sie wurde gegen die Hauswand geknallt. Aber sie lebte noch, als man ihre Beine fesselte und ihr die Nase verklebte. Das glaubt zumindest Lorenz. Er nahm an, dass sie irgendwann in der Nacht ermordet wurde. Wie diese Blutlache vermuten lässt, wahrscheinlich hier.»

«Ermordet?» Brun verzog kurz die Mundwinkel, vermied es aber zu lächeln... «Und was ist mit dem Spruch da?» Sie rückte ihre Brille zurecht, bückte sich und las murmelnd: *«Parasiten müssen sterben.»* Dann schüttelte sie den Kopf, schaute sinnend auf das tote Tier und fragte schliesslich: «Haben sie das Tier so gefunden? Oder hat Ihr Freund sie bewegt?»

«Nein. Er hat sich sogar Gummihandschuhe angezogen, um die Wunde am Kopf zu inspizieren.» Nach längerem Schweigen fügte er hinzu: «Ich habe eine Reihe Fotos geschossen, wenn Sie Bilder von diesem Drama brauchen.»

«Gut. Zeigen Sie mir die Fotos. Dann können Sie Ihre Katze begraben oder dem Tierkrematorium in Kirchberg bringen. Begraben dürfen Sie den Kadaver aber nur im Einverständnis mit Ihrem Vermieter oder dem Grundstückbesitzer – falls die Parzelle nicht Ihnen gehört. Aber warten sie doch noch bis morgen, vielleicht melden sich die Halter der Katze bei ihnen oder beim Tierschutz.»

Sie schaute sich nach Fussspuren um, und sah sich einen dunkelbraunen Fleck am Verputz der Gebäudemauer an. Das könnte getrocknetes Blut sein, dachte sie. Das Tier wurde also mit grosser Wucht gegen die Wand geschlagen. Das machte jetzt aber auch keinen Unterschied mehr. Sie sagte ihm nicht, dass man bei der Polizei tote Tiere als Kadaver bezeichnete und nicht als Leichnam, wie er es, als so sensibler Maler wohl gerne hätte. Diesmal konnte sie sich das Lächeln nicht verkneifen. Kaltbach bekam das sehr wohl mit. Mit einem vorwurfsvollen Räuspern setzte er sich wieder auf die Treppe und zündete die nächste Zigarette an.

Während die Kommissarin den Boden rund um den Katzenkadaver untersuchte, fragte sie: «Die Morddrohung, von der Sie sprachen; kam die per Mail oder hat Sie jemand angerufen?»

«Angerufen? Nein, bisher nicht. Wissen Sie, kurz nachdem ich Lisa gefunden habe, stellte ich ein hübsches Bild von der Katze in die Twitter-Rubrik *Lost and Found*. Ich hoffte, dass sich die richtigen Besitzer von Lisa dort melden würden. Stattdessen bekam ich eine Antwort von jemandem, der schon wissen musste, dass Lisa tot war. Man unterstellte mir, ich selber hätte das Kätzchen so zugerichtet und ermordet. Und man verlangte von mir darum eine hohe Summe als Schmerzensgeld, sonst werde mein Leben bald zu Ende sein.» Er überlegte kurz. «Wer zum Teufel konnte denn schon von ihrem Tod wissen? Ich habe in den letzten Tagen jedenfalls kein Schwein gesehen, das hier hinten vorbeikam. Natürlich ausser meinem Freund Lorenz.»

«Und der ist ja wohl kein Schwein» warf die Kommissarin trocken ein.

Kaltbach schien sie nicht gehört zu haben. «Hier hinten kreuzt sowieso selten jemand auf. Wer mich besuchen will benutzt den Haupteingang auf der Vorderseite.»

«Also gut, Herr Kaltbach. Ich hoffe, Sie sind einverstanden, wenn ich von jetzt an unser Gespräch aufnehme. Wenn wir diesem Fall nachgehen sollen, muss ich ein Protokoll über Ihre Aussagen machen. Einverstanden?» Sie zeigte ihm ihr Aufnahmegerätchen und schaltete es dann ein.

Mit einer wegwerfenden Handbewegung meinte der Maler: «Machen Sie was Sie wollen. Lisa wird damit auch nicht wieder lebendig.»

Der Maler, der hierzulande sehr bekannt war, stand wohl noch unter Schock. Deshalb begann Cécile mit der Vernehmung in möglichst sachlichem Ton: « Ich möchte Ihnen zuerst ein paar Fragen zu Ihrer Person stellen. Die Polizei muss wissen, mit wem sie es zu tun hat. Also. Wie alt sind Sie?»

«Ich werde am 12. Mai siebenundsiebzig.»

«Oh, das sieht man Ihnen aber wirklich nicht an. Leben Sie allein?»

«Ja, seit ich meinem Praktikanten gekündigt habe.»

«Waren Sie mal verheiratet?»

Kaltbach winkte ab und stiess einen Seufzer aus: «Nein, ich bin immer noch ledig. Um die dreissig hatte ich einmal eine Verlobte, während mehr als einem Jahr.» Er grinste kurz. «Dann verliess sie mich.»

«Warum das?»

Er zuckte mit den Schultern. «Es hatte wohl zwei Gründe. Sie war eine dreiundzwanzigjährige Dolmetscherin, also etwas jünger als ich. Es wurde ihr plötzlich eine attraktive Stelle als Lehrerin an einer Deutschen Schule in Bukarest angeboten. Diesen Job wollte sie unbedingt haben. Und so zog ich mit ihr nach Bukarest. Nach einem Jahr starb meine Mutter und ich reiste zurück in die Schweiz. Ich war sexuell eigentlich nie sehr aktiv, in dieser Beziehung bevorzuge ich eher Männer. Nichtsdestotrotz wurde sie von mir schwanger und brachte unsere gemeinsame Tochter Daciana zur Welt. Ich besuchte meine Ex-Verlobte noch ein einziges Mal, und das nur, um unser Kind zu sehen. Ich denke, dass sie mir dann den Laufpass gab, weil ich auf meine persönliche Freiheit nicht verzichten wollte. Später gab es keine Kontakte mehr zwischen uns. Natürlich mit Ausnahme der monatlichen Alimentenzahlungen. Damals war das noch recht schwierig für mich, denn von meiner Malerei konnte ich nur sehr bescheiden leben.»

«Und Ihre Tochter? Wissen Sie was aus Ihr geworden ist?»

«Nein, ich habe keine Ahnung.»

Für Cécile war das die typische Reaktion eines eingefleischten Machos. Sie versuchte aber, das nicht zu deutlich zu zeigen. Männer, dachte sie, empfinden Alimentenzahlungen doch immer als eine ungerechte Strafe. Sie haben einfach keine Ahnung davon, was es bedeutet, als Frau ein Kind allein aufzuziehen.

«Haben Sie schon einmal mit jemandem zusammen gelebt?»

Er liess sich Zeit mit einer Antwort: «Nicht eigentlich. Natürlich hatte ich früher freundschaftliche und auch erotische Beziehungen, auch zu Männern. Aber heute fühle ich mich dafür zu alt.»

«Sie erwähnten vorhin einen jungen Praktikanten. Haben Sie den körperlich nicht attraktiv gefunden?» Er senkte den Kopf und schaute zu Boden. «Attraktiv? Vielleicht als Kollege, der etwas Leben in die Bude brachte, ja. Aber, wie gesagt, ich bin jetzt siebenundsiebzig Jahre alt.»

Obwohl die Kommissarin die Antwort etwas undurchsichtig fand, wollte sie ihn nicht länger mit diesem Thema quälen.

«Sie sind international bekannt und Ihre Bilder verkaufen sich zu horrenden Preisen. Wie würden Sie denn heute Ihre finanzielle Situation einstufen?»

«Diese Frage musste ja kommen. Nun, mir geht es gut. Ich habe ja auch geerbt. Ich habe ein älteres Einfamilienhaus an der Stapfenstrasse, ausserdem besitze ich eine kleine Villa am Murtensee und eine Eigentumswohnung in Barcelona. Aus meinem Vermögen spende ich viel für den Tierschutz, ich unterstütze ein

Kinderhilfswerk in Rumänien und bin Hauptsponsor einer privaten Kunstschule in Neuchâtel.»

«Das ist schön von Ihnen. Kommen wir doch noch einmal zurück auf Ihre Katze und diese Drohung gegen Sie. Wem haben Sie schon vom Tod Ihrer Katze erzählt?»

«Ausser Ihnen? Nur Lorenz Lienhard. Ich bin etwa um halb zwölf ins Atelier gekommen und erlitt einen Schock als ich Lisa entdeckte. Sie ist ja momentan meine einzige Freundin. Ich wusste nicht, was ich nun tun sollte. Also rief ich Lorenz an. Sonst habe ich mit niemandem gesprochen. Und ich habe hier hinten auch niemand anderen gesehen. Das ist ja das Sonderbare: Wer, zum Teufel konnte denn schon von diesem Frevel wissen?»

Brun nickte. «Können wir jetzt mal ins Atelier hinauf gehen? Ich möchte gerne Ihre Twitternotiz und diese Drohung sehen. Sie können mir dann auch gleich Ihre Fotos von der Katze zeigen.»

Kaltbach stieg vor ihr die Treppe hinauf und führte sie zum langen Holztisch, der zwischen seinen Bildern und den leeren, an die Wand gelehnten Leinwänden stand. Der Kommissarin stieg der intensive Geruch nach Acryl-Farben in die Nase.

Sie sprach den Maler auf seine Bilder an: «Vor kurzem ich habe eine Sendung über eine Ihrer Ausstellungen im Fernsehen gesehen. Ich bin zwar keine Kunstkennerin, aber Ihr Stil und Ihre Sujets haben mir wirklich sehr gefallen. Sie lieben wohl Tiere sehr, hm?»

Er unterbrach sie: «Darf ich Ihnen einen Kaffee anbieten? Die Maschine ist schon eingeschaltet. Sie müssen mir nur sagen, wie Sie ihn gern haben möchten.»

«Gern stark, mit etwas Milch, ohne Zucker.»

Nachdem der Kaffee auf dem Tisch stand, schaltete Kaltbach seinen Laptop ein und zeigte Cécile die beiden Texte. Dabei stellte er fest, dass keine weiteren Antworten eingegangen waren. Die einzige Reaktion auf seinen Tweet war die besagte Drohung. Die Kommissarin schien von der erpresserischen Nachricht nicht überrascht zu sein.

«Können Sie mir Ihre Suchanzeige und die Antwort darauf ausdrucken, bitte? Kaltbach tat sofort wie gewünscht.

«Was soll ich jetzt tun?» fragte er und seufzte tief.

«Diese Drohung müssen Sie ernst nehmen, Herr Kaltbach. Wir haben im Moment zwei ähnliche Fälle zu untersuchen. Der eine Fall betrifft eine vierundachtzigjährige, wohlhabende Witwe, die seit dem Tod ihres Gatten allein ein Einfamilienhaus am Wintermattweg bewohnt. Bei ihr wurde vor knapp einem Monat eingebrochen, als sie mit einer Freundin auf dem Friedhof war. Als sie nach Hause kam lag ihre Katze in einem erbärmlichen Zustand auf dem Küchentisch. Auch dieses Tier wurde gequält bevor es starb, genauer gesagt, gestreckt und in derselben Art wie Ihre Lisa gefesselt. Aber es lebte noch, und die arme Frau musste hilflos zusehen, wie das Tier verendete. Ein kleiner Tresor war aufgebrochen worden, aber es fehlte nur ein Teil des Inhalts. Das heisst, wahrscheinlich geschah alles nur um der alten Dame Angst einzujagen.»

Die Kommissarin trank einen Schluck Kaffee und fuhr dann fort. «Der andere Fall geht auf anfangs Februar zurück. Der kleine Hund eines fünfundsiebzigjährigen, pensionierten und gehbehinderten Apothekers spielte unbeobachtet im Garten der Villa am Veilchenweg, während sein Herrchen, im Rollstuhl, zwei Häuser weiter mit einer Nachbarin redete. Als er zurück in seinen Garten kam, rief er nach seinem Hund. Aber der hing erdrosselt an einem Baum. Als er dies entdeckte, erlitt der Mann einen tödlichen Herzinfarkt und wurde erst am nächsten Morgen vom Postboten gefunden. An das Gartentor hatte der Täter ähnlich wie hier bei Ihnen *Parasitten sterben frühe!* gesprayt. Allerdings mit vielen Fehlern.» Brun leerte ihre Tasse und stand auf. «Bisher haben wir in beiden Fällen nichts gefunden, das uns helfen könnte, den Täter zu identifizieren. Es ist nicht üblich, dass in einem solchen Fall DNA-Vergleiche angestellt werden; dafür fehlt uns das Geld. Darum wird es fast unmöglich sein, den Täter zu finden. Auch der Mord an Ihrer Katze, Herr Kaltbach, wird uns wohl nicht weiter bringen, es sei denn, wir könnten den Absender der Todesdrohung eruieren. Aber das wird mehr als schwierig sein.»

Der Maler stand ihr gegenüber und sah mit den zusammengepressten Lippen entschlossen aus. «Ich gebe nicht auf, bis ich weiss wer Lisa so gequält hat! Das bin ich dem unschuldigen Tier schuldig!»

«Jetzt hören Sie mir gut zu, Herr Kaltbach: Überlassen Sie die Ermittlungen uns. Bringen Sie sich nicht selber in Gefahr. Über 90 Prozent der Fälle von Selbstjustiz enden schlecht. Darum bitte ich Sie eindringlich: Wenn Sie einen Hinweis auf die Täter finden, wenden Sie sich an mich oder an einen meiner Kollegen. Sollten die Erpresser wieder mit Ihnen Kontakt aufnehmen, rufen Sie uns sofort an. Antworten sie nicht auf Mails oder Tweets. Und übergeben Sie niemandem Geld, wie die alte Frau es getan hat. Sie kam dem Wunsch der Erpresser nach und deponierte ein Kuvert mit 50 000 Franken in einem Abfallkorb. Eine Woche danach wurde sie auf dem Weg zu ihrem Briefkasten niedergeschlagen. Wahrscheinlich hat man von ihr noch mehr Geld gefordert. Und nun liegt sie schwer verletzt im Spital.»

«Oh, mein Gott! Und sie haben noch keine einzige Spur, die zum Täter führen könnte? Ihrer Meinung nach war es doch derselbe Schweinehund, der Lisa... ehm... hingerichtet hat! »

Die Hauptkommissarin sah Kaltbach eine Weile skeptisch an, denn der Hass in seiner Stimme war nicht zu überhören. «Schauen Sie, in allen drei Verbrechen wurden Haustiere getötet, die alleinstehenden und wohlhabenden Senioren gehörten. Der Täter spricht von ‹Parasiten› und beginnt sein Werk immer mit der Ermordung eines Haustiers. Danach folgt eine Erpressung. Geografisch hat er sich bisher auf Bümpliz Nord konzentriert. Er scheint seine Opfer zuvor genau zu beobachten. Er weiss, wann sie aus dem Haus gehen und wann der richtige Moment für den Angriff auf die Tiere ist. Es macht den Anschein, als würde er Deutsch nur mangelhaft beherrschen. Und es gibt noch weitere auffällige Punkte. Ich selber gehe davon aus, dass es sich um einen männlichen Einzeltäter handelt. Vielleicht hat er finanzielle Probleme, vielleicht ist er der Polizei schon durch andere Delikte bekannt. Vielleicht hat er auch etwas gegen vermögende alte Leute und nennt sie Parasiten. Aber vor allem etwas sticht ins Auge: er hat keine normale Beziehung zu Tieren. Wie auch immer, Herr Kaltbach: Wir werden ihn finden, glauben Sie mir. Die Aufklärungen brauchen aber ihre Zeit.» Sie lächelte ihn aufmunternd an. «Wenn Sie nichts dagegen haben, möchte ich nun alle Ihre Arbeitsräume sehen. Es scheint, dass nicht nur dieser Atelierraum hier dazu gehört.»

Er nickte, wie ihr schien etwas widerwillig. «Na gut, kommen Sie. Hier hinten habe ich mein kleines Büro, daneben einen nicht viel grösseren Schlaf- und Ruheraum, Dusche und Toilette. Da hauste bis vor etwas mehr als einem Monat Attila, mein junger Praktikant. Und im Untergeschoss befindet sich die Werkstatt in welcher meine beiden früheren Mitarbeiter, eine Dekorateurin und ein Schreiner, arbeiteten. Ich begreife zwar nicht, was die Besichtigung dieser Räume zu Ihren Ermittlungen beitragen soll. Aber bitte. Folgen Sie mir.»

Als die Kommissarin mit Kaltbach wieder zurück im Atelier war, fragte sie: «Sie arbeiten nun also ganz allein hier, nicht wahr? Früher hatten Sie Mitarbeiter und bis vor kurzem einen Praktikanten. Erzählen Sie mir etwas über diese Leute. Wer waren sie? Wie kamen Sie mit Ihnen aus? Warum sind Sie nicht mehr bei Ihnen?»

Kaltbach setzte sich wieder an den langen Tisch. «Na ja, Erich, der Schreiner und Jessica, die Dekorateurin, haben von 1985 bis 2010 bei mir gearbeitet. Mit anderen Worten von meinem ersten grossen Erfolgsjahr an über dreiundzwanzig Jahre lang. Wir lösten das Arbeitsverhältnis in gegenseitigem Einvernehmen auf, denn die beiden waren auch bereits in die Jahre gekommen und ich wollte damals mein Arbeitspensum etwas drosseln. Schliesslich war ich auch schon zweiundsiebzig. Unser Verhältnis war sehr kameradschaftlich, Streit gab es eigentlich nur ganz selten. Höchstens Meinungsverschiedenheiten, verstehen Sie? Etwas anders war es mit meinem Praktikanten. Er war ein Emigrant aus Bukarest. Anlässlich meiner letzten Ausstellung in Genf redete er mich an und erklärte mir, er suche einen Job bei einem guten Maler, und meine Arbeiten seien in Bukarest bekannt. Der Junge gefiel mir, er schien ernsthaft und talentiert zu sein, also bot ich ihm den gewünschten Job an. Ich behandelte ihn wie einen Sohn. Auch mit seiner Arbeit war ich sehr zufrieden und er entpuppte sich als ausgesprochen umgänglicher Charakter. Alles war bestens, bis ich entdeckte, dass er mich bestahl. Sogar eines meiner Lieblingsbilder trug er unbemerkt aus dem Haus und verkaufte es. Wahrscheinlich viel zu billig. Dazu kam, dass er immer häufiger ein junges Mädchen mit in seine Kammer dahinten brachte. Na ja, ich wollte nicht, dass mein Arbeitsort zu einer Bumsbude gemacht wurde. Ich sprach auch mit Lorenz Lienhard darüber, und der war der Ansicht, dass ich den jungen Mann entlassen sollte. Ich hatte eigentlich gar keine andere Wahl, als ihn wegzuschicken. Das war vor eineinhalb Monaten.» Er hob seine Schultern. «Mehr weiss ich ihnen über meine Helfer nicht zu sagen.»

«Aber Sie können mir bestimmt die Personalien und Adressen Ihrer ehemaligen Mitarbeiter aufschreiben, ja?»

«Wenn Sie wollen» murrte der Maler und holte ein Heft. Er riss ein Blatt heraus, kritzelte das Gewünschte darauf und schob ihr den Zettel über den Tisch.

«Wo Attila sich aufhält, weiss ich nicht, und ich habe keine Ahnung, ob Sie meine beiden früheren Mitarbeiter noch unter diesen Adressen finden werden.»

«Wie kam denn der Praktikant mit Ihrer Katze aus?» Cécile legte ihren Kopf auf beide Hände und stützte die Ellbogen auf den Tisch. Prüfend starrte sie ihn an.

«Die kamen prima zusammen aus. Warum fragen Sie?»

«Könnte es sein, dass der Praktikant... also dieser Attila Grigorescu mit seiner Entlassung nicht sehr glücklich war? Dass er vielleicht Rache schwor?»

Nun erhob sich Kaltbach zornig. «Wollen Sie wirklich andeuten, dass Attila meine Lisa gekillt hat und mich bedroht und erpresst? Sie sind ja bescheuert, Hauptkommissarin! Der Junge ist ein viel zu sensibler und intelligenter Bursche für so etwas. Nein, das können Sie vergessen!»

Sie lächelte ihn an. «Ich will gar nichts andeuten. Wir gehen nur routinemässig jeder wahrscheinlichen, und manchmal auch unwahrscheinlichen Spur nach, Herr Kaltbach. Das ist unsere Pflicht. Wen könnten Sie sich denn als Täter vorstellen? Jemand der alte, wohlhabende Leute ausnehmen will? Jemand der ihre Haustiere als Parasiten einstuft? Ein durchgedrehter Einzeltäter? Eine kriminelle Bande? Jemand, der Sie und die anderen beiden Opfer von irgendwo her kennt? Sie müssen sich dies doch auch schon überlegt haben, oder nicht?»

Kaltbach hatte sich wieder etwas beruhigt. «Ehrlich gesagt, ich habe keine Ahnung! Nicht die geringste! Auch Lorenz Lienhard, der selber genauso vor einem Rätsel steht, hat mich schon danach gefragt. Ich habe keine Feinde, soviel ich weiss. Und ich lebe ziemlich zurückgezogen und bescheiden, falle kaum jemandem auf – ausser den Leuten in der Kunstszene natürlich. Aber ich werde...»

«Sie werden gar nichts, Herr Kaltbach» unterbrach ihn die Polizistin. «Nochmals: Überlassen Sie die Ermittlungen uns!» Sie erhob sich und schaute ihn eine Weile eindringlich an. «Ich muss jetzt zurück auf die Wache. Könnten Sie morgen Vormittag zu uns kommen, um das Protokoll zu unterschreiben? Das dauert nicht lange. Ich bin noch bis übermorgen auf der Polizeiwache Bümpliz zu finden. Bernstrasse 100, gleich gegenüber dem Bachmätteli.»

* * *

03 { 22. MÄRZ ABEND }

Es war ein kalter Abend. Der Frühling hatte sich zwei Tage zuvor kurz angekündigt, aber nun war für die kommende Nacht wieder Schnee oder Eisregen und eine Temperatur um die null Grad angesagt. Cécile Brun hatte am Morgen in weiser Voraussicht eine warme Jacke mitgenommen. Sie wäre sonst gezwungen gewesen, vor dem Treffen mit dem ‹alten Fuchs› noch einmal in ihre Wohnung im Breitenrainquartier zu fahren. Trotzdem war ihr nach dem Besuch im ungeheizten Atelier des Malers richtig kalt.

Von der Polizeiwache bis zum *Sternen* waren es glücklicherweise nur ein paar Schritte. Als sie das Restaurant im Erdgeschoss des über 100jährigen Gebäudes erreichte, sass der frühpensionierte Chefkommissar schon bei einem Glas Rotwein am Tisch in der dunkelsten Ecke der Gaststube und las eine Gratiszeitung. Er war tief in einen Artikel versunken und richtete sich brüsk auf, als Cécile zu ihm trat. «Himmel, hast du mich... nicht erschreckt, aber...»

«Guten Abend, Beat, schön dich wieder einmal aus der Nähe zu sehen.»

«Und umgekehrt. Leg' dein Winterzeug ab und setz' dich. Gut siehst du aus, Mädel! » Er half ihr aus der dick gefütterten Jacke.

Sie setzte sich und musterte Fuchs eingehend. Als sie ihn zum letzten Mal traf, hatte er weit weniger frisch ausgesehen als heute. «Dein Ruhestand bekommt dir gut, Beat. Wie vertreibst du dir denn die viele freie Zeit?»

«Trinkst du einen Schluck mit? Walliser Blauburgunder. Süffig.»

Er zeigte auf die halb volle Flasche, neben sich.

«Zuerst hätte ich gerne einen heissen Tee. Zudem muss ich noch Auto fahren.»

Fuchs winkte der Dame hinter dem Büffet. Dann lächelte er Cécile verschmitzt an. «Ich habe viel zu tun, laufe den schönen Mädchen hinterher wie du siehst.»

«Lass' den Blödsinn.» Sie bestellte bei der etwas in die Jahre gekommenen Kellnerin einen Schwarztee.

«Willst du wirklich wissen, was ich in meinem Rentnerleben so unternehme?» Der alte Fuchs schürzte kurz die Lippen und runzelte die Stirn. «Du glaubst es nicht, aber ich bin voll beschäftigt. Ich halte Vorträge in Vereinen, Altersheimen, Schulen und Unternehmen. Und bei den Juristen an der Uni habe ich sozusagen eine Stelle als belächelter Privatdozent. Zudem berate ich eine internationale Versicherung bei heiklen Schadensfällen. Und nun hat mich Bodenmann zu dir geschickt. Selbstverständlich ebenfalls als Berater.»

Cécile hatte Bodenmann, den Chef der Abteilung Leib und Leben, um die Unterstützung eines erfahrenen Kriminalbeamten gebeten. Dass es Fuchs sein würde, freute sie überaus. Er war ihr schon während ihrer Ausbildung sehr sympathisch gewesen. Nicht zuletzt wegen seines trockenen, manchmal etwas anzüglichen Humors, seiner bodenständigen Art und seiner Bescheidenheit.

«Schön, dass du die Herausforderung angenommen hast und mit der jüngsten Hauptkommissarin zusammen arbeiten willst. Ich brauche einen Helfer und Gesprächspartner mit deinem Wissen. Bodenmann hat gejammert, dass er in der Abteilung keinen verfügbaren Ermittler hat, den er mir zur Seite stellen könnte. Es fehlt überall an Personal. Nun hat er, Gott sei Dank, ausgerechnet dich aufgeboten. Allein bin ich nämlich im Moment überfordert. Der Fall, um den es geht, begann eigentlich ganz harmlos als Tierquälerei. Aber jetzt ufert er aus, bis zu Morddrohungen, Erpressungen und schwerer Körperverletzung. Ich habe einfach zu wenig Zeit, um seriös zu recherchieren. Und der KTD, die Gerichtsmediziner und die andern Spezialisten nehmen mich immer noch nicht richtig ernst. Ich arbeite nun schon seit drei Wochen an dem Fall und habe nicht die geringste konkrete Spur, die zum Täter führen könnte.»

«Na dann, auf gute Zusammenarbeit!» grinste Fuchs und hob das Glas in ihre Richtung. «Bodenmann hat mich gestern angerufen und gesagt, er habe noch keine brauchbaren Ergebnisse von dir bekommen. Und ich weiss bis jetzt noch gar nichts über den Fall. Erzähl mir doch einfach, worum es geht und was bisher vorgefallen ist. Dann lade ich dich hier zu einem einfachen Rentneressen ein. Die werden uns wohl etwas Anständiges zu einem Pensioniertenpreis anbieten können. Einverstanden, Madame?»

Es wurde fast halb acht, bis Cécile mit ihrem Bericht fertig war. Sie hatte versucht, keine Einzelheit auszulassen. Fuchs hörte aufmerksam zu und unterbrach die junge Kommissarin nicht ein einziges Mal.

«Wie gesagt,» seufzte sie schliesslich «ich habe keine Ahnung wer hinter den drei Vorfällen steckt. Aber ich nehme an, dass sie zusammengehören. Ich meine, dass dieselbe Täterschaft für alle drei verantwortlich ist.»

Fuchs nahm einen Schluck von seinem Wein. «Ich versuche jetzt einmal die Fakten für mich etwas zu ordnen. Korrigiere mich, wenn du etwas anders siehst, als ich. Zuerst zum Einbruch und zum Überfall auf die alte Rosmarie Boss. So hiess die doch, oder? Da scheint es dem Täter nur darum gegangen zu sein, an ihr Geld zu kommen.»

«Und an ihre wertvollsten Schmuckstücke» ergänzte Cécile. «Auch ihr Handy nahm er mit.»

«Ach, ja? Nun, er wollte wohl verhindern, dass sie sofort die Polizei rufen konnte. Was für Schmuck hat er denn mitlaufen lassen?»

Cécile holte einen Zettel aus einem Umschlag. «Sie konnte sich wahrscheinlich nicht mehr genau erinnern, was sie alles in ihrem kleinen Tresor aufbewahrte. Jedenfalls fehlen der Ehering ihres verstorbenen Gatten, eine Brosche ihrer Schwester und ein Medaillon, ein Geschenk von ihrem Mann zur Goldenen Hochzeit. Das hat sie uns im Spital eröffnet. Offenbar waren dies wichtige Erinnerungsstücke für sie. Ihr Hausschlüssel war auch weg. Mit ihrem Handy rief der Täter sie dann später an, um Geld von ihr zu erpressen.»

Fuchs nickte. «Der Einbrecher schien also zu wissen, was der Dame am wichtigsten war. Andere wertvolle Schmuckstücke blieben also unangetastet?»

«Ja, die haben wir noch im Tresor vorgefunden.»

«Das deutet darauf hin, dass der Einbrecher von Anfang an eine Erpressung plante» meinte Fuchs. «Ihre Katze wurde misshandelt, getötet und unübersehbar auf dem Tisch platziert, um der alten Dame so richtig Angst einzuflössen. So übt man psychischen Druck aus und entfacht beim Opfer ein Gefühl von grosser Hilflosigkeit und Angst. Nachdem die alte Dame die verlangten 50 000 Franken bezahlt hatte, wurde sie brutal zusammengeschlagen, damit sie den Mund hielt. Sie zu töten war nicht vorgesehen; man wollte doch später eine zweite Rate erzwingen können. Eines musst du mir noch sagen, Cécile: Hat man in ihrer Wohnung wirklich nichts übersehen? Oder hat die Spurensicherung wieder einmal schlampig gearbeitet?»

«Leider konnten wir den KTD nicht sofort nach der Tat hinschicken. Wir erfuhren ja erst was geschehen war, nachdem Frau Boss ins Spital eingeliefert worden war. Und das war vor zwei Wochen. Dort hat sie uns dann ziemlich wirr geschildert, was geschehen ist. Allerdings konnte sie den Schläger nur ungenau beschreiben. Er sei total schwarz gekleidet gewesen und hätte eine Maske unter der Kapuze getragen. Aber sie war sicher, dass es eine einzelne, junge Person war. Gesprochen habe er kein Wort. Sie hatte auch im Spital immer noch schreckliche Angst und weinte um ihre getötete Katze. Es war schwierig mehr von ihr zu erfahren.»

«War die Spurensicherung inzwischen nochmals in ihrer Wohnung?»

«Ja, aber es wurde nichts Brauchbares gefunden. Keine Finger- oder Schuhabdrücke, Nichts was zur Identifizierung des Täters hilfreich gewesen wäre. Einfach nichts! »

«Ja, diese Profis werden immer raffinierter. Ich werde die alte Dame morgen im Spital besuchen. Wo liegt sie denn?»

«Nun, das ist leider nicht mehr möglich. Sie erlag letzte Nacht ihren Verletzungen. Das habe ich bislang noch niemandem verraten. Übrigens auch Kaltbach nicht. Ich befürchte nämlich, dass der auf eigene Faust ermitteln will.»

«Das wäre äusserst gefährlich für ihn! Hat die Dame noch Angehörige?»

Cécile schüttelte den Kopf. «Scheinbar keine. Vielleicht findet ihr Notar noch jemanden, wenn er nach Erben sucht.»

«Puh! Das sieht für unsere Ermittlungen wirklich düster aus.» Fuchs schenkte sich Wein nach und putzte umständlich die Nase. «Na, dann weiter zum Fall des pensionierten Apothekers. Sein Hund wurde also am helllichten Tag in seinem Garten erhängt? Wie ist denn so etwas möglich?»

«Das hat mich auch gewundert. Aber den Mann kann man ja ebenfalls nicht mehr befragen. Allerdings hat er einen Sohn in Zürich und eine Tochter, die in Italien lebt. Den jungen Röthenmund haben wir ausfindig gemacht. Ich habe mit ihm telefoniert, nachdem der Postbote uns den Tod seines Vaters gemeldet hat. Er kam sofort nach Bern und besuchte mich in meinem Büro an der Hodlerstrasse. Seine Befragung ergab nicht viel, denn er hatte mit seinem Vater wenig Kontakt. Aber auch er konnte sich nicht vorstellen, wer hinter dem Verbrechen stecken könnte. Er ist der Überzeugung, dass sein Vater mit allen Nachbarn sehr gut auskam und keine Feinde gehabt hat. Scheinbar gehören die meisten Bewohner der alten Villen im Quartier der älteren Generation an und haben untereinander seit Jahren ein mehr oder weniger familiäres Verhältnis. Röthenmunds Tochter in Viareggio habe ich noch nicht erreicht. Eines wissen wir zumindest: der Mann hatte keine Vorstrafen, nicht einmal eine Parkbusse. Am besten, du liest morgen mein Protokoll.»

«Hast du mit Nachbarn gesprochen?»

«Dazu bin ich einfach noch nicht gekommen.»

«Gut, wir schicken einen der Fahnder hin, die mir Bodenmann versprochen hat. Irgendjemand in der Nachbarschaft muss doch etwas bemerkt haben.»

«Vergiss nicht, der Garten des Apothekers ist auf allen vier Seiten von einer hohen Thuja-Hecke eingefasst und die Villa liegt versteckt unter den alten Bäumen. Von der Strasse aus kann man nicht erkennen, was sich im Garten abspielt. Selbst die direkten Nachbarn könnten höchstens aus einem Estrichfenster sehen, was rund um das Haus geschieht.»

Cécile lächelte ihn katzenhaft zutraulich an. «So, nun habe ich auch Lust auf ein Schlückchen Wein. Darf ich?»

«Aber ja doch, mit Vergnügen! Nur einen Moment, Madame. Ich warte schon lange darauf, mit dir anstossen zu dürfen.» Er füllte ihr Glas grosszügig, und Cécile kostete einen Schluck. «Das tut gut! Ich muss mich aber trotzdem zurückhalten, denn wie gesagt: Ich muss noch Auto fahren.» Sie schob das Glas demonstrativ ein wenig von sich weg, wie um ihren guten Vorsatz zu bekräftigen. «Also, du siehst, Beat, auch beim Ex-Apotheker liefen die Ermittlungen bisher ins Leere.»

»Ich werde mich morgen selber noch etwas umsehen und versuchen, bei den Nachbarn ein wenig mehr über ihn zu erfahren. Gab es keine Spuren im Garten? Beim Hund? Am Seil? Nichts?»

Cécile schüttelte verlegen den Kopf, als würde sie sich über ihre Nullnummer schämen. Aber das war nicht der Fall. Sie war der Überzeugung, dass sie bisher gut gearbeitet hatte und die erfolglose Suche nach dem Täter nicht das Resultat ihrer Unfähigkeit oder Nachlässigkeit war.

«Und hier erfolgte keine Erpressung?»

«Nein. Das war ja nicht gut möglich. Hund und Meister waren beide nach der Attacke tot.»

Fuchs seufzte kurz und nahm dann einen tüchtigen Schluck. «Komm, wir werfen jetzt einen Blick auf die Speisekarte. Dann kannst du mir berichten, was du über die anderen Fälle denkst.»

Fuchs wählte einen grünen Salat und ein Kalbs-Cordon-Bleu mit Frites. Obwohl Cécile keine Fleischliebhaberin war, schloss sie sich ihrem ehemaligen Ausbilder und neuen Kollegen aus Sympathie an. «Und was sagst du zum Vorfall Nummer Drei?»

«Hm, ich weiss noch nicht genau, wie wir da weiter vorgehen sollen. Der Maler war der einzige, der sich sofort an die Polizei wandte. Ihn könnten wir im Auge behalten, wenn sich der Erpresser wieder bei ihm melden sollte. Aber sonst... ?»

Fuchs rieb sich nachdenklich seine rote Nase. «Wir haben zwei Tote, die alte Dame und den Ex-Apotheker. Da wir bis jetzt absolut keine Resultate vorzuweisen haben, müssen wir diskret vorgehen, allein schon wegen der Presse.»

Fuchs gab der Kellnerin nebenbei ein Zeichen noch eine Flasche Wein zu bringen. «Ich werde bei der Staatsanwaltschaft zwei bis drei Leute zur Unterstützung verlangen. Dieser Kaltbach ist für uns die beste Chance, vorwärts zu kommen. Erstens lebt er noch und zweitens hat er seinen jungen Mitarbeiter vor sechs Wochen fristlos entlassen. Und genau in diesen sechs Wochen geschahen alle drei Angriffe. Der Junge hätte ein starkes Motiv gehabt, sich zu rächen.»

«Es ist in der Tat möglich, dass er etwas mit den drei Fällen zu tun hat. Vergiss nicht, dass er scheinbar eine Art Liebhaber oder erotischer Protégé von Kaltbach war. Aber auf den Fotos, die ich im Atelier gesehen habe, wirkt er schrecklich kindlich und harmlos. Als Rädelsführer scheint er für mich eher nicht in Frage zu kommen.»

«Vielleicht ist das Mädchen, das manchmal bei ihm übernachtete, seine Mittäterin. Warum eigentlich nicht? Ich schlage vor, dass wir uns vorerst vor allem um Kaltbach kümmern! Bist du mit diesem Vorgehen einverstanden?»

«Aber sicher!

«Der alte Fuchs brummte zufrieden: «Nun musst du mich einfach für ein Weilchen sehr gut behandeln!»

Cécile hatte gerade noch Zeit, ihn «Schlitzohr!» zu nennen, bevor der Salat in Form von grünen Riesenblättern und überdimensionierten Zwiebelringen an einer dicken französischen Sauce serviert wurde.

Auch das Cordon Bleu war riesig und es blieb auf dem Teller kaum noch Platz für die grosse Portion der knusprig gebackenen Frites. Die zweite Flasche Wein war schon fast wieder leer. Umso besser wurde die Stimmung, als Fuchs von seinen ‹verrücktesten› Fällen zu erzählen begann. Lustig war die Geschichte der Frau, die drei ihrer Ehemänner erschoss und dem Kommissar dann einen Heiratsantrag machte. Dreimal war er dem Tod nur knapp entronnen und bei der

Festnahme eines Messerstechers war er einmal unter einen umstürzenden Schrank gefallen und dort über eine Stunde eingeklemmt liegen geblieben.

Er stellte fest, dass man als Kriminaler die unmöglichsten Nuancen des Menschenlebens hautnah vorgeführt bekam, dass aber kaum noch Zeit für ein solides Privatleben übrig blieb.

Als der Kaffee serviert war, wurde er ernst: «So, jetzt wollen wir unser Vorgehen für den Fall *Bümplizer Katzen* etwas systematisieren. Ich gliedere vorerst die nächsten zwei Tage in vier Punkte auf:

Erstens: Wir bestehen darauf, dass uns Bodenmann noch zwei Fahnder als Unterstützung zur Verfügung stellt. Und zwar bereits ab morgen. Sie sollen die Nachbarn der alten Dame, des Ex-Apothekers und des Malers nochmals eingehend befragen. Irgendwer musste doch etwas bemerkt haben, das uns weiterhelfen kann.

Zweitens: Die Pathologie soll eine genaue Untersuchung, und vielleicht eine Obduktion bei der alten Frau vornehmen. Wir müssen Hinweise bekommen, womit die Witwe zusammengeschlagen wurde. Zudem muss ihre Wohnung von den Spurentechnikern noch einmal eingehend untersucht werden. Die Korrespondenz der alten Dame, sowie sämtliche Bankkonten und Telefonkontakte müssen durchgekämmt werden. Oft helfen auch Fotoalben oder Familienfilme weiter.

Drittens: Die Kollegen am Waisenhausplatz sollen sich bei allen andern kantonalen Polizeidienststellen nach ähnlichen Vorfällen in der Schweiz erkundigen. Und die IT-Spezialisten sollen versuchen die Person ausfindig zu machen, die mit der Dame telefoniert hat. Woher der Erpresser anrief, kann man in jedem Fall orten.»

«Das wird schwierig sein» warf Cécile ein. «Er hat ja ihr eigenes Handy benutzt.»

Fuchs verwarf ihren Einwand mit einer müden Handbewegung. «Und viertens: Wir zwei knüpfen uns noch einmal den Maler vor und dann suchen wir nach dem jungen Rumänen.»

Cécile wagte keine Einwände mehr und akzeptierte den Plan von Fuchs. Er war schliesslich der erfolgreiche Spürhund. Landesweit bekannt, auch nach seiner Pensionierung. Mit so einem Kaliber von Kollegen zur Seite, fühlte sie sich sofort bedeutend besser. «Sehr gut, Beat. Aber die Fäden laufen immer noch bei mir zusammen. Bist du der Ansicht, dass wir, auch wenn wir nicht zügig vorwärtskommen, die Medien informieren sollten?»

«Warten wir ab, bis die Staatsanwaltschaft von sich aus Druck macht. Es ist immer angenehmer erst vor die Presse zu treten, wenn man etwas vorzuweisen hat. Und dein eitler Chef Bodenmann ist keiner, der ohne beeindruckende Ermittlungsresultate auf die Empore steigt.»

«Bleiben wir bei der Sache.» Cécile ignorierte die abschätzige Anspielung von Fuchs. «Weisst du, ich habe das dunkle Gefühl, dass wir es mit ganz ausgekochten Profis zu tun haben.»

«Tja, ich habe den Eindruck, dass dich dein Gefühl nicht täuscht. Bei solchen Fällen sind heute meistens professionelle Banden am Werk. Und davon gibt es immer mehr. Die wissen genau, wie man vorgeht ohne brauchbare Spuren zu hinterlassen. Die wissen auch, wie man Zeugen manipuliert und einschüchtert. Aber Gott sei Dank gelingt es auch solchen Gaunern nicht, einen Mord ganz ohne Spuren zu begehen. Nur muss man die Spuren auch finden und die Zusammenhänge erkennen können. Das macht die Qualität eines guten Detektivs aus.»

Als Cécile ihm einen scharfen Blick zuwarf, verbesserte er sich: «Oder einer noch besseren Detektivin.»

Er bekam ein kleines Lächeln als Belohnung. «Sollte der Täter noch weitere Haustiere killen und weitere Alte erpressen, steigen unsere Chancen, dass er einen Fehler macht.»

«Du meinst also, je mehr Opfer, desto besser für uns?» Sie schüttelte missbilligend den Kopf.

Fuchs nickte nur und rieb sich seine Nase. «Wenn mich mein Gefühl nicht täuscht, müssten wir wirklich mit weiteren Fällen rechnen. Darum sollten wir uns in den Arsch klemmen und nichts ausser Acht lassen, auch wenn es völlig unwichtig zu sein scheint. Der gute Detektiv muss nicht nur eine grosse Nase haben, wie ich, er muss auch einen kritischen Blick haben, wie du!»

Jetzt lachte sie herzlich. «Du, ich bin jetzt wirklich kaputt und möchte nach Hause fahren. Soll ich dich bis in die Länggasse mitnehmen? Ich kann dich dort absetzen?»

«Ich nehme deine Einladung gerne an. Du hast ja vernünftigerweise nur zwei Gläser intus. Ich hingegen... na ja, darum bin ich per Tram ausgerückt. Aber ich kann dich dann nicht noch zu einem Kaffee bei mir einladen. Meine Frau ist zwar beim Wellnessen in Spanien, aber sie liebt Eifersuchtsdramen auch aus der Ferne.»

* * *

Die Nacht, die ich in Attilas Bett im Atelier verbrachte, schien mir
unendlich lang. Immer wieder hatte ich die Horrorbilder der verstorbenen Lisa vor Augen. Brennender Hass auf den brutalen Täter
stieg in mir hoch und gleichzeitig war mein Herz erfüllt von quä-
lender Trauer. Ich fühlte mich unsäglich einsam. Nicht nur war
meine vierbeinige Freundin umgebracht worden, auch mein junger
Mitarbeiter war verschwunden. Attila! Warum nur hatte ich ihn
so plötzlich zum Teufel gejagt? Die paar tausend Franken, die er
aus meiner Atelierkasse gestohlen hatte, konnte ich doch wirklich
verschmerzen! Und dass er ein Mädchen um sich brauchte war auch
kein Verbrechen. Mit zwanzig, mit einem etwas überschiessenden
Testosteronspiegel, war es doch selbstverständlich, dass er eine junge
Gespielin brauchte. Ich verfluchte Lorenz, der mich gegen Attila auf-
gehetzt hatte und ich verfluchte meine eigene Eifersucht. *Hab' Kraft
und Katz' und Freund verloren und mich der Eifersucht verschworen!*
Frei nach Hazy Osterwald.

Gegen sechs Uhr stand ich mit steifen, schmerzenden Gliedern auf,
nervös und depressiv. Ich braute mir in der engen Kochnische einen
starken Kaffee. Der schmeckte allerdings schrecklich bitter, denn ich
hatte gestern den letzten Rest der Milch Lorenz und der Kommissarin angeboten. Brot und Käse oder sonst etwas zu knabbern gab es
hier seit Attilas Auszug auch nicht mehr und der Kühlschrank war
bis auf zwei Dosen Bier leer.

Um etwas gegen meine Niedergeschlagenheit zu unternehmen,
beschloss ich, mich noch an diesem Morgen auf die Suche nach

meinem verlorenen Assistenten zu machen. Ich musste mich unbedingt bei ihm entschuldigen. Die Arbeit am Bild für die Bank konnte warten. Ich hatte nach dieser Nacht nicht die geringste Lust, mich vor die Staffelei zu stellen. Aber zuallererst wollte ich die tote Lisa in den Plastiksack packen und zur Kleintierklinik bringen.

Seit Attila ausgezogen war, hatte ich seinen Schlafraum nicht mehr betreten. Gestern Abend war ich viel zu erschöpft, um noch irgendetwas um mich herum wahrzunehmen, deshalb bemerkte ich erst jetzt, dass hier alles blitzblank sauber war. Vielleicht um gleichwohl ein Zeichen von sich zu hinterlassen, hatte er ein paar ungewaschene T-Shirts über die Stuhllehne geworfen. Ihr Duft trieb mir Tränen in die Augen. An einem Haken hinter der Türe hing auch noch seine alte Jeans, und unter dem Bett fand ich ein paar fast neue Turnschuhe. Hatte er diese Kleidungsstücke wirklich absichtlich hier zurückgelassen? Wollte er mir damit andeuten, dass unsere Freundschaft noch nicht ganz im Eimer war? Dass er gern wieder bei mir einziehen möchte? Die Hoffnung stirbt bekanntlich zuletzt. Selbst der Duschraum war eingehend gereinigt worden! Attila musste all dies unbemerkt bewerkstelligt haben, kurz bevor er mich wütend verliess. Eine unbestimmte Sehnsucht nahm von mir Besitz. Mit einem leisen Glücksgefühl stellte ich mich unter die Brause. Das Wechselbad unter kaltem und heissem Wasser würde meine trüben Gedanken und mein Schlafmanko wegspülen. So hoffte ich wenigstens.

Eine halbe Stunde später verliess ich das Atelier. In der einen Hand hielt ich den Regenschirm mit dem Aufdruck *Come Together!*, den mir Attila einmal aus Bukarest mitgebracht hatte. Und an der anderen Hand baumelte der Sack mit der Katzenleiche. Drohend dunkle Wolken trieben am Himmel und ein beissender Wind schlug mir eisig ins Gesicht. Der zügige Marsch zum Tierarzt dauerte eine knappe Viertelstunde und weckte mich vollends. Als ich dort ankam, stellte ich zu meinem Leidwesen fest, dass die Praxis erst um zehn Uhr öffne. So ein Mist! Unschlüssig und fröstelnd stand ich vor der verschlossenen Türe. Dabei war ich vor Ungeduld ausser mir. Ich wollte Lisa so schnell als möglich über ihren Chip identifizieren lassen. Und genau so schnell wollte ich Attila finden.

Da ich also vor zehn Uhr nichts unternehmen konnte, entschloss ich mich, kurz in mein Haus an der Stapfenstrasse zu gehen und mir dort ein richtiges Frühstück zu gönnen. Mit einem vollen Magen sieht die Welt doch schon viel besser aus. So konnte ich auch nach der eingegangenen Post schauen und mich wärmer anziehen. Bis zu mir nach Hause war es ja bloss ein Katzensprung. Ich nahm also den Sack mit Lisa, den ich beim Praxiseingang abgelegt hatte, wieder auf und machte mich auf die Socken.

Mein Briefkasten war bis obenhin voll mit Zeitungen und Werbepost, Rechnungen und Einladungen zu Vernissagen. Dazwischen fiel mir aber ein gelber Umschlag auf. Post von Attila? Ich trug den ganzen Kram in die Küche um ihn nach dem Morgenessen kurz durchzugehen. Ich bereitete mir erst einmal einen Kaffee zu – diesmal, wie gewohnt, mit etwas Milch. Ich schlug zwei Eier in die Pfanne und holte Brot und Käse aus dem Küchenschrank. Mein Blick fiel auf das Portrait von Lisa, das im Esszimmer neben dem von Attila hing. Erst vor zwei Wochen hatte ich das kleine Bild fertiggestellt. Attila hatte ich im vergangenen Herbst gemalt, um ihn auch zu Hause präsent zu haben. Nun überlegte ich mir, ob ich Lisa nicht in meinem Garten begraben sollte. So könnte ich sie, zumindest in meiner Nähe spüren. Ich würde ihr natürlich auch ein schönes Grab herrichten, vielleicht mit einem Rosenstrauch daneben und mit einem kleinen Grabstein. Aber zuvor musste ich unbedingt nach ihrem Chip suchen zu lassen, um ihren früheren Halter informieren zu können. Womöglich wurde sie ja immer noch vermisst und jemand suchte nach ihr.

Nachdem ich Spiegeleier, Brot und Käse verschlungen, danach eine zweite Tasse Kaffee getrunken und mir schliesslich auch noch einen Schokoriegel einverleibt hatte, fiel mir wieder dieser gelbe Umschlag ein. Ich fischte ihn aus dem Bündel Post heraus. Meine Adresse stand auf einer aufgeklebten Etikette. Aber der Absender war nicht zu entdecken und es war auch keine Briefmarke benutzt worden. Also musste jemand den Umschlag persönlich in meinen Briefkasten gelegt haben. Attila? Lorenz? Ein Nachbar? Neugierig öffnete ich das Kuvert und fand einen Werbesprospekt mit folgender Aufforderung darin:

Sicherheit im Alter!

Sehr geehrter Herr Kaltbach,
Werden Sie Donator unserer Stiftung!

Immer öfter hört man von Einbrüchen, Raubüberfällen und Erpressungen gegenüber alten und alleinstehenden Menschen! Diese Gefahren können Sie als Spender für unsere Stiftung aus der Welt schaffen: Wir schützen Sie unauffällig. In Ihrem Zuhause – bei Tag und bei Nacht! Sobald Sie bei uns Donator sind, ist unser Schutzprogramm kostenlos! Ein Segen für alle Seniorinnen und Senioren, die Hilfe und Schutz vor Kriminalität dringend benötigen, aber keine kostspielige und auffällige Sicherheitsfirma beauftragen wollen. Wir schützen auch Ihre geliebten Haustiere, ihre letzten und liebsten Freunde.

Erleben Sie Ihr Alter in Sicherheit! Sie wissen ja: Die Polizei kommt immer zu spät!

TUTAMENTUM ist eine private, christliche, gemeinnützige Stiftung in der Schweiz, die für Sicherheit, Ruhe und Unversehrtheit der alten Generation in ihrem Zuhause sorgt. Das ist ein dringendes Bedürfnis für alle, die in der heutigen, herzlosen Welt das Alter sicher, sorgenfrei und gefahrlos geniessen wollen.
Bereits haben sich über 15 000 Menschen in der Schweiz von uns beraten lassen und sich für unseren Schutzdienst entschieden.

Kontaktieren Sie uns auf info@tutamentum.ch und wir werden Sie über unsere Leistungen und die Konditionen für die Spende persönlich orientieren.

Stiftung TUTAMENTUM Schweiz
Wir werden uns erlauben Sie in den nächsten Tagen zu kontaktieren.

Ich wollte den Prospekt schon wegwerfen, als mir die Sache plötzlich verdächtig vorkam. Warum wandte sich diese mir völlig unbekannte Stiftung – oder was immer das war – ausgerechnet an mich?! Warum nahmen sie an, dass ich ein potentieller Spender sein könnte? Klar, ich war siebenundsiebzig und alleinstehend. Aber der Hinweis auf die ‹letzten und liebsten Freunde› machte mich stutzig. Hatte diese Werbung mit Lisas Tod zu tun? Im Moment hatte ich weder Zeit noch Lust, mich mit so etwas zu beschäftigen. Eigentlich sollte ich den Wisch ja der Polizei übergeben. Ich nahm mir vor, heute Abend über Google erst einmal nach dem sonderbaren Stiftungsnamen zu suchen.

Inzwischen war es zehn vor zehn. Ich zog mir ein paar warme Sachen an und verliess, mit Lisa in ihrem schäbigen Plastiksack das Haus.

Der Wind hatte sich noch verstärkt und mir wehte eisige Winterluft ins Gesicht. Am Himmel jagten sich die dunkeln Wolken. Ein scheusslicher Tag! Und ein Trauertag.

Die Kleintierpraxis war jetzt offen. Im Vorraum sass eine blonde Frau mittleren Alters vor ihrem Computer und liess mich erst einmal ohne Begrüssung vor der Empfangstheke stehen. Nach einer Weile richtete sie sich mit einem plötzlichen Seufzer auf, schaute mich kurz mit gerunzelter Stirn an und fragte: «Sind Sie angemeldet?»

Ich versuchte ihr freundlich zuzulächeln, was mir aber offensichtlich schlecht gelang. Ihr verschlossenes Gesicht hellte sich keineswegs auf. «Mein Name ist Klaus Kaltbach.»

Sie schob ihr schulterlanges Haar zurück und blickte mich mürrisch an. «Ich weiss wer Sie sind. Worum geht's?» Es war offensichtlich, dass ihr mein Besuch keine Freude bereitete.

«Meine Katze wurde ermordet und ich...»

«Ermordet?» Jetzt zeigte sie den Anflug eines spöttischen Lächelns.

«Ja, sie wurde misshandelt und getötet, wenn das für Sie glaubwürdiger klingt. Ich möchte gern prüfen lassen, ob ihr ein Chip eingepflanzt worden ist, damit ich die richtigen Besitzer informieren kann.»

Sie schüttelte den Kopf. «Was jetzt? Ist es Ihre Katze oder gehört sie zu jemand anderem?»

«Sie ist mir vor einem halben Jahr zugelaufen, und seither wohnte sie in meinem Atelier.»

Ich konnte ein nervöses Hüsteln nicht unterdrücken. «Zugelaufen? Und erst jetzt, nach einem halben Jahr wollen Sie wissen wem sie gehört?»

«Ich habe mehrfach versucht, ihre Besitzer ausfindig zu machen. Aber bis jetzt hat sich niemand gemeldet.»

«Mhm» murrte sie. «Nehmen Sie im Wartezimmer da drüben Platz. Der Doktor ist noch beschäftigt. Die Chip-Untersuchung kostet 45 Franken.» Damit wandte sie sich wieder dem Computer zu.

Zwanzig Minuten später holte mich der Tierarzt und führte mich in einen grossen, hellen Raum, in dessen Mitte ein Behandlungstisch stand. «Haben Sie diesen Kadaversack von uns? Waren Sie mit dem Tier schon bei uns in Behandlung?» Er klang wesentlich freundlicher als seine Praxishilfe.

«Nein. Den Sack habe ich von einem Freund, Lorenz Lienhard.»

«Ach, schau an. Wie geht's dem Kollegen im Ruhestand?» Er nahm mir Lisa ab und legte den Sack, nicht gerade sorgfältig auf den Tisch. Dann stülpte er sich Latex-Handschuhe über und zog die tote Katze vorsichtig heraus. «Die ist aber noch nicht lange tot, nicht wahr?» Er warf mir einen kurzen Blick zu und tastete den Kadaver prüfend an mehreren Stellen ab. Die Wunden am Kopf und an den Pfoten untersuchte er eingehend. «Wie ist denn so etwas passiert?»

«Nun, vorgestern Nacht muss das irgendein fanatischer Katzenhasser getan haben. Ich entdeckte sie gestern Morgen unter der Treppe zu meinem Atelier.»

Er nickte, schob die Brille auf seine Nasespitze und betrachtete mich eingehend. «Sie wissen, dass ich darüber einen Rapport an den Tierschutz machen muss. In letzter Zeit häufen sich solche Fälle.»

«Ich habe den Vorfall schon der Polizei gemeldet. Eine Kommissarin war gestern Nachmittag bei mir im Atelier. Ihr Name ist Cécile Brun.»

«Da haben Sie richtig gehandelt, Herr Kaltbach. Hoffentlich findet man diesen Typen. Schauen wir also jetzt mal nach dem Chip. Ich muss das im OP-Raum machen. Es dauert etwa zehn Minuten. Sie können inzwischen wieder ins Wartezimmer gehen. Geben Sie meiner Frau an der Anmeldung bitte Ihre Personalien, Adresse und Telefonnummer. Ein Impfzeugnis haben Sie wohl nicht? Na ja, das nützt uns ja jetzt auch nicht mehr viel. Übrigens... meine Gemahlin hat mir verraten, dass Sie der bekannte Kunstmaler sind. Schön, Sie kennen zu lernen.» Er lächelte und streckte den Daumen hoch. «Also, einen Moment bitte.» Mit einer Handbewegung wies er mich zum Warteraum. Ich ging nach draussen und schrieb der Frau des Tierarztes die gewünschten Angaben auf ein Konsultationsblatt. «Kommen Sie für die Kosten auf?» fragte sie mich mit strenger Miene.

«Selbstverständlich. Brauchen Sie meine Kreditkarte oder schicken Sie eine Rechnung?»

«Kreditkarte!» Sie zeigte, ohne mich anzusehen, auf die Lesemaschine. Der arme Ehemann! dachte ich. Als meine Bezahlung erledigt war, zog ich mich ins Wartezimmer zurück.

Nach einer Viertelstunde rief mich der Arzt zurück in das Untersuchungszimmer. «Also; die Katze gehört einer Marianne Bornhauser in Uster. Hier.» Er reichte mir einen Zettel mit dem Namen und einer Telefonnummer.

Ich staunte. «Jemand in Uster? Wie konnte denn die Katze zu mir nach Bümpliz kommen? Das ist doch absolut unmöglich. Das müssen ja mehr als 150 Kilometer sein!»

Er grinste. «Ja, das frage ich mich auch. Entweder wurde sie hier in der Nähe ausgesetzt... oder diese Frau Bornhauser ist hierher gezogen, und das Tierchen fand nicht zurück zum neuen Zuhause. Versuchen sie die Dame anzurufen und fragen Sie, was sie mit dem Kadaver tun sollen. Haben Sie sonst noch einen Wunsch?»

Ich zuckte die Schultern. «Nun ja.... Ich werde gleich anrufen. Falls die Frau das tote Tier nicht will, möchte ich die Katze kremieren lassen. Könnten Sie dies für mich arrangieren?»

«Aber sicher kann ich das. Allerdings wird das in etwa 300 Franken kosten. Wäre das für Sie in Ordnung?» Ich fand den Betrag ziemlich hoch. Der Tierarzt schien es mir anzusehen. «Sie können den Kadaver natürlich auch selbst begraben. Allerdings ist dies nur auf eigenem Boden gestattet.»

«Ich werde mir das noch überlegen. Zuerst versuche ich jetzt diese Dame anzurufen.»

Ich setzte mich noch einmal ins Wartezimmer und rief die Nummer in Uster an. Der Stimme nach musste es eine ältere Dame sein, die das Telefon abnahm.

«Bornhauser».

«Guten Tag, Frau Bornhauser. Ich heisse Klaus Kaltbach und wohne in Bern. Ich möchte Sie fragen, ob Sie eine schwarze Katze vermissen?»

Sie kicherte. «Ach, du lieber Gott! Ja, ich vermisse meine Katze immer noch, das ist jetzt aber schon über ein halbes Jahr her. Haben Sie etwa meine Romantica gefunden? Das kann doch wohl nicht wahr sein. Wo wohnen Sie?»

«In Bümpliz bei Bern. Die Katze lebte wahrscheinlich schon seit letztem Herbst hier in der Gegend. Im November kam sie oft in meinem Atelier vorbei. Sie sah ein bisschen unterernährt aus. Also gab ich ihr zu fressen und mit der Zeit kam sie dann täglich.»

Frau Bornhauser atmete schwer. «Trotzdem, das kann unmöglich Romantica sein! Wie hätte sie denn den weiten Weg nach Bern geschafft? Sie war doch noch nie dort.»

«Das konnte ich mir bis jetzt auch nicht vorstellen. Aber ich bin mit ihr beim Tierarzt und der hat ihre Adresse auf dem Chip feststellen können.»

Die Frau stiess ungläubig hervor: «Ach, du meine Güte! Wenn es auf dem Chip steht, muss es wohl so sein. Wie geht es ihr denn?»

Ich schluckte leer, hatte aber gar keine andere Wahl als ihr die Wahrheit zu sagen. «Es ging Ihrer Katze bis vorgestern Nacht sehr gut. Jedenfalls seit sie bei mir hauste. Sie war sauber und zutraulich. Ich habe im Internet nach ihrem richtigen Besitzer gesucht, aber es hat sich bis heute niemand gemeldet. Und nun, gestern Nacht wurde sie von jemandem erschlagen. Es tut mir so leid, Frau Bornhauser, aber als ich sie gestern Morgen gefunden habe war sie schon tot. Heute früh brachte ich sie dann zum Tierarzt, um nach einem Chip suchen zu lassen.

Eine Weile hörte ich nur das leise Schniefen der Frau. Mit zittriger Stimme jammerte sie: «Oh mein Gott! Oh mein gütiger Gott!» Aber dann sprach sie plötzlich ziemlich energisch weiter: «Hören Sie, Herr Kaltbach. Da fällt mir etwas ein. Jemand muss Romantica gestohlen und nach Bern gebracht haben. Es war kurz nach ihrem Verschwinden. Da erhielt ich nämlich einen Anruf von einem Unbekannten. Er teilte mir mit, dass er meine Katze gefunden habe. Stellen Sie sich vor, er forderte 30 000 Franken von mir, wenn ich sie lebend wiederhaben wolle. Der Mann am Telefon war mir unheimlich und ich bekam es mit der Angst zu tun. Deshalb fuhr ich noch am selben Tag zu meiner Tochter nach Rapperswil. Rebekka beruhigte mich aber und meinte, ich solle ja nicht auf seine Forderung reagieren. Katzen hätten doch keinen so unsinnig hohen Wert. Ich liess es also Gott sei Dank bleiben. Sicher hat dieser Erpresser meine Romatica dann nach Bern gebracht. Na ja, so sind heute die Menschen!» Frau Bornhauser schien kurz nachzudenken und fragte dann plötzlich: «Sagen Sie, haben Sie etwa meine Katze gestohlen?»

«Nein!» Nun brüllte ich fast. «Natürlich nicht. Ich habe ja die Polizei informiert, und der Tierarzt macht auch einen Rapport. Herrgott noch einmal! Man wird den Fall untersuchen, denn es gibt noch weitere Leute, denen so etwas geschehen ist.» Etwas ruhiger versuchte ich dann, sie zu trösten: «Ach, es tut mir so leid für Sie, Frau Bornhauser. Ich... ich werde Ihre Romantica kremieren lassen und Ihnen die Asche schicken? Natürlich gratis! Einverstanden?»

Jetzt weinte sie laut. «Ja, tun Sie das. Oder nein, nein! Schicken Sie mir die Asche nicht! Es ist ja schon eine Weile her. Und ich möchte nicht wieder...»

«Ich verstehe. Aber ich könnte Ihnen einige Fotos zukommen lassen, aus der Zeit in der Lisa... wissen sie, ich nannte sie Lisa... also aus der Zeit als Romantica bei mir gewohnt hat?»

Eine Weile war ausser ihrem leisen Schluchzen nichts zu hören. Dann stimmte sie zu: «Ja, Das wäre sehr liebenswürdig von Ihnen. Meine Adresse lautet: Marianne Bornhauser, Krämeracker 14 in Uster. Würden Sie mich dann auch benachrichtigen, wenn die Polizei etwas herausfindet? Es haben hier nämlich zu dieser Zeit noch andere Leute ihre Katzen vermisst. Aber niemand wollte deswegen zur Polizei.»

Nun wurde ich hellhörig «Ach ja? Also, ich werde Ihnen die Bilder schicken. Und Romantica werde ich kremieren lassen.»

«Oh danke. Sie sind so gütig – im Gegensatz zu diesem anderen Kerl. Gott segne Sie.» Mit einer gewissen Erleichterung beendete ich das Gespräch.

An der Rezeption versprach mir der Tierarzt, dass ich Lisas Asche in zehn Tagen in einer Urne abholen könne.

Es war nun kurz vor 11 Uhr und immer noch zu früh um Attila beim Rumänentreffpunkt an der Normannenstrasse zu finden. Um planlos herumzulaufen war es mir zu kalt. Deswegen trottete ich missmutig zu mir nach Hause. Kaum hatte ich die Haütüre hinter mir geschlossen, rief Lorenz an. «Klaus, hast du die Online-Zeitung gelesen? Da wird etwas über dich und deine Katze geschrieben. Lies das mal!

Du musst dich unbedingt gegen solche Verleumdungen wehren. Ich weiss nicht, woher die Redaktion diesen Mist hat – wenn nicht von der Polizei. Schau dir den Artikel sofort an. Und wenn du einen Rat brauchst, ruf mich an. Ich bin zu Hause.»

Natürlich schaltete ich sofort mein Notebook ein. Ich fand den von Lorenz angesprochenen Bericht und mir wurde schon beim Lesen der Headline schlecht. Da stand in grossen Lettern: *Kunstmaler quält Katze zu Tode!* Was für eine Schweinerei war da im Gang?! Zitternd las ich weiter:

Der berühmte Berner Kunstmaler K. K. scheint kein Freund von Vierbeinern zu sein. Gestern fand man vor seinem Atelier eine zu Tode gequälte Katze. Eine anonyme Meldung (wahrscheinlich aus Tierschutzkreisen) ist heute Morgen bei uns eingegangen. Die Polizei war schon vor Ort, denn es besteht die Möglichkeit, dass K. K. auch im Fall der beiden früheren Tiermorde (siehe den Bericht vom 2. März) verantwortlich ist.

K.K. ist neben seinen preisgekrönten Tierskulpturen und den satirischen Bildern besonders auch für seine Katzen- und Hundebilder bekannt. Wir fragen uns, welches Motiv der gut betuchte Künstler für solche Gräueltaten haben könnte. Bislang genoss der in Bümpliz ansässige, prominente Maler international einen einwandfreien Ruf, nicht nur als renommierter Künstler, sondern auch wegen seiner grosszügigen Spenden für gemeinnützige Institutionen. Wir werden unsere Leser im Laufe des Tages über die weiteren Resultate der polizeilichen Ermittlungen informieren.

Vollkommen perplex rief ich sofort bei der Kantonspolizei an und verlangte die Hauptkommissarin Brun zu sprechen.

«Frau Brun ist im Moment nicht erreichbar» zwitscherte eine Telefonistin.

«Ich muss sie aber dringend sprechen» protestierte ich wütend. «Es geht um die Tiermorde.»

«Wie ist Ihr Name?» Auch die Beamtin wechselte nun in einen harschen Ton, so als hätte sie die Zeitung auch gerade gelesen.

«Kaltbach. Klaus Kaltbach. Frau Brun war gestern Nachmittag bei mir. Sie hat mich gebeten sofort anzurufen, wenn ich wichtige Neuigkeiten für sie hätte. Und das ist nun der Fall!»

«Moment, bitte.»

Ich musste nicht lange warten. «Guten Morgen, Herr Kaltbach» meldete sich die Brun genau so freundlich, wie am Vortag. «Was gibt's denn Neues?»

«Haben Sie schon die Online-Zeitung gelesen?» Ich vergass in meiner Wut sogar, sie anständig zu begrüssen.

«Heute Morgen? Nein. Warum? Was ist damit?»

«Die haben geschrieben, ich sei der Mörder meiner Katze! Und ich sei möglicherweise verantwortlich für die beiden vorausgegangenen Fälle! Wurde dies der Zeitung von Ihnen gesteckt?»

«Wasss?!» Jetzt schien sie echt bestürzt zu sein. «Von uns haben die Medien gar nichts erhalten! Moment, das wollen wir augenblicklich abklären. Ich gehe sofort zum Wagen und schaue mir diese Sauerei an. Sie hören in ein paar Minuten von mir.»

* * *

Die Beiden joggten vom Haus der alten Frau über einen Feld-
weg, der nach etwa 100 Metern in den Wald hinein und dann
steil abwärts Richtung Wohlensee führte. Kurz bevor sie dort das
Haus der Alten verliessen, hatten sie die Latexhandschuhe und die
Schuhüberzüge abgestreift und in den Taschen ihrer Jogginganzüge versteckt. Nach einigen Dutzend Metern hielten sie kurz an,
um das Zeug im Waldboden zu vergraben. Erst als sie die schmale
Brücke über den See überquerten, begegneten sie einem Auto. Sonst
schien die Gegend zu dieser späten Stunde völlig ausgestorben zu
sein. Es war bereits nach ein Uhr und stockdunkel, als sie unter den
letzten der niedrigen Brückenbogen krochen, um dort erst einmal
eine Weile zu verschnaufen. Die Sporttasche mit den Hemden,
Kapuzenpullis und Jeans war noch da, gut hinter einem Gebüsch
versteckt und unberührt.

Anna zog ihren Jogginganzug aus und verstaute ihn in einer
Plastiktüte. Sie trug jetzt nur noch einen hauchdünnen Slip. Vor
einigen Tagen war sie grade siebzehn geworden.

«Hei, siehst du geil aus, wenn du so verschwitzt bist!» Sandor trat
zu ihr und umfasste ihre kleinen, straffen Brüste.

«Mann, hör' auf! Was willst du schon wieder? Ich erfriere.» Sie
versuchte sich aus seinem Griff zu befreien. «Hier und jetzt? Du
spinnst total!»

«Schnell, nur ein Quicky?» Er leckte an ihrem Ohrläppchen und
drängte dann seine Zunge in ihren Mund. « Komm' schon, Annchen,
das beruhigt.» Er löste seine Gürteltasche, liess die Jogginghose und
die Boxershorts auf die Knöchel fallen, ohne das Mädchen loszulassen.

«Ich brauch's jetzt, ...jetzt! Und du brauchst es auch, Anna!»

Mit einem kleinen Stöhnen liess sie ihn gewähren. «Dann mach schon, aber schnell, mir ist kalt.»

Sie bumsten stehend. Sie unbeteiligt und gelangweilt. Er hechelnd wie ein Hund. Nach kaum drei Minuten kam er und wandte sich danach sofort von ihr ab. Er zog seine Hose, die Unterhose und das Oberteil ganz aus und steckte beides in die Plastiktüte zu Annas verschwitzten Sachen. Das Mädchen war nun echt sauer. Aus der Sporttasche holten sie ihre Alltagskleider: Jeans, T-Shirt und Kapuzenpulli und zogen sich wieder an.

«Nach diesem Flop brauche ich was zum Entspannen. Wo hast du die Dose?» fragte sie, während sie sich kämmte.

«Wo denn wohl? In der Sporttasche! Moment.» Er holte ihr einen der vorbereiteten Joints «Nun, ist dir immer noch kalt, du Heulsuse?» Grinsend gab er ihr Feuer.

Anna nahm ein paar gierige Züge und überliess dann den dicken Knaller Sandor. Nach einer Weile stellte sie trocken fest: «Die Frau ist tot!»

«Na ja» grunzte er und zog den Rauch tief ein. «Ging nicht anders.»

Sie atmete durch. «Los, wir hauen hier ab. Hoffentlich steht die Vespa noch vor der Beiz.» Sie nahmen die Tasche mit ihren Sachen und stiegen zur Brücke hinauf.

«Er wird uns auswechseln» meinte sie, nach einigen hundert Metern, die sie schweigend zurückgelegt hatten.

«Warum sollte er? Wir haben ja ein Geschenk für ihn.» Sandor zeigte triumphierend auf seine Gürteltasche. Gold and Money! Unsere Beute ist sicher hundert Tausender wert. Und Spuren haben wir auch keine hinterlassen. Warum sollte er unzufrieden mit uns sein?»

«Weil es ihm nicht um Schmuck und Bargeld geht, du Pfeife. Das weisst du doch genau.»

Er kratzte sich im Schritt. «Es geht immer um Kohle, Süsse. Auch ihm. Mann, ich glaub' ich muss dich nochmals. Spür mal.» Er führte ihre Hand an seinen Hosenstall.

«Vergiss es, du geiles Arschloch. Du kotzt mich langsam, aber sicher an mit deinem Gejammer. Ich will jetzt ins Nest und abschalten. Und sonst gar nichts.»

* * *

Fuchs kam an diesem Morgen verspätet in Cécile Bruns Büro an der Hodlerstrasse. Er war es nicht mehr gewohnt in aller Herrgottsfrühe aufzustehen. Deshalb nahm er sich zu Hause noch alle Zeit für seinen ersten Kaffee. Das hätte er früher, als er noch im Dienst war, nie getan. Im Übrigen hatte er am Abend vorher bei einer Jassrunde etwas tief ins Glas geguckt. Er war der Ansicht, dass das einem pensionierten Polizisten schliesslich ab und zu passieren dürfe.

«Ist Madame la Patronne schon ausser Haus?» fragte er die kaum 20 jährige Assistentin Adamovic.

«Einen schönen guten Morgen, Herr Fuchs» wünschte sie ihm, etwas maliziös. «Sie ist schon um sieben Uhr weg. Vorher hat sie die beiden neuen Fahnder, die uns Herr Bodenmann geschickt hat, über den Fall orientiert und ihnen einige dringende Besorgungen aufgegeben. Ich bin allein hier.» Ihr Ton war leicht vorwurfsvoll.

«Was denn für dringende Besorgungen? Kaffee einkaufen?» Er liebte es bei jungen Mitarbeiterinnen als Spassvogel zu gelten.

«Fürs Einkaufen bin ich zuständig, Herr Fuchs. Soviel ich mitbekommen habe, schickte sie den einen der Kollegen zur Rechtsmedizin. Der andere soll im Inselspital abklären, ob man den Leichnam der vorgestern verstorbenen alten Frau freigeben könne oder in die Rechtsmedizin zurück bringen müsse. Er soll dort auch nach der DNA-Analyse der Frau fragen und ihre Papiere abholen.»

«Aha. Und Cécile selber, wo sie unterwegs ist, haben Sie nicht mitbekommen?»

«Keine Ahnung. Sie orientierte mich leider nicht. Wie üblich. Aber Sie sollen sie anrufen, sobald Sie hier auftauchen.»

«Auftauchen? Hm. Na gut.» Er griff zum Diensttelefon auf Bruns Schreibtisch und rief Cécile an. «Hast du gut geschlafen?»

«Geht dich nichts an. Immerhin freut es mich, dass du auch schon wach bist, altes Murmeltier» frotzelte Cécile munter. «Im Moment bin ich in der Villa von Röthenmund, am Veilchenweg. Ich bringe seine Haarbürste und anderes Material ins Labor. Die Spurensicherung hat wahrscheinlich nur im Garten herumgestochert. Unprofessioneller geht's wohl kaum! Aber du kannst Gift darauf nehmen, dass so etwas nicht mehr vorkommen wird!»

«Vergiss es. Die Herren sollten längst selber wissen, was ihre Funktion...»

Sie liess ihn nicht ausreden: «Vorher habe ich einen der Nachbarn von Röthenmund gesprochen. Er hat ziemlich genau zu dem Zeitpunkt, als der Hund stranguliert wurde, zwei junge Leute im Garten des Apothekers gesehen. Beide trugen grüne T-Shirts mit einem weiss aufgedruckten vierblättrigen Kleeblatt und grüne Baseballmützen. Er dachte, Röthemund habe den Gärtner gewechselt.»

«Interessant. Konnte er sie noch etwas näher beschreiben?»

«Ja, sicher. Er erinnerte sich, dass die Männer eine riesige, gelbe Baumschere und eine Alu-Klappleiter bei sich hatten. Auch eine Werkzeugkiste und noch ein paar andere Sachen. Ich fragte ihn, ob darunter auch ein Seil war. Er meinte: ‹Möglich. Wissen Sie, von mir drüben sieht man schlecht in Robis Garten. Wegen dieser hohen Hecke.›»

Fuchs verspürte kratzende Schmerzen in seinem trockenen Hals, wie immer wenn er am Abend zuvor zu viel Wein in sich hineingeschüttet hatte. Er räusperte sich ein paar Mal. «Glaubst du, dass es diese jungen Gärtner waren, die den Hund getötet haben?»

«Es sieht ganz danach aus. Hör mal, Beat, ich bin hier jetzt fertig und komme zurück ins Büro. Wie ich sehe rufst du ja von dort an. Ich bin gleich bei dir.»

Fuchs wandte sich an Cvetlana. «Ich muss auf meine Chefin warten. Können Sie mir einen starken Kaffee mit ganz wenig Milch bringen, bitte?» Als sie ihn unwillig ansah, fügte er sanft hinzu: «Wenn Sie doch schon für den Einkauf zuständig sind.»

Cécile kam erst eine Dreiviertelstunde später und entschuldigte sich. «Ich habe noch die DNA-Träger und anderes Material ins Labor gebracht.»

«Sag' mal, warum sind die Wohnung der Boss und die Villa von Röthenmund eigentlich nicht wieder bewohnt? Gemäss den Akten sind die beiden Attacken ja schon vor ein paar Wochen passiert?»

«Stimmt. Aber Röthenmunds Kinder wollen das alte Haus total renovieren. Der Sohn war inzwischen bereits mit einem Architekten dort. Wir haben sie angewiesen nichts anzurühren, bevor die Leute der Spurensicherung ihre Arbeit gemacht haben. Es steht also noch alles so herum wie es der pensionierte Apotheker hinterlassen hat. Und die Wohnung der Boss ist immer noch versiegelt. Die Frau ist ja erst vorgestern im Spital verstorben.»

«Alles klar. Ich habe in der Zwischenzeit sämtliche Gärtnereien angerufen, die in Bern und Umgebung einen Gartenpflegeservice anbieten. Aber niemand will einen Laden kennen, der ein vierblättriges Kleeblatt als Logo hat.»

«Das erstaunt mich nicht. Übrigens erinnerte sich der alte Nachbar noch an den Namen der Gartenbaufirma, die Röthenmunds Garten normalerweise pflegte: Gartengestaltung Grüninger. Sehr einprägsam. Also können wir ziemlich sicher sein, dass die beiden jungen Männer keinen Auftrag von Röthenmund hatten, und offensichtlich ohne Wissen des Apothekers dort waren. Und noch etwas erzählte der Nachbar: Der Hund habe kurz und heftig gebellt. Wie immer, wenn Fremde bei Röthenmund zu Besuch kamen.»

«Gut gemacht, Hauptkommissarin. Bloss... die Jungs werden ihre T-Shirts nun kaum mehr tragen, also können wir sie mit dieser spärlichen Beschreibung auch nicht identifizieren.»

Cécile widersprach:«Wir wissen immerhin, dass die Täter jung und männlich waren.»

Fuchs wandte ein: «Jung ist ein dehnbarer Begriff, zumindest für einen alten Mann wie mich. Wozu brauchst du übrigens die DNA der Opfer? Was uns wirklich helfen würde, wäre jene der Täter.»

Sie sah ihn mit einem Achselzucken an. «Ich bin neu hier, Beat! Als ich zur Abteilung Leib und Leben kam und Hauptkommissarin wurde, sass ich mit Cvetlana mutterseelenallein in diesem Büro. Daniel Gerber hatte längst gekündigt und war weg. Seine Assistentin, Frau Rausser war in den Ruhestand entschwunden und ich wurde von diesen Tierkiller-Fällen überrumpelt. Mit Gewaltverbrechen hatte ich bis anhin kaum Erfahrungen gemacht. Sehr wahrscheinlich bekam ich den Posten damals nur, weil der Ersatzmann für Gerber, ein Lars Hofschmied aus Kiel, gar nie in Bern erschienen ist. Deshalb ist es eigentlich erstaunlich, dass in der Wohnung von Frau Boss unter diesen Umständen noch einigermassen sorgfältig ermittelt wurde. Bei Röthenmund hingegen nahm man sich ausschliesslich den Leichnam und den Garten vor. Ein Hund wurde erhängt. Röthenmund erlitt deswegen einen Herzinfarkt und starb. Der alte Mann konnte also selber gar keine Klage mehr einreichen, und seine Kinder verzichteten darauf. Vielleicht waren sie sogar froh über sein schnelles Ende. Das war meine Situation an meinem ersten Tag in diesem Laden.»

«Ich gebe ja nicht dir die Schuld. Bodenmann hätte das anders arrangieren müssen.»

«Das dachte ich damals auch. Das einzige was uns übrig bleibt ist jetzt, einen Monat später nota bene, noch einmal von vorne anzufangen. Glücklicherweise wurde weder in Röthenmunds Villa samt Garten, noch in der Wohnung von Frau Boss etwas verändert.» Fuchs nickte und lächelte sie versöhnlich an. «Komm, lass uns weiter machen. Wir haben ja noch andere Kunden, um die wir uns kümmern müssen.»

Sie legte das fertige Protokoll der Befragung Kaltbachs vom Vortag auf den zweiten Schreibtisch, der am frühen Morgen für Fuchs ins Büro gestellt worden war. «Kaltbach kommt heute Nachmittag zum Unterschreiben des Protokolls vorbei. Er war zwar gestern Abend völlig von der Rolle, wegen dem Bericht in der Online-Zeitung. Ich hoffe, dass er den Termin deswegen nicht vergessen hat. Könntest Du es bitte vorher einmal durchlesen? Und sag mir, wenn etwas nicht korrekt ist.»

«Das kann ich doch nicht. Ich war ja nicht dabei» wehrte Fuchs ab.

«Das ist mir klar. Aber du kennst die korrekten Formulierungen auswendig. Ich hol dir inzwischen noch einen Kaffee.»

Als Cécile mit einem Tablett mit zwei dampfenden Tassen zurückkam, hatte sich Fuchs an seinem Schreibtisch schon notdürftig eingerichtet.

Sie kam noch einmal auf seine Frage zurück: «Du wolltest wissen, warum ich auch die DNA der Opfer sichern will? Weil ich in der PS München gelernt habe, dass man immer und in jedem Fall ein möglichst breites Spektrum von Daten über Täter, Opfer und über alle Verdächtigen sammeln muss. War das nicht auch deine Devise?»

Fuchs brummte. «DNA-Proben kosten Geld. Bodenmann wird dich dafür ansausen.»

Er setzte seine Brille auf und vertiefte sich gehorsam in das Kaltbach-Protokoll.

Gegen halb zwölf klingelte das Telefon auf Cécile's Schreibtisch. «Ja, hallo?»

«Hier ist Klaus Kaltbach. Spreche ich mit Frau Brun?» Der Mann war völlig ausser Atem zu sein und stotterte beinahe.

«Guten Tag, Herr Kaltbach. Gut, dass Sie anrufen. Ich erwarte Sie am frühen Nachmittag zum Unterschreiben des Protokolls. Das haben Sie doch nicht vergessen?»

«Nein, nein, aber...» Der Mann schien total ausser sich zu sein: «Aber, es ist besser, Sie kommen zu mir. Hier ist nämlich der Teufel los. Ich getraue mich nicht einmal ans Fenster. Eine Horde von Gaffern lungert vor dem Eingang zu meinem Atelier herum und skandiert: ‹Katzenmörder, Katzenmörder!› Die Hauswand ist versprayt mit üblen Parolen, und ein paar Verrückte legen sogar Blumen und Trauerkarten mit Katzenbildern auf die Einganstreppe. Das habe ich alles diesem verdammten Bericht gestern in der Online-Zeitung zu verdanken. Was soll ich nur machen, Herrgott noch einmal?»

Fuchs erhob sich ächzend und ging zu Cécile hinüber: «Was ist denn los?»

«Einen Moment, Herr Kaltbach.» Die Kommissarin legte das Handy auf den Schreibtisch: «Es ist Kaltbach. Sein Atelier wird anscheinend wegen dem Bericht in der Online-Zeitung von Demonstranten belagert. Er muss da unbedingt weg!»

Nun wurde auch Fuchs unruhig: «Herrgott noch mal, was läuft denn da ab?»

Cécile nahm ihr Handy wieder auf: «Sind Sie noch da, Herr Kaltbach? Gehen Sie auf Distanz und bewahren Sie Ruhe! Ich komme mit meinem Kollegen so schnell als möglich zur Wache Bümpliz. Und ich schicke jemanden zur Zeitungsredaktion um herauszufinden, woher die den Tipp haben. Versuchen sie jetzt, wenn möglich unerkannt, aus dem Atelier zu verschwinden und warten sie dann bei den Parkplätzen der Polizeiwache auf uns. Wir sind in einer Viertelstunde da.»

Cécile zog sich ihre Jacke über, schlüpfte in die Stiefel und schaute noch kurz in das Büro ihrer Assistentin. «Cvetlana, hier ist ein Artikel in der Onlinezeitung. Lies den rasch durch. Dann rufst du einen von Bodenmanns Fahndern an. Er soll so schnell wie möglich mit seinem Kollegen zur Zeitungsredaktion am Nordring gehen und den Verfasser dieses Artikels ausfindig machen. Du hast doch die Nummer der Fahnder? Falls du niemanden erreichen kannst, der nullkommaplötzlich hinfahren kann, soll mich Doktor Bodenmann dringend anrufen. Verstanden? Und verlier keine Zeit!» Sie liess die Assistentin vor ihrem Computer zurück. Auch Fuchs hatte sich schon seinen Mantel umgehängt und zusammen hasteten sie zur Tür hinaus.

Der einzige Dienstwagen, den Cécile ergattern konnte, war ein uralter Volvo. Fuchs übernahm das Steuer und raste in halsbrecherischem Tempo mit Blaulicht Richtung Bümpliz. Als sie den Vorort erreichten, schlug die Glocke im Turm der alten Kirche eben zwölf. Beim Benteligebäude hielten sie an, um einen Blick auf die Protestierenden zu werfen.

«Scheisse!» fluchte Fuchs. «Warum ist denn noch keine Streife da?!» Dann gab er wieder Gas. Als er an der Kirche vorbeiraste, dachte er kurz an die Zeit, als er hier konfirmiert worden war. Ein halbes Jahrhundert war das her. Damals hatte Bümpliz noch anders ausgesehen: Ein Dorf mit einem alten Wasserschloss, einem Dutzend Bauernhöfen, ein paar Kleinunternehmen, einigen herrschaftlichen Villen, zwei Bahnstationen und einer Arbeitersiedlung. Mit einer Spur Wehmut dachte er an den einst so friedlichen Ort zurück.

Mit kreischenden Bremsen hielt er vor der neuen Wache an. Inzwischen hatte Cécile endlich jemanden von der Redaktion der Onlinezeitung erreicht. Sie brüllte beinahe in ihr Handy: «Kommt nicht in Frage! Meine beiden Kollege nehmen den Computer mit und basta! Sie können sich bei unserem Chef beschweren, wenn Sie wollen. Wir werden jedenfalls Herrn Kaltbach empfehlen, eine Anzeige wegen Verleumdung und Aufwiegelung gegen Sie zu erheben. Was Sie da geschrieben haben, ist mehr als verantwortungslos!» Sie schäumte. «Eine Pressekonferenz? Ja! Wir werden die Medien orientieren, sobald wir wissen was Sache ist. Im Gegensatz zu euch ist es uns nämlich nicht erlaubt, Dinge zu veröffentlichen, die nicht den Tatsachen entsprechen. Wenn dieser Artikel nicht sofort vom Netz genommen wird, können Sie was erleben!»

Sie schaltete das Handy aus und schnaubte ausser sich vor Zorn: «Dieses Arschloch lachte mich auch noch aus!»

Fuchs legte ihr eine Hand auf die Schulter. «Ruhig, Cécile. Wir kennen ja die Verantwortungslosigkeit gewisser Medien. Quak, quak, je lauter desto besser. Reg dich ab und steig aus. Wir wollen uns einmal anhören, was Kaltbach zu erzählen hat.»

Unwirsch meinte Cécile: «Irgendetwas stimmt bei diesem Künstler auch nicht!» Genervt schlug sie die Tür des Volvo zu.

Der Maler wartete schon ungeduldig vor dem Eingang zur Wache. Man erkannte ihn unter seiner Kapuze und dem langen, schwarzen Mantel wirklich kaum. Fuchs blieb locker. «Gut gemacht, Kaltbach, brummte er zur Begrüssung. «In dieser Aufmachung erkennt Sie bestimmt niemand.» Im selben Moment trillerte schon wieder Céciles Handy. Sie hielt das Gerät ans Ohr und streckte dem Maler gleichzeitig ihre erstaunlich kräftige Hand entgegen. Fuchs schickte Kaltbach mit einer Handbewegung Richtung Hauseingang. «Moment!» rief Cécile ihnen nach. «Ich muss mir das rasch anhören und komme dann nach.»

Fuchs ging dem Maler voraus und führte ihn in die erste Etage. «Wir gehen inzwischen hinauf in eines der Besprechungszimmer. Sie müssen ja Ihre Aussage von gestern unterschreiben.»

Kaltbach las das Protokoll sorgfältig durch und verlangte dann, dass man noch einen Schlusssatz anbrachte.

«Schreiben Sie bitte: *Meines Erachtens kann Attila Grigorescu unmöglich der Täter gewesen sein. Er liebte Lisa. Sie schlief meistens neben ihm in seinem Bett im Atelier.* Mit dem Rest bin ich einverstanden.»

Fuchs kratzte sich am Kinn und erklärte: «Das muss die Kommissarin genehmigen.»

Diese war inzwischen nachgekommen und erfüllte mit einem zweifelnden Lächeln seinen Wunsch, druckte das Protokoll aus und liess ihn unterschreiben. «Schauen Sie, Herr Kaltbach» erläuterte sie ihm dann ernst, «es geht bei allen diesen Vorfällen um schwere Verbrechen. Besonders bei Frau Boss. Körperliche Gewalt mit Todesfolge wird mit mehreren Jahren Gefängnis bestraft. Dazu kommen Erpressung, Tierquälerei und die Zerstörung fremden Eigentums. Im Fall Röthenmund sieht es ähnlich aus. Was Sie selber betrifft, ist Gott sei Dank alles noch glimpflich abgelaufen. Aber immerhin: Ihre Katze wurde brutal getötet, Sie erhielten eine Morddrohung, und nun folgt noch eine schwerwiegende Verleumdung. Wir werden also auch in Ihrem Fall weiter ermitteln müssen. Ich hoffe nur, dass Sie, was Ihren jungen Mitarbeiter betrifft, richtig liegen. Denn wir müssen davon ausgehen, dass Herr Grigorescu ein starkes Motiv hat, nachdem er von Ihnen fristlos entlassen wurde.»

«Und die anderen beiden Attacken? Hatte Attila Ihrer Meinung nach, auch ein starkes Motiv für die beiden andern Taten?! Er kannte weder Frau Boss, noch den Mann mit dem Hund. Falls Sie ihn verdächtigen, werde ich ihm einen sehr guten Anwalt besorgen. Darauf können Sie sich verlassen» drohte Kaltbach trotzig.

Weil Céciles Handy schon wieder klingelte, übernahm Fuchs die Gesprächsführung:

«Das überlassen wir Ihnen. Aber dazu müssen Sie bei Herrn Grigorescu ein entsprechendes Mandat einholen.»

Kaltbach stöhnte. «Ich weiss ja nicht einmal wo er ist. Und Sie auch nicht! Vielleicht ist er längst wieder in Bukarest.»

«Eben.»

«Gut, ich warte also ab. Aber jetzt muss ich Ihnen doch noch berichten, was der Tierarzt herausgefunden hat!»

In diesem Moment erhob sich Cécile ruckartig. Sie trat zu Fuchs und flüsterte ihm ins Ohr: «Wir haben einen neuen Fall. In Frauenkappelen. Die Fahndung ist schon dort. Wenn Du einverstanden bist, fahre ich erst mal alleine hin. Hör dir inzwischen an, was Herr Kaltbach noch zu sagen hat. Es wäre gut, wenn du ihn zu seinem Atelier begleiten würdest. Ich hole dich dann später dort ab.»

Die Hauptkommissarin machte sich auf den Weg. Allerdings liess sie Fuchs nur ungern allein mit dem Künstler zurück. Es war schliesslich ihr Fall! Und sie war zum ersten Mal in ihrer Polizistenkarriere die zuständige Ermittlerin!

Der designierte Kriminalinspektor a. D. setzte sich hinter seinen Schreibtisch und bat den Maler ihm gegenüber Platz zu nehmen. «So, Herr Kaltbach, was wollten Sie uns denn noch sagen?»

Dieser räusperte sich ein paar Mal: «Also, ich brachte den Leichnam von Lisa gestern in eine Kleintierpraxis, um ihren Chip lesen zu lassen, so sie denn einen hatte. Und siehe da: Der Tierarzt fand das Ding! Dabei kam folgendes heraus: Die richtige Besitzerin der Katze war eine Frau Bornhauser in Uster. Ich rief sie an, und sie erzählte mir, dass die Katze vor einem halben Jahr verschwand. Kurz danach wurde sie anscheinend erpresst. Ein Unbekannter rief sie an und forderte 30 000 Franken von ihr, falls sie ihre Katze lebendig wieder haben wolle. Und nun hören Sie mir gut zu: Sie erzählte mir, dass zur selben Zeit in der Umgebung von Uster noch weitere Tiere verschwunden seien. Aber niemand wollte deswegen die Polizei einschalten.»

«Das hat Ihnen diese Frau Bornhauser gesagt?» Das Stirnrunzeln von Fuchs war theaterreif.

«Ja, ich kann Ihnen die Telefonnummer geben. Rufen Sie die Frau an. Vielleicht weiss sie doch noch mehr.»

«Das werde ich auf alle Fälle tun. Das könnte wichtig für uns sein. Haben Sie sonst noch etwas auf dem Herzen?»

«Ja. Ich habe kurz vor Mittag per Mail eine weitere Drohung erhalten. Ich müsse 50 000 Franken bereithalten, falls ich selber keinen Schaden nehmen wolle. Man würde mir in ein paar Tagen sagen, wo ich das Geld zu deponieren habe. Sollte ich die Polizei informieren, hätte ich die entsprechenden Folgen zu tragen.»

«Verdammter Mist!» fluchte Fuchs und spürte wieder das Kratzen im Hals.

«Was soll ich tun?» stöhnte Kalbach. «Raten Sie mir...»

Fuchs rieb sich seine lange Nase. «Halten Sie sich für den Moment still. Wenn sich diese Erpresser wieder melden, sagen Sie ihnen, sie wären gerade unterwegs. Sie sollten doch eine halbe Stunde später nochmals anrufen. Dann unterbrechen Sie die Verbindung und informieren uns sofort. Wir sind dann rasch genug bei Ihnen und nehmen das Gespräch auf. Es ist nicht anzunehmen, dass diese Kerle – ich gehe jetzt von mehreren Tätern aus – Ihr Handy orten können. Machen Sie auf keinen Fall etwas ohne uns. Versprechen Sie mir das?»

Kaltbach nickte, allerdings nicht gerade überzeugt, wie es Fuchs schien.

«Hatte das Mail einen Absender?»

«Ja. Ich habe die Adresse hier auf dem Zettel notiert. Curcanumplut at lucrurinoi.xty

«Das sieht aber verdammt fremdländisch aus. Das Mail wurde wahrscheinlich irgendwo im Ausland abgeschickt. Da werden wir Mühe haben, die Nachricht zurück zu verfolgen. Trotzdem: es ist ein Versuch wert. Wir werden bei der Telefongesellschaft nachfragen. Allerdings hilft uns das auch nicht viel weiter. Für uns ist es immer am sichersten eine Geldübergabe zu vereinbaren und am Übergabeort dann zuzuschlagen. Sind Sie zufällig in der Lage, diese Mailadresse einer Fremdsprache zuzuordnen?»

Kaltbach schüttelte verständnislos den Kopf und Fuchs nickte grinsend. «Ist ein bisschen viel verlangt, hm? Lassen Sie sich nicht beunruhigen. Wir werden die Mistkerle spätestens bei einem direkten Kontakt mit Ihnen dingfest machen. Aber das können wir nur, wenn Sie bei diesem Spiel mitmachen und sich strikt an unsere Anweisungen halten. Ja?»

«Ich weiss nicht recht» brummte der Maler. «Ich habe eigentlich an eine andere Lösung gedacht.» Er schob einen weiteren Zettel über den Tisch. «Das habe ich gestern im Briefkasten vorgefunden. In einem Umschlag ohne Briefmarke und Poststempel. Kennen Sie eine Stiftung namens *Tutamentum*? Sie garantiert alten Leuten 100prozentigen Schutz. Vielleicht sollte ich bei denen Donator werden? Jedenfalls versichern sie, dass man dann Tag und Nacht abgesichert ist. Wie das allerdings vor sich gehen soll, kann ich mir nicht erklären. Was halten Sie davon?»

Fuchs las die Werbebotschaft zweimal durch. «Keine Ahnung wer das sein soll. *Tutamentum*. Nie gehört. Frau Brun wird das für Sie abklären. Das Bedürfnis für eine spezialisierte Sicherheitsfirma zum Schutz von alten und alleinstehenden Menschen scheint mir schon vorhanden zu sein. Aber vielleicht will man Ihnen damit einfach Geld abzwacken. Wie diese Tierquäler. Vorsicht ist geboten, Kaltbach! Unternehmen Sie bitte auch hier nichts, bevor Sie wissen um wen es sich da handelt! Sonst noch ein Problem?»

«Ich möchte nochmals fragen, ob Sie schon etwas von Attila gehört haben? Ich kam in dieser Situation noch nicht dazu nach ihm zu suchen.»

«Das sollten Sie auch nicht. Schon vergessen? Solange nicht klar ist, ob er irgendwie in die Erpressung verwickelt ist, müssen Sie sich stillhalten. Aber wir könnten eine Vermisstmeldung herausgeben?»

«Nein! Bitte nicht. Wenn ich ihn öffentlich suchen lasse, wird er mir dies nie verzeihen.» Er schaute auf die Uhr. «Seine Aufenthaltsbewilligung wird bald ablaufen. Und zwar dann, wenn er keinen festen Wohnsitz und keinen Job mehr hat... Das ist alles meine Schuld!»

Kaltbachs gerötete Augen begannen wieder feucht zu werden.

Fuchs schüttelte den Kopf. «Auch das noch! Haben Sie uns sonst noch etwas verschwiegen? Ich hoffe nicht. Dann gehen wir beide jetzt zu Ihrem Atelier hinüber. Kommen Sie.»

Vor dem Benteligebäude standen immer noch über ein Dutzend Demonstranten mit Plakaten herum. Fuchs nahm an, dass es sich um militante Tierschützer handelte. Kaltbach mochte Recht haben, dass es eine organisierte Demonstration sein musste. Ein fast zwei Meter grosser, schlanker Typ schien ihr Sprecher zu sein. Fuchs hatte auf dem Vorplatz des alten Dorfschulhauses angehalten. Von dort konnte man die Demo gut beobachten. «Kennen Sie jemand aus dieser Gruppe?»

Kaltbach schaute kurz hinüber, aber er schien sich überhaupt nicht zu interessieren, wer da gegen ihn Krawall machte.

Fuchs hatte sogar Verständnis dafür. Wichtiger war jetzt, dass der Maler unerkannt ins Atelier kam. «Hat man Sie erkannt als Sie das Haus verliessen?» Er hielt Kaltbach am Arm zurück als dieser aussteigen wollte.

Dieser sank wieder auf seinen Sitz zurück und schloss die Augen. «Ich glaube nicht. Ich hatte ja die Kapuze auf und betrat das Gebäude durch den Haupteingang von der Bümplizstrasse her.»

«Machen Sie es jetzt auch so. Warten Sie aber noch ein paar Minuten hier im Wagen. Ich halte inzwischen die Fanatiker so gut es geht auf der andern Seite zurück.»

Der Maler gab Fuchs einen Schlüssel. «Der passt zur Türe auf der Rückseite.»

«Gut, bis nachher.» Der Kommissar stieg aus und überquerte die Bümplizstrasse. Dann näherte er sich den Protestierenden langsam. Der Grossteil von ihnen waren Frauen. Das liess darauf schliessen, dass es ihnen nur um die Tierquälereien ging. *Lebenslänglich Knast für Tierquäler!* Das war dem Kommissar nun doch zu viel verlangt. Er hielt dieser Hysterikerin seinen längst abgelaufenen Dienstausweis vor die Nase und trat mit einem lauten ‹Hallo!› vor die Leute. «Bitte hören Sie mir kurz zu. Ich bin Hauptkommissar Beat Fuchs von der Kantonspolizei. Schön, dass Sie sich hier zu einem Protest gegen Tierquälerei versammelt haben. Ich bin mit Ihnen einig, dass Tiere genau so leiden wie wir, wenn man sie quält. Aber der Maler Klaus Kaltbach ist nicht der Mann, der die Katze Lisa gequält und getötet hat. Im Gegenteil: Er hat dem heimatlosen Tier, das ihm zugelaufen ist, monatelang zu fressen gegeben. Er ist selber das Opfer eines Serientäters geworden. Das haben wir inzwischen ermitteln können. Die Zeitung hat Sie verantwortungslos angelogen. Bitte, gehen Sie nach Hause.» Er wurde plötzlich wieder heiser. Und zwar weil ihm klar wurde, dass er diesen Leuten nicht die ganze Wahrheit sagte. Es gab keine endgültigen Beweise dafür, dass Kaltbach nichts mit der

Tat zu tun hatte. Aber im Moment fand er sein Verhalten richtig.

«Hallo, Mann, es stand heute in der Online-Zeitung, dass der Kunstmaler eine Katze zu Tode gequält hat!» rief eine junge, empörte Frau.

«Die Zeitung hat sich geirrt. Der Artikel wurde bereits gelöscht» entgegnete Fuchs mit der mächtigen Stimme eines Volksredners. Dabei ruderte er mit beiden Armen in der Luft herum. «Die Zeitung wird für diese Falschmeldung saftig gebüsst werden. Und wer hier weiterhin randaliert und Bewohner bedroht hat, kommt auch nicht ungeschoren davon»

Der auffällig grosse Mann mit dem schütteren ergrauten Haar und dem bis fast auf seine Schuhe reichenden Regenmantel kam Fuchs überraschend zu Hilfe. «Was der Oberkommissar sagt, stimmt. Die Online-Zeitung hat sich anscheinend bereits für das Missverständnis entschuldigt. Wir brechen ab.» Erst als der Lange nahe bei ihm stand, nannte er Fuchs seinen Namen. «Ich heisse Lorenz Lienhard. Ich bin Tierarzt und ein Freund von Klaus Kaltbach.» Nachdem er sich vergewissert hatte, dass der Kommissar genügend von seiner Erscheinung beeindruckt war, fuhr er fort: «Ich nehme auch an, dass Klaus Kaltbach nur zufällig zum Opfer des Tierquälers geworden ist. Es gab doch schon zwei ganz ähnliche Fälle, nicht wahr? Wir hätten auch dort demonstriert, wenn wir davon gewusst hätten.» Dann wandte er sich wieder an die Demonstranten. «Schluss für heute, Kameradinnen und Kameraden. Wir ziehen hier ab. Aber mit diesen Tierquälern sind wir noch lange nicht fertig!»

Fuchs ging zum hinteren Ateliereingang und besah sich die üblen Sprayereien unterhalb der Fenster. Jemand hatte offensichtlich einen Stein geworfen und die Scheibe zertrümmert. Viel war sonst nicht kaputt gemacht worden; der Schaden hielt sich in Grenzen. Aber er wusste aus Erfahrung, dass es kaum bei dieser einen Kundgebung bleiben würde. Er musste Cécile klar machen, dass der Maler in der kommenden Nacht Polizeischutz brauchte. Langsam stieg er die Treppe zum Atelier hoch und schaute in den angrenzenden Park des neuen Schlosses hinüber. Der Wind pfiff durch die kahlen Äste der hohen Bäume. Die ganze Szenerie passte zu seiner Stimmung als er vor der besprayten Eingangstür stand. Unter dieser Treppe musste Kaltbach, vollkommen geschockt, vorgestern Morgen die tote Katze gefunden haben. Er wunderte sich immer mehr über den Künstler und seinen übertriebenen Schmerz wegen eines toten Tiers. Die ganze Geschichte wurde immer seltsamer. Mit dem Schlüssel, den Kaltbach ihm überreicht hatte, versuchte Fuchs die Türe zu öffnen. Aber sie war gar nicht abgeschlossen. Waren die Demonstranten schon ins Atelier eingedrungen? Oder hatte der Maler vergessen, das Atelier abzuschliessen? Vielleicht liess er ja die Türe absichtlich offen. Seine Erfahrung sagte ihm, dass hier alles möglich war. Jedenfalls würde man nach dieser Protestaktion hier keine brauchbaren Spuren mehr finden.

Kaltbach musste inzwischen vom Haupteingang her in seinem grossräumigen Atelier angekommen sein. Fuchs klopfte kurz an die Tür und trat ein. Der Maler stand wahrhaftig schon an der Küchentheke und hantierte an der modernen Kaffeemaschine. Er trug immer noch seine Verkleidung. «Kommen Sie herein und schauen Sie sich in meinem Reich um.»

Er schien wieder in besserer Stimmung zu sein. Wahrscheinlich hatte er den Abzug der Demonstranten mitbekommen. «Ich mache uns erst einmal einen Kaffee.»

Lächelnd schlüpfte er aus dem Mantel, zog seinen Kapuzenpullover über den Kopf und legte beides über eine leere Staffelei. In seinem bunt gemusterten Hemd und der engen Cordhose wirkte er wie ein Jugendlicher, besser gesagt wie ein Senior, der gerne jünger ausgesehen hätte, als er tatsächlich war. Fuchs ging an den unzähligen an die Wand gelehnten Bildern vorbei. Er konnte mit Kaltbachs Malstil nicht viel anfangen. Die Tierbilder waren zwar bunt und ziemlich realistisch, aber auf eine Art flüchtig hingepinselt wie man es etwa von den Kriminal-Comics her kannte, die von der jungen Polizistengeneration so gern konsumiert wurden. Ein noch unfertiges Riesengemälde zeigte einen Tiger und ein Zebra auf einer Bank in einem Dschungel. Das Zebra reichte der Raubkatze einen Bündel Geld. Na ja, wenigstens waren Kaltbachs Werke voller fröhlicher Satire.

«Haben Sie hier eine Überwachungsanlage installieren lassen?» fragte Fuchs als er sich an den langen Tisch gesetzt hatte.

«Nein. Sollte ich?» Der Maler brachte den Kaffee und eine Schale mit Basler Läckerli.

«Mann! Ihre Bilder sind doch wertvoll, oder? Was kostet das grosse mit dem Tiger und dem Zebra?»

Kaltbach setzte sich ebenfalls. «99 000. Falls ich es noch fertig malen kann. Allerdings gehen davon etwa 30 000 an den Galeristen.»

«Wollen Sie das Bild denn nicht fertig malen? Oder etwa ganz mit Malen aufhören?»

«Ach, ich weiss noch nicht. Vielleicht sollte ich hier wegziehen und mich anderswo niederlassen. In Spanien oder Italien oder Berlin. Ich mag Bümpliz, und zwar schon seit meiner Kindheit. Der Ort lebt, ist ziemlich Multikulti und überhaupt nicht arrogant, wissen Sie. Aber nach dem Vorgefallenen fühle ich mich hier nicht mehr sicher.» Er stand wieder auf und holte eine schon halb geleerte Flasche Wein und zwei Gläser.

«Nehmen sie einen Schluck?»

Fuchs lehnte dankend ab. Aber der Maler schenkte sich ein Glas ein.

«Wenn ich hier bleibe und Attila nicht zurückkommt, trete ich wohl am besten der Stiftung *Tutamentum* bei. Was meinen Sie, bringt das was?»

«Die, von der Sie den Werbezettel erhalten haben?»

«Genau. Diese Organisation verspricht nicht nur eine Tag-und-Nacht-Bewachung für Alleinstehende und für ältere Paare, sondern auch gesellschaftliche Kontakte. Allerdings muss man dafür Donator werden. Mit einem Stiftungsbeitrag von mindestens 5000 Franken pro Monat oder 50 000 pro Jahr. So heisst es wenigstens im Kleingedruckten auf deren Homepage.»

Fuchs hob die Schultern: «Wie gesagt, ich kenne diese Institution nicht. Aber ich muss schon sagen, 50 000 pro Jahr ist ist ein stolzer Betrag! Seien Sie nur vorsichtig! Vorauszahlungen sind so eine Sache. Nun gut, Sie könnten es sich ja leisten. Die Hauptkommissarin hat mir gesagt, dass Sie neben dem Haus hier in Bümpliz, auch eine Villa am Murtensee besitzen. Sie könnten doch dorthin ziehen, wenn es Ihnen hier zu unsicher ist.»

«Schon, aber Attila will nicht aufs Land. Er hat hier in Bern Freunde.»

«Kennen Sie diese Freunde?» Als der Maler nicht antwortete, fuhr Fuchs weiter: «A propos Freunde: Unter den Demonstranten da draussen war ein Herr Doktor Lienhard. Er behauptete, er sei ein Freund von Ihnen.»

«Wasss?! Lorenz… was wollte denn *der* hier?»

«Er kennt scheinbar diese Tierschützer alle. Als er sie nach Hause schickte, folgten sie ihm wie eine Herde Schafe.»

«Komisch.» Kaltbach kratzte sich im Haar. «Klaus ist zwar Präsident eines Tierschutzvereins. Sie nennen sich *Freunde der Tiere*. Aber das sind friedliche Leute. Komisch, komisch! Ich kann mir nicht vorstellen, dass er etwas mit der Pöbelei zu tun hat.»

Beide schwiegen für einen Moment und hingen ihren Gedanken nach. Fuchs nahm dann den Faden wieder auf. «Sie haben also nichts mehr von Ihrem jungen Freund Attila gehört? Wenn Sie die Namen seiner Freunde kennen, könnten sie doch diese fragen, wo er sich aufhält.»

Kaltbach trank sein Glas Wein in einem Zug leer. «Er hat sie mir nie vorgestellt. Aber ich nehme an, dass die meisten junge Rumänen sind. Und ein paar Mädchen. Er hat bloss von seinen *Prieten* gesprochen. Wahrscheinlich Asylsuchende oder Zugewanderte.»

Sie schwiegen ein paar Minuten lang, dann fragte Fuchs: «Kann ich mal die andern Räumlichkeiten hier sehen?»

«Ihre Kollegin, Frau Brun, hat zwar schon alles überprüft.» Kaltbach begann schwer zu atmen. «Sie wollte die Kleider, die Attila hier gelassen hat, mitnehmen. Aber die gebe ich nicht weg. Ich habe vor, für Attila einen Schrein aufzubauen – falls er nicht wieder zurückkommt.» Er wurde ganz blass und schüttelte wie wild sein immer irgendwie jugendlich wirkendes Haupt.

«Was ist denn mit Ihnen?»

Kaltbach rang nach Atem und stöhnte. «Ach was! Ist doch egal! Kommen Sie, ich gebe Ihnen seine T-Shirts und die Jeans mit.»

Er stand mühsam auf, stolperte plötzlich und fiel wie eine leblose Puppe zu Boden.

Fuchs war sofort bei ihm, prüfte seinen Puls. Sehr schwach! Fuchs sprach ihn laut an. Keine Regung. Der Maler schien ohnmächtig geworden zu sein. War er bloss dumm gefallen... oder war's der Druck der letzten zwei Tage... oder war es etwa der Wein?»

✳ ✳ ✳

Nach einem unwirtlichen und langen Winter meldete sich am nächsten Morgen zum ersten Mal ein Vorbote des Frühlings. In der Nacht war Föhn aufgekommen. Der notorische Langschläfer Fuchs musste dies gespürt haben und war schon früh munter. Cécile staunte nicht schlecht, als er gegen halb acht im Büro erschien. Die beiden konnten unterschiedlicher nicht sein. Punkt acht Uhr setzten sich die beiden gut gelaunt an den letzten noch freien Tisch in der engen Kantine der altehrwürdigen Hauptwache am Waisenhausplatz. Beim Kaffee wollten sie sich gegenseitig über die Geschehnisse und Ermittlungsresultate des gestrigen Nachmittags informieren und den heutigen Tagesablauf durchgehen. Vorrangig war eigentlich der Raubüberfall auf die alte Lina Fankhauser in Frauenkappelen. Doch die Hauptkommissarin wollte von Fuchs zuerst wissen, wie der Nachmittag bei Kaltbach verlaufen war. Es war am Vortag spät geworden, und sie hatte ihn nicht wie versprochen, beim Benteligebäude abholen können.

Fuchs versuchte, die Geschehnisse möglichst anschaulich zu schildern: «Als ich mit ihm vor der ehemaligen Druckerei ankam, waren noch etwa ein Dutzend Demonstranten dort versammelt, darunter auch Kaltbachs Freund Lorenz Lienhard. Eine Bohnenstange von einem Mann, zweiundsiebzig Jahre alt und fast zwei Meter lang. Darum fiel er mir unter den Versammelten sofort auf. Unsere beiden Streifenpolizisten beobachteten das Geschehen aus einiger Distanz und etwas verdeckt von den alten Bäumen. Zuerst sprach ich kurz mit diesen beiden. Vor allem wollte ich wissen, ob sie die Personalien von allen Anwesenden aufgenommen hätten. ‹Von den meisten. Nur der Lange machte Probleme. Ein richtiges Arschloch!› war die Antwort.»

Fuchs nippte an der Kaffeetasse und zuckte kurz zusammen. «Scheissheisses Gebräu! Also, weiter im Text: Noch bevor der Maler durch den Haupteingang in sein Atelier gelangte, ging ich zu den Demonstranten, um sie abzulenken. Ich wollte nicht, dass sie auf Kaltbach losgingen, wenn sie ihn kommen sahen. Als ich die Gruppe erreichte, begann die Bohnenstange wie auf Kommando den Versammelten laut klar zu machen, dass Kaltbach nicht der Katzenmörder, sondern eines der Opfer sei. Es sah aus als wolle er mir damit demonstrativ zeigen, dass er hier stand, um zu schlichten und nicht um anzuklagen. Als er die Versammelten aufforderte nach Hause zu gehen, zogen diese wie eine Herde Schafe ab. Ich nehme an, dass er mich mit seinem Verhalten zu täuschen versuchte und sehr wahrscheinlich der Organisator der Aktion war. Was die ‹enge Freundschaft› mit Kaltbach natürlich in Frage stellen würde.»

«Kennt er dich denn von irgendwoher persönlich? Ich meine, weiss er, dass du auch noch als Rentner für die Polizei ermittelst?» wollte Cécile wissen.

«Nein. Nicht dass ich wüsste. Aber nach 40 Jahren Polizeidienst sieht man mir den Cop wohl an. Item, dieser Lienhard vertrieb die Gruppe als sei er ihr Boss, und fuhr, ohne mir noch weiter Beachtung zu schenken, mit einem teuren BMW davon.»

«Du willst sagen, dass er gar nicht vor Ort war, um seinem Freund Kaltbach einen Besuch abzustatten?»

Fuchs grinste sie an. «Junge Dame, zweifelst du an meinem Kommunikationsvermögen? Ja, genau das wollte ich dir sagen. Also, kommen wir wieder zur Sache, Schätzchen. Natürlich machte ich mich gestern Abend dann noch schlau. Im Netz und hier bei uns versuchte ich, möglichst viel über die Bohnenstange zu erfahren.

Und das Resultat lässt sich sehen: Lorenz Lienhard hatte eine Kleintierpraxis in Köniz. Vor 7 Jahren wäre der Laden Pleite gegangen, wenn ihm Kaltbach nicht finanziell unter die Arme gegriffen hätte. Seither ist er vor allem politisch tätig, und zwar in der *International Brotherhood for Depopulation*. Dieser obskuren und ziemlich aggressiven politischen Verbindung geht es vor allem um den Kampf gegen die weltweite Übervölkerung. Das Ziel der so genannten *Depop* sieht äusserst radikal aus: Beschränkung der Geburten, weniger finanzielle und medizinische Unterstützung der Alten und chronisch Kranken, und Ausmerzung oder Isolation von Kriminellen. Ihr Motto: Leistung gleich Lebensberechtigung. Sie gilt als extrem rechtspopulistische Partei. Welche Ämter oder welche Funktionen Lienhard dort innehat, scheint geheim zu sein.»

«Zu denen gehört er?! Ach, du Schande!»

«Ja, zu denen. Gemäss *Credit Control* scheint er kein Vermögen, aber auch keine Schulden mehr zu haben, ausser vielleicht bei Kaltbach. Hier im Haus war die Suche weniger ergiebig. Es gibt keine polizeiliche Akte über ihn und er ist weder vorbestraft noch in laufende Untersuchungen verwickelt. Eine Homepage hat er nicht und er ist weder bei Facebook, noch bei einem anderen IT-Portal registriert. Das ist alles.»

Cécile unterbrach Fuchs: «Kaltbach hat mir bei meinem vorgestrigen Besuch erklärt, dass Lienhard einer seiner besten Freunde sei. Das passt eigentlich schlecht zu dem Auftritt bei der Demo. Und was hast du über den Maler herausgefunden? Bei dem stimmt doch auch so einiges nicht.»

Schlürfend versuchte Fuchs noch einmal vom heissen Kaffee. »Wir redeten in seinem Atelier kurz über Attila Grigorescu. Das Theater, das er um diesen Jungen macht, ist völlig übertrieben. Er will mit den zurückgelassenen Kleidern des Jungen einen Schrein bauen, als wäre der ein Heiliger für ihn. Ich schlug ihm vor, eine Vermisstmeldung ins Netz zu stellen, aber das lehnte er vehement ab. Attila würde ihm das nie verzeihen. Da er keinen Job mehr hat und keinen festen Wohnsitz, verfällt ja seine Aufenthaltsbewilligung für einen Studienaufenthalt.»

«Ich sage ja: dieser Kaltbach spinnt. Erzähle weiter.»

«Spinnen vielleicht nicht gerade. Er ist womöglich schwul und liebt diesen Jungen. Das ist ja nicht verboten. Unterbrich mich nicht immer!»

«Tschuldigung, Herr Chefkommissar!»

Fuchs liess sich nicht ablenken. «Wir setzten uns also an den Tisch in seinem Atelier. Der Maler schenkte sich ein Glas Wein aus einer halbleeren Flasche ein. Er bot mir auch ein Glas von dem abgestandenen Gesöff an, aber ich winkte ab. Ich nehme an, der Mann hat ein Alkoholproblem. Oder er steht unter unerträglichem Stress. Jedenfalls schüttete er den Wein mit einem einzigen, gierigen Schluck in sich hinein und schenkte sich sofort nach. Als er dann versuchte aufzustehen, um mir die andern Räume seiner Werkstatt zu zeigen, stolperte er und fiel Kopf voran zu Boden. Dort blieb er zu meinem Entsetzen leblos liegen.»

«Besoffen? Oder vergiftet?»

«Eindeutig vergiftet. Zuvor hatte ich überhaupt keine Anzeichen von Betrunkenheit feststellen können. Aber sein Puls war kaum mehr spürbar. Ich rief sofort die Sanitätspolizei und wies diese an, den Bewusstlosen mit Tempo 100 zur Notfallstation der Klinik Permanence zu bringen. Selbstverständlich fuhr ich hinterher. Ich wollte sicher sein, dass der Maler sofort behandelt wird. Ich blieb dann bis gegen vier Uhr dort, das heisst, bis Kaltbach aufgewacht und versorgt war. Einen der Streifenkollegen hatte ich noch mit der Weinflasche in unser Labor geschickt.» Fuchs hob die Tasse vorsichtig an seinen

Mund. Kein Schlürfen mehr. Das nachtschwarze Gebräu schien endlich genügend abgekühlt zu sein.

Cécile fuhr sich mit dem Zeigfinger über die schmale Nase. «Das wären nun also vier Fälle; drei mit Todesfolgen, und nun Kaltbach mit der Vergiftung. Und alles, was wir bis jetzt herausgefunden haben, erinnert an das klassische Mafia-Muster: Die Opfer werden erst in Angst und Panik versetzt, dann erpresst, und wenn nötig wird mit Gewalt nachgedoppelt. Zu guter Letzt, wenn die Bedauernswerten jede Gegenwehr aufgegeben haben, wird richtig abkassiert.»

«So ist es!» pflichtete Fuchs ihr bei. Auch er war frustriert über den schleppenden Gang der Ermittlungen. «Ich habe gestern noch diese Frau Bornhauser in Uster interviewt. Sie erzählte von ähnlichen Fällen im Zürcher Oberland. Leider hat niemand die Kollegen in Zürich über unsere Fälle informiert. Also haben wir keine Infos von dieser Seite.»

Die Kommissarin stand auf und holte sich noch einen Kaffee an der Theke. Sie versuchte immer wieder, die Fakten logisch einzuordnen.

Schliesslich fragte sie: «Kaltbach überlebt also, nicht wahr?»

Fuchs nickte ein paar Mal. «Das Labor hat mir bereits eine halbe Stunde nach meiner Ankunft in der Klinik mitgeteilt, dass es sich um eine Methanolvergiftung handle. Dem Wein sei aber nur wenig von dem Zeug beigemischt worden, jedenfalls keine tödliche Dosis. Die Ärzte konnten das Gift mit Kohletabletten absorbieren und eine Magenspülung verhinderte, dass es seine Nieren angreift. Am frühen Abend rief mich die Klinik an und teilte mir mit, dass Kaltbach den Anschlag ohne bleibende Schäden überleben werde. Er müsse allerdings noch einige Tage dableiben, denn um ganz sicher zu gehen, dass Augen, Nieren und Leber nicht angeschlagen seien, müsse er noch überwacht werden.»

Cécile nickte. «Klar, um den Giftspiegel in seinem Blut kontrollieren zu können. Die geben ihm wahrscheinlich Natriumhydrogenkarbonat und Trometanol.»

Fuchs schaute sie an als wäre sie übergeschnappt, reagierte aber nicht auf diese Demonstration ihres Wissens und spann den Faden seiner Überlegungen weiter.

«Es muss jemand im Atelier gewesen und dem Wein das Teufelszeug beigegeben haben, bevor Kaltbach kam. Die Flasche war ja schon entkorkt.» folgerte er.

Cécile schien nicht zuzuhören. Sie schwebte wohl immer noch in höheren Wissenssphären. Er fuhr deshalb betont sachlich fort: «Neben Kaltbach selber haben der Hauswart, Lorenz Lienhard und Attila Grigorescu einen Schlüssel zum Atelier. Bestimmt kennen diese drei auch den Eingang durch den Keller. Aber eine Fensterscheibe ist zertrümmert worden. Wahrscheinlich vor der Demo. Ich denke, der Einbruch geschah am frühen Morgen.»

«Methanol. Wo kann man das kaufen?» Cécile war wieder da. Sie zupfte am Kragen ihres moosgrünen Wollpullovers.

Der alte Fuchs bemerkte mit Wohlgefallen, wie schön dabei ihre Brüste zur Geltung kamen. Um sie nun auch ein wenig zu beeindrucken, hielt er ein kurzes Referat: «Methanol ist ein flüssiger Brennstoff. Es ist die einfachste Art von Alkohol und wird oft dem Benzin beigemischt. Zum Tunen, weisst du. Aber trotz der Ähnlichkeit mit Trinkalkohol ist er extrem gefährlich, wenn man ihn säuft. Das weiss man ja von einigen Fällen in Osteuropa, wo Alkoholika immer wieder gepantscht werden. Beschaffen kann man es am einfachsten in der Apotheke oder in Garagen.»

«Gehört das zu deinem Allgemeinwissen? Oder hast du das erst jetzt recherchiert?» Cécile biss sich schelmisch grinsend auf die Unterlippe.

Fuchs ging nicht weiter auf ihre Frage ein. «Bereits 30 Milliliter können bei geschwächten Personen zum Tod führen. Wenn man nicht sofort etwas dagegen unternimmt werden Augen, Nieren, Herz und Leber irreparabel geschädigt. Der Täter muss genau gewusst haben, was er anrichtete. Dass Methanol für kriminelle Zwecke verwendet wird, ist allerdings selten. Ich habe jedenfalls bisher noch nie etwas in der Richtung gehört. Es ist also anzunehmen, dass man Kaltbach nicht töten wollte. Man wollte ihm nur einen höllischen Schrecken einjagen. Ein Toter kann nicht mehr bezahlen, aber ein knapp dem Tod Entronnener wird die Kohle willig heraus rücken. Dieser Anschlag lässt somit auf den selben Täter schliessen, wie in den drei anderen Fällen. Wie auch immer, Kaltbach hatte Glück. 30 Minuten nachdem er den vergifteten Wein getrunken hatte, war er im Spital und wurde behandelt.»

«Dank dir, hast du vergessen zu sagen!» Sie grinste immer noch.

«Nicht nur dank mir. Wichtig war auch, dass unser Labor dem Spital umgehend mitteilen konnte, um welches Gift es sich handelte. Das hingegen war wirklich nur möglich, weil ich so schnell reagiert habe.»

Fuchs lächelte nun auch. «Du wolltest noch wissen, was ich über Kaltbach herausgefunden habe. Ich habe gestern noch ein wenig recherchiert. Vor zwei Jahren zum Beispiel wurde ihm der Führerschein entzogen und er erhielt eine Busse. Er fuhr damals mit 1,2 Promillen im Zickzack vom Restaurant Jäger in Bethlehem nach Hause. Vor 40 Jahren wurde er in Irland vor ein Gericht gestellt wegen Sex mit einem 16jährigen. Das Verfahren endete aber mit einem Freispruch. Finanzielle Sorgen sollte der Mann eigentlich keine haben. Er ist der Sprössling einer reichen und angesehenen Bauernfamilie, die zwischen 1955 und 1985 Bauland für mehrere Millionen verkaufen konnte. Seinem Vater gehörten auch ein Kieswerk und eine Ziegelei, deren Verkauf weitere Millionen einbrachte. Haupterbe waren sein Sohn, also unser Maler und die Tochter Madeleine. Diese hatte aber bald nach dem Tod von Kaltbach Senior einen tödlichen Unfall. Ein Teil des Erbes ging ausserdem an eine Cousine der beiden. Ihr Name ist Lina Fankhauser. Ihre Eltern starben bei einem Flugzeugabsturz, als sie zwölfjährig war. Der Vater von Kaltbach nahm sie zu sich, und sie wuchs zusammen mit den Geschwistern Klaus und Madeleine auf.»

«Wau!» entfuhr es Cécile. «Die alte Frau die letzte Nacht in Frauenkappelen ermordet wurde, heisst Lina Fankhauser. Könnte das die reiche Cousine von Kaltbach sein?»

«Klar Cécile, das könnte sein! Es ist sogar sehr wahrscheinlich. Willst du trotzdem noch den Rest meiner Nachforschungen hören?»

«Natürlich. Hier wird nichts vor mir verschwiegen!»

«Gut. Kaltbach zahlte letztes Jahr über zweieinhalb Millionen Steuern. Er hat ja neben seinem ererbten Vermögen auch sehr erfolgreich Bilder verkauft. Sein Galerist ist Jonathan Sokowsky in Zürich. Sokowsky schätzt den Wert der Werke, die noch bei ihm lagern auf 3,5 Millionen. Du kannst dir also leicht vorstellen, dass es Leute gibt, die alles riskieren, um an Kaltbachs Vermögen zu gelangen. So, das wär's. Unser Maler ist ja vorderhand versorgt. Nun bist du dran. Was geschah in Frauenkappelen?»

Cécile schien der heisse Kaffee nichts anzuhaben. Sie hatte auch ihre zweite Tasse schon ausgetrunken. «Gut, also zum neuen Fall am Äbischenweg in Frauenkappelen. Als ich gestern Nachmittag beim Haus der fünfundsiebzigjährigen Lina Fankhauser ankam, war die alte Millionärin schon seit zehn bis fünfzehn Stunden tot. Das hat die gerichtsmedizinische Untersuchung ergeben. Sie wurde in der Nacht auf gestern getötet. Zuerst wurde sie, sehr wahrscheinlich während eines Handgemenges, niedergeschlagen und dann erdrosselt. Die Spurensicherung hat, diesmal unter meinem Kommando, gut gearbeitet.» Sie warf Fuchs einen bedeutungsvollen Blick zu. «Das Resultat ist zwar nicht die Lösung unseres Problems, aber es lassen sich immerhin einige Rückschlüsse ziehen. Die Kollegen fanden unter den Fingernägeln der alten Frau kurze, schwarze Haare, wahrscheinlich von einem Mann. Ein deutlicher Fingerabdruck fand sich auf der äusseren Klinke der Haustüre. Der musste ziemlich frisch sein. Es waren auch ältere Abdrücke zu finden, aber die stammen ziemlich sicher alle vom Opfer. Beides wird im Moment im Labor untersucht. Zwischen den Zähnen des toten Dackels der Frau fand man kleine Fetzen und Fäden aus schwarzer, imprägnierter Baumwolle. Ich nehme an, dass der Hund nach dem Eindringling geschnappt hat, aber leider nur sein Hosenbein erwischt hat. Eine Nachbarin von Frau Fankhauser hat zu Protokoll gegeben, dass vorgestern Nachmittag zwei junge Jogger mehrmals am Haus der alten Frau vorbei gerannt seien. Die Zeugin vermutet, dass es sich um einen jungen Mann und eine sehr junge Frau handelte. Die beiden trugen aber Kapuzenjacken, sodass sie keine Gesichter erkennen konnte. Sicher liefen beide vom nahen Wäldchen zum Wohlensee hinunter, kehrten bei der Brücke um und trabten wieder am Haus vorbei bis zur Kantonsstrasse hinauf. Dieses Spiel wiederholten sie mindestens zweimal. Es ist deshalb anzunehmen, dass sie nach der Tat, irgendwann um Mitternacht, auf dem Aebischenweg hinab zur Wohleibrücke flüchteten. Ich habe die Spurensicherung heute Morgen dorthin geschickt. Vielleicht findet diese noch brauchbare Hinweise.»

Fuchs fragte nach dem toten Haustier. Cécile schluckte ein paar Mal leer. «Der Dackel der alten Frau ist ähnlich behandelt worden wie Kaltbachs Katze. Der kleine Hund wurde zuerst mit einem

Schlag auf den Kopf kampfunfähig gemacht, dann wurde er an den Beinen gefesselt und zuletzt in eine Plastiktüte gesteckt. Dort erstickte der arme Kerl.»

Fuchs ballte seine Fäuste. «Das ist einfach unerträglich. So brutal kann man doch nur vorgehen, wenn man vorher irgendwelche Drogen konsumiert hat. Crack oder so etwas Ähnliches. Oder man hat einen ausgewachsenen Dachschaden.» Beide schwiegen mit gesenktem Blick und zusammengepressten Lippen einen Augenblick lang.

Fuchs dachte laut nach: «Gestern Nacht wurde Kaltbachs Wein von einem Eindringling im Maleratelier gepanscht. Vorgestern Nacht wurde Frau Fankhauser in Frauenkappelen umgebracht! Es könnte sich also in beiden Fällen um dieselben Täter handeln. Nämlich um das junge Paar, das die Nachbarin von Frau Fankhauser beobachtet hat.»

«Ja, das könnte Sinn machen. Und was folgerst du daraus?» murmelte Cécile vor sich hin.

«Dass hinter all dem weder ein Einzelner, noch das jugendliche Paar allein steckt. Das scheint mir ziemlich unwahrscheinlich. Wir haben es eher mit einer Gruppe zu tun, in der ein starker Chef die Fäden zieht. Das Ganze riecht nach organisierter Kriminalität.»

«Ich kann mir nur nicht vorstellen, dass diese Tierschützer dahinter stecken. Tierschützer und Tierquälerei passen einfach schlecht zusammen.»

«Das sehe ich auch so. Das Vorgehen war in allen vier Fällen äusserst brutal und passt nicht zu dieser Gruppe. Und bei der Demo vor Kaltbachs Atelier waren vor allem Frauen dabei. Wir müssen nach einer Verbrecherorganisation suchen, die reiche, alte Menschen erpresst, um an deren Vermögen zu gelangen. Dazu ist diesen Leuten jedes Mittel recht.»

Cécile hob die Schultern. «Alle diese Überfälle geschahen hier im Umkreis von wenigen Kilometern. Die Opfer konnten ohne grossen

Aufwand beobachtet werden. Wir müssen unbedingt noch einmal die Nachbarn befragen. Es waren alles ältere, wohlhabende Menschen die sich vor lauter Schreck nicht einmal getrauten die Polizei zu Hilfe zu rufen.»

«Das stimmt bei dreien der vier Opfer. Nur Kaltbach passt irgendwie nicht ins Schema. Er meldete sich mehr oder weniger sofort bei uns, er wäre auch noch fit genug, um sich zu verteidigen – und er lebt noch. Er muss einen speziellen Wert für die Täter haben.»

«Das sehe ich anders» protestierte die Hauptkommissarin. «Er ist auch schon siebenundsiebzig. Und dass er die Täter nie zu Gesicht bekommen hat, könnte ein Zufall sein. Zudem sind Schwule nicht gerade als mutige Kämpfer bekannt. Und ohne dein Eingreifen wäre er jetzt wahrscheinlich auch tot.»

Ein paar Minuten lang sagten beide kein Wort. Cécile kaute an einem Fingernagel, und Fuchs starrte in seine halb leere Kaffeetasse. Dann erhob er sich schwerfällig und brummte: «Komm, lass uns einen Spitalbesuch machen. Wir fangen bei Kaltbach nochmals von vorne an.»

Sie wechselten von der lärmigen Kantine in Céciles Büro im westlichen Trakt des Anbaus. Es galt noch einige Anrufe zu tätigen bevor sie in die Klinik fahren konnten. Fuchs rief das Dezernat Diebstahl und Einbruch an und erkundigte sich nach Spuren am zertrümmerten Fenster in Kaltbachs Atelier.

«Die Fensterscheibe wurde nicht durch einen Steinwurf eingeschlagen. Es handelt sich eindeutig um einen Einbruch» erklärte der zuständige Beamte. «Wir fanden Einstiegsspuren an der Hauswand und auf dem Sims. Der untere horizontale Fensterrahmen wies Schäden von Tritten auf. Schuhe haben die Glasscherben auf dem Boden unter dem Fenster zum Teil zerdrückt, und kleine Splitter die an den

Schuhsohlen kleben blieben, führen Richtung Büro.»

«Das ist sehr wichtig! Ich wiederhole» sagte Fuchs «die Scheibe wurde nicht mit einem Wurfgeschoss eingeschmissen.»

«Genau. Die Glassplitter lagen alle im Atelier, direkt unter dem Fenster. Bei einem Wurfgeschoss wären sie weiter in den Raum hinein geflogen. Und wir hätten den Stein, oder was es immer gewesen sein mag, gefunden. Ergo gehen wir davon aus, dass jemand die Scheibe aus nächster Nähe mit einem festen Gegenstand eingeschlagen hat, um das Fenster öffnen zu können.»

«Alles klar.» Fuchs war – so komisch das tönt – erleichtert, dass jemand eingebrochen war. Einbrecher hinterliessen in der Regel brauchbare Spuren. Er würde die Spurensicherung nochmals an die Arbeit schicken. «Ist das alles?»

Der Kollege vom DDE lachte zufrieden: «Nein, das Beste kommt noch. An zwei Scherben fanden wir Blutspuren. Der Einbrecher muss sich beim Einsteigen irgendwie verletzt haben. Wir haben die Proben bereits ins Labor bringen lassen.»

«Sehr gut! Danke.» Fuchs rieb sich zufrieden die Hände. Endlich gab es eine klare, direkte Spur zum Täter. Wenn er und Cécile Glück hatten, konnten sie den Einbrecher durch DNA-Vergleiche identifizieren.

Cécile rief inzwischen den Polizisten an, der in ihrem Auftrag, zusammen mit einem Kollegen die Demo vor Kaltbachs Atelier observiert hatte. Sie bat ihn, umgehend die Liste mit den Personalien von allen Demonstranten zu erstellen.

«Ich konnte die Namen und Adressen der ganzen Bande unmöglich aufnehmen. Dieser Doppelmeter von einem Anführer liess es einfach nicht zu. Ich habe nur von sieben Leuten die Personalien feststellen können. Die faxe ich Ihnen sofort.»

«Nicht so schlimm» beruhigte ihn Cécile. «Wir werden uns direkt an Lienhard wenden.» Sie trug ihm auf, dafür zu sorgen, dass das beschädigte Atelierfenster mit einer Spanplatte gesichert wurde sobald die Kollegen vom DDE und von der Spurensicherung ihre Arbeit erledigt hätten. Und als letztes wies sie ihn an, die beiden Eingänge zu Kaltbachs Atelier zu versiegeln und den ganzen hinteren Teil des Druckeigebäudes mit Bändern abzusperren. «Fahren Sie etwa alle Stunden eine Tour und melden Sie sich sofort, wenn Sie etwas Verdächtiges feststellen. «Enttäuschen Sie mich nicht, Steingruber!»

«Wir nehmen meinem Privatwagen» schlug Fuchs vor, als sie sich zur Klinik aufmachten. «In meinem Offroader ist es bequemer, und der riecht auch nicht nach verschwitzten Uniformen.»

«Aber rase bitte nicht mehr so, wie gestern Morgen. Du musst mich mit deinen Fahrkünsten nicht mehr beeindrucken.»

Er lachte kurz auf. Auf der Fahrt zur Klinik erzählte er ihr, was er vom Kollegen beim Dezernat Diebstahl und Einbruch erfahren hatte. «Wir können davon ausgehen, dass beim Maler eingebrochen wurde. Ich frage mich nun: Wollte der Einbrecher an Kaltbachs Bilder?»

«Vielleicht bloss den Wein pantschen. Aber dann stehen wir schon vor dem nächsten Problem: Was macht es für einen Sinn, Kaltbach zu vergiften. Hätte dieser nämlich die ganze Flasche ausgetrunken, müssten wir jetzt zum Bestatter fahren und nicht ins Spital.»

«Die Flasche war schon halb leer. Eigentlich hätte der Maler am Geruch und Geschmack des Weines merken müssen, dass da etwas nicht stimmt. Darum glaube ich nach wie vor, dass man ihn nicht töten wollte.»

Cécile nickte. Ihre Gedanken liefen immer wieder ins Leere, und sie kam einfach nicht weiter.

Um fünf nach zehn parkierte Fuchs seinen Wagen vor dem Betonblock, in dem man alles andere als eine Klinik vermuten würde. An der Rezeption erkundigten sie sich nach Kaltbachs Zimmernummer und suchten dann den Lift. Sie sahen aus wie ein Grossvater mit seiner Enkelin, einfach ohne den obligaten Blumenstrauss.

In der obersten Etage fragten sie bei der Stationsschwester, ob es möglich sei, Kaltbach zu besuchen.

«Sicher, das ist kein Problem. Er hat zwar gerade Besuch. Sind Sie Angehörige?»

«Nicht direkt.» Cécile zeigte ihren Ausweis.

«Oh!» hauchte die himmelblaue Fee. «Es sind zwei Herren bei ihm. Sind diese denn auch von der Polizei? Ausgewiesen haben sie sich nämlich nicht.»

«Das nehme ich nicht an, dass da Polizisten sind.» grinste Fuchs. «Wir wollen Herrn Kaltbach auch nicht verhaften, wir wollen nur nachschauen wie es ihm geht.»

«Da können Sie beruhigt sein. Es geht ihm besser als es die Ärzte erwartet haben. Der Spezialist von der Toxikologie war vor einer Stunde bei ihm und hat ihn untersucht. Wir werden Herrn Kaltbach übermorgen nach Hause entlassen. Sein Zimmer ist dort hinten.» Mit einem Lächeln verschwand sie im Stationsbüro.

Fuchs klopfte an die Zimmertüre und trat in ein sehr geräumiges Einzelzimmer, das vermutlich nur gutbetuchten Patienten vorbehalten war. Der Maler lag von dicken Kissen gestützt, halb sitzend auf dem Spitalbett. Er trug ein grünes Spitalhemd und sah ziemlich blass aus. Als Cécile und Fuchs eintraten, unterbrach er sein Gespräch mit der Bohnenstange sofort. «Guten Tag, die Herren» grüsste Fuchs halblaut, nicht gerade erfreut, den Ex-Tierarzt hier anzutreffen. Hinter Lienhard stand ein kleiner, eleganter Mann. Sein dunkles Haar war mit viel Gel straff nach hinten gekämmt, und ein schicker, grauer Anzug vervollständigte das Bild eines eitlen Dandys. Fuchs nickte ihm zu. «Herr Kaltbach und Herr Lienhard kennen mich schon.» Er machte einen Schritt zur Seite und schob Cécile etwas vor. «Das ist Hauptkommissarin Cécile Brun von der Kantonspolizei und ich bin Kommissar Fuchs. Beat Fuchs.»

«Jonathan Sokowsky» murmelte der Kleine und Kaltbach hob flüchtig eine Hand zum Gruss. «Wollen Sie mich mitnehmen... oder nur besuchen?» fragte Kaltbach mit einem spitzbübischen Lächeln.

«Nein, nein. Wir sind nur gekommen, um zu schauen, wie es Ihnen geht. Schwer krank sehen Sie Gott sei Dank nicht mehr aus.»

«Leider haben wir die Blumen vergessen» ergänzte Cécile.

«Wir werden Sie nicht lange stören» übernahm Fuchs wieder. «Die Stationsschwester hat uns versichert, dass Sie bald nach Hause gehen können.»

«Ich nehme an, Sie waren es, der mich hierher gebracht hat? Ich danke Ihnen herzlich. Ich hatte eigentlich nicht vor, schon zu sterben. Sie werden sicher schon draufgekommen sein, dass ich...»

Lienhard unterbrach den Maler brüsk und in einem ziemlich militärischen Ton. «Der Kommissar weiss sicher bereits, was geschehen ist. Wir müssen ihm darüber nicht noch einen Vortrag halten. Nicht wahr, Herr Kommissar a. D?»

Fuchs ärgerte sich über den unfreundlichen Ton von Lienhard und er versuchte gar nicht erst, seinen Unmut zu verstecken. «Herr Kaltbach, ich glaube, wir gehen besser wieder und besuchen Sie dann gegen Abend noch einmal. Es gibt noch einige Fragen, die ich Ihnen stellen muss. Etwas möchte ich Ihnen aber schon jetzt mitteilen, damit Sie nicht erschrecken, wenn Sie wieder ins Atelier kommen: Es ist dort eingebrochen worden, um ihren Wein zu vergiften. Was die Täter sonst noch gesucht haben, wissen wir noch nicht. Jedenfalls haben wir das Atelier versiegelt, und es wird überwacht. Alles andere dann später. Wenn Sie möchten, können wir Ihnen die eingegangene Post bringen lassen und...»

Lienhard mischte sich schon wieder ein: «Das übernehmen wir, ganz klar! Ich muss Klaus heute Nachmittag sowieso verschiedene Sachen von zu Hause holen. Ich habe ja einen Schlüssel zum Atelier und auch für den Briefkasten.»

«Das Atelier ist jetzt versiegelt, aber ein Kollege patrouilliert dort. Wenden sie sich an ihn, er wird Sie begleiten. Das wär's für den Moment.» Fuchs ging zu Tür. «Gute Besserung, Herr Kaltbach. Wir werden die Kerle finden, die Ihnen Ärger gemacht haben. Das versprechen wir Ihnen.»

Als Fuchs schon im Korridor stand, und Cécile die Türe zum Krankenzimmer zuziehen wollte, rief Lienhard ihnen hinterher: «Warten Sie. Ich möchte Ihnen noch etwas anvertrauen.» Der Zweimetermann folgte den beiden Beamten auf den Gang hinaus, schloss die Tür übertrieben sachte und schaute verschwörerisch auf Fuchs herab. «Es wird Sie vielleicht interessieren, dass Klaus Kaltbach versucht hat, sich von uns zu verabschieden.» Das tat er mit heuchlerischer Stimme kund und verschränkte wie zum Gebet die Hände. Sein Blick ruhte dabei spöttisch auf dem Kommissar.

«Was wollen Sie damit sagen? Dass Kaltbach selbst den Wein gepantscht hat und so versuchte, sich das Leben zu nehmen?» Fuchs klang vorwurfsvoll.

«So ist es. Ich wollte das aus Pietät nicht vor ihm ausplaudern. Und ich weiss auch nicht, ob er überhaupt will, dass Sie es erfahren. Im Wein war Methanol. Das hat uns der Arzt gesagt. Und Klaus hat ja genug davon in seinem Atelier. Er benützt es manchmal zum Bearbeiten und Bleichen seiner Skulpturen. Das wollte ich ihnen verraten, damit Sie nicht unnötig nach einem Übeltäter suchen müssen.

Wie man hört, ist die Polizei ja personell ziemlich unterdotiert, nicht wahr?»

«Was Sie nicht sagen!» Fuchs lachte laut auf. «Ich bedanke mich jedenfalls für diese interessante Information, Herr Lienhard. Wir sehen uns noch.» Er hatte keine Lust sich von der arroganten Bohnenstange noch weiter belehren zu lassen. Er nahm Cécile beim Arm und zog sie mit sich Richtung Lift.

Cécile schüttelte ihr schulterlanges Haar. «Selbstmord? Glaubst du das mit dem Selbstmordversuch? Wozu dann der Einbruch?»

Fuchs hob seine Schultern. «In diesem verrückten Fall scheint nichts unmöglich zu sein.»

* * *

Von meinem Spitalzimmer aus sah ich auf einige Betonblöcke und auf einen Teil des Bahnhofs Bümpliz-Nord. Hinter den grauen Dächern war nur ein schmaler, blassblauer Streifen vom Himmel zu sehen. Ein halbes Dutzend Kondensstreifen von Flugzeugen durchkreuzten ihn. Ich fühlte mich wie in einem Gefängnis, eingesperrt und vom Leben draussen abgeschnitten. Ich musste hier raus, so schnell als möglich.

Nachdem das Nachtessen abgeräumt war, zog ich meine Sachen an: Ein graues Hemd, eine alte ausgebleichte Jeans, die ich üblicherweise beim Malen trug, und den schwarzen Kapuzenpullover. Der lange Mantel hing noch im Schrank. Ich musste in diesem Zeug aussehen wie ein Nachtwächter. Fertig angezogen schaute ich mich noch einmal um. Das Spitalbett, weiss und chrommatt, zwei Sessel grau, ein Schrank hellgrau, die Wände weiss, ein weisser Beistelltisch neben dem Bett, keine Blumen. In diesem grauweissen Käfig hielt ich es nicht länger aus. Ich brauchte Farben um mich herum, Natur, einen Menschen. Und vor allem musste ich Attila finden. Ich ärgerte mich je länger, desto mehr über mich selbst. So langsam dämmerte es mir nämlich, dass ich Trottel den Jungen nur auf das Drängen von Lorenz fristlos entlassen hatte. Es war eigentlich überhaupt nicht erwiesen, dass Attila mir das Geld aus der Blechschachtel im Atelier geklaut hatte. Lorenz hatte das zwar immer wieder behauptet, solange bis ich ihm schliesslich glaubte. Und dass Attila an Stelle eines alten Lovers ein junges Mädchen neben sich brauchte, hätte ich verstehen müssen. Lorenz hin oder her.

Voller Selbstvorwürfe starrte ich aus dem Fenster. Ich war so in meine Gedanken versunken, dass ich das Klopfen von Schwester Nadine erst beim dritten Mal hörte. Auf mein gebrülltes «Ja!» trat sie ins Zimmer. Sie brachte mir eine Zeitung und das Geo-Magazin. Leicht befremdet musterte sie mich von Kopf bis Fuss. Und als sie mich fast reisefertig dastehen sah, lachte sie mich an. «Ach, Sie haben sich angezogen. Wollen Sie uns verlassen?» Sie hatte eine Art zu lachen, die mich belustigte: die Augenbrauen hochgezogen bis unter den Pony, blitzende grüne Augen, die violett geschminkten Lippen weit geöffnet. Sie sah einfach lustig aus. «Ich wollte Ihnen nur noch etwas zum Lesen bringen. Ich lege die Zeitungen auf ihren Nachttisch.» Sie kam zu mir und legte mir eine Hand auf den Arm und fragte mich, ohne weiter auf meinen Aufzug einzugehen: «Wie fühlen Sie sich?»

«Danke. Ich bin wieder gesund und voll leistungsfähig.»

Sie lächelte weiter. «Das ich glaube Ihnen. So sehen Sie auch aus. Aber wissen Sie, das kann täuschen. Darum möchten wir Sie eigentlich mindestens noch bis morgen hier behalten. Wir haben heute Nachmittag alle Tests gemacht und so wie es aussieht, könnten wir Sie entlassen, sobald die Resultate ausgewertet sind. Aber selbstverständlich dürfen Sie auch noch bis übermorgen bei uns bleiben, wenn Sie möchten.»

Ich war jedoch fest entschlossen noch an diesem Abend zu verschwinden. So pflichtete ich Schwester Nadine scheinheilig bei: «Ja das wäre schön, wir werden morgen weiter sehen.»

«Übrigens, Herr Lienhard hat heute Nachmittag noch einen Koffer mit den Sachen, die Sie wünschten, mitgebracht. Er kam leider gerade in dem Moment, als Doktor Schenk Sie untersuchte. Moment, ich hole den Koffer rasch.» Sie verschwand wie ein Geist, in Sekundenschnelle und unhörbar. Nach zwei Minuten zog sie meinen blauen Ferienkoffer ins Zimmer. «Übrigens, Herr Lienhard lässt Sie herzlich grüssen. Er will heute Abend, kurz nach neun noch einmal vorbeikommen. Es muss schön sein, einen so fürsorglichen Freund zu haben?» Das klang fast wie versteckter Spott.

«Ach, er bemuttert mich viel zu sehr! Das kann manchmal auch lästig sein.» Vor allem, wenn man eine Flucht plant, grinste ich mit abgewandtem Kopf vor mich hin.

«Ich danke Ihnen sehr, Schwester Nadine. Ihre Besuche sind mir lieber als... nun, ich möchte Ihnen keine plumpen Komplimente machen, aber...»

Wieder das lustige Lachen. «Ich habe jetzt Feierabend und muss nach Hause, meine kleine Tochter wartet auf mich. Bis morgen also. Gute Nacht, Herr Kaltbach.»

Eine klare Antwort. Aber völlig unnötig, denn ich hatte nicht vor, mich an sie heranzumachen.

Es war jetzt zehn nach sechs; zu früh um zu verduften. Nach sieben Uhr war dann nur noch die Spätschicht im Haus. Und die kümmerte sich vor der Spätrunde nur um jene Patienten, die noch nach einer Schwester klingelten. Lorenz kam so gegen neun Uhr, also musste ich mich vorher aus dem Staub machen. Halb neun wäre für die ‹Flucht› aus meinem Luxusgefängnis also perfekt: Nicht zu spät, um meine Suche nach Attila in Angriff zu nehmen, und gerade richtig, um dem Besuch von Lorenz auszuweichen. Lorenz und seine Sorge um mich! Der ‹Turm›, wie ihn seine politischen Kumpane nannten, würde sicher alles versuchen, um mich von meinem Vorhaben abzuhalten. Er hatte sich nie mit Attila anfreunden können und mich regelmässig mit Warnungen vor dem Jungen eingedeckt. Eine Erklärung dafür, was er eigentlich gegen den Attila hatte, wollte er mir allerdings nie geben.

Ich legte mich in Hemd und Hose wieder aufs Bett und nahm mir die Zeitung vor. Auf der vierten Seite fand ich einen Artikel, der mich aus meiner Aufbruchsstimmung riss und in mir wieder diese unbestimmte Angst und den Zorn hochkommen liess, die ich seit Lisas Tod nur mühsam unterdrückt hatte. Schon der fette Titel *Neues Opfer des Tierquälers!* erschreckte mich. Während ich den Text in zunehmender Unruhe überflog, kehrten auch die durch die Vergiftung ausgelösten Kopfschmerzen zurück.

In der Nacht vom 22. zum 23. März schlug der brutale Tierschlächter wieder zu. Diesmal in Frauenkappelen! Nebst einem kleinen Hund verlor auch die Besitzerin des Dackels, Lina Fankhauser (78) ihr Leben! Wie eine Nachbarin berichtete, hatte ein junges Joggerpaar am Nachmittag das Haus der wohlhabenden Dame ausgekundschaftet. Am späten Abend dann wurde die Frau, scheinbar nach einem kurzen Kampf, niedergeschlagen und mit einem Kissen erstickt. Kurz zuvor hatte sie ihren lieben Dackel Rocky in einem Plastiksack, misshandelt und in seinem Blut erstickt vorgefunden. Das ist der vierte solche Fall von Tierquälerei, der sich in der Region von Bümpliz seit Anfang Februar ereignete. Dabei kamen vier Haustiere und drei Menschen ums Leben. Bümpliz ist ein in der Regel sehr friedlicher Vorort von Bern. Die Ermittlungen der Polizei erbrachten seit dem ersten Verbrechen keinerlei Erkenntnisse über Täter und Motiv. Die zuständigen Beamten haben es bisher auch nicht für nötig befunden die Presse zu einer Orientierung einzuberufen. Wir wissen aber, dass man bei der Abteilung Leib und Leben der Kapo Bern von mehreren Tätern ausgeht. In diesem Zusammenhang ist der berühmte Kunstmaler K.K. kein Verdächtiger mehr (wie in unserer Ausgabe vom 23. März irrtümlich berichtet). Er wurde vorgestern Nacht selber Opfer eines Vergiftungsanschlags und wird deswegen zurzeit in einem Berner Spital behandelt.

*Die Bernerinnen und Berner – vor allem die Bewohner von Bümpliz –
fühlen sich bedroht von den terroristischen Übergriffen auf ihre Haustiere.
Besonders ältere und allein stehende Menschen sind stark verunsichert.
Sie erwarten, dass die Täter endlich gefasst werden – denn auch dafür
bezahlen sie und wir alle unsere Steuern!*

*Warum findet die Polizei keine Spuren, die zu den Tätern führen? Wer
steckt hinter diesen Morden an Senioren? Was ist das Ziel dieser Angriffe
auf alte Menschen und unschuldige Haustiere? Fragen, die endlich beantwortet werden müssen!*

Oh mein Gott! Lina Fankhauser war meine Cousine, mein Lineli,
die fröhliche Gefährtin meiner Kindheit. Nun ist auch sie ein Opfer
dieses Scheisskerls geworden! Ich hatte zwar in den letzten Jahren nur
noch sporadischen Kontakt mit ihr, aber das war für mich trotzdem
ein schwerer Schlag. Die Tochter meines Onkels, die ihre Eltern beim
Absturz eines Kleinflugzeugs viel zu früh verloren hatte, liess mich als
letzten Zeugen unsrer gemeinsamen Kindheit zurück. Nach dem Tod
ihrer Eltern wuchs sie bei uns auf. Zwischen meinem 7. und 17. Jahr
war ich so oft mit ihr zusammen wie mit niemandem sonst. Sie war
1 Jahr älter als ich, aber wir harmonierten bestens. Attila verschwunden, Lisa tot und nun auch Lineli.

Ich realisierte, dass jetzt wohl noch so einiges auf mich zukommen
würde. Schliesslich war ich ihr einziger Blutsverwandter und musste
mich sehr wahrscheinlich um alles kümmern. Ich überlegte mir, ob
ich das Familien-Notariat damit betreuen sollte, denn ich hatte mit
solchen Dingen überhaupt keine Erfahrung. Doch die neuen Inhaber
waren mir etwas suspekt. Dieses Problem hatte aber noch Zeit.

Attila hatte Lina auch gekannt und sie sehr geschätzt. Er besuchte sie
öfter als ich. Ich fragte mich, ob er wohl zu ihrer Abdankung kommen

würde, wenn er von ihrem Tod erfuhr? Grund dazu hätte er. Er hat Lineli gern bei Einkäufen oder bei Reparaturen im Haus geholfen und sie hat ihn dafür immer wieder beschenkt. Deshalb hoffte ich, dass er bei der Abdankung dabei sein würde. Nach allem war ich jetzt jedenfalls hundertprozentig davon überzeugt, dass der Junge nichts mit den Verbrechen zu tun hatte. Er hätte Lineli nie etwas zuleide getan. Ich schwor mir, dass ich Warnungen von Lorenz in Zukunft ignorieren würde.

Mein Kopf fühlte sich an wie ein Bienenstock. Tausend Gedanken kreisten um Lorenz und Attila. Warum verschwieg mir Lorenz heute Morgen Linelis Tod? Er las doch die Zeitung immer so früh beim ersten Kaffee! Er wusste doch, dass das Opfer meine Cousine war. Hatte er etwa selber irgendetwas mit all diesen Verbrechen zu tun? Nein, das durfte einfach nicht wahr sein. Ich verbot mir diesen Gedanken kategorisch. Aber wer, zum Teufel, ist so krank, dass er einen Krieg gegen Haustiere und Senioren führt? In dieser Sekunde schwor ich mir, auf eigene Faust nach diesem Scheusal zu suchen. Dazu brauchte ich aber Attila an meiner Seite. Ich war dafür zu alt, zu langsam, zu mutlos und zu bekannt. Aber wir zwei zusammen könnten es schaffen. Allein schon der Gedanke, mich zusammen mit Attila gegen diese Verbrecher zu wehren, verlieh mir neue Energie.

Ich wollte die Zeitung mit dem Artikel über Linelis Tod schon zur Seite legen, als mir eine Anzeige der Stiftung *Tutamentum* in die Augen stach:

Geniessen Sie Ihr Alter sicher und heil!
Treten Sie jetzt unserer christlichen Stiftung für Sicherheit und Schutz im Alter bei! Sie bringt Ruhe und Unversehrtheit in Ihr wohlverdientes Alter. Lassen Sie sich nicht von skrupellosen Übeltätern erschrecken!

Tun Sie den einzig richtigen Schritt zu Ihrem Wohlergehen. Fast täglich hört man von Überfällen, Einbrüchen und Erpressungen gegen alte und allein stehende Menschen! Das will Tutamentum für Sie verhindern. Mit Schutz und Trutz, Tag und Nacht!

Was können Sie für Ihre Sicherheit tun?
* *Schicken Sie uns eine SMS oder E-Mail. Sie erfahren umgehend alle Einzelheiten über unsere Leistungen und die, langfristig gerechnet sehr günstigen Bedingungen für unsern Schutzdienst. Werden Sie bei uns Spender und Mitglied. So wie es bereits über tausend kluge Seniorinnen und Senioren in der Schweiz getan haben.*
* *Aus technischen Gründen ist die Mitgliederzahl bei uns beschränkt.*
* *Warten Sie also nicht ab und reagieren Sie sofort auf die heutigen Gefahren.*

Keine andere Versicherung oder Sicherheitsfirma kann Ihnen dasselbe bieten wie wir!
TUTAMENTUM
+41 31 950 950 50 tutamentum@senior-security.com

Diese Anzeige sprach mich entgegen aller Vernunft an. Ich wurde immer älter, einsamer und vielleicht benötigte ich wirklich bald täglich Hilfe. Eigentlich eine gute Idee, eine solche Stiftung. Diesmal gaben diese Leute sogar eine Telefonnummer und eine Mail-Adresse bekannt. Das bedeutete doch, dass *Tutamentum* wirklich existiert und glaubwürdig ist. Ich nahm mir vor, mich möglichst bald bei dieser Stiftung zu melden. Aber im Moment hatte ich Dringenderes vor.

Etwas widerwillig griff ich zum Koffer, den mir Lorenz für meinen Spitalaufenthalt gepackt hatte, und öffnete ihn. Das Ding war unwahrscheinlich schwer und so voll gestopft, als wollte man mich in die Ferien schicken, oder für längere Zeit aus dem Weg räumen. Keine Ahnung was Lorenz sich dabei gedacht hat, als er mir all diese Kleider einpackte. Er muss die Dinge erwischt haben, die ich vor zwei Tagen für die Rotkreuz-Kleidersammlung bereit gelegt hatte. Alles alter Ramsch. Zuoberst lag eine mindestens zwanzigjährige, zerknitterte Segeljacke mir kaputtem Reissverschluss. Ich konnte mich gar nicht mehr erinnern, wann ich die zum letzten Mal getragen hatte. Darunter kamen längst vergessenen Kleidungsstücke zum Vorschein, alle alt und verwaschen. Wahrscheinlich hatte er in grosser Eile und ohne richtig hinzuschauen, alles zusammengepackt was ihm gerade in die Finger kam. Zuunterst lagen sogar noch zwei Skizzenblöcke, eine Blechschachtel mit vertrockneten Talens-Farben und eine Menge Malutensilien. Nun wunderte ich mich immer mehr. Glaubte Lorenz wirklich, dass ich für die nächsten Monate in dieser Klinik bleiben würde?! Oder in eine Reha-Klinik übersiedeln müsse? Was ging nur in seinem Kopf vor? Seine Fürsorge nahm so langsam paranoide Züge an. Zu guter Letzt zog ich den Beutel mit den Toilettenartikeln heraus: Zahnpasta, Zahnbürste, Rasierzeug, Shampoo und so weiter. Aber da waren auch Medikamente dabei, die ich noch nie gesehen, geschweige denn jemals eingenommen hatte: Cipralex, Dalmadorm, Alprazolam. Wofür sollte denn dieses Zeug gut sein. War mein alter Freund nicht mehr bei Trost? Oder sollte das ein Witz sein?

Ich warf den ganzen Bettel wieder in den Koffer und stellte diesen neben die Zimmertür.

Dann kritzelte ich auf den Schreibblock der auf dem Tisch lag: *Bitte entsorgen.* Und weil ich gerade beim Schreiben war, erklärte ich auf einem weiteren Blatt: *Sehr Geehrte. Leider musste ich dringend nach Hause. Ich verlasse Ihr Haus ausdrücklich auf eigene Verantwortung.*

Bitte senden Sie die Rechnung an meine Krankenkasse (siehe mein heute Morgen ausgefülltes Patientenaufnahmeformular). Herzlichen Dank für Ihre Arbeit und Fürsorge. Klaus Kaltbach. Die Nachricht würde ich unbemerkt an der Rezeption hinterlegen.

Um halb neun schlich ich mich die Treppe hinunter. Das ganze Haus war still, wie ausgestorben. Im Stationsbüro brannte zwar Licht, aber es regte sich nichts. Kein Spätdienst weit und breit. Trotzdem verzichtete ich darauf, den Lift zu benutzen. So konnte ich unten vom Treppenhaus her beobachten, ob die Luft beim Empfang rein war.

Ich hatte zwar ein etwas flaues Gefühl in der Magengegend, war aber unternehmungslustig wie ein kleiner Junge beim Aufbruch zur Schulreise. Ich spähte vorsichtig wie ein Dieb vom untersten Treppenabsatz zum matt beleuchteten Eingangsbereich. Hinter der Glasscheibe der Rezeption brannte ein grünes Licht, aber es schien niemand da zu sein.

Der Moment war günstig. Ich ging raschen Schrittes zum Tresen, legte meinen Zettel etwas zu flüchtig hin, so dass er hinter der Ablage zu Boden segelte. Dann ging ich betont ruhig die etwa zehn Schritte bis zum Ausgang. Ohne Probleme. Als ich auf den Türöffner drückte begann ein Alarm am Empfang ziemlich laut zu summen. Die breite gläserne Schiebetür des Haupteingangs bewegte sich aber keinen Zentimeter. Ich versuchte es, jetzt ein bisschen nervös, an der kleinen, manuell bedienbaren Nebentür. Mit Erfolg! Gerade als ich ins Freie schlüpfte, rief jemand hinter mir «Hallo! Wer sind Sie?» Aber ich war schon draussen.

Ich wählte meinen Weg so, dass ich Lorenz nicht begegnen würde: Zwischen den eng beieinander stehenden Betonblöcken das Fellerguts hindurch, Richtung Altes Schloss, und dann nach Hause.

Ich trug meinen langen, schwarzen Mantel, wie gestern. Auch die Kapuze des Pullis hatte ich übergezogen. Ausser Lorenz würden mich darin selbst meine Nachbarn nicht erkennen. Das rasche Gehen war recht mühsam in diesem schweren Wollstoff und ich kam schnell ausser Atem. Aber ich musste mich beeilen. Länger als ein paar Minuten durfte ich mich in meinem Zuhause nicht aufhalten, denn sobald Lorenz erfuhr, dass ich ausgeflogen war, würde er mich hier wähnen. Warum wollte er mich überhaupt so spät noch einmal besuchen? Und dann dieser Kofferinhalt! Und die Andeutung, ich hätte das Methanol selber in den Wein gemischt. Ich schüttelte ungläubig den Kopf. Bisher war es mir ja meistens angenehm gewesen, wenn er sich um mich und meine Probleme kümmerte. Aber in letzter Zeit wurde er mir oftmals lästig, vor allem wenn ich in Ruhe arbeiten wollte. Eigenartig war auch, dass er häufig mit meinem Galeristen Sokowsky zusammen sass und mit diesem Kunstausstellungen zugunsten seines Tierschutzvereins plante. Vor einem halben Jahr kannte er ihn nur dem Namen nach und heute fuhr er dauernd mit ihm nach Zürich zu irgendwelchen Vernissagen. Na ja, er war Rentner und hatte genügend Zeit, sich mit Dingen zu beschäftigen, die er früher vernachlässigen musste.

Als ich im Quartier Stapfenacker ankam, schmerzten mich meine untrainierten Beine. Es war jetzt kurz vor neun. Der Föhn hatte den Himmel blank geputzt und der Mond stand als dünne Sichel über den Dächern. Die Nacht war mild und liess mich in meinem Wintermantel schwitzen. Alles erinnerte mich an meine Jugendjahre, als ich halbe Nächte lang allein, von einer grossen Malerkarriere träumend und auf der Suche nach Inspirationen, herumwanderte.

Vorsichtig ging ich erst am Haus der Lienhards vorbei. In einem der Zimmer im Obergeschoss brannte ein schwaches Licht. Der

Fernseher lief, wie ich an dem bläulichen Flackern feststellten konnte. Sicher war es Hanna die Frau von Lorenz, die dort wach lag und sich den zwanzigsten Film an diesem Tag anguckte. Die Arme schlief wegen ihrer Immobilität und den Schmerzen kaum noch. Lorenz pflegte sie, so weit ich dies beobachten konnte, mit einer kühlen Hingabe, voller Verantwortungsbewusstsein. Ich war noch nicht sehr oft im Innern ihres Hauses gewesen, obwohl es in meinem Besitz war. Der Grund dafür war wohl, dass er mich gar nie dazu eingeladen hatte. Ich nahm an, dass er seiner Ehefrau möglichst viel Ruhe gönnen wollte, und er sich vielleicht für ihren gesundheitlichen Zustand schämte. Umsichtig und so unauffällig wie möglich ging ich weiter, zu mir nach Hause. Ich begegnete keinem meiner Nachbarn. Alle Bewohner unseres Quartiers schienen ab halb acht, wie auf Befehl des lieben Gottes, vor der Glotze zu sitzen. Im Moment konnte mir das nur recht sein. Niemand würde mich beobachten.

Als ich ins Haus trat, spürte ich als erstes einen kühlen Luftzug. War da jemand im Haus? Ich wagte nicht das Licht einzuschalten, blieb im Entrée ein paar Minuten reglos stehen und lauschte. Ausser meinem eigenen Herzschlag hörte ich nichts. Vorsichtig schlich ich durch die Küche ins Wohnzimmer, und bemerkte dass hier die Tür zur Gartenterrasse halb offen stand! Offensichtlich war jemand in meinem Haus gewesen. Es schien aber niemand mehr hier zu sein. Ich schloss die Tür und verriegelte sie, ebenso wie die Fensterläden. Erst jetzt schaltete ich die Ständerlampe neben dem Fernseher ein. Dann ging ich in mein Büro hinüber und suchte nach Spuren des fremden Besuchers. Hier: die Klappe meines Laptops war hochgestellt und das Gerät stand nicht am gewohnten Ort, ganz links auf dem Schreibtisch. Jemand musste ihn benutzt haben. Ich hoffte, dass der Eindringling mein Passwort nicht knacken konnte. Auf der Tatstatur lag ein Notizblock auf dem, in grossen Lettern stand: *Briefkasten geleert. Post bei mir. Lorenz.* Erleichtert atmete ich durch. Natürlich, er hatte ja am Morgen meine Sachen geholt. Aber was hatte er an meinem Laptop zu suchen? Und warum liess dieser sonst so aufmerksame Kerl die Terrassentür offen? Das passte alles überhaupt nicht zu ihm. Hatte er womöglich jemand anderen, als Laufburschen sozusagen, hierher geschickt? Ich musste ihn unbedingt zur Rede stellen! Nur halb beruhigt überprüfte ich meinen kleinen Tresor im Wandschrank. Der stand Gott sei Dank unberührt unter dem ‹falschen› Tablar. So weit, so gut. Ich setzte mich an den Schreibtisch und schaltete den Laptop ein. Aber mein Passwort wurde nach mehrmaligem Versuch nicht angenommen. Ich wusste, was dies bedeutete.

Inzwischen war es viertel nach neun geworden. Rasch fischte ich ein Bündel Hunderternoten und meinen Reisepass aus dem Tresor und verschloss ihn wieder. Ich wollte genügend Bargeld bei mir haben. Den Fahrausweis und die Kreditkarten trug ich sowieso bei mir. Nun noch rasch ins Badezimmer, die Zähne putzen und die Hände waschen. Und hier entdeckte ich auf dem Regal unter dem Spiegel ein halb leeres und zwei volle Fläschchen. Auf allen drei klebte dasselbe Etikett: Methadon-Trinklösung. Schon wieder Medikamente die ich nicht kannte! Erst in meinem Kulturbeutel und jetzt hier. Es war mir einfach schleierhaft. Ich liess alles stehen und liegen wie es war, denn die Zeit drängte jetzt. Rasch tauschte ich meinen schweren Mantel gegen eine gefütterte, leichte Jacke, band mir einen leichten Schal um und verschwand aus meinem plötzlich gar nicht mehr so trauten Heim.

* * *

Der elegant gekleidete Mann im besten Alter sah sich in der Klub-Bar Luna einen Moment lächelnd um, ehe Vadim ihn bemerkte. Der junge Geschäftsführer war hinter dem langen Tresen mit Abrechnungen beschäftigt. Auf seinem nachtblauen Trainingsanzug war das Stadtwappen von Bukarest mit dem goldenen Adler und dem Stadtpatron Dimitri Basarabov aufgenäht. Sein rabenschwarzes Haar war dicht und mit einem akkuraten Millimeterschnitt versehen. Er sah aus wie ein erfolgreicher Profiboxer. Die muskulöse Figur und seine grossen Hände unterstrichen diese Einschätzung.

Vadim begrüsste den Eleganten laut und jovial. Sein osteuropäischer Akzent war deutlich herauszuhören. «Oh, Sir John! Es freut mich, dass Sie uns heute einmal bei Nacht besuchen.»

«Keine Kunden?» John Milton näherte sich im Zeitlupentempo dem Tresen.

«Wir öffnen erst um elf, wie Sie wissen, Sir.» Vadim liebte es, ihn ‹Sir› zu nennen. Der Elegante hatte zwar Vadims Anstellungsvertrag nur mit *John Milton* unterschrieben. Vadim hatte diesen Namen, mit oder ohne ‹Sir› immer für ein Pseudonym gehalten. Er fand diese Geheimniskrämerei irgendwie kindisch, zumindest für einen so stolzen, reichen Mann wie es sein Boss war. Aber was soll's, die Schweizer waren sowieso alle irgendwie krank im Kopf.

John Milton schaute den Rumänen unverwandt an und begann provokativ leise zu sprechen: «Ich muss mit dir reden, Vadim.»

«Jetzt?»

Milton nickte. «Ja, jetzt! Bevor das Pack hier erscheint.»

«Ich sollte die Kasse vorbereiten, Sir.»

Milton grinste. Der junge Mann hatte immer noch nicht begriffen, dass er sich hüten sollte seinem Patron zu widersprechen. «Wo können wir in Ruhe reden?»

Vadim kapitulierte widerwillig. «Da drüben, an einem der Tische? Es ist niemand ausser mir im Klub, Sir.» Er biss sich auf die Unterlippe. «Und ausser Ihnen natürlich» fügte er dann mit einem widerspenstigen Lächeln an.

Der Elegante überlegte kurz. «Hier? In diesem dunklen Loch? Na ja, meinetwegen. Es geht ohnehin nicht lang. Also, setzen wir uns!»

Vadim führte Milton an den hintersten Tisch in der halbdunkeln Halle, die einmal der Keller eines Gewerbebetriebes gewesen war und immer noch nach Chemikalien roch. An den Wänden hingen Plakate von Landschaften und Städten in Ungarn und Rumänien. In der Mitte des Raums drehte sich eine riesige Discokugel, umgeben von einem Kreis aus kugelrunden Tonverstärkern. Mit einem feuchten Lappen wischte Vadim schnell die klebrige Tischplatte ab. «Möchten Sie etwas trinken, Sir?»

«Einen starken Kaffee und ein Glas kaltes Wasser.»

Dienstfertig verschwand Vadim hinter der Theke. Sein Chef machte ihn heute richtig nervös.

Als er mit dem Espresso zurückkam, bemerkte Milton unwirsch: «Hier drin stinkt's ekelhaft. Lass die Höhle endlich einmal von den Jungs reinigen und neu streichen.» Er kostete den Kaffee und gab ein strafendes «Mann!» von sich. «Nun setz dich schon.»

Vadim tat wie befohlen und nickte untertänig. «Sie haben recht, Sir. Die Halle hat dringend eine Auffrischung nötig.»

Milton winkte genervt ab. «Kommen wir zur Sache. Dieses junge Pärchen, das du da angeheuert hast, den Ungarn Sandor, und Zbinden, die Möchtegern-Boxerin, müssen wir abschieben. Und zwar sofort! Das bedeutet spätestens morgen.» Er griff in seine

Sakkotasche, holte ein gefaltetes, weisses Blatt Papier hervor und schob es über den Tisch. «Eines solltest du dir endlich merken, Vadim, es geht bei uns nicht um Mord oder Totschlag, sondern um die Unterstützung unserer Stiftung. Aber wie sollen uns Tote noch unterstützen können, he? Das ist doch nicht so schwer zu begreifen, meine ich. Hast du das den beiden denn nicht klar gemacht? Du enttäuschst mich, Vadim!» Er senkte leicht sein bleiches, gepflegtes Haupt und blickte den jungen Mann warnend an.

«Doch, Sir, ich habe die beiden mehrmals angewiesen, vorsichtig zu sein. Vielleicht hatten sie einfach Pech, Sie sind ja nicht mal zwanzig.» Vadims Stimme kippte ins Falsett vor Angst.

Milton lachte höhnisch. «Pech sagst du dem! Das ist kein Pech, das ist einfach eine himmeltraurige Schlamperei! Und eine Katastrophe für uns. Du hast diese beiden Stümper ausgesucht! Also bist du auch für sie verantwortlich. Mann, o Mann! Die zwei sind doch hinüber. Die ticken ja nicht richtig. Konsumieren sie Drogen?»

Vadim winkte rasch ab. «Das hätte ich doch bemerkt, Sir!» Als er Miltons zweifelnden Blick sah, fügte er bei: «Jedenfalls von mir haben sie nie Dope bekommen. Wenn Sie das vermuten, Sir! Hier drin ist nach wie vor alles sauber. Garantiert!» Er hob eine Hand zum Schwur. «Ich kann sie natürlich unterwegs nicht ständig beobachten. Das verstehen Sie doch?»

Milton schlug mit der Faust auf den Tisch. «Schluss jetzt! Die beiden müssen sofort aus der Schweiz verschwinden. Verstanden?»

Jetzt erst wagte Vadim, einen Blick auf das Blatt Papier zu werfen. Er bewegte seine wulstigen Lippen leicht beim Lesen, was Milton mit einer verächtlichen Grimasse quittierte. «Das ist ein Flugticket, nicht wahr, Sir? Wollen Sie Sandor und Anna...»

«Ja. Die zwei fliegen morgen, freiwillig oder... sagen wir: krank nach Bukarest und von dort weiter nach Debrecen. Dort wird sie der Roma

Camill übernehmen. Das ist schon alles geregelt. Ich hoffe, dass du wenigstens imstande bist, diese Abschiebung zu arrangieren, Vadim.»

Der Barkeeper seufzte. «Ich weiss nicht wo Sandor und Anna im Moment sind. Sie waren heute auf Katzensuche. Es kann sein, dass sie heute Nacht noch hier vorbeikommen. Was ist, wenn ich sie bis morgen früh nicht erreichen kann? Oder wenn sie sich weigern, zu verreisen?»

Milton grinste hämisch. «Dann ist gar nichts mehr. Sie müssen verschwinden. Ist das klar?»

«Kla-har» stottere Vadim und steckte das Ticket ein.

Milton gab sich zufrieden. « Du hast mich doch richtig verstanden, Vadim?»

«Ja, Sir.»

«Wie ich aus sicherer Quelle weiss, haben diese Nullnummern vorletzte Nacht in Frauenkappelen Spuren hinterlassen. Wenn die Polente die beiden schnappt, kommen wir alle in grosse Schwierigkeiten. Zuerst natürlich du und die beiden Stümper. Diese Milchgesichter würden ja sofort alles ausplaudern und dem Staatsanwalt unter Tränen unsere Namen und Adressen preisgeben. Capito?» Milton, der Elegante, stand auf und nickte Vadim kurz zu. Dann durchquerte er lässigen Schrittes die Halle und verschwand durch die Tür.

«Ja, Sir» rief Vadim ihm noch nach. Dann schaute er auf seine falsche Rolex. «Zehn nach zehn. Ach, du Scheisse!»

* * *

Zwanzig nach neun Uhr. Über die Heimstrasse und durch den Friedhof gelangte ich zum berühmt-berüchtigten Schützenhaus. Ich hatte
bisher nur von zwei Lokalen gehört in denen Attila verkehrte. Eines
davon war eben diese alte Arbeiterbeiz gegenüber dem Bachmätteli.
Ich wusste seit einem Besuch im letzten Sommer, dass es da ein Fumoir gab. Attila hatte zwar vor ein paar Wochen mit dem Rauchen
aufgehört, wie er mir versicherte. Aber hier traf er ab und zu seine
Freunde, die *Pieten*, Mit ein wenig Glück konnte ich ihn hier antreffen,
oder zumindest jemanden, der wusste wo er sich aufhielt. Neben dem
Fumoir gab es auch ein Billardzimmer. Attila liebt dieses Spiel, und
ich hoffte deshalb, hier einige seiner Freunde zu treffen. Ich trank zwei
Stangen Bier und danach einen Kaffee. Später ging ich hinüber zu den
Billardspielern. Aber obwohl ich sein Foto fast jedem von ihnen zeigte,
reagierte niemand auf sein Bild. Ob sie ihn wirklich nicht kannten
oder nicht kennen wollten, bleibe dahingestellt. Doch ich gab nicht so
schnell auf! Irgendwer hier in Bümpliz musste ihn ja kennen.

Eine Dreiviertelstunde später verliess ich das Schützenhaus un-
verrichteter Dinge, um am zweiten *Pieten*-Treff dem so genannten
«*Tscharni*» nach ihm zu fragen. Seine *Pieten* hatten diesen Jugendtreff
zu ihrem Stammlokal auserkoren. Als ich auf dem Dorfplatz gegenüber
vom Restaurant Tscharnergut ankam, sass eine Gruppe von kräftigen
Jungen auf der breiten Fussgängertreppe, die zum Einkaufszentrum
führte. Ihrer Sprache nach stammten sie eher vom Balkan, als aus der
Schweiz. Eine zweite Gruppe hockte auf dem Mäuerchen beim Brunnen. Ich zeigte den Boys beim Brunnen das Foto von Attila. Ein kraus-
haariger Teenie in einer roten Kapuzenjacke schien ihn zu kennen:

«Das ist doch der Rumäne, der bei einem Maler wohnt. Ja, genau, das ist der Angeber mit dem i5 und der Vespa. Und Sie wollen wissen wo der sich herumtreibt? Versuchen Sie's doch mal in Hollywood.»

Ein anderer trat hinzu und schaute sich das Foto an. «Ja sicher, das ist der Atti. Warum suchen Sie ihn? Sind Sie ein Zivilbulle?»

«Nein-nein!» wehrte ich ab. Es schien mir nicht opportun, hier meinen Namen preiszugeben. ‹Kaltbach› verband man in Bümpliz und Umgebung sofort mit viel Geld und Prominenz. Die ziemlich aggressiv auftretenden Boys waren sowieso Schwulenhasser und könnten auf dumme Gedanken kommen. Darum erklärte ich möglichst beiläufig: «Nein,... er sucht eine Stelle. Eigentlich sollte Attila vorgestern bei uns anfangen zu arbeiten, aber er ist bisher nicht in der Werkstatt erschienen.»

«Vielleicht weil er den Job nicht will» lachte ein dritter.

«Oder weil er nichts mit so alten Knackern zu tun haben will. Der fühlt sich halt zu Höherem geboren» kommentierte ein weiterer.

Plötzlich bildeten sie einen Kreis dicht um mich herum, nicht gerade drohend, aber auch nicht wirklich hilfsbereit. Das ordinäre Gespött ärgerte mich. «Ich schau mal drüben im Restaurant nach. Wenn ihr ihn seht...»

«Atti verkehrte im Tscharni, nicht in diesem Fresstempel hier.» Das war wieder der vorlauteste unter ihnen. «Aber seit ein paar Wochen haben wir ihn nicht mehr gesehen.»

«Wenn er nicht dort ist, versuchen Sie's doch im Luna-Bar-Klub» schlug das einzige Girl unter ihnen vor.

«Im Luna? Wo ist das denn?» erkundigte ich mich, schon im Weggehen.

«Diese Mumie kommt doch dort nicht rein!» spottete der Kraushaarige. Die ganze Bande lachte hämisch.

«Luna-Bar. An der Normannenstrasse. Die öffnet aber erst um elf. Eine voll krasse Disco. Nur Balkan-Kiffer und so. Gehört einem rumänischen Arsch, der kennt den Atti sicher.»

«Okay, mal sehen.» Als ich weiter ging, rief mir einer der Boys noch nach: «He, Alter! Ich such' auch einen Job. Bin in allem erste Klasse.» Er streckte seine Zunge heraus. «Werde dich nicht enttäuschen.» Ohne mich noch einmal umzudrehen ging ich die paar Schritte zum nahen *Tscharni*.

Das kleine Bistro war an diesem Abend mit jungen Gästen – Studenten, Schülern und Lehrlingen beiderlei Geschlechts – fast vollständig besetzt. Ich hatte eigentlich keine Lust mich unter all die jungen Leute zu mischen. Ich kam mir ziemlich fehl am Platz vor. Jeder hier im Raum schien in heftige, und vor allem laute Diskussionen verstrickt zu sein. Doch es blieb mir nichts anderes übrig, und ich steuerte wohl oder übel auf einen Tisch zu, an dem noch ein Stuhl frei war. Drei junge Männer und zwei Mädchen quatschten in einem Gemisch aus Berndeutsch und Italienisch miteinander.

«Darf ich?» fragte ich lächelnd. Eines der Mädchen nickte beiläufig, die andern drei beachteten mich kaum. Eine Weile sass ich schweigend da und tat so, als würde ich das Angebot auf den verschiedenen Zetteln, die auf dem Tisch lagen, eingehend unter die Lupe nehmen. Ein Burger mit Frites, ein paniertes Schweinsschnitzel, ebenfalls mit Frites, verschiedene Sandwichs, Salate und Glacen wurden angeboten. Nichts kostete mehr als zwölf Franken.

Beim blutjungen Kellner bestellte ich ein Bier und ein Salami-Sandwich. Während ich auf das Essen wartete bekam ich zwangsläufig mit, dass meine Tischnachbarn über Ferien- und Freizeitjobs sprachen. Es blieb für mich aber schleierhaft, worüber sich die vier dabei so aufregten. Meine Gedanken waren überdies weit weg, bei Attila.

Das Bestellte kam innerhalb von fünf Minuten, und im Handumdrehen war das Sandwich verzehrt und das Bier ausgetrunken. Der junge Kellner stand sofort wieder da, um Teller und Besteck abzuräumen.

«Möchtest du noch ein Bier?» fragte er mit seiner Knabenstimme. Man duzte sich hier wohl.

«Nein, danke. Ich muss gleich wieder weg.» Ich beglich meine bescheidene Rechnung. Ein wirklich günstiges Lokal, fand ich und drückte dem Jungen einen Fünfliber als Trinkgeld in die Hand. Man weiss ja nie, vielleicht konnte er mir noch nützlich sein. Ich wollte gerade aufstehen, als das Gespräch um mich herum für einen Moment zum Stillstand kam. Ich nutzte diese Pause und zeigte der Runde Attilas Foto.

«Darf ich euch kurz eine Frage stellen? Ich suche diesen Jungen, er ist Rumäne. Seine Tante ist gestorben und wir müssen ihm das mitteilen. Leider meldet er sich nicht, weder auf seinem Handy noch über E-Mail. Vielleicht kennt ihr ihn ja und wisst, wo ich ihn finden kann. Er muss jedenfalls oft hier im Tscharni verkehrt haben.»

Eines der Mädchen lächelte mich freundlich an, und musterte dann das Foto eingehend: «Ja, das ist Attila, der Kunststudent. Nicht wahr, Lars?» Sie gab das Foto weiter.

Der Angesprochene musterte das Bild ebenfalls. «Klar, das ist Attila.»

«Stimmt, so heisst er» bestätigte ich. «Attila Grigorescu. Wisst ihr auch, wo ich ihn finden kann?»

Das Mädchen schien meinen entlassenen Assistenten gut zu kennen. «Er war bis vor ein paar Wochen oft hier. Jetzt jobbt er in Fribourg.»

«Bei einem Kunsthändler» ergänzte der Kumpel neben ihr. «Sind Sie ein Verwandter?»

«Nicht direkt. Er arbeitete und wohnte bei uns. Ich bin ein Cousin seiner Tante, die er sehr gern mochte. Leider ist sie plötzlich verstorben. Darf ich euch meine Telefonnummer geben... vielleicht trefft ihr ihn, dann teilt ihm doch mit, dass die Beerdigung in drei Tagen in Frauenkappelen stattfinden wird. Ehm... kennt ihr vielleicht den Namen des Kunsthändlers?»

«Leider nein, oder Lars?»

Der winkte ab. «Keine Ahnung. Aber vielleicht weiss jemand in der Luna-Bar mehr. Den Schuppen finden Sie am Ende der Normannenstrasse. Da verkehren viele Rumänen und Kroaten. Fragen Sie doch dort noch nach.»

Zwei Mal schritt ich später die Normannenstrasse von der Bümplizstrasse bis zur Bernstrasse ab. Links ragten die Wohnblöcke des Fellergutes in den Nachthimmel, auf der rechten Seite, zwischen Strasse und den Bahngeleisen standen verschiedene Gewerbegebäude. Im östlichsten davon tummelten sich etwa zwei Dutzend junge Discofans auf das nächtliche Glück wartend vor einem breiten Eingang zum Untergeschoss. Hier musste diese Luna-Bar sein, in der Attila öfters verkehrt haben soll.

Über dem breiten Tor leuchteten gelbe, rote und grüne Neonröhren. Mehr konnte man von der Strasse aus nicht erkennen. Näher herangehen wollte ich nicht. Ich mochte mich in meinem Alter nicht von diesen rauchenden und kiffenden Teens und Twens angaffen lassen. Inzwischen war es Viertel nach elf; bald würde der mysteriöse Bar-Klub sein Tor öffnen und die Ansammlung verschlucken. Solange wollte ich im Hintergrund bleiben. Unter diesen jugendlichen Barbesuchern gäbe ich eine komische, und sicher auch verdächtige Figur ab.

Ich schritt die Strasse nochmals von einem Ende zum andern ab und versuchte das Risiko abzuschätzen, welches ein Besuch in dieser Höhle bedeutete. Vorsichtshalber verteilte ich die Kreditkarten und das Bargeld aus dem Portefeuille auf die Taschen in meiner Hose. Das Handy blieb in der Brusttasche meiner Jacke. Ich musste über meine unbeholfenen Sicherheitsmassnahmen selber grinsen, aber sie machten mir komischerweise Mut.

Um halb zwölf war dann der Platz vor dem Tor zur Bar leer. Einzig ein riesiger, fetter Türsteher in schwarzer Ledermontur kontrollierte den Eingang. Er entdeckte mich schon als ich noch zögernd auf der Strasse stand und schaute mir dann gelangweilt zu, wie ich etwas unsicher die kurze Rampe hinunter watschelte. Erst als ich direkt vor ihm stand, begutachtete er mich mit einem Anflug von ungläubigem Grinsen.

«Suchen Sie etwas, old man?» Seine Stimme war überraschend hoch, klang aber nicht unfreundlich. Sein hartes, abgehacktes Deutsch und Englisch verriet seine osteuropäische Herkunft.

«Guten Abend. Ist das die Luna-Bar?» fragte ich friedlich und bemüht, keine Unsicherheit zu zeigen.

‹That's right, old boy.» Als Beweis seiner Kompetenz schien er gerne mit seinen Fremdsprachenkenntnissen zu glänzen.

Ich holte Attilas Foto aus der Jackentasche und erzählte ihm die Geschichte mit der verstorbenen Tante.

«Ach, my friend! Sie suchen den eingebildeten Rumänen, Attila das Grossmaul!» Er lachte glucksend. «Well, der kommt schon eine Weile nicht mehr hierher. Unser Klub ist ihm... nun, sagen wir mal: zu primitiv. Aha, seine Tante hat also abgekratzt. Is she rich?» Wieder das kindlich wirkende Lachen.

Im diesem Moment zwängte sich ein anderer Typ durch das nur einen Spalt breit geöffnete Schiebetor. Er war etwa fünfundzwanzig und wirkte durchtrainiert wie ein Profiboxer. Aus dem Innern dröhnte kurz lauter, stampfender Techno-Sound, daneben hörte man Gekreisch und laut geschriene Gesprächsfetzen. Der Sportler musterte mich mit seinen dunklen Augen misstrauisch, bevor er knapp fragte: «Was willst du hier?» Mit einer Hand griff er in die Tasche seiner Trainingshose.

«Nenn mich Klaus. Ich gehöre zu Attilas Familie.» Meinen

lächerlichen Versuch mich anzubiedern, ignorierte er offensichtlich.

«Soso, zu Attilas Familie. Sieht man ganz deutlich!» spottete er. «Sprichst du überhaupt Rumänisch? Na ja, ist ja wurscht. Warum suchst du ihn denn hier? Ist er von Zuhause ausgerissen, der Schlingel?» Er zwinkerte dem Türsteher grinsend zu.

Dieser reichte ihm das Foto von Attila.

«Weisst du was, lustiger Kumpel? Deinen Scheisszögling wollen wir hier nicht mehr sehen. Oder bist du am Ende von der Bullerei? Oder ein geschissener Detektiv oder sowas?»

Ich schüttelte entschieden den Kopf. «Nein! Ich suche nur nach Attila, sonst nichts. Man hat mir gesagt er komme oft hierher. Und wenn du wissen willst, was ich bin: ein freier Künstler, e basta.»

«Was jetzt? Freier oder Künstler?» Beide lachten lauthals.

«Höre, Mann, Attila fühlte sich ebenfalls als Künstler, als etwas Besonderes. Das wird wahrscheinlich in eurer Familie vererbt. Er fühlte sich bei uns Rohlingen nicht wohl, verstehst du. Darum können wir dir nicht helfen. Aber... warte einen Moment.»

Er ging zurück in die Bar und kam keine Minute später mit einem schlanken, sehnigen Jungen zurück. «Das ist Sandor. Er weiss vielleicht was über deinen edlen Weiss-nicht-was.»

Der Teenager guckte mich von oben bis unten an, als wäre ich ein Ausserirdischer. Schliesslich meinte er: «Atti jobbt in Fribourg. Er hat dort jemanden gefunden der ihm auch ein Studium oder so bezahlt. Mehr weiss ich nicht über diesen Arsch. Will ich auch nicht.»

«Komm' wieder rein, Sandy!» Der Sportler nahm den Jungen am Arm und verschwand mit ihm ohne Abschiedsgruss im Innern der Bar.

Der Türsteher grinste mich kumpelhaft an. «Kein Glück, old man. No fuck, no luck. Vadim ist unser Boss hier. Tut mir leid, wenn er nicht mit dir reden will.» Er gab mir ein Handzeichen zu verduften. Mittlerweile war es Mitternacht geworden.

‹Jobbt bei einem Kunsthändler in Fribourg? Jemand bezahlt ihm ein Studium?› Das war nicht gerade das, was ich über meinen schmerzlich vermissten, jungen Mitarbeiter hatte herausfinden wollen. Immerhin hatte ich nun zwei Hinweise, die sich ergänzten. Ich würde also in Fribourg weiter nach ihm forschen müssen. Zuvor wollte ich es aber im Netz versuchen. Das war sicherer und wohl auch effizienter, als wenn ich, wie in dieser Nacht, allein in dunklen Gegenden und in einem mir fremden Milieu herumstocherte.

Unglücklich und müde machte ich mich auf den Heimweg. Viel anderes blieb mir jetzt nicht übrig. Wütend dachte ich an Lorenz, der mir dieses ganze Drama eingebrockt hatte.

Ziemlich erschöpft ging ich Richtung Bahnhof Bümpliz-Nord, als ich plötzlich von hinten gepackt wurde. Gleich darauf verspürte ich einen harten Schlag auf meinen Kopf. Das letzte was ich wahrnahm war ein dunkler Schatten, und ein stechender Schmerz durchfuhr meinen Schädel. Dann glaubte ich noch zu spüren, wie ich weggeschleift wurde.

Als ich wieder zu mir kam, sass ich völlig schief und zusammengesunken auf einer Bank, auf dem Perron eines kleinen Landbahnhofs. Langsam versuchte ich mich aufzurichten. Mein Kopf schmerzte erbarmungslos. Ich berührte die Stelle von der das kaum auszuhaltende Brennen und Pochen auszugehen schien. Meine Haare waren von getrocknetem Blut verklebt. Ich versuchte tief zu atmen, aber auch das tat fruchtbar weh. Endlich sass ich aufrecht und wagte meinen Kopf ganz langsam und vorsichtig von einer Seite auf die andere zu drehen. Meine Augen brannten als hätte man mir Pfefferspray ins Gesicht gesprüht. Nach einigen Minuten konnte ich deutlicher sehen und langsam nahm ich die Umgebung wahr. Alles war dunkel, selbst das Bahnhofsgebäude. Aber wie verdreckt und zerrissen meine Jacke war, nahm ich trotzdem wahr. Irgendwo tuckerte ein Auto vorbei. In der Nacht fuhren offensichtlich keine Züge auf dieser Strecke. Die Stationsbeleuchtung war ausgeschaltet und alles schien tief zu schlafen. Was war geschehen? Wie war ich bloss hierher gekommen?

Lisa kam mir in den Sinn; sie musste dringend gefüttert werden. Ich musste Lorenz anrufen, damit sie ihr Frühstück bekam. Das würde er, obwohl er kein Katzenfreund war, bestimmt für mich tun. Dann erst fiel mir ein, dass Lisa ja seit ein paar Tagen nicht mehr unter uns weilte. Aber Attila! ? Ach ja, klar, ich war auf der Suche nach ihm gewesen. Langsam zogen die Bilder des gestrigen Abends vor meinem inneren Auge vorbei: Das Restaurant Schützenhaus, die Begegnungen im Tscharnergut, der Luna-Klub und dann... war ich überfallen worden. Oder gestürzt? Nein, nach einem Sturz wäre ich doch nicht hier gelandet. Ich versuchte aufzustehen. Das gelang überraschenderweise. Ich konnte sogar ein paar Schritte machen, ohne dass ich einen Schmerz in den Beinen verspürte.

Ein Taxi rufen? Aber zuerst musste ich auskundschaften, wo genau ich war. Und ob von hier bald einmal ein Zug abfuhr. Ich überquerte die Geleise neben dem Verbotsschild. Dann las ich den Namen der Bahnstation: Rosshäusern! Was suchte ich denn in diesem kleinen Kaff?! Keine Ahnung. Ich musste also überfallen und von irgendwem hierher gebracht worden sein! Hastig suchte ich in den Jackentaschen nach dem Handy. Es war weg. Entweder hatte ich es verloren oder es war mir gestohlen worden. Dann fand ich die Brieftasche in der Innentasche. Das Geld und die Kreditkarten waren noch da. Somit konnte es nicht ein Raubüberfall gewesen sein. Aber warum sollte mich jemand bewusstlos schlagen, nur das Handy entwenden und mich danach hierher bringen? Nur weil ich mich nach Attila erkundigt hatte? Das ergab doch keinen Sinn!

Ich setzte mich wieder auf eine Bank und schaute auf die Armband-uhr. Auch die war noch an meinem Arm. Zehn vor fünf. Wann hatte ich den Vorplatz der Luna-Bar verlassen? War ich danach zu Hause gewesen? Der scharfe Schmerz in meinem Kopf hinderte mich daran, einen klaren Gedanken zu fassen. Vielleicht träumte ich alles nur.

Ich musste kurz eingeschlafen sein, denn als ich wieder auf die Uhr schaute, zeigte sie 05.33 und die Lichter am Stationsgebäude waren inzwischen eingeschaltet worden. Mühsam schleppte ich mich zum gelben Wandfahrplan. Zuerst flimmerte die ganze Abfahrtstafel vor meinen Augen, aber langsam konnte ich die Zahlen erkennen. In fünf Minuten würde der erste Zug Richtung Bümpliz-Nord und Bern ab-fahren, auf Gleis 2. Das bedeutete, dass ich wieder über die Geleise steigen musste. Allerdings müsste ich zuerst irgendwo ein Ticket kaufen bevor ich zum Perron wechselte, auf dem ich aufgewacht war. Aber dazu hatte ich jetzt kaum noch genügend Zeit. Da entdeckte ich zu meiner Erleichterung die Unterführung, die zu Gleis 2 führte. So schnell es mir möglich war, hastete ich die Treppe hinunter und keuchte auf der anderen Seite wieder hoch. Ich war so schwindlig, dass ich beinahe das Gleichgewicht verloren hätte. Aber meine Beine funktionierten noch einwandfrei. Zumindest dies. Ich würde in Gottes Namen ohne Fahr-ausweis einsteigen. Auch ein allfällig vorbei kommender Kontrolleur müsste dies angesichts meiner zerrissenen Jacke und der Wunde auf meinem Schädel begreifen. Ich trug ja wahrscheinlich auch noch genug Geld auf mir, um eine Busse zu bezahlen. Dieser Gedanke machte mir Hoffnung, denn er bewies, dass ich wieder klar denken konnte.

* * *

Cécile Brun erschien an diesem ersten Frühlingsmorgen bereits um halb acht auf der Hauptwache. Sie trug, als Referenz an das herrliche Wetter, einen azurblauen Pullover und enge, helle Jeans, darüber einen leichten Regenmantel. Der diensthabende Portier strahlte sie mit einem überraschten Lächeln an: «Was ist denn mit dir los? Du kommst ja daher als hättest du ein Vorstellungsgespräch beim Fernsehen. Oder spürst du ganz einfach den Frühling?»

Sie begrüsste ihn mit ihrem typischen, hellen und kurzen Lachen. «Soll das ein Kompliment sein?»

«Warum nicht?»

«In diesem Fall, danke schön! Leider hat nicht der Frühling mich geweckt, sondern Bodenmann. Er ist auf Sparkurs, wie du sicher auch schon bemerkt hast. Und weil er vor allem beim Personal spart, ist mein Arbeitstag über zwölf Stunden lang.»

«Woran seid ihr denn?»

«Erstens nicht wir, sondern ich! Dann zweitens, er lässt mich diese höchst komplexen Tierquäler-Fälle als Einfrauteam lösen. Nur den pensionierten Fuchs hat er mir zur Seite gestellt. Wie soll ich da denn ruhig ausschlafen können? Alle verlangen mehr Sicherheit, und gleichzeitig spart man bis zum Gehtnichtmehr.»

Er nickte zustimmend. «Ich weiss, ich weiss! Aber Bodenmann ist nicht der Hauptschuldige. Er hat schon vor zwei Jahren geklagt, dass wir nächstens als Einmannpolizei enden werden, wenn das so weitergeht. Übrigens, dass ich's nicht vergesse: Er hat dich heute Morgen schon gesucht. Er hat für neun Uhr eine Medienorientierung im Ringhof angesagt.»

«Von dem weiss ich noch gar nichts!» Cécile machte grosse Augen.
«Beruhige dich. Er will wieder einmal alles im Alleingang machen.
Du wirst in einer halben Stunde dort drüben erwartet.» Er nahm Céciles
Blick und ihr Stirnrunzeln wahr. «Du brauchst mich nicht so böse an-
zuschauen. Ich richte nur aus, was der Chef mir aufgetragen hat.»
Sie entschuldigte sich. «Ja, ich weiss. Sorry. Er muss ja endlich eine
Erklärung dafür abgeben, warum wir mit den Ermittlungen nicht vor-
ankommen.» Sie schaute auf die Uhr. «Mensch, es ist schon ein Viertel
vor acht, und ich muss noch einen Rapport fertig schreiben bevor ich
hier weg kann. Ciaò bello.» Sie eilte mit fliegenden Fahnen davon.

Oben in ihrem Büro fand Cécile eine Mitteilung von Bodenmann,
die ihr zu denken gab. Er bat sie und Fuchs, spätestens um halb neun
in den Ringhof zu kommen und in den Reihen der Medienleute
Platz zu nehmen. Er würde die Orientierung allein durchführen,
denn er wolle erst auf einige allgemeine Probleme hinweisen und
danach der Meute der Journalisten Red und Antwort stehen. Das
war aussergewöhnlich. Normalerweise hielt er sich am liebsten im
Hintergrund und überliess die Arbeit und die Verantwortung den
Kommissaren der Dezernate. Mit einem roten Filzstift schrieb sie
deshalb unter die Notiz: *Beat, bitte komm pünktlich!* und legte sie
auf den Schreibtisch von Fuchs.

Punkt halb neun betrat sie den grossen Konferenzraum im Ringhof.
Bodenmann sass schon hinter dem Rednerpult auf der Bühne und
korrigierte an seinen Notizen herum. «Schön, dass wenigstens Sie
pünktlich erscheinen, Frau Brun. Bitte fassen Sie für mich noch einmal kurz zusammen, wie weit Sie und Fuchs mit den Ermittlungen
sind. Ich habe zwar Ihre Rapporte gelesen, aber ich darf annehmen,
dass Neues dazu gekommen ist.»

Sie tat was er verlangte, sah ihm aber sofort an, dass er enttäuscht war. «Ist das alles, was ihr inzwischen herausgefunden habt?» polterte er. «Wir müssen den Medien unbedingt eine heisse Spur bieten.»

«Was hätten Sie denn gern? Soll ich einen Täter liefern, den wir noch gar nicht haben?»

«Ach, lassen Sie's» meinte er gekränkt. «Ich werde sowieso, wie immer, der Prügelknabe sein!» Er winkte sie weg und begann ihren letzten Rapport zu lesen.

Fuchs kam um viertel vor neun. «Er ist sauer» flüsterte ihm Cécile unter der Türe zum Konferenzraum ins Ohr. Dabei roch sie das süssliche Rasierwasser des Kollegen. Sie dachte bei sich, dass etwas Herberes viel besser zu ihm passen würde. Dabei sah er mit seinem grauen, kurz geschnittenen Haar wirklich noch sehr passabel aus.

«Ach ja? Auf uns?» Er schüttelte missbilligend den Kopf.

«Ja. Wir hätten ihm den Täter inklusive Namen und Herkunft auf einem Silbertablett zu dieser Pressekonferenz liefern sollen. Wahrscheinlich fühlt er sich wieder einmal von der ganzen Welt im Stich gelassen.»

Fuchs grinste. «Wir uns schliesslich auch. Ach lassen wir das, und hören wir uns halt an, was er den Presse-Heinis zu sagen hat. Wahrscheinlich nicht viel. Diese Orientierung findet sowieso nur statt, weil er in allen Zeitungen an die Kasse kommt. Er müsste doch so langsam wissen, dass das für uns bei der Polizei Standard ist, *état normal* sozusagen. Wenn es nach den Medien ginge, müsste jedes Verbrechen spätestens eine Stunde nach der Tat aufgeklärt sein.»

Um neun war der Konferenzraum gerammelt voll. Selbst aus Süddeutschland und Österreich waren Reporter nach Bern gereist. Der Mix aus Tierquälerei, Erpressung von alten Menschen und Totschlag bedeutete für die News-Hunter attraktive Schlagzeilen und hohe

Auflagen. Cécile störte es schon seit ihrem ersten Kapo-Arbeitstag, dass vor allem die Boulevardpresse so sensationsgeil war. Bodenmann tat ihr direkt leid, als sie sah, wie er sich zögernd erhob, ans Rednerpult trat und nach einem Hüsteln begann abzulesen:

«Meine Damen und Herren, es freut mich, dass Sie so zahlreich zu dieser Medienorientierung erschienen sind. Ich will mich kurz fassen. Gestatten sie mir erst einige allgemeine Bemerkungen. Unsere Arbeit ist angesichts der neusten Sparrunde des Kantons äusserst schwierig geworden. Wie Sie wissen, mangelt es uns, wegen der bedenklichen Zunahme von Gewaltverbrechen, an Polizeibeamten, die bereit sind, die unregelmässigen Arbeitszeiten und die oft belastende Arbeit auf sich zu nehmen. Meine Mitarbeiter im Dezernat Leib und Leben kommen, wie ich selber auch, kaum mehr dazu, ein vernünftiges Privatleben zu pflegen. Wir sind alle heillos überlastet. Schuld daran ist nicht nur die zunehmende Zahl der Fälle, mit denen wir konfrontiert werden, Schuld sind auch die Sparübungen der Politiker, die nicht gewillt sind, auf unsere Hilferufe zu reagieren und uns genügend Personal zuzugestehen. Aber gerade seitens der Politik wird nach immer mehr Sicherheit gerufen. Ich wäre sehr froh, wenn dieses Problem in Ihren Informationen, neben der ständigen, oft unangebrachten Kritik an der Polizei, auch einmal Erwähnung finden könnte. Unser Büro für Planung und Statistik gibt Ihnen gerne Auskunft über die in den letzten Monaten geleisteten Überstunden und über die Anzahl von Personen die bei uns seit über einem Jahr immer öfter 12 bis 14-Stunden-Tage in Kauf nehmen müssen.»

Im Raum hörte man unwilliges Gemurmel und zum Teil lautes Lachen, während Bodenmann sich mit leicht zitternden Händen einen Schluck aus dem vor ihm stehen Wasserglas gönnte.

«Kommen wir nun zu den vier Fällen von Tierquälerei. Ja, inzwischen handelt es sich um vier Fälle an vier verschiedenen Tatorten, aber alle in Bümpliz und Umgebung. Es begann vor etwas mehr als sechs Wochen mit der Tötung der Katze einer alleinstehenden, alten Frau im Stapfenackerquartier. Die Dame stand am nächsten Tag noch unter Schock, als sie so massiv bedroht wurde, dass sie zwei vermummten, unbekannten Tätern einen Betrag von 50 000 Franken aushändigte. Später wurde von ihr eine weitere Zahlung gefordert, und als sie dem nicht nachkommen wollte, wurde sie brutal zusammengeschlagen. Sie starb 40 Tage später an den Folgen der Misshandlung.

Nur zwei Wochen nach dem Überfall auf die alte Dame musste ein pensionierter fünfundsiebzigjähriger Apotheker im alten Dorfkern von Bümpliz daran glauben. Sein Hund wurde erhängt. Allerdings kam es hier nicht zu einer Erpressung, weil das Opfer bereits bei dieser Attacke einen tödlichen Herzinfarkt erlitt.

Ähnlich erging es auch dem dritten Opfer, das von einer Online-Zeitung grobfahrlässig beschuldigt wurde, hinter diesen Verbrechen zu stecken. Ich spreche von einem Bümplizer Kunstmaler. Nach dem seine Katze an den Misshandlungen starb, wurde per Internet eine grosse Summe von ihm gefordert. Er meldete dies richtigerweise sofort unserer Hauptkommissarin Brun, die ihm riet, den Erpressern nicht nachzugeben. Der Tod seiner Katze und die Behauptung in der erwähnten Zeitung, er könnte selber der Tierquäler sein, führten bei ihm zu einem Selbstmordversuch, den einer unserer Ermittler glücklicherweise verhindern konnte.»

Fast hätte Cécile laut heraus gelacht. Aber die Art und Weise, wie Bodenmann den Fall Klaus Kaltbach beschrieb, war mehr als diplomatisch. Ob der Maler von den Erpressern vergiftet worden war, oder ob er sich das Methanol selber in den Wein schüttete, konnte bisher ja gar nicht festgestellt werden. Und Kaltbach behauptete, dass er sich an nichts mehr erinnern könne. Sie schaute über die Schulter nach hinten zu Fuchs. Der sass mit einem Gesicht, wie aus Stein gemeisselt in der letzten Reihe.

Bodenmann blätterte in seinen Unterlagen und fuhr dann mit heiserer Stimme fort:

«Beim vierten Fall überfielen zwei junge Täter eine 78jährige, wiederum alleinstehende Dame in Frauenkappelen. Ihr Dackel wurde zu Tode gefoltert. Die vermummten Täter verlangten auch in diesem Fall wieder Geld: Diesmal 100 000 Franken. Aber hier hatten sie die Rechnung ohne den Wirt gemacht. Die Frau wehrte sich, natürlich erfolglos, und wurde darauf während einem Handgemenge niedergeschlagen und von einem der Täter mit einem Kissen erstickt. Das geschah vor etwas mehr als 50 Stunden. Unsere Ermittler konnten von der Täterschaft einige Spuren sichern. Und in diesem Fall gibt es eine Zeugin, die zwei vermummte, junge Jogger gesehen haben will, als diese auffällig um das Haus der alten Frau herum schlichen.»

Bodenmann nahm sich wieder Zeit um ein paar Schlucke Wasser zu trinken.

Bisher haben wir in keinem der vier Fälle ein klares Täterprofil. Nach dem Fall in Frauenkappelen müssen wir aber annehmen, dass wir es nicht mit einem Einzeltäter zu tun haben. Unsere Spezialisten konnten nur im letzten Fall brauchbare Spuren sicherstellen. Wir schliessen daraus, dass die Gesuchten erfahrene Profis sind. Sicher ist auch, dass zwischen den vier Opfern kein Zusammenhang besteht. Sie wurden scheinbar zufällig ausgewählt. Aber jedes Mal sind die Opfer alleinstehende Senioren. Und immer wurden zuerst ihre geliebten Haustiere

*misshandelt und getötet. Wir haben, wie gesagt, vier verschiedene Tat-
orte und eine einzige Zeugin, die uns nicht einmal eine genaue Täter-
beschreibung liefern kann. Das Ziel der Täter scheint es zu sein, alte,
wohlhabende Menschen um ihr Vermögen zu bringen. Dies alles macht
die Aufgabe der beiden ermittelnden Hauptkommissare äusserst schwierig. Eine Serie solcher Taten mit nur zwei Leuten aufklären zu wollen,
ist fast unmöglich. Aber unter den gegebenen finanziellen Umständen
ist es uns nicht möglich, weitere Mitarbeiter auf diesen komplexen Fall
anzusetzen. Alle unsere zwölf Kriminal-Dezernate sind unterbesetzt. Sie
haben richtig gehört: Alle! So, das wär's für den Moment. Ich verspreche
Ihnen, dass wir Sie informieren werden, sobald wir Ihnen neue, konkrete
Ergebnisse zu diesen Fällen vorlegen können. Und noch etwas, bevor
Fragen zur Identität der Opfer auftauchen: Aus ermittlungstechnischen
Gründen kann ich Ihnen leider weder Namen noch andere Einzelheiten
über die Ermittlungen preisgeben. Danke für Ihre Aufmerksamkeit.»*

Es folgte noch das übliche Frage- und Antwortspiel zwischen ein
paar der Journalisten und Bodenmann:

«Haben Sie die beiden jungen Täter, die im letzten Fall gesehen
wurden, schon gefasst?»

«Nein, noch nicht. Wie denn auch? Aber die Auswertung der
gesicherten Spuren läuft. Auf Hochtouren.»

«Gibt es Anzeichen auf Hintermänner?»

«Nein, bisher haben wir keine konkreten Hinweise. Wir wissen
aber, dass die Täterschaft aus dem Ausland kommt.»

«Handelt es sich um Serientäter? Können Sie weitere Opfer
verhindern?»

«Ab drei gleichartigen und zusammenhängenden Fällen reden
wir von Serientätern. Ob wir weitere solche Attacken auf alte Leute
verhindern können, kann ich Ihnen leider nicht garantieren. Aber

alte Menschen haben die Möglichkeit, sich durch ihr Verhalten selber zu schützen. Sie sollten sich möglichst nicht allein in ihrer Wohnung aufhalten, alle Türen abschliessen und die Fenster verriegeln. Fremde sollten nicht in die Wohnung gelassen werden, man sollte keine grosse Summen Bargeld zu Hause aufbewahren, und falls sie von Unbekannten kontaktiert und um Geld angegangen werden, sollten sie sich sofort bei uns melden. Ich möchte noch darauf hinweisen, dass es private Organisationen gibt, die einen so genannten ‹Rund-um-die-Uhr-Schutz› für gefährdete Menschen anbieten. Wenn sich jemand so einen Dienst leisten kann, dann empfehlen wir, es zu tun. Die Polizei kann diesen Schutz leider nicht anbieten. Helfen würde auch, wenn uns die Politik mehr finanzielle Mittel zur Verfügung stellen würde. Dann könnten wir endlich die längst fällige Aufstockung unseres Personals vornehmen.»

«Sollten Sie nicht Ermittler aus andern Kantonen zur Verstärkung anfordern?»

«Sie vergessen, dass in der Schweiz alle Kantone mit dem Problem Personalmangel zu kämpfen haben. Zudem wäre das mit unserem heutigen Budget nicht möglich. So, das wär's, meine Damen und Herren. Wir müssen leider zurück an die Arbeit. Besten Dank für Ihr Verständnis.» Bodenmann packte seine Papiere zusammen und verliess den Raum.

Auf dem Weg hinunter zum Ausgang fragte Cécile: «Hast du deinen Wagen da, Beat? »

Fuchs nickte. «Ja. Ich war ja ziemlich spät dran. Treffen wir uns in deinem Büro?»

«Okay. Was sagst du zu Bodis Vortrag?»

«Ich finde, er hat's gut gemacht. Immerhin ist er seiner Pflicht taktisch gut nachgekommen. Das war nicht einfach, da wir ihm ja keine neuen Resultate vorweisen konnten. Und Gott sei Dank, hat er uns nicht extra vorgestellt! Ich hasse die Fragerei der Journalisten.»

«Weisst du, etwas hat mich doch sehr erstaunt: Jetzt empfiehlt er den Leuten sogar den Beitritt zu einem privaten Sicherheitssystem. Kaltbach plagt sich ja mit einem solchen Gedanken. Er hat dir doch den Prospekt einer solchen Firma gezeigt.»

«Na und? Der hat ja genügend Geld.» Fuchs schien dies nicht zu stören. Trotzdem fragte er: «Kennst du denn die Organisation, die Kaltbach meint?»

«Anscheinend ist es eine Stiftung, die Schutz für alte Leute anbietet. Zu welchen Bedingungen man beitreten kann und welche Leistungen geboten werden, weiss ich auch nicht. Ich hatte noch keine Zeit im Internet danach zu suchen. Ach, Mann!» Sie blieb kurz stehen. «Mein Handy ist noch auf Flugmodus!» Sie fand das Apparätchen in ihrer überfüllten Umhängetasche und schalte es wieder auf Empfang. «Cvetlana hat mich angerufen und gesimst. Warte mal schnell. Ich muss schauen was los ist.» Sie blieb stehen und verwarf dann die freie Hand. «Was ist? – Mist! – ja, schick mir den Lageplan!» Sie hielt Fuchs, der weitergehen wollte, am Arm zurück. «Bauarbeiter haben beim Eingang des Rosshäuserntunnels unter einer Plane zwei Leichen entdeckt. Ein Junge und ein Mädchen, zirka achtzehn bis zwanzigjährig. Komm' wir müssen direkt dorthin fahren.»

* * *

Um sechs Uhr früh waren Gott sei Dank nur wenige Leute unterwegs, und das war gut so. Denn ich schämte mich auf der kurzen Bahnfahrt von Rosshäusern nach Bümpliz Nord wegen meiner zerschlissenen Jacke, der schmutzigen Hose und meinem malträtierten Gesicht. Die halb mitleidigen, halb verächtlichen Blicke der anderen Fahrgäste waren mir mehr als peinlich. Aber nach den Vorfällen der vergangenen Tage war mir auch der letzte Rest meiner Eitelkeit abhanden gekommen. Wenn ich nur wüsste, was gestern Nacht geschehen war! Das letzte woran ich mich noch erinnern konnte, war der Schlag auf meinen Kopf. Dann schien ich das Bewusstsein verloren zu haben. Als ich wieder zu mir kam, sass ich auf einer Bank beim Bahnhof Rosshäusern. Der mitternächtliche Überfall hatte mein Selbstbewusstsein zunichte gemacht, und vom einst selbstsicheren Klaus Kaltbach war nicht mehr viel übrig geblieben. Ich versank zunehmend in einer tiefen Depression. Ich konnte nicht einmal jemanden anrufen, denn anscheinend war mein Handy irgendwo verloren gegangen. Um möglichst niemandem zu begegnen, nahm ich vom Bahnhof Bümpliz aus den kürzesten Weg über die Vorplätze der neuen Wohnblöcke bis zu mir nach Hause. Bei jedem Schritt pochte ein dumpfer Schmerz in meinem Kopf und hinter den Augen quälte mich ein unerträgliches Stechen. Ich musste unbedingt möglichst rasch einen Arzt aufsuchen.

Zuhause angekommen, musste ich erst die Ersatzschlüssel in ihrem Versteck neben der Garage holen, denn anscheinend hatte ich bei dem Überfall nebst dem Handy auch meinen Schlüsselbund verloren.

Als ich endlich im Haus war, riss ich mir die schmutzigen Kleider vom Leib und stellte mich zwanzig Minuten lang unter die Dusche. Ich hoffte, dass ich mich etwas erholen würde, wenn ich das Wasser abwechslungsweise heiss und kalt über meinen geschundenen Körper rinnen liess. Um die Kopfwunde nicht wieder aufzureissen, schützte ich meinen armen Schädel mit einem Waschlappen. Ich überlegte, ob ich wieder zur Notfallstation der Permanence hinübergehen sollte? Doch nach meiner Flucht gestern Abend war das wohl keine gute Idee. Ich beschloss daher, dass es gescheiter wäre, Marina anzurufen. Marina war mein Patenkind, das seit einigen Jahren als Ärztin in Bern praktizierte. Bei ihr wäre ich in den besten Händen, und ich hätte endlich eine Gelegenheit, sie wieder einmal zu sehen. Noch während ich mir vorzustellen versuchte, wie Marina auf meinen Zustand reagieren würde, klingelte das Telefon. Das Display zeigte die Nummer eines unbekannten Anrufers. Mein Magen rebellierte vor Angst. Das musste der Typ sein, der mich gestern Nacht zusammengeschlagen hatte! Der wollte bestimmt feststellen, ob ich noch lebe und ob ich immer noch ein lohnendes Opfer sei. Zögernd hob ich den Hörer ab.

«Hallo?» versuchte ich mit ruhiger Stimme zu sagen.

«Spreche ich mit Klaus Kaltbach?» erkundigte sich eine Männerstimme, die mir irgendwie bekannt vorkam.

«Ja.»

«Sehr gut! Ich darf dich doch duzen, Klaus. Es ist zwar schon Jahre her, seit wir uns das letzte Mal gesehen haben. Ja?»

«Wer ist denn am Apparat?» Mein pochender Kopf machte es mir schwer, die Stimme zu identifizieren.

«Kannst du dich an den Jungen erinnern, der dir vor 40 Jahren die Skulptur mit dem fliegenden Bären kaputt gemacht hat?»

«Bernhard?»

«Genau. Ich bin's, Bernhard Boss. Zuerst einmal: Wie geht es dir? Ich habe in der Zeitung gelesen, dass man dich verdächtigte eine Katze gefoltert zu haben. Ausgerechnet dich, den eingefleischten Katzenfreund. Ich wollte eigentlich schon vorgestern bei dir vorbei schauen und dir als Anwalt meine Hilfe anbieten. Aber leider kam ich dann wegen eines anderen Klienten nicht dazu.»

Bernhard Boss! Ausgerechnet der! Das Notariat Boss & Boss war seit meines Grossvaters Zeiten unser Familien-Notariat. Ich wusste nicht recht, wie ich auf Bernhards Angebot reagieren sollte. Ich mochte die drei Boss Brüder überhaupt nicht. Sie waren zu arrogant, zu snobistisch, zu geldgierig, und wahrscheinlich auch zu korrupt. Berni war als Junge manchmal etwas wild, aber ihn mochte ich noch am besten. Später habe ich ihn manchmal zu Ausstellungen mitgenommen. Solange es ihn nicht langweilte. Aber heute? Er war ein Staranwalt und Notar der Prominenz geworden. Und der alte Boss luchste meinen Eltern, zusammen mit seinen drei Söhnen, vor Jahren bei einem Landhandel viel Geld ab. Deshalb habe ich diesem ganzen Clan nie mehr vertraut. «Was willst du von mir, Berni?» knurrte ich; hoffentlich klang es richtig abweisend.

«Du klingst aber nicht gerade freundlich» lachte Bernhard. «Ich schreibe das vorerst unserer viel zu langen Kommunikationspause zu. Also, mein Lieber. Deine Kusine Lina ist verstorben. Meine aufrichtige Anteilnahme! Sie war ja deine letzte lebende Blutsverwandte, nicht war? Es tut mir wirklich sehr leid.»

«Du brauchst dir deswegen keine Gedanken zu machen, Berni. Ich werde für eine würdevolle Abdankung meiner Kusine sorgen.»

«Brauchst du nicht!» konterte er. «Lina und ich haben schon vor Jahren einen Vertrag in dieser Sache unterzeichnet. Boss & Boss sind ihre Testamentvollstrecker. Sie hat ihr Testament bei uns deponiert. Wir haben alles schon bestens vorbereitet. Du, lieber Klaus, brauchst dich

um diese mühsamen Sachen überhaupt nicht zu kümmern. Sei froh!»
Eine kalte Wut stieg in mir hoch, ich vergass sogar meine Schmerzen. «Vorbereitet? Habt ihr denn das Datum ihres Todes schon im Voraus gekannt?! Ich...»

Er unterbrach mich als wäre er mein Vormund: «Reg' dich ab, Klaus! Du weisst ja sicher noch, was für ein Chaos du angerichtet hast, als deine Mama starb. Lina wollte nicht, dass du und ihr Freund Robi den ganzen Verwaltungskram auf euch nehmen müsst. Darum hat sie mit uns für den Fall, dass sie vor euch sterben sollte, einen Vertrag abgeschlossen und uns alle erforderlichen Vollmachten ausgestellt. Trotzdem brauche ich von dir noch die persönliche Zustimmung zu ein paar Punkten.»

«Von welchem Freund Robi sprichst du da?»

«Von Robert Röthenmund, natürlich. Lina und er waren in den letzten acht Jahren mehr oder weniger zusammen. Leider hat Robi ebenfalls das Zeitliche gesegnet.»

«Von einem Verhältnis zwischen Lina und dem Ex-Apotheker weiss ich nichts!»

«Siehst du! Uns hat sie aber, etwa ein Jahr nachdem seine Frau verstorben war, davon erzählt. Mache dir also keine Sorgen, mein Lieber!» Er säuselte zuckersüss, war aber ziemlich sicher kurz davor, mich ein dummes Arschloch zu nennen. Mir schien es wenigstens so. «Wir nehmen dir alles ab, lieber Freund.»

«Das war einmal» sagte ich mehr zu mir selber als zu ihm.

«Mein Gott! Was ist dir denn über die Leber gekrochen? – Hör mir jetzt bitte zu! Ich brauche in drei Punkten noch dein Einverständnis. Erstens: Lisa möchte im Familiengrab der Kaltbachs in Bümpliz beerdigt werden. Das ist bestimmt auch dein Wunsch, oder nicht? Zweitens: Bist du damit einverstanden, dass wir dich als Unterzeichner der Todesanzeige aufführen? Sozusagen als ‹Trauerfamilie›?» Jetzt kam sein Hang zum Sadismus zum Vorschein.

Ich war kurz davor das Gespräch abzubrechen, hielt mich aber dann zurück, denn ich war neugierig, was er sonst noch von mir wollte.

«Und drittens: In der Wohnung deiner Kusine hängt ein wunderschönes Portrait der Verstorbenen, das du vor etwa zehn Jahren gemalt und ihr geschenkt hast. Könnten wir dieses Bild während der Trauerfeier in der Kirche neben dem Sarg aufstellen?»

Ich verstand nicht mehr, was er weiter sagte. Meine Ohren schienen nicht mehr weiter zuhören zu wollen. Und mein Verstand war verwirrt von all dem, was er mir zuvor erzählt hatte. Lina soll einen Freund gehabt haben? Und zwar ausgerechnet diesen pensionierten Apotheker Röthenmund! Und noch etwas: Von einem Vertrag zwischen ihr und den Boss Brüdern hätte sie mir in jedem Fall etwas erzählt! Mein Ärger übertraf nun das schmerzhafte Pochen in meinem Kopf bei weitem. «Macht doch was ihr wollt!»

«Sei doch nicht so misstrauisch, Klaus! Wir tun das alles auch für dich. In deinem Alter ist man mit der Organisation einer Beerdigung überfordert. Zudem hast du jetzt auch noch persönliche Probleme, wie man hört. Du kannst deshalb nur froh darüber sein, dass wir das übernehmen. So dachte Lina Fankhauser sicher auch. Und sobald die Abdankung vorbei ist, werde ich dich zur Testamentseröffnung einladen, denn du bist ja sicher ihr Haupterbe.»

Als ich nicht darauf antwortete, fuhr er völlig ungerührt fort: «Ich freue mich jedenfalls, auch wenn der Anlass traurig ist, dich wieder mal zu Gesicht zu bekommen, Klaus. Wir haben deine Karriere schliesslich immer mit Interesse verfolgt. Weisst du überhaupt, dass wir bei der Galerie Sokowsky zwei Bilder von dir gekauft haben? Das eine trägt den Titel *Es geht aufwärts mit dem Planeten*. Das, mit den 40 Affen die durch die Eigennordwand klettern. Das zweite heisst *Schwarze Schafe*. Da verspeist eine Herde von weissen Schafen ihren schlafenden Hirten. Zwei Wunderwerke. Gratuliere! 420 000 Franken pro Stück sind vielleicht ein bisschen teuer, aber sie sind es wert.»

Pro Stück! Jetzt übermannte mich mein Zorn. «Sokowsky darf überhaupt keine Bilder von mir verkaufen, ohne dass er mein Okay hat. Das weiss er ganz genau. Und in diesem Fall hätte ich die Zustimmung zum Verkauf mit Sicherheit verweigert!»

Bernhard Boss verlor so langsam die Geduld. «Nun sei nicht so ungehalten. Den Deal mit dem Bild für die Bank verdankst du schliesslich auch uns. Berchtold hat dich der Rhein-Rhone-Bank empfohlen. Du siehst, wir tun für dich, was wir können, auch wenn du uns gegenüber nicht gerade freundschaftlich gesinnt zu sein scheinst. Aber unsere Familien waren Jahrzehnte lang eng befreundet. Also ist es für uns selbstverständlich, dass wir dich unterstützen.»

Nun platzte mir endgültig der Kragen! «Befreundet sagst du dem?! Hast du vergessen, wie viel Geld dein Vater, deine Brüder und du uns im Rahmen der Landverkäufe gestohlen habt? Schau doch mal in deinen verdammten Büchern nach! Eines schwöre ich dir, Bernhard: Wenn im Zusammenhang mit Linas Erbe etwas nicht mit rechten Dingen zugeht, bringe ich euch vor den Richter. Sie wollte ihr ganzes Vermögen dem Tierschutz vermachen, das hat sie mir mehrmals versichert.» Wütend beendete ich das Gespräch ohne mich zu verabschieden. Vor lauter Zorn wurde mir plötzlich schlecht. Ich rannte ins Bad und übergab mich. Mein Kopf schmerzte fürchterlich und in meinem elenden Zustand wiederholte ich völlig sinnlos immer wieder den Satz: «Höchste Eisenbahn einen Arzt aufzusuchen. Höchste Eisenbahn... Höchste Eisenbahn...»

Mein Patenkind Marina Marquez führte an der Kapellenstrasse seit 6 Jahren eine Hausarztpraxis und war Doktorin der Inneren Medizin. In meinen Augen war sie eine der schönsten Frauen, die ich kannte. Ich liebte sie aber vor allem wegen ihrer offenen, warmherzigen und fröhlichen Art. Als sie die Praxis in Bern übernehmen konnte, habe ich ihr auch finanziell ein wenig geholfen. Sie war die Tochter des spanischen Malers Marcos Marquez, mit dem ich seit Jahren befreundet war. Das letzte Mal hatte ich Marina an ihrem vierzigsten Geburtstag vor ein paar Monaten getroffen. Als ich sie jetzt anrief, begrüsste sie mich mit einem freudigen «Hallo, mein lieber Klaus! Wie schön von dir zu hören!» Ich schilderte ihr meinen desolaten Zustand, und sie bot mir sofort an, sich den Schaden anzusehen. «Komm sofort zu mir in die Praxis, Klaus. Für dich habe ich immer Zeit, das solltest du längst wissen. Patienten sind um diese Zeit noch keine da, denn meine Sprechstunde beginnt erst um acht Uhr!»

«So schlimm steht es um meinen alten Schädel auch wieder nicht, liebe Marina. Ich verlange keine Sonderbehandlung.» Natürlich hoffte ich im Stillen aber doch, dass sie mich möglichst schnell empfangen konnte.

«Ich habe jetzt Zeit! Eine Kopfwunde ist keine Bagatelle. Komm augenblicklich her. Kannst du Autofahren? Gut! Stell deinen Wagen neben meinen Mini auf den leeren Platz von Dr. Buchser. Der ist diese Woche in den Skiferien. Und vergiss deine Versicherungskarte nicht.»

Ich schlüpfte in eine schwarze Cordhose, wählte ein schwarzes Poloshirt und einen schwarzen Pullover und zog schliesslich auch noch meine schwarze, wattierte Freizeitjacke über. Als ich mich vor dem Spiegel begutachtete, fand ich, dass ich in dieser Aufmachung genau so gut zu einer Beerdigung gehen könnte. In diesem Moment klingelte mein Telefon wieder. ‹Lorenz› zeigte das Display an. Für den hatte ich jetzt wirklich keine Zeit. Eilig verliess ich das Haus und rannte, so gut ich das in meinem Zustand konnte, hinauf zur

Brünnenstrasse, wo ich für meinen Mercedes Offroader einen Abstellplatz gemietet hatte. Eigenartigerweise freute ich mich, trotz der widrigen Umstände, auf den Besuch bei Marina.

Um halb acht war ich bei ihr und genoss die warme Umarmung, mit der sie mich begrüsste. «Ach, mein lieber Klaus! Endlich bekomme ich dich wieder einmal zu Gesicht! Seit meinem Geburtstag vor vier Monaten habe ich nichts von dir gehört! Ich müsste direkt froh sein, dass du meine Hilfe benötigst.» Sie trat einen Schritt zurück und schaute mich prüfend an. «Müde siehst du aus. Du solltest ein bisschen mehr Sorge zu dir tragen.»

Marina nahm mich am Arm und zog mich sanft in das Untersuchungszimmer. «Leg' dich auf den Schragen und lass mich das Malheur einmal ansehen.»

Sie nahm eine Lupe und besah sich die Verletzung eingehend und tastete vorsichtig meinen Schädel ab. «Ich reinige die Wunde zuerst, damit ich sehen kann, ob der Knochen etwas abbekommen hat. Dann möchte ich ein Foto davon machen. Ich gebe Dir jetzt eine Spritze, damit du von der ganzen Prozedur nichts merkst. Und du kannst mir inzwischen erzählen, was dir passiert ist.»

Ich berichtete ihr von dem Überfall, so weit ich mich daran erinnern konnte. Ich erwähnte auch meine totale Verwirrung, als ich am frühen Morgen auf der Bank beim Bahnhof Rosshäusern erwachte, ohne auch nur die geringste Ahnung zu haben, wie ich dahin gekommen war.

Sie hörte mir aufmerksam zu, während sie sich an meinem Schädel zu schaffen machte und anschliessend meine Pupillen und meine Motorik überprüfte. «Ich glaube, du hast unwahrscheinliches Glück gehabt, mein Guter. Es scheint keine Gehirnprellung vorzuliegen. Aber das klären wir später noch genauer ab.»

Während sie mich eingehend weiter untersuchte, fragte sie mich:

«Weisst du denn, wer dich überfallen hat? Und warum?»

«Ich habe keine Ahnung. Es war finstere Nacht, und jemand schlug mir von hinten einen harten Gegenstand auf den Kopf. Ich ging bewusstlos zu Boden und kann mich an nichts mehr erinnern. Bis ich dann auf besagter Bank in Rosshäusern erwachte.»

Sie schüttelte leicht den Kopf und schaute mich mit einem warmen Blick an. «Ja, man nennt dieses Phänomen eine retrograde Amnesie. Manchmal dauert sie nur 30 Sekunden, manchmal mehrere Stunden oder noch länger. Bei dir war wahrscheinlich auch noch ein traumatischer Schlaf im Spiel. Dass du nach dem Erwachen starke Kopfschmerzen hattest, sagtest du bereits. War dir auch übel und schwindlig? Spürst du eine Licht- und Geräuschempfindlichkeit oder andere Behinderungen?»

«Übelkeit und Schwindel, ja. Aber weh tat mir nur der Kopf. Und gehen kann ich ohne irgendwelche Schmerzen.»

«Am Oberarm und an den Handgelenken hast du Hämatome. Siehst du: hier und hier! Die brauchen wir aber nicht zu behandeln. Sehr wahrscheinlich hat man dich nach dem Schlag auf den Kopf in ein Auto gezerrt. Ich möchte aber, dass meine Assistentin später noch Röntgenaufnahmen von deinem Kopf macht. Ich werde die Stelle jetzt ein bisschen ausrasieren. Danach genügt eine Kompresse auf der Wunde. Bis heute Abend solltest du es so aushalten können.»

Während sie mich behandelte, erfasste mich eine Art Glückszustand, ein befreiendes Gefühl, das ich so nicht mal verspüre habe, wenn Attila in meiner Nähe war.

Nachdem die Verletzung versorgt war, redete sie mir ins Gewissen: «Mein lieber Klaus, ein so brutaler Schlag hätte lebensgefährlich sein können. Du musst unbedingt eine Anzeige gegen Unbekannt machen und der Polizei alles schildern, was du noch über den Vorfall weisst.» Sie schaute mich mit zusammengepressten Lippen ernst an. «Eine solche Gehirnerschütterung stufen wir als leichtes Schädel-Hirn-Trauma ein. Ich schätze, dass du dich innerhalb von einer Woche wieder gänzlich erholen wirst. Aber vorsichtshalber solltest du dennoch unter ärztlicher Beobachtung bleiben. So allein bei dir zu Hause zu bleiben, ist unvernünftig.» Nun lachte sie mich verschwörerisch an. «Ich mache dir einen Vorschlag. Du kommst für ein paar Tage zu mir. Ich habe schliesslich eine grosse Wohnung, mit toller Aussicht auf Aare und Altstadt. Ich bin sogar fähig, dir bekömmliche Mahlzeiten vorzusetzen. Allerdings muss ich mich nebenbei ein wenig um meine Praxis kümmern. Aber wenigstens habe ich dich so unter Kontrolle. Was meinst du dazu?»

Ich glaubte zuerst, ich würde nicht richtig hören. Die Aussicht, die nächsten Tage nicht allein zu Hause sitzen zu müssen, nicht vom Wachhund Lienhard kontrolliert zu werden, sondern bei der schönen, liebenswürdigen und kompetenten Ärztin wohnen zu dürfen, schien mir die allerbeste Medizin für eine schnelle psychische und körperliche Genesung zu sein.

«Wenn du meinst...» wagte ich nur zu sagen.

«Ja, ich meine! Es würde mir die grösste Freude bereiten, dich ein bisschen zu verwöhnen. Du hast mir auch immer geholfen. Ohne dich hätte ich das Studium kaum durchgezogen. Und die eigene Praxis wäre ohne deine Hilfe nur ein schöner Traum geblieben. Also, fühlst du dich in der Lage, jetzt nach Hause zu fahren um das Nötige zu holen? Kleider, Toilettenartikel und so. Und noch etwas, trag vorläufig eine leichte Mütze um dein edles Haupt zu schützen.»

Ich nickte. «Klar geht das. Ich fühle mich ja ich schon wieder viel besser. Sie drückte mir einen Kuss auf die Wange. «Prima! Bist du sicher, dass ich dir nicht ein Taxi bestellen soll?»

«Ganz sicher.»

Also dann, sei vorsichtig. Und bevor ich es vergesse: Hier, das ist ein Schlüssel zu meiner Wohnung.» Sie schaute auf die Uhr. «Es ist acht Uhr. So leid es mir tut, aber ich muss mich jetzt um meine Patienten kümmern. Heute Abend bist du dann wieder an der Reihe, lieber Klaus.»

Kaum sass ich im Auto, fühlte ich mich wie der Gewinner des Millionenloses und ich beglückwünschte mich zu meinem Entschluss, nicht zur Notfallstation der Permanence gegangen zu sein. Marina war eine wunderbare Frau! Und ich Esel habe sie in letzter Zeit sträflich vernachlässigt! Wegen Attila? Nein, meine Liebe zu dem Jungen hatte nichts damit zu tun. Das intensive Glücksgefühl, das ich jetzt empfand, hatte einen ganz anderen Ursprung. Vielleicht war es ja nur die Träumerei eines einsamen, alten Mannes. Oder eine Reaktion auf die schrecklichen Ereignisse der letzten Tage. Aber da regte sich ganz zart etwas völlig Neues in mir! Ich lachte laut heraus. Mir war zum Singen zumute. Ich und Marina! Na und? Ich verkannte nicht, dass ich keine Ahnung hatte, was sie mir gegenüber empfand. Ich war schliesslich kein grüner Junge mehr. Ach was! Lass es langsam und sachte an dich herankommen, riet ich mir selber, fröhlich grinsend, während ich vorsichtig nach Hause fuhr.

Ich parkte in der engen Einfahrt zu meinem Abstellschuppen. Als wäre ich auf dem Sprung zu meiner Hochzeit, hastete ich in meine Wohnung und begann den grössten Koffer, den ich besass, zu packen. Alles musste mit! Anzüge, Schuhe, Hemden und Wäsche, als würde ich für mindestens ein Jahr verreisen. Als alles verstaut war, zog ich mit letzter Kraft den Reissverschluss zu. Dann stellte ich mich vor den grossen Spiegel und betrachtete mein Ebenbild so kritisch wie möglich. Na ja, irgendwie hatte mein Gesicht immer noch ein paar jugendliche Züge, mein Haar wurde zwar langsam etwas schütter, aber es bedeckte meinen Schädel noch knapp, und meine Zähne waren intakt. Konnte das einer jungen, wunderschönen Ärztin genügen? – Hör auf, du Depp! schalt ich mich. Mach dir dieses wunderschöne Gefühl jetzt nicht selber kaputt. Doch die Angst, dass alles schon vorbei sein könnte, bevor es überhaupt angefangen hatte, setzte sich in meinem Kopf fest.

Ich schleppte gerade meinen prall gefüllten Koffer aus dem Haus, als Lorenz auftauchte. Ach du Sch…!

«Klaus! Was zum Teufel soll das? Willst du verreisen?» Er stellte sich mir in den Weg und stemmte seine Fäuste in die Seite. In dieser Feldherrenpose schaute er mir zu, wie ich den Koffer über die paar Treppenstufen hinunterrollte. Er gab sich nicht einmal den Anschein, dass er mir helfen wollte, als ich das Gepäckstück stöhnend in den Wagen zu hieven versuchte.

«Warum antwortest du weder auf deinem Handy noch auf dem Festnetz? Ich habe mindestens zehnmal versucht dich anzurufen. Ein Berater dieser komischen Stiftung war da. Hast du etwa vor, diesem undurchsichtigen Klub beizutreten?»

«Vielleicht, bis gestern habe ich jedenfalls noch mit diesem Gedanken gespielt.» Ich freute mich innerlich, ihn zu verwirren.

«Und jetzt nicht mehr? Na, Gott sei Dank. Ich kann dich sowieso besser beschützen als diese Leute.»

«Hast du etwas gegen diese Stiftung?» fragte ich ihn nicht gerade freundlich. Endlich hatte ich den Koffer verstaut und knallte die Hecktüre zu.

«Allerdings. Aber du bist ja in letzter Zeit nicht mehr ganz klar im Kopf. Warum trägst du überhaupt eine Mütze? Das habe ich an dir noch nie gesehen.»

«Golfmütze» brummte ich, ohne ihn anzusehen.

«Aha! Der Herr Kunstmaler spielt jetzt Golf! Sag schon, wo willst du hin?» Er hielt mich mit einer Hand an der Schulter zurück.

«Das geht dich überhaupt nichts an! Ich bin dir doch keine Rechenschaft schuldig.» In diesem Moment kam mir plötzlich in den Sinn was mir Bernhard Boss heute Morgen anvertraut hatte. Ich drehte mich zu ihm um und schaute ihm direkt in die Augen.

«Nur noch etwas, Lorenz: Sokowsky hat den Boss Brüdern zwei Bilder von mir verkauft, ohne mich vorher darüber zu informieren! Das ist gegen unsere Abmachung. Ich will wissen wer meine Werke erwirbt. Richte das deinem Kumpel aus!»

«Ich weiss überhaupt nicht wovon du redest.»

Ich glaubte ihm kein Wort. Er und Sokowsky waren in letzter Zeit ja fast Tag und Nacht zusammen. Lorenz stand da, wie ein begossener Pudel. Er tat mir schon fast leid.

«Ich fahre jetzt. Ich brauche ein paar Tage Ruhe. Auch von dir. Aber mache dir nur keine unnötigen Sorgen. Wahrscheinlich bin ich in ein paar Tagen wieder hier.»

Ich stieg in den Wagen und rollte rückwärts aus der Ausfahrt, obwohl ich ihn im Rückspiegel hinter meinem Wagen stehen sah. Im letzten Moment wich er aus und fluchte beleidigt vor sich hin.

* * *

Die beiden Leichen lagen dicht nebeneinander unter einer alten zerrissenen Plane. Der Junge lag auf dem Rücken, und genau in der Mitte seiner Stirn prangte ein Einschussloch. Etwa ein Zentimeter gross mit ein wenig getrocknetem Blut an den Rändern. Eine Hinrichtung aus nächster Nähe, vermutete Fuchs. Der Körper des Mädchens hingegen wies drei Einschüsse auf, einen an der linken Stirnseite, zwei im Rücken auf der Höhe des Herzens. Cécile betrachtete die beiden Leichen eine Weile und versuchte dann ihren ersten Eindruck für sich einzuordnen: «Zwei Schüsse in den Rücken, ihre Arme sind zerkratzt. Sie muss sich vehement gewehrt haben und versuchte dann zu fliehen. Sie wurde kurz nach dem Jungen erschossen.»

«Warten wir doch erst einmal ab, was die Pathologin dazu sagt» riet Fuchs. «Die Spurensicherer haben ein Handy gefunden und versuchen gerade herauszufinden wem es gehört.»

«Vielleicht der jungen Frau. Sie könnte es verloren haben, als sie mit dem Täter kämpfte oder als sie davonrannte.»

«Kann sein.» Der alte Fuchs wollte sich auf keine voreiligen Schlüsse festlegen.

Ein junger Polizist vom KTD trat zu ihnen und hielt Fuchs eine Pistole in einem Plastikbeutel entgegen. «Die lag da drüben in den Büschen. Eine Makarov PM 9 Millimeter.»

«Das ist eine russische Waffe, die am Ende des zweiten Weltkriegs entwickelt wurde» stellte Fuchs trocken fest. «Die russische Armee benutzte diese Waffe bis 2003. Wo genau habt ihr dieses Museumsstück sichergestellt?»

Der KTD-Mann führte die beiden Ermittler über den staubigen Kies zu einem niedrigen Gestrüpp neben der Tunnelbaustelle. «Hier. Etwa fünf Meter von den Toten entfernt. Die Pistole lag gut sichtbar da. Es sieht aus, als hätte der Mörder sie eilig weggeworfen.»

«Oder er legte es darauf an, dass wir sie finden» mutmasste Fuchs. «Mal sehen ob man Fingerabdrücke darauf findet. Ich vermute stark, dass da jemand versucht hat, eine falsche Spur zu legen. Habt ihr sonst noch was gefunden?»

Der Mann zeigte ihm eine zweite Plastiktüte. Darin konnte man einen rotgoldenen Fingerring mit einem Rubin-Solitär erkennen. Ob der Stein echt war, würde man feststellen müssen. «Der könnte dem Mädchen gehört haben. Das werden wir herausfinden.»

«Der Ring sieht eher aus wie ein altes Erbstück. Das passt doch nicht zu einer Rockerbraut» warf Cécile ein. «Sonst habt ihr bei den Toten nichts gefunden?»

«Nein. Keine Papiere, kein Portemonnaie, keinen Schmuck, keine Uhr, rein gar nichts. Alle Taschen wurden vom Täter fein säuberlich geleert» meinte Fuchs. «In Eile war der also bestimmt nicht. Wahrscheinlich wurden die Beiden auch nicht hier erschossen, sondern hierher gebracht. Habt ihr Reifenspuren sichern können?»

Der KTD-Mann schüttelte den Kopf: «Um sieben Uhr ist hier Arbeitsbeginn. Die Tunnelbauer haben die Leichen aber erst gegen neun Uhr entdeckt und sofort beim Polizeinotruf gemeldet. Wir konnten den Fundort deshalb erst um ein Viertel vor zehn absperren. Für die Sicherung von Reifenspuren oder von Fussabdrücken war das zu spät. Sie können sich ja selber vorstellen, wie viele Fahrzeuge hier seit sieben Uhr früh durchgefahren sind.»

Fuchs nickte, und Cécile fragte: «Aber Schleifspuren und Fussabdrücke rund um die Plane müsste es doch geben? Der Fundort liegt ja etwas abseits der Baustelle.»

«Als wir ankamen standen etwa ein Dutzend Arbeiter um die Leichen herum und wollten sie sehen. Die Abdeckplane war schon halb weggezogen. Auf dieser Plane haben wir dann aber trotzdem einige, allenfalls brauchbare Fingerabdrücke gefunden.»

«Soso. Hoffentlich kann uns das Labor ein paar Hinweise auf den Täter liefern. Die Opfer können wir bestimmt schnell identifizieren. Wo die beiden erschossen wurden, habt ihr nicht herausgefunden, hm?»

«Nein. Wir sind ja auch erst seit einer Dreiviertelstunde hier.»

«Ja, es ist schon gut. Komm Cécile, wir schauen uns in der Umgebung noch ein bisschen um.» Fuchs legte der Hauptkommissarin sanft eine Hand auf den Rücken und führte sie von den Leichen weg.

In Gedanken versunken spazierten sie Richtung Bahnhof Rosshäusern. «Was ist dein erster Eindruck?» fragte Cécile, als sie sich etwa hundert Meter vom Fundort entfernt hatten. Links führte die Bahnlinie an ihnen vorbei, dahinter lag ein leicht ansteigendes, brachliegendes Feld, und rechts standen die Container der Bauarbeiter. Weiter vorn sah man die Station Rosshäusern, ein paar Häuser und das Restaurant ‹Bahnhof›.

Fuchs versuchte seine Sicht der Dinge möglichst sachlich zusammenzufassen:

«Die Täter haben die Leichen absichtlich hier abgelegt. Der Fundort muss also eine besondere Bedeutung haben. Es war den Tätern – ich gehe davon aus, dass es zwei waren – von vornherein klar, dass die vielen Arbeiter, die hier schon am frühen Morgen herumschwirren, die Toten entdecken mussten. Alle Hinweise auf die Identität der beiden jungen Opfer wurden sorgfältig entfernt. Die Mörder wollten vermeiden, dass eine Spur von den Opfern zu ihnen führt. Ergo müssen Opfer und Täter irgendwie in Verbindung gestanden haben.»

Cécile legte einen Zeigefinger an ihre Stirn und dachte laut nach: «Könnte es sein, dass es sich bei den beiden Opfern um das Pärchen handelt, das vor Lina Fankhausers Haus in Frauenkappelen gesehen worden ist. Oder andersherum: waren die beiden Toten die Mörder von Lina Fankhauser? Und damit stellt sich die Frage *cui bono*? Wem nützt es, sie aus dem Weg zu schaffen?»

Fuchs nickte: «Wenn es die Beiden waren, dann hast du recht mit deiner Frage. Der Tod der alten Dame muss den Hintermännern dieser Mordserie von Nutzen sein.»

«Und Kaltbach? Er ist der einzige noch lebende Verwandte der alten Fankhauser. Könnte ein Racheakt in Frage kommen? Oder nahm er etwa an, dass diese zwei für das Verschwinden seines geliebten Assistenten Attila verantwortlich sind.»

«Wow!» Fuchs blieb stehen. «Attila Grigorescu. Es wäre durchaus möglich, dass er auch zu dieser Erpresserbande gehört. Wir müssen seiner unbedingt habhaft werden. »

«Aber er würde doch nicht seine Kumpel erschiessen!»

«Warum nicht? Unter kriminellen Bandenmitgliedern gibt es immer wieder Positionskämpfe und Revierstreitigkeiten. Morde sind in dieser Szene nicht ungewöhnlich, und Waffen werden da schnell gezogen. Aber du hast sehr wahrscheinlich recht, Cécile. Nach Kaltbachs Beschreibung passt der Junge überhaupt nicht in dieses brutale Milieu.»

Fuchs schaute sich um. «Warum deponiert jemand zwei Leichen an dieser Stelle, direkt neben einer belebten Baustelle und in der Nähe eines gut frequentierten Bahnhofs? Hinter dieser Wahl steckt doch eine Absicht.»

Die Kommissarin überlegte sich schon das weitere Vorgehen:

«Zuerst müssen wir feststellen, wem das Handy gehört hat. Damit haben wir womöglich eine heisse Spur. Danach vergleichen wir die DNA der Leichen mit denen, die wir in Lina Fankhausers Haus sichern konnten. Und falls der KTD uns auch noch Fingerabdrücke von der Plane oder der Pistole liefern kann, werden wir die Namen der Opfer sicher bald herausfinden. Irgendwie hängt dieser Doppelmord mit den Erpressungen zusammen, da bin ich fast sicher.»

Fuchs wollte zum Bahnhof gehen, aber Cécile hielt ihn zurück. «Du Beat, könnten wir hier noch rasch einen Kaffee trinken? Wir hatten ja wegen Bodenmanns Medienkonferenz noch gar keine Zeit dazu.»

Fuchs grinste. «Du bist ja richtig süchtig nach dem Gesöff. Aber gut, gönnen wir uns eine kurze Pause. Wenn uns der Täter davonlaufen wollte, dann hat er es längst getan. Rein in die Spelunke! Und danach versuchen wir Kaltbach zu erreichen. Entweder ist er noch in der Klinik, dann kann er es kaum gewesen sein, oder er ist auf der Suche nach seinem geliebten Assistenten.»

Es war bereits nach elf Uhr, als Fuchs und die Kommissarin wieder im Büro eintrafen. Fuchs verzog sich an seinen Schreibtisch und Cécile rief in der Klinik Permanence an, wo man ihr mitteilte, Kaltbach sei am Vorabend ohne Wissen des Arztes und ohne Abmeldung verschwunden. Dann versuchte sie es in seinem Atelier und danach bei ihm zu Hause auf dem Festnetz. Ohne Erfolg. Kaltbach war verschwunden. Schliesslich fand sie in einem ihrer Rapporte die Handynummer des Malers und rief dort an. Zu ihrer Überraschung antwortete ein Mitarbeiter des Kriminaltechnischen Dienstes.

«Wie kommen Sie denn zu diesem Handy?» fragte die Kommissarin. Die Antwort des Kollegen überraschte sie eigentlich nicht sonderlich.

«Ganz einfach» meinte der KTD-Mann. «Es ist das Handy, das wir bei den zwei Leichen in Rosshäusern gefunden haben. Also gehört es wahrscheinlich dem Täter.»

«Nicht zu voreilig» unterbrach ihn Cécile, wie sie es von Fuchs gelernt hatte.

«Okay. Jedenfalls gehört es einem Klaus Kaltbach, das haben wir abgeklärt. Wir wollten es bereits zu Ihnen an die Hodlerstrasse bringen, aber vorher versuchten wir eine der vierzehn gespeicherten Nummern zu kontaktieren. Nur um zu sehen ob es noch funktioniert. Ich weiss, das ist eigentlich nicht unsere Aufgabe, aber...»

«Und funktioniert es?» lachte sie spöttisch. «Haben Sie jemanden erreicht?»

«Ja. Ein Mister Lienhard hat sich gemeldet. Allerdings wagten wir nicht mit ihm zu sprechen. Wir haben das Ding sofort wieder ausgeschaltet. Sind Sie am Waisenhausplatz? Ich bringe es Ihnen hinüber. Einen Moment, bitte; Kollege Grimmer will Sie noch sprechen.»

Dieser Grimmer meldete sich erst nach knapp einer Minute, während der man im Hintergrund einen unverständlichen Dialog hören konnte. Nach einer Weile bemühte sich Kollege Grimmer endlich ans Telefon. Er sprach extrem langsam. «Benno Grimmer. Frau Hauptkommissarin?»

«Ja» bestätigte Cécile ungeduldig. «Haben Sie was für mich?»

«Aber sicher, Frau Hauptkommissarin.» Er hustete laut und ausdauernd. «Wir konnten an der Makarov-Pistole nur die Fingerabdrücke einer einzigen Person sichern. Die Waffe muss offensichtlich zuvor gereinigt worden sein.»

«Und, vom wem sind sie?»

«Die Fingerabdrücke?» Er hustete wieder.

«Ja, Sie Gemütsmorchel!»

«Das wissen wir nicht. In unseren Dateien kommt diese Person nicht vor.»

«Bringen Sie einfach alles, was Sie herausgefunden haben zu mir hinüber. Aber nicht erst morgen! Es geht hier um einen Doppelmord, Mann!»

«Eh... Moment. Dieselben Fingerabdrücke sind auch an einer Ecke der Plane ganz deutlich zu finden. Also, ich meine die Fingerprints stammen von derselben Person. Sieht aus, als wären sie dort absichtlich...»

«Ich habe verstanden.» Cécile platzte fast der Kragen. «Und der Fingerring?»

«Den hat der Chemiker untersucht... Moment... Er sagt, das Stück sei mindestens 50 Jahre alt. Also nicht das Gold und der Stein, er meint die Arbeit des Bijoutiers.» Er lachte hustend. «14 Karat Rotgold. Der Rubin hat eine besonders schöne Chatoyance. Wissen Sie, das berühmte Katzenauge. Er stammt wahrscheinlich aus Myanmar oder Thailand. Sehr feiner Facettenschliff. Den Wert des Ringes muss ein Fachmann schätzen, das können wir nicht. Aber er ist sicher sehr teuer. Ich meine natürlich den Ring.»

«Mann, machen Sie mich nicht meschugge mit Ihrem Gestotter! Schicken Sie mir alles an die Hodlerstrasse, Büro 38, und zwar ein bisschen dalli. Kapiert, Kollege Grimmer?»

«Ich bin nicht Ihr Kollege, Frau Hauptkommissarin.»

«Was sind Sie denn?»

«Ich arbeite für Professor Gloor am Institut für Pathologie, genauer in der Postmortalen Diagnostik. Ich helfe hier nur aus. Vielleicht wechsle ich in den KTD. Ewig diese Leichen, wissen Sie!»

Cécile musste das Lachen verbeissen. «Gut, Herr Grimmer, ich verlasse mich auf Sie! Bringen Sie mir das Handy und den Ring mit den entsprechenden Ergebnissen.»

Sie grinste und sagte halblaut: «Diesen Typ muss ich sehen!» Dann lehnte sie sich in ihrem neuen Vitra-Sessel zurück und fuhr mit dem Zeigfinger nachdenklich über ihre schmale Nase. «Beat! Das Handy, das bei den Leichen gefunden wurde gehört Klaus Kaltbach!»

Fuchs stand schwerfällig auf. «Aha! Na dann» war das einzige was er zu sagen wusste.

* * *

Das Thermometer auf der kleinen Terrasse vor Lienhards Haus zeigte um sechs Uhr abends immer noch 15 Grad Celsius an. Ein angenehmer Abend für Ende März, stellte Lorenz fest und zog nur den leichten Regenmantel über seinen grauen Anzug. Die Dämmerung senkte sich über Bümpliz und es wurde langsam dunkel. Um diese Zeit war Lorenz vor den neugierigen Blicken seiner Nachbarn sicher, denn die Leute waren jetzt beim Abendessen. So konnte er unbeobachtet einen Kontrollgang durch Kaltbachs Haus machen. Dieser war ihm am Morgen mit ungewöhnlich harten Worten entgegengetreten und hatte es nicht einmal für nötig befunden ihm, seinem besten Freund, zu verraten, wohin er verreisen wollte. Der prall gefüllte Koffer liess jedoch darauf schliessen, dass Klaus eine grössere Reise unternehmen wollte. Und das passte überhaupt nicht zu Lienhards Plänen. Er und Sokowsky hatten mit Kaltbach etwas anderes vor. Wenn Klaus auf Reisen war, konnten sie ihn nicht mehr überwachen und verloren auch ihren Einfluss auf ihn.

Vorsichtig schloss er die Haustüre auf und machte Licht. Er kannte jeden Winkel des kleinen Hauses. Zuerst überprüfte er im Büro, mit wem Klaus vor seiner Abreise noch telefoniert hatte. Er sah sofort, dass Bernhard Boss angerufen hatte. Die Nummer des Anwalts kannte er auswendig. Dann zeigte das Display noch drei weitere Anrufe, alle zwischen 12.30 und 14.12 und alle vom selben Anschluss. Als er diese Nummer eingetippt hatte, meldete sich eine Adamovic von der Polizeihauptwache.

«Ach, Entschuldigung. Ich habe versucht, das Passbüro anzurufen» nuschelte er in die Sprechmuschel und hängte schnell auf. Was wollte denn die Polente jetzt schon wieder von Klaus? Sein Verschwinden aus der Klinik rief wohl kaum die Polizei auf den Plan. Wahrscheinlich ging es eher um den Tod von Lina Fankhauser. Das würde den Anruf erklären, denn in diesem Fall wurde ja noch ermittelt. Lorenz sah darin also keinen Grund zur Beunruhigung. Er überflog rasch die Zettel und die Post auf Kaltbachs Schreibtisch. Danach nahm er sich das Badezimmer vor. Er stellte fest, dass Klaus alle Toilettenartikel mitgenommen hatte. Konnte es sein, dass er herausgefunden hatte wo sich Attila aufhielt? Nee, das war kaum denkbar. Père Innocent würde den Aufenthaltsort des Jungen bestimmt niemandem verraten. Sokowsky hatte dem Pater nämlich eingeflüstert, dass jemand Attila nach dem Leben trachte. Lienhard machte eine rasche Runde durchs Haus, ohne jedoch einen Hinweis auf Kaltbachs Reiseziel zu finden. Vor dem Weggehen leerte er noch den Briefkasten. Eine Ausgabe der *Bümpliz Woche* und zwei Briefumschläge. Sehr wahrscheinlich Rechnungen oder noch eher Mahnungen. Klaus war bekannt für seine Nachlässigkeit, wenn es um Finanzen ging. Einer der Briefe kam von der Swisscom, der andere von einem Lieferanten für Computer-Zubehör. Nichts Ungewöhnliches. Er schaute auf die Uhr. Um halb sieben sollte er Sokowsky, den Galeristen, im Hotel *Drei Könige* in Bethlehem treffen. Er musste sich also so langsam auf den Weg machen. Aber für einen Blick in Kaltbachs Garage reichte es gerade noch. Wie erwartet war sie bis auf ein Set Sommerpneus, einen Dachträger, einen Besen und einen verrosteten Grill, leer.

Lienhard erreichte das *Drei Könige* fünf Minuten zu spät. Er liess sich vom Concièrge die Zimmernummer von Sokowsky geben und fuhr hinauf in die oberste Etage. Er klopfte leise dreimal an, und es wurde ihm sofort geöffnet. Sokowsky begrüsste Lorenz äusserst liebenswürdig. Wie immer war er tadellos gekleidet und strahlte eine Eleganz aus, die Lienhard noch unbeholfener aussehen liess, als er sich in der Gegenwart des Galeristen ohnehin schon vorkam. Er hatte immer das Gefühl, er müsse sich für etwas entschuldigen.

«Es tut mir leid, dass ich zu spät bin, Jonathan. Ich wollte nur noch kurz Kaltbachs Wohnung überprüfen.»

«Und?»

«Die Polizei versuchte ihn telefonisch zu erreichen. Aber der Vogel war schon ausgeflogen.»

«Ausgeflogen?» Sokowsky runzelte die Stirn. «Komm, setzen wir uns ans Fenster. Ein Drink gefällig?»

Lienhard winkte ab. «Später vielleicht. Klaus hat die Klinik gestern Abend verlassen ohne sich abzumelden. Er hat nicht einmal den Arzt unterrichtet. Das überrascht mich allerdings nicht bei seinem unberechenbaren Charakter. Aber dass er heute Vormittag Bümpliz mit seinem Wagen und mit grossem Gepäck verliess, gibt mir schon eher zu denken.»

«Weisst du wohin er will?»

«Ich hoffe, dass er sich nur in seine Villa am Murtensee zurückgezogen hat. Ich begegnete ihm per Zufall vor seinem Haus, als er gerade einen riesigen, prall gefüllten Koffer in seinen Wagen hievte. Natürlich habe ich ihn gefragt was er vorhabe, aber ich bekam keine Antwort. Er war überhaupt mehr als nur schlecht gelaunt, und wurde ziemlich ausfällig. Es muss irgendetwas vorgefallen sein, das ihn verärgert hat, denn er reagierte extrem abweisend und total misstrauisch.»

«Was könnte das sein?» Sokowsky brachte es fertig noch einige zusätzliche Falten auf seiner Stirn zu erzeugen.

«Nun, er hat erfahren, dass du zwei Bilder an Boss verkauft hast, ohne ihn vorher zu fragen, ob ihm das genehm sei. Du weisst ja, dass er schlecht auf Bernhard Boss zu sprechen ist.»

«So ein Mist! Weiss er etwa auch zu welchem Preis?»

«Ich kam leider nicht mehr dazu, ihn danach zu fragen. Er hatte es furchtbar eilig.»

«Warum zum Teufel, hat Kaltbach jetzt plötzlich wieder mit Boss & Boss zu tun? Du hast mir doch versichert, dass er die drei Brüder hasst.»

«Das ist ja auch so» versicherte Lienhard. «Aber wahrscheinlich geht es um den Nachlass seiner ermordeten Kusine. Lina Fankhauser hinterlässt ein ansehnliches Vermögen. Und in solchen Fällen ist die Familie Boss immer rasch zur Stelle.»

Sokowsky stand auf und holte zwei Flacons Single Malt, zwei Gläser mit Eiswürfeln und ein Säckchen Nüsse aus der Minibar und stellte alles auf den runden Glastisch. «Lorenz, ich befürchte, dass du unsern Freund nicht mehr unter Kontrolle hast. Das passt überhaupt nicht in unsere Pläne. Du musst unbedingt herausfinden, wohin Kaltbach verreist ist. Und dann müssen wir jeden seiner Schritte kontrollieren. Wenn er dahinter kommt, dass wir bei allen Verkäufen den Preis seiner Bilder in zwei Raten aufteilen und ihn nur über die eine Tranche informieren, dann Gnade Gott! Dann stehen wir nämlich plötzlich wegen Betrugs vor Gericht.» Sokowskys Miene wurde immer unnahbarer.

«Boss hat ihm doch den Preis für die Bilder sicher nicht verraten.» verteidigte sich Lienhard unsicher.

«Meiner Meinung nach eben doch! Wenn es Bernhard Boss war, mit dem Kaltbach gesprochen hat, dann bin ich sogar sehr sicher. Dieser arrogante Scheisskerl lässt bestimmt keine Möglichkeit aus, sich bei Kaltbach einzuschleimen. Denn die Kanzlei Boss & Boss würde nur zu gerne Kaltbachs Vermögen verwalten. Und bei einem allfälligen Prozess gegen uns würden die drei Brüder ihn liebend gerne vertreten, da könnten sie noch mehr einstreichen. Kläre also ab, ob dein Klaus weiss, wie viel Boss für die beiden Bilder bezahlt hat. Und zwar rasch. Dann haben wir vielleicht noch die Chance, Kaltbach nachträglich am ganzen Verkaufspreis zu beteiligen, ohne dass er alle Kundenunterlagen der letzten drei Jahre überprüfen will. Prost!» Er hielt Lienhard sein Glas hin.

«Prosit.» Lienhard machte ein Gesicht als hätte er eine Millionenwette verloren. «Wenn wir Klaus die Wahrheit sagen, verlieren wir 420 000 Franken. Oder jeder von uns 210 000, wenn du's lieber so hast. Ist dir das klar? Klaus vertraut mir und wird nichts nachprüfen wollen, das kann ich dir garantieren. Er war heute Morgen bestimmt einfach schlecht gelaunt. Das hatte doch nichts mit mir zu tun! Er glaubt fest an meine Loyalität und ist gar nicht in der Lage, den Buchhalter zu spielen. Attila hat ihm ja den ganzen Bürokram machen müssen.»

Sokowsky war da ganz anderer Meinung. «Die 420 000 Franken sind ein Pappenstiel, wenn wir damit verhindern können, dass die ganzen Geschäfte auffliegen, die wir mit Kaltbachs Bildern während der letzten drei Jahre gemacht haben.» Der Galerist stand auf und ging zum Fenster. Er schaute eine Weile in die Frühlingsnacht hinaus und drehte sich dann auffällig ruhig um. «Jetzt hör mir bitte gut zu: Die Abrechnung für die erste Rate, die Boss bereits bezahlt hat, bekommt Kaltbach so oder so. Natürlich abzüglich unseres Honorars. Für die zweite Rate machen wir auch eine korrekte Abrechnung, aber die behältst du vorläufig bei dir. Ich bereite dafür einen Umschlag mit dem Briefkopf der Galerie vor. Wenn dein Freund in den nächsten zwei Monaten nichts beanstandet, können wir die zweiten 420 000 unter uns aufteilen. Wenn er uns aber auf die Schliche kommt, kannst du ihm den Umschlag mit seiner Beteiligung nachträglich aushändigen und ihm erzählen, dass du die Abrechnung wegen den jüngsten Vorfällen in einer Schublade vergessen hast.»

Lienhard begehrte auf: «Das könnte dir so passen! Auf diese Weise bin ich in jedem Fall wieder der Sündenbock, und du kannst deine Hände in Unschuld waschen und bist fein raus. Wie immer!»

Sokowsky überhörte die Provokation geflissentlich. «Rede keinen Unsinn! Von Schuld kann doch gar keine Rede sein, höchstens von Vergesslichkeit. Überleg doch mal vernünftig: Wem vertraut Kaltbach mehr, dir oder mir? Hm? Siehst du! Darum wird er dich für deine Vergesslichkeit entschuldigen, mich würde er höchstwahrscheinlich zur Hölle schicken.»

Lienhard versuchte ein weiteres Mal, seinen Anteil am Geschäft zu retten. «Wir könnten die zweite Rate ja vorübergehend auf ein Schwarzkonto von meinem Tierschutzverein transferieren. Ich würde ihm einfach erklären, dass wir für ihn ein bisschen Steuern hinterzogen haben. Klaus ist ein überzeugter Tierfreund und würde, im Falle eines Falles wahrscheinlich sogar damit einverstanden sein, eine Spende für die unschuldigen Tierchen locker zu machen.»

«Das kommt überhaupt nicht in Frage! Ich bin schliesslich kein Mitglied deiner obskuren Tierschutz-Vereinigung mit diesen verschrobenen Mitgliedern. Du wirst es genau so machen, wie ich es dir geraten habe, Lorenz! Dein Malerfreund wird uns nicht auf die Schliche kommen. Vor allem nicht, wenn du ihn weiterhin so verunsicherst und an seiner eigenen Zurechnungsunfähigkeit zweifeln lässt, wie bisher. Mach ihm einfach weiterhin die Hölle heiss. Zu guter Letzt glaubt er selbst, dass er langsam aber sicher seinen Verstand verliert.»

Lienhard gab seinen Widerstand auf: «Nun gut also; einverstanden. Und nun noch zu Grigorescu. Was geschieht mit ihm? Der Junge ist schliesslich unsere Zukunft. Kann er noch ein paar Monate in der Abbaye bleiben?»

«Ja, Père Innocent möchte ihn beschützen und hält ihn dort zurück, solange wir ihn davon überzeugen, dass dem Jungen eine Gefahr droht. Unter falschem Namen natürlich. Grigorescu fühlt sich wohl im Gästehaus des Klosters. Die andern Mönche wissen nicht wer er ist, noch warum er dort wohnt und wer ihm das Kunststudium finanziert. Er nennt sich jetzt Clemens Giglione. Père Innconent traut ihm zu, ein besserer Maler zu werden als Kaltbach es jemals war. Er sei schon jetzt fähig, Kaltbachs Werke exakt zu kopieren und neue Bilder in dessen Stil zu kreieren. Du siehst, alles läuft wie geplant.»

«Ja, solange Klaus den Jungen nicht findet» warf Lienhard mit erhobenem Warnfinger ein.

Sokowsky ergänzte: «Und solange er ihn nicht durch die Polizei suchen lässt. Und solange er den Boss Brüdern nicht in die Finger gerät!»

«Diese Gefahr besteht nicht», versicherte ihm Lorenz. «Dafür werde ich sorgen!»

* * *

155

15 { 26./27. MÄRZ }

Ungeduldig wartete ich in der riesigen Attikawohnung, bis Marina endlich nach Hause kam. Ich fühlte mich wie ein Junge kurz vor seinem ersten Date und konnte kaum eine Minute stillsitzen. Immer wieder schaute ich auf die Uhr, aber die Zeit wollte und wollte nicht vergehen. Schon zweimal war ich in der Küche um mich zu vergewissern, dass ich beim Einkaufen nichts vergessen hatte. Frische Triangoli mit Spinat- und Ricottafüllung, Reibkäse und frische Kräuter, Salat, Tomaten, Peperoni, Knoblauch, Zwiebeln und Knuspergebäck für den Apéro. Ich hatte nichts vergessen. Auch einen leichten Früchtekuchen hatte ich besorgt, denn ich wollte Marina mit einem feinen Nachtessen beeindrucken.

Als sie gegen 19 Uhr endlich kam, sah sie leicht gestresst aus.

«Puuh!» seufzte sie mit einem müden Lächeln. «Es tut mir leid, Klaus. Aber bis ich den letzten Patienten nach Hause schicken konnte, war es schon nach sechs. Und dann gab es noch den Bürokram. Zum Teufel mit den Krankenkassen!» Sie umarmte mich kurz und gab mir einen flüchtigen Kuss auf die Wange. «Ich dusche jetzt rasch und mache mich etwas frisch. Was hast du vor, wollen wir irgendwohin essen gehen?»

«Du siehst zu müde aus, um noch auszugehen. Ich schlage vor, wir essen hier. Ich habe nämlich eingekauft und übernehme den Küchendienst. Sag' mal, bist du immer noch Vegetarierin?»

Sie lachte mich an. «Das ist man oder man ist es nicht, Klaus. Das ist eine Lebenshaltung. Ausserdem ist zu viel Fleisch einfach ungesund.»

«Das habe ich eigentlich auch nicht anders erwartet und biete dir deshalb ein mediterranes Menu an. Zuerst einen rassigen Salat mit verschiedenem Gemüse und danach frische Triangoli mit Spinat, Ricotta und Pinienkernen.»

Ihr Lachen war jetzt schon etwas gelöster. « Das klingt verlockend. Du warst schon immer für die richtigen Überraschungen gut.» Sie kam auf mich zu und küsste mich flüchtig auf die Wange. «Es ist so schön, dass du dich wieder einmal gemeldet hast. Du hast mir oft gefehlt.» Noch ein Kuss. «Und? Wie geht's deinem Kopf? Ich werde nachher rasch einen Blick drauf werfen und die Kompresse wechseln.»

«Danke, es geht schon besser. Nur die dicke Beule schmerzt noch ziemlich, wenn ich sie berühre. Aber dass ich jetzt hier bei dir sein darf, ist die beste Medizin.»

« Also, ich gehe rasch unter die Dusche. In fünf Minuten bin ich bei dir.»

Sie sah verlockend aus, als sie in einem weinroten Bademantel und mit nassem Haar wieder erschien und mich voller Unternehmungslust anlächelte.

«Komm, setz dich hier zu mir. Ich möchte rasch deine Wunde neu verbinden. So!» Sie stellte ihren kleinen Ärztekoffer auf den Salontisch und wählte eine Pinzette aus. Vorsichtig entfernte sie die Kompresse und begutachtete die Verletzung. «Das sieht nicht schlecht aus. Desinfizieren, ein wenig Bepanthen und eine neue Kompresse! Das genügt für heute. Halt schön still, es wird nicht wehtun.» Nachdem alles wieder in Ordnung war, fragte sie: «Hast du deine Sachen hergeholt?»

«Ja, einen grossen Koffer voll... fast wie für eine Weltreise! Aber du brauchst keine Angst zu haben. Ich werde dich nicht belästigen. Du kannst mich jederzeit hinausschmeissen.»

«Du bleibst vorläufig unter ärztlicher Kontrolle!» Marina sah wunderschön aus. Unter dem Bademantel zeichneten sich ihre schönen, vollen Brüste ab. Die schlanken Beine hatte sie sittsam übereinander geschlagen. Und die paar grauen Strähnen in ihrem dunklen Haar liessen sie eher noch jünger wirken, als sie war. Zu ihrer Konfirmation hatte ich sie porträtiert, und das Bild von damals hing genau mir gegenüber an der Wand. Das vergangene Vierteljahrhundert hatte ihrer Schönheit nichts anhaben können. Im Gegenteil, die Reife, die ihr Gesicht heute ausstrahlte, machte sie nur noch begehrenswerter. ‹Achtung, Klaus!› Ich verbat mir solche Gedanken sofort.

«Komm, ich zeige dir noch dein Zimmer und das Bad, damit du deine Sachen auspacken kannst. Mein Vater benutzte es immer, wenn er auf Besuch kam. Aber er war seit über einem Jahr nicht mehr hier.» Sie führte mich durch einen Korridor in den hintern Teil der Wohnung. «Eigentlich ist dieses Apartment ja viel zu gross für mich. Als ich es vor fünf Jahren gekauft habe, war ich noch mit Roger zusammen. Nachdem er verunglückte, blieb ich für eine längere Zeit allein. Aber dann lernte ich David kennen. Eigentlich war dieser verdammte Egoist ja eher ein Unfall, als sonst etwas. Ich habe ihn vor zwei Monaten rausgeschmissen. Ich werde dir später erklären warum. Hier, ist das für dich okay?»

Das Zimmer war gross und in südfranzösischem Stil eingerichtet. Es hatte einen Ausgang zur riesigen Dachterrasse. Daneben lag ein geräumiges Badezimmer. Über dem Bett hing das Bild *Farm der Tiere*, das ich Marina zu ihrem Zwanzigsten geschenkt hatte. Und an der Wand gegenüber erkannte ich zwei Bilder von Marcos Marquez, ihrem Vater. Sie erinnerten mich in ihrer Sinnlichkeit an die polynesischen Frauenszenen von Paul Gauguin.

«Wie geht's Marcos?» Ich hatte meinen alten Freund schon seit einigen Jahren nicht mehr gesehen. Doch ab und zu erhielt ich aus irgendeinem fernen Winkel der Welt eine Postkarte von ihm.

«Papa lebt jetzt in Costa Rica, zusammen mit einer ganz jungen Amerikanerin. Ich habe ihn über Weihnachten besucht. Ich glaube, er ist sehr glücklich mit dieser jungen Frau. Aber seit er sie kennen gelernt hat, vernachlässigt er mich sträflich. Hab keine Angst, ich lasse ihm seine Freiheit. Er ist erfolgreich und verkauft sehr gut. Vor allem an reiche Amerikaner. Wir könnten ihn ja gelegentlich zusammen besuchen?»

«Wir zwei? Oh, das wäre wunderbar.» Und halb im Spass fuhr ich fort: «Sag einfach, wann du Zeit hast!» Eine Reise mit Marina – was für Aussichten!

Ich holte meinen Koffer und rollte ihn ins Zimmer. «Ich komme mir hier vor, wie in einer VIP-Suite, Marina. Ich weiss gar nicht wie ich mich bedanken soll! Hoffentlich gehe ich dir nicht zu sehr auf die Nerven.»

Sie warf mir eine Kusshand zu und meinte schmunzelnd: «Komm auf die Terrasse, damit wir endlich einen Begrüssungstrunk genehmigen können. Ich wiederhole mich schon wieder, aber es freut mich wirklich, dich in meiner Nähe zu haben.»

Während wir draussen zusammen ein Glas Rosé genossen und Pistazienkerne knabberten, kam sie noch einmal auf den Überfall zurück. «Hast du wirklich keine Ahnung, wer dich überfallen hat?»

«Nein, es war stockfinster und ich bekam den Schlag von hinten. Aber es muss irgendwie mit meinem Besuch in diesem dubiosen Luna-Klub zusammenhängen. Als ich heute Morgen wieder zu mir kam, vermisste ich nichts, ausser meinem Handy. Und das habe ich wahrscheinlich beim Überfall verloren. Ich verstehe aber wirklich nicht, warum man mich zum Bahnhof Rosshäusern brachte und mich dort auf diese Bank am Bahnhof gesetzt hat. Das ist doch völlig absurd.»

«Hast du den Überfall schon der Polizei gemeldet?»

«Nein, noch nicht. Ich kam ja gar nicht dazu. Und zudem hatte ich kein Handy mehr.»

«Nun ist aber schon fast ein Tag vergangen, du hättest heute Nachmittag mein Telefon benutzen können. Es hilft der Polizei, wenn man sie so früh wie möglich kontaktiert. Rufe die Kripo doch jetzt rasch an.»

«Morgen früh. Ich möchte diesen Abend mit dir geniessen, Marina. Wenn ich diese Kommissarin jetzt noch anrufe, steht sie in spätestens zwanzig Minuten hier vor der Tür, und dann ist der schöne Abend passé.»

«Welche Kommissarin?» Sie schaute mich forschend an.

«Ach, das ist eine längere Geschichte. Eine Kommissarin eben. Wenn du nicht zu müde bist, erzähle ich dir alles beim Nachtessen. Weisst du, in den letzten fünf Tagen hat sich mein Leben völlig verändert.»

«Wir wissen überhaupt nicht mehr viel voneinander. In den letzten zehn Jahren hat sich auch bei mir vieles verändert. Roger hast du ja noch gekannt. Sein Tod in den Bergen hat mich damals ziemlich aus der Bahn geworfen. Ich ging kaum mehr aus, wurde eigenbrötlerisch und habe mich nur noch mit ein paar Berufskolleginnen getroffen. Dann traf ich zufällig diesen David Sokowsky bei der Ehrung meines Doktorvaters. Er hat sich in mich verliebt und liess nicht locker, bis er hier bei mir einziehen konnte. Aber schon nach zehn Tagen habe ich nur noch gewünscht, dass er verschwindet. Doch leider war ich zu feige, um ihn so rasch wieder vor die Tür zu stellen.»

Ich schenkte uns vom herrlich kühlen Rosé nach.

«Er war krankhaft eifersüchtig, und als ich versuchte, ihm klar zu machen, dass ich wieder allein leben möchte, hat er mich geschlagen.» Sie seufzte. «Aber eines Tages nahm ich meinen ganzen Mut zusammen und warf ihn hinaus. Ach Klaus, ich mag nicht mehr von dieser Horrorzeit und diesem Ekel reden.»

«Arme Marina. Wollen wir das Thema wechseln? Oder noch besser – ich packe jetzt meinen Koffer aus und dann geht's ab in die Küche!»

Marina zog sich ins Badezimmer zurück, um sich für den Abend hübsch zu machen. Ich richtete mich währenddessen im gemütlichen Gästezimmer ein. Dafür nahm ich mir aber nur ein paar Minuten Zeit. Dann wechselte ich in die Küche und begann mit den Vorbereitungen fürs Nachtessen. Als Marina zurückkam, war der Tisch gedeckt, der Wein eingeschenkt, der Salat stand auf der Anrichte und duftete nach frischen Kräutern und feinen Gewürzen.

«Wau, das ist ja fantastisch! Weisst du was, Klaus? Es wäre wunderbar, wenn du länger hier bleiben könntest. Mach doch einfach einmal Ferien vom Malen und komm für ein paar Wochen zu mir. Ich werde dann versuchen, mir soviel Freizeit als möglich zu nehmen.»

Ich richtete die heissen Triangoli auf tiefen Tellern an, streute Parmigiano und geröstete Pinienkerne darüber und brachte sie zum Tisch. «Guten Appetit, liebe Marina. Ich fühle mich bei dir schon jetzt wie zu Hause. In den nächsten sieben Tagen bringt mich hier jedenfalls keiner mehr raus! Es sei denn, du willst mich loswerden!»

Es war eigenartig. Noch nie hatte ich mich bei einer Frau so glücklich gefühlt, wie eben jetzt. Und so dumm geredet.

Ich nahm mir vor, Marina nach dem Essen die ganze Geschichte der letzten Tage zu erzählen. Nachdem wir am alten Holztisch in der gemütlichen Küche das Nachtessen genossen hatten, wechselten wir in den Salon hinüber. Sie hörte mir mit grossen Augen aufmerksam zu. Ich liess keine Kleinigkeit aus, begann mit dem Tod von Lisa und hörte erst mit dem Überfall gestern Nacht wieder auf. Marinas

Augen wurden immer grösser: «Mein Gott, Klaus! Jemand will dich töten! Zweimal hat er es schon versucht! Du bist in grosser Gefahr!»

«Nein, das glaube ich nicht. Man will mich höchstens handlungsunfähig machen. Es wäre ein leichtes gewesen, mich ins Jenseits zu befördern. Ein bisschen mehr Methanol im Wein und ich wäre kaum mehr erwacht. Und nachdem man mich gestern bewusstlos geschlagen hat, hätte man mich ja einfach erschiessen können. Es muss etwas anderes sein. Aber noch habe ich keine Ahnung, worum es geht. Und wer dahinter steckt. Vielleicht hat es mit Attila zu tun?»

Sie schaute mich eine Weile nachdenklich an. «Dieser Attila. Was hast du eigentlich für ein Verhältnis zu ihm... oder mit ihm?»

«Er sprach mich letzten Sommer während meiner Ausstellung in Genf an und fragte, ob er bei mir eine Art Schnupperlehre machen könnte. Er habe bereits in Bukarest eine Kunstschule besucht und in Genf kurz bei einem Maler gearbeitet. Attlia ist ein hübscher, knapp zwanzigjähriger Bursche und er war mir sofort sympathisch. Also stellte ich ihn ein. – Hättest du vielleicht Lust auf ein Stück Früchtekuchen?»

Sie winkte ab: «Später. Erzähle mir zuerst, wie es mit dem jungen Mann weiterging, bitte.»

Es war mir nicht gerade angenehm, dass sich Marina so sehr für Attila und meine Gefühle für ihn interessierte. Wollte sie wissen, ob ich schwul geworden sei?

Zögernd erzählte ich weiter: «Am Anfang nahm er sehr wahrscheinlich an, dass mein Interesse an ihm sexueller Art war. Aber das war nicht so. Irgendetwas anderes faszinierte mich total an ihm. Ich habe bis heute nicht herausgefunden, was es war. Seine jugendliche Unbeschwertheit verwandelte mein Atelier in einen Ort der Freude. Nicht zu verwechseln mit einem Freudenhaus.» (Marina lachte laut auf.) «Vor allem seine Anhänglichkeit und Bescheidenheit lösten bei mir eine Art väterlicher Gefühle aus. Er half mir bei Büroarbeiten, Ausstellungen und Einkäufen. Er hielt das Atelier sauber, kochte oft für uns zwei und fütterte meine Katze Lisa. Daneben bewies er grosses künstlerisches Talent und begann selber immer ausdruckstärkere Bilder zu malen. Endlich hatte ich den engagierten und zudem hochbegabten Schüler, den ich mir immer gewünscht hatte und dem ich mein ganzes Wissen und meine Erfahrung weitergeben konnte.»

«Aber warum hast ihn denn entlassen?» wollte Marina weiter wissen.

Es war mir fast nicht möglich, ihr zu antworten. Meine Augen wurden feucht und das wollte ich sie nicht sehen lassen. «Ich hole jetzt den Kuchen.»

Als ich zurückkam, übersah sie das leckere Gebäck geflissentlich. So musste ich wohl oder übel weiter erzählen: «Im letzten Herbst brachte er manchmal ein hübsches, aber etwas verwildertes Mädchen mit ins Atelier. Das Girl schlief oft bei ihm. Ich hatte volles Verständnis dafür, dass er eine gleichaltrige Freundin brauchte, aber dass jetzt noch jemand in meiner Werkstatt hauste, passte mir nicht. Darum bot ich ihm an, eine Wohnung für ihn zu mieten. Aber das wollte er nun auf gar keinen Fall. ‹Ich möchte bei dir bleiben› erklärte er immer wieder vehement. - Möchtest du jetzt ein Stück von meinem Kuchen versuchen?»

Sie schüttelte lächelnd den Kopf. «Erst wenn du die Attila-Geschichte fertig erzählt hast.»

«Die ist nicht mehr lang. Eines Tages stellte ich fest, dass meine Bürokasse leer war. Es fehlten etwa dreitausend Franken. Das erzählte ich dummerweise Lorenz Lienhard, meinem engsten Freund. Dieser drängte mich nun, den ‹rumänischen Dieb› und seine Tussi sofort hinaus zu werfen. Das wollte ich jedoch keinesfalls. Aber als mir immer öfter Geld fehlte, gab ich schliesslich nach und schickte den Jungen weg. Seitdem habe ich ihn nicht mehr gesehen. Ich schäme mich, ihn verdächtigt zu haben und leide ziemlich unter dem Verlust. Er fehlt mir jeden Tag, und ich fühle mich wieder so einsam und verlassen wie zuvor.»

Sachte streichelte Marina meine Hand auf dem Tisch. «Das tut mir leid für dich, Klaus. Bleib doch einfach hier bei mir!»

Ich schaute sie zweifelnd an. «Ich muss noch etwas ergänzen: Ich habe lange über diese leidige Sache nachgedacht. Heute bin ich fest überzeugt davon, dass Lorenz das Geld aus meiner Kasse gestohlen hat. Er wollte meinen Verdacht auf den Jungen lenken. Er hoffte, dass ich ihn wegschicke, denn er war eifersüchtig auf ihn. Er allein wollte mein Freund und Beschützer sein, und Attila war ihm im Weg!»

«Das ist eine traurige Geschichte, und ich verstehe deinen Kummer, Klaus. Niemand ist gern allein. Aber, wie gesagt, ich... na ja. Hast du wirklich keine Ahnung, wo sich der Bursche aufhalten könnte?»

«Gestern Abend, als ich im Tscharnergut nach ihm suchte, meinte ein Mädchen, er hätte jetzt einen Job in Fribourg. Er habe so etwas in der Art erzählt.»

Sie schaute eine kurze Weile vor sich hin, den Kopf in beide Hände gestützt. Endlich griff sie zum Kuchen, schnitt sich ein grosszügiges Stück ab und begann es mit Lust zu verschlingen. In diesem Moment klingelte das Telefon im Zimmer nebenan. Zuerst schien es, als wollte sie das Gespräch gar nicht annehmen. Doch dann stand sie auf und ging mit gerunzelter Stirn in den andern Raum. «Marquez» meldete sie sich kurz und hörte eine Weile zu. Dann hörte ich sie ruhig, aber bestimmt antworten: «Nein, auf gar keinen Fall!... du kennst meinen Entschluss, David... das kommt nicht in Frage!... Nein. ich will dich nicht mehr sehen! Gute Nacht!» Sie hängte auf und blieb ein paar Sekunden neben dem Sekretär stehen. Dann kam sie mit düsterem Blick zurück zum Tisch. «Dieser Idiot!» Sie liess sich in ihren Stuhl fallen. «Es war David Sokowsky. Dieses lästige Biest wollte jetzt hierher kommen, um nach einer CD zu suchen, die er vermisse. Ausgerechnet jetzt! Natürlich ist das, wie jedes Mal, nur ein Vorwand.»

«Ich kenne auch einen Sokowsky. Jonathan, er ist mein Galerist.» Sie sah mich entsetzt an. «Das ist Davids älterer Bruder. Der ist auch so ein Ekel. Den solltest du besser sofort zum Teufel jagen!»

Nach dem Nachtessen sassen wir noch lange beim Rotwein und quatschten immer vertrauter zusammen. Sie wollte alles über Attlia und über meine Gefühle für ihn wissen. Als ich ihr nichts mehr zu offenbaren hatte, erklärte sie plötzlich: «Ich helfe dir, ihn zu suchen. Als Ärztin habe ich vielleicht bessere Möglichkeiten, seinen genauen Aufenthalt auszumachen. Und vor allem sind zwei Köpfe leistungsfähiger, als nur einer.»

Ich wehrte lächelnd ab: «Du weisst, dass das gefährlich werden könnte, auch für dich. Das möchte ich keinesfalls riskieren. Zudem musst du etwas wissen: Ich bin bei dir mindestens ebenso glücklich, wie als ich mit ihm zusammen gewesen war.»

Sie nahm einen letzten Schluck vom Barolo und zog mich an einer Hand vom Stuhl hoch. Als ich vor ihr stand, schwankend nach soviel Wein, legte sie mir beide Arme um den Hals. Der Duft ihrer warmen Haut erregte mich, und meine Hände glitten über ihren schmalen Rücken. Sie lehnte sich ganz leicht gegen mich und flüsterte mir leise ins Ohr: «Schlaf bei mir. Bitte! Ich träume schon so lange davon, ganz mit dir zusammen zu sein!»

Die Nacht mit Marina war so unwirklich schön, wie ein Traum. Seit vielen Jahren habe ich mich nicht mehr verliebt, geschweige denn mit einer Frau geschlafen. Darum fühlte ich mich wie im Himmel, als wir uns umarmten und ich ihre glatte, warme Haut spürte. Alles an Marina war reif und schön, und ihre Zärtlichkeit erlöste mich von allen Sorgen. Selbst Attila vergass ich in dieser Nacht.

Am Morgen weckte sie mich um sieben Uhr mit von mir längst vergessenen, bezaubernden Liebkosungen.

Noch im Halbschlaf spürte ich, wie sie mich auf die Augenlider küsste. Sie biss mich zärtlich und hauchte mir ins Ohr: «Wie schön das war. Aber leider warten jetzt meine Patienten auf mich. Am Mittag bin ich wieder bei dir. Und dann am Abend. Und wenn dann unsere Leidenschaft ermattet ist, machen wir uns auf die Suche nach deinem Attila.»

Als sich die Türe hinter ihr geschlossen hatte, erwachte ich vollends. Sofort überfielen mich heftige Gewissensbisse. Mein Herz schlug mir bis zum Hals und ich hatte das Gefühl, jeglichen Halt zu verlieren. «Oh mein Gott! Ich habe mit meinem Patenkind geschlafen.» Ich braute mir mit zitternden Händen einen starken Kaffee und nahm mir vor, das Appartement sofort zu verlassen, noch bevor sie am Mittag nach Hause kam. Ich wollte an den Murtensee fahren, um sie und mich zu schützen. War das feige? Ja, sicher! Andererseits – Marina war vierzig und sie musste wissen, was sie tat. Und mir war völlig klar, dass ich es bereuen würde, wenn ich mich vor ihr versteckte. Tief im Innersten hatte ich nur den einen Wunsch: Ich wollte für immer bei ihr bleiben.

Während ich hilflos in der Küche stand und den Himmel – oder was auch immer – um Hilfe bat, schrillte das Telefon. Bestimmt war das Marina. Ich nahm den Hörer und meldete mich so ruhig wie möglich: «Bei Doktor Marina Marquez»

«Ach schau mal an!» schrie ein Mann am andern Ende der Leitung. «Der alte Sack ist bei meiner Freundin eingestiegen! Hör mir gut zu, du Runzelheini! Marina gehört mir, und nur mir! Ich habe dich gestern mit einer vollen Einkaufstasche ins Haus gehen sehen. Da wusste ich noch nicht wer du bist. Aber jetzt ist es mir klar, du mieser, greiser Möchtegern. Ich habe soeben dein Bild im Fernsehen gesehen, Mann. Stell dir vor!» Er lachte wild. «Die Polizei sucht dich. Anscheinend bist du nicht ganz klar im Schädel!» Er brach wieder in ein lautes, böses Lachen aus. «Hau ab, zieh Fäden, oder ich helfe dir nach!»

Mit einem tiefen Atemzug knallte ich den Hörer auf die Gabel zurück. Das war ohne Zweifel der jüngere Sokowsky! Der machte mir eigentlich weiter keine Sorgen. Aber ein Fahndungsbild von mir im Fernsehen? Warum, zum Teufel? Was hatte das zu bedeuten?»

* * *

16 { 26./27. MÄRZ }

Cécile Brun und Beat Fuchs kamen vom Mittagessen in Marcel's Marcili zurück als die kleine Glocke im Käfigturm gerade zwei schlug. Das Labor hatte inzwischen den Bericht geschickt, der bestätigte, dass Kaltbach höchstens 15 bis 20 Milliliter Methanol eingenommen haben konnte. Also keine tödliche Dosis. Eine letale Dosis müsste zwischen 50 und 250 Milliliter liegen. Ein misslungener Suizid, wie auch ein Mordversuch konnten demnach ausgeschlossen werden.

«Das bringt uns auch nicht weiter» war Céciles Kommentar.

«Doch!» widersprach Fuchs. «Wir können ausschliessen, dass Kaltbach sich das Methanol selber in den Wein geschüttet hat. Und das wiederum heisst, dass jemand anders ihn lahm legen wollte. Jemand, der wusste, dass sich Kaltbach, wie immer, ein bis zwei Gläser Wein aus dieser Flasche genehmigen würde, aber auch jemand, der sich schon am frühen Morgen Zutritt zum Atelier verschaffen konnte. Der Täter besitzt folglich einen Schlüssel. In Frage kämen Lienhard, eventuell Sokowsky mit dem Schlüssel von Lienhard, oder der Hausmeister. Natürlich käme auch Grigorescu in Frage, falls sich dieser überhaupt noch in Bern und Umgebung aufhält. Alles andere ist reine Spekulation!»

Cécile war von den verschlungenen Gedankengängen ihres Kollegen nicht ganz überzeugt, aber dieser fuhr ungerührt und ziemlich stur weiter:«Ich tippe trotz allem auf Attila. Bei ihm würden mehrere Motive passen: Rache, Strafe, Eifersucht.»

«Hör auf, Beat! Wenn wir erst einmal wissen, wer hinter den andern Gewaltverbrechen steckt, löst sich das Rätsel um den vergifteten Wein von selbst. Ich gehe jetzt zum KTD und schaue, ob die

Kollegen dort schon Resultate zum Fall Rosshäusern haben.»

«Und ich mache ein Mittagsschläfchen. Schade, gibt es hier keinen so schön einlullenden Wein.»

Cécile musste über den alten Kämpen lachen: «Ich habe dich schon beim Mittagessen vor diesem Rosé gewarnt. Auch Alkohol ist ein Gift!»

«Ja, ja ich weiss.»

«Schlaf jetzt deinen Schwips aus. Und danach könntest du noch einmal zum Tatort in Rosshäusern fahren. Nimm die Fotos von den beiden Ermordeten und ein Bild von Kaltbach mit. Der Bauführer hat doch gesagt, dass man auf der Baustelle in gestaffelten Schichten arbeitet, die erste beginne schon um vier Uhr früh. Es könnte doch sein...»

Fuchs gab sich geschlagen: «Ich habe begriffen. Am besten fahre ich gleich nach Rosshäusern. Aber wohl besser mit dem Zug, sonst komme ich noch mit dem Gesetz in Konflikt!»

Um fünf Uhr Abends trafen sie sich wieder in Céciles Büro, um die Resultate ihrer Recherchen auszutauschen.

«Du siehst müde aus, Beat» stellte Cécile fest. «Ich bereue es fast, dass ich dich nach Rosshäusern geschickt habe. Geht es dir nicht gut?»

«Ach, es ist nur der Wein von heute Mittag. Ich werde langsam alt.»

«Hast du wenigstens etwas herausgefunden?»

«Ich sprach mit dem Chef der Bauleitung, welcher das jetzige Los des Tunnelausbaus ausführt. Heute früh haben sich zwei Arbeiter bei ihm gemeldet, die mit dem Bauzug um zehn vor vier von Bern her in Rosshäusern angekommen sind. Die Beiden erzählten, sie hätten auf der Bank beim Bahnhof einen alten Mann regungslos sitzen gesehen. Er habe eine zerrissene und verschmutzte Jacke getragen, und er habe blutverschmierte, verklebte Haare gehabt. Einer von ihnen wollte ihn wachrütteln, aber der alte Mann, wahrscheinlich ein Obdachloser, habe nur etwas gemurmelt und sei sofort wieder eingeschlafen.»

«Das muss Kaltbach gewesen sein. Was meinst du?»

Fuchs hob die Schultern. «Sieht so aus. Aber das heisst noch lange nicht, dass er irgendwann vor vier Uhr das junge Pärchen erschossen hat. Der Bauführer versprach mir, auch noch die Männer der vorangegangen Schicht zu befragen, also jene, die von neun Uhr abends bis morgens um vier Uhr an der Arbeit waren.»

«Irgendetwas passt hier überhaupt nicht zusammen, Beat. Warum setzt sich Kaltbach, falls er denn der Todesschütze war, nach einer solchen Tat auf diese Bank und schläft einfach ein? Das ist doch völlig abwegig. Und ausserdem war es eine saukalte Nacht.»

«Ja, da hast du recht» bestätigte Fuchs. «Ich gebe zu, es könnte genauso gut sein, dass jemand anders die beiden jungen Leute erschossen hat.»

«Beim KTD haben sie noch verschiedene andere Ungereimtheiten festgestellt. Auf der Makarov-Pistole waren frische Fingerprints von Kaltbach. Die Waffe wurde zuvor anscheinend sorgfältig gereinigt. Er war aber der letzte, der die Pistole in der Hand hielt.»

Fuchs sah sie kopfschüttelnd an: «Das ist doch überhaupt nicht sicher, meine liebe Hauptkommissarin! Jemand kann Handschuhe getragen und die Waffe danach noch benutzt haben. Oder sie wurde dem bewusstlosen Kaltbach nach der sorgfältigen Reinigung in die Hand gedrückt. Das würde bedeuten, dass nicht der Maler der Mörder war. Hat der KTD sonst noch was zu bieten?»

«Kaltbach sass völlig verschmutzt auf der Bank in Rosshäusern. Die Arbeiter, die ihn wecken wollten sagten aus, seine Kleider seien voller Tannennadeln und mit Motorenöl verschmiert gewesen. Ich folgere daraus, dass der Maler erst zusammengeschlagen, dann in einem Auto, wahrscheinlich einem Lieferwagen, nach Rosshäusern gebracht worden ist. Die dürren Tannennadeln müssen beim

Ausladen an seinen Kleider hängen geblieben sein. Er konnte sich demnach nicht wehren und könnte gefesselt gewesen sein.»

«Mensch, Cécile! Wir reden hin und her wie Politiker. Könnte, hätte, wäre... Wir kommen nur weiter, wenn wir mit dem Maler reden.» Fuchs ging zu Cvetlana hinüber. «Haben Sie Kaltbach inzwischen irgendwo erreicht?»

«Nein, es tut mir leid, Herr Fuchs. Auf seinen Festnetznummern nimmt niemand ab, weder im Atelier noch zu Hause. Und Lorenz Lienhard weiss auch nicht, wo er sich aufhält.»

«Was ist mit der Klinik Permanence?»

«Dort ist er vorgestern Abend verschwunden, und wurde seither nicht mehr gesehen.»

«Gut, dann werden wir ihn zur Fahndung ausschreiben. Aber als Zeugen, nicht als Tatverdächtigen, bitte. Oder noch besser einfach als vermisste Person. Schreiben Sie: *77jähriger Mann, 1,76 m gross, sportlich, grau melierte Haare, spricht Berndeutsch und Französisch, leicht verwirrt. Und: Man bittet um schonendes Anhalten und so weiter.*»

Cécile rief von ihrem Schreibtisch: «Findest du diese Angaben nicht ein bisschen zu... sagen wir: zu zurückhaltend? Vielleicht trägt Kaltbach ja eine Waffe mit sich und könnte gefährlich werden.»

«Das glaube ich nicht» wehrte Fuchs ab. «Die Tatwaffe lag ja neben den beiden Leichen. Und in Rosshäusern kann man auf die Schnelle kaum eine Pistole kaufen. Nur los, Cvetlana, schreiben Sie das, was ich Ihnen diktiert habe.»

«Wer ist hier eigentlich der Chef?» fragte ihn Cécile vorwurfsvoll.

«Die Chefin natürlich.» Fuchs machte eine Geste, als würde er vor ihr den Hut ziehen. «Vergleiche uns mit den Tour de France-Radlern. Ich bin nur dein Helfer, auch wenn ich zwischendurch mal eine Etappe gewinne.»

«Gehen wir noch zur Gerichtsmedizin hinauf» schlug Cécile vor.

Das Institut für Rechtsmedizin war Teil der Universität, und in einem älteren Gebäude an der Bühlstrasse untergebracht. Der Leiter der Abteilung für forensische Medizin war ein Privatdozent, den Fuchs aus seinen letzten Dienstjahren her kannte. An diesem Abend waren noch zwei jüngere Ärzte an der Arbeit, die aber weder Fuchs noch Cécile bekannt waren.

«Hauptkommissarin Brun und mein Kollege Beat Fuchs. Guten Abend» stellte sich Cécile vor und freute sich, dass sie mit diesem Auftritt wieder als Gesamtsiegerin der *Tour de France* dastand. Beat wird immer autoritärer, dachte sie. Ich darf nicht zulassen, dass er sich wie mein Chef benimmt. Auch wenn er mehr Erfahrung hat. «Wer von euch hat die beiden Toten von Rosshäusern untersucht?»

Einer der jungen Forensiker meldete sich und grinste ein bisschen spöttisch. «Markus Falkner» stellte er sich in einem schwäbisch klingenden Deutsch vor. Ein hübscher Mann, mit einem offenen und etwas verschmitzten Blick. «Kommen Sie hier herüber, da haben wir die beiden Teenagers auf dem Tisch. Also, das meiste hat man wohl schon am Fundort erfahren. Der Junge hat einen einzigen Schuss aus höchstens einem Meter Distanz, mitten in die Stirn abbekommen. Er war sofort tot. An ihm haben wir keine andern Spuren entdeckt als diese Kratzer hier auf der linken Hand. Die sind aber schon etwa zwei, drei Tage alt. Etwa zu diesem Zeitpunkt muss ihm auch ein Zahn abgebrochen sein. Er war übrigens Linkshänder, wenn das Ihnen hilft. Im Blut konnten wir 1,1 Promille Alkohol, und in den Haaren Spuren von regelmässigem Kokainkonsum feststellen. Und noch etwas, sehen Sie hier am rechten Oberarm: ein Tattoo das ziemlich dilettantisch wirkt. Wahrscheinlich soll es *jobbra* heissen.»

«Haben Sie eine Ahnung, was dies bedeuten könnte?» fragte Fuchs.

«Mein Kollege glaubt, es bedeute ‹frei› auf Ungarisch. Es könnte natürlich auch eine Zusammensetzung der englischen Wörter *job* und *bra* sein.» Er lachte.

«Und was würde dies bedeuten?» Cécile schoss mit ihrem Handy ein Foto des Tattoos.

«Na ja» lachte Falkner. «*job* heisst Arbeit, und *bra* Büstenhalter. Ich überlasse es Ihnen, sich einen Reim darauf zu machen. Aber mein Kollege hat nachgeforscht. Es existiert eine Jugendbande in Budapest die sich *jobbra* nennt.» Er fingerte an seiner dickrandigen Hornbrille herum und deckte dann die Leiche des Jungen wieder zu. «Gehen wir zu der jungen Frau. Bei ihr fanden wir drei Einschüsse. Der eine, wahrscheinlich der erste, traf sie links an der Stirne. Dieser Schuss war aber nicht tödlich, da der Winkel zu flach war und das Projektil nicht in den Schädel eindrang. Sie versuchte trotz der Verletzung zu fliehen und fiel hin. Auf einen Waldboden, wie wir an den Kleidern feststellten. Als sie bäuchlings auf dem Boden lag, schoss man ihr zweimal in den Rücken. Das war dann das Ende. Wir haben eines der Geschosse aus dem Rücken heraus operiert. Es passt zur Makarov-Pistole, die Sie gefunden haben.» Dann zeigte er auf das zerkratzte Gesicht des Mädchens. «Wir nehmen an, dass sie bäuchlings an einen andern Ort geschleift wurde. Wir fanden eine Menge Tattoos auf ihrem Körper. Auf beiden Schultern eine Schlange, eine grosse Rose um den Bauchnabel, ein Herz mit Pfeil am rechten Schulterblatt, eine Art Schlüssel auf der rechten Seite des Hintern und sechs Männernamen beidseitig des Rückens. Enrico, Vadim, Hussein, Ramòn, Vincent, Sandor. Wobei das letzte, also der Name Sandor, höchstens drei Wochen alt ist.» Er holte tief Atem und lächelte Cécile vieldeutig an. «Sie war ziemlich betrunken, 1,5 Promille. Und es gibt auch Hinweise auf den Konsum von Amphetaminen. Und hier an den Innenseiten der Oberschenkel hat sie mehrere ältere Narben. Die könnten von einer Vergewaltigung herrühren. Das ist alles, was wir Ihnen bieten können.»

«Können wir die Leichen freigeben, oder suchen sie noch weiter?» erkundigte sich Fuchs.

Falkner nickte eifrig. «Wir sind fertig. Sie können sie dem Bestatter übergeben. Und jetzt noch zu den DNA-Ergebnissen. Beim Mädchen fanden wir in der Vagina Spermaspuren die eindeutig von dem Jungen sind. Die beiden müssen am Abend oder in der Nacht, bevor sie erschossen wurden, noch Geschlechtsverkehr miteinander gehabt haben. Unser Abgleich hat ergeben, dass das beim Mädchen gefundene Sperma vom Jungen stammt und bei ihrem Tod höchstens ein paar Stunden alt war. Weiter ergaben die Untersuchungen auch, dass die Haare, welche die Spurensicherer in der Wohnung des Opfers in Frauenkappelen gesichert haben, von diesem Mädchen stammen. Auch beim Jungen haben wir ein diesbezügliches Resultat: Die Hautreste unter seinen Fingernägeln stimmen mit der DNA der alten Frau überein.» Jetzt strahlte der Arzt Cécile richtiggehend an und wartete offensichtlich auf ein Lob von ihr.

«Sehr gut, Doktor Falkner, ausgezeichnet» bedankte sich Cécile überschwänglich.

Falkner fuhr weiter: «Die Fingerprints, die an der Haustüre von Lina Fankhauser gesichert wurden, sind mit jenen identisch, die wir dem toten Jungen abgenommen haben. Das Paar war also für den Überfall auf die alte Dame und deren Tod verantwortlich. Sie können die Fotos von den beiden noch der Zeugin vorlegen, welche die jungen Jogger in Frauenkappelen beobachtet hat. Ich habe die Fotos von allen aufschlussreichen Einzelheiten schon für Sie bereitgelegt.» Dr. Falkner überschlug sich fast vor Freundlichkeit als er ihr einen Umschlag übergab.

Fuchs ärgerte sich als er sah, wie Cécile den Mediziner mit einem dankbaren Blick anhimmelte. Für seinen Geschmack war dieser Dr. Falkner viel zu blasiert.

«Nun haben wir wenigstens herausgefunden, wer Lina Fankhauser ermordet hat» freute sich Cécile, als sie wieder ins Büro kamen.

«Ja, der Zusammenhang zwischen der Ermordung von Lina Fankhauser und der Hinrichtung des Pärchens scheint klar zu sein. Aber wir wissen deswegen noch lange nicht, wer die beiden sind, wie sie heissen, in wessen Auftrag sie in Frauenkappelen gehandelt haben. Warum wurden sie erschossen? Und vor allem haben wir noch keine Ahnung, was Kaltbach damit zu tun hat.» Fuchs machte trotzdem ein zufriedenes Gesicht. «Wollen wir darauf einen trinken gehen?»

Cécile winkte ab. «Du hast am Mittag schon genug gebechert. Und ich bin heute Abend mit zwei Freundinnen verabredet. Wir wollen in das Konzert von Stephan Eicher, und ich brauche noch ein zusätzliches Ticket. Ich muss mich beeilen.»

«Dann sauf ich halt meinen Kummer allein in mich hinein» brummte Fuchs enttäuscht. «Das Leben meint es nicht besonders gut mit den pensionierten Kommissaren. Aber was soll's! Morgen holen wir uns Kaltbach zum Verhör...»

«...falls wir ihn finden» beendete Cécile den Satz.

Am nächsten Morgen war Cécile, wie fast immer, eine Viertelstunde vor dem offiziellen Arbeitsbeginn bereits an ihrem Computer und tippte, zwischen Gähnen und Kaffeetrinken am Rapport des gestrigen Tages. Als Fuchs endlich erschien, war sie schon seit fast einer Viertelstunde mit dem Bericht fertig. Sie hielt es nicht für nötig, schon wieder einen Kommentar zu seiner Verspätung abzugeben.

Aber heute tat er das selbst. «Ich beginne den Arbeitstag mit meinen üblichen, freundlichen sechs Worten» erklärte er: «Guten Tag – es tut mit leid.»

«Bonjour, mon grand dormeur. Du siehst wunderbar nüchtern aus, bravo! Ich mache dir als Belohnung einen Kaffee, und du prüfst inzwischen meinen Rapport für Bodenmann. Damit wärst du entschuldigt. Weisst du, ich bin auch noch nicht so recht wach. Nach dem Konzert war ich mit meinen Mädels noch ein wenig unterwegs. Wir feierten die Ankunft des ersten Kindes in unserem Zirkel. Ein gesundes Mädchen, wie es sich gehört. Die Kleine kam allerdings ein paar Tage zu spät. Als hätte sie es dir abgeschaut.»

Fuchs frotzelte: «Bei dir müssen wir wohl noch lange auf ein solches Ereignis warten. Cvetlana wird bestimmt vor dir an der Reihe sein.» Da Cécile seinen Kaffee schon wieder vergessen hatte, machte er sich selber ans Werk. Ohne Glück! Fluchend versuchte er die Kaffeemaschine in Gang zu setzen.

«Lassen Sie mich das machen, Herr Fuchs.» Cvetlana schob ihn sanft aber bestimmt von der Maschine weg. «Ich werde übermorgen erst zwanzig und denke noch lange nicht ans Windeln wechseln. Nehmen Sie dies bitte zur Kenntnis, Herr Fuchs» machte sie ihm klar.

Er bedankte sich höflich, als die Polizeiassistentin ihm eine grosse Tasse Kaffee überreichte. Er verzog sich damit mit an seinen Schreibtisch, wohin ihm Cécile den Rapport für Bodenmann gelegt hatte.

«Sehr gut.» Meinte er, als er die drei Seiten durchgelesen hatte. «Allerdings würde ich diese beiden Sätze streichen: *Doktor Markus Falkner von der Rechtsmedizin hat uns innerhalb weniger Stunden folgende Resultate liefern können. Und: Er hat einwandfreie Arbeit geleistet.* Auch wenn dir dieser Gockel so sehr gefallen hat, brauchst du nicht noch Werbung für ihn machen.»

«Bitte, Beat, der Mann hatte nur knappe zwölf Stunden Zeit, um uns diese vielen Daten und Hinweise zu liefern. Dafür hat er meinen ganz persönlichen Dank verdient. Die Rechtsmediziner dort oben arbeiten nämlich sonst nicht so effizient.»

«Mag sein, aber diese Formulierung ist nicht professionell» insistierte Fuchs. «*Die Rechtsmedizin (Dr. M. Falkner) lieferte uns kurzzeitig folgende Untersuchungsergebnisse.* So schreibt man das. Ohne Komplimente und unterdrückte Liebeserklärungen!»

Cécile wollte dem alten Kollegen schon widersprechen, als Cvetlana ihr zurief: «Dringender Anruf für dich, Cécile! Ich habe den Namen nicht verstanden.»

«Hier ist Kaltbach.» Cécile legte sofort eine Hand auf die Sprechmuschel des Telefons und flüsterte Fuchs zu: «Kaltbach!» Dann schaltete sie den Lautsprecher ein und säuselte freudig: «Guten Morgen, Herr Kaltbach. Danke, dass Sie anrufen! Wir suchen Sie seit vorgestern dringend als Zeugen. Wo sind Sie?»

«Wo ich bin spielt keine Rolle. Aber wenn es so dringend ist, werde ich noch heute Morgen bei Ihnen vorbeikommen. Ich habe Ihnen nämlich auch einiges zu erzählen. Sagen wir, so um elf?»

Fuchs nickte und Cécile antwortete: «Ja, kommen Sie so rasch Sie können. Hauptkommissar Fuchs und ich warten auf der Hauptwache auf Sie. Und nochmals Danke, dass Sie uns helfen wollen.»

«Schon recht» brummte Kaltbach. «Also um elf.»

Fuchs verwarf die Hände. «Mist, wir können seinen Aufenthaltsort nicht orten. Sein Handy ist ja beim KTD.»

«Cvetlana, versuch beim Swisscom-Support herauszufinden woher Kaltbach angerufen hat!» verlangte Cécile nervös. « Der Anruf kam um 08.42 rein. Wahrscheinlich von einer Festnetznummer.» Dann wandte sie sich an Fuchs: «Glaubst du er wird kommen?»

«Ja, da bin ich sicher. Sonst hätte er doch nicht angerufen. Ich gehe jetzt schnell rüber ins Amthaus zur Untersuchungsrichterin. Ich möchte sicherstellen, dass sie mit uns einverstanden ist, wenn wir Kaltbach vorläufig nicht in U-Haft nehmen.»

Cécile schaute ihn überrascht an. «Warum nicht? Er ist doch unser Hauptverdächtiger! Seine Fingerabdrücke an der Pistole, sein Handy am Tatort.»

«Ich glaube nicht, dass er es war. Warum sollte er denn die beiden Teenager umbringen?! Mit welchem Motiv? Er hätte uns bestimmt nicht angerufen, wenn er sie erschossen hätte. Hör zu, Cécile, ich möchte ihn nach seiner Aussage wieder ziehen lassen, um zu sehen wohin er geht, wen er kontaktiert. Falls er etwas mit den Morden zu tun hat, muss er Hintermänner oder einen Auftraggeber haben. Aber um ihn wieder laufen zu lassen, benötigen wir das Okay der Untersuchungsrichterin. Sie soll Bodenmann sofort anweisen, uns für seine Überwachung noch einmal zwei Fahnder zuzuteilen.»

«Aber bitte nicht die zwei, die er uns vor drei Tagen geschickt hat. Diese Beiden sind nicht imstande eine Personenüberwachung durchzuführen. Mach das der Richterin auch klar.»

«Ihr Wunsch sei mir Befehl, liebe Frau Hauptkommissarin. Es ist jetzt zwanzig nach acht. Ich bin spätestens um halb zehn wieder hier.»

«Falls du unterwegs nicht einschläfst» grinste Cécile.

Fuchs, der schon bei der Türe stand, drehte sich nochmals zu ihr um und knurrte: «Ich hätte diesen Senioreneinsatz nie angenommen, wenn man mir vorher nicht garantiert hätte, dass diese Frau Brun eine sehr liebenswürdige Person sei.»

* * *

Nach angestrengtem Überlegen, wie ich weiter vorgehen sollte, rief ich Marina in der Praxis an. «Entschuldige, dass ich dich bei der Arbeit belästige. Aber...»

«Hallo, Klaus! Du brauchst dich nicht zu entschuldigen. Es ist erst kurz nach acht. Ich habe noch keine Patienten. Ist alles in Ordnung? Hast du Schmerzen?»

«Nein, Marina. Schmerzen habe ich keine. Aber sonst ist nichts mehr in Ordnung. Ich muss dich und deine schöne Wohnung schon wieder verlassen.»

«Aber, Klaus?! Was ist denn plötzlich los?»

«Vor drei Minuten rief hier David Sokowsky an! Er kochte vor Wut und nannte mich Scheissverbrecher und alten Sack und drohte mir mit schlimmsten Konsequenzen. ‹Marina gehört mir!› schrie er voller Eifersucht ins Telefon. Er glaubt, wir wären ein Liebespaar. Ich hörte seinem kranken Geschrei eine kurze Weile zu und hängte auf.»

Sie lachte. «In gewisser Weise sind wir doch ein altes Liebespaar, Klaus! Oder hast du es dir anders überlegt?» Sie nahm den Anruf überhaupt nicht ernst. «Wegen David musst du dir keine Gedanken machen, und schon gar nicht bei mir ausziehen. Wer in meiner Wohnung leben darf, bestimme ich allein. Ich sagte dir ja, der Mann ist total krank! Ein Mistkerl, der nichts mehr in meinem Leben zu suchen hat.»

«Ich will nicht eigentlich wegen Sokowsky ausziehen. Aber er behauptete, im Fernsehen sei eine Fahndungsmeldung mit einem Bild von mir ausgestrahlt worden. Er hat uns scheinbar schon seit gestern Abend beobachtet und ist offenbar zu allem fähig. Aber ich

179

will nicht, dass die Polizei erfährt, wo ich mich aufhalte. Noch nicht. Und vor allem will ich nicht, dass du in dieses ganze Schlamassel mit hineingezogen wirst. Das einzige was ich für uns beide tun kann ist, mich sofort bei der Kommissarin Brun zu melden. Ich habe sie schon angerufen. Eigentlich hast du mir ja schon gestern Abend dazu geraten.»

Sie schien einen Moment lang zu überlegen und stimmte mir dann zu. «Ja, es ist auf jeden Fall das Beste, wenn du der Polizei selber schilderst, was geschehen ist. Wenn du unschuldig bist, musst du dich mit der Kommissarin treffen, wenn nicht... nun, dann solltest du wohl am besten für eine Weile verschwinden.»

Ich unterbrach sie erschrocken. «Du glaubst doch nicht, dass ich irgendein Verbrechen begangen habe!»

Sie holte tief Luft. «Natürlich nicht, Liebster. Aber alle Juristen sind Schlitzohren. Die drehen dir jedes Wort im Mund um, und hängen dir etwas an, wofür du gar keine Schuld trägst. Es wäre nicht das erste Mal, dass so etwas geschieht.» Eine Weile lang herrschte Schweigen in der Leitung.

«Marina, bitte glaube mir! Ich habe nichts Unrechtes getan. Nicht das geringste! Ich habe mich so sehr auf eine ruhige, schöne Woche bei dir gefreut, und ich würde es noch viel länger bei dir aushalten. Aber unter diesen Umständen könnte es für dich sehr unangenehm werden. Deshalb will ich nicht, dass die Polizei erfährt, wo ich übernachtet habe. Ich verspreche dir, dass ich mit Handkuss zu dir zurückkomme, sobald dieser Albtraum vorbei ist.»

Sie lachte leise. «Ich werde mit einem befreundeten Anwalt reden. Wenn du mich brauchst, bin ich jederzeit bereit... und für dich da. Du kannst immer auf meine Hilfe zählen.»

«Du bist wunderbar, Marina. Ich brauche keinen Anwalt, aber dich als Freundin! Ich muss jetzt auflegen. Und bitte, wenn du gefragt wirst: ich war nur auf einen Sprung zu Besuch bei dir in der Praxis.»

«Was machst du jetzt?»

«Ich werde ein neues Prepaid-Handy kaufen, damit ich mit dir in Verbindung bleiben kann, ohne dass es jemand mitbekommt. Mache dir keine Sorgen, es wird alles gut. Ich liebe dich.»

Ich staunte über die Unbeschwertheit dieser schönen Frau. Was für ein Glück, dass sie mir in all den Jahren so herzlich verbunden geblieben war. Aber Glück und Unglück lagen nun plötzlich so schmerzlich nahe beieinander, dass ich ziemlich durcheinander geriet.

Ich hatte knapp zwei Stunden Zeit, mich auf den Termin bei der Kommissarin vorzubereiten. Nach kurzem Ueberlegen setzte ich mich an Marinas Computer und begann einen eingehenden Bericht zu tippen. Ich schrieb alles auf, was seit dem Tod meiner Katze Lisa bis zum meinem Aufwachen beim Bahnhof Rosshäusern geschehen war, und zwar mit möglichst genauen Zeitangaben. Ich liess kein Detail aus, begründete mein Verschwinden aus der Klinik Permanence, mein plötzliches Misstrauen gegenüber Lorenz Lienhard und meine begonnene Suche nach Attila. Ich beschrieb, so weit ich mich erinnern konnte, den Überfall an der Normannenstrasse. Dann machte ich vier Ausdrucke dieser Zusammenfassung. Einen für mich, einen für Marina, einen für den Anwalt, sollte ich doch einen brauchen, und einen letzten für die Polizei. In Marinas Schreibtisch fand ich Briefumschläge und steckte je ein Exemplar in ein Kuvert, beschriftete diese und verschloss sie. Dann kam das Dringlichste: Ich musste meine Spuren in Marinas Wohnung beseitigen. Sehr viel gab das nach einer einzigen Übernachtung zwar nicht zu tun, aber ich gab mir grosse Mühe nichts zu hinterlassen, das auf meine Anwesenheit hätte hindeuten können. Warum mir dies so wichtig war, wusste ich selber nicht. Um mein Patenkind aus dem bösen Spiel herauszuhalten? Oder keimte in mir nach all dem Erlebten eine Paranoia? Keine Zeit um noch lange darüber nachzudenken. Den Schlüssel zu Marinas Wohnung nahm ich jedoch mit.

Es war halb neun, als ich meinen schweren Koffer wieder ins Auto lud. Von der Tiefgarage, wo ich am gestrigen Nachmittag auf dem Platz von Marinas Kollegen meinen Offroader geparkt hatte bis zum Metroparking brauchte ich eine Viertelstunde. Um zehn Uhr kaufte ich in einem Geschäft in der Nähe des Parkhauses ein Samsung Galaxy S5-Handy und zehn Ladekarten zu zwanzig Franken. Um halb elf checkte ich unter dem Namen Dr. Nicklaus Bach im Hotel Metropole ein. Die junge Frau an der Rezeption lächelte anerkennend, als sie die angegebene Berufsbezeichnung auf meinem Anmeldeformular las: *PD Universität Salzburg / AL Onkologie Otto-Wagner-Spital Wien*. Meinen richtigen Namen im Reisepass übersah sie geflissentlich unter der Hunderternote. Ich buchte ein Doppelzimmer für drei Nächte und bezahlte in bar, um keine meiner Kreditkarten benützen zu müssen.

Im Zimmer öffnete ich den schweren Koffer und hängte die Anzüge in den Schrank. Hemden, Pullover und Wäsche verstaute ich ebenfalls, obwohl ich nicht vorhatte, hier lange zu bleiben. Dann zog ich mich mit Bedacht um. Ich wählte den dunklen Anzug, eines der weissen Hemden und die schwarzen Schuhe. Dazu band ich die silberne Krawatte um, setzte meine Hornbrille und den schwarzen Borsalino auf. Ein Privatdozent der Uni Salzburg müsste in etwa so aussehen. Auf jeden Fall entsprach ich so bestimmt nicht dem Bild vom wilden Kunstmaler Kaltbach, der in den Medien gesucht wurde. Ich betrachtete mich lächelnd im mannshohen Spiegel. «Courage, Klaus!» ermunterte ich mich selber. Der Weg zur gegenüber liegenden Hauptwache nahm keine 2 Minuten in Anspruch.

Der grauhaarige, gutmütig aussehende Portier am Eingang des ehemaligen Waisenhauses schien von meinem Auftreten beeindruckt zu sein. Jedenfalls wies er mir mit einem ehrerbietigen Bückling den Weg zum Büro der Hauptkommissarin Cécile Brun. Es war eine Minute nach elf als ich an ihre Tür klopfte.

* * *

Beat Fuchs und Cécile Brun machten grosse Augen, als sie Kaltbach in seinem schicken, schwarzen Anzug, mit weissem Hemd und silberfarbenen Krawatte und einem italienischen, schwarzen Hut in der Türe stehen sahen. Mit einer Hand vor dem Mund und einem ironischen Lächeln bat Cécile den Maler herein. «Wow! Guten Tag, Herr Kaltbach, schön, dass Sie gekommen sind.»

Fuchs nickte mit gerunzelter Stirn und brummte ein «Pünktlich!»

«Müssen Sie an eine Beerdigung?» Cécile wandte sich ab, denn sie musste das Lachen unterdrücken. In dieser Aufmachung wirkte Kaltbach wie ein Heiratsschwindler in einer Schmierenkomödie. Rasch sammelte sie die Papiere auf ihrem Schreibtisch zusammen, legte sie auf den geschlossenen Laptop und stand auf. «Kommen Sie, wir gehen hinunter ins Verhörzimmer.»

Der Maler schüttelte beleidigt den Kopf. «Beerdigung? Spielen Sie auf den Mord an meiner Cousine an?»

«Oh, Gott, nein! Ich habe Sie bloss nicht in dieser schicken Aufmachung erwartet. Aber was Frau Fankhauser betrifft, möchte ich Ihnen aufrichtig kondolieren.»

«Danke. Wird das ein Verhör?» fragte der Maler mit ernster Miene.

«Eine Befragung» berichtigte Fuchs und erhob sich. «Aber bevor wir hinunter gehen, möchte ich Ihnen noch kurz etwas zeigen. Hier! Kennen diesen Ring?»

Der Maler nahm das Schmuckstück, das Fuchs ihm reichte, hielt es vorsichtig zwischen Daumen und Zeigfinger und warf einen kurzen, prüfenden Blick darauf. «Das ist Linas Rubinring. Mein Vater hat ihn meiner Cousine zu ihrem zwanzigsten

Geburtstag geschenkt, zusammen mit einer passenden Brosche.»

«Der Ring gehörte also Frau Lina Fankhauser?»

«Ohne Zweifel. Sehen Sie, hier ist die Gravur? *Lina* 12.5.54 CK. Mein Vater hiess Christian, darum das CK. Es ein echter Rubin, in Rotgold gefasst. Hat sie ihn getragen, als sie ermordet wurde?»

«Ja, das hat sie.» Fuchs beobachtete Kaltbachs Reaktion, aber der zeigte keine Erregung. «Vielleicht werden Sie ihn ja erben?»

«Das glaube ich eher nicht. Lina hat ihr Vermögen dem Tierschutz vermacht. Das hat sie mir schon vor langer Zeit anvertraut. Es ist möglich, dass sie auch das Rote Kreuz oder ein anderes Hilfswerk berücksichtigt hat, aber sicher nicht mich. Sie wusste, dass ich selber vermögend bin. Wir haben einander vertraut und über alle Familienangelegenheiten immer offen gesprochen. Und wir waren uns einig, dass wir einander nichts vererben würden, sondern es jenen zugute kommen lassen, die Unterstützung wirklich benötigen.»

«Trotzdem: Sie kennen also ihre Nachlassregelung nicht?»

«Nein. Über die Details ihres Testaments haben wir nie gesprochen. Wahrscheinlich liegt ein solches bei ihrem Notar.»

Fuchs nahm den Ring zurück und steckte ihn wieder in die Plastiktüte. «Gut, gehen wir.»

Die beiden Polizisten und Kaltbach marschierten als sonderbar zusammengewürfeltes Trio durch das Labyrinth der Hauptwache zum Verhörzimmer II. Fuchs erklärte dabei: «Den Leichnam Ihrer Kusine haben wir gestern zur Bestattung freigegeben. Zwei Herren von der Firma Oberholzer haben ihn auf Geheiss des Notariats Boss & Boss schon abgeholt. Aber wahrscheinlich wissen Sie dies bereits?»

«Nein» war alles, was Kaltbach darauf antwortete. Man merkte deutlich, dass er weder das Notariat Boss & Boss, noch den Bestatter Oberholzer zu seinen Freunden zählte.

«Übrigens, auch meine aufrichtige Anteilnahme! Frau Fankhauser war ja wie eine Schwester für Sie, nicht wahr? Die Abdankung soll am nächsten Freitag, in der evangelisch-reformierten Kirche Bümpliz stattfinden.»

Cécile ging ihnen voraus um zu sehen, ob das Verhörzimmer frei war. «Setzen Sie sich, bitte.» Sie wies ihm einen Stuhl gegenüber der ominösen Spiegelwand zu. Die Abmachung zwischen ihr und Fuchs war klar: Die Hauptkommissarin sollte bei dieser Einvernahme die Rolle der verständnisvollen Polizeibeamtin übernehmen, während Fuchs den Part des harten Vernehmers spielte.

Demonstrativ schaltete er das Aufnahmegerät ein. «Wir werden unser Gespräch aufnehmen. Sie haben uns am Telefon erklärt, dass Sie uns nicht verraten wollen, woher Sie jetzt kommen. Gilt das immer noch?»

Der Maler überlegte kurz. «Eigentlich schon. Aber wenn es so wichtig ist: Ich habe die Nacht in meinem Haus am Murtensee zugebracht. Ich hatte ein paar Stunden Ruhe bitter nötig.» Er griff in seine Westentasche. «Hier, ich habe für Sie aufgeschrieben, was ich seit dem Tod meiner Katze alles erlebt, oder besser: durchgemacht habe. Den genauen Ablauf der letzten zwei Tage habe ich wahrheitsgetreu und mit möglichst genauen Zeitangaben dargestellt und unterschrieben. «Bitte.» Er schob das A4-Blatt mit einer nonchalanten Bewegung über den Tisch.

Cécile staunte, während sie das Papier auseinanderfaltete: «Eine vorbereitete schriftliche Aussage? Das habe ich noch nie erlebt! Sehr gut, Herr Kaltbach.» Sie warf einen kurzen Blick auf den Bericht und gab ihn an ihren Kollegen weiter. Dieser las das vollgeschriebene Blatt aufmerksam.

Cécile fragte derweil mit einem anerkennenden Lächeln, wo denn sein Haus am Murtensee stehe.

«In Cotterd. Das ist die Sonnenterrasse oberhalb von Salavaux. Mein Vater hat die Villa 1990 gekauft.»

«Sind Sie oft dort?»

«Na ja, immer wenn ich Ruhe brauche. Es war ursprünglich als Familienferienhaus gedacht. Aber die beiden Jahre vor seinem Tod lebte mein Vater vom Frühling bis zum Herbst ganz allein dort. Er war, ganz im Gegensatz zu mir, ein passionierter Gärtner. Doch während meiner Schulzeit verbrachten wir die Sommerferien immer in Cotterd.»

«Gut, gehen wir Ihre Aufzeichnungen einmal durch» schlug Fuchs vor. «Sie bestehen also immer noch darauf, dass nicht Sie den Wein mit Methanol vergiftet haben? Ihr Freund Lienhard indessen bezweifelt das. Er gab zu Protokoll, dass Sie in der letzten Zeit etwas verwirrt, und vor allem seit dem Tod der Katze depressiv geworden seien. Sie hätten auch schon davon gesprochen, aus dem Leben zu scheiden.»

Kaltbach schien überrascht. «Lorenz glaubt, ich hätte mich selber vergiftet?! Ist der denn noch ganz bei Trost? Aus welchem Grund sollte ich mich umbringen? Ich möchte wirklich gerne noch ein paar Jahre arbeiten!»

Fuchs liess sich nicht beirren «Er ist der Ansicht, dass Sie in letzter Zeit nicht mehr ganz klar im Kopf gewesen seien. Er sprach auch von einer fast krankhaften Vergesslichkeit, einer milden Art von Demenz.»

Kaltbach schüttelte verärgert den plötzlich rot angelaufenen Kopf. «Hat er sich wirklich so geäussert? Das ist doch vollkommen lachhaft! Ich glaube kaum, dass er gewagt hätte, mir so etwas von Angesicht zu Angesicht zu sagen. Was stellt sich der denn vor?! Ich bin noch hundertprozentig handlungsfähig.»

«Möchten Sie uns erklären, warum Sie denn ohne sich abzumelden, bei Nacht und Nebel aus der Klinik Permanence verschwunden sind?» fragte Cécile freundlich.

«Mama mia, das hat doch nichts mit einer Depression oder einer krankhaften Vergesslichkeit zu tun! Im Gegenteil. Es lag ja keine schwere Vergiftung vor. Ich fühlte mich schon am nächsten Morgen wieder vollständig gesund. Sollte ich denn in diesem sterilen Käfig noch tagelang untätig herumliegen? Ich gebe zu, ich bin ein ungeduldiger Mensch und ich brauche meine Freiheiten. Zudem konnte ich an diesem Abend weder einen Arzt noch die Stationsschwester erreichen. Das Spital war wie ausgestorben, selbst der Empfang war verwaist. Also schrieb ich eine Nachricht und platzierte sie gut sichtbar an der Rezeption. Ich hielt fest, dass ich gegen den Rat der Ärzte nach Hause gehe und die Verantwortung für eventuelle Folgen meines plötzlichen Austritts allein übernehme.»

Fuchs räusperte sich verärgert. «Erzählen Sie mir keine Märchen! Der Grund für Ihr Verschwinden war ein anderer. Sie wollten auf eigene Faust nach Ihrem jungen Mitarbeiter, diesem Mister Grigorescu suchen. Und damit begaben sie sich in Lebensgefahr.»

Kaltbach wehrte sich gegen diese halbwahre Unterstellung. «Nein, das war nicht der entscheidende Grund. Ich hielt es in dieser Klinik einfach nicht mehr aus. Wie gesagt, ich hatte keine Schmerzen mehr, mein Magen war wieder in Ordnung und eine Sehbehinderung habe ich auch nie verspürt. Man wollte mich doch ganz einfach noch länger dort eingesperrt halten, um bei der Krankenkasse abkassieren zu können. Natürlich hatte ich das Ziel, Attila zu finden. Das will ich immer noch. Das können Sie ja meinem Bericht entnehmen. Aber ich bin längst nicht der erste, der aus einem Spital abgehauen ist, weil er sich gelangweilt hat, weil er sich längst wieder fit und gesund fühlte. Im Übrigen ist das auch kein Verbrechen!»

Cécile lächelte ihm, noch freundlicher als zuvor zu. «Da haben Sie recht. Verboten ist das nicht. Aber begreifen Sie bitte, dass wir wissen müssen, ob Sie zu eventuell von jemandem zu diesem Schritt gezwungen worden sind.»

«Wer sollte mich denn zwingen, abzuhauen?» Kaltbach seufzte tief, aber sein Gesicht hellte sich wieder etwas auf.

Fuchs nahm den Bericht wieder zur Hand und überflog den Text nochmals. «Von der Klinik sind Sie also nach Hause gegangen, haben sich frisch gemacht und andere Kleider angezogen. Sie stellten fest, dass eine fremde Person in Ihrer Wohnung gewesen war und dort Ihre Sachen durchsucht hatte. Haben Sie eine Vermutung, wer das gewesen sein könnte?»

Kaltbachs Antwort kam wie aus der Pistole geschossen: «Lorenz Lienhard. Der meint, er müsse mich auf Schritt und Tritt überwachen. Lorenz hat ja einen Schlüssel zu meiner Wohnung. Ich glaube, er hat mir irgendwann sogar das Passwort für den Computer abgeluchst. Attila kennt meinen Code selbstverständlich auch, aber der würde nie in meinen Sachen rumschnüffeln.»

«Haben Sie sonst noch jemandem einen Schlüssel anvertraut? Oder ist einer sonstwie verloren gegangen?»

«Ausser Lorenz und Attila? Nein. Nicht dass ich wüsste.»

«Wünschen Sie, dass wir abklären, wer in Ihrem Haus war? Mit Ihrem Einverständnis könnten wir die Spurensicherung noch einmal aufbieten.»

«Das ist nicht nötig. Es fehlt ja nichts. Ich habe auch nichts Wertvolles im Haus herumliegen. Drei, vier meiner kleineren Bilder, zwei Computer, einen Fernseher und etwas Bargeld. Nun, in der Garage stand während der letzten Tage mein Mercedes, ein GF Offroader, aber der wurde nicht durchsucht. Alles was ich im Haus und im Atelier habe, ist gut versichert. Gestohlen wurde nichts, ich hatte eher das Gefühl, dass es dem ungebetenen Besucher darum ging, meine Korrespondenz und meinen Telefon- und E-Mail-Verkehr zu kontrollieren. Darum tippe ich auf Lorenz Lienhard.»

189

Ein strenger Blick von Fuchs traf die unschuldige Miene des Malers. «Besitzen Sie eine Waffe?»

«Nein» erwiderte Kaltbach. Doch nach kurzem Nachdenken korrigierte er sich schnell: «Oh, natürlich. Die Pistole meines Vaters liegt seit Jahren unbenutzt und gesichert in einem Schrank im Atelier. Das habe ich im Moment total vergessen.»

«Was für ein Modell?» Fuchs schaute nun grimmig, fast drohend über den Tisch.

«Ich habe keine Ahnung. Wir können ja nachher nach Bümpliz fahren und nachschauen.»

Cécile unterbrach die beiden Männer. «Machen wir eine kurze Pause. Darf ich Ihnen einen Kaffee oder sonst etwas bringen lassen, Herr Kaltbach?»

«Wasser ist okay» meinte dieser und schaute auf seine Uhr.

Fuchs wollte nichts. Es war viertel vor zwölf.

Die beiden liessen Kaltbach allein im Verhörraum zurück. Die übliche Taktik. In Céciles Büro gönnten sie sich selber einen Kaffee. Fuchs leerte die kleine Tasse in einem Zug, als wäre sie ein Hindernis und müsste sofort weggeputzt werden. «Wir führen jetzt die Befragung mit dem Künstler noch zu Ende und fahren dann mit ihm in sein Atelier. Er muss uns dort die Waffe seines Vaters zeigen. Ich könnte schwören, dass es sich um die Makarow handelt, und dass sie nicht mehr in ihrem Versteck liegt.»

Cécile meinte: «Ich glaube aber nicht mehr, dass Kaltbach der Mörder von Rosshäusern ist. Trotz des starken Motivs, sich an den Mördern seiner Cousine rächen zu wollen. Er verhält sich einfach nicht so wie er es müsste, falls... mal abgesehen davon, dass er sich in Schale gestürzt hat. Klar finde ich es ein bisschen eigenartig, dass er plötzlich mit Anzug und Krawatte erscheint. Aber vielleicht war er bei jemandem zu Besuch, der einen gutbürgerlichen Aufzug verlangt? Beim Anwalt, beim Bankdirektor, beim Bestatter oder Pfarrer? Bisher habe ich ihn jedenfalls nur in verwaschener Jeans oder verbeulter Cordhose, Rollkragenpulli und einer zerknitterten Freizeitjacke gesehen. Aus Trauer für seine Cousine Lina Fankhauser läuft er doch nicht in dieser Aufmachung herum.»

Fuchs zuckte mit den Schultern. «Kleider kann man nach Belieben wechseln. Die Pistole interessiert mich eigentlich im Moment viel mehr. Im Fall Rosshäusern gibt es jedenfalls einiges, das gegen ihn spricht: Das Handy, die Fingerabdrücke auf der Tatwaffe und dann dieser unerklärliche Trip nach Rosshäusern, sozusagen zu den Leichen der Mörder von Frauenkappelen.»

«Vielleicht wurde er von irgendwem gezwungen, die beiden zu erschiessen» überlegte Cécile laut.

«Möglich. Profis zwingen ihre Widersacher manchmal, ihre Angehörigen zu töten. Oder versuchen so, einen Mord Dritten in die Schuhe zu schieben.» Er kratzte sich an seinem Dreitagebart und stöhnte. «Was zum Teufel haben wir übersehen? In seinem Bericht steht, er sei in der Nacht überfallen und bewusstlos geschlagen worden, und danach erst um vier Uhr morgens auf dieser Bank in Rosshäusern wieder zu Bewusstsein gekommen. Stimmt das denn? Was mir nicht einleuchten will ist, dass er überhaupt nichts davon mitbekommen haben will, was diese ganze Nacht lang rund um ihn herum abgelaufen ist. Vielleicht sollte ich ihm Druck machen, ein bisschen Angst einjagen.»

Cécile protestierte vehement: «Aber nicht mit Gewalt! Rühr ihn nicht an. Ich möchte doch keine interne Untersuchung heraufbeschwören. Sein schriftlicher Bericht sieht für mich glaubwürdig aus.»

«Schon. Aber viele Lügen klingen glaubwürdig auf dieser Welt. Denk an all die Politiker, Werber oder Banker. Seit die Menschen reden können, lügen sie. Komm, lass uns wieder rübergehen.»

Sie stellten die leeren Tassen in die Spüle und gingen, mit einem Glas Wasser zurück in den Verhörraum.

«Also, Herr Kaltbach, erzählen Sie uns genau, was am Abend nachdem Sie aus der Klinik verschwunden sind, geschehen ist» bat Cécile, immer noch freundlich und versöhnlich lächelnd. «Vielleicht erinnern Sie sich nachträglich an ein wichtiges Detail. Eines, das für Sie unwichtig schien, für uns aber ausschlaggebend sein könnte.»

«Ich habe Ihnen schriftlich alles, woran ich mich erinnern kann, ganz genau dokumentiert.»

«Lesen Sie uns Ihren Bericht mal laut vor. Wir wollen Ihre Ausführungen aus Ihrem Mund hören, verdammt noch mal!» Fuchs schlug jetzt einen härteren Ton an. «Vielleicht hat das ja Ihr Anwalt geschrieben und alles weggelassen, was Sie belasten könnte. Zum Beispiel was letzte Nacht in Ihrem Haus am Murtensee geschah! Falls Sie wirklich dort waren. Mit einem solchen Gekritzel auf einem Blatt Papier kann jeder daherkommen. Los jetzt!»

Kaltbachs Gesichtsausdruck veränderte sich mit einem Mal: Die Lippen wurden zusammengepresst, der Blick glühte wie bei einer Raubkatze die in die Ecke gedrängt worden war. «Ich habe diesen Bericht eigenhändig geschrieben, Herrgott nochmal. Und zwar in erster Linie mit dem Ziel, meine Erinnerungen zurückzuholen. Glauben Sie mir denn nicht, dass der Schlag auf meinen Schädel mich ausser Gefecht setzte?! Hier, schauen Sie sich meine Wunde an.» Kaltbach streckte Fuchs den Kopf entgegen. «Ob ich einen Anwalt beiziehen muss, hängt im Übrigen von Ihnen ab, und nicht von dem was ich wirklich getan – oder besser: nicht getan – habe. Ich entscheide mich darum erst, wenn Sie mir den Mord an den beiden jungen Leuten in die Schuhe schieben wollen.»

«Beruhigen Sie sich, Herr Kaltbach» riet Cécile. «Vorläufig geht es hier nur um eine Befragung. Also, lesen Sie uns Ihren Bericht vor, wie Hauptkommissar Fuchs Sie gebeten hat. Oder schildern Sie uns Ihre Erinnerungen an das Geschehen zwischen vorgestern Abend und heute Morgen. Wo haben Sie mit Ihrer Suche nach Attila begonnen?»

Kaltbach atmete tief durch. Es war erkennbar, dass er versuchte, die Frage möglichst sachlich zu beantworten. «Attila war sehr zurückhaltend, wenn es um sein Leben ausserhalb des Ateliers ging. Er hat mir gegenüber nur zwei Lokale erwähnt, in denen er manchmal verkehrte. Und zwar eher selten. In diesen beiden Restaurants begann ich meine Suche. Zuerst war ich im Schützenhaus Bümpliz, gegenüber dem Bachmätteli. Dort zeigte ich Attilas Foto etwa zwanzig Gästen. Doch niemand wollte ihn gekannt oder gesehen haben. Es war etwa halb neun oder neun als ich rüber ins Tscharnergut ging, wo auf dem so genannten Dorfplatz etwa ein Dutzend Jungs und Mädels herumhingen. Auch ihnen zeigte ich das Bild. Eines der Mädchen wusste seinen Namen und riet mir im Café Tscharni nachzufragen. Sie habe mit ihm dort vor einigen Wochen gequatscht, da er ihr und ihrer Freundin mit Zigaretten ausgeholfen habe. Ein Skinhead, der etwas später zu den Girls kam, empfahl mir dann so gegen dreiundzwanzig Uhr im Luna-Klub an der Normannenstrasse nachzufragen. Das sei ein Treffpunkt von jungen Hergelaufenen aus Rumänien, Bulgarien und der Ukraine. Da es für diesen Club noch zu früh war, ging ich zuerst ins Tscharni. Ich fand noch einen freien Platz, setzte mich zu einer kleinen Gruppe und bestellte ein Bier. Dort erkannten ihn dann mehrere Studenten auf dem Foto, sagten, dass er *Pictor* genannt wurde und bestätigten, dass er von diesem Horror-Lokal erzählte habe. Er sei Kunststudent und habe im Quartierzentrum mit seiner Freundin aus Fribourg abgemacht. Dieses Lokal sei aber nur Mittwoch bis Freitag geöffnet, es habe also keinen Zweck dort nachzusehen. Etwa um halb elf machte ich mich dann auf, um diesen Luna-Klub zu suchen.»

Cécile setzte nach: «Was sagen Sie, um welche Zeit kamen Sie im Luna-Klub an?»

«Ganz genau weiss ich es nicht mehr. Es war kurz bevor das Lokal öffnete. Ich unterhielt mich dort auf dem Vorplatz kurz mit einem riesigen, sicher hundertfünfzig Kilo schweren Türsteher. Er schien Attila noch nie gesehen zu haben. Aber er vermutete, dass sein Chef Vadim ihn kennen könnte. Pünktlich um elf öffnete ein sportlicher, kaum dreissigjähriger Typ den Club und die Teenager, die sich inzwischen eingefunden hatten, drängten sich an ihm vorbei ins Innere. Dieser Vadim war anscheinend der Chef. Er trug einen Trainingsanzug und sprach ziemlich gut Deutsch mit südländischem Akzent. Ich zeigte ihm das Foto, und da explodierte er beinahe. Er sagte: ‹Das ist Pictor, das arrogante Arschloch! Dem Teufel sei Dank, dass der eingebildete Lord Grigorescu seit mehreren Wochen nicht mehr hier im Club aufgekreuzt.› Er hätte ihm zwar gern mal die Fresse eingehauen. Dann pfiff er einen vielleicht zwanzigjährigen Jungen herbei – ich glaube, sein Name war Sandro oder Sandor – und zeigte ihm das Foto. Auch der schien Attila unter dem Namen Pictor zu kennen, hatte aber keine Ahnung, wo man ihn finden könnte. Ich wollte keinesfalls in den Club hinein, denn inzwischen war dort offensichtlich die Hölle los. Und Attila war, nach der Reaktion von diesem Vadim, hier ohnehin nicht zu finden. Dafür junge Leute beiderlei Geschlechts, fast noch Kinder, die meisten in löchrigen Jeans und einst schwarzen, stark fleckigen T-Shirts, bedruckt mit einem gelben Adler der auf einem Schwert thronte. Die laute, harte Musik – vor allem Rap und Balkan-Rock – das hysterisches Gekreisch der Besucher schmerzten, sobald jemand das Tor öffnete, sogar draussen in den Ohren. Nicht mein Ding!»

«Ich kenne diesen Klub» unterbrach Cécile. «Wir hatten beim DDE wegen eines Einbruchs auch schon dort zu tun.» Und zu Kaltbach: «Persönlich kannten Sie niemanden von den Gästen?»

«Nein, wie gesagt, ich ging ja gar nicht hinein! Und die Besucher waren sowieso alle mindestens ein halbes Jahrhundert jünger als ich. Ich gab meine Suche für diese Nacht auf und wollte nur noch nach Hause und ins Bett. Keine hundert Meter vom Luna entfernt, aber immer noch in der schlecht beleuchteten Normannenstrasse, erhielt ich dann von hinten diesen Schlag auf den Kopf. Keine Ahnung, wer der Schläger war und wie er aussah. Ich habe nur noch einen dunklen Schatten wahrgenommen. Und dann wurde ich bewusstlos.»

Fuchs: «Sie haben wirklich keine Ahnung, wer Sie überfallen haben könnte? War es vielleicht jemand, den Sie vorher in diesem Klub gesehen hatten?»

Kaltbach schüttelte etwas entnervt den Kopf. «Das steht alles in meinem Bericht. Als ich wieder zu mir kam, war es etwa vier Uhr früh und ich sass ich auf einer Bank bei der Bahnstation Rosshäusern, hatte Kopfschmerzen und fror.»

«Das junge Pärchen haben Sie also weder im Klub noch sonstwo zu Gesicht bekommen?» Fuchs war aufgestanden und umrundete mürrisch zweimal den Tisch. Das tat er immer, bei jeder Einvernahme, bei jedem Verhör. Die Hände auf dem Rücken, in Gedanken versunken und mit düsterer Miene umkreiste er den Befragten. Dann setzte er sich umständlich wieder hin und fuhr mit der Befragung fort: «Die Schüsse haben Sie nicht gehört? Wie Sie nach Rosshäusern gekommen sind, ist Ihnen ein Rätsel. Sie haben keine Erinnerung an einen Wagen mit dem man Sie höchstwahrscheinlich transportiert hat. Keine Erinnerung an den Fahrer oder an Beifahrer oder daran, wer Sie auf die Bank gesetzt hat?»

«Nein. Nichts. Es tut mir leid. Ich wusste erst, dass ich in Rosshäusern war, als ich nach einer Weile wieder klar sehen konnte und den Orts-namen am Stationsgebäude las. Als der erste Zug Richtung Bern kam, stieg ich, noch ziemlich unsicher auf den Beinen und von Kopfschmer-zen geplagt ein, fuhr bis Bümpliz Nord und ging direkt nach Hause.»

«Und am Bahnhof Rosshäusern, im Zug oder in Bümpliz haben Sie niemanden bemerkt, der Sie beobachtete?»

«Nein. Wie gesagt, ich hatte starkes Kopfweh, mein Haar war mit Blut verklebt und meine Kleider schmutzig und zerrissen. Ich schämte mich und wagte kaum um mich zu schauen, denn ich sah bestimmt aus wie ein besoffener, verwahrloster Vagabund oder ein herunterge-kommener Obdachloser.»

Fuchs erhob sich einmal mehr und ging zur Türe. «Gut. Wir fahren jetzt zusammen in Ihr Atelier und schauen, ob wir die Pistole Ihres Vaters finden.»

«Aber... wo sind bloss meine Atelierschlüssel? Entschuldigung, aber mit den Schlüsseln habe ich... Ja, ich habe sie eingesteckt, als ich am Abend zuvor von zu Hause wegging, daran erinnere ich mich jetzt wieder. Entweder habe ich den Schlüsselbund bei dem Überfall verloren oder...»

Cécile kniff sich ins Kinn: «...oder er wurde Ihnen gestohlen. Aber die Schlüssel zu Ihrem Haus hatten Sie noch auf sich? Sie gingen, wie Sie sagten, vom Zug zu Ihrem Haus...»

«Lassen Sie mich überlegen. Ich kam nach Hause und... nein, die waren auch weg! Ich musste die Haustüre mit dem Ersatz öffnen. Ich habe vorsichtshalber für alle meine Schlüssel ein Versteck neben der Garage. Dort stellte ich dann fest, dass mir auch der Atelierschlüssel fehlte. Ich war aber überzeugt, dass Lorenz ihn an sich genommen hat. Der weiss nämlich von dem Versteck.»

«Nun, das ist kein grosses Problem» meinte Fuchs. «Sie haben mir ja einen Atelierschlüssel überlassen, bevor sie zusammengebrochen sind. Die Hauptkommissarin Brun hat ihn in ihrem Büro verwahrt. Und sonst könnte uns ja auch der Hausmeister aufschliessen, nicht wahr?»

Als sie vor dem Benteligebäude parkten, kam ihnen der Hausmeister schon mit wild fuchtelnden Armen entgegen, als hätte er den ganzen Morgen auf den Maler gewartet. «Endlich kommen Sie, Herr Kaltbach! In Ihrem Atelier ist vorgestern Nacht eingebrochen worden. Ich selber habe es auch erst gestern Morgen festgestellt. Die Polizeisiegel an beiden Eingangstüren waren beschädigt. Seither habe ich immer wieder versucht, Sie zu erreichen. Aber auf Ihrem Handy hat niemand...»

Fuchs hatte scheinbar so etwas erwartet. «Keine Panik, Herr... ehm. Kommen Sie doch mit zum Hintereingang. Und nehmen Sie den Schlüssel für die innere Türe mit. Herr Kaltbach hat den seinen und sein Handy verloren, er konnte Ihnen nicht antworten.»

Hinten, auf der Stadtbachseite sah alles ganz normal aus. Das von der Polizei mit Brettern gesicherte Fenster war repariert. Allerdings war das Polizeisiegel, wie der Hausmeister erklärt hatte, zerschnitten worden. «Sie haben wohl niemanden gesehen, der das gemacht haben könnte?»

Der Hausmeister war sehr nervös. Er schüttelte immer wieder seinen kahlen Kopf. Fuchs nahm an, dass er sich wegen seiner Unachtsamkeit mitschuldig fühlte, aber nichts mit dem Einbruch zu tun hatte. Vielleicht litt er aber auch an traumatischer Schuld und Panik, wenn er der Polizei begegnete. «Nein, Herr Kommandant. Es muss halt in der Nacht vom 25. zum 26. geschehen sein. Ich mache meinen letzten Gang um elf. Den Securitas-Wachdienst haben die Mieter vor einiger Zeit gekündigt. Ich wohne im Haus gegenüber, wo früher das Kino Scala war. Während der Nacht bin ich nicht hier im Gebäude. Aber am Morgen um halb sieben beim ersten

Kontrollgang habe ich sofort gesehen, dass die Siegel zerschnitten waren. Ich kontrolliere jeden Morgen alle Eingänge der verschiedenen Mieter im Haus. Auf die Polizeisiegel habe ich, seit sie angebracht worden sind besonders geachtet. Und als ich sah, dass beide beschädigt worden sind, habe ich sofort versucht, jemanden zu erreichen. Als Herr Kaltbach bis am Mittag nicht antwortete, versuchte ich es bei Herrn Lienhard, ohne Erfolg. Ich wusste natürlich nicht, wo sich Herr Kaltbach aufhielt. Ich habe dann...»

«Waren Sie im Atelier?» fragte Fuchs.

«Ja, natürlich. Man weiss ja nie was... ja, ob Herr Kaltbach...»

Fuchs bedankte sich beim Hausmeister und entliess ihn. Dann traten sie ins Atelier. Kaltbach zuletzt.

Im grossen Arbeitsraum schien alles unberührt. Auch im kleinen Büro des Malers und im Zimmer, das Attila Grigorescu als Schlaf- und Wohnraum benutzt hatte, deutete nichts auf einen Einbruch hin.

«Und, wo ist nun diese Pistole?» fragte Fuchs schliesslich, nachdem er und Cécile sich überall nach Spuren umgesehen hatten.

Kaltbach ging zu einem der Schränke und zog eine grosse Kartonschachtel heraus. Zuoberst lagen mehrere Dutzend Farbtuben, die er achtsam herausfischte und neben die Schachtel legte. Darunter kam eine kleine Holzkiste zum Vorschein. «Hier drin ist sie.» Er stellte die Kiste auf den Bürotisch und hob den Deckel. Sie enthielt eine Pistolentasche aus Leder, aber die Verschlusslasche war offen und das Futteral leer. Kaltbach drehte sich ratlos zu Cécile. «Sie ist weg!» hauchte er und wurde blass. Dann entnahm er der Tasche eine Art Gebrauchsanweisung und händigte sie, schwer atmend, Fuchs aus. «Vielleicht ist sie schon seit langem nicht mehr hier. Ich habe diese Zigarrenkiste seit Jahren nicht mehr geöffnet.»

Fuchs studierte die Gebrauchsanweisung und einen Waffenschein der auf Christian Kaltbach lautete. «Es handelt sich also um eine

Makarow PM 9,2 Millimeter, Jahrgang 1947. Hergestellt in den Baikalwerken in Ischewsk, in Russland. Dem Bild nach ist sie etwa 16 bis 18 Zentimeter lang und hat einen geriffelten Holzgriff. Ähnlich wie eine Walther PP, würde ich sagen.» Er wandte sich an den zur Säule erstarrten Maler. «Sah sie so aus wie hier auf dem Bild?»

«Ja, das könnte sein. Ich glaube schon. Aber sie müssen mir glauben, ich habe sie seit Jahren nicht mehr in der Hand gehabt. Ich habe nicht einmal die Kiste geöffnet. Die Waffe gehörte meinem Vater. Niemand ausser mir wusste, dass sie in dieser Kiste lag! Na ja, vielleicht Attila. Aber der war hundertprozentig kein Waffennarr.»

«Wenn Sie die Wahrheit sagen, muss sie jemand anderes gesucht haben. Mit Erfolg!»

Kaltbach zuckte mit den Schultern. «Attila und Lorenz gegenüber habe ich vielleicht einmal erwähnt, dass ich eine Pistole besitze, aber ich habe ihnen nie verraten, wo ich sie aufbewahre.»

«Haben Sie selber denn keinen Waffenschein?» bohrte Fuchs weiter.

«Nein.» Er zeigte auf einen Zettel, den Fuchs zur gefalteten Gebrauchsanweisung zurückgelegt hatte. «Nur den da. Der lautet auf meinen Vater Christian.»

Fuchs schüttelte den Kopf und verzog seinen Mund eine Sekunde lang zu einem mitleidigen Lächeln. «Trotzdem: unerlaubter Waffenbesitz, Herr Kaltbach!» Er übergab die Kiste samt dem Etui und den Papieren Cécile, die bereits eine Plastiktüte bereithielt. «Ist Ihnen klar, dass es sich bei der verschwundenen Pistole um die Tatwaffe des Doppelmordes von Rosshäusern handeln könnte. Der junge Mann hiess, wie wir inzwischen wissen, Sandor und wurde erschossen. Einen Sandor haben Sie vor dem Luna Klub getroffen, nicht wahr? Gut, oder eher nicht gut. Wir werden jedenfalls untersuchen, ob wir Spuren an der Kiste und dem Etui finden, die nicht von Ihnen stammen.»

«Shit!» flüsterte der Maler und biss sich auf die Unterlippe.

Fuchs zog ihn vom Schrank weg. «Schauen Sie sich bitte jetzt in allen Räumen um. Wir müssen wissen, ob es nur um die Waffe ging, oder ob sonst irgendetwas Wichtiges fehlt. Aber berühren Sie nichts. Wir lassen die Spurensicherung noch einmal herkommen.»

Draussen vor der Tür zog Fuchs seine Kollegin beiseite. «Siehst du, ich war sicher, dass die Waffe nicht mehr in ihrem Versteck zu finden sei. Alles andere hätte mich überrascht. Dennoch bin ich ziemlich überzeugt, dass der Maler nichts mit den Morden zu tun hat. Ich glaube eher, dass die wahren Täter ihm die Tat in die Schuhe schieben wollen.»

«Was macht dich plötzlich so sicher?» Cécile schaute ihm überrascht in die von vielen Falten umkränzten, grauen Augen.

«Es war ja Kaltbach, der uns von der Existenz dieser Waffe unterrichtet hat. Falls er die beiden Teenager damit erschossen hätte, wäre er kaum so blöd gewesen, das zu tun.»

Cécile war anderer Meinung, allerdings klang sie auch nicht richtig überzeugt. «Warum nicht? Wir wissen ja immer noch nicht genau, ob er zwischen Mitternacht und fünf Uhr früh wirklich bewusstlos war. Und damit fehlt ihm ein Alibi.»

Fuchs schien das Hin-und-Her ihrer Vermutungen Spass zu machen. «Der Täter musste einen grossen Nutzen vom Tod des Pärchens haben. Und das kann eigentlich nur bedeuten, dass die beiden zuviel wussten und deshalb ins Gras beissen mussten.»

«Ja, da könntest du recht haben. Es ist sogar wahrscheinlich, dass die Teenies nicht nur wussten, in wessen Auftrag sie in Frauenkappelen handelten, sondern sie hatten auch Kenntnis über andere Machenschaften der Hintermänner. Na ja, vielleicht haben wir uns zu sehr auf Kaltbach konzentriert. Wir müssen den Kreis der

Verdächtigen unbedingt ausweiten.»

«Da liegst du richtig, Cécile» grinste sie der alte Fuchs spitzbü-bisch an. «Die Ermittlungen auf eine einzige Person zu beziehen ist einer der ganz grossen Fehler, den man in unserem Beruf immer wieder macht. Aber bisher wurde in diesem Fall so viel gelogen und getäuscht. Ich bin nicht einmal sicher, ob Kaltbach die letzte Nacht wirklich in seinem Haus am Murtensee verbrachte. Er könnte auch etwas Wichtigeres zu tun gehabt haben. Sagen wir: Schadensbegren-zung. Vielleicht lügt auch er uns manchmal an. In unserem Beruf wird einem die Wahrheit nicht auf dem Tablett serviert. Und darum verrennt man sich eben manchmal.»

Cécile musste zugeben, dass der alte Kollege mehr Weitsicht be-wies, aber auch mehr Misstrauen an den Tag legte. Trotzdem war ihr nicht wohl beim Gedanken, Kaltbach einfach laufen zu lassen. «Denkst du wirklich, dass es richtig ist, ihn nicht festzunehmen? Es erstaunt mich, dass dir die Richterin ihr Einverständnis dazu gab.»

«Auf alle Fälle.» meinte Fuchs, «Kaltbach kann uns nicht davon-rennen. Wir bringen ihn jetzt zur Metrogarage zurück, zu seinem teuren Gefährt. Von dort folgen ihm dann Paola Torretti und Tanja Müller. Die zwei sind erfahren und wissen, wie man jemanden be-schattet. Die Richterin hat das bereits für uns arrangiert.»

«Und was tun wir inzwischen?»

«Wir versuchen herauszufinden, wer Kaltbach den Mord an den beiden jungen Leuten in die Schuhe schieben will. Ganz nach un-serem Motto: cui bono.»

Kaltbach kam vom Rundgang durch sein Atelier zurück, ohne etwas Verdächtiges oder Fehlendes entdeckt zu haben.

«Gut, dann bringen wir Sie jetzt zu Ihrem Wagen und lassen Sie wieder Ihres Wegs ziehen» verkündete Fuchs dem Maler. Von

Bümpliz bis zum Metroparking wurde wenig oder nichts gesprochen. Dafür wurden die Nachrichten am Radio abgehört. Vom Doppelmord in Rosshäusern schienen die Medien noch nichts zu wissen.

Nachdem die beiden Kommissare sich vom Maler verabschiedet hatten, blieben sie neben ihrem Dienstwagen stehen und beobachteten noch, wie er minutenlang umständlich im Kofferraum des Mercedes Offroaders herumsuchte. Endlich fuhr er weg und Fuchs und Cécile sahen beruhigt, dass die beiden Fahnderinnen dem Maler unbemerkt folgen konnten.

Als sie zurück auf der Wache waren, musste Cécile etwas loswerden: «Hör' mal, Beat, wie wir weiter vorgehen wollen, kannst du in meinem Büro in Ruhe planen. Mein Computer, mein Telefon und die Kaffeemaschine stehen dir zur Verfügung. Frau Brun aber braucht wieder mal einen Tag frei. Ich habe schliesslich auch noch einen Privathaushalt zu führen: putzen, waschen, einkaufen, Rechnungen bezahlen und so weiter. Und dann möchte ich, nach über zwei Wochen, endlich wieder einmal eine Nacht ruhig durchschlafen.»

Fuchs hatte sich auf den Besucherstuhl gesetzt und sah sie von unten herauf mit einem Blick an, der zu einem Oberlehrer gepasst hätte. Aber er schwieg.

«Ich weiss» fuhr Cécile fort «ihr alten Fahnder hättet es nie gewagt, zu reklamieren, wenn ihr drei Wochen lang Überstunden gemacht habt, weil ihr euch in einen Fall verbissen habt und aus Prestigegründen unbedingt lösen wolltet. Aber ich gehöre nun mal einer andern Generation an. Wir lassen uns nicht bis zum Gehtnichtmehr einspannen. Seit dem zwölften dieses Monats habe ich...»

«Ist doch in Ordnung, Madame! Ich sehe ein, dass die Menschen heute anspruchsvoller sind als wir in der guten alten Zeit.» Jetzt grinste er breit. «Ehrlich, ich verstehe dich, liebe junge, hübsche

Kollegin. Der Moment für einen freien Tag ist jetzt ja günstig. Die beiden Frauen sind hinter Kaltbach her und übernehmen unseren Aussendienst für eine Weile. Und den Rest haben der KTD und die Rechtsmedizin zu erledigen. Du kannst deinen Haushalt ohne Skrupel in Ordnung bringen. Es reicht bestimmt auch noch für einen schönen Abend mit wem auch immer. Also, verschwinde und komm nicht vor morgen Nachmittag wieder. Ich vertrete dich unterdessen in bewährter Seniorenart und besänftige Bodenmann, falls er dich vermissen sollte.»

«Sehr gut, Herr Lehrer. Allerdings muss ich zuvor noch die Rapporte für gestern und heute schreiben. Dies willst du mir wohl nicht abnehmen, oder?»

«Das darf ich auch nicht. Du bist schliesslich die offizielle Leiterin der Ermittlungen.» Er zwinkerte ihr zu. «Du wirst mir fehlen, Anvertraute!» grunzte Fuchs und griff zur Zeitung.

Und was er da las, gab ihm zu denken: Er fand einen halbseitigen Bericht über *Tutamentum*, voller Superlative. Da stand, die Stiftung verzeichne seit den Tierquälereien und der Erpressung von alleinstehenden Senioren einen aussergewöhnlichen Zustrom von neuen Mitgliedern. Besonders im Kanton Bern hätten sich schon fast tausend neue Donatoren, vorab Witwen, eintragen lassen, nachdem *Senior Security* in Leubringen und in der Stadt Biel zwei neue Angriffe auf Senioren verhindert habe. Das Personal der für *Tutamentum* arbeitenden Firma *Senior Security AG* müsse darum um das Doppelte aufgestockt werden. Die Tag-und Nacht-Überwachung sei ein aktuelles Bedürfnis und die Stiftung biete ein dringend erwartetes Angebot für Menschen, die sich in einer Zeit von erhöhter Kriminalität nach echter Sicherheit sehnen. Das zeige der grosse Erfolg der gemeinnützigen Stiftung *Tutamentum*. Die Leitung der Institution wolle ihr Angebot in Zukunft in der ganzen Schweiz anbieten. In über 12 Kantonen habe man darum in den letzten sechs Wochen neue Servicezentren eingerichtet und plane im nächsten Jahr einen Antrag für eine eigene Vermögensbank. Und zu guter Letzt war das zu lesen, was die Gründer der Institution wohl am meisten freute: Das Stiftungsvermögen habe sich seit den Erpressungsfällen auf 28 Millionen erhöht.

Fuchs blieb nichts anderes übrig, als über die Gutgläubigkeit der Menschen erstaunt den Kopf zu schütteln. Er nahm sich vor *Tutamentum*, sobald er seinen temporären Job als ‹Kurzzeit-Kommissar› hinter sich habe, ganz genau unter die Lupe zu nehmen.

* * *

Die beiden Kommissare fuhren mich zurück zur Hauptwache am Waisenhausplatz und stellten dort ihren Dienstwagen ab. Danach bestanden sie darauf, mich zuerst zur Kasse, und dann bis zu meinem Wagen im zweiten Untergeschoss des Metroparking zu begleiten. Als ich mein Parkticket am Automaten bezahlte, kam mir die Kommissarin zufällig so nah, dass sie bestimmt die Höhe der Parkgebühr ablesen konnte. Ich war auch ziemlich sicher, dass jemanden beauftragt worden war, mich zu beobachten. Da die beiden Kommissare keine Anstalten machten, zu verschwinden, war es unmöglich, den Wagen stehen zu lassen, ein neues Ticket zu ziehen und im Hotel Metropole zu verschwinden. Wenn ich sie abschütteln wollte, blieb mir nichts anderes übrig, als wegzufahren. Nur wohin? Marina war in ihrer Praxis und durfte keinesfalls in die Ermittlungen der Polizei hineingezogen werden. Ich spürte seit unserem Wiedersehen ein erregendes Glücksgefühl in meiner Brust – man könnte es auch reife Verliebtheit nennen – das ich nicht durch eine Art meteorologische Störung aufs Spiel setzen wollte. Nach Hause, das heisst an die Stapfenstrasse, wollte ich keinesfalls, denn ich hatte überhaupt keine Lust, Lorenz zu treffen. Ich hatte jegliches Vertrauen zu ihm verloren, seit er Fuchs einen solchen Stuss über mich erzählt hatte, und mich zu einem von ihm abhängigen Gefangenen zu machen versuchte. Seine Verleumdungen ärgerten mich bis aufs Blut. ‹Nicht mehr klar im Kopf!› Von wegen! Aber auch ins Atelier konnte ich jetzt nicht, denn Fuchs wollte ja noch die Spurensicherung hinschicken. Es blieb mir nichts anderes übrig, als vor den Augen der beiden aus dem Metroparking wegzufahren, auf allfällige Verfolger zu achten und diese irgendwie auszutricksen. Zuerst überlegte ich mir, ob ich mit Höchstgeschwindigkeit davonrasen sollte. Aber dann siegte die Vernunft. Eine Polizeistreife, die mich mit Blaulicht verfolgen würde, wäre jetzt wohl das Idiotischste, was mir passieren konnte.

Ich machte mir also demonstrativ im Kofferraum zu schaffen und schaute mich dabei unauffällig um, ob irgendwo ein startbereites Auto zu entdecken war. Die Luft schien rein zu sein. Dafür fand ich – dem Himmel sei's gedankt – die Plastiktüte mit dem Jogginganzug und dem Regenschutz, die ich vor einiger Zeit im Kofferraum liegen gelassen hatte. Ich konnte mich also nötigenfalls irgendwo umziehen. Dieser schwarze Anzug war viel zu auffällig. Ich musste annehmen, dass Fuchs seinen Spürhunden eine genaue Beschreibung meiner Person mitgegeben hatte. Während ich mich in den Wagen setzte, warf ich noch einmal einen Blick in die schlecht beleuchtete Halle. Das einzige Auffällige das ich ausmachen konnte, waren die beiden Kommissare, die immer noch tuschelnd beim Personenlift standen und auf meine Wegfahrt warteten. Ihr Benehmen deutete ganz klar auf eine Überwachung hin.

Ich öffnete und schloss das Handschuhfach zweimal, tat so als suche ich darin etwas und liess noch ein paar Minuten in der Hoffnung verstreichen, dass Fuchs und die Brun endlich von der Bildfläche verschwinden würden. Aber die beiden standen wie angewachsen beim Lift. Ich sah keine andere Möglichkeit mehr, als endlich loszufahren. *Inschallah!* Direkt hinter mir zwängte sich ein weisser Fiat 500 aus einem Parkfeld. Zwei jüngere Frauen sassen drin. Unverdächtig? Hinter ihnen folgte im Moment niemand. Erst im nächsten Geschoss bog ein silbergrauer Renault Mégane in die Ausfahrtspur. Soviel ich im Rückspiegel erkennen konnte, sassen vier Personen darin. Ein vierköpfiges Verfolgerteam? Das passte auch nicht recht zu einer polizeilichen Überwachung. Auf der zweiten Ausfahrtspur stand ein schwarzer Audi vor der geschlossenen Schranke und schien irgendwelche Probleme zu haben. Hinter dem Steuer fluchte lauthals ein junger Südländer. Sicher auch kein Polizist. Ich fuhr die Ausfahrtrampe hinauf und bog in die Hodlerstrasse ein. Der weisse Fiat 500 war nirgends zu sehen. Ausser dem Renault Mégane schien mir niemand zu folgen. Bei der Ampel an der Kreuzung Lorrainebrücke West verlor ich dann aber die Übersicht. Hinter und neben mir warteten mindestens zwanzig Wagen aufs Grünlicht. Und ich wusste noch immer nicht, wohin ich eigentlich fahren sollte. Sicher nicht auf die Autobahn, denn dort konnte ich einem Verfolger nur schwer entkommen. Also durch den Bahnhoftunnel, die Schanzenbrücke hinab, dann rund um den City West-Komplex, um schliesslich im dortigen Parkhaus zu verschwinden. Den Renault hatte ich inzwischen aus den Augen verloren und ich konnte auch keinen anderen möglichen Verfolger ausmachen. Aber ich war sicher, dass mir ein solcher auf den Fersen bleiben würde. Etwas anderes anzunehmen, wäre naiv.

Das Hotel Ador befindet sich im City West-Komplex und ich wusste, dass es vom Parkhaus aus einen direkten Zugang hatte. Das schien mir wichtig, denn mein schwarzer Anzug war zu auffällig. Die nächste Hürde war die Rezeption des Hotels. Ich kannte zwar die Chefin, sie kaufte vor einiger Zeit ein Bild von mir. Sie würde mir bestimmt ein Zimmer für eine Nacht vermieten, ohne dass ich einen Anmeldeschein ausfüllen musste.

Aber wenn sie nicht im Haus war, musste ich es, wie am Morgen im Metropole, mit einem falschen Namen versuchen. Ich setzte den Hut auf, nahm die Plastiktasche mit dem Jogginganzug aus dem Kofferraum und suchte in der schlecht beleuchteten Halle den Eingang zum Hotel.

Hinter dem Tresen an der Hotelrezeption stand ein alter Mann, wahrscheinlich ein pensionierter Schweizer, der sich mit dem Zusatzjob noch ein paar hundert Franken zu seiner kleinen Rente verdienen wollte. Das würde besser passen, als ein Ausländer, der stets unter der Angst litt seinen Job, und damit seine Aufenthaltsbewilligung zu verlieren. Und wie erhofft, so geschehen: Der Mann mit der dickglasigen Brille begrüsste mich in einem breiten Berndeutsch und mit einer heiseren Raucherstimme. Ich salutierte zurück und atmete dann so tief durch, als hätte ich ein schwerwiegendes Problem. «Haben Sie noch ein Zimmer frei? Ich brauche es nur für eine Nacht. Ach diese Beerdigungen!»

Er setzte eine verständnisvolle Trauermiene auf und tippte auf der Tastatur des in die Jahre gekommenen Computers herum. Zwischendurch kratzte er sich danach am runzeligen Hals. «Mal sehen, ob... eines hätte ich noch, allerdings auf der obersten Etage. Das kostet ein bisschen mehr, ist aber entsprechend gross und komfortabel.» Es war sehr ruhig in der Lobby, fast wie in einer Aufbahrungshalle. Ich war überzeugt, dass das Haus unterbelegt war, und er den Auftrag hatte, den raren Gästen möglichst die teuersten Zimmer anzubieten.

«Mit Frühstück würde das pro Nacht 194 Franken kosten.» Er schaute mich an als hätte er mich bereits betrogen.

Ich nahm meinen Hut ab und legte ihn auf die Theke. «Hören Sie, ich habe ausser dem Tod eines Freundes noch ein anderes Problem. Ich erwischte meine Frau in einer eindeutigen Situation mit einem jungen Ausländer im Bett. Natürlich drehte ich durch und machte ihr eine wilde Szene. Den Habasch warf ich raus und dann verliess ich unsere Wohnung mit einem deutlichen Auf-nimmer-Wiedersehen. Ich möchte vorläufig auf gar keinen Fall nach Hause zurückkehren. Aber ich will auch nicht, dass sie mich hier findet und ein Theater aufführt, verstehen Sie. Eva ist imstande, mich in jedem Hotel der

Stadt Bern zu suchen und zu finden. Sie ist völlig unberechenbar.»

Auf dem Gesicht des Rentners erschien ein mitleidiges Lächeln, und seine nussbraunen, wässerigen Augen zeigten noch mehr Verständnis. Wahrscheinlich hatte er so etwas auch schon erlebt. «Wie kann ich Ihnen denn helfen?»

«Mir ist am besten geholfen, wenn ich meinen Namen bis morgen nach dem Frühstück nicht offiziell preisgeben muss.» Etwas verschämt legte ich vierhundert Franken auf den Tresen. «Sie können versichert sein, dass Sie mit mir keine Probleme haben werden. Und Sie sollen dank Ihrer Hilfe jedenfalls nicht zu kurz kommen.» Ich begann ein wenig zu stottern. «So etwas ist... ehm sonst eigentlich gar nicht meine Art...» Ich schob das Geld etwas näher zu ihm... «aber ich mag jetzt, nach dem traurigen Abschied von meinem Freund, einfach keinen hysterischen Streit... und erst noch in einem Hotel... na ja... Sie verstehen mich vielleicht?»

Er nickte spitzbübisch. «Ja, ja, die Frauen! Demnach möchten sie lieber erst nach dem Frühstück abrechnen?» Er machte eine zögernde Bewegung als wolle er die vier Hunderter wieder zurückschieben.

«Nein-nein! Ich bezahle jetzt im Voraus. Eine Quittung dafür ist nicht nötig, das macht ja nur Umstände. Ich brauche einfach nur Ruhe und Frieden für eine Nacht.»

Sein Grinsen verbreitete sich fast bis zu den Ohren. «Oh ja, ich kann Ihnen sehr gut nachfühlen! Meine Doris ist vor zwei Jahren gestorben. Seither habe ich endlich die Ruhe und den Frieden, den ich mir ein halbes Leben lang gewünscht habe. Aber, um ehrlich zu sein, ich sehne mich sehr oft nach ihr zurück. Schauen sie, ein Leben so ganz allein, und erst noch mit einundachtzig, ist auch nicht besser.»

Ich nickte ernst und setzte den Hut wieder auf. «Ich weiss, ich weiss! Darum möchte ich ja jeden Krach mit Eva vermeiden. Erst einmal darüber schlafen, verstehen Sie?»

Er nahm einen Schlüssel vom Brett und schob ihn mir mit einer Hand zu. Mit der andern schnappte er sich rasch das Geld. «Fünfte Etage, Nummer 514. Es hat eine Minibar und eine kleine Kaffeemaschine im Zimmer. Wenn Sie etwas vom Restaurant bestellen möchten, rufen Sie mich an! Ich bin heute Abend hier bis um elf Uhr. Frauen sind eben unberechenbar. Schlafen Sie dann gut!»

Das Zimmer war zweigeteilt: Ein kleiner Salon mit einem Esstischchen und zwei Stühlen, ein Miniaturschreibtisch am Fenster, zwei Polstersessel und ein winziger Beistelltisch. Das Schlafzimmer hatte zwar ein ‹Kingsize-Bett› und einen grossen Wandschrank, glich aber, was das Ambiente betraf, eher der Schlafzelle in einem Altersheim. Das Bad bestand aus einer Sitzwanne, einer engen Dusche, einer Toilette, einem Bidet und einem kleinen Lavabo. Für dieses Geld hätte man mehr erwarten dürfen, aber für eine Nacht spielte es ja keine Rolle. Wichtig für mich könnte der knapp drei Quadratmeter grosse Balkon sein, von dem eine Feuerleiter in den Hof des Gebäudekomplexes hinunter führte. Ein möglicher Fluchtweg! Ich zog den Anzug aus und hängte ihn in den Schrank im Schlafzimmer. Dann schlüpfte ich in den Jogginganzug und besah mich im Spiegel. So konnte ich mich, wenn nötig ohne weiteres auf der Strasse sehen lassen, ohne besonders aufzufallen. Nun spürte ich plötzlich, dass ich hungrig war. Mein Frühstück in Marinas Küche war spartanisch gewesen und auf dem Polizeiposten hatte man mir bloss ein Glas Wasser vorgesetzt. Seither hatte ich keine Gelegenheit mehr gefunden, etwas zu essen zu besorgen. Ich konsultierte die kleine Speisekarte und wählte einen Hamburger mit Selleriesalat und Frites. Beim alten Mann an der Rezeption bestellte ich diesen Snack zusammen mit einer grossen Flasche Bier.

«Sehr gern. Das dauert etwa zehn Minuten» versicherte der Verständnisvolle. «Und bleiben Sie besser im Zimmer. Es rief nämlich schon jemand an und fragte nach Ihnen, also nicht direkt nach Ihnen. Die Dame wollte wissen, ob ein Herr Kaltbach bei uns abgestiegen sei. Sind Sie vielleicht dieser Herr Kaltbach? Ich habe vorsichtshalber verneint. Und noch etwas: Ich habe Ihnen einen Namen gegeben: Alexander Roth. So notiere ich es auch auf der Bestellung für die Küche. Dann also... guten Appetit, Herr Roth.» Er lachte kurz und heiser. «Ach, noch eine Frage: Waren Sie etwa an der Beerdigung von Hans Grob? Das war ein Arbeitskollege von mir. Leider konnte ich hier nicht frei nehmen, sonst hätten wir uns schon bei der Abdankung getroffen, nicht wahr?»

«Ja. Nun, die Verstorbenen haben mehr Verständnis als die Lebenden» gab ich zurück und hoffte, dass der Alte nicht noch weiter nach gemeinsamen Bekannten forschte.

Nach dem Essen nahm ich mein neues Prepaid-Phone und rief Marina in der Praxis an. «Hallo!» rief sie fröhlich in den Hörer. «Ich wusste sofort, dass du das sein musst, Klaus! Ich werde mir diese Nummer notieren.» Sie lachte kurz. «Wie geht es dir? Und vor allem deinem Kopf?»

«Sehr gut. Mein Schädel pocht nicht mehr. Bei der Polizei hat man mich ausgefragt und wieder ziehen lassen. Ich nehme aber an, dass die mich weiter überwachen. Es tut mir sehr leid, dass ich deine Wohnung heute Morgen so Hals über Kopf verlassen habe. Aber dieser Sokowsky hat mich im Fernsehen erkannt. Darum zog ich bei dir aus, denn ich will nicht, dass du meinetwegen irgendwelche Probleme bekommst.»

«Das ist sehr lieb von dir. Aber mache dir um mich keine Sorgen, ich sorge mich vielmehr um dich, denn du solltest eigentlich eine Woche unter ärztlicher Kontrolle bleiben. Im Moment habe ich ein volles Wartezimmer und bin im Schuss. Können wir uns heute Abend irgendwo treffen?»

«Ja, ich glaube schon. Ich rufe dich gegen sechs Uhr an. Bis dann weiss ich, wo wir uns sehen können. Okay?»

«Sehr gut. Also bis dann. Ich muss mich wieder um meine Patienten kümmern. Pass' auf dich auf!»

Meine Marina! Ich versank wieder in schönen Träumen. Diese vierzigjährige, erfolgreiche und vor allem schöne Frau will sich mit einem alten Mann, der von der Polizei gesucht wird, treffen... vielleicht mit ihm sogar zusammenleben wollen! Diese Möglichkeit kam mir fast absurd vor. Immer wieder fragte ich mich, warum sie so intensiv auf mich reagiert hat. Sechs Stunden nach unserem Wiedersehen lag sie schon mit mir im Bett und benahm sich, als wären wir... ja, was denn? Es schien so unwirklich. Marina war doch immer ein Mädchen gewesen, das sich alles erst zweimal überlegt hatte, bevor sie irgendeinem Spiel oder einem Ausflug zustimmte. Auch als sie erwachsen wurde, blieb sie in jeder Hinsicht zurückhaltend. Und nun liess sie sich, ohne zu zögern, mit mir, ihrem alten Götti auf ein Abenteuer ein! Das passte doch überhaupt nicht zu ihr. Da muss etwas ganz anderes dahinter stecken! Aber was? Was soll ich denn tun? Mitmachen? Zurückkrebsen?

Je länger ich darüber nachdachte, desto grösser wurden meine Zweifel und nahmen langsam ganz von mir Besitz. Es war alles so unwirklich, unmöglich, unfassbar. Und doch erregend als ob ich unter Drogen stehen würde. Plötzlich überfiel mich ein schrecklicher Zweifel: War ich gar nicht mit Marina im Bett gewesen? War das alles nur der krankhafte Wunschtraum eines alten Mannes? Spielte mir meine Phantasie einen ganz üblen Streich? Oder wurde ich verrückt?

Ein lautes Pochen an die Zimmertür riss mich aus diesem beängstigenden Gedanken.

* * *

«Cvetlana, heben Sie die Fahndung nach Kaltbach auf. In den Medien und auch polizeiintern. Wir haben den Mann befragen können, und wir haben von ihm einen schriftlichen Bericht erhalten. Er wird jetzt überwacht. Das sollte wohl reichen.» Fuchs hatte im Hotel Bern zu Mittag gegessen, nicht ohne sich auch einen Dreier Maienfelder zu Gemüte geführt zu haben. Zufrieden liess er sich in Céciles wunderbar bequemen Bürosessel fallen. Fünfunddreissig Jahre lang hatte er sich mit einem unbequemen Thron abgequält, und er war seinerzeit immer froh, in den Aussendienst abhauen zu können. Das kurze Gastspiel, das er nun im Dezernat Leib und Leben gab, genügte vollends um festzustellen, dass er sich keine Sekunde lang nach dem aufreibenden Job zurücksehnte.

«Haben Sie ihn denn erwischt?» Cvetlana wagte zum ersten Mal dem legendären Ex-Hauptkommissar eine Frage zu stellen.

«Nun, er kam von selbst zu uns, aber wir haben ihn gleich wieder laufen lassen. Wir möchten nämlich wissen, mit wem er Kontakt aufnimmt bei der Suche nach seinem jungen Assistenten. Wenn wir ihn auf eine Fahndungsliste setzen oder in den Medien als vermisst ausschreiben, wird er ziemlich sicher erkannt und festgehalten. So machen wir nur mögliche Komplizen kopfscheu.» Er freute sich über das Interesse der jungen Mitarbeiterin. Sie war, wie er gehört hatte, eine angehende Juristin, und er wollte sie deshalb ein wenig in seine Arbeit miteinbeziehen.

«Ja, das leuchtet mir ein.» erklärte sie dankbar. «Ich habe übrigens auf Wunsch von Frau Brun mit dem Polizeiinspektorat in Biel Kontakt aufgenommen, um zu erfahren, was es mit den Meldungen über

Senior Security und die Stiftung *Tutamentum* auf sich hat. Es gibt dort ja zwei weitere Fälle von Tierquälerei und versuchter Erpressung.»

«Soso?» staunte Fuchs über ihr unerwartetes Engagement. «Und, was haben die Bieler gesagt?»

Cvetlana nahm ihren Notizblock zur Hand: «Eine Familie Courjean hat eine Anzeige gegen Unbekannt gemacht. Ihre Katze wurde misshandelt und getötet. Danach wurde Frau Courjean per E-Mail bedroht und erpresst. Das Tier wurde vorgestern Morgen mit abgehacktem Kopf vor der Eingangstür ihres Hauses am Weissenrain in Biel aufgefunden. Daneben lag ein A4-Blatt. *Consultez votre ordinateur* stand darauf. Es ist auf einem Laserdrucker ausgedruckt worden, sodass man die Handschrift nicht identifizieren konnte. Über Twitter habe die Frau dann diese erpresserische Forderung erhalten: *Madame Courjean: préparez 50 000 francs en billets de 500 si vous voulez survivre!* Die alleinstehende Witwe eines Uhrenfabrikanten sei seit einigen Monaten Donatorin bei *Tutamentum*. Das Schutzsystem *Senior Security*, mit dem die Stiftung üblicherweise zusammenarbeitet, habe aber prima funktioniert, sagen die Bieler Kollegen. Das Haus der Courjean werde nun von Sicherheitsleuten Tag und Nacht überwacht.»

Fuchs: «Haben Sie die Bieler auch gefragt warum sie uns das nicht gemeldet hatten?»

«Ja, klar!» meinte Cvetlana eifrig. «Warten Sie, ich komme gleich darauf zurück. Erst lese ich Ihnen noch meine Notizen zum zweiten Fall vor: Einen Tag später meldete eine andere alte Frau mit Namen Rebenstein, übrigens ebenfalls eine *Tutamentum*-Donatorin, die am Chemin de la Baume in Leubringen wohnt, dass ihrem Royal Canin alle vier Beine abgehackt worden seien. Sie habe keine Mailadresse. Aber vorgestern Nacht sei ein junger Mann an ihrer Haustür erschienen. Er habe einen Motorradhelm mit heruntergelassenem Visier und ein schwarzes Schlangenlederkombi getragen. So hat ihn die Frau jedenfalls beschrieben. Er wollte in die Villa eindringen, aber Leute von *Senior Security* seien sofort zur Stelle gewesen und hätten ihn gestellt. Noch bevor er mit seinem in der Nähe abgestellten Motorrad flüchten konnte, hätten sie ihn verprügelt. Dem Kerl gelang es danach trotzdem, wegzufahren. Er werde nun vom Wachtdienst der Organisation gesucht. Die Kapo wurde nicht eingeschaltet, da Frau Rebenstein dies ausdrücklich so wünschte. Der Wachtdienst habe ihr das empfohlen, um Racheakte zu verhindern. Darauf zog auch Frau Courjean ihre Anzeige zurück. Die Bieler Kollegen meinten, sie würden sich nur einschalten, wenn es um ein Offizialdelikt gehe, oder wenn die geschädigten Tierhalter Anzeige erstatten. Darum haben sie uns diese beiden Fälle auch nicht gemeldet.»

«Gut gemacht, Cvetlana. Können Sie mir das ins Reine schreiben und ausdrucken. Ich würde Sie dafür gern zu einem Nachtessen einladen.»

Sie sah ihn kurz, aber voller Panik an. «Ich bin abends immer besetzt. Yoga, Ballett, Englischkurs, Freund, Eltern.»

Fuchs lachte. «Dann eben nicht. Aber vor mir müssten Sie wirklich keine Angst haben. Und Frau Brun wäre selbstverständlich auch mitgekommen.»

Während Cvetlana ihren Rapport über die beiden Bieler Fälle ausdruckte, versuchte Fuchs die Stiftung *Tutamentum* telefonisch zu erreichen. Nachdem das Freizeichen über zehnmal ertönt war, meldete sich endlich eine Männerstimme, die ein geziertes Hochdeutsch sprach. *Das ist die Nummer der Zentralverwaltung für die christliche Schweizer Stiftung für Schutz und Bewachung im Alter, Tutamentum. Danke für Ihren Anruf. Merci pour votre appel. Grazie per la vostra chiamata. Wenn Sie deutsch mit uns sprechen möchten, drücken Sie jetzt Taste eins. Si vous...*Fuchs drückte die eins. *Achtung: Ihr Anruf* *wird mit 4 Franken pro Minute belastet. Wenn Sie sich als Mitglied und Donator unserer Stiftung anmelden wollen, drücken Sie Taste eins. Wenn Sie Unterlagen über unsere Stiftung zugestellt bekommen möchten, drücken Sie Taste zwei.*

Fuchs drückte die eins. *Danke! Wir melden uns sobald ein Mitarbeiter frei ist.*

Fuchs musste über 5 Minuten warten bis sich dieselbe Männerstimme wieder meldete:

Die Mitgliedschaft bei Tutamentum umfasst folgende Dienstleistungen: Tag-und-Nachtschutz bei Gefahren, Betreuung bei und nach einem Einbruch oder anderen kriminellen Belästigungen, Unterstützung bei der Installation von Schutzeinrichtungen sowie Vermögenssicherung. Nach der Bezahlung eines einmaligen Donatorenbeitrags von 50 000 Franken wird Ihnen umgehend ein Mitgliedervertrag zugeschickt. Wir bitten Sie, den Vertrag unterschrieben und eingeschrieben per Post an folgende Adresse zurückzusenden: Stiftung Tutamentum, Postfach 55011, D-79539 Weil am Rhein. Bitte geben Sie uns jetzt Ihre persönlichen Daten bekannt: Name und Vorname, Alter, Bankverbindung mit Angabe der Kontonummer, Wohnadresse, Postadresse falls separat, E-Mail-Adresse und Telefonnummern, Kreditkarten-Verbindung – bitte mit der Kartennummer... Danke. – Wir gratulieren Ihnen schon jetzt für ein Leben in Ruhe und Unversehrtheit im Alter. Klaviermusik. Besetztzeichen.

Fuchs legte auf rieb sich das rechte Ohr. ‹Das gibt's doch nicht!› dachte er. Wer da mitmacht, muss ja wirklich blöd sein. Allein der Anruf und die Eingabe der Daten nehmen mindestens 10 Minuten in Anspruch. Das macht schon einmal vierzig Franken! Die Adresse in Deutschland wechselt wahrscheinlich jede Woche. Und dann diese vagen Angaben über den Service! Was heisst denn schon *Tag-und-Nachtschutz bei Gefahren?* Oder *Betreuung bei und nach Gefahren?*

Und *Unterstützung bei Installationen von Schutzeinrichtungen oder Vermögenssicherung?* Das alles gibt's doch längst bei bestehenden und seriösen Firmen, und zwar ohne die Vorauszahlung von 50 000 Franken! Das Ganze klingt nach einer Riesengaunerei. Die versprochenen Dienste von dieser Scheissstiftung können doch nach Belieben ausgelegt werden, und wahrscheinlich enthält die Rückseite des Mitgliedervertrages unzählige Bedingungen in einer Kleinschrift, die alte Leute auch mit Brille oder Lupe nicht lesen, geschweige denn verstehen können.

Fuchs nahm sich gerade vor, das Dezernat Wirtschaftsdelikte der Kapo oder die Staatsanwaltschaft auf diese sonderbare Abzockerinstitution anzusetzen, als das externe Telefon läutete.

«Bist du's, Beat? Hier spricht Paola Torretti vom DPF.»

«Jaaah. Wo seid ihr Amazonen denn im Moment?» Er liess sich tiefer in Céciles Sessel zurücksinken und fragte sich, ob er mit Amazonen wieder einmal die weibliche Hälfte der Welt gegen sich aufbringe. Natürlich ohne jegliche Hintergedanken!

«Wir haben die Zielperson im Moment verloren. Aber das Auto steht noch im City West-Parking. Die Person muss sich irgendwo in der Nähe aufhalten. Sollte er den City-West-Komplex zu Fuss verlassen haben, hätten wir das bemerkt.»

«Dort gibt es doch ein Hotel. Haben Sie dort nachgefragt?»

«Selbstverständlich. Aber im Ador hat er nicht eingecheckt. Jedenfalls nicht unter seinem Namen.»

Fuchs blieb gelassen. «Sie meinen, er könnte sich unter einem anderen Namen ein Zimmer genommen haben?»

«Das wäre möglich. Laut Concierge hat aber in den letzten Stunden überhaupt niemand eingecheckt. Es gibt hier allerdings verschiedene Restaurants oder Geschäfte, wo er sich versteckt haben könnte. Aber keine Angst, Kollege Fuchs, wir werden ihn finden.»

Die Torretti schien sich sehr sicher zu sein; ganz im Gegenteil zu Fuchs.

«Gut. Machen Sie aber keine Jagd auf ihn. Ich bin je länger, desto mehr davon überzeugt, dass er nur ein Opfer in diesem ganzen Wirrwarr ist.»

«Verstanden. Wir bleiben bis Mitternacht in Aktion.»

«Sehr gut. Kleben Sie ihm den roten Sender aufs Auto. Sie wissen schon: das Katzenauge. Haben Sie einen dabei?»

«Selbstverständlich, machen wir. Wir behalten auch das Hotel und die Restaurants im Auge und melden uns wieder wenn es Neuigkeiten gibt.»

Fuchs seufzte. Der verdammte Kaltbach! Aus diesem naiven, aber gleichzeitig so raffinierten Kerl wurde er einfach nicht klug. Der tickte einfach anders, als der Rest der Nation. Na gut, so ein reicher Spinner kann sich alles leisten... ganz im Gegensatz zu einem alten Polizeibeamten. Bevor er sich auf den Weg machte, benötigte er unbedingt eine kleine Aufmunterung. Er hob den Hörer des Telefons ab und wählte die Nummer seiner Lebensgefährtin, die er allerdings längst ‹meine Frau› nannte.

«Bist du's, Beat?» fragte die warme Stimme seiner Freundin.

«Hallo, Liebste. Wie geht's dir?»

«Prima. Ich komme gerade von einer Massage und lege mich nun auf der Terrasse noch ein wenig an die Sonne. Wir haben hier herrlich warmes Wetter, was will ich noch mehr?»

«Mich! Du könntest nach Hause kommen und für mich eine Lammkeule in den Ofen schieben.»

Sie lachte zufrieden. «Schön, dass du dich nach mir sehnst.»

«Das hab' ich nicht gesagt. Es geht mir doch nur ums Essen.»

Sie entgegnete lachend: ‹Ich habe hier nette Leute kennengelernt. Und das Hotelpersonal verwöhnt mich. Ich könnte ohne weiteres noch eine Woche anhängen?»

«Willst du mein Sparbuch plündern?»

«Das ist schon leer. Ich habe mir nämlich ein Kleid gekauft, das dir gefallen wird. Allerdings war es ziemlich teuer...»

«Du meinst das doch hoffentlich nicht im Ernst, dieses ‹Noch-eine-Woche-Anhängen?›»

«Nein, natürlich nicht, mein Goldschatz! Ich bin am Samstag zurück, wie abgemacht. Und dann bekommst du deinen *Gigot*. Und was machst du? Gefällt es dir in deinem neuen-alten Job? Bitte, pass auf dich auf. Es ist heute bestimmt nicht mehr so lustig, *Räuber und Gendarm* zu spielen.»

Fuchs wehrte ihre Fürsorglichkeit ab. «Ja, ja, ja. Nur keine Angst! Also bis Samstag. Ich verlass' mich drauf! Besser gesagt, auf deinen Lammgigot.»

Er sah auf die Uhr. 16.12. «Cvetlana. Ich geh' schnell hinüber zum Dezernat Wirtschaftsdelikte der Kapo. Sie können mich dort oder auf dem Handy erreichen, falls was Dringendes reinkommt.»

«Verstanden, Herr Fuchs. Übrigens, Cécile hat mich beauftragt, die finanzielle Lage von Klaus Kaltbach und Lorenz Lienhard zu untersuchen. Ich wäre damit so weit.»

«Sehr gut. Das schauen wir uns nachher an. Ich bin in 20 Minuten zurück.»

Er zwängte sich in seine Allwetterjacke, die er auf einer Golfreise nach Schottland, wie immer viel zu teuer, erstanden hatte und machte sich dann auf den kurzen Weg zum Amthaus.

Von der freundlichen Empfangsdame wurde er einer jungen Juristin zugewiesen, die ihn mit spöttischer Arroganz begrüsste. «Sie suchen nach einer Stiftung namens... wie bitte... aha, Tu-ta-mentum. Und was soll ich dabei für Sie tun?»

Fuchs hätte, angesichts dieser Hochnäsigkeit am liebsten wieder rechtsumkehrt gemacht. Aber er wollte ja eine Auskunft von dieser Dame. «Bei den Ermittlungen in einem komplizierten Fall von Erpressung und einem Totschlag sind wir auf diese Stiftung gestossen. Es wäre für unsere weiteren Ermittlungen hilfreich, mehr über diese Institution zu erfahren. Wer steht dahinter, wem gehört sie, wem nützt sie, wer verwaltet sie und so weiter.»

«Herr... ehm... Beat Fuchs. Sie sind vom Dezernat Leib und Leben, und da wissen Sie nicht, wo man solche Angaben findet!» Sie klopfte mit einem Kugelschreiber auf den Tisch, als wäre sie ein Metronom.

«Ich *war* Inspektor. Seit knapp zwei Jahren bin ich in Rente. Im Moment arbeite ich aber temporär als Verstärkung einer Sonderkommission. Im Polizeiinspektorat herrscht, wie Sie wahrscheinlich wissen, Personalmangel.»

«Sie sind also nicht mehr offiziell bevollmächtigt. Das brauche ich allerdings gar nicht zu wissen» grinste sie Fuchs spöttisch an, und wandte sich dann ihrem Computer zu. «Nun, wir wollen doch mal sehen. Das hätten Sie alles im Handelsregister... aha, der Sitz von *Tutamentum* ist nicht in unserem Kanton, sondern in Wollerau, Kanton Schwyz. Der Stiftungsrat besteht aus einem Doktor Marco Bianchi, der ist Präsident, einer Doktorin Annette Giardelli und einem Doktor Bodo Bodenmann. Das Stiftungsvermögen wird mit fünf Millionen Franken angegeben. Gegründet wurde *Tutamentum* am 2. April 2015. Der Stiftungszweck... aber das können Sie alles selber im HR des Kantons Schwyz nachlesen. Ich bin nicht befugt, Ihnen nähere Auskünfte zu geben. Sie finden alles im Handelsregister. Etwas möchte ich Ihnen aber doch noch mitgeben: Gegen diese Stiftung laufen keine Untersuchungen in Sachen Wirtschaftsdelikte. Darum sehe ich auch nicht ein, warum ein pensionierter Polizist hier ermittelt. Sonst noch was?»

«Dieser Doktor Bodo Bodenmann, wohnt er in Bern?»

«Wie gesagt, das steht alles im HR. Ich darf Ihnen nicht mehr sagen als dort drin steht. Aber Sie können ja zur Speichergasse hinübergehen und es dort bei der Staatsanwaltschaft, Abteilung Wirtschaftsdelikte, versuchen.» Sie schaute Fuchs mit einem Siegesblick an. «Auf Wiedersehen, Herr... ehm...»

«Danke. Wiedersehen.» Fuchs fand diese elitäre Dame zum Kotzen und entfloh mit eiligen Schritten.

Seit Fuchs seinen neuen Job auf Zeit versah, schaute Bodenmann, der Chef des Dezernates Leib und Leben, kurz vor Feierabend immer noch kurz in Cécile Bruns Büro vorbei. An diesem Abend trug er einen teuren Mantel aus einem metallblauen, fein glänzenden Stoff. Fuchs fielen aber vor allem die lackierten, wahrscheinlich massgefertigten Schuhe auf. Er hatte eine zu den Schuhen passende Aktenmappe bei sich. «Wie steht es Beat, alles in bester Ordnung bei euch?»

Fuchs sass, lässig zurückgelehnt im Sessel von Cécile. Sein eigener war so unbequem, dass er jeweils nach fünf Minuten Rückenschmerzen bekam. «Frau Brun hat sich heute frei genommen» erklärte er, als er den kritischen Blick des Chefs bemerkte. «Sie hat die letzten sieben Tage durchgearbeitet und braucht eine kurze Erholungspause. Ich halte mit Frau Adamovic inzwischen die Stellung.»

Bodenmann schüttelte den Kopf. «Ich wollte eigentlich wissen, wie ihr im Fall Bümpliz weiterkommt?»

«Nun, es geht nur Schritt für Schritt vorwärts. Aber Sie haben sicher Frau Bruns Rapporte gelesen?»

«Selbstverständlich. Na ja, macht einfach weiter. Ich gebe den Medien nur noch brockenweise Informationen, so dass sie sehen, dass hier mit Volldampf gearbeitet wird. Je weniger sie wissen, desto weniger können sie unsere Ermittlungen mit falschen

Sensationsmeldungen stören. Ich lass' euch zwei jetzt weiterarbeiten und geh' dann mal. Ich muss noch an eine Ratssitzung.»

«Bodo, darf ich dich noch etwas fragen?»

«Sicher! Aber mach's bitte kurz.»

«Ich habe im Handelsregister gesehen, dass du als Stiftungsrat von *Tutamentum* aufgeführt bist. Das stimmt doch, oder?»

Dem Chef schien diese Frage überhaupt nicht unangenehm zu sein. Er reckte sich und hob sein Kinn etwas in die Höhe. «Ja, natürlich. Warum fragst du?»

«Wir sind im Laufe unserer Ermittlungen auf diese Institution gestossen. Kannst du mir ganz kurz erläutern, worum es da geht?»

«Hm. Aber ganz kurz.» Er schaute auf seine goldene Armbanduhr. «*Tutamentum* ist ein lateinisches Wort und bedeutet deutsch soviel wie Schutzschild, also das Vermächtnis der Schutzgöttin *tutela*. Der Stiftung können wohlhabende, ältere Leute beitreten, wenn sie sich als Donatoren verpflichten. Zurzeit haben wir etwa 15 000 Mitglieder und Interessierte.»

«Ist es richtig, dass sich Donatoren mit mindestens 50 000 Franken einkaufen müssen? Das bedeutet, dass sich nur ein sehr kleiner Kreis eine Mitgliedschaft leisten kann. Sozusagen eine auserwählte Gesellschaft?»

«Ach, komm, Beat. Was heisst schon auserwählt. *Tutamentum* ist so etwas wie eine Versicherungsgesellschaft oder eine Bank, die den bejahrten Mitgliedern auch Schutz vor kriminellen Angriffen bietet. Das letztere ist auch der Grund weshalb ich, als Polizeichef und Lokalpolitiker, in den Stiftungsrat gewählt worden bin. Natürlich ist in dieser Stiftung nicht jeder, der die Strasse herab latscht, willkommen. Ein Sprichwort sagt, was nichts kostet, ist auch nichts wert. Man könnte vielleicht hinzufügen, dass dies für die Natur nicht gilt. Also...» er überlegte kurz «sagen wir es so: Es ist etwas zwischen einer

Privatbank und einer spezifizierten Sicherheitsfirma. Reicht dir das?»

«Und dabei geht alles mit sauberen Dingen zu und her?»

«Ich bitte dich, Beat! Glaubst du, ich würde in einem zwielichtigen Unternehmen mitmachen. Die Mitglieder sparen natürlich Steuern, sie können ihr Geld zu guten Zinsen ohne Angst vor Finanzkrisen sicher anlegen, und sie profitieren dazu auch noch vom umfassenden materiellen und psychischen Schutz, den wir bieten. Was sollte daran zwielichtig sein?! Ich würde sagen, *Tutamentum* ist eine soziale Einrichtung für eine privilegierte Gruppe von Menschen, die von unseren Leistungen nur profitieren kann.»

Fuchs konnte sich ein kurzes Lächeln nicht verkneifen. «Dieser Schutz wird von einer GmbH mit Namen *Senior Security* gewährt, habe ich in einem Inserat gelesen. Gehört diese private Sicherheitsfirma auch zur Stiftung?»

«Nein, ganz und gar nicht. Das sind zwei völlig voneinander unabhängige Gesellschaften. Wir haben Kooperationsverträge mit mehreren Sicherheitsfirmen in Vorbereitung. Für den Sicherheitsservice in den Kantonen Bern, Freiburg, Solothurn, Neuenburg und Jura ist es eben die *Senior Security GmbH*. Et voilà! Höre, mein Lieber, frage mich ein andermal, wenn du mehr wissen willst. Ich muss jetzt los. Schönen Abend noch.»

Cvetlana warf einen amüsierten Blick in Richtung Fuchs. «Soziale Einrichtung» ist gut!

Fuchs verwarf die Hände. «Scheinbar haben eben auch die Reichen soziale Unterstützung nötig. Bevor wir nun auch Feierabend machen, noch rasch eine Frage: Was hat Ihre Suche nach Kaltbachs und Lienhards finanzieller Situation ergeben?»

Sie nahm das oberste Blatt Papier vom Stapel neben ihrem Computer. «Auch das habe ich Ihnen schriftlich. In Kurzform: Kaltbach ist steinreich, er besitzt viele Grundstücke und Immobilien in mehreren Kantonen, er hat ein dickes Aktienpaket und ist hoch versichert. Er hat vieles von seinem Vater geerbt. Zudem verkauft er seine Bilder. Lienhard hingegen ist sozusagen pleite, ihm gehört nicht einmal das Häuschen, in dem er wohnt. Es könnte aber auch sein, dass er sein Vermögen schwarz angelegt hat.»

«Wie kommen Sie darauf?»

«Vor etwa fünf Jahren besass er noch Werte im Betrag von über 2 Millionen Franken. Wohin die verschwunden sind, ist scheinbar nicht feststellbar.»

«Aha! Danke, Cvetlana. Gute Arbeit. Legen Sie das Papier in Frau Bruns Mappe. Jetzt ist aber auch für uns zwei Schluss für heute.»

* * *

Der einstündige Turboschlaf hatte keine erfrischende Wirkung. Ich erwachte mitten aus einem Traum, in welchem ich von einem Rudel wilder Hunde verfolgt wurde. Sonderbar fand ich, dass sie mich nicht angriffen, sondern nur ihr giftiges Gebell hören liessen und ihre beängstigenden Zähne fletschten. Aber sie blieben dabei zwei Armlängen auf Distanz. Eine Warnung vor den Hunden?! War das die Botschaft dieses Traumes? Und wer waren die Hunde, vor denen ich mich in acht nehmen sollte? Die beiden Kommissare? Lorenz, der Schleicher? Die arroganten Brüder Sokowsky? Berchtold Boss? Die wilde Meute, die im Luna-Klub verkehrte? Oder am Ende gar die fürsorgliche Marina? Eine mir unbekannte Unruhe lähmte mich, und die Zeit wollte und wollte nicht vergehen. 17.45, 17.47, 17.50. Ich musste mich endlich hochrappeln, wenn ich am Abend Marina treffen wollte. Aber meine Glieder waren schwer wie Blei. Ich versuchte, etwas Klarheit in meine Gedanken zu bringen und mich auf meine nächsten Schritte zu konzentrieren. Langsam erhob ich mich und fasste endlich einen Entschluss. Ich rief das Hotel Metropole an und bat umständlich, meinen Koffer ins Hotel Ador bringen zu lassen. Den Mann am Telefon konnte ich nicht von meiner Identität überzeugen, doch rief er schliesslich die Frau mit dem italienischen Akzent zu Hilfe. Zum Glück konnte sie sich an mich erinnern. «Heissen Sie nicht... Bach, wie der Komponist? Ich kann Ihren Namen auf dem Anmeldeschein nicht genau entziffern.»

«Nick Bach!» belehrte ich sie nervös.

«Ach ja, sehen Sie. Entschuldigung, Herr Bach. Wollen Sie uns schon verlassen? Ist etwas in Ihrem Zimmer nicht in Ordnung? Sie haben doch für drei Nächte gebucht?»

Ich tat mich ein bisschen schwer, schon wieder zu einer Notlüge greifen zu müssen, aber ich hatte jetzt keine Zeit, mich ins Metropole zu begeben. «Ja, ich hatte einen Unfall und liege im Spital. Aber ein Freund von mir, der zurzeit im Hotel Ador wohnt, wird den Koffer dort in Empfang nehmen. Sein Name ist Alexander Roth.»

Sie zögerte und diskutierte eine Weile, wahrscheinlich mit der Hand auf der Muschel des Telefons, mit ihrem Arbeitskollegen. «Wir können ein Taxi schicken, aber das müssen wir Ihnen verrechnen. Sie haben gestern für drei Nächte bezahlt, Herr Bach. Die beiden kommenden Nächte können wir Ihnen bei einer so kurzfristigen Abmeldung nicht rückerstatten.»

«Schon gut, das ist jetzt das kleinste Problem! Mein Freund wird die Kosten für das Taxi übernehmen. Und den Betrag für die zwei noch anstehenden Tage können Sie anderswie verbuchen. Wichtig ist, dass mein Gepäck noch heute Abend im Ador abgegeben wird. Es geht nur um den grossen, roten Koffer. Er hat ein Etikett mit meinem Namen am Tragegriff. Ich brauche ihn dringend!»

Endlich versprach sie mir, das Gewünschte sofort in die Wege zu leiten. Danach rasierte ich mich, ging noch einmal unter die Dusche und putzte mir die Zähne. Alles mit dem billigen Zeug, das ich im Badezimmer unter dem Spiegel vorgefunden hatte. Danach fuhr ich rasch zum Empfang hinunter und erklärte meinem Freund an der Rezeption, mein Gepäck würde demnächst hierher geliefert. Ich schob ihm eine Hunderternote über den Tresen, um das Taxi zu bezahlen. Den Rest solle er für seine Umtriebe behalten. Obwohl ich doch eben geduscht hatte, war ich schon wieder in Schweiss gebadet.

Um halb sieben rief ich Marina an. Die Praxishilfe bat mich, kurz zu warten. Frau Doktor Marquez sei noch mit einem Patienten be-schäftigt. Als ich eben ungeduldig wieder auflegen wollte, meldete sich Marina. «Bist du es Klaus? Gut von dir zu hören. Wo bist du?»

Ich zögerte kurz, bevor ich ihr meinen Aufenthaltsort preisgab.

«Im Ador an der Laupenstrasse? Das ist ja prima» meinte sie. «Das ist ganz nahe von meiner Praxis. Nur zweimal um die Ecke, und du bist da. Komm doch jetzt rüber. Ich mache in zwanzig Minuten Feierabend.»

«Aber...»

«Kein Aber! Ich will deine Wunde desinfizieren und neu verbinden, damit sie sich nicht entzündet. Hast du noch Schmerzen?»

«Nein. Ich habe nur schlecht geschlafen. Unangenehm geträumt.»

«Das ist ja verständlich nach allem, was du erlebt hast. Um dich aufzumuntern, können wir irgendwo etwas Leckeres essen gehen.»

«Eigentlich lieber nicht. Ich habe kaum noch Bargeld bei mir, und die Polizei überwacht mich ziemlich sicher. Deshalb möchte ich vorläufig auch keinen Bankomaten benutzen.»

«Sei nicht so ängstlich! Du hast doch gesagt, man habe dich nach Hause gehen lassen. Warum sollten sie dich dann noch beobachten? Aber weisst du was? Wir essen bei mir, so brauchst du kein Geld und keine Kreditkarten. Ich habe etwas Feldsalat im Haus und koche uns Spaghetti. Von deinem Früchtekuchen ist auch noch etwas übrig. Mit einem Stück Fleisch kann ich leider nicht dienen. Einverstanden?»

«Willst du mich überhaupt noch bei dir zu Hause?»

«Ach, Klaus. Was für eine Frage! Also, in zwanzig Minuten hier bei mir, okay?»

In meinem Jogginganzug schlich ich kurz vor sieben aus dem Hotel, die Seilerstrasse hinunter und zur Kapellenstrasse. Bis zu Marinas Praxis waren es höchstens fünf Minuten, trotzdem schaute ich mich laufend nach Verfolgern um. Ich fühlte mich gejagt wie bei einem Spiessrutenlauf. Auf mein Klingeln öffnete Mariana so rasch als hätte sie hinter der Tür auf mich gewartet. Als sie mich da so stehen sah, lachte sie überrascht. «Mama mia! Wie siehst du denn aus! Wie ein verlorengegangener Grossvater! Deine Haare werden ja von Tag zu Tag grauer. Und deine Augen kleiner und dunkler. Hast du dich beim Rasieren geschnitten? Ach, Klaus! Du darfst dich wegen der Ereignisse der letzten Tage doch nicht so aufregen. Komm herein, wir behandeln erst einmal deine Wunde.» Sie umarmte mich und drückte mir einen herzlichen Kuss auf die Wange. «Moment mal!» Mit einem prüfenden Blick schob sie mich ein wenig von sich. «Du riechst nach einem billigen Parfum. Ich frage dich jetzt einmal ganz im Scherz: Warst du mit einer Dingsbums zusammen?»

Ich spürte wie ich rot wurde. Warum fragte sie denn so etwas? Hielt sie mich trotz meines Alters für so unersättlich? Oder hatte ich mich am Abend zuvor dermassen aufdringlich benommen? War ich doch mit ihr...? «Ach, du meinst diesen Warenhausduft?» hüstelte ich beschämt. «Nein, das muss das After Shave sein, das ich im Badezimmer des Hotels fand. Mein Koffer mit den Toilettenartikeln steht noch im Hotel Metropole. Soll ich es wegwaschen?»

Sie zog mich lachend in die Praxis. «Ich dachte, du kommst vom Ador? Machst du eine Runde durch die Berner Hotels. Bietest du etwa einen Damenpflegeservice an? Hab keine Angst, mein lieber Pate. Ich mache nur Spass.»

«Ich erzähle dir später warum ich das Hotel wechseln musste.» Das Gespräch war mir ziemlich peinlich, sie musste mich für einen naiven Trottel halten.

Marina sah mich etwas besorgt an. «Warum bist du heute Morgen überhaupt so plötzlich bei mir ausgezogen? David Sokowsky ist doch kein Grund, um zu flüchten. Wegen diesem eifersüchtigen Esel musst du nicht gleich zum Fahrenden werden. Komm, setz' dich hierher.»

Sie löste das Heftpflaster und die Kompresse sorgfältig von der rasierten Stelle oben auf meinem Schädel und inspizierte die Wunde.

«Das sieht gut aus. Ich glaube, wir desinfizieren die Wunde und schützen die Stelle nur noch mit einem Heftpflaster. Am besten bedeckst du deinen lädierten Schädel weiterhin mit einer leichten Mütze wenn du ausser Haus gehst. So, das wär's schon. Fahren wir zu mir.»

Unterwegs zur Lerberstrasse erzählte sie mir, dass Lorenz Lienhard bei ihr angerufen habe. Er wollte anscheinend wissen, ob ich bei ihr wohne. «Das hat ihm natürlich David Sokowsky gesteckt. Unglaublich, wie hartnäckig David mich verfolgt!»

«Und? Was hast du Lorenz gesagt?» wollte ich sofort wissen.

«Dass ihn mein Privatleben überhaupt nichts angehe.»

«Oh Mann! Damit hast du ihm verraten, wo er mich finden kann.» Ich konnte ihr deswegen selbstverständlich keinen Vorwurf machen. Etwas anderes machte mir aber ebenfalls Sorgen. An der Beerdigung von Lina konnte ich unter diesen Umständen nicht teilnehmen. Arme Lina! Ich dachte kurz nach, ob ich mich überhaupt so pietätlos verhalten durfte. In meiner Unsicherheit bat ich Marina um ihre Hilfe: «Könntest du vielleicht an meiner Stelle an der Abdankung von Lina teilnehmen. Sie findet in drei Tagen in der Kirche Bümpliz statt. Ich meine, nun..., es könnte doch sein, dass Attila dort erscheint? Nein, vergiss es. Ich möchte dir das nicht antun. Lorenz und die Boss Brüder werden dort sein und dich aushorchen wollen. Und Attila...»

«Woher sollte dieser Attila denn überhaupt wissen, dass Lina gestorben ist? Er ist doch gar nicht mehr in Bern.»

«Aus den Medien. Es wurde ja in allen Zeitungen, am Radio und sogar im Fernsehen von ihrer Ermordung berichtet.»

«Klaus, ich habe dir doch versprochen, dass ich dir bei der Suche nach deinem Schützling helfen will. Allerdings habe ich ihn noch nie gesehen. Keine Ahnung wie er aussieht. Hast du ein Foto von ihm?»

«Ach Marina, ich glaube es ist doch besser, wenn du nicht zu dieser

Beerdigung gehst. Halte dich da raus! Ich habe dir doch erzählt, welche Verbrechen rund um mich herum verübt worden sind. Ich will doch nicht, dass du dich auch noch in Gefahr bringst.»

Sie legte mir eine Hand auf den Arm. «Keine Panik, Klaus! Die Wer-auch-immer-Verbrecher können ja nicht jeden umbringen, der ihnen über den Weg läuft. Im Übrigen habe ich heute Morgen schon ein bisschen recherchiert. In Fribourg gibt es fünf Kunsthändler und Galerien, in denen Attila arbeiten könnte. Ich habe sie alle angerufen und nach deinem Verschollenen gefragt. Doch niemand kennt einen Attila Grigorescu. Schliesslich sprach ich noch mit einer Frau, die in Fribourg eine kleine, bekannte Kunstschule führt. Sie gab mir den Tipp, in der Abbaye d'Hauterive nachzufragen. Das ist ein Kloster, welches ab und zu Ausstellungen von jungen Künstlern organisiert. Es soll dort einen Pater geben, der Kunstkurse durchführt und immer wieder unbemittelte, junge Talente unterstützt. Sollen wir mal hinfahren?»

Ziemlich brüsk wehrte ich ab: «Wir? Auf gar keinen Fall, Marina! Wenn schon, dann versuche ich es allein. Aber am besten haken wir dieses Thema jetzt für eine Weile ab.» Gleichzeitig nahm ich mit vor, schon am kommenden Morgen nach Fribourg zu fahren. Allein! Auch wenn Marina schmollte, weil ich nicht auf ihre angebotene Hilfe einging. Auf der kurzen Fahrt zu ihrer Wohnung herrschte darum ein unangenehmes Schweigen.

In kürzester Zeit hatte Marina einen Salat mit Tomaten und Peperoni und eine Schüssel Spaghetti aufgetischt. Sie hatte dazu eine scharfe Sauce mit verschiedenen Gemüsestückchen, Pfefferschote, Knoblauch und Speck zubereitet, die sehr lecker schmeckte. Beim Kochen hatte sich ihre Verstimmung rasch verflüchtigt. Ich langte eifrig zu. Passend zur feinen Spaghettata entkorkte sie eine Flasche Malanser, dem wir aber, im Gegensatz zum vorigen Abend, nur sehr massvoll zusprachen.

«Kannst du dich jetzt daran erinnern, was in der Nacht des Überfalls auf dich geschehen ist? Zum Beispiel wie du nach Rosshäusern gekommen bist?» forschte sie während des Essens. «Oder wer die beiden jungen Menschen erschossen hat?»

Ich schaute sie misstrauisch an. Ihre Miene verriet aber nichts, ausser Fürsorge, was mich, nach einer Schrecksekunde sofort wieder beruhigte. «Nein. Leider kann ich mich an überhaupt nichts erinnern. Und vielleicht ist es für mich auch besser, wenn ich es gar nie erfahre.»

«Ich frage dich nicht aus Neugierde, sondern aus ärztlicher Fürsorge.» Wahrscheinlich hatte sie meine kurze Panikattacke mitbekommen. «Bei einem Schädel-Hirntrauma ist die Chance gross, dass die Erinnerungen bald zurückkommen. Aber vielleicht liegt dein Gedächtnisverlust auch an etwas anderem. Um sicher zu sein, dass dieser Zustand nichts Schwerwiegenderes bedeutet, müsste ich dich zu einem Spezialisten schicken. Ich habe einen Kollegen, der ist auf diesem Gebiet absolute Spitze. Würdest du zu einer Konsultation bei ihm zustimmen?»

«Eher nicht. Für dich ist das wahrscheinlich nicht nachvollziehbar – aber ich möchte nicht an Dinge erinnert werden, die mir vielleicht für immer Angst machen. Viel lieber würde ich mich daran erinnern, was in der letzten Nacht zwischen uns beiden geschehen ist.»

Sie schaute mich entgeistert und gleichzeitig belustigt an und schien nicht zu verstehen, was ich mit meiner Frage meinte. «Letzte Nacht? Wovon redest du? Letzte Nacht ist gar nichts Besonderes zwischen uns vorgefallen. Ausser, dass wir etwas zuviel getrunken haben.»

«Bist du sicher? Ich habe also in dem Zimmer geschlafen, das du mir zugewiesen hast? Oder...»

«Ja, natürlich hast du dich dorthin verzogen und bestimmt tief geschlafen. Weil... ich habe dich nämlich, nachdem ich das Geschirr in den Spüler gestellt hatte, noch eine ganze Weile schnarchen gehört.» Sie schaute mir voller Unverständnis in die Augen. «Was hätte denn geschehen sollen? Wir hatten doch einen ganz friedlichen, schönen Abend.»

«Ach, nichts. Ich... ehm... habe befürchtet, dass ich dir gegenüber... wie soll ich sagen, zu aufdringlich gewesen war» stotterte ich etwas kleinlaut daher.

Jetzt lachte sie mich belustigt an. «Keine Angst, Klaus! Wir zwei waren anständig, wie zwei Heilige. Um deine Frage klar zu beantworten: Jeder von uns hat die Nacht allein in seinem eigenen Bett verbracht.» Meine unsichere und alberne Fragerei amüsierte sie wohl sehr, denn sie lachte plötzlich schallend los. «Du bist immer noch der alte Spassmacher, Klaus!»

Ich schämte mich in Grund und Boden. «Bitte, Marina, hör' auf mich auszulachen. Ich kann mich nur noch erinnern, dass wir uns nach dem Nachtessen geküsst haben. Und da dachte ich...»

«Hoppla!» Sie winkte ab. «Keine Angst, mein lieber Pate. Du hast mich weder unanständig berührt noch vergewaltigt. Aber ich habe dir verraten, dass ich dich, als meinen... na, sagen wir mal vorsichtig, väterlichen Freund sehr liebe. Vielleicht nicht nur platonisch, aber sicher nicht so, dass ich mit dir betrunken... nun ja. So, und nachdem das nun geklärt wäre: Wie wär's mit einer jungfräulichen Kugel cassata al maraschino?»

Ihr Lachen steckte mich an. Ich stand auf, beugte mich zu ihr und gab ihr einen väterlichen Kuss auf die Wange. Dann gestand ich ihr: «Als ich mich nicht mehr erinnern konnte wo ich geschlafen habe, befiel mich eine Riesenangst, ich hätte mich unmöglich benommen.»

Sie stand von ihrem Stuhl auf, lächelte mir rasch zu und holte dann die versprochene Glace. Aus der Schlagrahmbombe setzte sie eine Rose von dem weissen Schaum rund um die kandierten

Früchtestückchen auf dem Eis. Verführerisch! «Du hast wohl in deinem jugendlichen Übermut zu lebhaft geträumt. Wir waren einfach betrunken, Klaus! Darum erinnerst du dich nicht mehr.» Sie stach sich einen Löffel von der Glace ab und liess ihn geniesserisch im Mund zergehen. Das sah noch verführerischer aus. «Also, vergiss deine Ängste. Du bist ein lustiger, feinfühliger und für mich unersetzlicher Schatz! Und voller Überraschungen» lachte sie weiter, beugte sich über den Tisch zu mir und platzierte einen von Rahm und Glace gesüssten Retourkuss mitten auf meinen Mund.

Als ich um zehn Uhr mein schönes, fröhliches Patenkind verliess, standen schon wieder zwei leer getrunkene Weinflaschen auf dem Tisch. Marina wollte mich unbedingt zum Ador fahren, aber ich wehrte ab. Sie hatte bestimmt zuviel Alkohol im Blut und ein paar Stunden Schlaf nötig. Zudem steckte ich ja immer noch in meinem zerknitterten Jogginganzug. Eine zweite peinliche Situation in Sachen erträumten Sex wollte ich nicht riskieren. Ich stand auf, entschuldigte mich für meine Vermutungen und umarmte sie. «Ich geh zu Fuss, liebe Marina. Bis zum Hotel Ador ist es ja nicht weit. Beim Bärengraben vorbei, der Aare entlang und zur City West hoch, ein schöner Spaziergang. Die frische Luft wird mir gut tun.» Ich versprach Marina, mich spätestens in zwei Tagen wieder zu melden, um die Verletzung kontrollieren zu lassen.

Ich war kaum aus dem Haus, als mir eine dünne, grosse Gestalt den Weg versperrte: Lorenz, die Bohnenstange! Dieser Arsch musste vor Marinas Haustür auf mich gewartet haben, bestimmt den ganzen Abend lang.

   «Klaus!» fuhr er mich an «wo warst du denn in den letzten Tagen?!» Ich versuchte überall dich aufzustöbern, aber ohne Erfolg. Einfach zu verschwinden; das kannst du doch nicht machen! Nicht einmal auf deinem Handy hast du dich gemeldet.» Trotz seines unsteten Blicks versuchte er, sich zu beherrschen und mir theatralisch freundschaftlich auf die Schulter zu klopfen. Blitzartig wich ich vor seinen knochigen Händen zurück.

«Lass' mich durch!» knurrte ich und begann zu laufen. Ich wollte mir meine gute Stimmung von diesem falschen Freund nicht vermiesen lassen.

Aber er trabte neben mir her, bis ich stehen blieb und ihn voller Wut musterte. «Ich muss unbedingt mit dir reden!» zischte er. «Die Polizei hat mich dreimal angerufen und nach dir gefragt. Dreimal! Warum, wollte man mir nicht sagen. Hast du eine Dummheit gemacht?» Er klang wie ein wütender Lehrer.

«Ja, gerade jetzt mache ich wirklich eine Riesendummheit. Nämlich die, mit dir zu reden. Geh mir aus dem Weg, Lorenz. Ich habe keine Lust, deine heuchlerische Moralpredigt anzuhören.»

Er trat einen Schritt zurück und begutachtete mich abschätzend. «Was ist nur mit dir los? Hast du den Verstand verloren? Seit du mit diesem riesigen Koffer in deinem Wagen abgerauscht bist, warst du wie vom Erdboden verschwunden. Ich bin doch dein engster Freund und Vertrauter! Und stehe immer an deiner Seite, Mann! Du kannst doch nicht einfach abhauen, ohne mir zu sagen, wohin du gehst! Ich schaue zu deinem Haus, ich bearbeite, so gut es geht deine Post, ich bin dein Verkaufsmanager und vor allem: Ich will, dass es dir gut geht!»

Ich lachte ihn aus. «Hör' auf mit deinem schleimigen Gejammer! Ich kann sehr gut für mich selber sorgen, falls du das noch nicht begriffen hast. Was bildest du dir eigentlich ein?! Du bist nicht mein Vormund!» Wütend versuchte ich davon zu spurten, aber er hielt mich mit aller Kraft am Ärmel fest.

«Mein Wagen steht dort vorn. Ich bringe dich nach Hause, Klaus.

Du brauchst Ruhe, sonst drehst du mir noch durch.» Es sah plötzlich aus als würde er in zwei, drei Sekunden anfangen zu flennen.

«Lorenz Lienhard» schrie ich ihn an «ich will jetzt laufen und nicht mit Ihnen quatschen. Lassen Sie mich los, sonst...!»

«Mann-oh-Mann!» fluchte er. «Was soll das denn jetzt? Nun duzt mich der Arme nicht einmal mehr. Der ist ja wirklich krank! Höre mir jetzt zu, Klaus: Vielleicht bist du sauer wegen David Sokowsky? Er hat mich angerufen und mir gebeichtet, dass er dich beleidigt habe. Er hat sich bei mir auch dafür entschuldigt. Du glaubst doch nicht, ich würde dulden, dass jemand mit meinem besten Freund so umgeht wie dieser Rowdy. Aber Jonathan und ich haben dem Kerl klar gemacht, wer du bist und wie er dich zu behandeln hat. Ich lasse dich nie im Stich, mein guter Klaus!»

Ich fand keine Worte, um auf diesen ekelhaft untertänigen Sermon in passender Form zu antworten. Dieser David Sokowsky ging mir ohnehin tausendmal am Arsch vorbei. «Ich kenne diesen Proleten nicht, und seine Drohungen, Entschuldigungen oder was auch immer kann er sich ersparen. Die machen mir keinen Eindruck.» Ich schlug seine Hand weg. «Marina will ihn sowieso nicht mehr sehen, das kannst du ihm auch unter die Nase reiben, falls er es immer noch nicht begriffen hat!» erklärte ich schliesslich. «Und jetzt verdufte endlich, Herr Lienhard. Es reicht.» Diesmal war ich auf seine Reaktion vorbereitet und bevor er mich wieder zurückhalten konnte, trabte ich ihm davon, als ob ich fünfzig Jahre jünger wäre. Sein Geschrei «Du brauchst dringend einen Therapeuten, Klaus! Ich werde dir den besten besorgen. Es tut mir Leid wegen David, und ich...» verhallte hinter mir in der kühlen Nacht.

Als ich am Bärengraben vorbei Richtung Englische Anlage und Schwellenmätteli lief, machte ich mir doch noch leise Vorwürfe. Vielleicht war ich etwas ausser Kontrolle geraten und ihm gegenüber ungerecht. Er hatte mir ohne Zweifel während unserer langen Freundschaft oft geholfen, wenn auch nur aus Eigennutz. Aber in letzter Zeit war er mit seinen Ratschlägen und Warnungen immer aufdringlicher geworden. Und vor allem: er hatte einen Keil zwischen mich und Attila getrieben. Das konnte ich ihm nicht verzeihen. So etwas tut ein wirklich guter Freund nicht. «Vergiss ihn, vergiss ihn, vergiss ihn» brummte im Rhythmus meiner Schritte, «und widme deine Gedanken der Frau, mit der du zwei wunderschöne Abende verbringen durftest.» Tief atmete ich die frische Nachtluft ein und versuchte locker und gelöst weiterzulaufen. Lorenz konnte mir mit seinem Auto unmöglich vom Bärengraben zur Englischen Anlage hinab, und bis zum Schwellenmätteli durch den Uferwald folgen. Vielleicht war es möglich, mich von der Aarstrasse aus zu erspähen, um dann beim Restaurant auf mich zu warten. Darum wählte ich den oberen Weg, der zwischen den Bäumen durchführte und suchte dort eine Sitzbank, die von der andern Uferseite nicht einsehbar war. Ich musste unbedingt eine kurze Verschnaufpause einschalten. Die Puste war mir nun nach diesem Parforce-Lauf fast schmerzhaft ausgegangen. Das nötige Lauftraining fehlte mir längst, und ich war nicht mehr so fit, wie ich es gerne gewesen wäre. Als ich wieder zu Atem kam, rief ich Marina an. Sie antwortete sofort, und ich keuchte erregt: «Es ist unglaublich, Marina! Lorenz Lienhard hat vor deinem Haus auf mich gewartet und wollte wissen, wo ich seit gestern war. Ich habe Klartext mit ihm geredet und mir seine ständige Einmischung verboten. Er war so ziemlich ausser sich. Bitte, schliess lieber alle Türen ab und pass' auf dich auf. Ich traue dem Typen nicht mehr. Er ist sehr verärgert und hat womöglich vor, dich meinetwegen noch zu besuchen. Möchtest du, dass ich zurückkomme?»

«Nein, Klaus, sicher nicht. Ich weiss mir schon zu helfen. Und vor allem möchte ich jetzt schlafen. Mache dir keine Sorgen!»

«Wie du meinst. Ruf mich aber an, falls er aufkreuzt und dich belästigt. Schlaf gut und vergiss mich nicht!» Ich schaltete das Handy aus.

Über eine halbe Stunde blieb ich auf der unangenehm feuchten Bank sitzen. Ab und zu hörte ich ein Rascheln im Laub, und von weiter unten drang das beruhigende, gleichmässige Rauschen der Aare herauf.

Als ich leicht zu frösteln begann, besann ich mich anders und ging das Stück bis zur Untertorbrücke zurück. Ich durchquerte gemächlichen Schrittes das Mattequartier. Den Wagen von Lorenz konnte ich nirgendwo ausfindig machen. Hier wäre er zu so später Stunde auch aufgefallen. Die Matte war aber menschenleer und, auch auf dem Weg zum Hotel begegnete ich niemandem, der zu Fuss unterwegs war. Er hatte wohl aufgegeben.

Zehn Minuten nach Mitternacht stand ich vor dem verschlossenen Hoteleingang und klingelte den Nachtportier heraus. Ein junger Schwarzer öffnete mir leicht verschlafen die Türe. «Sie müssen Herr Roth sein?» sprach er mich mit einem französischen Akzent an.

«Ja, richtig. Haben Sie extra auf mich warten müssen?»

«Nein-nein. Mein Dienst dauert bis morgen früh. Der Concièrge hat Sie mir beschrieben, weil er annahm, dass Sie keinen Ausweis dabei haben.» Er machte eine Kopfbewegung in Richtung meines Trainingsanzugs. «Ihr Koffer wurde abgegeben und steht in Ihrem Zimmer.»

«Ihr Kollege hatte recht wegen dem Ausweis. Und leider habe ich auch kein Trinkgeld dabei. Ich werde es morgen früh beim Concièrge für Sie hinterlegen?»

«Sehr nett von Ihnen. Aber ich habe Ihr Trinkgeld bereits bekommen. Dem Taxichauffeur, der Ihren Koffer brachte, musste ich nur 74 Franken bezahlen. Und der Concièrge hat mir gesagt, dass ich den Rest für mich behalten könne.»

«Sehr gut. Hat noch jemand nach mir gefragt?»

Der Schwarze schüttelte den Kopf. «Nein. Aber eine Dame ging bis vor einer halben Stunde auf der andern Strassenseite auf und ab. Sie hat dauernd hierher geschaut. So ziemlich auffällig. Vielleicht hat sie auf Ihre Rückkehr gewartet?»

«Wie sah sie aus?»

«Italienerin, Spanierin, etwa vierzig.»

«Ach ja? Keine Ahnung, wer das sein könnte.» Ich musste schmunzeln. «Nun, ich glaube eher ich nicht, dass sie auf mich wartete. Vielleicht war Sie ja Ihretwegen dort.»

Er lachte. «Ich bin im Dienst, Herr Roth! Übrigens, falls Sie noch etwas essen oder trinken wollen. Ich habe Ihnen zwei Sandwichs und ein Stück Kuchen in die Minibar gelegt. Das hat mir der Concièrge befohlen. Sie sind für ihn offensichtlich ein ganz besonderer Gast.»

«Er ist für mich auch ein besonderer Concièrge. Vielen Dank und gute Nacht.»

Ich duschte, trank dann noch eine Flasche Bier aus der Minibar und ass eines der Sandwichs, bevor ich mich ins Bett legte. Müde aber sehnsüchtig wünschte ich mir, wieder denselben Traum von Marina zu träumen, wie die Nacht zuvor.

* * *

Der alte Fuchs hatte sich erst nach Feierabend entschlossen, in dieser Nacht dem Luna-Klub einen Besuch abzustatten, um sich selber ein Bild von diesem Laden zu machen. Er wollte die Fotos der zwei jungen Ermordeten, sowie seinen alten Polizeiausweis mitnehmen. Er hoffte von den Besuchern des Lokals einige brauchbare Hinweise auf die Identität des ermordeten Teenager-Pärchens zu bekommen.

Erst wollte er sich aber noch eine Stunde aufs Ohr legen, sozusagen eine Schlafreserve anlegen. Seine Lebensgefährtin Rosmarie sonnte sich ja immer noch in einem dieser Wellness-Schuppen auf Mallorca, und als lästige Folge davon musste er sich seinen Abendimbiss schon wieder selber zubereiten. Der Blick in den Kühlschrank war nicht gerade vielversprechend: Ein Paar Cervelats, 2 Joghurt und die bereits schimmelnden Reste einer einst üppigen Käseplatte. Er konnte natürlich schon früher losgehen und in diesem Café Tscharni etwas essen. Kaltbach hatte ja dort den Tipp zu Attilas Job irgendwo in Fribourg erhalten. Vielleicht ergab sich in diesem Studentenlokal etwas. «Erst einmal ein Nickerchen, dann sehen wir weiter» murmelte er vor sich hin und schlug die Kühlschranktüre etwas unsanft zu.

Eine erholsame Siesta wurde ihm aber nicht gegönnt. Schon kurz vor acht Uhr summte sein Handy. Es war Paola Torretti: «Bist du noch im Büro, Beat?»

«Nein. Ich liege zu Hause auf dem Sofa. Du weckst mich mitten aus meiner Siesta. Mach dir aber keine Vorwürfe. Ich muss sowieso gleich wieder los. Gibt's was Neues?»

«Ja. Kaltbach verliess vor einer halben Stunde das Hotel Ador zu

Fuss. Wahrscheinlich hat er sich da einquartiert. An der Rezeption will allerdings niemand von einem Gast mit diesem Namen wissen. Er trug einen Jogginganzug, als er wegging. Wird also bald wieder zurückkommen.»

Fuchs musste diese Information erst einmal im Chaos, das nach dem Kurzschlaf in seinem Kopf herrschte, richtig einordnen. «Macht der Maler jetzt auf Sport? Oder habt ihr ihn mit einem andern verwechselt? Jogger gibt's ja in unserer Stadt mehr als Hundehaufen.»

«Verwechselt? Aber Beat, für wen hältst du uns! Es war hundertpro Kaltbach. Er trabte im Laufschritt zur Kapellenstrasse und zur französischen Botschaft hinunter und schaute sich dauernd um, als wenn er erwarten würde, dass ihm jemand auf den Fersen ist. Er kam auch gleich wieder zurück und verschwand in einem Haus, in dem vier Arztpraxen, ein Zahnarzt, und eine Treuhandfirma eingemietet sind. Im obersten Geschoss gibt es zwei Wohnungen, eine von einer Familie von Burg, die andere von Heidi und Hans Inderbitzin. Sagt dir das etwas? Wir konnten ihm leider nicht nachsteigen um herauszufinden, wen er da – notabene in Jogginganfmachung – besuchen wollte. Hat er ein Herzproblem? Vielleicht musste er einen Arzt konsultieren um eine EKG-Kontrolle vorzunehmen? Auf seinem Schädel klebt übrigens ein grosses Heftpflaster.»

«Von Herzschwäche hat er nichts gesagt. Um diese Zeit besucht man auch keinen Arzt mehr. Er war jedenfalls voll in Form heute Vormittag. Das Heftpflaster schützt die Wunde, die vom Schlag herrührt den, der Ärmste vorgestern auf den Schädel bekommen hat.»

«Ich berichte nur, was ich sah. Es war jedenfalls Kaltbach. Wir warten jetzt hier, bis er das Haus wieder verlässt. Tanja hat sich rund um das Gebäude etwas umgeschaut: Es gibt einen Hinterausgang, aber der ist mit zwei Schlössern gesichert und führt in einen mit einem Gittertor abgesperrten Innenhof.»

«Steht sein Wagen noch im City West-Parking? Und habt ihr das Katzenauge inzwischen aufgeklebt?»

«Zweimal ja. Bist du einverstanden, wenn wir um Mitternacht Feierabend machen?»

«Einmal ja mit einem Aber. Man darf annehmen, dass er heute Abend noch ins Ador zurückkehrt und dort übernachtet, um dann am frühen Morgen aus der Stadt zu verschwinden. Er ist ja immer noch auf der Suche nach seinem Zögling, und der hält sich scheinbar in Fribourg auf. Darum könnt ihr von mir aus jetzt abbrechen und um sechs Uhr früh wieder auf dem Posten sein. Zumindest eine von euch beiden.»

«Okay. Vielleicht bleibt Tanja auch noch länger, sie liebt solche Nachtwachen. Ich bespreche das mit ihr. Im Moment beobachtet sie mit einem Besen in der Hand den Innenhof. Darf man dich heute Abend noch anrufen?»

«In einer Stunde gehe ich im Zusammenhang mit dem Mord in Rosshäusern in einem dubiosen Nachtklub auf die Pirsch. Ihr könnt mich, wenn es nur um Bagatellen geht, bis Mitternacht erreichen. Und für Notfälle natürlich durchgehend.»

«Danke für die Bagatellen wegen denen wir hier herumstehen! Viel Spass im Nachtklub, Sherlock Reinecke.»

Reinecke, der Fuchs! Er hasste es, wenn man ihn so nannte, ganz besonders wenn ihn eingebildete Weiber damit bespöttelten! Zähneknirschend schaltete Fuchs das Handy aus und fluchte vor sich hin: «Das habe ich Bodenmann, diesem Scheisskerl zu verdanken. Seit der mir mal an einer Weihnachtsfeier diesen Titel verpasste, erlauben sich sogar Polizeischüler mich damit zu quälen! Ja, verpasst war das richtige Wort. Reinecke, dieses unlautere Viech, passt in keiner Weise zu mir!» Dieser Rotpelz aus dem mittelalterlichen Epos war ein Lügner und Dieb, der Dank seiner perfiden Schlauheit bei jedem Streit als Sieger hervorging. Komischerweise wurde er in letzter Zeit nur noch von Frauen ‹Reinecke› genannt. Sogar Bodenmann wagte es nicht mehr, ihn so anzusprechen. Er schüttelte den Kopf. «Verdammt, jetzt beginne ich auch noch mit mir selber zu quatschen! Es wird Zeit, dass Madame wieder nach Hause kommt.»

Während er ein Himbeer-Joghurt in sich hineinlöffelte, dachte er: Ich beginne Kaltbach zu verstehen, wenn er sich inbrünstig nach seinem Wohnpartner sehnt. Allein zu hausen macht jeden zum depressiven Spinner.

Das Tscharni war ein kleines Café mit nicht zu lauter und anständiger Kundschaft, was Fuchs erstaunte, denn Grigorescu soll mit seinen jugendlichen und bestimmt wilden Kumpanen öfters hier verkehrt haben. Er sah sich kurz in dem einfachen Lokal um und setzte sich an einen Tisch zu zwei ansprechbar wirkenden jungen Männern. Ohne lange in der kleinen Speisekarte herumzublättern, bestellte er ein Burger mit Frites und Salat, und dazu ein Bier. Es war inzwischen halb zehn, und er war hungrig. Beeilen musste er sich aber nicht, denn es machte kaum Sinn, die Luna-Bar vor elf Uhr aufzusuchen.

Der Burger war in Ordnung, die Bedienung freundlich und seine Tischnachbarn kümmerten sich, entgegen seiner ersten Einschätzung nicht um ihn. Er fragte sich, was für eine Art Mensch Grigorescu, nach all dem was er bisher über ihn erfahren hatte, sein musste. Eine freche Rotznase, ein quengelnder Junkie oder ein Radaubruder war er bestimmt nicht, sonst wäre dies nicht sein Stammlokal. Eher ein ehrgeiziger Streber oder ein kindischer Witzbold. Die Zeit, in der er die sich durchwegs und zurückhaltend benehmenden Gäste aus den Augenwinkeln beobachtete, verflog rasch. Als er wieder einmal auf die Uhr schaute, war es bereits ein viertel nach zehn, und er war schon beim doppelten *correto*, als sein Handy in der Jackentasche vibrierte.

«Hallo?» Es war die Bohnenstange! «Lorenz Lienhard am Apparat. Spreche ich mit Hauptkommissar Fuchs?»

«Ja, Sie haben richtig gewählt, allerdings zu ziemlich später Stunde» war Fuchs' ruppige Begrüssung.

«Entschuldigen Sie, Herr Kommissar, dass ich mir erlaube, Sie so spät noch anzurufen. Aber ich denke, dass ich Ihnen etwas Wichtiges mitzuteilen habe.»

Fuchs kräuselte spöttisch seine Lippen. Vom Hauptkommissar war er null Komma nichts zum simplen Kommissar degradiert worden. Sei's denn. Wie er aus Erfahrung wusste, verbarg sich hinter Respektlosigkeiten meistens eine grosse Unsicherheit. «Was haben Sie mir mitten in der Nacht so Wichtiges zu sagen, Lienhard?»

«Wie ich den Medien entnehmen konnte, fahnden Sie doch nach meinem Freund Klaus Kaltbach. Ich weiss, wo Sie ihn finden können! Er ist im Augenblick zu Fuss vom Bärengraben Richtung Marzili unterwegs. Wenn Sie wollen, kann ich ihm folgen und Ihnen laufend rapportieren, wohin er sich bewegt.»

Warum nur habe ich es so oft mit Arschlöchern zu tun, fluchte Fuchs in sich hinein. «Hören Sie, Lienhard: Erstens ist Kaltbach kein Verdächtiger für uns, und er steht auch nicht auf unserer Fahndungsliste. Er wurde nur als Zeuge gesucht, und das hat sich inzwischen erledigt. Wir haben heute mit ihm gesprochen und alles was ihn betrifft, geklärt. Zweitens vergibt die Kantonspolizei keine Überwachungsaufträge an Privatpersonen. Wenn wir etwas von Ihnen wissen müssen, wird Frau Brun Sie anrufen.»

«Aber» fauchte Lienhard «Sie haben doch Kaltbach nicht etwa laufen lassen?»

«Doch, sonst würden Sie ihn ja wohl nicht zwischen dem Bärengraben und dem Marziliquartier aufgespürt haben.»

Lienhard wurde immer empörter: «Sind Sie denn sicher, dass er nicht in den Mordfall in Rosshäusern verwickelt ist? Die Medien...»

«Lassen Sie mich bitte mit Ihren Medienmärchen in Ruhe! Die wissen ja scheinbar alles schon ein Jahr, bevor es dann nicht geschieht. Sie haben sicher einmal gelernt, dass Verleumdungen strafbar sind. Darum frage ich Sie jetzt: Wo genau haben Sie gehört oder gelesen, dass es einen Mordfall in Rosshäusern gibt?» Fuchs begann sich über die ganze Scheisswelt zu ärgern.

«In den Online-News der IN Independent News. Dort steht – falls Sie es noch nicht gelesen haben – dass... ich zitiere: *...der berühmte Maler K.K. gestern früh mit einer Kopfverletzung am Tatort des Doppelmordes in Rosshäusern gesehen worden ist.* Ich durfte als anständiger Bürger annehmen, dass Sie Klaus deswegen suchten. Der Bericht der Zeitung ist ja sicher nicht gänzlich aus der Luft gegriffen. Mein Freund ist in letzter Zeit, wie soll ich sagen, nicht mehr ganz klar im Kopf. Sie werden ja wohl mitbekommen haben, dass er aus der Klinik Permanence entwichen ist. Das steht auch in den News. Und nun irrt er kopflos in der Nacht herum. Man muss ihm helfen. Soll ich nicht...»

«Nein, verdammt! Sie sollen nicht! Kaltbach ist – wenn überhaupt – jedenfalls nicht der einzige, der nicht mehr ganz klar im Kopf ist. Ich meine damit nicht nur die Freaks, die solche Medienberichte schreiben. Es wäre klug, wenn Sie den Maler jetzt erst einmal in Ruhe liessen. Und mich bitte auch, solange ich Sie nicht auf die Hauptwache zitiere. Gute Nacht, Lienhard.»

Beim zweiten corretto kam Fuchs mit den beiden jungen Leuten an seinem Tisch doch noch ins Gespräch. Ihrem Dialekt nach waren es Ostschweizer. Beide verrieten ihm, dass sie bald das zweite Semester ihres Politikstudiums hinter sich hätten. Er fragte interessiert: «Politologie? Ist das nicht ein ziemlich trockenes Studienfach? Ich meine unkreativ, langweilig, seelenlos. Oder liege ich da falsch?»

Der eine, ein wuscheliger Blondschopf, protestierte sofort. «Ich sehe das völlig anders. Heute läuft doch auf der ganzen Welt alles ziemlich schief. Die Kluft zwischen arm und reich wird immer grösser. Hochgeputschte Konflikte unter Staaten münden nach wie vor in unnötige Kriege. Die katholische Kirche hat zwar ihre Macht weitgehend verloren, aber in den Köpfen der Menschen richten die Ideen von religiösen Fanatikern jeglicher Couleur grössten Schaden an. Unsere Welt ist nach wie vor in Nationalstaaten aufgeteilt, und eine Allianz von grossen Parteien und internationalen Firmen ignoriert den Lebensraum und die Kultur ganzer Völker. Will man das alles zum Guten verändern, ist Respekt vor dem Andern, dem Fremden, aber auch sehr viel Kreativität gefragt.»

Sein Kommilitone war weit weniger auf einem ideologischen Trip und hatte ganz andere Vorstellungen und Ziele: «Ich werde wahrscheinlich auf Journalistik und Kommunikationswissenschaften wechseln. Da herrscht Spannung, und man kommt in der Welt herum. Und man hat vor allem viel Zeit für sich selber. Ich arbeite neben dem Studium für drei ganz verschiedene Zeitschriften, das sind lockere Jobs, und daneben habe ich jede Menge Zeit für Reisen und Abenteuer.» Er war ein typischer Vertreter der Generation ‹Mir-gehört-die-Welt›.

«Journalistik?» brummte Fuchs. «Hoffentlich werden Sie dabei nicht ein Lügner.»

«Ich weiss was Sie meinen. Aber das wäre ja nicht so schlimm; heute lügt doch jeder.»

Fuchs grinste ihn an, kommentierte diese Aussage aber nicht. Stattdessen brachte er sein späteres Ziel ins Gespräch. «Kennen Sie den Luna-Klub?»

«Wow!» lachte der angehende Journalist. «Wollen Sie in Ihrem Alter wirklich diesen Schuppen besuchen? Das Luna ist eine Art dubioser Privatklub, in dem vor allem junge bis sehr junge Osteuropäer verkehren. Wenn Sie nicht Rumänisch, Bulgarisch, Ungarisch oder Russisch beherrschen, stehen Sie dort allein in einer Ecke.»

Der Politologe ergänzte: «So viel ich weiss, gehört der Klub einem undurchschaubaren, von Ausländern geführten Sicherheitsdienst. Luca und ich waren ein einziges Mal dort, und wir wurden prompt angerempelt. Und zwar ziemlich heftig. Da herrschen raue Sitten. Sie sind ja nicht mehr der Jüngste, wenn ich mich so ausdrücken darf, und deshalb werden Sie besonders auffallen. Ich rate Ihnen jedenfalls, nicht allein dahin zu gehen.»

Wahrscheinlich hatte der Student recht. «Ich habe nicht vor, dort die Nacht zu verbringen, wissen Sie. Es geht mir mehr darum, zu begreifen, was in diesem Milieu abläuft.»

«Sind Sie Polizist?» fragte der Politiker mit einem abschätzigen Lächeln.

Chapeau, die beiden hatten ihn durchschaut. «Beinahe ins Schwarze getroffen. Ich bin pensionierter Polizeiinspektor. Aber man sagt ja, die Katze lasse das Mausen nicht.» Er zog etwas umständlich die Fotos der beiden Ermordeten aus der Jackentasche und präsentierte sie den Studenten. «Kennen Sie zufällig das Mädchen oder den Jungen?»

Sie warfen einen kurzen Blick darauf und schüttelten den Kopf. «Die sehen aber komisch aus! Sind die tot?» fragte der angehende Weltenbummler.

«Fragen Sie mich nicht zu viel, bitte» wehrte Fuchs mit einem beschwichtigenden Lachen ab. Er warf wieder einen Blick auf seine Uhr. «Der Klub wird demnächst öffnen. Ich mache mich jetzt auf die Socken. Sie können mir ja viel Glück wünschen, wenn Sie mögen. Es war nett, mit Ihnen zu plaudern.» Er winkte die dickliche, kaum sechzehnjährige Serviererin herbei und bezahlte auch die vier Stangen

Bier der Studenten. «Schönen Abend noch.»

Als er schon bei der Ausgangstüre war, hörte er den angehenden Journalisten sagen: «Ist der echt oder blufft er uns etwas vor?»

Kurz vor elf Uhr stand Fuchs im Schatten der Häuser gegenüber dem Luna-Klub. Etwa zwei Dutzend Jungs und Mädchen sassen bereits auf der Mauer der Rampe, die zum Untergeschoss hinabführte. Und immer mehr Jugendliche trafen ein, alle zu Fuss, wahrscheinlich von der Tramstation Stöckacker, oder von der Bahnstation Bümpliz-Nord her. Niemand schien per Auto oder Fahrrad unterwegs zu sein. Das Fehlen von Vehikeln vor einem Nachtklub war untypisch. Möglich, dass die Klubleitung die Nachbarschaft nicht verärgern wollte, und deshalb verboten hatte, per Fahrzeug hierher zu kommen. So riskierte man kein unnötiges Aufsehen und damit wohl auch keine Reklamationen seitens der Anwohner. Aus alter Gewohnheit registrierte Fuchs solche Details ganz automatisch. Déformation professionelle?

Er trat aus dem Schatten der Wohnblöcke hervor und schlenderte gemächlich über die Strasse und die Rampe hinunter. Der riesenhafte Türsteher näherte sich ihm genauso langsam und besah ihn skeptisch. «N'Abend. Dies ist ein Privatklub. Ich nehme an, Sie haben sich verirrt?» Die Stimme und der Blick des mächtigen Kerls waren weder drohend, noch unfreundlich.

Fuchs lächelte ihn an. «Nein, glaub' ich nicht. Das ist doch der Luna-Klub, nicht wahr?»

«Schon, aber...»

«...es handelt sich um einen Jugendklub. Ist mir klar.» Er griff in seine Jackentasche und präsentierte seinen längst abgelaufenen Dienstausweis. Darauf war er als Inspektor der Kantonspolizei Bern ohne Spezifikation ausgewiesen. «Ich bin dienstlich hier. Meine Aufgabe ist es, Bars und Klubs einmal im Jahr zu besuchen und zu begutachten. Aber bisher mussten wir bei Ihnen ja nie etwas beanstanden» beruhigte er den Riesen. «Fuchs, Beat, Inspektor.»

Als der Türsteher ihn verständnislos und unbeeindruckt von oben herab anguckte, meinte Fuchs: «Ich weiss, es ist fast Mitternacht, aber Sie öffnen ja erst um elf. Da muss ich mich halt danach richten. Es geht nur um einen kurzen Besuch, keine Angst. Können Sie mich bitte dem Geschäftsführer vorstellen?»

Offenbar wusste dieser Hüne nicht so recht, was er sagen oder tun sollte. Er fand es auch nicht für nötig, seinen Namen zu nennen oder den Ausweis von Fuchs zu überprüfen. Vielleicht hatte er einen Grund, sich vor der Nähe eines Polizisten in acht zu nehmen. «Jaa... eh... Moment.» Er schritt schwerfällig zum Eingangstor und warf dabei einen prüfenden Blick zurück. Fuchs sah sich inzwischen unter den rauchenden oder kiffenden Gästen auf dem engen Vorplatz um. Es waren alles blutjunge Boys oder Girls, die ihn zum Teil ignorierten, zum andern spöttisch oder misstrauisch beäugten. Was man ihm erzählt hatte, wurde hier deutlich: Sie sahen, ohne Ausnahme, osteuropäisch oder südländisch aus und waren sehr jung. Fuchs konnte sie aus Erfahrung rasch einstufen: Zugewanderte, Asylanten, temporär in der Schweiz Arbeitende, Flüchtlinge, *sans papiers*. Die meisten schienen mehr oder weniger friedlich und ordentlich zu sein, nur einzelne wirkten etwas feindselig oder aggressiv. Eigentlich eine recht unauffällige Truppe, fand Fuchs. Interessant war einzig, dass mindestens drei Viertel von ihnen unter ihren Jacken schwarze T-Shirts trugen. Darauf aufgedruckt war ein gelber Adler, der auf einem horizontalen, grauen Schwert thronte. Das konnte ein Bandenemblem sein, oder das Shirt war Teil einer Arbeitskleidung.

Nach gut fünf Minuten kam der Riese mit zwei etwas jüngeren und kleineren Typen wieder auf den Vorplatz heraus. Einer der beiden hatte sich wohl in einem Fitnesszentrum zu einem Muskelprotz hochtrainiert, der andere war schlank und rank. Beide traten sehr nahe an Fuchs heran. Der Muskulöse stellte sich wichtigtuerisch in Englisch vor: «Der Geschäftsführer ist noch nicht da, aber ich bin sein Bruder. Mein Name ist Tamàs Niculescu, Und das ist Milan Danaikov, unser Barkeeper. Er spricht Deutsch. Vielleicht kann er dir helfen.»

«Hallo. Was wollen Sie von uns?» brummte der Barchef. Er hatte einen sehr starken, osteuropäisch klingenden Akzent und sprach sehr langsam, so als müsste er die passenden Worte unter seinen Locken zusammensuchen.

«Beat Fuchs. Inspektor der Kantonspolizei.»

«Polizei? Warum hier?»

«Es geht nur um einen Routinebesuch. Wir kontrollieren alle Bars und Klubs einmal im Jahr.»

«Aha. Warum hier?»

«Sehen, ob alles da ist. Saubere Toilette, saubere Küche, brauchbares Sanitätsmaterial, Löschgerät, Notausgang und so weiter. Können Sie mir dies rasch zeigen? Dann verschwinde ich wieder.»

«Spionage?»

Fuchs lachte ihn aus. «Nein, gesetzliche Vorschrift für alle Klubs und Restaurants.»

Milan schaute kurz zu seinem Kollegen. Auf dessen Nicken sagte er: «Okay, Komm mit!»

Fuchs war überrascht wie laut und dunkel es im Innern der Halle war. Rockmusik im Balkan-Stil dröhnte aus mehreren Lautsprechern, die an dicken Kabeln im Bassrhythmus an der Decke schaukelten. Etwa fünfzig junge Leute – gleicher Typus wie jene auf dem Vorplatz – tanzten in Gruppen, schrieen durcheinander und grölten zur Musik. An einer Seitenwand stand eine etwa zehn Meter lange Metall-Bar, dahinter schenkten zwei kaum Zwanzigjährige emsig Getränke, meist Bier, an die wartenden Gäste aus. Auf den Wandregalen standen vor allem leere Likörflaschen mit Etiketten in Kyrillischer Schrift. Die Stimmung im Raum war ausgelassen. Fuchs sah aber auch in einige hoffnungslos glotzende, kerzenwachsweisse Gesichter. Und in einer Ecke schmusten ein paar – wie Fuchs schien – betrunkene oder verladene Pärchen miteinander.

«Bar» erklärte der androgyne Danaikov und zog Fuchs weiter. «Alles okay. Komm!»

Hinter der Bar war eine kleine Küche mehr oder weniger stümperhaft und lieblos eingerichtet worden. Aber die Arbeitsflächen, Geräte und sogar der Boden glänzten blitzsauber. Drei grosse, ältere Kühlschränke standen an der Wand gegenüber der Spüle, es gab einen Mikrowellengerät, einen Gasherd und eine Anrichte. Auch hier war der Kommentar Danaikovs sehr kurz: «Küche, okay. Alles sauber, okay.»

Fuchs wurde weitergeführt zu einem Lagerraum mit Harassen, Kartonschachteln und Kisten mit Früchten, Tomaten, Zwiebeln und Paprika. «Hier Spaghetti, Penne, Pommes, Brot, Gemüse und so. Lagerraum okay? Oben Wein.»

Dieses Mal klang es wie eine Frage, die stolz nach einer Bestätigung verlangte.

Fuchs prüfte mit Daumen und Zeigefinger einige Früchte und Tomaten und nickte. «Alles gut. Habt ihr Tiefkühlprodukte?» Er fragte nur, um deutlich zu machen, dass es wirklich nur um eine amtliche Inspektion der Lebensmittel und nicht um die Spionage eines Konkurrenten, oder der Suche nach Schmuggelware ging. Warum sollte ihn das interessieren?

«Büro von Chef. Willst du sehen?»

«Ein kurzer Blick genügt.»

Das so genannte Büro befand sich im hintersten Raum und hatte ein grosses Fenster zur Bahnlinie. Die Hälfte des lang gezogenen Raums nahmen zwei abgewetzte Sitzgruppen aus Kunstleder ein. Zwei Schreibtische waren durch hohe, leere Holzregale vom Rest des Chefbüros abgetrennt.

Als Danaikov nicht gerade hinschaute, liess Fuchs die Fotos mit den beiden Toten unbemerkt zu Boden segeln und hob sie, als dieser sich zu ihm umdrehte, demonstrativ auf. Er betrachtete sie ein Weile aufmerksam, zeigte sie dann dem angeblichen Barchef und fragte: «Wer sind diese beiden?»

Danaikovs runzelte die Stirn und biss sich auf die Unterlippe. Er nahm sich viel Zeit, um die Portraits der Ermordeten zu betrachten. Sein Gesicht verriet Fuchs, dass der Barchef mit grosser Überraschung festgestellt hatte, dass die Augen der beiden wie im Schlaf geschlossen waren.

«Gehören Chef. Gib her!»

«Nix gib her!» blaffte Fuchs ihn an. Dann: «Ich kenne den Jungen vom Sehen, weisst du. Kluger Kerl! Er heisst... ehm...» Er machte keine Anstalten die Fotos aus der Hand zu geben.

«Von wo du Sandor kennen?»

«Von Attila.»

Eine Ader auf Danaikovs Stirn schwoll bedrohlich an. Er kratzte sich an der, von einem schwarzen Baumwollhemd bedeckten Brust. «Sandor Sarkas, kennst du? Nicht da heute. Er zurück nach Budapest. Mit Anna.»

«Ich weiss» behauptete Fuchs und studierte dem Namen des Geschäftsführers nach, den Kaltbach in seinem Bericht genannt hatte. Nicht ganz hundertprozentig sicher, fragte er: «Wo ist Vadim, mein Freund?»

Jetzt machte Danaikov grosse Augen. «Vadim Freund von dir?»

Er grinste ungläubig, aber etwas erleichtert. «Vadim Niculescu dein Freund? Von wo?»

«Anna hat ihn mir vorgestellt.» Fuchs kannte ihren Nachnamen natürlich nicht und musste bluffen. «Die schöne Anna.»

Der Barchef schüttelte verwirrt den Kopf. «Name Anna Zbinden. Nicht verheiratet mit Sandor.»

Fuchs lachte. «Noch nicht. Mir haben sie gesagt, dass sie demnächst heiraten wollen.»

«Scheisse!» Danaikov drängte Fuchs zur Tür. «Komm' alles gesehen. Okay, he? Auf Vadim nicht warten. Kommt übermorgen oder so.»

Sie gingen durch den Betonflur zurück in die vom Lärm vibrierende Bar. Dort schrie Fuchs dem Barchef ins Ohr. «Ich warte draussen. Rauchen.»

«Okay. Wir haben Problem. Sandor und Anna Unfall mit Auto in Ungarn. Beide tot.»

Entsetzen demonstrierend fragte Fuchs. «Wann?»

«Vorgestern. Ja. Anna schade. Sehr schade.» Die beiden Fotos hatte er zum Glück vergessen.

Vor dem Club war es inzwischen etwas stiller geworden. Die meistens Luna-Gäste hatten sich, wohl der Kälte wegen, ins Innere verzogen. Fuchs lehnte sich an eine der Rampenmauern und zündete sich eine Zigarette an. Während er überlegte, ob er für später ein Treffen mit dem Geschäftsführer, diesem Vadim, vereinbaren sollte, kam eines der Mädchen auf ihn zu und bat um Feuer.

«Was bedeutet dieses Zeichen hier?» Er zeigte auf das grüne T-Shirt mit dem Adler.

«Acvilă, Adler von Bukarest. Ist Logo von *Senior Security*. Schön, hm?»

Fuchs staunte. «*Senior Security?* Arbeitet ihr alle dort?»

Sie nickte stolz und zog sich zurück zu den zwei Jungen mit denen sie vorher gequatscht hatte, als Fuchs ihr das Feuerzeug gereicht hatte.

In diesem Moment kam Danaikov wieder heraus und näherte sich Fuchs mit raschem Schritt. «Vadim kennt dich nicht! Gelogen! Hat Tamàs Bruder gesagt.»

Fuchs lachte. «Doch. Sicher kennt er mich! Aber unter einem andern Namen als sein Bruder. Ich bin einer der Sponsoren der *Senior Security GmbH*. Wann, hast du gesagt, kommt Vadim zurück? Ich muss ihn sehen. Er muss unterschreiben.» Danaikovs Stirnrunzeln war ergreifend, filmreif. «Heute nicht. Morgen nicht. Ist auch in Budapest wie Sandor und Anna. Bist du Freund von John? John Milton?»

Fuchs nickte. «Da Vadim nicht kommt, haue ich jetzt ab nach Hause. Ciaò, Chef! Alles okay sauber.»

Zuhause gönnte Fuchs sich noch zwei Gläschen Talisker und das letzte Bier aus dem Kühlschrank. Wahrscheinlich war das der Grund, dass er sich am nächsten Morgen hundsmüde fühlte und unter Kopfschmerzen litt. Er schaffte es aber trotzdem punkt acht Uhr im Büro zu sein. Dort hängte er seine vom Nachtausflug immer noch feuchte Jacke über Céciles Bürostuhl und rief als Erstes Bodenmann an. «Bodo, ich muss dich kurz sprechen.»

«Ich habe nicht viel Zeit. Um neun beginnt die Wochensitzung mit Biel, Thun und Langenthal. Worum geht's?» Der Dezernats-Chef redete ungewöhnlich hastig und gereizt.

«Um die *Senior Security*, diese Sicherheitsfirma von *Tutamentum*.»

Bodenmann reagierte argwöhnisch. «Gut, komm' rasch zu mir rüber. Zehn Minuten, mehr Zeit habe ich nicht.»

Drei Minuten später war Fuchs in Bodenmanns hellem, überdimensioniertem und mit *USM*-Möbeln ausstaffierten Büro, von dem aus man eine Panoramasicht auf den Waisenhausplatz und bis hinauf zum Bundeshaus geniessen konnte.

«Schiess los!» Der Chef trug einen marineblauen Nadelstreifenanzug, eine weinrote Krawatte mit einem goldenen Kings Club-Stecker und ein altrosafarbenes Seidenhemd. Seine Eitelkeit war beim ganzen Corps legendär.

Fuchs blieb, trotz einer einladenden Handbewegung seines früheren Chefs, demonstrativ neben dem Eames-Sessel stehen. «Ich mach's kurz. Du hast mir gestern erklärt, dass die Stiftung *Tutamentum* und die *Senior Security* rechtlich völlig unabhängig voneinander sind. Das stimmt doch so, oder?»

«Selbstverständlich stimmt das. Wir sind nur ein gewöhnlicher Kunde bei der *Senior Security GmbH*. Wir haben dort weder Anteile, noch Befugnisse und schon gar keine Mitspracherechte. Unser Kooperationsvertrag ist auf ein Jahr befristet und verfällt, wenn er nach sieben Monaten nicht erneuert wird. Ich möchte nicht, dass sich diese Zusammenarbeit, vor allem intern, herumspricht. Das Amt als Stiftungsrat ist hier für mich ein bisschen heikel, verstehst du. Warum willst du das überhaupt wissen?»

«Ich habe gestern Nacht dem Luna-Klub einen Besuch abgestattet. Und was ich vermutete, wurde mir dort bestätigt: Die beiden Mordopfer von Rosshäusern waren Mitarbeiter von *Senior Security*. Wir wissen allerdings noch nicht, wer sie hingerichtet hat. Die Angestellten dieser Firma scheinen in diesem Klub zu verkehren. Sie sind alle zwischen achtzehn – oder noch jünger – und zweiundzwanzig, also blutjung für diese Branche. Die meisten kommen aus dem Ostbalkan und sprechen kaum deutsch. Ich kann als fast sicher annehmen, dass das Etablissement irgendwie zu *Senior Security* gehört, denn es wimmelt dort von Mitarbeitern dieser Sicherheitsfirma.»

«Was heisst, alle Mitarbeiter sind blutjung?! Das kann ich nicht glauben, Beat!»

«Hast du selber noch nie mit jemandem von *Senior Security* gesprochen? Weisst du überhaupt, wer dort das Zepter führt?»

Bodenmann schaute kummervoll, beinahe verängstigt aus der Wäsche und schüttelte sein glatzköpfiges Haupt. «Die *Senior Security* präsentierte sich unter anderen Konkurrenten bei uns. So weit ich mich erinnere, stellten sich dabei zwei Herren und eine Dame bei uns vor, alle drei sahen vertrauenswürdig aus und sprachen deutsch. Aber viel weiss ich nicht darüber, der Stiftungsrat hat den Kooperationsvertrag meines Wissens noch nicht unterschrieben. Alle Kontakte zwischen *Tutamentum* und *Senior Security* laufen über unser Stiftungssekretariat in Wollerau. Wir... also *Tutamentum* ist eine Mischung aus Altersversicherung, Privatbank und Sozialwerk. Jedenfalls keine Sicherheitsfirma.» Er schaute nervös auf die Uhr. «Ich muss gehen, Beat. Wir können morgen noch einmal darüber sprechen.» Bodenmann war aufgestanden und war schon fast bei der Tür, als Fuchs noch ein dringendes Anliegen äusserte: «Nur noch eines, Bodo: Ich brauche einen Durchsuchungsbeschluss für den Luna-Klub an der Normannenstrasse in Bümpliz. Der Geschäftsführer heisst Vadim Niculescu.»

«Einen Durchsuchungsbeschluss? Mit welcher Begründung?»

«Die beiden Ermordeten von Rosshäusern waren Mitarbeiter von *Senior Security* und verkehrten in diesem Klub. Der Mörder kann aus ihren Reihen kommen. Leider oder glücklicherweise konnte ich den Geschäftsführer nicht befragen, da er, wie man mir sagte, vorübergehend in Budapest sei. Seine Abwesenheit würde die Durchsuchung erleichtern. Wir sollten die Chance nutzen.»

«Der Mörder kommt bestimmt nicht aus den Reihen seiner Arbeitskollegen. Wahrscheinlicher ist es, dass sich jemand von den Sicherheitsvorkehrungen gestört fühlte und...»

«Wir werden den oder die Täter finden» unterbrach ihn Fuchs.

Bodenmann tat einen schweren, tiefen Seufzer und griff sich ans Kinn. «Ach, Gott! Nichts als Probleme! Bis wann brauchst du den Wisch?»

«Ich kann die Aktion nicht ohne Cécile durchführen, da ich ja offiziell nicht mehr für die Leitung solcher Einsätze bevollmächtigt bin. Sie ist um halb zwei wieder an der Arbeit. Ich wäre dir dankbar, wenn wir das Papier am frühen Nachmittag in den Händen hätten.»

«Ich werde die Staatsanwältin sowieso gleich sehen. Sie soll den unterschriebenen Auftrag für euch bereithalten. Versteh bitte, dass ich persönlich lieber nichts damit zu tun haben möchte. Also, ich muss jetzt. Bye-bye, mein Lieber.»

Fuchs hielt seinen Ex-Chef kurz am Arm zurück. «Noch etwas, Bodo: *Tutamentum* hat in den letzten Tagen Inserate gestreut, in denen die Zusammenarbeit mit *Senior Security* in den Vordergrund gestellt wird. Das solltet ihr sofort stoppen. An deiner Stelle würde ich auch das Amt in der Stiftung so rasch wie möglich abgeben!»

Bodenmann befreite sich aus seinem Griff und hielt ihm den italienischen Mittelfinger hoch. Diese Geste war ziemlich gewöhnungsbedürftig für einen so kulturbewussten Mann in einem nach Mass geschneiderten, marineblauen Nadelstreifenanzug. Er machte sich im Trab durch den Flur davon. Fuchs schaute ihm mit zusammengepressten Lippen hinterher und war sich sicher: Da ist etwas faul im Staate Dänemark. Etwas, über das Bodenmann sehr genau Bescheid wissen musste.

* * *

Als Fuchs vom Mittagessen im Hotel Bern zurückkam, war Cécile wieder zurück von ihrem freien Tag und sass bereits am Schreibtisch vor dem Computer. Sie checkte ihre Mails, aber es war nicht viel Neues dabei. Das Labor der Rechtsmedizin schrieb, dass die DNA-Profile vom Einbruch ins Atelier von Kaltbach, so wie jene vom Doppelmord in Rosshäusern nun bei ihnen gespeichert seien. Die Blutspuren am Rahmen des eingeschlagenen Atelierfensters hätten keiner der in Frage kommenden Personen (Klaus Kaltbach, Attila Grigorescu, Lorenz Lienhard) zuordnet werden können. Als nächstes würde man die DNA-Spuren, die man in Frauenkappelen sicherte, noch mit jenen der Rosshäusern-Opfer abgleichen. Falls man weitere Ueberprüfungen wünsche, könne man sich bei Doktor Grimmer melden. Dann folgten zwei Vermerke vom Kriminaltechnischen Labor über Fingerprints, die auch nichts Brauchbares ergaben. Am Schluss stand: Liebe Grüsse an Hauptkommissarin Brun, Ihr Dokter Grimmer.

«Bla-bla-bla» murmelte Cécile wenig begeistert. Und etwas lauer sandte sie ein «Hallo, Beat!» zu Fuchs hinüber, der seine zerknitterte Allwetterjacke etwas umständlich über die Rückenlehne seines Büro-sessels drapierte. «Mann, siehst du müde aus! Ich darf dich offenbar nicht allein arbeiten lassen. Ist das auch deine Jacke, die dort in einem Plastikbeutel hängt?! Die sieht ja aus als wäre sie in einer Schlacht vor der Reitschule getragen worden!»

«Die gehört Kaltbach. Er hat sie gestern Morgen unten am Emp-fang abgegeben. Der Portier solle uns ausrichten, dass der Maler sie in der Mordnacht auf seiner Abenteuerreise vom Luna-Klub nach Ross-häusern getragen habe. Sie wurde bereits untersucht, allerdings ohne grossen Erfolg. Fingerabdrücke von ihm und einem Unbekannten, Katzenhaare, Tannennadeln. Aber weder Blut noch Schmauchspuren.» Er streckte sich als käme er direkt aus dem Bett. «Ich sehe also kaputt aus, hm? Tolles Kompliment! Habe auch fast die ganze Nacht geschuftet. Und neben dem Schlafmanko trage ich jetzt auch noch einen schweren Bauch vom Lunch mit mir herum. Inhalt: Kalbshaxen, Kartoffelstock, Meringues-Glacées mit Rahm, ein Halber Merlot. Und zu der Jacke, die ich selber trage: Ein Platzregen überraschte mich heute Morgen auf dem Weg hierher. Zufrieden?»

Cécile erhob sich kopfschüttelnd und ging zur Kaffeemaschine. «Ich lasse nur den Platzregen als Entschuldigung für deine unrasierte Visage gelten. Um trotzdem meinen Respekt dir gegenüber zu beweisen, kriegst du jetzt einen heissen Schwarzen serviert.»

«Wenn du hörst, was ich dir zu erzählen habe, wirst du mir meine Bartstoppeln und auch mein Schlafmanko nachsehen.»

Cécile stellte die beiden Tassen Kaffee auf den Schreibtisch, und Fuchs begann, ihr von seinem Besuch im Luna zu erzählen. Sie hörte ihm gespannt zu und unterbrach ihn bis zum Schluss seines Berichts kein einziges Mal. «Potzdonner! Ich ehre dich mit einem Verdienstkreuz der Kriminalogie, selbst wenn ich nicht nachprüfen kann, ob du mit deiner Schilderung nicht ein bisschen übertreibst!»

«Ein Kuss würde reichen.»

«Pah, ich will meine Lippen nicht an diesem Stachelbart aufreissen.» Grinsend warf sie ihm rasch eine Kusshand zu. «Dieser Klub gehört also zur Firma *Senior Security*? Interessant! Und wenn die beiden Opfer von Rosshäusern Mitarbeiter dieser Firma waren, heisst das...» Mit fragendem Blick hob sie die Schultern. «Diese zwei hingerichteten Kinder waren doch zu jung und zu unerfahren für einen Job in dieser Branche. Findest du nicht?»

«Es sieht so aus, dass dort fast alle Mitarbeiter noch Teenager sind. Aber das Wichtigste ist doch, dass wir jetzt die Namen der Ermordeten kennen: Sandor Sarkas und Anna Zbinden. Der Boy muss ein Ungare sein, das Girl eine Schweizerin. Genaueres werden wir bald herausgefunden haben. Cvetlana hat die Portraits der beiden bereits den Medien zur Veröffentlichung geschickt. Und ich habe heute Morgen bei Bodenmann die Bewilligung für eine Hausdurchsuchung in diesem Luna-Laden verlangt. Sonderbarerweise wollte er nichts von einer rechtlichen Zusammengehörigkeit der Stiftung *Tutamentum* und der *Senior Security* wissen. Für den Durchsuchungsbeschluss verwies er mich an die Staatsanwältin.»

«Wow! Warum denn das? Er schert sich doch sonst nicht um das Okay von oben.»

«Vielleicht hilft dir folgende Tatsache, den Zusammenhang zu verstehen: Bodenmann ist einer der drei Stiftungsräte von *Tutamentum*. Er behauptet aber vehement, dass die beiden Institutionen rechtlich überhaupt nichts miteinander zu tun haben. *Tutamentum* sei eine gemeinnützige Stiftung und gleichzeitig eine Art soziale Privatbank für alte Leute – oder so ähnlich – und bei der Sicherheitsfirma sei sie nur ein Kunde unter anderen.»

Cécile schüttelte schon wieder erstaunt ihren Kopf. «Klar ist bislang folgendes: Sandor und Anna sind Mitarbeiter der *Senior Security* und sie haben Lina Fankhauser getötet. Das heisst doch, dass sie in Frauenkappelen im Auftrag dieser Firma gehandelt haben. Und dass *Senior Security* ihrerseits einen Auftrag von *Tutamentum* hatte? Dann kann sich *Tutamentum* doch nicht einfach aus der Verantwortung stehlen.»

«Stimmt, aber wie der Auftrag von Bodenmanns Stiftung genau lautete, wissen wir noch nicht. Von dort kam der Auftrag für die Kapitalverbrechen sicher nicht.»

«Wieso bist du so sicher? Es gab auch schon höhere Beamte als Bodenmann, die...»

«Nicht zu eifrig, Céci! Wir haben keine Beweise, nicht einmal Hinweise, dass der Auftrag, die Fankhauser zu überfallen, von *Tutamentum* kam. Der Auftraggeber kann jemand anders gewesen sein. Oder die *Senior Security* hat die beiden jungen Leute in eigenem Interesse auf die Fankhauser angesetzt.»

«Ist die *Senior Security* eigentlich auch Donatorin bei der Stiftung? Ich wollte das gestern Abend zu Hause noch nachprüfen und habe alles mögliche versucht, um an ihre Daten heranzukommen. Aber ich bin kein IT-Profi und die Liste der Mitglieder – oder Donatoren wie sie dies nennen – ist offensichtlich streng geheim.»

«Wir können ja Bodenmann fragen. Er weiss das bestimmt. Mein Gefühl sagt mir, dass bei den Bümplizer Tötungsfällen und jenem in Frauenkappelen – Boss, Röthenmund und Fankhauser – alle Erpressungsopfer Mitglieder der Stiftung waren. Aber wir wissen nun, dass die *Senior Security* in Frauenkappelen am Werk war. Genau so ist es in Biel: Dort waren die beiden Angegriffenen, wie wir wissen, Mitglieder der Stiftung *Tutamentum*. Sonderbar ist nur, dass die Erpressung dort durch die Senior Security verhindert wurde. Was können wir daraus schliessen?»

Als Cécile seinen Gedankengängen nicht folgen konnte, ergänzte Fuchs: «In unseren vier Fällen muss *Senior Security* einen anderen Auftraggeber gehabt haben als in Biel.» Er wurde vom Klingeln des Diensttelefons auf seinem Tisch unterbrochen und hob den Hörer ab.

«Hier spricht Paola Torretti. Wir haben Kaltbach um 09.03 Uhr bei der Ausfahrt des City West-Parkings beobachten können und sind ihm gefolgt. Er ist zu seinem Atelier in Bümpliz gefahren und ist jetzt seit vier Stunden dort. Tanja und ich haben uns seit dem Morgen nur mit einem Sandwich verpflegt und kleben hier fest. Kann nicht eine Streife die Überwachung für eine Stunde übernehmen? Unser Wagen steht auf einem Parkfeld am Buchdruckerweg, keine zwanzig Meter vom Atelier entfernt. Wenn wir hier noch länger sitzen bleiben, wird die Zielperson auf uns aufmerksam – falls sie es nicht schon geworden ist. Wir haben Kaltbachs Wagen ja eines unserer Katzenaugen aufgeklebt und können ihn somit leicht wieder finden, wenn er in der Zwischenzeit abhauen sollte.»

«Ein Streifenwagen in der Nähe seines Ateliers macht ihn nur misstrauisch. Könnt ihr wegen eines kleinen Hüngerchens eure Faulenzerarbeit nicht mehr fortführen? Was ist denn mit euch los?»

«Ehrlich gesagt, wir müssen jetzt unbedingt etwas zwischen die Zähne bekommen. Am liebsten würden wir etwas Richtiges essen gehen. Hier hat es Restaurants in der Nähe, in spätestens einer Stunde können wir wieder in Position sein.»

«Na gut. Wendet euch an die Wache in Bümpliz. Und bleibt dann mit der Streife in direktem Funkkontakt. Wo geht ihr essen?»

«Ins Restaurant Schloss Bümpliz, gleich nebenan.»

«Verwöhnte Damen! Gut, aber bleibt erreichbar und haltet Kontakt mit der Streife.»

Er wollte schon auflegen, aber etwas bewog ihn plötzlich, die beiden Damen höchstpersönlich abzulösen. «Warte noch schnell, Paola!» Er legte den Hörer auf den Tisch und wandte sich an seine offizielle Vorgesetzte: «Du Cécile, ich glaube es wäre am besten, ich würde Tanja und Paola selber ablösen. Kaltbach hat die beiden doch längst entdeckt, und er ist Schlitzohr genug um ihnen zu entwischen. Was meinst du?»

Cécile quittierte die Frage mit einem zufriedenen Lächeln. «Du willst also den Maler selber überwachen? Allein?»

«Céci, wir haben einen hyperkomplizierten, verästelten Fall zu lösen und sind nur zu zweit. Um einen Einzelnen zu überwachen reicht doch einer allein. Wenigstens, wenn er so kompetent ist wie ich.»

Sie gab ihm ein Okay-Zeichen, worauf Fuchs den Hörer wieder aufnahm: «Paola, vergiss das mit der Streife. Ich komme euch ablösen. Dann könnt ihr bis um zwanzig Uhr schlemmen gehen. In einer guten Viertelstunde bin ich am Buchdruckerweg.»

«Und was soll ich unterdessen unternehmen, Untergebener?» erkundigte sich Cécile leicht frustriert. Sie tat sich schwer diese Frage zu stellen, denn für einen Ermittlungschef war das ziemlich demütigend.

«Gestern Abend spät, als ich unterwegs war, hat mich Lienhard angerufen und entsetzte sich darüber, dass wir Kaltbach nicht in Haft genommen haben. Er versuchte mir einzureden, dass der Maler nicht mehr klar im Kopf sei und unkontrolliert handle – er wollte mir weismachen, Kaltbach sei gemeingefährlich und benötige einen Therapeuten. Das klang für mich ziemlich abstrus. Die beiden behaupteten doch, dass sie langjährige, enge Freunde seien. Irgendetwas muss zwischen den beiden vorgefallen sein. Kannst du nicht versuchen, Lienhard zu treffen und ihn ein wenig auszuhorchen?»

«Zu Befehl, mein lieber Untergebener. Ich habe ja schon ein bisschen im Netz über ihn recherchiert. Allerdings nur flüchtig, denn es kam immer etwas Dringlicheres dazwischen. Mal sehen, ob ich fähig bin in der Richtung etwas zu finden. Sonst noch was?»

«Du bist zu allem fähig, junge Frau!» Fuchs lachte sie aus. «Ja. Könntest du bei der Staatsanwältin die Bewilligung für die Hausdurchsuchung im Klub Luna abholen? Ich hoffe, dass Bodenmann den Wisch nicht vor lauter Stiftungsratsaufgaben vergessen hat. Und wenn du den Durchsuchungsbefehl bekommen hast, könntest du die Aktion organisieren? Wir brauchen vier oder fünf Leute vom KTD und den Fotografen. Ich werde heute Abend spätestens um zehn Uhr zurück sein, melde mich aber vorher. Sobald der Klub öffnet, lassen wir los.»

Sie schaute ihn mit geschürzten Lippen treuherzig an. «Hast du den Rapport über deinen nächtlichen Klubbesuch schon geschrieben? Ich muss Bodenmann eine Begründung für die Aktion mitbringen, wenn er vom Untersuchungsrichter den Durchsuchungsbefehl erhalten soll.»

«Hier, das ist mein Rapport, kurz und bündig. Noch gestern Nacht zu Hause geschrieben.» Er schob zwei A4-Blätter über den Tisch. Sie bedankte sich mit fünf Kopien des Fotos von Attila Grigorescu. «Das wirst du sicher brauchen.»

Fuchs hielt am Buchdruckerweg, neben dem Fiat 500 der Polizeibeamtinnen an und liess die Scheibe heruntergleiten. Paola Torretti präsentierte sich als typische italienische Seconda: hautenge Jeans, ein enger schwarzer Plüschpullover, der ihre Brust und den unbedeckten Bauchnabel zur Geltung brachte, langes wasserstoffblond gefärbtes Haar, ferrarirot gestrichene, volle Lippen. Fuchs schmunzelte: Eine Frau, die etwas auf ihr dezent vulgäres Äusseres hielt und es liebte, begehrt und beachtet zu werden. Tanja Müller war etwas grösser, trug eine beige Baumwollhose und einen moosgrünen Kapuzenpulli. Ihr hellbraunes Haar war zu einem Knoten hochgesteckt, die Lippen ungeschminkt. Ihre Ausstrahlung wirkte freundlich, aber ernst, zurückhaltend. Neben Paola sah sie wie eine biedere Religionslehrerin aus. Weniger der Typus, der Fuchs in Schwung brachte.

Paola erklärte nervös: «Kaltbach ist vor zehn Minuten weggefahren. Laut dem Katzenauge muss er jetzt bereits auf der A12, Höhe Niederwangen, sein.»

«Scheisse!» fluchte Fuchs. «Fahrt mir nach, ich halte an der Keltenstrasse, da vorn beim Dorfbrunnen.» Dort stiegen alle drei aus.

Er wandte sich mit einer Chef-Stimme, die beeindrucken sollte, an Paola. «Ich werde euch später anrufen, damit wir uns absprechen können, wo wir uns um 20 Uhr zur Ablösung treffen. Kann mir eine von euch ihre Handynummer geben?»

Paola und Tanja suchten umständlich in ihren Handtaschen. Fuchs schaute ihnen mit einem Ach-diese-Frauen-Blick zu. Schliesslich erhielt er die Visitenkarten der beiden. Bevor sie sich trennten, fragte Paola noch: «Das ist doch dein Privatwagen, Kollege Fuchs, oder? Hast du einen Empfänger für das Katzenauge da drin?»

«Oh, Mist, nein! Ich habe in der Eile nicht daran gedacht» gab er, über sich selbst verärgert, murrend zu.

«Dann tauschen wir einfach die Autos» schlug Paola vor. «Keine Angst, wir machen mit deinem ledergepolsterten Schlitten keine Spritzfahrt. Wir wollen bloss zu einem Restaurant fahren, das um diese Zeit noch warme Speisen serviert. Und dann zu uns nach Hause. Ein kurzes Schläfchen bringt uns wieder in Fahrt. Alles klar?»

Ein Schläfchen? Waren die beiden etwa Lesben? Wäre schade! Fuchst streifte Paolas Busen unauffällig mit einem etwas anzüglichen Blick und meinte dann trocken: «Passt bestens. Der Schlüssel steckt. Der Fahrzeugausweis liegt im Handschuhfach und der Tank ist voll. Alles paletti. Aber Achtung, Es ist ein Automat!»

Tanja händigte ihm den Fiat-Schlüssel aus. «Kein Problem, wir sind nicht von gestern. Aber, pass auch auf. Unsere kleine Kiste wird von Hand geschaltet. Aber sie ist frisiert und macht spielend 190 Km/h.» Man winkte sich zu, stieg ein und fuhr los.

Fuchs hatte zuerst ein wenig Mühe, seine Beine in dem kleinen Auto unterzubringen, aber als er in Niederwangen auf die A12 einbog, hatte sich sein etwas massiger, aber noch fitter Körper schon an die engen Platzverhältnisse und die Handschaltung gewöhnt. Allerdings berührte sein Schädel fast das Dach. Früher, so zwischen dreissig und fünfzig Jahren, war er ein richtiger Autonarr gewesen. Er hatte, in dieser Reihenfolge, einen Alfa Spider, zwei Porsches Carrera und einen alten Achtzylinder-Aston Martin sein eigen genannt und rasante Reisen bis in den hohen Norden und den tiefen Süden Europas unternommen. Als er beruflich immer mehr Belastung in Kauf nehmen musste, verlor er das euphorische Interesse für schnelle Boliden und gab sich mit den verbeulten Streifenwagen zufrieden. Aber der Spass an schnellen, sportlichen Autos war geblieben. Das frisierte kleine Ding spendete ihm ein schon fast vergessenes, nostalgisches Gefühl von Freiheit.

Auf der Höhe der Ausfahrt Düdingen war er Kaltbachs Mercedes schon ziemlich auf den Fersen. Das Katzenauge-GPS zeigte an, dass der Maler in Fribourg Nord die Autobahn verlassen hatte und nun Richtung Stadtzentrum fuhr. Nach ein paar hundert Metern musste er Kaltbachs Offroader in Richtung pont de la Poya folgen und auf der andern Saaneseite über die route de Berne und die Stadtbergstrasse steil hinunter kurven. Unten, auf Höhe des Flusses, kreuz und quer durch das alte Gottéron-Quartier, wurde es kompliziert. Bei der Abzweigung zu einer schmalen Holzbrücke hielt Fuchs an, um sich auf dem Display zu orientieren. Das Katzenauge – oder wie sich das Ortungsgerät nannte. der *mobile persécuteur* – zeigte an, dass Kaltbach in den chemin de Gottéron abgebogen war, ein schmales Strässchen, das in ein sehr enges, kaum bewohntes Tal führte. Was suchte der verrückte Künstler hier?! Gab es in dieser Felsenrinne einen Kunsthändler oder eine Klosterschule? Oder hatte ihn der Maler entdeckt und wollte ihn auf einem Schleichweg loswerden?

Fuchs begann zu zweifeln, ob das Katzenauge noch richtig funktionierte. Der *persécuteur* auf dem Display zeigte eine Schlangenlinie an, die in einer Sackgasse endete. Aber er hatte keine andere Möglichkeit als dem Computer zu folgen. Die Gegend hier rund um die Stadt Fribourg kannte er überhaupt nicht. Ein Schild warnte vor

Steinschlag und Glatteis. Dann las er auf einem zweiten: *Restaurant des Trois Canards.* War das Kaltbachs Ziel?

Das Strässchen zwängte sich weiter, an knorpligen und verwitterten Bäumen vorbei, zwischen hohen Sandsteinfelsen durch, dem rauschenden, wilden Bach entlang, in eine immer dunkler werdende Schlucht. A propos Glatteis: Hier schien die Sonne wahrscheinlich auch im Hochsommer nie. Dann sah er auf einem schmalen Uferstreifen einige scheinbar unbewohnte Hütten, neben einer Ansammlung von halb vergammeltem Eisenbahnmaterial: Schienen, Signale, eine kleine Dampflokomotive, einen alten Personenwagen. Aber keine Spur von einem Restaurant oder einem menschlichen Wesen zeigte sich in diesem Felsenkessel. Nach weiteren etwa 100 Metern wurde es noch enger. Und plötzlich hatte Fuchs einen gedrungenen, alten Bau mit einer von zusammengeschobenen Tischen und Bänken überstellten Terrasse vor sich; das musste das angesagte *Restaurant des Trois Canards* sein. Eingeklemmt von senkrechten Sandsteinfelsen und einem rauschenden Wildbach. Und ebenda und ebenso eingeklemmt in eine kaum drei Meter breite Felsnische, stand Kaltbachs Mercedes.

* * *

Die chilenische Putzfrau war da gewesen. Als ich an diesem kühlen Vormittag ins Atelier kam, war alles aufgeräumt und blitzblank sauber. Auch die Polizeisiegel waren entfernt worden. Die provisorische Sperrholzplatte am zertrümmerten Fenster hatte die Polizei schon kurz nach dem Einbruch ausgewechselt, ein Glaser hatte eine neue Scheibe eingesetzt. Es sah aus, wie eine wohlmeinende Aufforderung, endlich wieder zu arbeiten. Nur das Bild für die RRB Bank stand immer noch auf der Staffelei und wartete auf seine Vollendung. Eigentlich hätte ich jetzt wieder Lust zum Malen gehabt, aber die Suche nach Attila hatte erste Priorität. Ich brach aber erst nach Mittag nach Fribourg auf, denn vorher musste noch einiges erledigt werden. Ich würde in nächster Zeit wahrscheinlich viel unterwegs sein, dafür brauchte ich dringend einen Nachschub an Bargeld. Das wollte ich nicht aus einem Bankomaten holen, der würde ja meinen Aufenthaltsort preisgeben. Ich hatte aus weiser Voraussicht immer eine Notreserve in einem alten, stillgelegten Abluftrohr versteckt. Zum Glück hatte niemand mehr Geld aus dem Versteck gestohlen, weder Attila, den ich ohnehin nicht mehr verdächtigte, noch Lorenz oder gar die Spurensicherer der Polizei. Die Bündel Banknoten in verschiedenen Währungen lagen unversehrt in der Blechdose. Ich nahm ein paar Tausend Schweizer Franken und – für alle Fälle – den Rest der Euroscheine heraus und steckte sie in meine Umhängetasche. Danach leerte ich den Briefkasten beim Haupteingang, der vor allem mit Werbematerial zugestopft war. Ich warf alles auf die wenigen, noch ungeöffneten Briefe und Rechnungen von der vergangenen Woche. Damit war das Wichtigste für den Moment erledigt.

Und jetzt noch die Mailbox. Es hatte sich auf dem Posteingang, auf Facebook bei meinen tausend unbekannten Freunden und auf der Website in den letzten zwei Tagen doch so einiges angesammelt. Also setzte ich mich vor den Computer und überflog den Mail-Eingang. Die immer noch eingehenden, gehässigen Proteste von fanatischen Tierschützern löschte ich ohne sie überhaupt zu lesen. Diese Spinner wollten ja nur ihren persönlichen Hass auf die Welt abbauen. Würden sie eine Zeitung lesen, die News im Fernsehen ansehen oder Radio hören, wüssten sie längst, gegen wen sie ihre Proteste richten müssten! Sicher nicht gegen mich. Ich war ja selber ein Opfer und tat für das Wohl der Tiere bestimmt mehr als diese Blödiane. Den Grund, warum sie ihre Zeit mit diesen Hassattacken vergeudeten und mich nicht aus der Schuld entlassen wollten, musste ich also gar nicht erfahren.

Das einzige Mail, das mich brennend interessierte, und das ich darum ausdruckte bevor ich es sicherheitshalber löschte, kam von Marina.

Lieber Klaus. Ich hoffe, du hast gut geschlafen. Dummerweise mache ich mir ununterbrochen Sorgen um dich. Und ich habe auch ein schlechtes Gewissen, dass ich gestern nicht darauf bestanden habe, dich nach Hause zu fahren. Bitte halte mich auf dem Laufenden, wie es dir (und deinem Kopf) nach unserem schönen Abend geht. Und wie weit du bei der Suche nach Attila bist. Ich habe für dich heute Nachmittag um 17 Uhr ein Treffen mit Blaise Bugnon, dem Freiburger Maler und Galeristen vereinbart, und zwar an einem romantischen, ziemlich schwierig zu findenden Ort: im Restaurant Les Trois Canards zuhinterst in der Gottéron-Schlucht. Route: Autobahn bis Fribourg Nord, dann Poyabrücke, route de Berne Richtung Unterstadt. Bei der ehemaligen Kaserne unten an der Saane, dem Flüsschen Gottéron entlang (chemin du Gottéron). Das kleine Bistro liegt am Ende der schmalen Strasse.

Blaise Bugnon kennt die Kunstszene in Fribourg wie seine Hosentasche.
Er ist zuverlässig – ein Patient von mir.
Bitte komm bald mal wieder vorbei!! Kuss M.

Wunderbar! Ich machte mir selber laut Mut: «Marina liebt mich eben doch, sonst würde sie mir nicht bei der Suche nach Attila helfen, sonst würde sie mich nicht bitten bald wieder bei ihr vorbeizukommen, sonst würde sie nicht ein schlechtes Gewissen wegen gestern Abend haben.» Eine Weile kostete ich diesen glückseligen Moment aus.

Weil ich den – wenn auch ungeliebten – Absender erkannte, las ich auch noch das nächste Mail:

Lieber Klaus. Darf ich dich daran erinnern, dass Linas Abdankung am 30. März um 14 Uhr in der Kirche Bümpliz stattfinden wird? Ich hoffe, du erscheinst dort auch, trotz der turbulenten Zeiten, die du durchlebst. Du kannst versichert sein, dass ich dir immer hilfsbereit zur Seite stehen werde, solltest du einen Berater oder einen Beschützer brauchen. Und hier noch ein guter Rat: Werde Donator bei der Stiftung Tutamentum. Du gewinnst persönliche und finanzielle Sicherheit. Ich habe mich schon als Beitritts-Pate für dich engagiert und dir vor einer Woche einen Repräsentanten vorbei geschickt – leider hast du nicht darauf reagiert.
Liebe Grüsse von bernhard@boss&boss.ttm

Ich wusste nicht, ob ich mich auch über diese Nachricht freuen sollte. Bernhard Boss, der schlaue Anwalt und Notar, der meinem Vater ein Vermögen abgeluchst hatte, spielte sich plötzlich als fürsorglicher Beschützer auf. Andererseits mochte er mit seinem guten Rat ja Recht haben. Ich war wirklich alt, alleinstehend und vielleicht bald nicht mehr in der Lage, meinen Verpflichtungen ohne fremde Unterstützung nachzukommen, geschweige denn, meine finanziellen Belange selbst zu kontrollieren. Und Lorenz hielt ich mir als Beistand in Zukunft lieber vom Hals. Ich nahm mir ein weiteres Mal vor, mich über diese Stiftung, ihre Ziele und Leistungen eingehend informieren zu lassen, vielleicht von Bodenmann... aber bestimmt nicht von Bernhard Boss. Was hatte der überhaupt mit *Tutamentum* zu tun?

Und noch ein drittes Mail erregte meine Aufmerksamkeit:

Absender: *galerie-sokowsky@worldpresentart.com*

Sehr geehrter Herr Kaltbach, Es fällt uns schwer, Ihnen folgendes mitteilen zu müssen:

Durch Ihre Verstrickungen in öffentlich ausgiebig kommentierten Verbrechen wurde es für uns immer schwieriger, Bilder aus Ihrer talentierten Hand zu verkaufen. Der Umsatzeinbruch bewegt sich seither zwischen 40 und 45 Prozent. Wir sehen uns daher gezwungen, unsere mit Ihnen vertraglich festgelegten Kommissionen aus dem Gesamterlös der rückgängigen Verkäufe durch Abzüge von Ihrem Gewinn auszugleichen. Das schmälert Ihren eigenen Verkaufserlös um die Summe unserer Verkaufsverluste.

Dieses Vorgehen haben wir, bevor wir an Sie gelangt sind, mit Ihrem Anwaltsbüro Brunner+Tadeusz lange und eingehend diskutiert. Wir hoffen, dass Sie selber, um einer prosperierenden zukünftigen Zusammenarbeit willen, damit einverstanden sind.

Mit freundlichen Grüssen – Jonathan Sokowsky

PS: Herr Lorenz Lienhard hat uns berichtet, dass Sie keine Bilder an die Kanzlei Boss & Boss verkaufen wollten. Darüber hätten Sie uns selbstredend früher informieren müssen! Seien Sie froh, dass wir Ihre Werke überhaupt noch verkaufen können.

Zuerst konnte ich über diese Unverschämtheit nur den Kopf schütteln. Dann lachte ich laut heraus und zu guter Letzt wurde ich stocksauer. Diese Agentur erlaubte sich meinen vertraglichen Anteil am Verkaufspreis – das waren 60 Prozent – ohne mit mir zu verhandeln, für ihre nicht erwirtschaftete Verkaufskommission abzubuchen! Das war ein klarer Vertragsbruch! Warum hatte das mein Anwalt Simon Tadeusz, notabene ohne mich zu konsultieren, zugestanden?! Mir wurde plötzlich – und endlich – klar, dass mich die Galerie Sokowsky richtiggehend zu bescheissen versuchte! Und dieser Anwalt, den mir Lorenz mit tausend fadenscheinigen Argumenten aufgehalst hatte, gehörte offensichtlich mit zu dieser Betrügerbande. An Brunner+Tadeusz versandte ich sofort folgende Nachricht:

Zuhanden Simon Tadeusz: Hiermit kündige ich Ihnen, das heisst dem Notariat Brunner + Tadeusz, mein Mandat per sofort auf. Ihre eigenmächtigen Vereinbarungen mit der Galerie Sokowsky, betreffend die Verrechnung des mir rechtlich zustehenden Verkaufserlöses mit den so genannten rückläufigen Kommissionseinnahmen der Galerie, sind vertragswidrig und ohne mein ausdrückliches und persönliches Einverständnis ungültig. Mein neuer Rechtsvertreter wird gegen Sie und die Galerie gerichtlich vorgehen, falls Sie nicht umgehend Ihre eigenmächtigen Vertragsänderungen berichtigen. Auch mit der Galerie Sokowsky werde ich meine Kooperation per sofort beenden. Ich bitte Sie um eine umgehende schriftliche Entschuldigung Ihrerseits für den beruflichen und berufsethischen Fehltritt, sowie um die Einleitung aller nötigen Vorkehrungen für unsere Trennung. Klaus Kaltbach

Seit ich mich erinnern konnte, hatte ich noch nie eine Nachricht in diesem harschen Ton verschickt. Der geschäftlich kalte Stil passte eigentlich gar nicht zu mir. Aber ich hatte vor langer Zeit von meinem Vater, und später auch während meiner Ausbildung gelernt, wie man so etwas nötigenfalls angehen muss. Das kam mir jetzt, ein bisschen spät zwar, wieder in den Sinn. Meine Wut auf Sokowsky holte mein ganzes kaufmännisches Wissen aus den Tiefen des Vergessens wieder ans Licht. Ich musste diese Kenntnisse nun unbedingt anwenden, denn weder von Lorenz noch von Bernhard Boss würde ich zukünftig irgendwelche Unterstützung akzeptieren wollen. Ein neuer Anwalt musste her! Ein Jurist meiner eigenen Wahl. Ich wurde lange genug von Lorenz und seinen falschen Freunden manipuliert.

Ich brühte mir einen Tee auf, setzte mich an den grossen Tisch und starrte minutenlang auf das halbfertige Bild für die Bank. Ich schwor mir, es fertig zu bearbeiten, sobald ich Attila gefunden hatte. Die Suche nach ihm würde ich ab jetzt nur noch im Alleingang weiterführen. Plötzlich wurde mir völlig klar, dass nur ich selbst für mein Wohlergehen und Überleben zuständig und verantwortlich war, dass ich die unangenehmen und mühsamen Pflichten, die das Leben mit sich bringt, nicht an andere übergeben durfte. Weder an Freunde noch an Institutionen. Man musste alles aus eigener Kraft schaffen. Und während mir das bewusst wurde, spürte ich, wie eine grosse Last von mir abfiel. Freude über meine neue Kraft und Lust durchströmten meinen ganzen Körper, und dieses Gefühl versprach mir wieder Spass an einem Leben, das vielleicht schwieriger zu bewältigen war, als bis anhin... das aber auch abenteuerlich und vor allem weniger gleichförmig zu werden versprach.

Fröhlich summend sortierte ich die mir wichtigen Briefe und Rechnungen aus dem Haufen. Es war ein recht grosses Bündel. Ich machte vier verschiedene Stapel: Fanpost (im Gegensatz zu Sokowskys anscheinend schwindendem Verkaufsumsatz war die Resonanz meiner Fans und das Kaufinteresse für meine Bilder eher grösser geworden),

Rechnungen, die Trauerkarten zu Linas Abdankung und Einladungen zu Anlässen und Diverses. Die Werbesendungen warf ich in den Papierkorb. Eine Dreiviertelstunde später hatte ich den ganzen Papierberg abgetragen und, wenn nötig, kurz beantwortet. Dann verzehrte ich das trockene Sandwich, das ich mir vom Frühstück im Hotel Ador als Proviant für unterwegs abgezweigt hatte. «Und nun auf nach Fribourg» sang ich übermütig.

Beim Wegfahren vom Atelier fiel mir ein weisser Fiat 500 auf. Ich konnte gerade noch erkennen, dass zwei Frauen darin sassen. Dieses Auto – mit vier Frauen? – hatte ich doch am Tag zuvor schon im Metro-Parking gesehen? Waren das etwa meine Überwacherinnen? Wie auch immer, eine Verfolgungsjagd brachte mich nicht mehr aus der Ruhe. Im Gegenteil! Was für ein wunderbares Gefühl endlich wieder mal in voller Freiheit ein Abenteuer zu erleben.

Auf der A 12 herrschte reger Verkehr. Das würde ein Entwischen erleichtern, sollten Fuchs und die Brun mich wirklich observieren lassen. Graue Wolken zogen vom Jura her über das hügelige Land zwischen Aare und Saane, aber es war frühlingshaft warm und es blieb auch während der ganzen Fahrt trocken. Ich überliess die Routenplanung dem GPS. Nur ab und zu schaute ich in den Rückspiegel, konnte jedoch nirgends den weissen Fiat 500 hinter mir entdecken. So war die Fahrt mehr oder weniger eine bequeme Entspannungspause. Erst in der Fribourger Unterstadt wurde meine Aufmerksamkeit gefordert. Doch auch das Restaurant *Les Trois Canards* fand ich ohne Umwege, obschon es zuhinterst in einer engen Schlucht versteckt lag. Dass ein Gastrobetrieb an dieser Stelle, selbst für die Fribourger abseits und versteckt überleben konnte, erstaunte mich. Ich war gezwungen in einer Felsennische zu parken und hoffte, dass kein Steinschlag auf meinen Wagen herunterdonnern würde, denn hier in dieser Einöde wollte ich auf meiner Suche nach Attila nicht stecken bleiben.

Es war zwanzig vor fünf geworden. Nur drei weitere Autos hatten den Weg hierher gefunden. Sie standen auf dem kleinen Parkplatz, der zwischen Bach und Felswand aufgeschüttet worden war. Es war kein Fiat 500 dabei. Ein ulkige Idee, sich hier zu treffen. Nur ein extremer Romantiker oder jemand der die grosse Masse aus irgendwelchen Gründen meiden musste, konnte in dieser finsteren Schlucht ein Treffen vereinbaren. Aber dieser einsame Ort und das kleine, geduckte Haus, in dem sich die gesuchte Schenke befand, passten gut zu meiner neu erwachten Abenteuerlust. Ich stieg aus, streckte mich und schaute zum schmalen grauen Band des Himmels empor. Dann ging ich voller Erwartungen auf die ‹Drei Enten› zu.

Innen wirkte das Restaurant auf mich wie eine improvisierte Synthese von zwei ganz verschiedenen, aber mit Liebe eingerichteten Bungalows. Der eine Raum war aus Backstein gemauert und beherbergte die Küche, einen Wohnraum mit Büronische (Zutritt verboten!) und eine ziemlich altmodische Toilette. Der andere Teil bestand aus einem einzigen grossen Wohnzimmer mit Wänden aus Glas, hell und luftig wie ein Wintergarten. Die Sicht nach aussen beschränkte sich allerdings auf Felswände, ein kleines Stückchen Bach und den kleinen Parkplatz. Die etwa fünfzehn Gästetische, zwischen denen viel Grün in Holztrögen eine heimelige Atmosphäre hervorzauberte, waren bereits fürs Nachtessen gedeckt. Nur an einem von ihnen sassen schon Gäste. Eine freundliche, adrette Frau mittleren Alters begrüsste mich in französischer Sprache und machte mich mit einer entschuldigenden Geste darauf aufmerksam, dass die Küche erst ab 19 Uhr in Betrieb sei. Ich beschwichtigte sie: «Das ist kein Problem. Ich habe hier ein Treffen mit Herrn Blaise

Bugnon vereinbart. Ob wir hier später dann essen möchten, kann ich Ihnen noch nicht sagen.»

«Wie Sie wünschen, Monsieur. Schauen Sie einfach unsere Karte an, dann werden Sie bestimmt zum Diner bleiben. Wir haben Forellen aus eigener Zucht.» Glücklicherweise hatte ich einen grossen Teil meiner früheren Französischkenntnisse noch nicht verloren und brachte ein akzentfreies «Je vous remercie pour votre suggestion, Madame» zustande.

Mit einem zufriedenen Nicken bedankte sie sich. «Für Herrn Bugnon habe ich den Tisch dort hinten am Fenster reserviert. Möchten sie schon etwas trinken?»

«Gern. Bringen sie mir bitte einen doppelten Espresso und ein Mineralwasser mit Kohlensäure.» Eine beeindruckende Übersetzung dieses Satzes gelang mir allerdings nicht.

Blaise – es musste der Kunsthändler sein – kam pünktlich um fünf. Er war klein, knapp 1,70 m, Bartträger, bis auf einen kleinen Spitzbauch ziemlich schlank. Er hatte ein offenes Gesicht und streng nach hinten gekämmtes, schwarz gefärbtes Haar. Seine fröhlich blitzenden, braunen Augen waren ständig in Bewegung und er schien ununterbrochen zu lächeln. Ich vermutete, dass der etwa Siebzigjährige zu jedem auch noch so unbedeutenden Anlass einen Anzug mit gestärktem Hemd und Krawatte trug. Heute war es ein gut geschnittener, dunkelgrauer Zweireiher. Plötzlich erinnerte ich mich wieder an diesen lebensfrohen, witzigen Galeristen. Seinen Namen hatte ich zwar längst vergessen gehabt. Wie lustig, dass Marina dieses Treffen ausgerechnet mit ihm arrangiert hatte. Dem wirbligen Fribourger war ich früher oft an Vernissagen begegnet. Als ich noch nicht mit Sokowsky zusammenarbeitete, hatte er ab und an auch Bilder von mir verkauft.

Bevor er zu mir an den Tisch kam, begrüsste ihn die Wirtin überschwänglich und sie verfielen sofort in ein lebhaftes, herzliches Gespräch. Erst dann entdeckte er mich und trennte sich achselklopfend von seiner offensichtlich engen Bekannten.

«Salut, vieux copain!» Er lachte mich an und setzte sich schwungvoll zu mir an den Tisch. «Schön, dich nach all den Jahren wieder mal zu treffen, Nicolas le couronné de succès. Marina Marquez hat mich heute Morgen früh angerufen und mich gebeten, dir bei einer Suchaktion zu helfen. Aber lass uns doch zuerst auf unsere alte Freundschaft, unser schönes Handwerk anstossen. Dann kannst du mir dein Problem schildern.»

Die Wirtin brachte einen Halben Weissen und ein Schälchen mit Oliven.

Bugnon fragte mich nach meinem Wohlergehen und dem beruflichen Erfolg, und dasselbe wollte ich natürlich auch von ihm wissen. «Die guten Maler erleben nicht gerade ihre besten Zeiten» klagte er mit lachenden Augen. «Der Markt wird überschwemmt von so genannten Kreativen auf der Suche nach schnellem Ruhm, von schamlosen Kopisten und von malenden Hausfrauen oder Arbeitslosen, welche die Kunst als Therapie betreiben. Aber was soll's, wir überleben trotzdem! Dir scheint es allerdings gut zu gehen, wie man hört. Bist du immer noch mit Sokowsky im Geschäft? Der verkauft ja anscheinend mit harten Methoden und das nicht nur lokal, dieses Schlitzohr ist auch international gut vernetzt.»

«Im Moment bin ich nicht in Form...» versuchte ich ihn zu unterbrechen, aber er war zu sehr in Schuss.

«Jeder hat seine mühsamen Zeiten. Ich habe letztes Jahr auf Korsika gearbeitet und werde im Mai in Genf bei Lefranc ausstellen. Hoffentlich bringt's was. Die korsische Landschaft hat mich allerdings nicht gerade inspiriert, darum habe ich mich auf arbeitende, schöne, junge Frauen konzentriert. Das hat mehr Spass gemacht.» Er zwinkerte mir grinsend zu. «Es wäre schön, wenn du mir die Ehre erweisen würdest, meine Ausstellung bei Lefranc zu besuchen.»

Ich versuchte nochmals zu meinem Thema zu kommen. «Heute Morgen habe ich den Vertrag mit Sokowsky gekündigt.»

«Ach ja?» Er war sehr erstaunt. «Er ist doch der erfolgreichste Galerist in der Schweiz. Mon brave copain, warum tust du so was?!»

«Weil er mich bescheisst!» Ich erzählte ihm von den Unregelmässigkeiten und von dem Mail, das ich am Morgen erhalten hatte.

Wir erhoben unsere Gläser auf den Kampf gegen betrügerische, geldgierige Galeristen und quatschten noch eine Weile über die guten und die schlechten Seiten unseres Metiers.

Dann kam er endlich doch noch auf meine Suche zu sprechen: «So, nun möchte ich aber gerne wissen, wen du in Fribourg finden willst. Marina hat mir nur verraten, dass es um einen ehemaligen, jungen Mitarbeiter von dir gehe.»

Ich erzählte ihm die Geschichte von Attila. «Weisst du, ich bin sehr beunruhigt. Man hat mir in seinem Stammlokal erzählt, er hätte einen Job in Friboug gefunden. Aber ich habe das Gefühl, dass er in irgendwelchen Schwierigkeiten steckt. Jemand hat die Abbaye d'Hauterive erwähnt. Dort gäbe es eine Kunstschule. Das würde eigentlich zu ihm passen, aber ich glaube trotzdem nicht so richtig daran. Er ist nämlich ziemlich ehrgeizig.» Dann zeigte ich ihm das Foto von Attila und beschrieb ihn so genau wie es mir, ohne feuchte Augen zu bekommen, möglich war.

«Seit wann soll er denn hier sein?» erkundigte sich Bugnon und vergass dabei sogar sein ewiges Lächeln.

«Er verschwand bei mir vor fast sieben Wochen. Ob er direkt nach Fribourg kam, weiss ich nicht. Ich habe seither überhaupt nichts mehr von ihm gehört.»

Mit ehrlich besorgter Miene dachte er nach. «Ich habe kürzlich von einem jungen Italiener gehört, der kurz bei einer Sicherheitsfirma in Barberêche einquartiert war. Er soll Clemente Giglioni heissen. Deine Beschreibung könnte aber auf ihn passen. Meine Lehrtochter, die ihn näher kannte, hat mir leider keine weiteren Einzelheiten über ihn erzählt. Komm doch morgen in meiner Galerie vorbei. Dann kannst du Colette gleich selber befragen, wenn du willst. Nebenbei könntest du auch einen Teil meiner Korsika-Bilder begutachten. Ich an deiner Stelle würde jetzt zuerst zur Zisterzienserabtei bei Grangeneuve fahren. Frag dort nach Père Innocent. Er betreut das Gästehaus, das liegt gleich neben dem Kloster. Der Pater ist jeden Abend bis acht Uhr dort. Er gibt auch Malkurse im Gästehaus. Ein äusserst kunstbegeisterter, liebenswerter Priester, der auch immer wieder Schüler aufnimmt, die sich eine Kunstschule eigentlich nicht leisten könnten. Ich kenne ihn gut und du kannst ihm ruhig sagen, dass ich dich geschickt habe. Die Abtei liegt nicht weit von hier, ein bisschen mehr als ein Katzensprung. Und ich selber werde mich inzwischen auch noch ein bisschen umhören. Es würde mich sehr freuen, wenn ich dir und diesem jungen talent d'espoir helfen könnte.»

Ich dankte ihm, indem ich einen weiteren Halben von dem wirklich süffigen Vully bestellte. Danach wollte er mehr über Sokowsky und seine Machenschaften wissen. Mit Ausnahme des Mails von heute Morgen und dem Verkauf von zwei Bildern an die Boss Brüder konnte ich ihm indes keine weiteren, konkreten Auskünfte geben. Aber nun machte er mir plötzlich einen Vorschlag: «Wenn du bei ihm wirklich aussteigen willst, warum eröffnen nicht wir zwei eine Galerie. Mit Verkaufsausstellungen, in Bern, Fribourg, Lausanne und Genf? Wir könnten auch noch einen dritten dazu nehmen. Von Jean-Marc Bandelier zum Beispiel hast du bestimmt schon gehört. Er arbeitet in Cully bei Lausanne und hatte ebenfalls Streit mit seinem

Galeristen. Über die Vorteile einer eigenen Galerie muss ich dir wohl nichts erzählen. Das wäre doch eine tolle Sache, findest du nicht?» Er musste schon öfter über ein solches Projekt nachgedacht haben, und nun spielte ich ihm mit meinem Ausstieg bei Sokowsky in die Hände. Sein Lächeln war wieder da. Ich wollte ihm gerade zustimmen, als ein Mann das Restaurant betrat, von dem ich in letzter Zeit auch schon geträumt hatte: Hauptkommissar Beat Fuchs!

Es blieb mir nichts anderes übrig, als Fuchs an unseren Tisch zu bitten. «Herr Hauptkommissar, schön Sie hier zu sehen. Ich nehme an, Sie sind nicht zufällig hier? Oder hatten Sie eine göttliche Eingebung, die Sie ausgerechnet hierher führte?»

Fuchs nahm Platz und lachte. «Nein. Gott ist mir gegenüber nicht sehr grosszügig. Aber Spass beiseite: Ich habe Sie im Atelier gesucht, doch da waren Sie gerade weggefahren. Ich dachte mir, dass es sicherer sei, wenn ich in Ihrer Nähe bleibe. Deshalb fuhr ich Ihnen, mit ein wenig Abstand, hinterher.»

Zum ersten Mal musste ich in seiner Gegenwart schmunzeln, was ihn angenehm zu überraschen schien. Er reichte Bugnon seine Hand über den Tisch hinweg und stellte sich vor. Ich selber hatte schlicht vergessen, die beiden miteinander bekannt zu machen.

Fuchs wandte sich danach wieder mir zu: «Kaltbach, Sie sind hier wegen Ihrem verschwundenen Assistenten, nicht wahr? Wenn ich Ihnen bei der Suche behilflich sein kann, dann würde es mich freuen; auch aus eigenem Interesse. Grigorescu wäre für unsere Ermittlungen in den Tierquäler-Fällen nämlich ein wichtiger Zeuge. Können wir in diesem Punkt nicht zusammenarbeiten? Das wäre doch viel effizienter!»

Dieser Bulle überraschte mich nicht zum ersten Mal. Eine wahre Spürnase... und ein Schlitzohr dazu. Wie hatte er, ohne ein Hellseher zu sein, wissen können, dass ich hier in dieser gottverlassenen Schlucht zu finden sei?! Und nun sein Angebot! Meinte er es überhaupt ernst? Unentschlossen schaute ich zu Bugnon. Der meinte: «Ich finde das eine sehr gute Idee. Aber...»

«Aber?» fragte ich. Immer dieses blöde ‹Aber›.

Bugnon richtete seine Antwort an Fuchs: «...aber vielleicht möchte Klaus Kaltbach, dass sich die Behörden aus seinen Privatangelegenheiten heraushalten. Ein paar Geheimnisse dürfen wir armen Maler doch noch für uns behalten. Das gesteht uns sogar der Datenschutz zu.»

Fuchs lachte sarkastisch. «Ich weiss ja nicht, was Kaltbach Ihnen erzählt hat, Monsieur Bugnon. Aber wir haben es mit einem Doppelmord zu tun. Weiter ermitteln wir in einem Fall von körperlicher Gewalt mit Todesfolge, einem Fall von Erpressung mit Todesfolge, weiteren Erpressungen und *last but not least,* von brutalen Tierquälereien. Finden Sie immer noch, dass Kaltbach uns Gesetzeshütern etwas verschweigen darf, das uns weiterhelfen könnte?»

Bugnon war von der langen Liste der Verbrechen schockiert und lehnte sich in seinem Stuhl mit grossen Augen zurück. Schliesslich zündete er sich ein Zigarillo an und dann schaute er mich fragend an.

Ich bestätigte: «Was der Hauptkommissar sagt, stimmt, Blaise. Aber diese Verbrechen haben nichts mit Attila und mir zu tun. Wir beide gehören eher zu den Opfern.»

Jetzt wandte Bugnon seinen immer noch beunruhigten Blick Fuchs zu. Auch dieser nickte. «Es sieht aus, als hätte ihr Freund recht. Aus diesem Grund müsste er eigentlich mit mir zusammenspannen.» Er winkte der Wirtin und bestellte einen schwarzen Kaffee. «Tut mir leid, dass ich beim Wein nicht mitmachen kann... bin im Dienst. Schade.»

Bugnon schaute jetzt ermunternd zu mir. «Arbeite mit ihm zusammen! Ich verstehe zwar immer noch nicht ganz, worum es hier geht.» Er nippte an seinem Weinglas. «Aber ich empfehle dir trotzdem,

Kollege Kaltbach, auf das Angebot des Kommissars einzugehen. Im Alleingang wirst du den Jungen vielleicht nie finden. Es ist wohl am besten, ihr fahrt jetzt gemeinsam zur Abtei. Das ist meine neutrale Meinung. Ich selber kann euch leider nicht begleiten. Um halb sieben habe ich ein Rendez-vous mit einem potentiellen Kunden. Und du, Klaus, vergiss nicht morgen bei mir an den *Petites Rames* reinzuschauen. Dann kannst du auch mit meiner Lehrtochter reden. Ich glaube, dass Colette deinen vermissten Jungen gut kennt, wenn du verstehst, was ich meine. Tantpis, es wäre schön, wenn wir danach zusammen essen könnten. Vielleicht kann ich bis dahin etwas Neues zu euren Ermittlungen beitragen.» Er stand auf und legte drei Zehnernoten auf den Tisch. «Vous êtes sur mon terrain, ça veut dire, c'est à moi de payer, mes chers convives» und weg war er.

«Freundlicher Mann!» wertete Fuchs. «Und recht hatte er auch.»

Ich überlegte hin und her. Das Angebot von Fuchs war zwar vernünftig und hilfreich, aber irgendetwas in mir sträubte sich vehement dagegen, diese Suche mit jemandem – und vor allem mit einem Polizisten – zu teilen. Sie verlor damit für mich den ganz persönlichen und intimen Sinn, ja noch mehr: das Motiv Liebe. Attila war mein alleiniges Problem! Basta! Ich war es dem Jungen schuldig, mich ohne jeglichen Vorbehalt und mit allen meinen Kräften für ihn einzusetzen. Und das ganz persönlich. Aber – schon wieder dieses Aber! Fuchs wurde mir immer sympathischer. Und er wirkte ohne Zweifel absolut zuverlässig was seine Arbeit anbelangte, aber auch als Mensch – verantwortungsbewusst und verständnisvoll. Er konnte mit seinem Gewicht als Polizeibeamter, und vor allem mit seiner Erfahrung, für mich und Attila wirklich eine grosse Hilfe sein. Ich sass eine kurze Weile unschlüssig und schweigend da. Gedankenverloren registrierte ich nur am Rand, dass sich das Restaurant inzwischen mit Gästen, die sich dezent leise unterhielten, fast zur Hälfte gefüllt hatte. Auch die junge, hübsche Serviererin in ihren sehr kurzen Hotpants, die Fuchs den Kaffee brachte, nahm ich nur halb wahr. Aber dann fiel plötzlich mein Entscheid; mein Bauchgefühl sagte mir ironisch: «Ein Fuchs kann dich verletzen, ein Wolf kann dich töten!»

Während der Fahrt im engen Fiat 500 redeten wir wenig. Privat hatten wir uns ja nichts zu sagen. Dafür hörte ich Fuchs zu, wie er mit seiner Kollegin Cécile Brun am Telefon diskutierte. Eine Weile sprach er von einer Durchsuchung, die scheinbar für diesen Abend im Luna-Klub geplant war. Die Polizisten wollten um 22 Uhr dort sein. Sie nahmen an, dass sich der stellvertretende Geschäftsführer Nicolai Niculescu und der Barchef Milan Danaikov zu dieser Zeit bereits im Lokal aufhalten mussten. Falls nicht, müsste ein Mann des Kriminaltechnischen Dienstes das verschlossene Metalltor öffnen. Danach palaverte er mit seiner Kollegin über das aufzubietende Team und über den genauen Ablauf des Einsatzes. Schliesslich erklärte Fuchs der Brun warum er nicht vorher zur Stelle sein konnte. Ein heftiger Disput entstand, bei dem es anscheinend um mich, und danach um eine Vernehmung von Lorenz ging. Dass Fuchs solche Interna vor mir zu diskutieren wagte, bestärkte mich in meinem Vertrauen in ihn. Noch am Vortrag hätte ich nicht daran gezweifelt, dass er mit dieser unüblichen Offenheit mir gegenüber eine perfide Absicht verfolgte. Aber meine Paranoia der letzten Tage hatte sich offensichtlich ins Gegenteil verwandelt. Er schien mir helfen zu wollen.

Nachdem der Kommissar das Telefonat beendet hatte, wandte er sich an mich: «Sie wissen ja, dass wir in den Medien nach Ihnen gesucht haben. Allerdings war das ein Schuss ins Leere, wir haben keinen einzigen Hinweis erhalten. Wenn Sie nicht freiwillig zu uns gekommen wären, hätte ich Sie kaum hier in diesem gottverdammten Felsenkessel gefunden. Wo hielten Sie sich denn versteckt?»

«Versteckt? So kann man das nicht sagen. Ich hatte nur das Gefühl, dass Sie mich auf Schritt und Tritt verfolgen. Genau so wie Lienhard es tat, wie Sie aus meinem Bericht ja wissen. Es ist nicht angenehm, von allen Seiten überwacht zu werden. Darum zog ich von einem Hotel ins andere. Die Nacht nach dem Überfall verbrachte ich in der Wohnung meines Patenkindes Marina Marquez. Sie ist Ärztin und hat meine Verletzung behandelt. Sie war es auch, die mir den Tipp gab, mich an Blaise Bugnon zu wenden. Ich habe weder jemanden getötet noch erpresst. Also darf ich wohl mit gutem Grund erwarten, dass Sie nicht weiter gegen mich ermitteln.»

«Wir brauchen Sie nur als Zeugen. Natürlich können wir Sie nicht zwingen uns zu helfen.» Er schwieg ein paar Minuten. Dann klopfte er mir unvermittelt auf die Schulter. «Sie wirken plötzlich viel hoffnungsvoller und selbstbewusster als zuvor. Ich frage Sie jetzt nicht warum, aber es freut mich natürlich.» Er drosselte das Tempo. «Wir sind gleich da. Kennen Sie diesen Pater?»

Ich schüttelte den Kopf. «Nein. Aber Attila und seine Mutter hatten in Bukarest viel mit Priestern zu tun. Die Klosterbrüder waren die Einzigen, die sie unterstützten.»

«Wie machen wir es also? Wollen Sie mit ihm reden, oder soll ich?»

Ich grinste in mich hinein. Wir waren ein seltsames Duo, zwei kinderlose alte Männer, die nach einem Jungen suchten. Fuchs trug eine zerknitterte Jacke, es sah aus als hätte er stundenlang im Platzregen gestanden. Mein Kittel sah auch nicht viel besser aus, denn der hatte schon fast zwei Tage in meinem voll gestopften Koffer gelegen. Auch trugen wir beide nicht mehr ganz saubere Jeans und schauten mit müden Faltengesichtern und roten Augen aus der Wäsche. Ohne den Polizeiausweis von Fuchs müsste Père Innocent uns für Obdach suchende Penner halten. «Besser Sie reden am Anfang mit ihm. Sie haben einen Ausweis als Polizeichef.»

«Gut, ich präsentiere ihm meine Polizeimarke und erkläre ihm unser Anliegen. Und danach machen Sie ihm dann klar, dass sie Grigorescus Lehrmeister sind, und in irgendeiner Weise der einzige Angehörige, den er in diesem Land hat. Erklären Sie ihm, dass Sie sich an die Polizei gewandt haben, um Ihren verschwundenen Schützling zu suchen. Erwähnen Sie Bugnon und stellen Sie ihm auch gezielte Fragen darüber, wie und durch wen Attila zu ihm ins Kloster gekommen ist, und was der Junge ihm sonst noch über sich erzählt hat.»

Es war fast halb sieben, als wir die Abtei vor uns sahen. Das Hauptgebäude präsentierte sich als imposanter, viereckiger Klosterbau mit spitzem Dach und einer Kirche. Es lag inmitten einer ausgedehnten Anlage mit bewirtschafteten Feldern, einem riesigen Gemüse- und Kräutergarten auf der einen, und einer gepflegten Parkanlage an der andern Flanke. Auf dieser Halbinsel gab es aber noch andere Gebäude: ein stattliches Landhaus, eine Art Bauernhof, zwei längliche Remisen und ein stolzes, mausgraues Gebäude, das einem Internat ähnlich sah, und möglicherweise als Gästehaus für Pilger auf dem Jakobsweg genutzt wurde. Hinter der ausgedehnten Klosteranlage erhob sich auf der andern Seite des Saanebogens eine eindrucksvolle, vom Fluss ausgewaschene Felswand, darüber ein Wald. Es kam mir vor wie ein verstecktes Paradies der Ruhe, voller friedlicher Motive die zu malen es sich lohnen würde. Die Mönche des Mittelalters hatten gewusst, wo man sich Gott ungestört am nächsten fühlen konnte.

Ein Schild wies uns zum breiten, grauen Gebäude, das mit *Maison d'Hôtes* angeschrieben war: das von Bugnon erwähnte Gästehaus. Direkt vor dem Haupteingang parkte Fuchs den Fiat, was wahrscheinlich gegen die Klosterregeln verstiess. Wir beide fühlten uns hier auf fremdem Terrain, denn Fuchs hatte sicher keine Beziehung zum Klosterleben und ich war ein Agnostiker. Wir schauten uns um. Weit und breit war keine Menschenseele in Sicht.

«Versuchen wir's erst mal hier beim Haupteingang», schlug der Kommissar vor. Die schwere, breite Holztür war nicht abgeschlossen. Fuchs, der offenbar zögerte einfach einzutreten, entdeckte einen Glockenzug.

«Ziehen Sie mal daran, Kaltbach.»

Ich läutete, wohl etwas zu stürmisch, denn ich wurde mit einem strengen Polizistenblick bedacht.

Kurz darauf erschien ein junger Mann in einer schwarzen Arbeitsschürze an der Tür. Ein angehender Novize? Er nickte uns mit einer kleinen Verbeugung zu und schaute uns dann mit einem verwunderten Hundeblick an. «Bonjour, messieurs» flüsterte er zur Begrüssung.

Fuchs hielt es nicht für nötig französisch zu sprechen. «Guten Abend. Wir möchten gern Père Innoncent sprechen.»

«Un moment, s'il vous plaît.» Der junge Mann verschwand lautlos. Die Türe zog er hinter sich zu.

Der gross gewachsene, über siebzigjährige Pater erschien zwei Minuten später. Er trug das Habit der Zisterzienser: eine weisse Mönchskutte und darüber das schwarze Skapulier. Die Kapuze des Gewandes war zurückgeschlagen und liess uns sein weisses, kurz geschnittenes Haar sehen. Leicht gebeugt betrachtete er uns ein paar Sekunden lang aus schmalen, runzeligen Schlitzen, die seine Augen kaum erkennen liessen, und begrüsste uns dann mit einer leisen, brüchigen Stimme: «Guten Abend, meine Herren. Willkommen in unserer Gemeinschaft. Gott segne Sie. Was kann ich für Sie tun?»

So viel Freundlichkeit hatte Fuchs wahrscheinlich nicht erwartet. Er trat einen Schritt zurück, zog seinen Ausweis aus der Jackentasche und deutete ebenfalls eine, allerdings etwas plumpe Verbeugung an. «Inspektor Beat Fuchs von der Berner Kantonspolizei.» Inspektor? Das war mir neu. Mich stellte er mit einem unverständlichen Kauderwelsch vor. Ich nahm an, dass er meinen Namen mit Bedacht nicht verraten wollte. «Wir suchen einen jungen Mann, der hier die Kunstschule besucht hat. Sein Name ist Attila Grigorescu.»

«Ach? Einen verlorenen Sohn also. Einen Schüler mit diesem Namen hatten wir aber leider nie bei uns. Nun, unser Vater lehrt uns, zu allen Suchenden freundlich und hilfsbereit zu sein, nicht wahr? Bitte folgen Sie mir.» Er hinkte leicht mit dem linken Bein und ging uns mit vorsichtigen, kleinen Schritten voraus, eine breite, kurze Treppe hinauf in eine kleine, schwach erleuchtete Empfangshalle. Dort blieb er stehen und drehte sich zu uns um. «Die Polizei sehen wir hier selten.» Er lächelte uns väterlich an, so als wären auch die Hüter des Gesetzes in jedem Fall Kinder Gottes. «Darf ich Sie in meine bescheidene Schreibstube bitten und Ihnen eine Tasse unseres berühmten Kräutertees anbieten? Er wird Ihnen den Körper, das Herz und die Seele erwärmen, wie es auch der Heilige Geist tut. Es ist frisch geworden heute Abend, nicht wahr?» Wir folgten ihm in ein enges Büro in dessen Mitte ein mächtiger, verkratzter antiker Holztisch stand, flankiert von zwei ebenso alten Bänken. An den Längsseiten dieser Stube ragten dunkle Büchergestelle bis zur hohen Decke hinauf. Am Fenster stand ein wunderschöner Sekretär, darauf eine grüne Schirmlampe, ein PC älteren Jahrgangs und eine kleine Jesusfigur. In einer Fensterecke stand ein gepolsterter Ledersessel mit hoher Rückenlehne.

«So!» Er liess sich seufzend auf der Bank nieder und richtete sich vorsichtig auf. «Setzen Sie sich, bitte. Mein Name ist Innocent, ich bin einer der zwei Dutzend Patres hier in der Abtei. Bitte, ich höre und helfe, wenn ich kann.»

Ich holte das Foto von Attila hervor und legte es vor dem ehrwürdigen Vater auf den Tisch. «Das ist Attila Grigorescu, ein rumänischer Junge, der lange in meinem bekannten Kunstatelier in Bern gearbeitet hat und von dort vor etwa sieben Wochen spurlos verschwunden ist.»

Pater Innocent schaute sich das Bild lange an, mit einer Hand vor seinem Mund. «Das ist Clemente! Clemente Giglioni. Unter diesem Namen haben wir ihn bei uns aufgenommen. Er hat uns erklärt, er sei auf der Flucht. Ich weiss nicht, vor wem. Vor dem Bösen wohl. Entschuldigen Sie mich einen kurzen Augenblick.» Sein Hochdeutsch war akzentfrei. Er holte eine Agenda vom Schreibtisch, legte sie auf den grossen Tisch und setzte sich unter mehreren Seufzern uns gegenüber wieder auf die Bank. Dann beugte er sich so weit vor, dass seine Augen fast auf Tischhöhe waren und blätterte umständlich in dem dicken Buch. «Unser Orden hat immer wieder suchende Jugendliche aufgenommen und sie mit dem täglichen Brot und der Liebe des Vaters verpflegt. Selbstverständlich auch diesen Clemente. Also, am 28. Februar kam er hier an. Er bat um Asyl und ich nahm ihn im Namen der Liebe Gottes auf.» Er richtete seinen Oberkörper wieder auf und schaute uns fragend und mit leicht geöffnetem Mund an, dann hielt er die Fotografie nochmals knapp vor seine Augen. «Ja, das muss er sein. Er hat bei uns den Namen Clemente benutzt.»

«Erschien er allein bei Ihnen, Pater Innocent?» wollte Fuchs wissen.

«Ja. Müde, traurig und hungrig.» Der Klosterbruder liess sich Zeit und wandte seinen Blick zur Decke, so dass man nun die blassgrauen, wässrigen, aber gutmütig strahlenden Augen erkennen konnte. «Clemente erzählte uns, dass er bei einem Maler in Bern gearbeitet habe, dann sei er aber plötzlich und überraschend entlassen worden. Zwei Männer hätten ihm am selben Tag aufgelauert und ihn in einem dunklen und vergammelten Kellerloch versteckt.»

«Warum denn versteckt?» fragte ich ängstlich.

«Er erzählte, es seien Männer gewesen, die er schon gekannt habe und denen er bis anhin vertraut hatte. Er versicherte mir glaubhaft, dass er diesen Leuten nichts Böses getan habe. Aber die Männer hätten behauptet, dass die Schweizer Polizei ihn verdächtige, ein schweres Verbrechen begangen zu haben. Er werde gesucht, um nach Bukarest ausgewiesen zu werden. Dort würde ihm eine lange Gefängnisstrafe drohen. Darum würden sie ihm helfen und ihn für den Moment verstecken. Sie wollten ihm einen Anwalt besorgen, der das Problem für ihn lösen könne. Aber er versicherte mir, das mit der Polizei und dem Verbrechen sei eine unverschämte Lüge. Über zwei Wochen habe man ihn in dem Keller gefangen gehalten. Von Hilfe und Fürsorge keine Spur. Danach sei es ihm gelungen zu fliehen. Er habe sich zu Fuss auf den Weg zu einer Freundin in Fribourg gemacht. Zwei Tage und zwei Nächte sei er ohne Essen unterwegs gewesen. Bei der Freundin habe er nicht bleiben können; aber sie habe ihm geraten, zu uns in die Abtei zu kommen. Da wäre er sicher und gut aufgehoben, und könne erst noch eine Kunstschule besuchen.»

Ich war von Père Innocents Erzählung zutiefst schockiert, und meine allerschlimmsten Befürchtungen wurden bestätigt. «Hat er nicht erwähnt, wer diese Männer waren?»

«Ich habe auch nicht danach gefragt. Unser Vater erwartet von uns nicht Neugier, sondern Hilfsbereitschaft. So ist es auch bezüglich der Beichte vorgeschrieben.»

Fuchs fragte: «Ist er jetzt noch hier im Kloster?»

Innocent schüttelte traurig den Kopf. «Er wohnte zwei Wochen lang hier im Gästehaus, half bei den Arbeiten auf dem Hof und besuchte bei mir die Malkurse. Er ist ein sehr begabter junger Mann und könnte eine grosse künstlerische Zukunft haben. Das habe ich sofort festgestellt. Wir Zisterzienser sind den schönen Künsten seit jeher sehr verbunden, müssen Sie wissen. Wir widmen uns der Kunst im Dienste Gottes. Sie können sich morgen drüben im Kloster unsere eindrückliche Kunstsammlung ansehen, wenn Sie möchten und Zeit dazu haben. Aber zurück zu Clemente: Er verabschiedete sich bei mir am...» wieder beugte er sich tief auf die Agenda herunter «...am 11. März. Er sagte, er wolle zu seinem ehemaligen Arbeitgeber und Meister nach Bümpliz zurück. Natürlich sind unsere Gäste keine Gefangenen, sie können tun und lassen, was sie für sich selber für richtig halten. Und da Clemente zu diesem Maler in Bümpliz eine enge Beziehung haben musste – das spürte ich immer wieder – liessen wir ihn mit Gottes Segen ziehen.» Er wandte für einen Moment den Kopf ab, als würde er beten. Als er sich wieder zu uns drehte, fuhr er fort: «Wir befürchten sehr, dass er unterwegs ein zweites Mal entführt wurde, wahrscheinlich wieder von denselben Leuten, die ihn zuvor schon eingekerkert haben. Das würde zu dem passen, was er mir berichtet hatte.» Er schaute mich mit traurigem Lächeln an und nickte. «Jedenfalls haben wir, seitdem er sich von uns verabschiedet hat, nichts mehr von ihm gehört, obwohl er uns doch versprochen hat, sich bei uns zu melden, sobald er wieder bei seinem Meister untergekommen sei.»

Nun forschte Fuchs weiter: «Und hier auf der Halbinsel? Hat hier niemand etwas Auffälliges bemerkt in der Zeit, nachdem Clemente weggegangen ist? Fremde Leute, fremde Autos?»

«Ich persönlich jedenfalls nicht. Aber ich habe bei meinen Brüdern und bei unseren auswärtigen Mitarbeitern nachgefragt. Wir denken ja meistens nicht zuerst an das Böse, verstehen Sie? Wir beten und arbeiten, und unsere ganze Aufmerksamkeit gilt dem Willen des Vaters im Himmel, dem Gebet zu Jesus unserem Meister und unserer täglichen Arbeit. Aber der Novize, der Ihnen vorher das Tor geöffnet hat, will mehrmals einen schwarzen Range Rover auf unserem Gelände gesehen haben. So einen haben wir hier nicht. Das muss natürlich nichts bedeuten, denn es besuchen uns immer wieder an den Künsten interessierte Menschen, Pilger und Ruhesuchende.» Er überlegte einen Moment und fuhr dann nach einer kurzen Pause bekümmert fort: «Ich muss Ihnen noch etwas zeigen.» Er schleppte sich noch einmal zum Schreibtisch hinüber und brachte eine Ansichtskarte mit dem Bild der Abteianlage zurück. Mit zitternden Händen übergab er sie Fuchs. «Bitte, lesen Sie auf der Rückseite.»

Fuchs tat dies laut: *«Lieber Pater Innocent. Ich danke Ihnen von Herzen für Ihre Hilfe und Unterstützung, Ihre Grosszügigkeit und Ihre Liebenswürdigkeit. Ich werde immer an Sie denken und Sie auch bei jeder Gelegenheit, die sich mir bietet, besuchen. Aber ich habe mir vorgenommen, die Reste meiner Familie mit Gottes Hilfe wieder zusammen zu führen. Sie werden das verstehen. Ihr Clemente A.G.»*

«Komisch, nicht?» nickte der Pater. *«Die Reste meiner Familie.* Was soll das nur heissen? Und dann dieses *A.G.?»*

«Das steht wohl für seinen richtigen Namen, Attila Grigiorescu» murmelte ich. «Hat er Ihnen auch von seiner Familie in Bukarest erzählt?»

«Von seiner Familie in Bukarest? Nein.» Der Pater runzelte seine Stirn. « Rom hat er einmal erwähnt. Und dann diese Geschichte mit seiner möglichen Ausweisung nach Bukarest.»

Nun war es an mir von Attilas Herkunft zu berichten: «Sehen sie, Pater Innocent, sein Vater ist früh bei einem Unfall umgekommen, seine Mutter, die ihn aufgezogen hat, lebt seither in armseligen Verhältnissen ihn Bukarest, und er hat noch eine kleine Schwester, von der er nur weiss, dass sie von einem deutschen Paar adoptiert worden ist. Er kannte auch seine Grossmutter, also die Mutter seiner Mutter, die ebenfalls in Bukarest lebte und dort kurz mit einem Schweizer zusammen war, also dem Vater seiner Mutter. Den Schweizer Grossvater hat er auch nie kennen gelernt. Das ist alles, was er mir erklärt hat.»

«Mhm.» Der Pater stützte seinen Kopf in seine Hände. «Gott wird ihm helfen. Kann ich sonst noch etwas für Sie tun? Mögen Sie jetzt einen Kräutertee?»

Fuchs schüttelte den Kopf. «Nein, danke herzlich. Wir müssen möglichst rasch nach Bern zurück. Sie haben uns aber sehr geholfen, Pater Innocent. Vielen Dank. Leider habe ich nur die Geschäftskarte meiner Kollegin Cécile Brun dabei. Hier, nehmen sie die. Wenn Ihnen noch etwas in den Sinn kommt, das uns helfen könnte, rufen Sie uns bitte an.»

Der Mönch lächelte sanft, und die Augen verschwanden dabei noch tiefer in ihren Schlitzen. «Keine Ursache. Ich werde für Sie beten, damit Sie den Jungen finden.»

«Oh, noch etwas» Fuchs hielt noch einmal an, als wir schon unten an der Treppe waren: «Wir haben heute mit dem Kunstmaler und Galeristen Blaise Bugnon geredet. Von ihm sollen wir Ihnen liebe Grüsse ausrichten.»

Der Pater lachte in sich hinein: «Der lustige Blaise! Der war auch mal ein Schüler von mir. Danke. Gott segne euch und helfe euch den Jungen zu finden.»

Auf der Rückfahrt zum Restaurant *Les Trois Canards* telefonierte Fuchs wieder mit seiner Arbeitskollegin. Er behandelte mich, seit wir uns in der Gottéron-Schlucht getroffen hatten, wie einen seiner Berufskollegen, und nicht mehr wie einen der Verdächtigen oder wie ein Spinner. Ich fühlte mich neben ihm schon fast selber wie ein Polizeibeamter.

«Hast Du die beiden Frauen von der Personenfahndung informiert, dass die Überwachung Kaltbach abgeschlossen ist?» erkundigte er sich gerade bei der Brun.

«Gut. Ich bin mit ihm zu dem Kloster gefahren, in dem sein Schützling Grigorescu für eine Weile untergekommen war… Das erzähle ich dir heute Abend… Ist bei dir alles klar, Boss?» Er lachte glucksend. «Sei nicht so zimperlich… Aha! Setze ihm jemand auf die Fersen… Warum nicht? Gute Idee. Ich habe mit denen übrigens Wagen getauscht… Nein, mit Bodenmann rede ich morgen.» Er schaute auf die Uhr. «Es ist jetzt 19.44. In einer Dreiviertelstunde bin ich vor Ort… Und wie! Mein Magen beginnt zu protestieren. Bring mir ein Sandwich mit… Bis dann.»

Nach einem Räuspern wandte er sich an mich: «Sie haben ja mitgehört, also ist Ihnen nun auch klar, dass ich Sie, seit Ihrem Besuch gestern bei uns, nicht mehr aus den Augen gelassen habe. Aber das geschah vor allem zu ihrem Schutz. Und das war auch nötig. Sie haben ja vorhin gehört, wozu die Entführer Ihres Schützlings und deren Hintermänner fähig sind. Sie sollten die Gefährlichkeit ihrer Gegenspieler nicht unterschätzen.»

«Habe ich denn Gegner? Wer soll das denn sein?»

Er schüttelte den Kopf. «Ich muss schon sagen, Sie sind reichlich naiv, Kaltbach. Haben Sie denn schon vergessen, dass man Ihnen Methanol in den Wein geschüttet hat. Und kurz darauf sind Sie bewusstlos geschlagen worden. Und jetzt will man Ihnen auch noch einen Doppelmord anhängen?!»

«Nun, beim Wein bin ich immer noch nicht sicher, ob ich das Zeug nicht selber in die Flasche geschüttet habe. Und der Besuch des Luna-Klubs war von mir einfach unklug. Ich habe mich als Opfer eines Überfalls ja geradezu angeboten.»

Fuchs entgegnete unwillig: «Jetzt kommen Sie endlich zur Vernunft, Mister Kaltbach! Man hat mit Ihnen etwas vor, das ist doch offensichtlich! Wahrscheinlich bekommt das auch Attila zu spüren. Ich bitte Sie dringend, keine Alleingänge mehr zu unternehmen. Überlassen Sie das uns. Ich will in diesem perfiden Fall keine weitere Leiche finden. Es wäre schade um Sie und sicher auch um Ihren Boy. Ausserdem brauchen wir Sie lebendig, als einen unserer wichtigsten Zeugen.»

«Dann sagen Sie mir doch endlich, wer etwas mit mir vorhat!» verlangte ich störrisch. Was Fuchs mir da vortrug, beängstigte mich überhaupt nicht. In meinem ganzen Leben hatte ich noch nie eine so abenteuerliche Zeit erlebt. Und da es jetzt nicht mehr um mich und meine Probleme ging, sondern nur noch um die Rettung meines jungen Mitarbeiters und Freundes, könnte es sogar eine Art Spass machen – wenn nur Attila dabei nicht der Leidtragende wäre. Aber jetzt gab es endlich ein Lebenszeichen von ihm, und ich war fest davon überzeugt, dass ich ihn finden und zu mir zurückholen würde, und dass er dies auch wünschte. Diese Aussicht erweckte in mir ein prickelndes Hochgefühl.

«Ich werde Ihnen sagen, wer hinter Ihnen her ist, sobald wir sichere Beweise haben. Vorher kann ich das nicht, denn Sie würden bestimmt wieder, naiv wie Sie sind, eine gravierende Unvorsichtigkeit begehen. Das möchte ich Ihnen und mir ersparen.»

«Ich verstehe. Immerhin bin ich nach diesem Besuch in der Abbaye sehr erleichtert, Hauptkommissar. Ich weiss jetzt, dass Attila noch lebt und wo er die ganze Zeit war. Und ich hoffe, dass unser Ausflug auch für Ihre Arbeit etwas gebracht hat.»

Fuchs nickte. «Der Pater erwähnte einen schwarzen Range Rover, der als Fahrzeug der Entführer in Frage käme. Mal sehen wer in den Reihen unserer Verdächtigen einen solchen Schlitten fährt.

Diesbezüglich werden wir wahrscheinlich schon heute Abend mehr wissen. Kehren Sie jetzt nach Hause zurück?»

Natürlich war ich nicht ganz zufrieden mit seiner Antwort. Aber es war mir auch klar, dass er mir nicht alles, was er wusste, weitererzählen durfte. Also bedrängte ich ihn nicht weiter. Ich beschloss dafür ziemlich spontan, dass ich heute Nacht nicht zu Hause schlafen wollte. «Nein. Ich werde in meinem Haus am Murtensee übernachten. Es ist höchste Eisenbahn, dass ich dort wieder einmal zum Rechten sehe. Und morgen habe ich vor, Bugnons Lehrtochter Colette zu besuchen. Falls sie mir etwas Neues über Attilas Verbleib sagen kann, werde ich Sie umgehend informieren.»

Wir näherten uns der inzwischen sicher schon stockdunklen Gottéron-Schlucht. Ein heftiger Wind hatte eingesetzt und im Licht der Scheinwerfer tanzten dürre Blätter vom letzten Herbst. Bevor wir uns trennten, wollte ich dem alten Polizisten gerne noch etwas Freundliches sagen. Denn nur dank ihm und seiner Erfahrung hatte Pater Innocent schliesslich soviel über Attila erzählt und mir damit wieder Hoffnung auf ein Wiedersehen gemacht. «Sie haben sicher auch Hunger, Hauptkommissar? Darf ich Sie im *Trois Canards* zum Nachtessen einladen?»

Fuchs seufzte bedauernd: «Das ist sehr liebenswürdig von Ihnen. Ich danke Ihnen für die Einladung. Doch Sie haben es ja gehört, unser Team hat heute noch Wichtiges zu erledigen. Ich sollte eigentlich längst zurück auf der Hauptwache sein. Aber wenn dieser Fall gelöst ist, können wir das gern nachholen. Bevor ich jetzt zurückfahre, muss ich Sie doch noch etwas fragen, Kaltbach: Wir haben bei Ihnen verschiedene Medikamente gegen Depressionen und Schlaflosigkeit gefunden, eines heisst, so viel ich weiss, *Alprazolam* oder ähnlich, ein anderes *Methadon Trinklösung* und ein drittes... ehm, diesen Namen habe ich vergessen. Aber auch ein Schlafmittel namens *Dalmadorm* war dabei. Schlucken Sie all dieses Zeugs?»

Nun war ich total perplex. Schon wieder diese fremden Medikamente, wie im Koffer, den Lorenz mir in die Klinik gebracht hatte... «Ich nehme überhaupt keine Medikamente, ausser *Irbesartan* gegen meinen hohen Blutdruck. Sie können gerne meinen Hausarzt fragen.» Plötzlich überschattete eine dunkle Wolke meine euphorische Stimmung. «Meinen Sie etwa, dass Attila... nein, das hätte ich doch bemerkt. Und ich müsste die Medis in der Zeit nach seinem Verschwinden ja gefunden haben. Wo genau lagen sie denn?»

«In einer Schublade Ihres Büros und im Badezimmer bei Ihnen zu Hause an der Stapfenstrasse.»

Ich konnte mir keinen Reim auf das Ganze machen. «Wenn es stimmt, was Sie da sagen, muss mir jemand diese Pillen, aus lauter Böswilligkeit untergeschoben haben.»

Fuchs nickte. Wir waren inzwischen vor den ‹Drei Enten› angekommen. «Ja, das ist möglich. Es würde auch zu allem anderen passen. Hören Sie, unter Umständen lässt Hauptkommissarin Blum, um ganz sicher zu gehen, noch eine Dopingkontrolle bei Ihnen vornehmen. Das könnte im Falle eines Prozesses wichtig sein. Ein negatives Resultat würde beweisen, dass Sie psychisch gesund und absolut handlungsfähig sind. Für Aussagen vor Gericht ist das wichtig.»

Ich schüttelte immer noch ungläubig den Kopf. «Es sieht ganz so aus als hätten Sie recht: Ein unbekannter Jemand hat noch etwas mit mir vor.»

«Soll ich beim Staatsanwalt Zeugenschutz für Sie beantragen?» Sonderbarerweise grinste Fuchs bei dieser Frage.

«Ich habe schon befürchtet, dass Sie mir diesen Vorschlag machen.

Aber wissen Sie, ganz so ganz hilflos bin ich nicht mehr. Seit heute Morgen fühle ich mich, als steckte ich in einer andern Haut. Aber ich danke Ihnen für Ihre Begleitung, Herr Hauptkommissar.» Als ich mich aus dem Fiat herauszwängte, traf mich der steife Wind mit einer Wucht als wollte er mich forttragen. Ich suchte, im Dämmerlicht nach dem Schlüssel zu meinem Offroader, der in der Felsennische auf mich wartete und freute mich auf ein warmes Essen.

* * *

Cécile sandte Fuchs eine SMS mit der Nachricht, er solle zuerst auf die Hauptwache kommen, wo sie ihn um Viertel vor neun erwarte. Sie dachte, er hätte so noch genügend Zeit, den Fiat der beiden Polizistinnen in der Einstellhalle an der Schütte abzustellen. Das passte auch Fuchs, denn so konnte er die Autoschlüssel beim Concièrge gegen seine eigenen tauschen. Er hoffte, dass die beiden *surveillance ladies* daran gedacht hatten, wie abgemacht seinen Schlüssel auch zu dort zu hinterlegen. Die Zeit würde sogar noch reichen, Cécile kurz von seinem Trip nach Fribourg und in die Abtei zu berichten.

Die Brun erwartete ihn mit zwei Baguettes, eines mit Salami, das andere mit Leberpaste. Sie hatte schon früher beobachtet, dass das seine Lieblings-Varianten waren.

«Hier, Beat, mein bester Mann im Team. Vogel friss oder stirb.» Sie stellte noch eine Literflasche Rivella dazu. «Wir haben leider zu wenig Zeit für einen ausführlichen Rapport» meinte sie. «Um halb zehn müssen wir vor dem Luna-Klub sein. Die Kollegen vom KTD warten in einer halben Stunde mit dem ganzen Karussell beim Bahnhof Bümpliz Nord auf uns.»

«Danke, Cécile.» Seit dem Mittagessen im Hotel Bern hatte er keine Gelegenheit mehr gehabt, sich zu verpflegen. Aber angesichts der knusprigen Brote überfiel ihn ein Mordshunger, und so verschlang er grosse Bissen vom Salamisandwich so gierig, dass er sich beinahe verschluckt hätte. Auch die Flasche Rivella war nach einer Minute schon halb ausgetrunken. Gesund war so etwas ja sicher nicht.

Cécile schaute ihm bei diesem Wettfressen belustigt zu. «Die Staatsanwältin verzichtet darauf, im Luna-Klub dabei zu sein. Sie hat mir aber den Durchsuchungsbefehl ausgestellt. Ich habe schon alles organisiert, und wir können den Einsatz starten. Du kannst mir später von deiner Reise berichten. Nur eine Frage, bevor wir losfahren: Warum hast du eigentlich die Kolleginnen vom DPF entlassen?»

«Ach, die verwöhnten Damen jammerten wegen des verpassten Mittagessens. Also übernahm ich die Überwachung selber und schickte sie in ein Restaurant zum Schlemmern. So konnte ich Kaltbach selber zu seinem Treffen in der Nähe von Fribourg folgen. Das war ein guter Entscheid, denn dort erfuhr ich dann einiges über den jungen Grigorescu. Ich tauschte übrigens meinen Wagen gegen den Fiat der beiden Damen. Der hatte ja den Katzenauge-Peiler installiert, der mir die von Kaltbach gewählte Route wunderbar aufzeichnete. Ich hoffe, Bodenmann nimmt das nicht zum Anlass gegen mich, wegen Begünstigung von Untergebenen, eine interne Untersuchung einzuleiten.» Fuchs biss wieder ein grosses Stück von seinem Sandwich ab und kaute wie ein pubertärer Pfadfinder.

«Und du? Hast du etwas Hilfreiches über Lienhard oder die beiden Sokowskys erfahren können?» erkundigte er sich mehr oder weniger verständlich.

Sie schaute auf die Uhr. «Ja, so Einiges. Aber ob es uns bei den Ermittlungen weiterhelfen wird, weiss ich noch nicht. Das meiste was ich herausgefunden habe, betrifft Lienhard privat.»

«Schiess' los! Es wird dir bestimmt nichts ausmachen, wenn ich dazu die dringend benötigten Kalorien aufnehme? Ich höre dir trotzdem aufmerksam und voller Bewunderung zu.»

Cécile lehnte sich an ihren Schreibtisch und nahm ihren Notizblock zu Hilfe.

«Mach keine blöden Sprüche, Mann! Zuerst zu Lorenz Lienhard. Er ist verheiratet mit Ruth Goldberg, einer Jüdin, die seit über acht Jahren an Parkinson leidet. Sicher nicht gerade das, was er sich bei seiner Hochzeit für den Lebensabend gewünscht hat. Ich erhielt leider keinen Zugang zu ihrer Krankenakte. Die drei behandelnden Ärzte pochen, wie immer, auf ihr heiliges Berufsgeheimnis. Aber es sieht so aus, als hätte sich Lienhard wegen der Pflegekosten für seine Frau, stark verschuldet. Und es ist ihm anscheinend nicht möglich, diese Schulden zurückzuzahlen. Bei *Credit Control* gilt er als zahlungsunfähig. Dass er eine Kleintierpraxis in Köniz hatte und diese vor sechs Jahren verkaufen musste, war uns ja schon bekannt. Damals war er 66 Jahre alt. Kinder haben die Lienhards keine. Eine Polizei- oder Gerichtsakte über ihn oder sie gibt es, zumindest in der Schweiz, auch nicht. Er wohnt in einem Reiheneinfamilienhaus in Bümpliz, das Kaltbach gehört, was uns auch schon bekannt ist. Neu für uns ist allerdings, dass er seit acht Monaten keine Miete mehr bezahlt hat.»

«Vielleicht hat ihm Kaltbach aus humanitären Gründen die Miete erlassen» vermutete Fuchs immer noch mit vollem Mund.

«Nein. Das Haus wird von Kaltbachs Treuhandgesellschaft, der KIVAG, verwaltet. Sitz an der Morgenstrasse in Bümpliz. Diese hat seit November letzten Jahres bereits drei Mahnungen an Lienhard geschickt und ihm kürzlich eine Betreibung angedroht.»

«Hast du etwas über die KIVAG erfahren?»

«Ja. Die Treuhandfirma gehört zu 95 Prozent Klaus Kaltbach, den Rest hat der Geschäftsführer Max Heiniger inne. Also ganz lupenrein ist unser Pappenheimer doch nicht. Wie du weisst, ist Lienhard Präsident der *Freunde der Tiere*, eines Vereins mit 34 fanatischen Mitgliedern. Der Sitz des Vereins ist in Bümpliz, an Lienhards Wohnadresse. Zweck des Vereins: Unterstützung der Kleintierhalter bei gesundheitlichen, politischen, rechtlichen und steuerlichen Fragen.»

«Ist das alles...» Fuchs nahm hastig noch einen Schluck Rivella.

«Geduld, Herr Fuchs! Benimm dich bitte nicht so autoritär. Also, am 20. Februar dieses Jahres kaufte Lienhard ein Haus am Rand von Matzenried bei Oberbottigen. Es handelt sich um ein freistehendes, altes Kleinbauernhaus mit einem grossen Garten, direkt am Rand des Forsts gelegen. Der Kaufpreis betrug 450 000 Franken, wovon er mysteriöse 100 000 Franken Eigenkapital einsetzte. Als ich das las, konnte ich mir nicht vorstellen, warum Lienhard in seiner finanziellen Situation eine solche Liegenschaft gekauft hat. Aber dann fand ich heraus, dass er den Hof sofort an seine *Freunde der Tiere* vermietet hat. Die Mitglieder des Vereins wollten hier auf eigene Kosten den Umbau in ein Kleintierheim an die Hand nehmen, das heisst, inzwischen ist wohl alles schon fertig gestellt und in Betrieb. Gemäss Vereinsbudget soll eine Jahresmiete von 70 000 Franken bezahlt werden. Das ist doch Wucher! Wenn man Lienhards Hypothekarzins von circa 12 000 Franken von den Zinseinnahmen als Vermieter abzieht, wird er in Zukunft pro Jahr an die 58 000 Franken verdienen! Zusätzlich übertrug ihm der Verein auch noch einen Beraterjob in diesem Tierheim, für – halt dich fest – ein Jahressalär von 40 000 Kröten. Er lässt sich also von seinen Vereinskameraden in geradezu irrationaler Weise beschenken. Es erstaunt schon, dass die Vereinsmitglieder das überhaupt akzeptieren und dass sie sich diese Summe leisten können. Stell dir vor: 98 000 Franken, das ist doch kein Pappenstiel. Es wäre auch ganz interessant zu wissen, woher Lienhard die 100 000 Franken Eigenkapital hatte.»

Nun wurde Fuchs hellhörig: «Wer hat dir diese Daten geliefert?»

«Die Frau eines der Vereinsmitglieder, die ich aus früheren Zeiten kenne. Sie meinte, Lorenz sei ein sehr initiativer und geschätzter

Präsident und könne Vereinsmitglieder für seine Projekte begeistern, sprich: manipulieren. Lienhard braucht dringend Geld für die Pflege seiner Frau. Er ist deshalb zu jeder Schandtat bereit, um sich diese Mittel zu verschaffen. Mein Bauch sagt mir, dass er auch bei Kaltbach auf irgendeine miese Weise regelmässig ein paar Scheine abholt. Aber wie gesagt, das ist nur eine Vermutung.»

«Weisst du, ob Lienhard bei den Sokowskys auch eine Funktion hat?»

«Über eine Geschäftsbeziehung zwischen ihm und den Galeristen ist im Netz nichts zu finden» antwortete Cécile nach einem Blick auf ihre Notizen. «Und auch mit *Senior Security* hat er scheinbar nichts Offizielles zu tun. Ich habe auch da recherchiert. Aber ich erzähle dir das nach der Durchsuchung dieses Klubs. Wir müssen jetzt los, Beat.»

«Warum denn nicht erst wenn der Klub öffnet? Wir wollen doch die Besucher auch sehen und allenfalls befragen.»

Beim Bahnhof Bümpliz-Nord warteten ein Materialwagen der Spurensicherung, ein kleiner Bus für Personentransporte mit den Spurensicherern, ein Dienstfahrzeug für Hafttransporte und ein Materialtransporter des KTD auf die beiden. Es war genau 21. 28 Uhr. Cécile sprach kurz mit dem Leiter des KTD, dann rollte die kleine Kolonne, ohne Blaulicht und fast geräuschlos zum Klub an der Normannenstrasse. Der Vorplatz vom Lokal war noch menschenleer. Sie parkierten darum ohne Probleme auf der Rampe, die zum Luna hinabführte. Damit war jetzt der Zugang zum Klub für jeglichen Verkehr gesperrt.

Cécile stieg als erste aus und näherte sich dem Eingang. Das metallene Eingangstor stand einen Spalt breit offen, es war also schon jemand zugegen.

«Wenn ihr euer Material ausgeladen habt, müssen die Fahrzeuge hier sofort weg,» befahl Fuchs. «In etwa einer Stunde werden die jugendlichen Barbesucher hier eintrudeln. Sie sollten von aussen nicht bemerken, was los ist. Die blasen sonst zum Rückzug, bevor wir sie befragen oder zumindest fotografieren können. Ich vermute, dass wir einige dann sowieso mit auf die Wache nehmen müssen, weil sie bei uns aktenkundig sind.» Cécile schaute ihn leicht sauer an, denn Fuchs war ihr schon wieder zu selbstherrlich. In diesem Moment erschien der androgyne Bar-Chef Milan Danaikov im Eingangstor. Mit einem undefinierbaren Blick schaute er auf die Autos und auf die Beamten, die in ihren weissen Overalls das Material ausluden. Nach zehn Sekunden schrie er in voller Lautstärke «Nicolai, komm schau an! Nochmals Polizei!» und verschwand wieder eilig im Innern des Klubs.

Fuchs und Cécile stellten sich zu beiden Seiten des Eingangs auf. «Der Geschäftsführer heisse Vadim und sei zurzeit in Budapest. Das hat mir der Schreihals bei meinem Besuch gestern Nacht verraten. Nicolai ist Vadims Bruder» klärte Fuchs seine Kollegin auf. Sie mussten nicht lange warten, bis Nicolai Niculescu, der Bruder Vadims und stellvertretende Geschäftsführer, ohne die Fahrzeuge und die beiden Kommissare zu beachten an ihnen vorbei stolzierte und zu den Beamten trat. «Was machen Sie hier!» schrie er einen der Spurentechniker an. Dieser stiess ihn grob zur Seite und lud ungerührt weiteres Material aus. Nicolai drehte sich um und pflanzte sich mit geschwellter Brust drohend vor Fuchs und der Brun auf. «Schau an, da ist ja der so genannte Gesundheitsinspektor! Hauen Sie mit ihrer Polizistenbande sofort ab! Das ist ein privates Grundstück! Was Sie da machen ist Hausfriedensbruch. Wer sind denn diese weiss bekleideten Arschlöcher! Die Polizei hat hier nichts zu suchen!» Er kochte vor Wut.

Cécile hielt ihm den Durchsuchungsbefehl vor die Nase und stellte sich mit Namen vor. «Sind Sie der Geschäftsführer? Ja? Wir haben von der Staatsanwaltschaft den Auftrag, Ihren Klub unter die Lupe zu nehmen. Bitte holen Sie die Leute, die sich schon da drin befinden sofort heraus.»

«Ich...» Er versuchte, nach dem Durchsuchungsbefehl zu greifen, aber Cécile hatte das erwartet und wich geschmeidig zur Seite. Er setzte sofort nach, ergriff das Revers ihrer Jacke und funkelte sie wutentbrannt an. «In Kürze werden unsere Gäste hier erscheinen, dann werdet ihr sehen, wie wir auf einen solchen Überfall reagieren. Sie haben hier...»

Blitzschnell fasste Cécile seinen Arm und drehte ihn auf seinen Rücken. «Wenn Sie nicht tun was ich Ihnen befohlen habe, Niculescu, bringen wir Sie während der Durchsuchung auf die Polizeiwache. Das gilt auch für Sie!» rief sie dem Bar-Chef zu, der nun Niculescu zu Hilfe kommen wollte und Anstalten machte, sich auf die Kommissarin zu stürzen. Fuchs trat aber dazwischen und stiess den mageren Angreifer zur Seite. Dann winkte er zwei bewaffnete Kollegen in Blau herbei. «Beruhigen Sie sich, Nikolai! Wie Sie wissen, sind zwei Ihrer Mitglieder erschossen worden, und einen Besucher Ihres Klubs haben Ihre Leute keine fünfzig Meter von hier zusammengeschlagen. Deshalb sind wir hier und wir werden jetzt das Lokal durchsuchen. Es wäre nicht sehr intelligent, wenn Sie sich in Ihrer Situation mit der Polizei anlegen würden. Um elf Uhr oder etwas später sind unsere Techniker wahrscheinlich wieder weg und Sie können Ihre Gästekinder willkommen heissen. Ich nehme doch an, dass Sie eine gültige Aufenthaltsbewilligung vorweisen können. Sind noch andere Leute da?»

Der Danaikov schüttelte grimmig seinen Lockenkopf. «Nur Nico und ich sind hier. Aber bald kommen die Gäste.»

Vadims Bruder stand zornig und mäuschenstill neben ihnen. «Gut. Nicolescu, meine Kollegen bringen Sie jetzt weg. Sie bleiben unter Bewachung hübsch ruhig in unserem Wagen sitzen, bis wir fertig sind.» Auf Fuchs Handzeichen führten die beiden Uniformierten den stellvertretenden Geschäftsführer weg.

Inzwischen hatte Cécile auch dem Bar-Chef Handschellen angelegt. «Danaikov, Sie kommen nun mit uns hinein und beantworten höflich unsere Fragen. Hopp!»

Fuchs öffnete das Tor ganz und der Umzug machte sich ins Innere des Luna-Klubs auf.

Cécile ging neben ihm. «Beat, du warst gestern schon hier. Gib du den Leuten die nötigen Anweisungen für die Durchsuchung. Du weisst am besten, wo man genauer hinschauen muss.»

Fuchs grinste. Sie würde ihm kaum freiwillig das Kommando überlassen, wenn es für sie nicht die erste derartige Durchsuchung wäre. In der grossen Halle rief er die Spurensicherer und Techniker zusammen und erklärte ihnen, was sie zu tun hatten: «Alle zuerst herhören! Das Lokal besteht aus dem Bar-Raum hier und dem hinteren Teil, zu welchem die Gäste keinen Zugang haben: Lagerräume, eine Schlafnische, Büro. Dieser Teil wird für uns besonders interessant sein, denn dort liegt das Material des Geschäftsführers. Es ist möglich, dass ihr noch weitere abgeschlossene oder versteckte Räume findet. Öffnet bitte alle oder brecht sie auf, wenn es nicht anders geht. Ich erwarte von euch, dass ihr sorgfältig arbeitet. Es darf nichts übersehen werden. Ein zweites Mal werden wir nicht herkommen, denn dann werden alle Spuren vernichtet und beseitigt sein. Ich erlaube mir deshalb, euch Profis das Wesentliche noch einmal in Erinnerung zu rufen: Wir suchen in erster Linie nach Beweisen, die für die Aufklärung der beiden Morde in Rosshäusern wichtig sind. Dann aber auch nach Hinweisen, die uns

Auskunft über das Motiv, die Täter und die Hintergründe der Erpressungsfälle geben. Schliesslich müssen wir alles sammeln, was auf Schmuggel, Autodiebstahl und andere mögliche Vergehen dieser Klubleute hindeutet. Ihr wisst ja, was für uns wichtig ist: Handys, Computer, Korrespondenzen, Rechnungen und Quittungen, Einbruchwerkzeuge, Waffen, Bargeld, Ausweise und so weiter. Wir nehmen alles mit ins Labor. Ebenso Gegenstände, die uns Fingerprints, Fasern oder anderes für DNA-Vergleiche liefern könnten. Tutti quanti kommt mit auf die Wache. Was ihr nicht mitnehmen könnt, untersucht ihr natürlich hier auf Spuren, soweit das möglich ist. Ihr teilt euch am besten in drei Gruppen auf. Der Fotograf...wo ist er?...gut, Sie wissen sicher was Sie zu tun haben. Zu den Fahrzeugen: Parkiert jetzt erst die Autos um, und zwar so, dass nicht alle vier auffällig nebeneinander stehen. Es wird noch ein Camion herkommen, mit dem das Beschlagnahmte zum KTD im Ringhof transportiert wird. Los von Rom! Cécile Brun und ich schauen in der Bar zum Rechten, falls ihr uns braucht. Wir stehen für jede Frage zur Verfügung. Ich nehme an, dass wir eine gute Stunde Zeit haben, bevor die Klubbesucher erscheinen. Also los von Rom!»

Der Bar-Chef wurde hinter die Theke geschickt, nachdem Fuchs dort erst einmal überprüft hatte, ob nicht irgendwo eine Waffe versteckt war. Dann nahm er ihm die Handschellen ab. «Machen Sie uns zwei Kaffees, bitte» bat Fuchs übertrieben freundlich. Irgendwie passte dieser feingliedrige Typ nicht zu seinen grobschlächtigen Kumpeln. «Kann man hier auch etwas essen?» Sein Hunger war nach dem einen Sandwich – das mit Leberpain lag noch unberührt in Céciles Wagen – noch nicht ganz gestillt.

«Hamburger, Hot Dog, Sandwichs, okay?» bot Danaikov an, mit

einer wesentlich ruhigeren Stimme als zuvor auf dem Vorplatz, oder gar bei Fuchs' früherem Barbesuch.

«Hamburger» entschied Fuchs. «Nimmst du auch etwas?»

Cécile winkte ab. «Bloss einen Kaffee.» Der Bar-Chef verschwand in der Küche, um den Burger zuzubereiteten. Cécile benützte seine Abwesenheit um Fuchs zu fragen, warum er Niculescu – und nicht Danaikov – in den bewachten Wagen geschickt hatte. «Vadims Bruder hat doch hier das Sagen. Er wüsste sicher mehr von dem ganzen Business als der Schlanke.»

«Mag sein, aber Danaikov ist labiler und leichter zum Reden zu bringen. Und er muss auch weniger riskieren, falls er etwas ausplappert. Zudem ist er der Suppenkoch hier und ich habe immer noch Hunger.»

«Du willst also Danaikov vernehmen, während die Kollegen die Durchsuchung machen. Soll ich das Aufnahmegerät einschalten?»

«Schaden kann's nicht.»

Danaikov brachte den Kaffee für Cécile und entschuldigte sich gleichzeitig bei Fuchs. «Du Geduld für Burger. Ofen noch nicht warm. Warum du wieder hier? War ja gestern alles okay sauber, oder?»

«Zwei Tote! Sandor und Anna. Nichts okay sauber!» blaffte ihn Fuchs an. «Böse Leute hier.»

Der Bar-Chef wusste keine Antwort darauf und wagte auch nicht mehr, ihn anzusehen. Er wischte verschämt die Stelle auf dem Tresen ab, wo er, wohl aus Angst, etwas Kaffee verschüttet hatte.

«Ich nicht Mord. Erst ein Monat hier» murmelte der junge Mann schliesslich.

Cécile nahm einen Schluck von dem heissen Kaffee, hätte die bittere Brühe aber am liebsten gleich wieder ausgespuckt. Hustend fragte sie den verängstigten Danaikov: «Wo warst du denn bevor du hier zu arbeiten begonnen hast?»

«Im Knast. Unschuldig ich!»

«Unschuldig wegen was? Und wo?» grinste Fuchs.

«Autodiebstahl. Salzburg. Scheissland! Warum Handschellen für Nikolai?»

«Damit er hier keinen Stress macht. Du bist freundlicher.» Fuchs plauderte so lässig, als hätte er einen harmlosen Halmaspieler vor sich. «Sag mal, wann kommt Vadim zurück?»

«Bleibt in Budapest. Vielleicht.»

«Weil er Sandor und Anna erschossen hat?»

Danaikov starrte ihn kurz voller Panik an. «Vadim okay!» Damit verschwand er wieder in der Küche.

Cécile hatte inzwischen eine Cola als Ersatz für den bitteren Kaffee bekommen. Unvermittelt schlug sie vor: «Wir müssten eigentlich auch bei Lienhard eine Hausdurchsuchung vornehmen. Bei dem läuft doch ebenfalls verschiedenes krumm.»

«Das können wir leider nicht. Wir haben nichts gegen ihn in der Hand, das dies rechtfertigen würde. Zumindest noch nicht.» Milan Danaikov brachte schliesslich den Burger, und Fuchs biss mutig zu, unter den abwartenden Blicken Céciles. Überraschenderweise nickte er aber zufrieden. «Nicht schlecht.» Nachdem er den Burger halb verzehrt hatte, meinte er: «Was mir viel mehr Sorgen macht als Lienhard, sind die schwachsinnigen Berichte in den Medien. Vorhin, in deinem Büro habe ich eine Headline gelesen, für die man den Journalisten auf den Thorberg schicken sollte. *Galerist Sokowsky: Kaltbach leidet an Paranoia!* Was soll dieser Schmarren? Ich werde dem Maler raten, gerichtlich gegen diesen Kunsthändler vorzugehen.»

Cécile fischte den vergammelten Zitronenschnitz aus der Cola und warf ihn in den Abfalleimer. «Ich habe den ganzen Artikel gelesen. Die Zeitung hat ihn bestimmt nur aufgenommen, weil das Thema

Kaltbach die Leser nach wie vor brennend interessiert. Das bringt bessere Auflagen. Und ein Künstler, der als psychisch krank beschrieben wird, verkauft sich in Kunstkreisen gut. Siehe Wölfli. Sokowsky wurde offenbar Wort für Wort zitiert. Es klingt wie bezahlte Public Relation. Und die Redaktion hat es nicht einmal für nötig befunden, sich dazu zu äussern. Der Galerist ist an der Veröffentlichung dieser verdrehten Sichtweise offensichtlich aus irgendeinem Grund interessiert. Einerseits wird Kaltbach in den höchsten Tönen als Maler des Jahrhunderts gerühmt, und andererseits schildert ihn Sokowsky als einen, von seinem jungen Freund verlassenen, kranken und suizidgefährdeten Greis, der nicht mehr Herr seiner Sinne ist. Ekelhaft! Ich verstehe nicht, warum jemand straflos solche Nachrichten verbreiten darf.» Cécile war richtig aufgebracht. «Dieser Sokowsky lebt doch fast ausschliesslich vom Verkauf von Kaltbachs Bildern. Oder siehst du das anders?» Sie schnaubte verächtlich, während sie den Kollegen zusah, wie sie immer neue technische Geräte hinein- und Berge von Spurenmaterial hinaustrugen.

Als der Burger verschlungen war, wandte sich Fuchs wieder in betont kumpelhafter Weise an den Barchef: «Burger okay! Wenn Vadim nicht zurückkommt, wird sein Bruder hier Chef? Oder du?»

«Ich? Nein! Ich zurück nach Cluj, Romania. Keine Wissen wer Chef. Das John Milton befehlen wer Chef. Besitzer von Klub und alles. «Dann schenkte er Fuchs ein verschwörerisches Lächeln. Burger okay?»

«Mmh. Wer ist denn dieser John Milton? Ein Engländer?»

Danaikov lächelte immer noch. «Wir nicht glauben, er Engländer. Vielleicht Schweizer? Oder von Österreich? Niemand weiss, auch nicht Vadim.»

Fuchs wurde unterbrochen. Einer der Techniker kam aus den hinteren Räumen und forderte sie auf, ihm zu folgen: «Das müsst ihr euch anschauen. Wir haben eine Treppe zu einem zweiten

Untergeschoss gefunden. Es gibt da unten zwei Räume, die... na ja, bemerkenswert sind.»

Fuchs war erstaunt; Bei seinem Besuch gestern Abend hatte er weder eine Treppe gesehen, noch vermutet, dass da noch ein zweites Untergeschoss in dem Gebäude existierte.

«Komm' mit!» befahl er dem Danaikov. Zu dritt folgten sie dem Techniker. Im Büro hatten die Leute einen Schrank von der Rückwand weggeschoben und eine schmale Türe freigelegt.

Was die Kommissare nun da unten antrafen, war wirklich bemerkenswert. Der erste Raum glich einer Gefängniszelle: Ein kleines, vergittertes Fenster, durch das man in einen verschmutzten Luftschacht sah, konnte nur etwa zehn Zentimeter weit geöffnet werden. Das Gitter war anscheinend erst nachträglich angebracht worden und verhinderte, dass man die Lucke richtig öffnen konnte. Die dicke Aluminiumtüre war von aussen mit schweren Metallriegeln gesichert. In der einen Ecke, befand sich eine gesprungene WC-Schüssel ohne Brille, in der andern ein winziger Klapptisch mit zwei Hockern. An der Wand darüber hing ein wackeliges Tablar, auf dem vier beschädigte Tassen, zwei verkalkte Gläser, eine Zuckerdose und eine Rolle Toilettenpapier in desolatem Gleichgewicht standen. Die beiden Kajütenbetten waren neben dem Fenster erst neulich an die Wand montiert worden. Der Raum roch unangenehm muffig und feucht. Als notdürftige Beleuchtung hing eine nackte Birne an einem kurzen Kabel von der niedrigen Betondecke herab. Für eine Nacht mochte diese Zelle ja knapp erträglich sein, stellte sich Cécile vor, aber viel länger würde es hier drin ein Mensch kaum aushalten. Sie gingen zum andern Raum der direkt gegenüber lag und von einer einfachen Holztüre abgeschlossen war. Dieser war mehr oder weniger leer. Bloss ein wackeliges Holzgestell an der feuchten Wand unter dem kleinen Fenster, am Boden mehrere Katzenkisten ohne Streu und daneben zwei alte verkratzte Stühle, auf denen leere Futterschalen aus Plastik standen, waren in der Dunkelheit auszumachen. Als der Techniker Fuchs seine Taschenlampe reichte, kam ein vergammelter Türvorleger und am Betonboden eine dicke Schicht von getrocknetem Katzenkot zum Vorschein. Alles war übersät mit Flaum und Büscheln von Katzenhaar. Vor dem offenen Fenster war nur ein engmaschiges Drahtgeflecht angebracht. Trotzdem stank es hier fürchterlich.

«Interessant» brummte Fuchs. Er stellte fest, dass es in diesem Höhlengeschoss nur diese zwei Räume gab. Man konnte nur vermuten, wozu sie dienen sollten. «Früher war dies wohl ein Abstellraum für Akten und so weiter. Ich nehme an, dass dieser Keller aber dem Luna-Barklub seit er hier eingemietet ist, als eine Art geheimes Gefängnis und als Katzenunterkunft diente. Man hat im vorderen Raum anscheinend Denunzianten oder lästige Mitwisser eingesperrt, vielleicht weil sie zu viel wussten, oder weil sie nicht parieren wollten. Und im andern wurden die Katzen, die man für die Erpressungsversuche brauchte, gefangen gehalten.»

Cécile rang nach Luft in diesem stickigen Verlies: «Damit ist wohl ziemlich klar, dass die Erpresserbande und der Luna-Klub zusammen gehören. Vielleicht hat sogar *Senior Security* den Knast benutzt.» Sie schauderte und stieg hastig sie die Treppe hinauf. Von oben rief sie: «Beat, ich gehe in die Bar. Ich ersticke sonst da unten!»

Fuchs fragte den Techniker: «Habt ihr irgendwelche Hinweise darauf gefunden, was hier unten vorgegangen sein könnte?»

Der Kollege zuckte bedauernd mit den Schultern. «Und du, Danaikov? Was war hier los?»

Milan schaute ihn mit einem verstörten Gesichtsausdruck völlig hilflos an. «Nicht wissen, Ich Barchef, nicht Kellerchef.»

Scheissantwort! Es war Zeit härteren Druck auf den Kerl auszuüben. «Du kennst doch diese Räume. Du bist doch schon oft hier unten gewesen!» brüllte er Danaikov an und baute sich so nahe vor ihm auf, dass sie sich fast berührten. «Gib Antwort, sonst sperren wir dich hier unten ein! Und zwar bis du vermoderst!»

Aber der Typ schüttelte vehement den Kopf und stotterte voller Angst: «Nein! Ich nur wenig hier! Nur Oberchef John Milton und Vadim. Geheimkeller. Ich nichts damit zu tun!» Fuchs war sicher, dass er log. Er schob den jungen Mann in den Katzenkeller, schloss die Türe ab und schob, so dass Danaikov es drinnen hören musste, den Riegel vor. Zum Spurentechniker sagte er leise: «In einer halben Stunde holen wir ihn dann raus.»

Um ein Viertel vor elf zogen die Spurensicherer ab. Draussen standen bereits einige der jugendlichen Gäste herum und schienen sich zu fragen, warum das Tor abgeschlossen war und der Türsteher fehlte. Inzwischen hatten die uniformierten Kollegen diesen nämlich festgenommen und ihn zusammen mit Vadim, dem stellvertretenden Geschäftsführer auf die Hauptwache gebracht. Dort wurden sie in zwei verschiedene Zellen gesteckt.

Cécile und Fuchs stellten sich wieder an die Bar. Fuchs holte für Cécile und sich selbst zwei Flaschen Cola aus dem Kühlschrank. «Ich bin sicher, dass wir mit dem gefundenen Material genügend Beweise gegen die Betreiber dieses Lokals haben, um es zu schliessen und die Klubmitarbeiter in Gewahrsam zu nehmen. Die Kollegen werden nachher noch ein paar der Gäste befragen.»

Cécile war nicht ganz zufrieden. «Aber leider können wir mit dieser Aktion die Mörder von Sandor und Anna kaum identifizieren.»

«Das stimmt. Aber ich hoffe, dass wir von den Barbesuchern, die ja scheinbar fast alle Mitarbeiter von *Senior Security* sind, ein paar Aussagen erhalten, die uns weiterhelfen. Und dann könnte es interessant werden, denn Danaikov wird bestimmt anfangen zu singen.» Fuchs wollte Cécile etwas von dem für sie offensichtlich traumatischen Erlebnis im Keller ablenken und gab dem Gespräch eine neue Richtung: «Sag mal, bevor wir hierher gekommen sind, hast du mir noch etwas erzählen wollen. Was war das?»

Sie überlegte kurz. «Ach ja. Es geht um Kaltbachs Bilder. Wie wir wissen, werden die meisten seiner Werke in Sokowskys Lager in Uster aufbewahrt. Gemäss Kaltbachs Äusserungen muss es sich um weit über hundert Werke handeln. Ich habe heute Nachmittag Sokowskys Galerie in Uster angerufen und mich als Kuratorin der Akademie der Künste in Hamburg ausgegeben. Der Leiterin der Sokowsky-Filiale, einer Leandra Zellweger, habe ich angedeutet, dass man in Hamburg eine Retrospektive von Klaus Kaltbachs Gesamtwerk plane. Dafür müsse man natürlich recherchieren, ob überhaupt genügend Bilder vorhanden seien, wo man diese ausleihen könne, und so weiter, blabla-bla. Und die Zellweger sagte mir, dass die Galerie Sokowsky, als vertragliche Hauptvermittlerin von Kaltbachs Werken, im Moment nur noch etwa zwanzig Bilder des Malers vorrätig habe. Über hundert Gemälde seien an ein Museum in Dubai verschickt worden, und dort seien sie verschwunden.»

Fuchs traf beinahe der Schlag. Er trat vom Tresen zurück und starrte eine Minute entgeistert zu den verstummten Lautsprechern an der Decke hinauf. Dann drehte er sich zu Cécile um und fluchte: «Gottverdammt! Verschwunden?! Irrst du dich nicht? Hat diese Zellweger wirklich genau das gesagt? Und weiss Kaltbach davon? Wir werden morgen mit ihm reden müssen! Wenn das stimmt…»

«…dann schalten wir das Dezernat für Wirtschaftsdelikte ein» beendete Cécile den Satz.

«Oder die Bundesanwaltschaft. Ich weiss was du denkst...»

Er nickte ein paar Mal. «Diese Schweine!»

Sie wurden durch einen uniformierten Kollegen unterbrochen, der meldete, man habe acht der jungen Gäste festgenommen. Sie wären bereits im Transporter. Ob man mit ihnen zur Hauptwache fahren könne, sollte er wissen.

«Habt ihr sie nach dem Muster ausgewählt, das ich euch vorgegeben habe?» wollte Fuchs wissen.

«Selbstverständlich» bestätigte er in einer Art unterwürfiger Habachtstellung. «Alle sind über zwanzigjährig, arbeiten schon mehr als ein halbes Jahr bei *Senior Security*, gemischt männlich und weiblich, sie können zumindest ein wenig Deutsch, ein Teil der Festgenommenen ist scheinbar illegal im Land und...»

«Sehr gut. Achtet darauf, dass sie höchstens zu zweit in eine gemeinsame Zelle kommen. Bringt sie ins Amthaus, wenn auf der Hauptwache kein Platz dafür disponibel ist.»

«Fahrt los.» Und zu Cécile: «Kannst du denen da draussen klar machen, dass der Klub vorläufig geschlossen bleibt? Und dass ihre Personalien aufgenommen werden? Aus dem Mund einer schönen Frau wirkt das ein bisschen versöhnlicher. Und dann hauen auch wir ab.»

«Mach ich. Du musst aber vorher noch Danaikov aus dem Katzenkäfig holen» ermahnte sie ihn.

«Shit! Den hätte ich doch glatt vergessen. Wollen wir ihn nicht bis morgen dort unten schmoren lassen?»

«Bist Du noch bei Trost?! Der ist doch kaum achtzehn Jahre alt! Die Staatsanwältin würde auf dich losgehen.»

Fuchs grinste. «Gut, dann hör ich mir mal an, was uns der Kleine da unten zu sagen hat. Du musst nicht mitkommen. Beruhige inzwischen die Jungs und Mädels, die draussen vergeblich auf ihren Tageshöhepunkt warten.»

«In dieses Loch hinab komme ich sowieso nicht mehr.» Cécile trank ihre Cola aus und ging auf den Vorplatz.

Ganz langsam, aber mit möglichst viel Lärm schob Fuchs die Riegel an der Tür zum Katzenkeller zur Seite und öffnete die schwere Türe einen Spalt breit. «Danaikov, wir lassen dich über Nacht hier, damit du in Ruhe überlegen kannst, was hier unten los war.» Er reichte ihm die kleine Flasche Wasser, die er von der Bar mitgenommen hatte, durch den handbreiten Türspalt. «Morgen Nachmittag komme ich nochmals auf Besuch. Vielleicht weisst du dann mehr. Sonst vergesse ich dich einfach in dieser Höhle. Gute Nacht.» Er machte Anstalten die Tür wieder zu schliessen.

«Halt! Bitte schön warten, Herr Polizeichef!» schrie Milan verzweifelt. «Ich sage! Alles. Okay?»

Fuchs öffnete nun, demonstrativ widerwillig, die Türe ganz. «Gut. Aber sofort!»

«Sofort, ja, ja! Hier immer Katzen drin, die Kumpel jagen und gefangen machen.»

«Welche Kumpel?»

«Für Vadim machen Sandor, Anna, Janic und Nilo.»

«Wozu sollten die denn Katzen jagen?»

«Weil... Vadim braucht für alte Ladies und Opa-Männer Leute warnen, damit bezahlen.»

«Welche Leute und wem bezahlen?» Der Hauptkommissar schaute Danaikov an als würde er ihm kein Wort glauben.

«Alte Alleinleute von Schweiz mit viel Geld. Vadim hat gesagt, tote Katze vor Tür macht ihnen Angst für sterben und dann bezahlen. Manchmal auch Hund.»

«Wie viele Katzen waren denn da eingesperrt?»

«Immer neue Katzen, zwanzig, dreissig.»

«Und wo haben deine Freunde diese Katzen gejagt?»

«Nicht meine Freunde. Nein! Andere. Biel, Thun, Köniz, überall. Bitte glauben.» Der junge Kerl sah panisch aus, als ginge es um sein Leben.

«Und da drüben, im andern Keller?»

«Manchmal Vadim Leute gesperrt wenn nicht tun was Vadim will.»

«Auch Attila?»

Danaikov nickte zitternd. «Ja. Attila zwei Woche hier in Keller. Ich ihm Essen bringen er mir auf Kopf schlagen und weg. Schau hier, Wunde.» Er beugte sich zu Fuchs und zeigte ihm die fast verheilte kleine Wunde über dem linken Ohr. «Ich Freund von Attila. Mit Attila abgemacht. Ich liess gehen ihn oben durch Fenster. Sicher! Bitte. Okay?»

«Wo ist den Attila jetzt?»

«Vadim uns nicht sagen weil ich fliehen lassen. Bitte wahr!»

«Noch etwas: Wer hat Sandor und Anna erschossen?»

Er schüttelte deprimiert den Kopf. «Nicht weiss. Ich nur Barchef. Gar nicht weiss. Sehr wahr. Okay? Milan ganz wahr.»

Fuchs kniff sich in die Nase. «Gut. Ich nehme dich jetzt mit auf die Polizeiwache. Morgen musst du das alles nochmals aussagen. Ist das klar?!»

«Ich alles sagen. Hier fertig. Okay? Ich zurück nach Salzburg oder Cluj oder so.»

* * *

315

Der Himmel hatte sich aufgehellt, und auch meine Stimmung verbesserte sich nach und nach erheblich. Ich parkte neben dem *Les Bains*, keine 30 Meter von der Gasse *Les Petites Rames* entfernt. Das mittelalterliche Quartier unterhalb der kurzen, historischen Drahtseilbahn und des Fribourger Rathauses, entsprach ziemlich genau meinen Vorstellungen eines typischen Künstlerviertels: kleine, eng aneinandergedrängte Riegel- und Sandsteinhäuser, kleine Fenster mit leuchtenden Geranien auf den Fenstersimsen. Die beiden schmucken, niedrigen Häuser, in denen Blaise Bugnon seine Galerie und das Atelier eingerichtet hatte, waren nicht zu übersehen, denn zwei grosse Holzskulpturen die vollbusige, nackte weibliche Körper darstellten, flankierten die beiden Eingangstüren. Die eine stand weit offen, sodass ich nach kurzem Zögern und ohne anzuklopfen eintrat. «Hallo! Blaise?» Ein dunkler Flur führte zu einem offenen Durchgang in ein überraschend geräumiges, hell beleuchtetes Arbeitszimmer.

Blaise kam summend über eine schmale, steile Treppe vom oberen Stockwerk herunter. Heute trug er einen nebelgrauen Baumwollanzug und dazu ein blau gemustertes Hemd mit einer passenden gebundenen Krawatte, im Volksmund ‹Fliege› genannt. Mit einem breiten Lächeln kam er mir entgegen und verabreichte mir drei angedeutete Küsse auf die Wangen. Der gängige französische Begrüssungsstil. «Meine Bescheidenheit und Colettes Charme warten schon seit über eine Stunde auf dich. Die Kaffeemaschine ist eingeschaltet, der Kuchen frisch von der *Boulangerie du Tilleul* geliefert. Du siehst erholt aus, Klaus. Komm, setzen wir uns!»

An einem wunderschönen, runden Biedermeiertisch sass ein junges, äusserst apartes Mädchen vor einem *MacAir*. Sie trug das Haar neckisch und knabenhaft kurz geschnitten bis auf einen Büschel über der Stirn, was die Aufmerksamkeit eines jeden der ihr begegnete, auf ihre grossen, bernsteinfarbenen Augen lenkte. Kein Wunder, dass sich Attila für dieses attraktive, kecke Mädchen interessiert hatte. Ich gab ihr die Hand und stellte mich vor.

«Das ist Colette, unsere hübsche Praktikantin. Die Göttin der Musen hat sie uns ins Haus geschickt.» Blaise setzte sich nahe neben sie. «Bitte, Col, serviere dem berühmtesten zeitgenössischen Maler der Schweiz einen starken Kaffee und hole den Teller mit den *Croissants* und der Patisserie. Wir dürfen stolz sein, dass uns Kollege Kaltbach einen Besuch abstattet, nicht nur seines Ruhmes wegen. Weisst du, wegen seiner einzigartigen, meistens etwas sarkastischen Tierbilder wird er *Der Animaler* genannt.» Mein Kollege übertrieb wieder einmal schamlos.

Colette erhob sich geschmeidig, um den Kaffee und den Konfekt von einem Biedermeier-Büffet zu holen. So bekam ich die Gelegenheit, ihre schlanke, wohlgeformte Figur zu bewundern. Sie trug einen etwas zu weiten, weissen Overall, den sie mit einem breiten Ledergurt zusammengeschnürt hatte. Er war mit vielen Farbflecken übersät, liess aber ihre kleinen Brüste, die sehr schlanke Taille und einen wohlgeformten Po erahnen. Ich schämte mich ein bisschen, als alter Knacker heimlich zu wünschen, sie malen zu dürfen. Blaise unterbrach meine kurze Träumerei. «Colette besuchte in Bern während vier Jahren die Hochschule für Kunst und Gestaltung. Mit Auszeichnung! Ein Glück, dass sie sich entschieden hat, erst einmal ein Jahrespraktikum bei mir zu absolvieren, bevor sie sich nach Paris, in die Stadt der schönen Künste absetzen will. In letzter Zeit hegte sie allerdings Zweifel, ob dies der richtige Weg zu einer stabilen Zukunft sei. Ich nehme an, dass bei diesem Sinneswandel dein Assistent Grigor-soundso eine Rolle spielt. Darum habe ich ihr heute Morgen vorgeschlagen, mit dir über ein weiteres Praktikantenjahr in deinem Atelier zu reden. Wieso denn in die Ferne schweifen, wenn das Gute so nah liegt? Ich versuchte sie mit dem Argument zu überzeugen, dass sie dann näher bei ihren Eltern und ihrem Liebsten – und natürlich auch immer noch in meiner Nähe – leben könnte.» Er lachte etwas verlegen. Ob er wohl mit ihr schon... Dingsbums? «Entschuldige, Klaus, ich weiss, ich hätte zuerst mit dir darüber sprechen sollen.»

Ich hatte keine Zeit, mir Gedanken über seinen überraschenden Vorschlag zu machen, denn Colette brachte den Kaffee und das Gebäck und stellte es direkt vor mir auf den Tisch. Sie hatte anscheinend unser Gespräch verfolgt und wollte nun klarstellen: «Das ist die Idee von Blaise, Herr Kaltbach. Ich selber habe nämlich Paris überhaupt noch nicht abgeschrieben.»

«Machen Sie sich keine Sorgen» beruhigte ich sie. «Sie kennen ja sicher Ihren Chef gut genug um zu wissen, dass er gern ein bisschen übertreibt. Aber es ist natürlich auch schön, wie er sich um Sie kümmert. Wir können später ohne weiteres über einen Job bei mir reden. Ich möchte Ihnen vorher aber ein paar Fragen zu Attila stellen, wenn Sie mir dies erlauben.»

Ihr Gesicht verspannte sich. Man spürte, dass sie nur darauf gewartet hatte, mit mir über ihren Schatz zu reden. Mit einem tiefen Seufzer erklärte sie: «Er ist seit zwei Wochen wieder verschwunden! Als er in der Abtei wohnte, sahen wir uns fast jeden Tag. Am Abend kam er mit dem Bus von Grangeneuve nach Fribourg und holte mich hier ab. Es war immer so schön, mit ihm etwas trinken zu gehen und zu plaudern.» Sie wischte sich mit der Hand über die Augen. «In den zwei Wochen während denen er in Hautrive wohnte, besuchte ich ihn jeweils sonntags in der Abtei. Da durfte ich mir das Auto meiner Mutter ausleihen. Wir...»

Blaise klatschte in die Hände und unterbrach sie: «Bitte, Col! Unser Gast ist nicht wegen dir hier, sondern er möchte, dass du ihm hilfst, den Jungen wiederzufinden. Ich lasse euch jetzt allein und kümmere mich inzwischen um meinen Laden nebenan. Es ist Zeit, die Galerie zu öffnen. Und nachher Klaus, musst du zu mir hinüber kommen. Ich möchte unbedingt wissen, was du zu meinen korsischen Frauen sagst. Das Urteil eines wahren Künstlers ist mir wichtig!»

«Ich bin im Moment kein wahrer Künstler, lieber Blaise. Wenn du von einem solchen ein ehrliches Urteil brauchst, dann höre in erster Linie auf dich selber. Aber selbstverständlich komme ich nachher gern, um deine neuesten Werke anzuschauen. Schliesslich bin ich auch deswegen hier.» Das war zwar nicht gelogen, aber entsprach auch nicht ganz der Wahrheit. Jedenfalls war ich ihm dafür dankbar, dass er mich erst einmal alleine mit Colette reden liess. Denn ich hatte schon auf den ersten Blick begriffen, dass ich von ihr Näheres über Attila erfahren würde. Denn sie war das Mädchen, das Attila jeweils zu mir ins Atelier mitgebracht hatte. Ich schämte mich nun fast, ihn deswegen gerügt zu haben, freute mich aber gleichzeitig für seine gute Wahl.»

Colette fuhr mit leicht zittriger Stimme mit ihrer Schilderung fort: «Attila hat nie ein schlechtes Wort über Sie gesagt. Auch wenn er nicht begreifen konnte, warum Sie ihn nicht mehr bei sich haben wollten. Er redete viel über die schöne Zeit bei Ihnen, über Ihre kunstvollen Bilder und Ihre Grosszügigkeit ihm gegenüber. Aber er beteuerte auch, dass er nie Geld aus einer ihrer Kassen gestohlen habe. Er vermutete, dass dieser Freund von Ihnen – er heisst Lorenz, nicht wahr? – ihn gehasst hat und ihm deshalb diesen Diebstahl in die Schuhe geschoben habe. Aber er wagte natürlich nicht, Ihnen seine Vermutung zu offenbaren. Er ist doch viel zu schüchtern.»

Ich sah einmal mehr ein, wie blind ich gewesen war. «Ich habe deswegen ja auch ein schlechtes Gewissen, Colette. Schon zwei Stunden nachdem ich ihn fortgeschickt hatte, bereute ich es aus tiefstem Herzen.»

Sie nickte traurig. «Attila hat das vermutet. Er ist ein sehr sensibler Mensch. Er erzählte mir immer wieder, wie gut er es bei Ihnen hatte, wie oft Sie sich Zeit nahmen, mit ihm zu diskutieren und wie viel er bei Ihnen gelernt hat. Als die Gangster von dieser Sicherheitsfirma ihn gekidnappt haben, wurde ihm klar, dass jemand Sie zu dieser Entlassung gezwungen hat.»

«So war das nicht ganz, Colette. Es stimmt aber wahrscheinlich, was Attila und Sie über Lorenz Lienhard denken. Er war es, der mich bekniete, Attila wegzuschicken. Aber mit den Gangstern von *Senior Security* hatte ich selbstverständlich nichts am Hut. Es war Lorenz der mich drängte, Attila zu entlassen. Aber alle Schuld liegt bei mir selber, denn von Lorenz hätte ich mich niemals in dieser Weise beeinflussen lassen dürfen. Sind Sie sicher, dass es die Leute von *Senior Security* waren, die für sein Verschwinden verantwortlich sind?»

«Ja, ganz sicher. Er kannte sie ja, denn er hat den Luna-Klub ein paar Mal besucht, weil er dort Landsleute treffen konnte. Sie überfielen ihn zu dritt, als er nach einem Besuch im Luna auf dem Heimweg war. Dann zwangen sie ihn mitzukommen und sperrten ihn über zwei Wochen lang in einem Keller unter dem Klub ein. Ein anderer rumänischer Junge, der dort arbeitete, verhalf ihm, Gott sei Dank, dann zur Flucht.»

«Und dann kam er geradewegs zu Ihnen nach Fribourg?»

«Nicht sofort. Er rief mich an jenem Morgen aus einer Bäckerei in Barberêche an, ich glaube es war kurz nach sechs Uhr früh. Er sagte, er komme nach Fribourg und möchte mich möglichst sofort treffen. Das Handy haben sie ihm im Klub ja abgenommen, genauso wie sein Portemonnaie und die Schlüssel zu Ihrem Atelier. Darum hatte er auch kein Geld dabei, um ein Billett für den Zug zu kaufen. Er war bis Düdingen zu Fuss unterwegs, von dort hat ihn ein Mann bis Barberêche im Auto mitgenommen.» Die Tränen konnte sie jetzt nicht mehr zurückhalten. Ich griff mir einen Croissant und wartete voller Anspannung darauf, dass sie weiter erzählte.

«Wissen Sie» fuhr sie endlich fort «ich wohne bei meinen Eltern am Chemin de Jolimont hinter dem Bahnhof. Das ist nicht so weit bis zum Grand Place, wo er dann auf mich wartete, müde und ausgehungert. Ich werde diesen Anblick nie mehr vergessen. Natürlich wollte ich ihm sofort helfen. Aber zu mir nach Hause durfte ich ihn nicht bringen, denn meine Eltern sind streng gläubig und... na ja, Sie können sich sicher vorstellen wie die reagiert hätten, wenn ich einen verschmutzten, halb verhungerten Ausländer mitgebracht hätte. Blaise ist da ganz anders. Also brachte ich ihn erst einmal hierher, machte ihm ein Frühstück, stellte ihn unter die heisse Dusche und wartete auf meinen Chef. Blaise hatte dann die Idee, Attila zur Abbaye d'Hauterive zu bringen. Er lieh mir seinen Wagen und ich fuhr Attila dorthin. Père Innocent nahm ihn glücklicherweise ohne Wenn-und-Aber sofort auf.»

«Das ist ja, trotz aller Widerlichkeiten, eine wunderbare Liebesgeschichte» lächelte ich Colette an.

«Ja, wunderbar und furchtbar zugleich. Denn jetzt ist er zum zweiten Mal spurlos verschwunden. Was ist denn nur mit dieser Welt los?! Ich bin überzeugt, dass wieder dieselben Leute dahinter stecken.» Sie schluchzte leise vor sich hin und schaute mich dann mit ihren traurigen Augen hilfesuchend an. «Glauben Sie, dass Sie Attila finden können?»

«Ich hoffe es inbrünstig, denn ich bin ihm das schuldig… und ich möchte doch auch, dass er wieder zu mir kommt» schniefte sie. «Aber ich kann einfach nicht verstehen, warum jemand einen Jungen, der niemandem etwas angetan hat und für niemanden eine Gefahr darstellt, entführt und einsperrt.»

«Hat man denn von Ihnen kein Lösegeld verlangt? Attila vermutete nämlich, dass man ihn versteckt hat, damit man Sie erpressen kann.»

Auf diese Idee war ich noch gar nicht gekommen, dabei hatte man mich doch schon aus einem weit geringeren Anlass zu erpressen versucht! Waren das etwa dieselben Leute gewesen? Wahrscheinlich nicht, denn bei der Erpressung im Internet war es um Lisas Tod gegangen und dies konnte man nicht mit der Entführung von Attila in Zusammenhang bringen. Oder doch? Steckte diese Sicherheitsfirma hinter all den Verbrechen der letzten Wochen? Ich schaute mein hübsches, trauriges Gegenüber nachdenklich an.

«Vor etwas mehr als einer Woche hat man mich tatsächlich erpressen wollen. Aber es ging nicht um Attila. Die wollten 50 000 Franken und drohten mir mit dem Tod, wenn ich nicht sofort bezahlen würde. Um das zu unterstreichen, misshandelten und töteten sie meine Katze Lisa. Attila weiss sicher noch nichts davon. Ich begriff damals überhaupt nicht, worum es da ging. Nur 50 000 Franken; das verlangt doch heutzutage kein Erpresser. Das ist viel zu wenig für das Risiko, das er dabei eingehen muss.»

Sie schaute mich mit ihren schönen, grossen Augen entsetzt an. «Mein Gott, Lisa wurde ermordet?! Nein, das weiss Attila bestimmt noch nicht. Er erzählte so oft von ihr; er war richtig vernarrt in das Kätzchen.» Sie atmete tief durch. «Möchten Sie noch einen Kaffee… oder vielleicht etwas Stärkeres? Blaise hat Wein, Cognac und noch anderes mehr dort drüben im Schrank.»

«Nein, danke, keinen Alkohol. Ich muss noch nach Bern

zurückfahren. Aber ein Glas Wasser, gern. Sagen sie, Colette, haben Sie das alles auch der Polizei mitgeteilt?»

Während Sie mir das Wasser holte erklärte sie, wieder mit festerer Stimme: «Nein. Attila wollte das nicht, obwohl ich ihn immer wieder dazu gedrängt habe. Er hatte Angst, Sie würden ihn nie wieder bei sich einstellen, wenn Sie seinetwegen mit der Polizei zu tun bekämen.»

«Oh, wie traurig, dass er so etwas denkt!» war alles was ich darauf zu antworten wusste. Wir sassen eine Weile stumm am Tisch, und ich dachte zum xten Mal darüber nach, was man unternehmen könnte, um den Jungen so rasch wie möglich zu finden und zu befreien.

«Werden Sie jetzt die Polizei um Hilfe bitten?» fragte sie schliesslich.

«Das habe ich längst getan. Der Kommissar, der in der Sache ermittelt, ist gestern mit mir in die Abtei gefahren um dort Näheres zu erfahren. Er hat von Pére Innocent auch einige Hinweise bekommen und er wird bestimmt sofort alles unternehmen um Attila von seinen Peinigern zu erlösen.»

«Wenn diese *Security*-Leute Sie nicht erpresst haben... welchen Grund... ich meine, was sind denn das für schreckliche Leute?»

«Ich habe eine Ahnung. Vor drei Tagen habe ich diesen Klub besucht, um von den jungen Gästen dort eventuell etwas über Attilas Aufenthaltsort zu erfahren. Aber niemand wollte mir Auskunft geben. Und ich wurde, genau wie Attila, auf dem Heimweg zusammengeschlagen und gekidnappt.» Ich erzählte ihr, wie ich am Bahnhof Rosshäusern erwachte, und auch von der Ermordung von Sandor und Anna. «Es ist bis jetzt nur eine Vermutung, aber ich könnte wetten, dass jemand von dieser Sicherheitsfirma dafür verantwortlich ist. Nach allem, was Sie mir nun erzählt haben, gehe ich wirklich davon aus, dass alle diese Verbrechen von denselben

Leuten begangen wurden. Die Tierquälereien, die Morde und die Entführung von Attila.»

«Ja, so muss es sein» meinte Colette, die sich etwas beruhigt hatte. «Und die Polizei? Hat sie wenigstens in Ihrem Fall jemanden erwischt?»

Gute Frage. «Nun, ich glaube eher nicht. Das hängt ja alles zusammen, und hinter allem steckt doch dieselbe Bande. Die Kommissare hätten mir bestimmt mitgeteilt, wenn sie erfolgreich gewesen wären.»

«Wissen Sie Herr Kaltbach, wenn die Polizei nicht mehr unternimmt, sollten wir zwei vielleicht selber...»

«...nein, Colette! Das möchte ich auf keinen Fall! In erster Linie Ihretwegen. Ausserdem hat mir der Kommissar strengstens verboten mich im Alleingang mit den Gangstern einzulassen! Diese sind bewaffnet und gehen brutal und rücksichtslos vor, gehen sogar über Leichen, wie die Erfahrung gezeigt hat. Ein paar Tote mehr oder weniger spielt für die jetzt ohnehin keine Rolle mehr.»

Sie schaute mich mit dunklem Blick an. «Brutal und rücksichtslos. Ja, das sind sie. Darum muss man sofort etwas unternehmen. Aber die Gendarmerie reagiert immer so schrecklich langsam und hinkt hinterher, wenn es darum geht, ein Verbrechen zu verhindern.»

«Colette, ich verstehe Sie ja. Aber vergessen Sie es, selber etwas zu unternehmen! Machen Sie sich nicht noch selbst zum Opfer. Wir zwei allein haben nicht die geringste Chance etwas zu erreichen! Wo sollten wir denn anfangen? Etwa ohne Polizeischutz im Luna-Klub Alarm zu schlagen? Das ist viel zu gefährlich.» Sie warf mir einen Blick zu, der klar zum Ausdruck brachte, dass Sie nicht meiner Meinung war. «Und wenn ich selber recherchiere, dann nehme ich Sie ganz sicher nicht mit! Ich glaube im Übrigen auch nicht, dass die Kidnapper so dumm sind, Attila am selben Ort gefangen zu halten, wie bei der ersten Entführung.»

Es war inzwischen halb elf Uhr und ich beschloss, die Kommissarin Brun anzurufen. Ihre Assistentin, Frau Adamovic, teilte mir mit, dass ihre beiden Vorgesetzten im Moment mit Verhören beschäftigt wären. In einem dringenden Fall würde man mich aber so rasch wie möglich zurückrufen. Colette stand neben mir und ich nahm den dezenten Duft nach einem frischen Eau de Toilette und junger Haut wahr. Sie stampfte auf vor Ungeduld, als sie hörte, dass wir auf den Anruf von der Polizei warten sollten. «Herr Kaltbach, ich halte das einfach nicht mehr aus. Jetzt, wo ich sicher bin, dass Attila höchstwahrscheinlich wieder entführt wurde, kann ich doch nicht tatenlos hier herumsitzen und warten!» Ich hatte grösste Mühe, sie nochmals davon zu überzeugen, dass wir nichts unternehmen dürfen und konnten, ohne uns vorher mit den Ermittlern abgesprochen zu haben. Schliesslich gab sie unter Tränen nach. Sie war ganz offensichtlich in meinen Assistenten bis über beide Ohren verliebt, was in mir erneut Schuldgefühle hervorrief. Warum bin ich nur so engstirnig gewesen und habe Attila die Besuche dieses zauberhaften Mädchens missgönnt.

«Kommen Sie, Colette, zeigen Sie mir jetzt die Bilder, die Blaise in Korsika gemalt hat.» Irgendwie musste ich sie von ihrem Kummer ablenken. Und mich von meinem.

Bugnon war gerade in ein Gespräch mit einem scheinbar interessierten Käufer vertieft. Als er sah, dass ich mit seiner Praktikantin ins Nebenhaus kam, winkte er mich sofort zu sich und stellte mich dem erlesen gekleideten Mann vor. «Monsieur de Montgras, darf ich Ihnen Klaus Kaltbach vorstellen, den berühmten Maler aus Bern. Wenn Sie Mühe haben, sich zu entscheiden, dürfen Sie ihn bestimmt zu Rate ziehen.» Dann wandte er sich mir zu: «Klaus, Monsieur de Montgras kann sich nicht entscheiden, welches dieser beiden Bilder er auswählen soll, die Winzerin oder die Fischerin.»

Der Kunde war sichtlich nicht glücklich, dass Bugnon ihm einen fremden Berater zur Seite stellen wollte. «Mais, mon cher Bugnon, votre collegue n'a aucune connaissance des préférences de ma femme!» Ich hob die Hände um zu zeigen, dass ich derselben Meinung war und wusste nichts Besseres zu sagen als: «Exactement.»

Bugnon lachte laut und meinte: «Oh, vous deux conjurés!»

Die beiden Bilder gefielen mir. Sie drückten in ihrer Farbintensität eine wilde Lebensfreude aus, und sie wirkten kribbelnd erotisch, ohne im Geringsten etwas Vulgäres an sich zu haben. «Prenez tous les deux!» riet ich dem Kunden schliesslich und zog Colette mit einem Lächeln weiter. Als willkommene Entschuldigung summte in diesem Moment mein Handy.

Fuchs meldete sich: «Was ist los, Kaltbach. Ich habe nur ein paar Minuten Zeit.»

Ich versuchte ihm in wenigen Sätzen zu schildern, was Colette mir anvertraut hatte.

«Danke. Gegen Abend bin ich mit dem durch, was Hauptkommissarin Brun und mich gerade in Atem hält. Können Sie mich dann nochmals anrufen? Natürlich können Sie auch bei uns auf der Hauptwache vorbeikommen. Und noch etwas: Versprechen Sie mir nochmals, dass Sie nichts im Alleingang unternehmen! Die Leute sind jetzt unter Druck und damit gefährlicher als Sie glauben. Nochmals Danke. Ich muss wieder...»

Colette hatte mitgehört und wurde zunehmend ungehalten. «Sehen Sie, die haben anderes zu tun als nach Attila zu fahnden. Mit jeder Minute kann es für ihn gefährlicher werden! Sie haben doch selber gesagt, dass diese Unmenschen über Leichen gehen, wenn ihnen etwas in die Quere kommt. Ich halte es einfach nicht mehr aus, hier zuzuwarten und die Daumen zu drehen.»

Ich hatte Verständnis für ihre Ungeduld und ihre Besorgnis. Mir ging es ja nicht viel besser. Aber ich hatte angefangen, Cécile Brun und Fuchs zu vertrauen.

Inzwischen hatte Bugnon dem Kunden die zwei Bilder verkauft. Seine Preise waren bescheidener als meine: beide zusammen für 4200 Franken. «Dank dir, *mon cher* Kaltbach! Ich glaube, wir beide würden mit einer eigenen Galerie grossen Erfolg haben und sehr wahrscheinlich auch mehr verdienen – wenigstens was mich betrifft. Wir müssten ja niemandem mehr Provisionen von 40 Prozent und mehr abliefern. Überleg dir das Ganze in Ruhe. Darf ich dich nun, als Dankeschön für die vier entscheidenden Worte die du an Montgras gerichtet hast, zu einem feinen Mittagessen ins *Trois Tours* einladen?»

«*D'accord*! Darf ich Colette auch mitnehmen... auf meine Kosten natürlich. Sie braucht jetzt ein bisschen Ablenkung von ihren Sorgen. Passt das?»

«Hast du dich verliebt, oder was?» Er blinzelte mir belustigt zu.

Ich lachte ihn aus. «Du redest genau so wie du malst und denkst nur an das Eine. Nein, ich befürchte eher, dass sich deine hübsche Lehrtochter auf die Suche nach Attila macht, wenn wir sie allein lassen.»

Bevor Bugnon den Verkauf seiner Bilder mit mir und Colette begiessen konnte, rief ich noch Marina an.

«Wo bist du, Klaus?» fragte sie als erstes, und zwar mit Nachdruck. «Hör zu, ich kann nur kurz telefonieren. Trotzdem will ich wissen wie es dir geht!»

«Immer besser, meine Liebe.»

Sie lachte befreit. «Das klingt sehr gut. Nun, mein Wartezimmer ist voll. Komm doch heute Abend mit mir essen, bitte-bitte! Ins *Commerce* zum Beispiel. Ich habe Lust mich mit dir zu betrinken.

Zudem möchte ich nochmals nach deinem blessierten Schädel sehen. Und dann muss ich dir auch noch vom jüngsten Eifersuchtsanfall von David Sokowsky erzählen.» Ich hörte ihren tiefen Atemzug und dann wieder ihre sanfte Stimme. «Eigentlich habe ich dich schon gestern Abend erwartet!»

«Bin noch in Fribourg und wurde hier soeben zum Mittagessen eingeladen. Ich weiss nicht, ob ich heute Abend dann noch einmal ein Festessen bewältigen kann. Aber ich melde mich bestimmt bei dir, geliebte Marina. Denn auch ich habe einiges zu berichten. Und verspüre eine beglückende Sehnsucht.»

«Klaus, nur kurz: was hast du zu berichten? Schiess los! Hast du Attila gefunden?» Es ist doch so: Frauen sind schrecklich neugierig, selbst wenn sie dafür eigentlich überhaupt keine Zeit haben.

«Noch nicht. Aber wir haben eine heisse Spur. Nicht zuletzt dank dir!»

«Mit wem gehst du essen?»

«Mit deinem Patienten, Blaise Bugnon.»

«Ach ja? Grüss ihn herzlich. Gehst du nur mit ihm? Oder habt ihr Damen bei euch? Nein? Gut, dann bis heute Abend. Etwa um halb acht bin ich ausgehbereit.» Sie lachte zweideutig und legte auf.

* * *

Lorenz Lienhard war sich gewohnt, seine innere Unruhe und Unzufriedenheit über das Leben gegen aussen meisterhaft zu verstecken. Aber jedes Mal wenn er sich auf den Weg zu einer Sitzung mit den Sokowskys machte, fühlte er sich spannungsgeladen und voller Hoffnungen. Warum das so war, wusste er selber nicht genau. Vielleicht weil er von dieser Seite immer wieder finanzielle Unterstützung erwarten durfte? Oder weil Jonathan und David seine jährlich wachsende, hämische Bosheit und seinen eifersüchtigen, geheimen Hass gegenüber allen, denen es besser ging, teilten und unterstützten? Klaus Kaltbach und Bernhard Boss gehörten für ihn auch zu diesen Privilegierten. Heute war es wieder soweit! Mit einem, der ganzen Welt Rache schwörenden Grinsen verliess er das nach Medikamenten und Fäkalien stinkende Haus, in dem ihn – falls er denn anwesend war – seine unheilbar kranke Frau Marianne alle zehn Minuten jammernd um Hilfe rief.

Mit einer seltenen Leichtigkeit schritt er dem vielversprechenden Treffen entgegen. Meistens fand dieses in einem Zimmer des Hotels Drei Könige in Bethlehem statt und lief in einer trockenen, lustlosen Stimmung ab. Aber diesmal schien es um etwas besonders Wichtiges zu gehen, denn Jonathan hatte ihn und seinen Bruder in die Sokowsky-Villa eingeladen, die versteckt hinter hohen Bäumen und Mauern an der Habsburgstrasse im Kirchenfeldquartier lag. Was war wohl so ausserordentlich wichtig? Ging es um Klaus' jungen entführten Rumänen? Diese Sache war Lienhard nicht ganz geheuer, denn Freiheitsberaubung war nicht einfach ein Kavaliersdelikt, sie war ein schweres Verbrechen! Eigentlich sollte Lorenz deswegen beunruhigt sein, besonders an diesem Morgen, denn er trug bei dieser Sache eine ins Gewicht fallende Mitverantwortung. Aber die fast schon an Hysterie grenzenden Sorgen, die sich Klaus seit dem verschwinden Grigorescus machte, genoss er. Dieser verwöhnte, selbstverliebte Hans-guck-in-die-Luft sollte auch mal richtig leiden müssen!

Die kurzfristig einberufene Besprechung musste jedoch auch mit den andern aktuellen Ereignissen zu tun haben. Vielleicht mit dem Tod der beiden blutjungen *Security Guards* in Rosshäusern? In diese Sache war er glücklicherweise nicht verwickelt. Hingegen hatte er sehr wohl mit der fingierten Verschiebung von über hundert wertvollen Kaltbach-Bildern nach Dubai zu tun. Ebenso, wenn auch nicht direkt, mit der Schlamperei der beiden jungen Leute beim Überfall auf Lina Fankhauser in Frauenkappelen. Plötzlich verflog seine gute Stimmung und eine schmerzhafte Unruhe nahm von ihm Besitz. Das kam bestimmt daher, dass er persönlich in eine alles umfassende Krise geraten war: Seine Freundschaft mit dem *Money-Maker*-Maler stand vor dem endgültigen Bruch, der Ausbildungsplan für den jungen Grigorescu wuchs ihm über den Kopf, seine Schulden bewegten sich in schwindelnder Höhe und, *last but not least*, die Scheisskrankheit seiner Frau zog sich endlos dahin, ohne Aussicht auf eine befreiende Änderung. Vielleicht hatte Jonathan recht und es wäre wohl das Beste, diese Änderung selbst in die Wege zu leiten. Mit *Pentobarbital* beispielsweise? Seine noch vor fünf Minuten aufheiternde Aufbruchstimmung war wie weggeblasen. Er blieb kurz stehen und stöhnte. Es kam im Moment einfach eines zum anderen, und er sah kein Licht mehr am Ende dieses Tunnels.

Das Tram kam. Am besten hätte er sich wohl gleich darunter geworfen. Nein, zuerst wollte er abwarten was Jonathan vorzuschlagen hatte. Er gab sich einen Schubs und stieg ein. Auf der ganzen Fahrt kam er nicht von seinem Gedankenchaos los. Bis vor kurzem behaupteten die Sokowskys eine Lösung für alle Probleme zu haben. Aber geschehen war nichts! Hätte er sich doch nur nie mit diesem habgierigen Galeristen und seinem schmierigen Bruder eingelassen! Aber eben, seine Schulden! Die beiden boten ihm einen Kredit von 200 000 Franken an, den er in seiner Naivität dankend angenommen hatte, obwohl ihm die Sokowskys eigentlich zutiefst unsympathisch waren. Es wäre gescheiter gewesen, wenn er für einmal seine dämliche Unsicherheit besiegt hätte. Klaus, mit dem er seit so langer Zeit befreundet war, hätte ihm bestimmt auch ausgeholfen. Er erinnerte sich, wie er vor einem halben Jahr in seiner Not von Bank zu Bank gepilgert war, um einen Kredit zu erhalten. Sogar bei zwei Versicherungsgesellschaften hatte er es versucht. Doch er wurde überall wie ein Bettler abgewiesen. Diese kaltherzigen Institutionen, die nur auf ihren Gewinn bedacht waren, hatten sich, eine wie die andere, in arroganter Weise geweigert ihm zu helfen, weil er ihnen keine Sicherheiten bieten konnte. Nicht einmal das bescheidene Reiheneinfamilienhaus, in dem er wohnte, gehörte ihm. Diese ganze Misere hatte er der Krankheit seiner Frau zu verdanken! Woher nahm Ruth nur die Kraft, dieses elende Leben zu ertragen. Was hielt sie denn noch auf dieser Welt zurück? Warum gab sie nicht endlich auf und segnete das Zeitliche. Wenn sie auf natürliche Weise sterben könnte, würde wenigstens ihre Lebensversicherung ausbezahlt. Nach allen den Jahren in denen er sie gepflegt hatte, wäre das nur gerecht. Mehrmals war er kurz davor gewesen, ihrem Ableben nachzuhelfen; aber wie bei allem andern, was Mut erforderte, war er dazu zu feige.

Lorenz seufzte voller Selbstmitleid und zündete sich eine Zigarette an, als er am Thunplatz aus dem Tram stieg. Das war auch wieder so eine von Jonathans Demütigungen ihm gegenüber: Dieser

Mistkerl hatte ihm befohlen – befohlen! – nicht mit dem Auto an der Habsburgstrasse vorzufahren. Der schämte sich womöglich, wenn so eine alte Karre vor seiner Patriziervilla vorfuhr! Dieser zugewanderte Galerist befürchtete womöglich, einer seiner reichen Nachbarn könnte bemerken, dass ein mittelloser Rentner bei den edlen Sokowskys zu Besuch war! Eigentlich hätte er demonstrativ per Velo hierher kommen sollen. Wie auch immer, dafür war es jetzt zu spät. Er hatte sich in die Abhängigkeit dieser korrupten Brüder begeben und musste nun ohne Widerrede alles tun, was sie von ihm verlangten. Seiner Frau ging es damit auch nicht besser, und seinen alten Freund Klaus hatte er verloren! All das zusammen war schlimmer, als allenfalls für den Rest seines Daseins im Gefängnis zu schmoren. Hätte er wenigstens einen Funken Ehrgefühl im Leib, müsste er sich hier und jetzt selber ins Jenseits befördern.

Er drückte auf den Klingelknopf am Tor zur Villa. Der bullige Ungare, den Jonathan als Hausdiener beschäftigte, kam nach mehr als drei Minuten und öffnete mit einem demonstrativ unfreundlichen, spöttischen Nicken. Lienhard empfand das jedenfalls so und kam sich sofort noch minderwertiger vor. Der einstmals doch ziemlich stolze Veterinär trottete deshalb mit hängenden Schultern hinter dem Diener her, über einen von jedem Kräutchen oder anderem störenden Teilchen gesäuberten Kiesweg, der durch den nicht minder gepflegten Garten führte. Er wurde unter einem Baldachin in aufwendigem Kolonialstil hindurch ins Innere des Herrenhauses geführt. In der mit Marmormosaik gefliesten Halle wartete der ältere Sokowsky auf ihn. Er trug – was Lienhard überraschte – einen schwarzen Trainingsanzug. «Hallo! Wie geht es unserem Velorennfahrer?» begrüsste ihn der Hausherr jovial. Ohne Lienhard zu Wort kommen zu lassen, fuhr er herablassend fort: «Du siehst ziemlich niedergeschlagen aus,

Lieni. Komm, trinke etwas, du Armer, damit sich dein Faltengesicht ein bisschen strafft.» Das alles war reinster Hohn.

Lorenz erwiderte trocken das «Hallo» und stieg hinter Sokowsky die breite Marmortreppe hinauf. Im Innern wirkte die Villa noch aristokratischer als aussen.

«Wir haben heute eine sehr wichtige Besprechung. Die Probleme kennst du ja schon, jetzt geht es um Lösungen» deklamierte Jonathan ohne sich umzuschauen.

Sie traten in das fürstliche, mit dunklem Holz getäferte Raucherzimmer. Der jüngere Sokowsky stand an einem der hohen Fenster, mit einem Schwenker aus schwerem Kristall in der einen und einer dicken kubanischen Zigarre in der andern Hand. «Hallo, Lorenz.» Seine Begrüssung klang trotz der schneidenden Stimme etwas freundlicher als die seines hochnäsigen Bruders.

Lorenz nickte mit einem Brummen und warf einen kurzen Blick auf die zwei imposanten Bilder an der fensterlosen Wand. Eines schien ein echter Mirò zu sein, das andere kannte er bereits: Es war Kaltbachs *Abendmahl der Raubkatzen* und passte weit besser zu den Bewohnern dieses Hauses, als der abstrakte Mirò. Wahrscheinlich war es noch nicht bezahlt oder ohne Einverständnis des Malers ‹ausgeliehen›.

«Was trinkst du? Einen Aperol mit Spritz? Oder lieber einen trockenen französischen Weissen, zum Beispiel einen Clémentine 2004 von Baron Rosenfeldt.»

«Oder ein Radler?» ergänzte Jonathan hinter ihm, zynisch lachend. Lorenz wählte den gespritzten Aperol. «Wann warst du das letzte Mal hier auf unserem bernischen Aristokratensitz?»

Schon wieder so eine Demütigung. Sokowsky wusste genau, dass er ihn noch nie zuvor hierher eingeladen hatte. «Da oben war ich noch nie.» Er gab sich keine Mühe mehr, freundlich zu sein oder selber auch mit ironischer Verächtlichkeit zu antworten.

«Na ja, das spielt ja keine Rolle. Es gibt für alles ein erstes Mal. Kommen wir besser rasch zur Sache. Es gibt einiges, das wir heute zu entscheiden haben. Setzen wir uns.»

Alle drei versanken in den tiefen Polstersesseln, die mit fein verarbeiteten Elefantenleder bezogen waren.

Dann fing Jonathan mit seinem gewohnten Spiel an.

«Gestern war die Polente im Luna. Hausdurchsuchung! Sie nahmen acht unserer Mitarbeiter fest, darunter auch Vadims Bruder und Milan Danaikov, den Barman. Kurz nach Mitternacht rief Sorin, den sie überraschenderweise laufen liessen, David an und berichtete ihm von dem Bullentheater. Die Beamten haben kistenweise Material mitgenommen und auch die Strafzelle und den Katzenkeller entdeckt. Heute Morgen bekam ich von der Staatsanwaltschaft die Meldung, der Klub sei vorderhand im Einvernehmen mit dem Regierungsstatthalter geschlossen worden. Grund: Verdacht auf Menschenhandel, Freiheitsberaubung, Autodiebstahl, Schmuggel und Drogenkonsum. Wir haben also, zumindest vorübergehend, keinen Motivationsklub für unsere jugendlichen Sklaven mehr. Hat einer von euch beiden Fragen dazu?»

David wollte wissen, in wie weit die *Senior Security GmbH* und ihr gemeinnütziger Ast dadurch betroffen sei.

«Das ist noch nicht klar» antwortete Jonathan listig schmunzelnd, als würde er für eine Home Story befragt. «Ich nehme an, dass die meisten unserer Jungs und Mädels aus der Schweiz ausgewiesen werden, denn sie sind ja illegal, das heisst ohne Aufenthaltsbewilligung in diesem Land, und sie waren in alle Tätigkeiten unserer Organisation involviert. Damit haben sie eine Straftat begangen.» Er grinste herablassend. »Natürlich fallen fast alle unter das Jugendstrafrecht. Ohne sie ist die *Senior Security* selbstredend leistungsunfähig. Aber es ist ohnehin Zeit die Waffen zu wechseln. John Milton hat gestern bereits die Liquidation angemeldet. Die *Senior Security GmbH* hat weder Vermögen noch Schulden, das wird eine rasche und problemlose Liquidation erleichtern.»

«Haben wir der *Tutamentum* eine Entschädigung wegen Vertragsbruch zu bezahlen?»

Es war wieder David der dies fragte.

Lorenz hörte nur halbwegs zu was die beiden besprachen. Er hatte kein grosses Interesse an der Sokowskyschen Zukunft mehr.

Jonathan lachte. «Die werden versuchen eine dicke Entschädigung zu erwirken, denn für sie ist der Wechsel zu einer andern Sicherheitsfirma mit neuem Risiko, hohen Kosten und mit einem immensen Imageverlust verbunden. Überlegt doch: Eine nicht mehr existente Firma, die auf dem Papier einem Unbekannten, einem Verschwundenen und einem Überschuldeten gehört, kann einer solchen Forderung nicht nachkommen.»

«Wir liquidieren also *Senior Security*, obwohl sie für uns eine Silbergrube war und zu einer Goldgrube zu werden versprach» stellte David lapidar fest.

«Hast du einen besseren Vorschlag, Bruderherz?»

«Ja, wir ziehen um und versuchen dasselbe unter einem andern Namen in Österreich oder Ungarn. Dazu brauchen wir auch die Zusammenarbeit mit *Tutamentum* als Auftraggeber nicht mehr. Wir gründen diese Art von Stiftung-mit-Bank gleich selber.»

Wieder grinste der Ältere. «Deine Ideen sind immer hoch interessant, lieber David. Aber glaubst du, man werde uns, nach unserem hiesigen Kollaps, in Österreich oder Ungarn oder wo auch immer, noch vertrauen? Ich glaube das jedenfalls nicht. Nein, wir müssen eine andere Goldgrube, wie du das nennst, finden oder erfinden. Die *Senior Security* und den Luna-Klub gibt es ab sofort nicht mehr. Noch Fragen?»

Diesmal getraute sich Lienhard auch eine Frage zu stellen: «Was geschieht mit den jungen, ausländischen Angestellten von *Senior Security*, die du verächtlich Sklaven nennst? Die sind doch ohne uns völlig aufgeschmissen!»

Jonathan feixte: «Aber-aber, Lorenz! Wirst du jetzt zum barmherzigen Samariter? Nikolai Niculescu – das ist Vadims Bruder, wenn du, Lieni, nicht weisst wer das ist – und Milan Danaikov werden wegen verschiedener Gesetzeswidrigkeiten – oder sagen wir offen: Verbrechen – für die nächsten paar Jahre hinter Gittern leben, das ist sicher. Vadim natürlich ebenfalls, falls der so dumm ist, in die Schweiz zurückzukommen. Sandor und Anna sind tot, die Sache ist damit für sie geregelt. Ich nehme an, dass die andern Boys und Girls keine, oder höchstens eine kurze Strafe bekommen, damit man sie möglichst rasch in ihr Heimatland abschieben kann. Sie stammen fast alle aus dem Schengenraum und sind deshalb eigentlich keine richtigen Illegalen. Sie sind hier nur nicht angemeldet. Und sie haben vom Verein *Arbeit ohne Grenzen* keinen Arbeitsvertrag; sie sind lediglich Mitglieder eines gemeinnützigen Vereins, und was für uns zählt: keine Angestellten der GmbH. Die Arbeit im Verein erledigten sie ehrenamtlich. Niemand bezog einen festen Lohn bei uns, und darum zahlen wir auch weder eine Abfindung noch Nachzahlungen für eine Sozialversicherung. Bei unserem, ich betone, gemeinnützigen Verein arbeiteten alle als Selbstständige und auf eigenes Risiko. Klar?»

«Und was geschieht mit dem so genannten Flüchtlingsheim in der Eymatt?» stocherte Lorenz weiter.

«Das Heim gehört ebenfalls dem Verein *Arbeit ohne Grenzen*, dessen Präsident Vadim ist. John Milton, einer der drei Besitzer von *Senior Security* hat eine Vollmacht des abwesenden Vadim Niculescu.» Er zwinkerte seinem Bruder zu. «Er hat den Mietvertrag bereits gekündigt, und zwar per 31. März, das ist schon übermorgen.

Er zahlt dem Eigentümer der Hütte noch zwei Monatsmieten, die vergüten wir ihm aus – sagen wir mal – Solidaritätsgründen. Das sind lumpige 6000 Franken. Bis am 31. Mai muss die Ruine aber geräumt sein. Du persönlich kontaktierst John, nicht wahr David! Und zwar heute noch. Gibt's sonst noch weitere Fragen?»

Lorenz schüttelte den Kopf. Die Sokowskys hatten ein unübersichtliches Labyrinth der Zuständigkeiten aufgebaut, um selber möglichst keine Verantwortung übernehmen zu müssen. Abkassieren konnten sie aber weiterhin. Lorenz hatte immer geglaubt, dass die Sicherheitsfirma den beiden gehöre. Und nun waren es plötzlich dieser unbekannte Milton und Niculesu und wer weiss noch. «Das ist ja verrückt! Wem gehört denn eigentlich die *Senior Security* wirklich?»

«Mein lieber Lorenz, du bist ein Spassvogel! Du warst doch von Anfang an dabei, und die Haftung für alle Geschäfte liegt bei dir. Du bist schliesslich der Präsident des Ganzen! Du hast ja all die Dokumente und Verträge unterzeichnet. Du musst dich doch erinnern! Um es klar zu formulieren: Die *Senior Security GmbH* gehört dir, Lorenz. Zusammen mit Vadim Niculescu und John Milton. Zu je einem Drittel. Mit meinem Bruder David habt ihr einen Beratervertrag. Ja, so sieht das aus. Du hast alles unterschrieben und kannst da nicht kneifen!»

Lorenz war perplex und der kalte Schweiss brach ihm aus. Was er zu hören bekam war eine Frechheit! Wo war er da, seiner Schulden wegen, nur hineingeraten? «Jetzt soll ich plötzlich der Präsident dieses zwielichtigen Ladens sein, in welchem ich nie etwas zu sagen hatte? Das ist doch absurd! Ich kann mich nicht erinnern, jemals in dieses Amt gewählt worden zu sein. Und du, Jonathan, hast du in der Firma gar keinen Job?»

Der Galerist schaute ihn über die Gläser seiner Goldrandbrille mit einem eiskalten Lächeln an. «So ist es, mein lieber Dummkopf! Ich und mein Bruder werden durch John Milton vertreten. Ich kann doch nicht einerseits Kaltbachs vertrauenswürdiger Galerist sein, und ihn gleichzeitig ausnehmen!»

Lorenz platzte der Kragen. Er schrie Jonathan Sokowsky zum ersten Mal an: «Wer, zum Teufel, ist denn dieser verfluchte John Milton!?»

«Ich habe leider keine Ahnung, Lorenz» lachte ihn der Galerist aus. «Kommen wir nun zum Thema Kaltbach und Attila Grigorescu.»

David verschwand für ein paar Minuten, die Jonathan dazu benützte, dem fassungslos zitternden Lienhard ein Kunstbuch zu überreichen. «Ich schenke dir hier den schönsten Kaltbach-Katalog. Er ist signiert und nummeriert und trägt die Nummer 006 von fünfhundert Exemplaren.

Lorenz nahm das Buch widerwillig entgegen und murrte ein «Danke.»

Er hielt den in eine Cellophanhülle verpackten schwarzen, dicken Katalog in seinen Händen und drehte ihn unschlüssig um. Die Stimmung war fast tödlich, empfand er.

David kam zurück und schenkte noch einen Drink ein, den er Lorenz in die Hand drückte: «Hier, trink und beruhige dich. Gut, dass wir diesen Attila bereits vor einer Woche in dein Katzenheim in Maxenried – oder wie das Kaff heisst – gebracht haben. Das wäre eine schöne Scheisse gewesen, wenn die Bullen ihn eingesperrt im Keller vom Luna-Klub gefunden hätten.»

Jonathan zuckte mit den Schultern. «Uns beide hätte man deswegen nicht belangen können. Aber für Lorenz, den Präsidenten, wäre es kritisch geworden. Mach dir aber keine Sorgen, ausgemusterter Tierarzt, wir hätten dich von Simon Brunner oder einem andern spezialisierten Staranwalt aus dem Schlamassel geholt. Aber zum

Glück ist das ja nun nicht nötig. Vadim ist längst woanders. Fangen wir also mit dem Fragespiel zu diesem brisanten Thema an. Lorenz, was willst du wissen?»

«Was habt ihr mit Attila Grigorescu vor. Warum wird der Junge von euch gefangen gehalten. Wollt ihr etwa auch von Kaltbach Lösegeld abholen? Oder geht es euch nur darum, meinen langjährigen Freund fertig zu machen und nach Belieben zu manipulieren? Mit euren verlogenen Methoden wäre das bestimmt ein Leichtes für euch. Vor allem, da ihr alles auf mich abzuschieben versucht.» Lienhard war hilflos, enttäuscht von seinem Schicksal und stockwütend auf seine beiden ehemaligen Geschäftsfreunde, die ihn so hinterhältig hereingelegt hatten. Sein empfindlicher Magen übersäuerte und rebellierte schmerzhaft. Ihm wurde klar, dass er für die Kredite, welche die beiden ihm mehr oder weniger aufgezwungen hatten, nun bitter zahlen musste. Sie hatten offensichtlich alles in die Wege geleitet, um ihm ihre sämtlichen Verbrechen in die Schuhe zu schieben! Behaupteten doch diese beiden arroganten, zugewanderten Ärsche, er hätte sich zum Präsidenten ihrer verbrecherischen Firma wählen lassen. Wie sollte das überhaupt ohne sein Zutun vor sich gegangen sein? Oder war es wirklich möglich, dass er in einem schwachen Moment oder im Suff irgendwann und ohne richtig hinzuschauen, entsprechende Dokumente unterschrieben hatte? Und dass er verbindliche Papiere der *Senior Security GmbH* fürs Handelsregister und die Steuerverwaltung, die Mietverträge, die Versicherungen und so weiter mit seiner Unterschrift versehen hatte? Plötzlich wurde er unsicher. Unsicherer, als er je in seinem Leben war! Wenn er es sich richtig überlegte, hatten ihn die beiden oft genug fast bis zur Bewusstlosigkeit abgefüllt und ihm dabei die tollsten Versprechungen gemacht: ‹In zwei Jahren bist einer der reichsten Männer dieser Stadt. Wir übernehmen die Kosten der besten Therapien für deine Frau. Wir kaufen dir ein tolles Haus in Muri.› Und so weiter. Aber nichts dergleichen geschah, er wurde immer wieder auf später vertröstet. Wie hatte er diesen elenden Stuss nur glauben und mitmachen können! Warum nur liess er sich von der Aussicht auf das viele Geld so blenden?! Es fiel ihm plötzlich wie Schuppen von den Augen: Für diese zwei Mieslinge war er nichts anderes gewesen, als ein Mittel, um an Kaltbachs Geld heranzukommen. Und um das Risiko für ihre Machenschaften zu tragen!

Jonathan unterbrach seine Gedanken abrupt: «Attila ist unsere Zukunft, denn er wird für uns Kaltbachs Hinterlassenschaft sicherstellen.»

«Und wie wollt ihr das denn anstellen? Mit einer neuen Schweinerei?»

«Du kannst das ansehen, wie du willst. Wir werden das jedenfalls nach bewährter Art angehen. Wenn Attila sich so weiter entwickelt wie bisher, wird er der beste Kunstfälscher unserer Zeit. Er wird viele neue Kaltbach-Bilder malen, sobald der echte Kaltbach unter der Erde liegt. Und das wird sehr bald soweit sein. Auch die Tatsache, dass der einfältige Pinsler uns heute die Zusammenarbeit aufgekündigt hat, kann an diesem Plan nichts mehr ändern!» Der Galerist lachte schallend. «Denn der Junge wird das ganze Kaltbach-Vermögen samt Tantiemen, Copyright, Ausleihhonoraren von Museen und so weiter, erben. Das wissen wir aus sicherer Quelle, denn *Brunner + Tadeusz*, die Anwälte von Kaltbach, haben sein Testament verfasst. Er wird uns dann alles willenlos übertragen, und wird so zu unserer neuen Goldgrube.»

Lienhard presste voller Wut die Zähne zusammen, bis es wehtat. Er begriff die Welt nicht mehr. «Attila weiss, dass ihr hinter seinen beiden Entführungen steckt. Glaubt ihr wirklich, dass er bereit sein wird, euch etwas zu übertragen?!»

«Keine Angst» meinte Jonathan süss. «Wir haben uns bestens vorbereitet. Als nächstes werden wir den naiven Maler ins Jenseits befördern. Das kannst du übernehmen, Lorenz. Wir werden dich dafür fürstlich entlöhnen. Erstens erlassen wir dir deine ganzen Schulden, und zweitens überweisen wir dir 200 000 Franken. Dann bist du wieder saniert.»

Lorenz hätte sie am liebsten angekotzt. «Da mache ich nicht mehr mit!» keuchte er mit hysterischem Unterton und einem knallroten Gesicht. «Ihr habt alles getan, um meine Freundschaft mit Klaus zu zerstören, und ich Idiot habe es geschehen lassen. Aber dass ich Klaus ermorden soll,... nein, nein und nochmals nein! Zum Mörder meines langjährigen Freundes werde ich ganz sicher nicht.»

«Ach, du willst wirklich aussteigen?» Jonathan machte ein Gesicht als wäre er schockiert. Mit einem gefährlichen Unterton stellte er dann süffisant fest: «Das kannst du gar nicht, mein Guter! Das würde dir nicht bekommen. Schliesslich weisst du jetzt alles über uns.»

Nun mischte sich David ein: «Es geht doch gar nicht um Mord, Lorenz, sondern höchstens um einen selbstverschuldeten Unfall. Noch besser wäre ein Selbstmord. Du wirst dich mit Klaus versöhnen und ihn dann sanft ins Reich der Toten begleiten. Das Pentobarbital können wir dir noch heute beschaffen. Das ist ein Wundermittel, das man ganz einfach spritzen oder in eine Flüssigkeit mischen kann. Dein Freund wird keine Schmerzen haben und ruhig einschlafen. Versprochen!»

«Ihr seid total verrückt, alle beide!» Lorenz bekam kaum mehr Luft vor Wut und Zorn und musste sich zusammenreissen, um nicht hilflos zu zittern. «Schickt doch euren dubiosen John Milton zu Klaus, wenn ihr euren besten Kunstlieferanten umlegen wollt. So wie ihr ihn beschreibt, macht er das mit Freude! Auf mich könnt ihr jedenfalls nicht mehr zählen. Mit euch will ich ab sofort nichts mehr zu tun haben! Gar nichts!» Er stand auf und versuchte Richtung Treppe zu gehen. Im selben Moment verspürte er – wahrscheinlich vor Aufregung – einen lähmenden Schwindel. Bei der Tür stolperte er und fiel Kopf voran zu Boden.

«Warte, Schätzchen» grinste David und stand auch auf. «Ich fahre dich nach Hause.» Er stand auf, liess seine Fingerknöchel knacken und ging zum Gestürzten.

«David, du fährst dann nach Matzenried und schaust dort zum Rechten» rief ihm Jonathan nach. «Und vergiss auch Kaltbach nicht!»

«Keine Angst, grosser, böser Bruder» sang David fröhlich.

* * *

Fuchs konstatierte es mit einem Gemisch aus Mitgefühl und Stolz auf die junge Ermittlerin: Cécile sah bereits nach der ersten Tageshälfte erschöpft und verschwitzt aus, als sie kurz nach halb drei von der dritten Verhörphase in ihr Büro hinauf kam. Ohne eine stärkende Kaffeepause einzuschalten hätte sie, nahm er an, demnächst schlapp gemacht. Aus den jungen, trotzigen Menschen, die kaum Deutsch sprachen und Angst vor ihren Auftraggebern hatten, die Wahrheit herauszulocken, war ein aufreibender Job. Sechs der in der Nacht zuvor vor dem Luna-Klub festgenommen Jungs und ein Mädchen, das zwar wie eine fünfundzwanzigjährige Frau aussah, hatte sie schon durch. Zwei hatten gar nichts gebracht. Einer der Jungen konnten offenbar nichts anderes als eine halbe Stunde oder noch länger ein hilfloses Gesicht zu zeigen und «ich nix wissen» hervorkrächzen, bevor etwa Brauchbares aus seinem Mund kam. Sicher waren sie alle bei *Senior Security* nur eingesetzt worden, um die Scheisse der andern aufzuputzen. Zwei konnten nichts anderes berichten, als das, was Cécile schon von den Bieler Kollegen erfahren hatte. Bei ihnen handelte sich um das Duo, das am chemin de la Baume und am chemin du Compois in Biel von der *Senior Security*, von ihren eigenen Kumpels, bei ihrem Einbruch gestört und verjagt worden waren. Sie sagten aus, dass die beiden Aktionen von ihrem Chef, John Milton, zum Vornherein nur als Warnung für alte Reiche geplant gewesen seien, was nichts anderes bedeute, als die Sicherheitsfirma versuchte sich selber Kunden zu generieren. Sie behaupteten keck, dass man sie darum nicht als Erpresser verurteilen könne. Das Mädchen hingegen wagte zumindest etwas zu den Autodiebstählen auszusagen, und zwar über neun Fälle, bei denen sie mitgemacht habe. Die teuren Schlitten seien für den Export nach Bulgarien und Rumänien gestohlen worden. Sie selber sei aber nur als Fahrerin aufgeboten worden. Genauer gesagt sei sie zuständig dafür gewesen, die Autos zu einem Händler in Sissach zu fahren, wo dieser den Karrossen eine neue Farbe aufspritzte, um sie dann an eine ungarische Hehlerbande zu verkaufen. Das Mädchen hat die Namen ihrer beiden Kontaktpersonen und die Adresse der Karrosseriewerkstatt preisgegeben.

«Am interessantesten waren die Geständnisse von Janic Szabo und Nilo Kovacs» meinte Cécile. «Beide stammen aus Ungarn. Sie konnten als einzige den Besitzer der Bar, John Milton, genauer beschreiben: maximal 50 Jahre alt, etwa 1,70 Meter gross, auffallend muskulös, schwarz gefärbtes Haar (eventuell eine Perücke), stechende dunkelblaue Augen (eventuell trägt er Linsen), dicke Lippen, glatt rasiert, trägt immer teure, englische Kleider. Janic hatte das festgestellt, als er einmal für den Boss mehrere Blazer zur chemischen Reinigung bringen musste. Milton spricht anscheinend mit einem komischen amerikanischen Akzent.»

Cécile hatte die beiden nach dem Verhör zum Phantombildner geschickt. Nilo, wie auch Janic, hatten sich aber klar strafbar gemacht: Sie haben den Überfall auf Rosmarie Boss und Robert Röthenmund gestanden. Alle der sieben Vernommenen nannten Namen von andern Klubbesuchern und *Senior Security*-Hilfsarbeitern. Schliesslich hat mir einer dieser Boys dann offenbart, er habe in Vadims schwarzem Range Rover Blutspuren entdeckt, als er ihn an jenem Morgen reinigen musste. Der Teppich im Kofferraum sei voller Flecken gewesen und er bekam von Vadim den Auftrag, ihn, also den Teppich, zu verbrennen. Er habe ihn aber stattdessen beim Nebenschuppen des Heims in der Eymatt auf den Müll geworfen. Wahrscheinlich liege er noch dort. Danach musste er Vadim helfen, zwei Koffer aus dem Büro zu holen und einzuladen. Der Chef sei dann nervös davon gerast, als wäre er auf der Flucht.

Cécile hob den Kopf und schaute ihren Kollegen erschöpft, aber voller Stolz an. «Mindestens ein paar Resultate die uns weiter helfen, meinst du nicht?»

Fuchs hatte beeindruckt zugehört. «Du wirst immer besser, Cécile. Ich weiss, wie mühsam es ist verstockte, von Angst gejagte junge Leute zum Reden zu bringen. Hast du den Teppich von Vadims Auto suchen lassen? Das könnte ein entscheidendes Beweisstück gegen ihn und die Sicherheitsfirma werden. »

«Sicher, er ist bereits im Labor. Nun, damit ist höchstwahrscheinlich geklärt, wer das Pärchen erschossen hat.»

«Meinst du Vadim? Haben wir denn seine DNA?»

«Sicher! Von einem Taschentuch in seiner Jacke, die im Luna-Büro hing.»

Fuchs hob seinen rechten Daumen. «Also, dann warten wir die DNA-Vergleiche ab.»

Cécile verschüttete vor Müdigkeit den Kaffee, den sie sich eben geholt hatte. «Was hast denn du rausgekriegt?» fragte sie Fuchs in einem Ton als würde sie gleich einschlafen.

«Ich bin mit meinen Resultaten auch ganz zufrieden.» Fuchs kam ihr mit ein paar Papierservietten zu Hilfe. «Aber wie du, brauche ich auch bald mal einen freien Tag. Spätestens, wenn meine Madame aus ihren Wellness-Ferien zurück ist.» Er stand auf und streckte sich seufzend. «Endlich können wir den Medien etwas Konkretes vorweisen.» Fuchs schaltete eine kurze Pause ein und begann seinen verspannten Rücken mit ein paar Turnübungen so gut es ging zu lockern.

Cécile vermutete, dass er bei seinen Verrenkungen die Yoga-Übungen seiner Lebensgefährtin kopierte.

Er sah ihr ironisches Lächeln und hörte mit seinen Uebungen auf. «Jetzt brauche ich ebenfalls ein bisschen Doping, und zwar einen doppelten Espresso.» Er warf eine Kapsel in die Maschine und erzählte: «Ich habe Bodenmann im Parterre getroffen und ihm von unserem nächtlichen Beutezug erzählt. Er lief rot an und begann nervös zu husten. Was ich erzählte, machte ihm sichtlich Sorgen. Vielleicht verabschiedet er sich nun doch aus dem Stiftungsrat der ‹Tutamenter›. Er hat noch einmal geschworen, dass die beiden Firmen nichts, aber auch gar nichts miteinander am Hut hätten, und dass keinerlei rechtliche Verbindungen untereinander bestünden. Wenn *Senior Security* nicht imstande sei, ihren Auftrag gesetzeskonform zu erfüllen und mit illegalen Tricks oder sogar verbrecherisch operiere, würde man sie vor den Richter bringen. Auch habe er inzwischen meinen Rat, er solle als Stiftungsrat zurücktreten befolgt und versuche immer wieder den Präsidenten oder sonst jemand Verantwortlichen der Firma telefonisch zu erreichen. Leider sei das anscheinend nicht möglich. Er fluchte darüber, dass er mindestens ein halbes Dutzend Mal von einem Telefonbeantworter zu hören bekam, dass im Moment alle Mitarbeiter auswärtig beschäftigt seien. Am Schluss schaute er mir tief und so treuherzig wie möglich in die Augen und betonte, dass *Tutamentum* eine gemeinnützige Stiftung sei, mit dem edlen Ziel, älteren Leuten bei verschiedenen Schwierigkeiten zur Seite zu stehen und ihre Ersparnisse und Vermögen sicher anzulegen. Er bekniete mich wieder mit seinem Wunsch, ich solle unbedingt auch Donator werden. Von häuslicher Sicherheit und so weiter kein Wort mehr.»

«Wir können nur hoffen, dass es stimmt, was er in Bezug auf die Beziehungen zu *Senior Security* behauptet» meinte Cécile. «Für unsere Zunft wäre es katastrophal, wenn ein hoher Polizeibeamter irgendwie in Betrügereien und Gewaltverbrechen verwickelt wäre. Nun noch etwas anderes, Beat: Denkst du, wir sollten morgen an der Abdankung von Lina Fankhauser erscheinen?»

Fuchs winkte ab. «Warum auch? Dort erfahren wir nichts Neues. Kaltbachs verlorener Sohn wird ohnehin weder in der Kirche noch auf dem Friedhof auftauchen. Wir haben hier mehr als genug zu tun, meinst du nicht? Und ich gehe als Polizist grundsätzlich nicht gern an solche Anlässe. Zudem erinnert mich jede Abdankung daran, dass ich selber auch in einem Loch oder Ofen enden werde. Du kennst ja mein Motto: Eins, zwei, drei, und das Leben ist vorbei.»

«Motto? Das ist eher ein nekrophiles Mantra. Ich habe gehört, dass du diesen früher nach jedem Mord oder Tötungsdelikt in die Runde geworfen hast. Klingt wahrhaftig nicht sehr lebensfreudig.»

Nachdem Fuchs seinen doppelten Espresso endlich in der Tasse hatte, holte sie sich einen zweiten Kaffee. Er selber vertrug dieses typische Polizistengetränk, zumindest in rauen Mengen, nicht mehr. «Übernimmst du Vadim, Nicolai Niculescus Bruder? Dann widme ich mich diesem zwitterhaften Bar-Chef» schlug sie vor.

«Komm schon, du bist doch jetzt schon auf den Felgen. Ich mache dir einen andern Vorschlag: Überlass die Verhöre mir und mache stattdessen einen Besuch in diesem so genannte Flüchtlingsheim in der Eymatt. Es nimmt mich doch sehr wunder, in was für einer Höhle diese verführten Boys und Girls der *Senior Security* untergebracht worden sind. Du findest dort sicher auch noch wichtiges Beweismaterial. Die Verhöre können warten, solange der Untersuchungsrichter eine Haftverlängerung zulässt. Ich werde bei der Staatsanwältin vorsprechen.»

«Okay, danke.» Sie schien wirklich sehr erleichtert.

Fuchs setzte sich ihr gegenüber an ihren Schreibtisch. «Ich habe Cvetlana beauftragt im Netz nach dem Phantom John Milton zu suchen. Jeder der Verhörten hat bis jetzt bestätigt, dass dieser Mann der

Oberboss, wahrscheinlich auch der Besitzer des Luna-Klubs sei. Aber weisst du was mich fast vom Stuhl gehauen hat? Deine schüchterne Assistentin fand heraus, dass im Handelsregister Lorenz Lienhard als Präsident von *Senior Security* aufgeführt ist!»

«Wasss! Bist du sicher? Ich habe im Internet doch alles durchforstet, aber einen solchen Hinweis fand ich nirgends! Dort hiess es überall, dieser John Milton sei der Präsident der GmbH.»

«Gesellschaften und Institutionen melden dem Handelsregisteramt ihre strukturellen Änderungen manchmal Jahre zu spät. Vielleicht hat Lienhard das Amt einmal innegehabt, oder, was wahrscheinlicher ist, er hat es erst kürzlich übernommen. Cvetlana soll das abklären.»

Fuchs war nicht überrascht. «Und falls es so ist, wie du nun denkst, bist du überhaupt sicher, dass dieser Lorenz Lienhard dieselbe Person ist, die wir als Kaltbachs langjährigen Freund kennen? Vielleicht gibt es ja noch einen anderen mit diesem Namen? Ich habe jedenfalls Ähnliches auch schon erlebt. Nun, das werden wir bald wissen. Der Name John Milton fiel jedenfalls schon bei meinem ersten Besuch im Luna-Klub. So weit ich mich erinnere, hat Danaikov ihn als Chef bezeichnet.» Er erhob sich, streckte sich und schlürfte seinen schwarzen Espresso im Stehen.

Cécile holte aus dem Pendenzenkorb einen zerknitterten Zettel und einen Laserausdruck, beides hielt sie dann Fuchs wedelnd hin. «Schau mal, einer der Jungen, die in Biel am Werk waren hat mir eine ziemlich genaue Beschreibung von Milton gegeben. Darauf hat der Webdesigner ein Phantombild von diesem Gentleman erstellt. Hier!» Sie setzte sich wieder hin und wartete auf einen Fuchs'schen Kommentar. Als dieser nur die Schultern hob, ergänzte sie: «Die zwei Jungs, die Rosmarie Boss und Robert Röthenmund ihren verwerflichen Besuch abgestattet haben glauben übrigens, dass John Milton nicht der richtige Name dieses Mannes ist.»

«Das wird ja immer schwachsinniger! Aber auch das werden wir herausfinden. Dabei muss uns jetzt der KTD behilflich sein, und zwar dalli-dalli. Sie sollen die Peilsender und Ortungsgeräte, die in Miltons und Vadims Büro zum Teil installiert waren oder herumlagen, unter die Lupe nehmen und schnellstens auswerten. Es ist unglaublich, wie gut diese verdammte Bande ausgerüstet war. Bei all dem Material, das gestern vom Klub ins unser Labor und zum Dezernat Personenfahndung gebracht wurde, müssten doch die Namen des Besitzers und des aktuellen Präsidenten ausfindig gemacht werden können. Ich hoffe, dass wir erste entsprechende Resultate noch heute Abend bekommen.»

«Puhh!» stöhnte sie. «Also, Beat, dann fahre ich jetzt mal in die Eymatt hinunter.» Cécile schlüpfte in eine moosgrüne Jacke mit dem aufgestickten Wappen von Irland. Fuchs hatte diese noch nie an ihr gesehen.

«Irland! Madame und ich haben vor im Sommer eine Reise nach Irland zu unternehmen. Muss schön sein. Warst du schon dort?»

«Etwa fünf Mal. Ich habe eine Freundin in Cork. Wenn du willst, gebe ich dir die Adresse ihres *Bed and Breakfast*.»

«Was ist das?»

«Eine Art Absteige. Familien vermieten Zimmer mit Frühstück. Einfach, sauber, freundlich, günstig. Aber das passt wohl nicht zur saftigen Rente eines pensionierten Polizeiinspektors.»

Fuchs schenkte ihr einen strafenden Blick. «Noch etwas.» Bist du einverstanden, wenn ich an unserer Stelle Tanja und Paola nach Matzenried schicke? Sie sollen dort dieses Katzentierheim, das Lienhard eröffnet hat, unter die Lupe nehmen. Nur von aussen, natürlich. Die beiden haben heute und morgen noch keinen spezifischen Auftrag, können von uns also noch eingesetzt werden. Hinter Kaltbach herfahren müssen sie ja nicht mehr. Geht das, Boss?»

Cécile machte Fuchs darauf aufmerksam, dass es in Oberbottigen noch ein zweites Tierheim gab, und dass er die beiden darauf hinweisen sollte. «Sonst besuchen die sicher das falsche.» Und unter der Türe meinte sie: «Hoffentlich findest du mich nicht blöd, wenn ich dich wieder einmal mit deinem Lieblingssatz ‹Du bist der Boss.› zitiere. Aber diesmal verlängere ich ihn sogar: Du kannst es nicht lassen, dich wie der Boss aufzuführen. Und weisst du was, es ist mir längst wurscht! Ich mag dich trotzdem. Ja, schicke die beiden an unserer Stelle dorthin. Vielleicht haben die Gangster Attila ja wieder bei den Katzen versteckt.»

Fuchs holte sich eine Literflasche Mineralwasser aus dem Kühlschrank. «Kann sein, dass auch Kaltbach das vermutet und ebenfalls hingefahren ist. Darum sollen die beiden Frauen einen neutralen Dienstwagen nehmen und nicht in ihrem auffälligen Fiat 500 herumfahren. Meinen kann ich ihnen auch nicht zur Verfügung stellen, den kennt der Maler längst aus hundert Metern Distanz. Und wer weiss, er könnte dann einen Aufstand machen, weil er glaubt, wir würden ihn immer noch überwachen und ihn bei seiner Suche nach Attila behindern wollen. Ich mag diesen Kerl zwar inzwischen, aber wie du hoffentlich schon weisst, geht die Liebe seltsame Wege. Besonders die Liebe der alten Knacker.»

«Willst du mich vor dir warnen?» lachte sie. «Im Ernst: Woher sollte er etwas von dem Katzenheim wissen?» zweifelte Cécile.

«Vielleicht hat ihm Bugnons Lehrtochter einen Tipp gegeben. Die scheint mehr zu wissen als sie mir offenbarte. Cvetlana soll die Technik anrufen und fragen, wo Kaltbachs Wagen zurzeit unterwegs ist. Das haben sie rasch herausgefunden. Der hat ja immer noch das Peilsender an seinem protzigen Mercedes.»

«Ich erlaube dir, diesen Auftrag Cvetlana persönlich zu übermitteln. Okay, Beat. Danke, dass du mich von diesen Verhören befreist.

Und ich überlasse dir, alter Knacker, mit Freude auch die beiden Frauen für die Überwachung von Matzenried.» Kaum hatte sie die Türe zugezogen streckte sie ihren Kopf nochmals hinein: «Weisst du, Beat, ich habe viel von dir gelernt.»

Fuchs ging zu Cvetlana hinüber und gab ihr das Phantombild von Milton und das Foto von Vadim Niculescu, das er im Luna-Büro gefunden hatte. «Bitte, Frau Adamovic, starten Sie eine internationale Fahndung nach diesen beiden Typen. Und suchen Sie nach Informationen über die Strukturen, die Finanzlage, die Geschäftsbereiche und alles andere der *Senior Security GmbH.* »

«Ich bin schon dran. Bin ja nicht schwerhörig.»

In dem Moment als Fuchs sich weiteren Turnübungen widmen wollte, kam Cécile noch einmal zurück. «Hab den Autoschlüssel vergessen. Uebrigens, vielleicht wäre es nicht schlecht, wenn du für ein paar Tage zu deiner Frau in dieses Wellnesshotel fahren würdest.»

«Keine blöden Sprüche. Auf was wartest du eigentlich noch?»

«Eigentlich wollte ich dir noch einen Auftrag geben.»

«Und das wäre?» keuchte er, auf einem Bein stehend und gleichzeitig die Arme auf dem Rücken verschränkend.

«Könntest du nicht auch noch mit einem oder zwei Mitgliedern von Lienhards Tierfreunden reden?»

«Das auch noch? Verschwinde jetzt endlich.»

«He, ich verschwinde wann ich will! Sagte die Bossin! Zuerst möchte ich dir noch einen Moment lang bei deinen Verrenkungen zuschauen.»

* * *

Den ersten Teil des Nachmittags verbrachte ich in meinem Atelier und erledigte den unvermeidlichen Bürokram. Die *KIVAG*, die ich kurz nach dem Tod meines Vaters zusammen mit einem jungen Treuhänder gegründet habe, verwaltet seither meine Immobilien, erledigt meine Buchhaltung und befasst sich mit den Steuern. Max Heiniger, der Geschäftsführer, hat mich schon seit längerem gebeten, endlich die Steuerunterlagen für das letzte Jahr zusammenzutragen und ihm zuzuschicken. Zwar liess ich sämtliche Rechnungen, die Korrespondenz mit der Steuerverwaltung und den Versicherungen, sowie regelmässige Zahlungsaufträge direkt zur *KIVAG* schicken. Aber es kommt immer noch genügend Post zu mir, die ich selber durchgehen oder unterschreiben muss. Davon fühle ich mich meistens überfordert. Ich habe einfach kein Talent in Sachen Zahlen, Verträge und anderem administrativen Aufgaben. Das wird auch von niemandem bemängelt, denn ein Künstler gilt in diesen Belangen so oder so als unverbesserlicher Chaot und prinzipiell unfähig. Während der letzten Monate, besonders seit Attilas Verschwinden, habe ich das ganze Zeugs immer wieder zur Seite geschoben. Max hatte recht: Es war an der Zeit, hier wieder einmal Ordnung zu schaffen. Seit dem Gespräch mit Colette war ich voller Energie und Tatendrang, und meine verloren gegangene Lebensfreude erwachte langsam wieder.

Gegen vier Uhr hatte ich das mehr oder weniger vollständige Bündel Unterlagen für die Steuerbehörde beisammen, packte es in den leeren Karton einer holländischen Farbfabrik und fuhr zu den Büros der

KIVAG an der Bümplizer Morgenstrasse. Alex sei noch mit einem Kunden beschäftigt, entschuldigte sich die junge Schwedin am Empfang. Bei meinen doch eher seltenen Besuchen war es kein Wunder, dass ich ihren Namen immer wieder vergass. Heute trug sie einen engen, uniformähnlichen Hosenanzug und wirkte auf mich ziemlich fremd. Mit einem angedeuteten Lächeln servierte sie mir einen Espresso zusammen mit einem Glas Wasser und auf einem kleinen, gläsernen Tellerchen akribisch arrangierte Biscuits, und flötete: «Das Wienerkonfekt ist frisch aus der hiesigen Konditorei. Bitte, bedienen Sie sich. Herr Heiniger ist in fünf Minuten bei Ihnen.»

Ich starrte auf die sieben winzigen Kekse und vermutete, dass diese magersüchtige, nach Gewürznelken duftende Skandinavierin in ihrem Leben bestimmt strikte auf alles Süsse verzichtete. Um eine so stilvolle Treuhandgesellschaft zu führen, wie es Max seit der Gründung vorgeschwebt hatte, war sie die ideale Besetzung am Empfang. Amüsiert verglich ich den Laden hier mit der Galerie Sokowsky: Dort wurde man nicht empfangen, sondern mit frivolen Witzen und teuren Schnäpsen begrüsst. Man musste sich lautes und vulgäres Lachen aus einem Hinterzimmer anhören, und es roch immer nach beissendem Zigarrenrauch und aufdringlichem Parfum.

Max erschien ziemlich genau nach den fünf versprochenen Minuten. «Entschuldige, dass ich dich warten lassen musste, Klaus. Es geht gegen Monatsende, da stehen wir immer etwas unter Stress. Aber das ist jetzt nicht das Wichtigste: Wie geht es dir? Ich habe vieles, was in den letzten Tagen auf dich zugekommen ist, mitbekommen. Für die Medien war es ja ein Fressen über dich und deine Heimsuchungen zu schreiben. Aber ich muss sagen, man sieht es dir nicht an! Ein bisschen blass vielleicht. Aber das steht dir gar nicht schlecht. Hast du abgenommen?»

Seine herzliche Begrüssung entlockte mir ein Lächeln. «Ich glaube schon. Zwangsläufig. Aber um auf die Waage zu stehen hat's nicht gereicht. Wie geht's denn dir?»

Max liebte es nicht ganz so streng und förmlich wie die Schwedin. In seinem anthrazitgrauen Poloshirt und den etwas helleren Hosen sah er sportlich, locker und offen aus. Er hob die Schultern. «Ich fühle mich jeden Tag ein bisschen älter und weiser. Und was das Geschäft betrifft, stehen eigentlich keine Probleme an. Wir haben zwei neue lukrative Kunden gewonnen. Ein Fünfsternhotel in Interlaken und eine Uhrenfabrik in Biel. Das Personal ist zufrieden, alle sind noch da und scheinen wohlauf. Hast du meine Mails gelesen?»

Ich lenkte erst einmal ab: «Deine Empfangsdame ist etwas zu mager.» Dann grinste ich ihn entschuldigend an. «Spass beiseite. Ich habe während den vergangenen zehn Tagen wirklich nur das gelesen, was mit meinem direkten Überleben zu tun hatte. Nimm es mir nicht übel. Mein undurchschaubarer Freund Lorenz Lienhard, die geldgierige Galerie, die ewigen Besuche der Polizeikommissare und vor allem die Suche nach meinem verschwundenen Assistenten setzten mich völlig unter Druck, und was das Buchhalterische angeht, ausser Gefecht.»

«Hast du ihn gefunden? Attila, meine ich.»

«Ich bin nahe dran.» Ich erzählte ihm in Kürze vom qualvollen Tod der Katze Lisa, von meiner Sorge um Attila, den beiden Fahrten nach Fribourg, vom Hinschied von Lina Fankhauser, von der Abtei, den beiden, nicht unsympathischen Kommissaren und von Lorenz und seinem eigenartigen Verhalten. «Dass ich zusammengeschlagen und verdächtigt wurde, weisst du bestimmt aus den Medien. Ich habe versäumt, dir in dem einzigen Mail der letzten zwei Wochen eine vollständige Liste meiner Probleme zu schicken. Aber wir werden sicher bald mal wieder einmal einen gemütlich Abend zusammen verbringen. Dann können wir in die Details gehen.»

«Sehr gern. Ich sehe, du hast eine ganze Kiste Unterlagen mitgebracht. Hast du da auch eine aktuelle Inventarliste deiner Bilder dabei, die in Sokowskys Lager und in den Galerien sind?»

«Ach Mann, nein! Ich habe nirgends ein aktualisiertes Exemplar finden können. Es ist möglich, dass es die Polizei mitgenommen hat, als sie mein Atelier durchsuchte. Wenn du diese Unterlage dringend brauchst, kann ich von der Galerie eine Kopie machen lassen.»

«Das würde ich an deiner Stelle sofort tun, sonst hast du plötzlich nichts mehr in der Hand, wenn es Meinungsverschiedenheiten geben sollte. Die Bilder, die du Sokowsky zum Verkauf überlassen hast, sind schliesslich einige Millionen wert. Da steckt viel Geld drin, über das du die Kontrolle nicht verlieren solltest. Ich habe sowieso seit längerem das Gefühl, dass wir etwas genauer überprüfen müssten, wie und an wen Sokowsky deine Bilder verkauft.» Er liess seine Hornbrille auf die Nasenspitze gleiten und sah mich lehrerhaft an. «Gibt es sonst etwas, das wir unbedingt hier und jetzt besprechen müssen? Hast du bei deinen Immobilien Reparaturen oder Renovationen durchgeführt? Kredite aufgenommen?» Er grinste. «Na ja, das wohl nicht. Ein neues Auto gekauft? Jemandem ein Darlehen gewährt?» Da mir nichts Erwähnenswertes in den Sinn kam, schüttelte ich den Kopf.

Max warf kurz einen Blick auf seine goldene Longines. «Bitte, Klaus, melde dich das nächste Mal an, bevor du vorbeikommst. Dann kann ich mich vorbereiten und genügend Zeit für dich reservieren. Und besuch uns doch wieder einmal zu Hause. Astrid und die Kinder fragen oft nach dir und würden sich sehr freuen. Uebrigens haben sie sich auch nach Attila erkundigt. Du weisst ja, die Kinder haben den Narren an ihm gefressen. Im Moment ist es aber nicht gerade günstig für ein kleines Fest. Ich sitze hier laufend Zehn- oder Zwölfstundentage ab.»

«Du sagst mir einfach, wann es dir passt. Jedenfalls komme ich gern wieder mal in euer Glashaus. Ruf mich einfach an, und grüsse inzwischen deine Familie herzlich von mir.»

Max nickte und setzte sofort wieder sein teacher face auf. «Ich hätte nur noch eine Sache. Es geht um Lorenz Lienhard. Der Mann zahlt, trotz zwei Mahnungen, seine Miete nicht mehr. Soll ich ihn betreiben?»

Ich wusste so spontan keine Antwort auf diese heikle Frage. Meine Reaktion hatte ja nicht nur Auswirkungen auf Lorenz, sondern auch auf seine bedauernswerte, kranke Frau. «Nach allem, was in der letzten Zeit passierte, ist Lorenz für mich eigentlich keine Vertrauensperson mehr. Aber ich möchte seine kranke Frau nicht auf die Strasse stellen. Ich weiss Bescheid über seine katastrophale finanzielle Situation. Warte doch noch ein, zwei Monate, dann...» Vielleicht war ich immer noch zu weich, aber unsere Freundschaft der letzten zwanzig Jahre wollte ich trotzdem nicht einfach von heute auf morgen auf den Müll schmeissen.

Max stand auf. «Ich habe seine Finanzprobleme von *A&R Financial Investigations* überprüfen lassen. Bist du dir im Klaren darüber, dass sich seine Lage in den nächsten Jahren kaum ändern oder sogar verschlechtern wird? Ein privater Konkurs würde mich nicht überraschen.»

Ich nickte und winkte ab. «Ich weiss. Er ist mehr als pleite. Und solange seine Frau noch lebt, verschuldet er sich immer weiter. Dummerweise verkehrt er auch noch in schlechter Gesellschaft. Nun ja! Ich habe noch eine letzte Frage, Max: Was hältst du von der Stiftung *Tutamentum*?»

Er grinste schmunzelnd, als hätte er meine Frage erwartet und kratzte sich dabei hinter einem Ohr. «*Tutamentum* ist eine Stiftung für wohlhabende Alte. Ihre erste Spende, das Minimum sind 50 000 Franken, ist eigentlich nichts anderes als ein Eintrittsticket mit zweifelhaftem Beratungsanspruch. Die Mitglieder können diese Summe, wie alle folgenden freiwilligen Beiträge, von den Steuern abziehen. Die Stiftungsmitglieder haben gemäss Statuten der Stiftung Anrecht auf Hilfe bei finanziellen, rechtlichen und persönlichen Problemen. Allerdings habe ich noch nie gehört, dass diese Hilfe auch geleistet wird. Die Kosten für diese Hilfe werden ihnen vom einbezahlten Betrag nicht abgezogen, das heisst, die Hilfeleistungen sind eigentlich gratis, solange sie der Antragssteller nicht selber bezahlen kann. Über einen anderen Kanal leistet die Stiftung auch Unterstützung für kulturelle und humanitäre Aktionen der Mitglieder. Beim Ableben erlischt die Mitgliedschaft automatisch (aber ohne Rückerstattungsansprüche), falls man sein Stiftungsguthaben nicht durch eine Art Testament auf eine andere Person übertragen hat. Auch diese Erbschaft ist dann steuerfrei. Die Idee von *Tutamentum* ist finanzpolitisch ausgeklügelt und die Institution gilt als sehr solide, hat ein riesiges, immer wachsendes Stiftungsvermögen und geht, so weit ich informiert bin, sehr haushälterisch mit dem Geld um. Das alles wirkt absolut glaubwürdig. Allerdings gibt es vereinzelte Stimmen, die behaupten, *Tutamentum* sei ein Geldwäschereiverein für die oberen Zehntausend. Bisher wurde jedoch noch nie eine amtliche Untersuchung in dieser Richtung durchgeführt. Für dich wäre es gar nicht so abwegig dort ein paar hunderttausend Franken zu deponieren.»

«*Tutamentum* arbeitet mit der Sicherheitsfirma *Senior Security* zusammen, nicht wahr?»

«Die kooperieren mit mehreren Sicherheitsfirmen. So viel ich weiss, haben sie im Moment einen Prozess mit *Senior Security* am Laufen. Scheinbar hat diese Firma, ohne Einverständnis der Stiftung, auf eigene Rechnung *Tutamentum*-Kunden akquiriert und von diesen angeworbenen Donatoren eine Bearbeitungsgebühr von fünf Prozent kassiert. Es soll sogar Fälle gegeben haben, in denen *Senior Security* die ganze Spende auf die eigene Mitgliedschaft überschrieben habe.

Das wäre dann klar Betrug. Also, mein Rat: Du kannst dich ohne Sorge mit einer vorsichtigen, sagen wir fünfstelligen Summe als Donator einkaufen, aber wickle das direkt über die Zentrale von *Tutamentum* in Wollerau ab.»

«Ich werde es mir überlegen. Danke für deine Auskunft, Max. Ich muss jetzt leider auch abbrechen. Habe um halb sechs eine Verabredung mit einem meiner Patenkinder.»

«Du hattest ja einige. Ich nehme an, du trifft dich aber nur noch mit... ehm... wie heisst sie schon, Marina Marquez? Ja?» Er lachte gutmütig. «War schön dich zu sehen, mein Lieber. Uebrigens, irgendwann im April sollten wir dann die *KIVAG*-Quartalsrechnung zusammen durchgehen und eine Generalversammlung planen. Ich muss die provisorische Jahresrechnung, wie immer vor dem 1. Mai unserer Branchenprüfstelle vorlegen.»

Wir verabschiedeten uns unter einem meiner grossen Bilder – *Das Amerikanische Aquarium* – wie immer mit einem Schlag vor die Brust und einem Augenzwinkern. Ich verliess Max, ohne Ausnahme, jedes Mal in bester Stimmung. Ich mochte den psychisch stabilen, lebensfrohen und aufrichtigen *KIVAG*-Chef sehr; er übertrug seine positive Lebenseinstellung sicher nicht nur auf mich. Jetzt, wo das Vertrauensverhältnis zwischen mir und Lorenz auf dem Nullpunkt angelangt war, brauchte ich ihn als freundschaftlichen Berater mehr denn je. Mit gestärktem Mut verliess ich das gläserne Gebäude der *KIVAG* und machte mich voller Freude auf den Weg zu meinem Treffen mit Marina.

In Gedanken war ich schon bei ihr, aber mein Herz wusste heute nicht so genau, für wen es höher schlagen sollte, für das Patenkind oder für Attila? Für die schöne, begehrenswerte Ärztin, oder für meinen vertrauten, leidenden Schützling? Warmherzigkeit oder Barmherzigkeit? War es die Herz Dame oder der Kreuz Bube? Es ist so frustrierend, sich für das Eine oder das Andere zu entscheiden zu müssen, wenn man beides sucht. Ach, lassen wir es einfach werden wie es wird. Trotzdem liess mich diese Frage nicht los. Im Moment stand Marina ganz eindeutig im Vordergrund. Um 18 Uhr wollten wir uns im *Marcel's Marcili* treffen. Ein Blick auf die Uhr zeigte mir, dass es mir reichen würde pünktlich dort zu sein. Sie hatte das kleine Restaurant unten beim Marzilibad vorgeschlagen. Es war nicht weit von ihrer Praxis entfernt – höchstens fünf, sechs Gehminuten – es bot eine familiäre Stimmung und eine einfache, aber schmackhafte und gesunde Küche. Viele gute Gründe für sie, um es als ihr Stammlokal zu wählen. Doch mein Rendezvous mit ihr sollte sich ganz anders gestalten, als ich es mir so schön ausgemalt hatte.

Als ich von der Schwarztorstrasse auf die ziemlich steil zum Marziliquartier abfallende Sulgeneckstrasse einbog, sah ich den schwarzen Range Rover plötzlich auf der falschen Strassenseite auf mich zu rasen. Ein Irrer?! Ich versuchte blitzartig nach links auf den Gehsteig auszuweichen und zu bremsen. Da knallte mir schon der Airbag gegen die Brust, und ich schlug mit meinem bereits lädierten Kopf unsanft gegen das Dach. Für einen kurzen Augenblick rutschte mir das Steuer aus den Händen, und mein Mercedes schleuderte vom Randstein des Trottoirs wieder nach rechts. Dort traf der Rover mit voller Wucht die linke hintere Seite meines Wagens. Ich spürte wie mein Auto sich drehte. Und irgendwie gleichzeitig sah ich, wie der Rover über das Trottoir hinaus katapultiert wurde. Es war kein richtiges Wahrnehmen, vielmehr ein zu schnell laufender Film, der sich ganz dicht vor meinen Augen abspielte. Alles lief in Sekundenbruchteilen ab. Aber dann krachte es und das Adrenalin schoss in Mengen in mein Gehirn und spülte alles Denken weg.

Nach einer kleinen Ewigkeit kam mein Mercedes an der Mauer der französischen Botschaft zum Stehen. Einige Sekunden lang spürte ich nichts als das Zittern meiner Hände. Dann tropfte Blut von meiner Stirn und ein plötzlicher heftiger Schmerz am rechten Ellbogen liess mich kurz aufschreien. Auch mein Brustkorb hatte, trotz des aufgepumpten Airbags, einen dumpfen Schlag bekommen, der mir das Atmen schwer machte. Ich sass hilflos eingeklemmt da und mein ganzer Körper schmerzte höllisch. Stöhnend versuchte ich meinen Kopf zu drehen, um nach dem Verbleib des andern Wagens zu sehen. Aber der war verschwunden! Auf der linken Strassenseite klaffte eine breite Lücke im Metallgeländer.

Irgendwo heulte eine Polizeisirene auf, wurde lauter und verstummte dann abrupt hinter mir. In meinem Schädel wiederholte sich etwas immer wieder: «Autounfall! Bin ich tot?» Ich fahre seit über fünfzig Jahren Auto und erlebte jetzt zum ersten Mal am eigenen Leib, wie das Gehirn auf so eine Situation reagiert. Und wie der Körper sich mit Schmerzen zu wehren versucht. Das dröhnende Sausen in den Ohren, der sekundenschnell ausgetrocknete Mund, Lärm und Geschrei, Blitze vor den Augen, und sich immer wiederholende Gedanken ohne Sinn und Zusammenhang... und schliesslich die auflodernden Schmerzen.

Als jemand versuchte, die Wagentür mit einem Stemmeisen aufzubrechen wurde mir bewusst, dass ich noch lebte.

«Hören Sie mich?» fragte jemand. Ich drehte mich auf die Beifahrerseite um und schaute einem uniformierten Polizisten ins ernste, sehr besorgte Gesicht und nickte. «Die Sanitäter werden Sie jetzt untersuchen und dann vorsichtig aus dem Wagen ziehen.» Nach meinem Gefühl dauerte es eine Ewigkeit bis die versprochenen Helfer eintrafen, begannen den Airbag zu entfernen und mein eingeklemmtes Bein zu befreien. «Schreien Sie, wenn es zu sehr weh tut» sagte einer. Und später: «Wir ziehen Sie jetzt hier raus und bringen Sie auf die Notfallstation des Inselspitals.»

«Ich möchte zu Doktor Marquez. Sie wartet auf mich, da unten im Restaurant.» Wie aus weiter Ferne hörte ich meine eigene, heiser krächzende Stimme.

«Später» bestimmte der Sanitäter oder Arzt. «Ich greife jetzt unter Ihre Arme.» Als er meinen linken Arm hob schreckte er von meinem gellenden «Au!» zurück. Es war ein Schmerz, als ob mich ein Stromschlag von 10 000 Volt durchzuckt hätte.

«Aha» schrie der Mann in mein immer noch sausendes Ohr. «Können Sie den rechten Arm heben? Prima. Es dauert nur eine halbe Minute, dann liegen Sie auf der Bahre, bekommen eine Spritze und spüren nichts mehr. Beissen Sie jetzt einen Augenblick auf die Zähne.»

Während man mich aus dem Auto hievte, hörte ich jemand sagen: «Nur eine Person. Der Rover liegt da unten im Park bei der französischen Schule. Kaum beschädigt. – Nein, der Fahrer kann nur leicht verletzt sein, sonst hätte er nicht fliehen können. – Kein Wunder, dieser Bolide ist ja gepanzert wie ein Kriegsfahrzeug.» Dann verlor ich das Bewusstsein.

Als ich erwachte, lag ich in einem Spitalbett und benötigte ein paar Minuten bis ich mich an das Geschehene erinnern konnte. Ich schloss meine Augen sofort wieder. Aus lauter Angst vor dem, was ich zu sehen bekäme. Nach einer Weile war auch das keine Hilfe mehr. Langsam hob ich die Lider wieder. Ein gedämpftes Licht erhellte das Zimmer. Draussen musste schon Nacht sein. Dann entdeckte ich, in einer Ecke und in respektvoller Distanz, den Mann meiner düsteren Träume: Hauptkommissar Fuchs. Als er bemerkte, dass ich aufgewacht war, sagte er laut und deutlich: «Kaltbach, herzlich willkommen in der Klinik Permanence!» Er blieb aber auf einem

Rollstuhl in einer Ecke sitzen, als wollte er mir etwas Zeit geben, mich zu orientieren.

Ich presste die Lippen zusammen und versuchte, mein Gehirn in Gang zu setzen. Es funktionierte nicht sofort. Zuerst glaubte ich, die Klinik Permanence gar nie verlassen zu haben. Dann war ich plötzlich sicher, dass ich aus diesem Spital geflohen war. Dieser gefühlslose Gefängnisarzt hatte mich bestimmt zurückgeholt und ich war wegen meines traktierten Schädels wieder unter seiner Kontrolle. Nur langsam kehrte die Erinnerung an den Moment nach dem Unfall zurück. Ich sah wieder meine zerkratzten Hände vor mir, spürte das Blut, das von meiner Stirn auf den Airbag tropfte, erinnerte mich, dass ich das linke Bein nicht bewegen konnte. Immer wieder hörte ich das Geräusch, das der Aufprall an die Mauer auslöste. Diesen harten Schlag des Airbags gegen meine Brust. Hörte einen Sanitäter, der versuchte mich am Arm aus dem Auto zu ziehen, ein zweiter kam ihm zu Hilfe. Man hob mich auf eine Bahre und trug mich zum Krankenwagen. Alles lief mir wieder in meinem Schädel ab.

«Sie hatten heute gegen Abend einen Unfall, Kaltbach» erklärte mir Fuchs unnötigerweise und schob seinen Stuhl in die Nähe meines Bettes. «Und Sie überlebten ihn mit Glück, mit sehr viel Glück!» Ich starrte ihn an. Er war unrasiert, hatte müde, rote Augen und trug eine zerknitterte Jacke.

«Warum sind Sie hier?» erkundigte ich mich.

«Weil jemand Sie zu Tode fahren wollte. Geht es, wenn ich Ihnen einige Fragen jetzt dazu stelle?» Seine Stimme war sanfter als ich sie gespeichert hatte. Ich spürte nichts Aggressives mehr in seinem Tonfall.

«Jemand wollte mich zu Tode fahren? Wie kommen sie darauf?»

«Die Kollegen von der Unfalluntersuchung haben den Ablauf des Zusammenstosses bereits rekonstruiert. Der Fahrer des Rovers startete seine Attacke unten beim Kreisel Marzilistrasse/Sulgeneck-strasse. Bis zum Crash mit Ihrem Mercedes beschleunigte er sage und schreibe auf 111 km/h! Erlaubt sind dort 50 km/h. Als er Ihnen entgegenbrauste, fuhr er zudem auf der falschen Spur, also auf Ihrer Seite. Das muss absichtlich gewesen sein. Damit wollte er Sie zwingen auf die linke Strassenseite auszuweichen, denn er plante wahrschein-lich, dass Ihr Wagen über das Trottoir schleudern, dann das Geländer durchbrechen und den Hang hinunter stürzen würde. Wäre ihm das gelungen, hätte es für Sie tödlich geendet. Er selber, gesichert durch die Mauer der französischen Botschaft, hätte sich höchstens ein paar Kratzer geholt. Aber das Gegenteil geschah. Das geplante Manöver misslang, denn nicht sein, sondern Ihr Wagen wurde vom Randstein des Trottoirs nach rechts zur Mauer gelenkt. So traf der Rover Sie in einem Winkel, der zur Folge hatte, dass sich das Ganze mit verkehrten Rollen abspielte. Der Rover wurde den Hang hinunter katapultiert, und Ihr Mercedes schleifte der Mauer entlang. Glück für Sie.»

«Ich weiss noch, dass ich reflexartig nach links ausgewichen bin, aber ich habe keine Ahnung was dann passierte. Danke, dass Sie ver-suchen mir alles genau zu erklären, aber ich bin nicht imstande mich daran zu erinnern, was geschah, und noch weniger mir vorzustellen, warum ich am Leben geblieben bin.»

«Ich werde es Ihnen später auf der Skizze der Unfallrekonstruktion demonstrieren. Eines will ich aber vorwegnehmen: Sie tragen keine Schuld am Unfall. Für mich ist hundertprozentig klar, dass der andere Sie töten wollte.»

«Wissen Sie schon, wer dieser andere war?» Es war eigenartig. Ich konnte über den Vorfall reden, als ginge er mich überhaupt nichts an. Die starken Mittel gegen die Schmerzen dämpften alles, und ich fühlte mich, wie in Watte gepackt.

«Wir sind noch nicht sicher. Die Kontrollschilder sind verschwunden. Wahrscheinlich im Voraus zum raschen Abnehmen vorbereitet. Aber wir haben DNA-Proben von ihm, denn er verletzte sich bei seinem tollkühnen Sprung aus dem Auto und hinterliess Blutspuren am Armaturenbrett. Ich hoffe, wir finden auch seine Fingerprints irgendwo im Wagen. Leider konnte er unerkannt flüchten.»

«Wie das denn?» fragte ich ungläubig.

«Das weiss der Teufel! Sie selber haben ihn natürlich nicht erkennen können, oder?»

Ich schüttelte vorsichtig den Kopf.

Fuchs sagte: «Es gibt zwar Zeugen des Vorfalls, aber die können uns nur bestätigen, dass Sie keine Schuld trifft, und dass der andere absichtlich auf der falschen Strassenseite, und zudem viel zu schnell, auf Sie losgefahren sein muss. Und dass sein Wagen, nachdem der Ihre ihn weggeschubst hat, über das Trottoir glitt, ein Teil des Geländers umlegte, dann den Hang hinunter krachte und dort unten in der Parkanlage abbruchreif liegen blieb. Das ältere Paar und der Jogger sowie zwei andere Leute, die sich auf dem Gehsteig befanden – glücklicherweise etwa fünfzig Meter von der Unfallstelle entfernt – kümmerten sich nach dem ersten Schock um Sie. Die zwei Autofahrer hinter ihnen riefen die Polizei an und stoppten dann den nachkommenden Verkehr, respektive leiteten ihn um. Unten im Park befand sich glücklicherweise niemand.»

«Sie konnten also den Halter des Wagens noch nicht identifizieren?»

«Richtig. Der Range Rover wurde vor einer Woche in der Länggasse gestohlen. Der Besitzer hat den Diebstahl sofort gemeldet. Er war während des Unfalls in Thun, hat also ein Alibi. Wir haben das überprüft. Aber dann bekamen wir eine Meldung des Forstamtes und gingen der nach. Der Rover stand seit dem Diebstahl und bis heute Mittag, also bis kurz vor dem verursachten Unfall, bei der alten

Mühle in der Eymatt. Zusammen mit den DNA-Ergebnissen und anderen Spuren werden wir bald mehr wissen.»

«Übrigens, Herr Kommissar: Entschuldigen Sie, dass ich heute nicht bei Ihnen vorbei kommen konnte. Ich...»

Er lachte und hob den Daumen. «Vergessen Sie's. Ich bin froh, dass Sie noch leben, Kaltbach!» Er stand auf und stiess den Rollstuhl in die Ecke zurück.

«Vor Ihrem Zimmer haben wir einen Wachmann postiert. Für alle Fälle.» Er hatte die Türe schon geöffnet als er sich nochmals umdrehte. «Ich habe noch eine Bitte an Sie, Kaltbach: Denken Sie nach ob Ihnen jemand einfällt, der als Verursacher dieses Unfalls in Frage kommen könnte. Jemand der Ihnen nach dem Leben trachtete. Vielleicht haben sie ihn doch ganz kurz wahrgenommen? Oder können Sie sich jemanden vorstellen, der so viel Risiko auf sich nehmen würde, um Sie aus dem Verkehr zu ziehen? Für diesen Anschlag auf Ihr Leben muss es einen triftigen Grund geben. Nehmen Sie sich Zeit, wieder auf die Beine zu kommen. Ich werde mir erlauben, morgen nochmals vorbeizuschauen. Und hier... ich habe Ihnen zwar keine Blumen, aber einen Christophorus mitgebracht, den Schutzheiligen des Verkehrs. Es könnte doch immerhin sein, dass er es war, der Sie beschützt hat.» Er legte eine Stofffigur auf mein Nachttischchen, zeigte dabei ein immer noch müdes, aber freundschaftliches Grinsen, winkte und verliess das Zimmer.

* * *

Kaum war Cécile am nächsten Morgen im Büro, rief sie Kaltbach in der Klinik Permanence an. «Guten Morgen, Herr Kaltbach. Hier ist Cécile Brun. Darf ich Sie kurz stören? Ja? Dann frage ich zuerst einmal wie es Ihnen geht?»

Die Stimme des verunfallten Malers klang erstaunlich munter, sogar fröhlich. «Guten Tag, Frau Brun. Ja, ich fühle mich überraschenderweise fast besser als vor dem Unfall. Warum dies so ist, weiss ich allerdings nicht zu sagen. Vielleicht hat es etwas mit Schuld und Sühne zu tun. Und, was schafft mir die Ehre, von einer überlasteten Hauptkommissarin angerufen zu werden?»

Cécile fand seine Worte euphorisch und schrieb sie den Medikamenten zu, die er wohl nach seinem Crash einnehmen musste. «Nun, mit dem überlastet haben Sie es zwar auf den Punkt gebracht, aber von Ehre würde ich nicht reden. Es ist schon so; der Stress bei uns ist wirklich der Grund meines Anrufs. Mein Kollege Fuchs hat mir von Ihrem Unfall erzählt. Ich habe heute leider keine Zeit, Sie in der Klinik zu besuchen, deshalb möchte ich Ihnen erst einmal per Telefon gute Besserung wünschen. Sie hatten, Gott sei Dank, Glück im Unglück, nicht wahr? Was sagt der Arzt, müssen Sie längere Zeit im Spital bleiben?»

«Er versicherte mir, dass ich spätestens in einer Woche nach Hause dürfe. Ich habe einen nicht ganz harmlosen Knochenriss an meiner Stirn abbekommen, zwei Rippen gebrochen, eine Ellenbogenfraktur und eine Nierenkontusion ersten Grades. Die Quetschung tut ziemlich weh, aber ich bekomme genügend Schmerzmittel. Wegen der angeschlagenen Nieren will man meinen Zustand etwas länger überwachen. Ich brauche einfach viel Bettruhe, sagt der Doktor, und ich muss viel trinken. Aber Alles-in-Allem tönt das doch nicht so schlecht, oder? Der Arzt hat mir immerhin versichert, dass ich keine bleibenden Schäden davontragen werde. Sie sehen, es geht mir den Umständen entsprechend gut. Und ich freue mich, dass ich ein weiteres Abenteuer überlebt habe.»

Dass Kaltbach so redselig war, musste auch mit den Medikamenten zusammenhängen. Bisher hatte er sich doch immer ziemlich wortkarg verhalten. «Es freut mich, dass Sie schon wieder so munter klingen. Ich habe heute auch gute Nachrichten für Sie. Unsere Techniker haben nämlich festgestellt, dass das junge Paar in Rosshäusern nicht mit der beim Einbruch ins Atelier entwendeten Pistole Ihres Vaters erschossen wurde. Aus dieser wurde seit Jahren kein Schuss mehr abgegeben. Zudem ist sie defekt. Gemäss den Projektilen sind die beiden Teenager mit einer ungarischen PA-63 Makarov-Kopie erschossen worden. Ihre Waffe wurde ganz offensichtlich bloss neben die Leichen gelegt, um Ihnen die Morde in die Schuhe zu schieben.»

«Da bin erleichtert. Ich selber habe jedenfalls Vaters Pistole nie angerührt.» Die Nachricht schien ihn nicht sonderlich zu interessieren.

«Sicher haben wir bald noch mehr zu berichten, was Sie erleichtern wird» fuhr Cécile fort. «Wir sind jedenfalls guten Mutes, dass wir Ihren Praktikanten in den nächsten Tagen finden. Das Wiedersehen mit ihm wäre Ihrer Genesung bestimmt förderlich. Kann ich Ihnen inzwischen etwas zukommen lassen, vielleicht Früchte oder ein Buch?»

«Vielen Dank. Für eine Polizistin sind Sie ja wirklich sehr um mein Wohl besorgt. Aber mir fehlt hier nichts, ausser Attila natürlich. Haben Sie denn schon eine Spur wo man ihn gefangen hält?»

«Ja, eine heisse. Aber...»

Es hörte sich an als würde er lachen. «...aber Sie werden mir jetzt nichts verraten, damit ich hier still und hoffnungsvoll, ganz im Vertrauen auf Sie und Herrn Fuchs, untätig liegen bleibe.»

«So ist es, Herr Kaltbach.»

Er murrte. «Ach ja, etwas könnten Sie vielleicht doch noch für mich tun: Würden Sie Bernhard Boss vom Notariat Boss & Boss mitteilen, dass ich heute Nachmittag nicht an die Abdankung meiner Cousine kommen kann. Mein neues Handy ist bei dem Unfall verloren gegangen, und das alte liegt irgendwo in meinem Atelier. Ich glaube, ich habe Ihnen schon einmal anvertraut, dass ich auf die Boss Brüder nicht so gut zu sprechen bin. Aber es tut mir Leid für Lina. Und ich möchte nicht, dass Bernhard Boss und vor allem Linas Freunde und Bekannte denken müssen, der Hinschied meiner Cousine sei mir egal. Ich hoffe, ich verlange damit nicht zu viel von Ihnen?»

Der denkt schon wieder an seine Pflichten, wunderte sich Cécile. «Selbstverständlich werde ich das für Sie tun. Und an der Erfüllung Ihres grössten Wunsches arbeiten Kommissar Fuchs und ich auch intensiv weiter. Für den Moment kann ich Ihnen aber nur gute Besserung wünschen.»

Als sie aufgehängt hatte, brachte ihr Cvetlana schmunzelnd einen Computer-Ausdruck.

«Du, ich habe den mysteriösen John Milton im Facebook gefunden! Schaue dir mal sein Foto an, ich hab's vergrössert. Unser Phantombildner hat ihn sehr gut getroffen, findest du nicht auch?»

Cécile betrachtete die beiden Portraits und nickte anerkennend. «Stimmt!» Das Foto zeigte einen etwa fünfundvierzig- bis fünfzigjährigen, muskulösen Mann in einem königsblauen Lacoste-Poloshirt. Im Hintergrund erkannte man die beiden Türme des Zürcher Fraumünsters. Er grinste die Betrachter überheblich und selbstbewusst mit etwas zu perfekten, schneeweissen Zähnen an. Wahrscheinlich waren es teuerste Implantate.

«Hier sieht man doch deutlich, dass er eine Perücke trägt. Meinst du nicht?»

«Das ist mir auch sofort aufgefallen. Aber mir ist dieser Typ so oder so unsympathisch. Sieht aus wie ein Mafia-Boss aus einem Gangsterfilm.»

Cécile lachte. «Du würdest ihn also nicht in den Kreis deiner tausend Facebook-Freunde aufnehmen?» Sie schob das Foto und die Zeichnung auf den Tisch von Fuchs hinüber. «Gibt er, ausser seinem Namen auch sonst noch etwas über sich preis? Zum Beispiel seine Adresse?»

Cvetlana war schon auf dem Weg zurück zu ihrem Arbeitsplatz, drehte sich aber tänzerisch um die eigene Achse, stolz auf ihren wertvollen Beitrag zu den Ermittlungen. «Nein. Aber ich vermute, der wohnt entweder in Zürich oder in Dublin. Auf Zürich weist das Fraumünster auf dem Foto hin. Auf Dublin der Eintrag auf der Site von *Senior Security*, wo er als Gründer eines gemeinnützigen Vereins zur Unterbringung von Flüchtlingen und mit einer Wohnadresse in Dublin erwähnt wird. Ich habe bei *telsearch* nachgeschaut und ihn zudem gegoogelt. In der Schweiz gibt es vier John Milton, aber keiner passt auf ihn. In Dublin und London gibt es 42, die meisten davon über sechzig, keiner hat einen Bezug zur Schweiz. International gibt es, wie zu erwarten ist, noch viele weitere, da ist die Suche ohne spezifische Hinweise viel zu aufwändig. Das einzige was ich noch zu bieten habe, ist seine plumpe Facebook-Liebeserklärung an eine Marina. *Das grösste Glück für dich bin ich, das grösste meinerseits bist du. Ohne dich bin ich ein unsteter Geist auf der Suche nach Liebesruh.* Soll ich die auch ausdrucken?»

«Wow, das ist ja total schwachsinnig! Das hebe ich mir für später auf, wenn ich wieder einmal so richtig lachen will. Aber suche ruhig noch ein bisschen weiter nach Infos über ihn, nach seiner Adresse oder zum Beispiel nach anderen Firmen, in denen er engagiert ist. Vielleicht findest du mehr auf *Youtube* und *Twitter*, bei Heiratsvermittlungen oder anderen Portalen.»

In diesem Moment erschien Fuchs in der Tür. «Scheisswelt!» war sein erstes Wort. Das zweite klang wie «Hallo Boss!», ging aber in einem Gähnen unter.

«Guten Tag, Vize-Chef» lachte Cécile. «Gut geschlafen?»

«Der Kerl hat mir versprochen, mich über sein Gespräch mit Bugnons Lehrtochter umgehend zu informieren. Na ja, für seine Alleingänge ist er selber schuld. Jetzt liegt er wohl deswegen im Spital.»

«Redest du von Kaltbach?»

«Ja, klar, Boss. Gestern Abend war ich noch rasch bei ihm in der Klinik. Ich habe gehofft, er könnte mir über sein Treffen mit dieser Fribourger Lehrtochter etwas Neues berichten. Aber nach diesem Unfall war das wohl etwas viel verlangt. Am ehesten erhoffte ich mir wenigstens einen Hinweis, wer gestern der Unfallverursacher war. Aber da kam nichts. Überhaupt nichts!»

«Bitte, Beat, nenne ihn nicht Kerl!» schalt ihn Cécile. «Wie hätte er denn in den paar Sekunden den Rowdy im andern Wagen erkennen sollen, wenn er sich selbst kaum mehr erkannt hat! Ich habe vorhin mit ihm telefoniert. Er war wohl unter Einfluss starker Medikamente. Er schien auf jeden Fall ziemlich aufgestellt zu sein. Du kannst ihm also ruhig einen Besuch abstatten und ihn nach allem fragen, was du wissen willst. Und nochmals, verdammt: Nenn' mich doch nicht immer Boss! Was, um Himmel Willen, ist dir denn heute Morgen schon über die Leber gekrochen?»

Fuchs ging, vor sich hin murrend zur Kaffeemaschine. «Ich habe schon einen Teil deiner gestrigen Versäumnisse gutgemacht.»

«Was soll denn das nun wieder heissen?» Cécile musterte ihn als wäre er ein professioneller Heiratsschwindler.

Fuchs liess sich schwer auf seinen alten Bürosessel fallen und widmete sich erst einmal seinem Kaffee. «Dein Versäumnis Nummer eins: Ich war an deiner Stelle in der Eymatt unten und habe mir das so genannte Flüchtlingsheim angeschaut. Die bessere Bezeichnung für diese abbruchreife Hütte wäre Rattennest.»

«Wieso?»

«In dem uralten, heruntergekommenen Bauernhaus am Waldrand hausen etwa vierzig, meist minderjährige Flüchtlinge unter der Obhut zweier über siebzigjährigen ungarischen Rentnerinnen. Überraschenderweise kommen dort alle bestens miteinander aus, das sagten zumindest die beiden alten Damen. Im ehemaligen Kuhstall sind der Speisesaal, ein Aufenthaltsraum und die Küche eingerichtet worden. Dort stinkt es immer noch nach Kuhmist. In den Räumen unter dem Dach stehen überall rostige Metallbetten herum, die offenbar aus einem Vorkriegsmilitärlager stammen. Im Wohnteil im Erdgeschoss hingegen ist alles aufgeräumt und sauber. Wahrscheinlich dank der alten Damen. Die Plumpsklos findet der geneigte Sucher etwas vom Haus entfernt, in einem glücklicherweise winddurchwehten Schuppen, der über einer Güllengrube steht. Daneben wurde ein ausgemusterter Container mit sechs Duschen hingestellt. Im früheren Schweinestall hat ein Fitnesscenter seinen Platz gefunden. Ein paar quietschende, und leise vor sich hin rostende Trainingsgeräte stehen dort, zwei rissige Säcke fürs Boxtraining hängen an der Decke und so weiter. Möchtest du mehr wissen?»

«Es reicht, danke. Wer ist denn für dieses Heim verantwortlich?»

«Ich habe vor, dem Sozialamt Bern und der Schweizerischen Flüchtlingshilfe je eine Mail über die Zustände in der Eymatt zu schicken. Es ist an denen, in dieser Sache etwas zu unternehmen. Auf jeden Fall darf man nicht zulassen, dass diese Jugendlichen weiter in einer so primitiven Unterkunft hausen müssen. Die werden ja über kurz oder lang von Läusen, Flöhen und Wanzen zu Tode gestochen oder wundgebissen. Verantwortlich für das Heim ist der gemeinnützige Verein *Luna-Asyl- und Barklub Eymatt*, vor Ort schauen die beiden ehrenamtlich arbeitenden Rentnerinnen für Ordnung, und im weitesten Sinn die *Senior Security GmbH*. Die letztere hat das Heim finanziert.»

Cécile schüttelte amüsiert den Kopf. «Du übertreibst wie ein Viehhändler, der einen alten Ochsen als beste Milchkuh verkaufen will.»

«Ich übertreibe überhaupt nicht!» wehrte sich Fuchs. «Komm' ich zeige dir ein paar Fotos, die ich geschossen habe.»

Dazu kam es aber nicht, denn Cvetlana rief aus ihrer Büronische: «Ich habe soeben auf der Homepage des Handelsregisteramtes gelesen, dass die *Senior Security* liquidiert wird oder... Moment... bereits worden ist.»

«Nun, umso eher muss das Sozialamt für dieses Heim in die Startlöcher. Wir haben genügend Aussagen von den festgenommenen Jungs erhalten. Die meisten habe ich übrigens bei unserer Durchsuchung vor dem Klub gesehen. Für unsere weiteren Ermittlungen brauchen wir allerdings die Heimkinder nicht mehr. Der Untersuchungsrichter soll sie auf freien Fuss setzen und allenfalls heimschicken. Meinst du nicht auch, Bo... eh... Cécile?»

«Jaja, ich meine auch, wie immer wenn du recht hast. Von jetzt an soll sich die Stadt oder das Rote Kreuz um die jungen Leute kümmern. Wir können uns nicht auch noch mit ihren Wohnproblemen herumschlagen. Anderes geht für uns vor: Gestern haben wir Lienhard und das Katzenheim in Matzenried besuchen wollen, dann kam Kaltbachs Unfall dazwischen. Und da ist noch Bodenmann, dem ich – er behauptete es sei dringend! – auf die Schnelle einen aktuellen Rapport schreiben muss.»

Fuchs gähnte nochmals ausgiebig. «Wahrscheinlich hat Bodo aus

Angst vor der öffentlichen Kritik schon wieder die Medien eingeladen. Der Arme kämpft um Ehre und Ruhm. Und ich, auch so ein Armer, kämpfe gegen das Einschlafen.»

«Das Beste dagegen ist ein kleiner Ausflug, das rüttelt dich mit Sicherheit wach! Besuchen wir als erstes Lienhard. Er hat uns einiges zu erklären.» Cécile erhob sich mit sportlichem Schwung und griff zu ihrer Jacke. «Wenn wir das Katzenheim durchsuchen wollen, wäre es nämlich gut, seine Zustimmung dafür zu haben. Das Bauernhaus gehört ja ihm. Oder noch besser wäre es, wenn er gleich mit uns nach Matzenried kommen würde. Einen Befehl für eine Hausdurchsuchung wird uns die Staatsanwältin dazu wahrscheinlich nicht ausstellen, solange nichts gegen das Katzenheim und Lienhard vorliegt.»

Cécile parkte auf dem kleinen Vorplatz von Lienhards Garage. Das Tor war hochgezogen. In dem engen Raum standen ein alter Toyota und drei verschiedene sportliche Fahrräder. Es blieb kaum genug Platz um hinein zu kommen, ganz zu schweigen zum Öffnen der Autotür. Nach einem Millionärszuhause sah es hier nicht aus.

«Er muss daheim sein» vermutete Cécile, ging zur Haustüre und begann Sturm zu klingeln.

«He, nicht zu wild!» ermahnte sie Fuchs. «Da oben liegt eine Schwerkranke. Sie wird wohl nicht ohne Hilfe ihres Gatten ins Erdgeschoss hinuntersteigen können. Lass ihnen etwas Zeit.»

Eine verschrumpelte alte Frau stand plötzlich hinter ihnen. «Guten Tag. Ich glaube der Tierarzt ist nicht zu Hause ist. Ich habe heute Morgen auch schon zweimal geklingelt. Er kam nicht an die Tür. Seine Frau liegt hilflos im Bett, ohne Hilfe kann sie nicht aufstehen. Sie leidet an einer schweren Parkinson-Erkrankung. Sind Sie Freunde von Herrn Lienhard?»

«Ach, Parkinson hat sie? Wir sind von der Polizei. Und Sie sind wohl eine Nachbarin?» erkundigte sich Cécile.

«Ach, die Polizei?!» Sie begutachtete die beiden Kommissare einen Moment kritisch und unsicher. «Ja, ich wohne gleich nebenan. Aber ich habe einen Schlüssel zum Haus. Wissen Sie, wenn er länger weg ist, schaue ich zu der armen Frau. Seit gestern Nachmittag habe ich ihn nicht mehr aus dem Haus kommen sehen. Das ist ungewöhnlich, denn am Morgen fährt er sonst regelmässig mit seinem Velo weg. Soll ich mal nachschauen gehen?»

«Nein, das tun wir selber» wehrte Fuchs sofort ab. «Aber Sie könnten uns öffnen, wenn Sie schon einen Schlüssel haben.»

«Ach! Ich weiss nicht, ob das der Tierarzt gern hätte. Aber...» Sie biss sich unentschlossen auf die Unterlippe. «Na ja, wenn Sie von der Polizei sind, dann...»

«Ja, dann öffnen Sie uns mal.» Fuchs schaute sie mit strenger Miene an.

«Gut, dann...» Sie zog einen Schlüsselbund aus der Schürzentasche und gehorchte nach kurzem Zögern. «Hoffentlich... ich meine, Marianne ist... man weiss nie.»

Als Cécile und Fuchs eintraten, drängte sich die Nachbarin sofort hinterher. «Bitte, bleiben Sie draussen. Wenn wir Fragen an Sie haben kommen wir Sie holen.»

Nach ihrem beleidigten «Aber...» zog Fuchs die Haustüre hinter sich zu.

In der Wohnung roch es penetrant nach Medikamenten und Fäkalien, ähnlich wie in einem vernachlässigten Altersheim. Nachdem sie kurz die zwei Zimmer im Parterre, die Küche und das enge WC inspiziert hatten, stiegen sie die knarrende, steile Holztreppe hinauf. Oben gab es zwei Schlafzimmer. Im grösseren lagen Lienhard und seine Frau wie aufgebahrt, steif und regungslos nebeneinander auf dem Ehebett.

«Schlafen sie?» fragte Fuchs – wahrscheinlich nur um seinen Ärger zu verscheuchen. Cécile fühlte den Puls der beiden und schüttelte den Kopf. Das Ehepaar lebte nicht mehr. Sie zog die Decke zurück. Die Frau trug ein knielanges, verschmutztes Nachthemd mit einem Muster von kleinen Rosen, Lienhard ein beiges T-Shirt mit einer Werbeaufschrift des Vereins *Freunde der Tiere* und weisse Boxershorts. Beide schienen unverletzt zu sein und sahen sehr friedlich aus.

Während Fuchs von der Türe her seinen Blick durchs Zimmer schweifen liess, zog sich Cécile Latexhandschuhe über und nahm zwei Spritzen von einem der Nachttischchen.

«Es sieht so aus, als hätten sie sich in gegenseitigem Einverständnis vergiftet» flüsterte sie.

«Eins, zwei, drei, und das Leben ist vorbei» murmelte Fuchs. Mit zwei Schritten war er beim Fenster und öffnete es so weit es ging: «Dieser Gestank ist fürchterlich! Die Beiden liegen wohl schon seit gestern Nachmittag oder Abend hier in diesem überheizten Zimmer. Ich gehe jetzt runter und rufe unseren ganzen Umzug her...» Als er bei der Treppe war rief er: «Schau' dich noch ein bisschen genauer um. Bis unsere Leute hier sind rede ich mit der Alten da draussen und werfe dann einen Blick in sein Büro.»

Die Nachbarin hatte sich auf eine Bank im kleinen Vorgarten gesetzt und wartete ungeduldig und immer noch beleidigt, dass man sie ausgesperrt hatte. Fuchs trat mit einem verzeihenden Lächeln zu ihr. «Sie haben also Herrn Lienhard gestern Nachmittag zum letzten Mal gesehen?»

Erst nach einem strafenden Blick antwortete sie: «Ja, am frühen Nachmittag, eigentlich war es kurz nach Mittag. Er wurde von einem jüngeren Herrn – er war vielleicht so um die fünfzig – in einem teuren schwarzen Auto hierher gebracht. Die beiden gingen gleich ins Haus. Nach etwa einer halben Stunde, ich glaube es war etwa um drei Uhr, kam der Jüngere allein wieder heraus und fuhr sofort weg. Den Tierarzt sah ich seither nicht mehr. Ist etwas passiert? Sie sind doch nicht...?»

«Wie sah der Begleiter aus?»

«Er trug eine schwarze Sportjacke.» Sie überlegte. «Er war nicht sehr gross und hatte ganz kurze Haare, also, ich meine, sein Schädel war rasiert, so wie es heute bei vielen jüngeren Geschäftsleuten Mode ist. Mehr kann ich nicht... ich sah ihn ja nur von unserem Schlafzimmer aus.»

«Und das Auto? Wissen Sie welche Marke das war?»

Sie zuckte mit den Schultern. «So ein nobler, grosser Geländewagen, schwarz, mit viel Chromglitzer, und vorne vier auffälligen Scheinwerfern. Er hatte ein BE-Nummernschild. Die Karre passte kaum auf den kleinen Vorplatz. Ist etwas mit Ruth?»

«Sie liegt im Bett und schläft.»

Die Nachbarin war mit dieser Antwort überhaupt nicht zufrieden. «Und der Tierarzt?»

Fuchs drückte sie wieder auf die Bank, als sie aufstehen wollte. «Dem geht es nicht so gut. Ich habe einen Krankenwagen gerufen. Es ist besser, wenn Sie bei Lienhards nicht reingehen, Madame.» Er schob sie sanft in Richtung Strasse. «Wir sperren das Haus zu.»

«Was um Gottes Willen... Ist Marianne gestorben? Kann ich den Schlüssel wieder haben?»

«Den behalte ich. Sagen Sie, würden Sie den Mann mit dem schwarzen Geländewagen wiedererkennen?»

Sie hustete und hob die verwilderten Augenbrauen. «Ja, sicher. Der hatte ein freches Gesicht.»

«Aha. Sehr gut. Machen Sie sich keine Sorgen, wir werden die beiden ins Spital fahren lassen. Es kommt gleich ein Wagen.»

«So schlimm ist es also!» Sie schlurfte kopfschüttelnd davon. Vor ihrer Haustüre drehte sie sich noch einmal um und schaute Fuchs misstrauisch zu, wie er Lienhards Briefkasten mit Gewalt aufbrach und mit einem Bündel Post wieder ins Haus ging.

Die Spurensicherer des KTD waren als erste vor Ort. Cécile wies sie an, zuerst das Erdgeschoss, den Keller und den Garten zu untersuchen. Es schien, dass die beiden mit einer Giftspritze gemeinsam Suizid begangen hatten. Lienhard wohl wegen seiner aussichtslosen, finanziellen Situation, und seine Frau, um von ihrem unheilbaren Leiden erlöst zu werden. Aber noch war nicht gesichert, ob es vielleicht doch ein Fremdverschulden gab. Jedenfalls war es ungewöhnlich, dass der unbekannte Besucher das Haus verliess, ohne sich weiter um das Ehepaar zu kümmern. Wann starben sie wohl? Diese Frage musste von der Pathologie nach der Obduktion beantwortet werden.

Während Cécile sich an Lienhards Computer zu schaffen machte, ging Fuchs die Post durch. Fast alle Umschläge enthielten Rechnungen oder Mahnungen, auch ein Brief vom Betreibungsamt war dabei. Vielleicht mit ein Motiv, um sich von dieser Welt zu verabschieden. Eine Ansichtskarte mit Feriengrüssen aus Südspanien von einer Doris Hänggi war die einzige private Korrespondenz. Der kurze Text liess vermuten, dass es sich bei der Absenderin um ein Mitglied des Vereins *Freunde der Tiere* handelte. Am meisten interessierte sich Fuchs für einen Umschlag auf dem von Hand geschrieben stand: *Für meinen Freund Klaus Kaltbach.* Wahrscheinlich enthielt das neutrale Kuvert einen Abschiedsbrief des Ex-Veterinärs. Fuchs packte den ganzen Stapel zusammen und trug ihn in seinen Wagen.

Die Pathologin kam als nächste an. Cécile war erleichtert, dass die Rechtsmedizin nicht diesen aufdringlichen Doktor Grimmer hergeschickt hatte. Mit der schlanken, grauhaarigen Frau, die sicher gegen die sechzig ging und einen kompetenten und umgänglichen Eindruck machte, war die Zusammenarbeit bestimmt angenehmer. Sie stiegen zusammen ins Schlafzimmer hinauf, wo die Ärztin sich Latexhandschuhe überzog, eine ganze Anzahl Fotos schoss und dann das tote Paar kurz untersuchte. Auf Céciles Frage erklärte die Ärztin: «Ich kann den Zeitpunkt des Todes noch nicht genau bestimmen. Wahrscheinlich sind beide etwa gleichzeitig gestorben, und zwar hier in ihrem Ehebett. Irgendwelche Zeichen von Gewaltanwendung kann ich im Moment nicht erkennen, ausser einer Beule am Hinterkopf beim Mann. Die könnte von einem Sturz herrühren. An den Armen hat er zudem einige kleine Hämatome, aber nach einem Kampf sieht das nicht aus. Es scheint, dass er vor dem Tod ziemlich fit war. Die Einblutungen könnte er auch von einer sportlichen Tätigkeit her haben. Ob eine Obduktion sinnvoll ist, entscheiden wir nach der eingehenden Untersuchung. Die Spritzen nehme ich natürlich mit. Auch die Leichen bringen wir ins Institut und melden uns bei euch, sobald wir klare Resultate haben.» Sie legte die beiden Stechampullen und die zwei Spritzen, die auf dem Nachttisch lagen, sorgfältig in einen Beutel. «Es wurde wahrscheinlich Pentobarbital benutzt. In hoher Dosierung ist das ein letales Betäubungsmittel. Es ist relativ einfach zu beschaffen. Ihr Kollege hat mir gesagt, der Mann sei Tierarzt gewesen. In diesem Fall kannte er die Wirkung von Pentobarbital und hatte es unter Umständen sogar noch vorrätig. Und als Veterinär kann er auch mit Spritzen umgehen. Sie können die Spurensicherer auch in dieses Zimmer lassen, nachdem die Kollegen von der Sanitätspolizei die Leichen abtransportiert haben. Ich werde mich wahrscheinlich noch heute bei Ihnen melden.»

Fuchs hatte inzwischen Kaltbach in der Klinik angerufen und ihm mitgeteilt, was vorgefallen war. Er informierte ihn auch darüber, dass Lienhard einen Abschiedsbrief mit der Aufschrift *Für meinen Freund Klaus Kaltbach!* hinterlassen habe. Er fragte ihn, ob er diesen Brief lesen dürfe. Der Maler reagierte zwar verwirrt von dieser Nachricht, war aber ohne langes Zögern einverstanden. «Ja, sicher! Seit drei Tagen habe ich keinen Kontakt mehr mit Lienhard gehabt. Er hat mich auf der ganzen Linie enttäuscht. Ein Freund ist er für mich jedenfalls nicht mehr. Was hat der mir also noch zu schreiben? Eine Entschuldigung werde ich nicht annehmen, nach der Art und Weise wie er mich in letzter Zeit behandelt hat. Bringen Sie mir den Wisch bei Gelegenheit vorbei?» Fuchs versprach es und riss dann den Umschlag auf. Ein A4-Blatt war mit Lienhards krakeliger Akademikerhandschrift dicht beschrieben. Mühsam entzifferte der Kommissar das Schreiben:

Mein lieber Freund Klaus!

Gestatte mir, mein edler Freund, dass ich mich von dir verabschiede, bevor ich zusammen mit meiner Frau diese unmenschliche Welt verlasse. Ich bereue zutiefst, dass ich dich in den letzten Wochen meines Lebens hintergangen habe. Das geschah gegen die Stimme meines Herzens. Ich verriet unsere Freundschaft nur aus Verzweiflung, das musst du mir glauben. Meine hohe Verschuldung bei den Sokowsky Brüdern, beim Staat und bei meinem Tierschutzverein, und meine zwangsläufig daraus erwachsene Abhängigkeit von diesem Galeristen gegenüber, führten zu einer unheilbaren Hoffnungslosigkeit. Meine Gewissensbisse dir gegenüber wurden unerträglich! Dazu kam das immer sinnlosere Leiden meiner Frau Marianne. Ich hätte gerne erst Abschied vom Leben genommen, nachdem ich deiner Vergebung sicher gewesen wäre. Aber das ist jetzt leider nicht mehr möglich.

Um wenigstens etwas gutzumachen, will ich dich demütigst über meine Fehltritte in Kenntnis setzen:

- *Ich war es, der dir Methanol in den Wein mischte. Es war meine Schuld, dass du krank wurdest und dich in der Klinik behandeln lassen musstest!*
- *Ich war es, der an verschiedenen Orten in deinem Haus, im Atelier, ja sogar in deinem Reisekoffer verdächtige Psychopharmaka platzierte, um dich zu diffamieren. Und dich, falls du sie eingenommen hättest, willensschwach und abhängig zu machen.*
- *Ich war es, der aus deiner Kasse im Atelier mehrmals Geld stahl, um damit dein Vertrauen in Attila Grigorescu zu zerstören und seine Entlassung zu erwirken.*
- *Ich war es, der den Einbruch in dein Atelier und den Protest der Freunde der Tiere anzettelte, um dich langsam aber sicher in den Irrsinn zu treiben und zum Verzweifeln zu bringen.*
- *Ich war es, der den Sender unter deinem Wagen montierte und es damit dem mir unbekannten John Milton ermöglichte, dich auf Schritt und Tritt zu überwachen. John Milton ist der wahre Besitzer von Senior Security.*

Mit allem anderen, den Tierquälereien, den Erpressungen, dem Tod von Lina Fankhauser und den Mord an den beiden jungen Leuten in Rosshäusern habe ich aber nichts zu tun. Auch nicht mit dem fingierten Export einer grossen Anzahl deiner Bilder nach Dubai. Die Bilder sind alle noch in Uster, die Exportdokumente sind gefälscht und eine Ausstellung in Dubai gab es nie. Ich habe immer erst nachträglich von diesen Verbrechen erfahren und konnte nur vermuten wer sie beging. Natürlich hätte ich dich darüber aufklären sollen! Hinter diesen Schandtaten steckt John Milton und seine Kumpel Jonathan und David Sokowsky! Das solltest du auch die beiden Kommissare wissen lassen.

Ich wünsche Dir, mein lieber Freund Klaus, dass du nie mehr einem so heuchlerischen Verräter, wie ich es war, begegnen und vertrauen wirst. Verzeih' mir bitte!

Dein Lorenz Lienhard

«Von der Entführung Attilas schreibt er nichts» stellte Cécile fest. «Glaubst du, er wusste davon auch nichts?»

«Schon möglich. Das kriminelle Kaliber und die nötige Bosheit für solche Taten fehlten ihm wahrscheinlich. Wie es scheint, ist auch Lienhard eher ein Opfer geworden, allerdings war er ein verdammtes Weichei.»

«Ich glaube, wir zwei sind hier durch. Wir haben genügend Beweise und Aussagen, um die Schuldigen vor den Richter zubringen. Lassen wir die Spezialisten weitermachen.»

Fuchs sah sie an. «Du bist ja halb am Zusammenbrechen, meine Ärmste. Komm, ich fahre dich nach Hause. Erhole dich. Mit diesem Besuch hier haben wir ja die ganzen Ermittlungen der Schweinereien schon mehr oder weniger abgeschlossen und die Täter beweiskräftig überführt. Morgen früh statten wir den Sokowskys einen letzten Besuch ab. Ich hoffe, die haben inzwischen nicht Lunte gerochen und sich abgesetzt.»

Als er sie vor ihrer Wohnung an der Militärstrasse verabschiedete, legte er kurz seine grosse, warme Hand auf ihren Arm: «Erhole dich, tapfere Kollegin. Tut mir leid, wenn ich manchmal agiere als wäre ich der Boss. Hast du noch etwas zu essen im Haus?»

Sie nickte. «Danke. Für mich bist du der Boss, Beat. Oder zumindest mein Lehrmeister. Aber ‹meine Ärmste› musst du mich trotzdem nicht nennen.»

Der alte Fuchs fuhr zurück ins Büro, wo er sich an Céciles Computer setzte und einen Auszug aus dem Grundbuchamt über die *Senior Security* ausdruckte. Dann bat er Cvetlana: «Können sie herausfinden wem dieses Bauerhaus in der Eymatt gehört. Es wird als Flüchtlingsunterkunft genutzt.»

«Chef, das habe ich längst schon für Cécile erledigt.» Sie reichte ihm einen Aktenumschlag mit einem Grundbuchauszug.

«Ach, sehr gut! Und dann brauche ich die Wohnadressen von Jonathan und David Sokowsky. Die eine wird in Zürich und Umgebung zu finden sein, vielleicht auch in Uster, die andere in Bern. Mag sein, dass es noch weitere gibt.»

«Ich habe von der Galerie Sokowsky bereits eine Berner Adresse. Brauchen Sie die auch?»

«Nein, die kenne ich schon. Ich muss wissen, wo die beiden Brüder rechtlich Wohnsitz haben. Und bitte, so schnell wie möglich.»

Danach schrieb er eine Mail an das Sozialamt der Stadt, mit der Aufforderung, sich umgehend um die Zustände in dem heruntergekommenen Flüchtlingsheim zu kümmern. Inzwischen hatte Cvetlana ihre erste Aufgabe bereits gelöst. Den Namen des Eigentümers des Bauernhauses tippte er in den vorbereiteten Text an das Sozialamt ein und schickte die Mail ab.

Und schon schob ihm die Assistentin eine weitere Notiz über den Schreibtisch: «Sokowsky bewohnt eine Villa am Herrenweg 118 in Meilen, Kanton Zürich. Bei der Einwohnerkontrolle in Bern sind weder Jonathan noch David angemeldet. Der Besitzer der Liegenschaft an der Habsburgstrasse ist das Notariat Boss & Boss, respektive dessen *Immoboss AG* in Bümpliz. Über Sokowskys Mietverhältnisse hat man mir dort keine Auskunft geben wollen. Die offizielle Wohnadresse von David Sokowsky wird mit Schlossparkallee Süd, Vollmöllerstrasse, Uster angegeben. Die Berner Filiale der Galerie Sokowsky befindet sich an der Belpstrasse 28 in einem Haus das ebenfalls *Immoboss* gehört. Und *last but not least* hat David Sokowsky eine Niederlassungsbewilligung für Irland, gemeldete Adresse: 2011 Savay Park Road, Dalkey. Dublin.»

Fuchs lächelte sie beeindruckt an. «Danke. Sie sind ja schnell von Begriff, Frau Adamovic. Jetzt bitte ich Sie noch um ein Letztes:

Rufen Sie auf dem NTD Phone, in der Rolle der *Tutamentum*-Chefsekretärin bei der Galerie Sokowsky an und erkundigen Sie sich ob die beiden Brüder zurzeit in Bern weilen. Wenn ja, vereinbaren Sie mit ihnen für morgen um 9 Uhr einen Termin für einen kurzen Besuch des Tutamentum-Stiftungsrates Doktor Bodo Bodenmann. Wenn die wissen wollen worum es dabei geht, sagen sie einfach, um die weitere Zusammenarbeit. Meinen Sie, das können Sie deichseln?»

«Aber sicher. Ich habe mal eine Schauspielschule in Basel besucht» strahlte Cvetlana stolz. «Schön, dass Sie mich einmal bei den substantial actions mit einbeziehen. Ist unser Doktor Bodenmann mit dem Stiftungsrat gemeint?»

«Ja, aber behalten Sie das bitte für sich.»

Zehn Minuten später hatte sie auch diesen Job bereits erledigt. «Ich habe mit Jonathan Sokowsky persönlich gesprochen. Er klang sehr höflich und nahm mir die ‹Tutamentum-Sekretärin› ab, erkundigte sich aber, um was genau es gehe. Ich sagte: Herr Bodenmann möchte sich dazu nicht am Telefon äussern. Mir schien, er war begeistert von der Chance einer weiteren Zusammenarbeit. Ich hoffe, er kommt nicht auf die Idee nachzuforschen, von wo der Anruf wirklich kam.»

«Seien Sie beruhigt. Die Anrufe unseres *Non Traceable Dispatchers* können nicht zurückverfolgt werden.»

«Haben Sie sonst noch einen coolen Job für mich? Eigentlich wollte ich ja früher Schauspielerin werden, wie fast alle Mädchen.» Sie verdeckte verlegen ein Lächeln mit der Hand. «Als ich mich um den Job hier bewarb, hoffte ich, bald einmal im Fahndungsdienst mitmachen zu können. Ich habe zwar nur die Matura und zwei Semester Jus, aber es wäre schön, einmal eine richtige Kriminalistin zu werden, so wie Cécile.»

Fuchs blieb sachlich: «Stellen Sie sich diese Arbeit nicht zu lustig vor. Aber wir können ja später einmal darüber reden, wie Sie sich am besten weiterbilden. Jetzt muss ich rasch zu Doktor Bodenmann und ihn über die geplanten Aktionen von morgen orientieren. Heute habe ich leider keinen ‹coolen Job› mehr für Sie. Aber ich habe Ihre Wünsche gespeichert.» Fuchs tippte sich an die Stirn und machte sich auf den Weg zum Chef.

Bodenmann sass gerade mit der, für die Sokowsky-Fälle zuständigen Staatsanwältin zusammen; das traf sich gut. Als Fuchs eintrat und müde grüsste, sah er zwei abweisende Augenpaare auf sich gerichtet.

Bodenmann empfing ihn denn auch nicht gerade freundlich: «Ach, du bist es, Beat. Bitte, mach's kurz.» Die Staatsanwältin nickte nur genervt und fragte fast tonlos: «Kann ich etwas Dringendes für Sie tun, Fuchs?»

«Sicher! Ich brauche zwei Durchsuchungsbefehle.»

«Schon wieder» klagte sie mit einem Seufzer. «Für wen denn, und wo?»

Morgen früh wollen wir dem Galeristen Sokowsky in seiner Villa an der Habsburgstrasse eine Aufwartung machen. Am Nachmittag Lienhards neuem Katzenheim in Oberbottigen respektive Matzenried.»

«Wir haben soeben vom Fachbereich Spezialeinsätze vernommen, dass Lienhard sich, zusammen mit seiner Frau, das Leben nahm. Das ist doch so, oder?»

«Bevor wir die Resultate der Pathologie kennen, kann ich nicht bestätigten, ob es sich wirklich um Selbstmord oder um eine Tötung durch Fremdeinwirkung handelt. Auf den ersten Blick hat es nach einem Selbstmord ausgesehen. Motive hatten die Beiden ja mehrere. Die Frau war unheilbar krank und bettlägerig, und er hatte einen

Berg Schulden, die er wohl niemals hätte zurückzahlen können. Zudem hätte ihm sicher ein paar Jahre Knast wegen Mithilfe an diversen Verbrechen gedroht. Übrigens: Hat die Rechtsmedizin schon um eine Bewilligung für die Obduktion der beiden Toten gebeten?»

«Ja, Frau Doktor Renate Wyss hat darum gebeten. Ist das alles?» Diese Frage stellte sie unverkennbar in einem Hau-endlich-ab-Ton. Sie musste mit Bodenmann etwas äusserst Wichtiges zu besprechen haben. Fuchs konnte sich vorstellen, dass es um sein Amt als *Tutamentum*-Stiftungsrat ging.

Bodenmann erkundigte sich lässig: «Gut, dass es noch Tierfreunde gibt. Hatte dieser Lienhard denn ein Katzenheim in Oberbottigen? Dort gibt es doch schon ein Tierheim.»

«Die beiden Heime haben nichts miteinander zu tun. Das von Lienhard, respektive dem Verein *Freunde der Tiere* befindet sich ganz am Ende des Weilers Matzenried. Lienhard hat das Geld für den Kauf des kleinen Bauernhauses wahrscheinlich von diesem Verein bekommen, oder möglicherweise von Sokowsky. Ich nehme an, das Heim sollte der *Senior Security* Katzen für weitere Erpressungen liefern. Um eben das herauszufinden, müssen wir das Haus durchsuchen. Dazu brauche ich die Unterstützung von Ihnen, Frau Staatsanwältin. Hauptkommissarin Brun und ich können diese beiden Aktionen nicht allein zu zweit bewältigen. Im Fall Sokowsky brauchen wir Support vom Fachbereich Spezialeinsätze. Bei diesen beiden kriminellen Brüdern ist es gut möglich, dass ihr Gelände durch bewaffnete Helfer gesichert ist.»

Die Staatsanwältin hustete ungeduldig. «Hoffentlich wird die Sache rund um die *Senior Security* endlich gelöst. Die Medien machten uns langsam die Hölle heiss.»

«Wir sind fast so weit» versicherte Fuchs, gab aber noch keine Ruhe. «Für den Einsatz bei den Sokowskys brauche ich sechs Mann.»

Bodenmann atmete tief durch. «Gut, sechs Mann für die Sokowsky-Villa. Für das Katzenheim reichen wohl zwei. Wir haben im Augenblick nämlich noch andere Probleme. Vor dem Sitz der Kanzlei *Boss & Boss* an der Brünnenstrasse protestieren seit heute Nachmittag um drei Uhr ungefähr hundert Leute. Und die Medien sind auch *en masse* vor Ort. Ich musste dreissig Mann hinschicken. Und falls die Sache ausufert, brauche ich eine ganze Kompanie.»

«Was ist denn dort los? Ist denn schon die ganze Stadt verrückt.» staunte Fuchs.

«Die Linken werfen der Stiftung *Tutamentum* vor, unter dem Deckmantel der Gemeinnützigkeit eine Grossgeldwäscherei zu betreiben und die Superreichen noch reicher zu machen. Zudem munkeln die Linken von Korruption. Du kennst ja diese Neider. Aber im Moment genügt ein Funke, und wir haben eine Explosion! Na ja, einmal zwei und einmal sechs Mann, sagst du? Und das erst morgen. Ich tue mein Bestes.»

Und die Staatsanwältin ergänzte: «Die Durchsuchungsbefehle bekommen Sie. Ich hoffe Sie sind hundertprozentig sicher, dass Sie dann gegen die Sokowskys etwas in der Hand haben, was eine Durchsuchung rechtfertigt. Sonst komme ich an die Kasse.»

«Ich habe schon jetzt genügend Beweise gegen diese Gauner, keine Angst, Frau Staatsanwältin. Kollege Bodenmann bekommt morgen den Rapport.»

«Gut. Wär's das jetzt?»

«Ja. Danke. Cvetlana kommt noch vor 18 Uhr vorbei, um die Befehle abzuholen. Das geht doch in Ordnung, oder?»

«Was sein muss, muss sein. Sie sind ja ein alter Fuchs und wissen hoffentlich was Sie tun.»

Der pensionierte Hauptkommissar streckte den Daumen hoch.

«Morgen werde ich Ihnen alle nötigen Beweise liefern.» Dann marschierte er zufrieden, dass die Leute in der Teppich-Etage auch Sorgen haben, aus dem vornehmen Chef-Büro.

Um ein Viertel nach sieben Uhr am nächsten Morgen standen die angeforderten Leute bereit. Sechs Mann in Sturmausrüstung warteten auf Hauptkommissarin Bruns Befehl, versteckt auf der Nordseite der Alpenstrasse. Fuchs hatte den Besuch absichtlich um eineinhalb Stunden vorverschoben, falls die Brüder planten, ihnen zuvorzukommen und zu verduften. Cécile und Fuchs gingen direkt zur Villa an der Habsburgstrasse und läuteten um halb acht am Eingangstor zur Villa.

Es dauerte mindestens zehn Minuten, bis ein fast zwei Meter grosser Schwarzer erschien. Er trug eine Jogginghose, darunter ein dunkles Sweatshirt mit dem Logo *Proteus Security Dublin* und sprach in einem, wahrscheinlich irischen Slang. «G'day.» Zornig glotze er die frühen Besucher an. «Was erlauben Sie sich?! Es ist unverschämt, The Lordship um diese Zeit zu wecken. Wenn Sie nicht sofort abhauen, rufe ich die Polizei!»

«Nicht nötig» sagte Fuchs lässig auf Deutsch und zückte seinen Ausweis. Cécile stand zwei Schritte hinter ihm, ebenfalls mit gezogenem Ausweis. «Wir haben einen Termin mit Jonathan und David Sokowsky.» Als der Schwarze ein spöttisches Grinsen aufsetzte, hielt ihm Fuchs den Durchsuchungsbefehl entgegen. «Können Sie lesen?» Er schob den Zweimetermann einfach zur Seite. Als dieser sie zurückzuhalten versuchte, wurde Fuchs ungemütlich: «Wenn Sie uns nicht sofort zu den beiden Herren führen, müssen wir Gewalt anwenden. Unser Überfallkommando steht da vorn an der Alpenstrasse bereit.»

Der Wachmann, oder was immer er auch war, schien Deutsch zu verstehen und wich widerwillig zurück. «Gut, folgen Sie mir. Aber Mister Jonathan wird eine Beschwerde an seine Freunde bei der

Polizeidirektion und der Staatsanwaltschaft einreichen.»

Die Kommissare ignorierten die lächerliche Drohung und marschierten an der Seite des Schwarzen bis zum Baldachin über der Eingangstür. Dort blaffte der Riese: «Sie warten hier gefälligst! Ich frage Mister Jonathan erst, ob er Sie empfangen will.»

Fuchs lachte. «In dieser Kälte? Nein, Mann, Sie werden uns jetzt ins Haus geleiten und uns dort zwei Stühle und einen heissen Kaffee anbieten.»

Der Widerstand schien gebrochen. Sie wurden in die Empfangshalle geführt, von der aus links und rechts geschwungene Marmortreppen mit einem roten Läufer ins Obergeschoss führten. «Nobel sei der Mensch, geldgierig und schlecht» lachte Fuchs, und bestaunte die an den Wänden hängenden Bilder. «Die könnten alle von Kaltbach sein» murmelte er seiner Kollegin zu.

«Sie sind es» bestätigte Cécile. «Ich kenne Kaltbachs Stil. Sie setzten sich auf eines der roten Sofas, während der Schwarze ins obere Geschoss stolzierte und dort durch eine Tür verschwand. Eine Weile lang tat sich nichts. Auch vom Kaffee war keine Rede. Dann, nach etwa fünf Minuten erschien der Galerist in einem rotseidenen Hausmantel auf der Empore und begutachtete die beiden Besucher von dort oben, wie ein Feldherr. Dann kam er gemächlich und trotzdem wachsam die Treppe herunter. Der Mann kam Fuchs irgendwie bekannt vor, aber er konnte sich nicht erinnern, wo er ihm schon begegnet war. Fuchs erhob sich und ging ihm entgegen. Cécile blieb auf dem Sofa sitzen und telefonierte mit der Truppe an der Alpenstrasse.

«Sie sind der ausrangierte Kommissar namens Fuchs, nicht wahr?» begrüsste ihn der Galerist höhnisch grinsend als er den Fuss der Treppe erreicht hatte. «Was hat Sie nur auf die glorreiche Idee gebracht, mich sozusagen mitten in der Nacht zu belästigen?»

Fuchs überreichte ihm den Durchsuchungsbefehl. «Liebe Grüsse von der Staatsanwaltschaft.»

Der Galerist las das Dokument mit einer sauren Grimasse. «Was wollen Sie hier denn finden? In diesem Haus gibt es nichts, was das Eindringen in meine Privatsphäre rechtfertigen könnte. In einer Stunde kommt Ihr Boss, Doktor Bodenmann, hierher zum Kaffee. Ich könnte ihn jetzt anrufen und mich beklagen, dann wären Sie beide in fünf Minuten wieder draussen auf der Strasse, da wo Sie hingehören!»

«Sie haben doch gesehen, dass die Staatsanwältin den Durchsuchungsbefehl unterschrieben hat. Rufen Sie ihn also ruhig an. Inzwischen machen wir einfach unseren Job. Meine Truppe ist in fünf Minuten hier. Spurensicherung und Kriminaltechniker. Alles Leute, die auf Befehl von Doktor Bodenmann in Ihrer Villa ein bisschen Unordnung schaffen möchten. Hören Sie, man klingelt schon. Schicken Sie Ihren Wächter zum Tor!»

Auf der Stirn des Galeristen pochten plötzlich zwei dick angeschwollene, blaue Adern; er hatte den Ernst der Lage erkannt. «Wie Sie wollen. Aber Sie werden es noch bereuen, Alt-Kommissar.» Er gab dem Schwarzen, der ihm gehorsam in die Eingangshalle hinab gefolgt war, ein Zeichen, das Eingangstor zu öffnen.

In diesem Moment kam der zweite Sokowsky, vorsichtig jeden Tritt erst mit einem Fuss ertastend, die Treppe herunter. Er hinkte stark und musste sich mit der einen Hand am Geländer halten, mit der andern auf einen Stock stützen. Um den Hals trug er einen dicken Verband. Fuchs beobachtete ihn scharf. Er kannte auch dieses Gesicht, wusste aber genau so wenig woher, wie zuvor beim älteren Bruder. Auch Cécile schien ihn überraschenderweise zu kennen. Sie erhob sich, kam zu Fuchs herüber und flüsterte ihm ins Ohr: «John Milton! Das Phantombild!»

Sie könnte damit Recht haben, dachte er augenblicklich. Er nahm den nur etwa einen Meter siebzig grossen Mann mit dem breiten Gesicht, den wulstigen Lippen und den auffallend breiten Schultern aus der Nähe nochmals unter die Lupe. Aber lange hatte er dafür nicht Zeit, denn die Haustüre öffnete sich, und das ganze Karussell von Spurensuchern und Technikern, mitsamt der Pathologin (was wollte die denn hier?) und dem Fotografen, drängte in die Halle. Zuletzt bezogen vier Mann des Sturmkommandos Stellung, je einer in jeder Ecke der Halle. Die andern zwei waren wahrscheinlich im Garten postiert.

John Milton, der einen weissen Anzug, weisse Schuhe und eine schwarze Krawatte mit einem Diamanten trug, sah aus als käme er direkt von einem Ball oder einem Opernbesuch. Er hinkte direkt auf Cécile zu. Im Gegensatz zum Galeristen hatte er ein fröhlich-freches Lächeln aufgesetzt und reichte der Hauptkommissarin mit einer kleinen Verbeugung die Hand. Sein Willkommenslächeln wurde immer breiter. «David Sokowsky. Ich bin der jüngere Bruder von Jonathan. Es freut mich sehr, dass Sie meinem Bruder und mir so früh am Morgen einen Besuch abstatten. Die Polizei, dein Freund und Helfer, heisst es ja schliesslich, nicht wahr? Bei mir kann man heute schon fast von einem Krankenbesuch sprechen. Wie Sie sehen, ich bin im Moment etwas unbeholfen. Ich stürzte gestern Abend diese lange Treppe da hinunter, zusammen mit einer Flasche altem *Jameson Signature* und zwei Gläsern. Leider kam ich durch diese Unvorsichtigkeit auch nicht zum Schlafen. Jonathan musste mitten in der Nacht den Arzt rufen, nachdem er mir eine scharfe Schelte für meine Unachtsamkeit verabreicht hatte. Ich muss in Ihren schönen Augen furchtbar aussehen. Na ja, was geschehen ist, ist geschehen. Wollen wir hinauf in den Salon wechseln? Dort kann ich bequem sitzen... und Ihnen einen Frühschoppen servieren.» Er stockte plötzlich in seinem Palaver und schaute wütend auf die in alle Richtungen ausschwärmenden Kriminalbeamten. In ihren wissen Overalls und mit den Plastiküberzügen an ihren Schuhen sahen sie eher komisch, als bedrohlich aus. Dann kam sein arrogantes Lächeln zurück. Er spielte die Rolle des grosszügigen Gentlemans, der wusste wie man in besserer Gesellschaft mit Damen umgeht.

«Sind Sie David Sokowsky?» fragte ihn Fuchs und schaute ihm in die Augen. Diese waren eher grau als blau, aber keinesfalls, wie von einem der Jungen im Klub beschrieben, stechend blau. Die Haare waren ganz kurz geschnitten und grau meliert. Trotzdem passte er zum Bild auf seinem Facebook-Profil. Wenn dieser David Sokowsky wirklich der unbekannte John Milton war, dann kam ihm zweifelsohne die Ehre des Chefkriminellen in der Familie zu.

«Das bin ich, ja» lächelte der jüngere Sokowsky selbstbewusst. «Und mit wem habe ich die Ehre?»

«Mit einem pensionierten Kriminalkommissar» antwortete Jonathan für Fuchs. In einem Ton, der den Bruder warnen sollte.

«Stimmt» bestätigte Fuchs und zeigte ebenfalls ein bühnenreifes Grinsen. «Meine Kollegin und ich sind hier, um Sie und Ihren Bruder abzuholen. Wir haben einiges mit Ihnen zu bereden. Zum Beispiel Ihren tragischen Treppensturz. Es ist besser, wenn wir gleich losziehen, dann können unsere *tracers* störungsfrei arbeiten.» Er gab den vier Kollegen im Sturmanzug einen Wink.

«Wo soll's denn hingehen?» erkundigte sich David, erst mit unschuldig weit geöffneten Augen, dann zeigte er plötzlich ein Gebiss, das Fernandel zur Ehre gereicht hätte.

«Wir haben für Sie im altehrwürdigen Hotel Amthaus zwei Zimmer ohne Bad reserviert, da werden Sie sich sicher und zu Hause fühlen» erklärte Cécile mit schmeichelnder Stimme.

«Es muss sich um einen Irrtum handeln. Schade um Sie» zischte

David. «Aber wie Sie sehen, müssen Sie mir zum Wagen helfen. Dieser unnötige Treppensturz! Ich kann kaum gehen.»

«Einer unserer Kollegen wird Ihnen gern unter die Arme greifen und Sie in passender Manier zu unserem Bus führen.»

Fuchs lachte in sich hinein. Diese sarkastische Art hatte er an Cécile noch gar nicht kennen gelernt. Da wollte er natürlich nicht zurückstehen. «Übrigens, Mister Milton-Sokowsky, ich soll Ihnen einen schönen Gruss von Klaus Kaltbach ausrichten. Es geht ihm prima.»

Um 08.21 wurden die Sokowskys in Handschellen aus dem Haus geführt. Der schwarze Butler blieb zur Salzsäule erstarrt in der Halle stehen und schaute dem Abmarsch mit grossen Augen nach. Nachlaufen konnte er seinen Chefs nicht, selbst wenn er so dumm gewesen wäre es zu versuchen, denn er trug nun Handschellen, die mit der Sicherheitskette der Eingangstüre kurzgeschlossen waren.

Auf der Fahrt nach Oberbottigen machten Fuchs und Cécile einen kurzen Halt in der Klinik Premanence. Sie fanden den Maler in einem bequemen Sessel lesend am Fenster sitzen. Er schien sich über ihren Besuch zu freuen. Kaum hatte man sich begrüsst und gegenseitig nach dem Befinden gefragt, wollte er schon wissen, ob sie Attila gefunden hätten.

«Noch nicht! Aber es wird mit grösster Sicherheit noch heute dazu kommen» tröstete ihn Cécile.

«Darf ich wirklich daran glauben?» Unruhig und etwas mühsam stand er auf.

Cécile schaute mitleidig auf seinen eingegipsten rechten Arm. «Ja, das dürfen Sie. Ihre Peiniger, die Brüder Sokowsky haben wir soeben verhaftet. Wir sind sicher, dass die beiden für einige Jahre im Gefängnis verschwinden werden.»

Kaltbach nickte zufrieden. «Und was genau ist mit Lorenz geschehen?»

«Nun, es ist so, wie Ihnen mein Kollege Fuchs gestern gesagt hat. Lorenz Lienhard und seine Frau haben sich gemeinsam das Leben genommen.»

Kaltbachs Wut auf Lorenz schien sich gelegt zu haben, er reagierte heute ehrlich betroffen, fast besorgt. Fuchs holte den Abschiedsbrief aus der Tasche. «Das ist Lienhards letzte Botschaft an Sie. Aber bitte berühren Sie das Blatt nicht. Es ist ein wichtiges Beweisstück, auf dem Ihre Fingerprints nicht gefunden werden dürfen.» Er hielt ihm den Brief in einer Plastikhülle unter die Augen.

Kaltbach las ihn zweimal durch, und war schon nach den ersten paar Sätzen noch um eine Spur blasser geworden, als er ohnehin schon aussah. Er setzte sich wieder und atmete durch. «Ach, dieser Lorenz! Ich habe ja geahnt, dass so etwas ans Tageslicht kommen würde.» Nachdem er Lienhards Bekennerschreiben gelesen hatte, sass er eine Minute lang schweigend da und starrte zum Fenster hinaus. Während der herrschenden Stille liess Fuchs den Brief wieder in seiner Tasche verschwinden.

«David Sokowsky und John Milton sind *eine* Person. Und höchstwahrscheinlich ist er für Ihren Unfall verantwortlich.»

Kaltbach reagierte kaum auf diese Neuigkeit. «Wo, glauben Sie, befindet sich Attila. Haben die beiden ihn wieder in irgendeinem düsteren Loch eingesperrt?»

«Das nehmen wir an.» Cécile legte eine Hand auf seine Schulter. «Wir fahren jetzt nach Matzenried. Dort besitzt, oder besser besass Lienhard ein Bauernhaus. Er hat darin mit seinem Tierschützerverein ein Katzenheim eingerichtet. Wir nehmen an, dass Ihr Schützling dort versteckt gehalten wird. Ähnlich wie zuvor im Keller des Luna-Klubs.»

Kaltbach schüttelte nachdenklich und sichtbar traurig den Kopf. «Es ging allen nur ums Geld, nicht wahr?»

«Morgen wissen wir mehr. Wir werden Sie auf dem Laufenden halten. Leider müssen wir jetzt schon wieder weiter. Schön, dass Sie sich so schnell erholen!»

«Ja, ich spüre nur noch die Schmerzen der Nierenquetschung. Aber bitte, beeilen Sie sich und befreien Sie Attila. Ich kann es kaum erwarten, ihn wieder bei mir zu haben. Hoffentlich gesund und unversehrt.»

Als Sie das Spital verliessen, meinte Fuchs: «Der arme Maler wird jetzt den Kopf voll haben und über vieles nachdenken müssen. Ich hoffe sehr, dass wir ihm seine grösste Sorge bald aus der Welt schaffen können. Ich befürchte, dass du ihm etwas vorschnell so viel versprochen hast. Noch haben wir keine Ahnung, was uns in Matzenried erwartet. Das freche, hochnäsige Benehmen des jüngeren Sokowsky-Bruders lässt Ungutes vermuten.»

«Er wollte sich bloss vor mir wichtig machen.» Sie sah ihn mit listiger Miene an. «Und was mein vorschnelles Versprechen betrifft: Ich bin halt ein positiver Mensch. Und zudem ist morgen ja der erste April.»

* * *

Das kürzlich flüchtig renovierte Kleinbauernhaus lag etwas ausserhalb des Weilers Matzenried am Rand des Grossen Forsts. Von einem ziemlich verwilderten Rasen umgeben, stand das gedrungene Haus einsam und verlassen inmitten von weiten, brachliegenden Feldern. Das ganze Grundstück war von einem mannshohen Maschendrahtzaun gegen Füchse und streunende Hunde gesichert und grenzte innen wohl auch den Auslauf für die Heimkatzen ab. Im Schatten des nahen Waldrands lagen noch einige schmutzige Reste vom letzten Schnee. Aber wo die Sonnenstrahlen hinreichten, blühten bereits Buschwindröschen, Gänseblümchen und Schneeglöckchen. Auf der Ost- und Vorderseite des Hauses war der Grasteppich bereits saftig und frühlingsgrün. Im Westen war ein quadratischer Gemüsegarten angelegt und mit einem niedrigen Holzzaun eingefasst worden. Ein idealer Standort für ein Katzenrefugium, fand Fuchs, als sie vor dem Eingang auf dem Kieszugang parkten. Hinter ihnen hielt ein Volvo-Kombi, dessen hintere Sitzbank durch ein stabiles Metallgitter von den Vordersitzen abgetrennt war. Zwei athletische Uniformierte zwängten sich heraus. Es roch frühlingshaft nach Kiefern, Dünger und feuchtem Gras. Nicht unangenehm.

«Nur Katzen sieht man hier keine» bemerkte Cécile nach einem nostalgischen Blick auf die weite, ländliche Umgebung. Sie wandte sich an die beiden beeindruckend grossen und breiten uniformierten Kollegen, die ihr Richtung Hauseingang folgten und auf Anweisungen warteten: «Geht bitte zurück und bleibt im Wagen, bis ich euch rufe. Mit eurer Goliath-Figur könnt ihr auf die Bewohner wie eine Provokation wirken. Wenn im Haus alles so friedlich bleibt wie hier draussen, könnt ihr wieder zurück ins Detachement.»

Fuchs war schon bei der frisch lackierten Eingangstür und klopfte kräftig mit der Faust dagegen. Erst schien das Haus wie ausgestorben, aber dann, nach zwei, drei Minuten bog eine nicht mehr ganz junge Frau um die Hausecke und kam zögernd auf die Kommissare zu. Sie trug alte Jeans, ein verblasstes T-Shirt, darüber einen farblosen, verwaschenen Wollpulli und ihre Füsse steckten in kniehohen Gummistiefeln. Das lange Haar hatte sie nachlässig zu einem Knoten hochsteckt.

«Grüssgott!» rief sie den Kommissaren freundlich entgegen. «Sind Sie von der Schreinerei?» Dann entdeckte sie den Streifenwagen. «Oh-la-la, die Polizei! Braucht ihr eine Kampfkatze?» Sie lachte lauthals und ihre Wangen glänzten dabei, wie zwei rote Äpfelchen.

«Hauptkommissarin Brun» stellte sich Cécile mit freundlicher, aber fester Stimme vor. «Das ist mein Kollege Hauptkommissar Fuchs.»

«Und ich bin Margrit Bühler. Füchse haben wir eigentlich schon genug hier oben.» Wieder das ungenierte, offene Lachen. «Haben Sie sich verfahren?»

Cécile streckte ihr die Hand entgegen. «Eigentlich nicht. Sind Sie die Leiterin dieses Katzenheims?»

Die Frau strahlte sie an: «Oh, Sie wissen was hier los ist. Ja, ich und Barbara schauen hier zum Rechten. Geschäftsleiter ist allerdings ein Mann, Attila Grigorescu. Aber der weilt zurzeit im Ausland.» Fuchs bemerkte ein kurzes, unsicheres Flackern in ihren Augen. Log sie? «Dann gibt es noch den Veterinär Lorenz Lienhard, der ist für das Katzenwohl verantwortlich. Aber warum kommen Sie eigentlich zu uns herauf?»

Cécile wiederholte perplex: «Wie bitte? Der Geschäftsleiter heisst Attila Grigorescu? Und er ist im Ausland?»

«Ja, wie ich sagte. Aber Lorenz Lienhard, der Besitzer der

Liegenschaft ist hier, das heisst in Bümpliz unten. Doktor Lienhard ist zugleich der Präsident unseres Vereins *Freunde der Tiere*. Und da er ein studierter Veterinär ist, schaut er, dass es unsern Katzen gut geht. *Voilà*!» Sie liess noch einen kurzen Lacher hören, strich sich mit ihrer erdverkrusteten Hand eine lose Haarsträhne aus dem Gesicht und warf einen gleichgültigen Blick auf die Streifenpolizisten im Volvo. «Was erstaunt Sie denn so, Frau Brun?»

«Wie sieht er denn aus, dieser Attila?» wollte Fuchs wissen, von der Auskunft der Frau ebenso überrumpelt wie seine Kollegin.

«Wie soll der schon aussehen?» gluckste sie. «Wie ein junger Rumäne eben. Aber wie gesagt, er ist auf Geschäftsreise.» Da war wieder diese Unsicherheit in ihrem Blick.

Cécile zeigte ihr den Durchsuchungsbefehl. «Wir haben den Auftrag, uns im Haus mal umzusehen. Dürfen wir reinkommen?»

Das Gesicht der Frau wurde ernst. «Vom wem haben Sie einen solchen Auftrag? Jetzt sagen Sie mir endlich, was zum Donner Sie bei uns suchen?! Hier ist alles in Ordnung!»

Fuchs ging zur Eingangstür. «Beruhigen Sie sich, Frau Bühler. Wir müssen mit Ihnen reden. Aber dafür gehen wir besser hinein.»

Sie zog ihre Schultern ein wenig hoch und schaute Fuchs verständnislos an. «Wie Sie wollen. Ich und Barbara haben hier sowieso nichts zu sagen. Wir können Ihnen also auch nicht helfen, wenn etwas nicht mit den gesetzlichen Vorgaben übereinstimmen sollte.» Sie schloss die dreifach verriegelte Haustür auf und führte die Kommissare in eine grosse, offensichtlich mit ganz neuen technischen Geräten ausgestattete Bauernküche. «Wir beide wohnen und arbeiten hier ehrenamtlich. Aber nur noch für die kommenden zwei Monate. Danach will der Lorenz uns durch junge Rumänen ersetzen. Aber ob das dann klappt...?» Sie zuckte mit den Schultern und verzog den Mund. «Bitte, setzen Sie sich doch an den Tisch. Darf ich Ihnen und

Ihrer Begleiterin eine Tasse Kaffee anbieten?»

Etwas ungelenk zog sie den Wollpulli über den Kopf und strich sich danach wieder flüchtig übers Haar. «Ach, Gott!» seufzte sie vor sich hin, machte sich dann am Herd zu schaffen und kehrte den Besuchern ihren fetten Rücken zu. Während sie drei Tassen bereitstellte, fragte sie: «Also, zum dritten Mal: Was wollen Sie von uns? Machen Sie es nicht so spannend!»

Fuchs räusperte sich. «Wir müssen Ihnen leider mitteilen, dass Doktor Lorenz Lienhard gestern verstarb.»

Die Bühler drehte sich ruckartig um und schaute Fuchs mit offenem Mund und grossen Augen an. «Was quatschen Sie da?! Der ist doch kerngesund! Vorgestern war er noch hier und quicklebendig! Wenn Sie Witze mit mir reissen wollen, dann mache ich ja gerne mit. Aber doch nicht so herzlos!»

Cécile übernahm: «Lorenz Lienhard und seine schwer kranke Frau Ruth haben sich gestern das Leben genommen.»

Die Bühler vergass den Kaffee, lehnte sich an den Herd und schlug die Hände vor das Gesicht. «Aber... was soll denn jetzt mit diesem Haus und den Katzen geschehen?» fragte sie fassungslos. «Lorenz sollte uns heute Geld und Werkzeuge bringen. Das war abgemacht. Wir müssen dringend Futter einkaufen, und was man sonst in einem Haus so braucht!»

«Kamen Sie gut mit Lienhard aus?» forschte Fuchs.

«Ja, das kann man sagen. Er war hilfsbereit, verständnisvoll und... na ja, irgendwie unglücklich schien er mir schon zu sein. Wegen seiner kranken Frau begriff ich das auch. Aber Selbstmord!» Sie schüttelte den Kopf. «Das ist ja ein Ding! Gerade jetzt, wo wir das Haus fast fertig eingerichtet haben.» Der Wasserkocher pfiff und sie drehte sich wieder dem Herd zu.

«Und Attila? Ist der auch verständnisvoll und hilfsbereit?»

Erst murmelte sie etwas Unverständliches vor sich hin. Dann putzte sie umständlich ihre Nase und schliesslich erklärte sie fast flüsternd: «Wie halt die Rumänen sind.»

«Was meinen Sie damit?» Cécile warf Fuchs einen fragenden Blick zu.

«Also der Attila, der hat das Heu nicht auf derselben Bühne wie ich. Er ist ein Protz, immer schlecht gelaunt, mit nichts zufrieden. Geholfen hat der uns nie, sondern immer nur frech befohlen. Dabei liegt er den ganzen Tag nur in seinem Zimmer rum. Ich habe mich mehrmals bei Lorenz beschwert.» Sie überlegte einen Moment, dann erklärte sie erzürnt: «Ich sage Ihnen mal die Wahrheit: Diesem Typ traue ich einfach nicht. Der hat bestimmt irgendwie Dreck am Stecken.» Sie biss sich auf die Unterlippe, knallte die drei Tassen auf den Tisch, goss sie mit heissem Wasser aus dem Kocher voll und warf Cécile einen dunklen Blick zu. Kaffeepulver, Milch und Zucker standen bereits daneben. «Bedienen Sie sich.»

Sie blieb mit geballten Fäusten am Tischrand stehen und starrte Cécile an. «Ich glaube, er ging vor einer Stunde zum Wald hoch. Weiss der Teufel was er dort oben immer macht. Wahrscheinlich trifft er dort jemanden, der ihm Drogen liefert. Ich hoffe, dieser Scheisskerl kommt gar nicht mehr zurück. Ohne ihn würde hier alles viel besser laufen.» Mit einem gebrummten «Entschuldigung» liess sie sich plump auf einen der Schemel fallen und rührte zitternd einen Suppenlöffel voll Kaffeepulver in das heisse Wasser in ihrer Tasse.

Cécile fragte sie sanft: «Wohnen Sie und Ihre Kollegin mit Attila allein hier im Haus?»

Als Antwort bekam sie bloss einen raschen, scharfen Blick.

Nun insistierte Fuchs: «Wir sind auf der Suche nach einem Attila Grigorescu. Aber Ihre Beschreibung passt überhaupt nicht auf ihn. Sind Sie sicher, dass neben Ihnen und Ihrer Kollegin, und natürlich den Katzen nur dieser Grigorescu hier wohnt. Oder gibt es vielleicht noch jemand anderes, der in diesem Haus lebt? Oder genauer; sich hier versteckt oder gefangen gehalten wird?»

Sie wollte eben ein wenig Milch in ihren Kaffee geben, aber sie verschüttete die Hälfte. Um das Zittern ihrer Hände zu verbergen, holte sie einen Lappen von der Spüle und wischte den Tisch sauber. Dann entschloss sie sich aber doch zu einer Antwort: «Also gut. Ich und meine Kollegin sind nur wegen der Katzen hier. Nicht so dieser Attila, er hat überhaupt kein Mitgefühl für Tiere. Am liebsten würde er sie totschlagen, glaube ich. Ganz im Gegenteil zu Doktor Lienhard. Der mag Tiere sehr. Sie dachte mit gesenktem Kopf einen Moment lang nach. «Was mir an Attila besonders verdächtig vorkommt: Ausser dem Spaziergang zum Wald, den er zweimal jeden Tag unternimmt, geht er überhaupt nie aus dem Haus!»

«Wo ist er denn jetzt?»

«Vielleicht ist er schon zurück in seiner Kammer.» Mit ihrem Doppelkinn wies sie zur Decke. «Oben, in einem der Schlafzimmer. Ich war im Garten und achtete nicht auf den Mistkerl. Gehe ihm aus dem Weg, wann immer ich kann. Wahrscheinlich ist er zugedröhnt, so wie meistens. Am besten nehmen Sie ihn gleich mit auf den Posten und sperren ihn ein. Wenn alle Rumänen so sind, dann Gnade Gott... die armen Katzen!»

Fuchs erhob sich. «Kommen Sie, zeigen Sie uns, wo er sich aufhält.»

Sie nickte mit einem angedeuteten, bösen Lächeln, stand auf und ging Fuchs und Cécile voran die Treppe hinauf.

Das Zimmer zu dem die Bühler sie führte, war abgeriegelt. Sie wollte anklopfen, doch Fuchs hielt sie im letzten Moment zurück und gab ihr ein Zeichen still zu sein. Er legte ein Ohr an die Tür und horchte. Ein schwaches Schnarchen war zu hören. Dann signalisierte er Cécile, sie solle die beiden Uniformierten holen. Drei Minuten später rammten die beiden Hünen die Türe, bis sie krachend nachgab und nach innen fiel. Im Zimmer roch es nach süsslichem Rauch und altem, beissendem Schweiss. Der Lattenboden war mit zerknitterten Kleenextüchlein, Alufolienfetzen, schmutziger Unterwäsche, leeren Bierdosen übersät. Auf dem Bett lag ein vergammelt aussehender, jüngerer Mann, der sich sichtlich erschrocken und wütend aufzurichten versuchte. Fuchs erkannte ihn sofort: Vadim Nicolescu, der mittlerweile gewesene Geschäftsführer des Luna-Klubs. Er stützte sich auf die Ellbogen und starrte seine Ruhestörer mit bösem Blick an.

«Sie sind also nicht in Budapest?» knurrte ihn Fuchs an.

«Schleich dich, du Arsch! Fahr zur Hölle!» schrie Vadim, plötzlich hellwach. Fuchs beugte sich vor, fasste den Haarschopf des Rumänen und drückte dem falschen Attila mit dem Ellbogen den Kopf in den Nacken. Dann zog er ihn mit einem Ruck vom Bett. Vadim versuchte ihn anzugreifen, stolperte aber und fiel zu Boden. Dort drehte ihn Fuchs blitzschnell auf den Bauch und verpasste ihm Handschellen. Vadim war zu überrascht und wahrscheinlich auch zu high um sich weiter zur Wehr zu setzen. Er spie mit einem krächzenden Geräusch auf den Boden.

«Weg mit ihm!» befahl Fuchs.

Die beiden Cops schleppten den für einmal hilflosen Klub-Boss die Treppe hinunter, aus dem Haus und schoben ihn auf den Rücksitz des Volvo, wo er unflätig vor sich hin fluchte.

«Bringt ihn auf die Hauptwache» befahl Fuchs, der ihnen gefolgt war. «Er heisst Vadim Nicolescu und war Geschäftsführer des Luna-Klubs. Informiert Bodenmann über die Verhaftung. Der Kerl muss sofort in eine Einzelzelle. Er steht unter mehrfachem Mordverdacht.»

Die Bühler hatte die Festnahme mit zufriedener Miene aufmerksam verfolgt. «Ein Mörder also?» fragte sie Cécile mit einer Hand vor dem Mund, aber mit einem schon fast lüsternen Blick. «Hab ich's doch gewusst, dass mit dem etwas nicht stimmt!»

«Er heisst auch nicht Attila Grigorescu. Das müssten Sie doch eigentlich wissen, Frau Bühler!» Cécile schaute sie warnend an. «Wo ist der richtige Attila? Nun hören Sie doch endlich mit dem Theater auf, sonst landen Sie auch noch im Knast!»

Die Frau drückte erschrocken eine Hand auf ihren kräftigen Busen. «Ich?! Ich habe doch nichts getan! Glauben Sie mir, bitte. Man hat mir mit dem Tod gedroht, falls ich irgendjemandem verraten sollte, dass sich dieser Unhold hier im Haus versteckt. Oh Gott! Dass ausgerechnet mir noch so etwas passieren muss! Und jetzt noch das mit Doktor Lienhard!»»

«Hören Sie auf mit dem Gejammer, Margrit Bühler! Sie haben die ganze Zeit versucht, uns anzulügen!» Cécile trat ganz nah an sie heran. «Sagen Sie uns jetzt, wo der richtige Attila versteckt worden ist. Und zwar nullkommaplötzlich! Er muss hier im Haus sein.»

«Gott im Himmel! Der arme Junge ist in einem Verschlag, oben auf dem Dachboden eingesperrt. Wenn ich ihm nicht heimlich zu essen und zu trinken gebracht hätte, wäre er wohl schon...» Sie schüttelte ihren Kopf so heftig, dass Cécile Angst bekam, sie würde sich den Hals brechen. «Ein so netter, stiller Junge. Kommen Sie mit, endlich, endlich... wird er aus dem dreckigen Loch da oben befreit!»

Der Dachboden war voller Gerümpel, Spinnweben hingen von den Dachsparren und der rutschige Holzboden war von Vogel- und Marderkacke überzogen. Durch die Ritzen in der Bretterwand blies ein frostiger Wind, als ob man auf einer Bergkante stünde. Es war keine zehn Grad warm, obwohl draussen die Frühlingssonne schien.

In der hintersten Ecke stand ein roh gezimmerter Kasten, dessen Zugang mit schweren Holzriegeln gesichert war. Fuchs begann die Dinger wegzubrechen. Nach wenigen Minuten starrte er in ein dunkles, zügiges Loch. «Attila?» rief er in das Dunkel.

Von drinnen vernahm Fuchs ein kaum hörbares «Nein-nein!» Dann wieder Stille bis zu einem schwachen, müden «Lassen Sie mich in Ruhe! Bitte, bitte!»

«Bist du es, Attila Grigorescu?» Diesmal versuchte Cécile den Jungen herauszulocken.

Nochmals bat die ängstliche Jungenstimme: «Bitte lassen Sie mich in Ruhe, Vadim!»

Fuchs streckte eine Hand in den Verschlag. «Attila? Haben Sie keine Angst! Wir sind Polizisten. Wir sind hier, um Sie aus dieser Kiste zu befreien. Können Sie hier herauskriechen?»

Eine ganze Weile bewegte sich nichts. Dann kroch ein bis auf die Knochen abgemagerter, verschmutzter, dünner Junge langsam aus dem Loch.

«Bist du Attila Grigorescu, Klaus Kaltbachs Freund?» fragte Fuchs, diesmal mit der väterlich weichsten Stimme die ihm möglich war.

«Ich... ja.. ist Klaus da.» Der Junge schleifte sich mühsam ins Freie, erhob sich schwer atmend und blieb auf wackligen Beinen vor dem Verschlag stehen. Die Jeans, die er trug war halb zerrissen, fleckig und hing ihm lose um Hüfte und Beine. Nicht viel besser sahen sein T-Shirt und der Kapuzenpulli aus. Er trug ausgetretene, mit Schmutz überzogene Turnschuhe, an dem einen hatte sich die Sohle fast vollständig gelöst, die Schnürsenkel fehlten. Ein halb lebendiges Skelett, das in seinen verschmutzten Sachen unendlich traurig und hilflos aussah. Wie konnte man einen Menschen nur so herz- und respektlos behandeln... schlimmer als ein Tier.

«Mein Gott, du armer Bursche!» Cécile liefen Tränen über die

Wangen. «Gott sei Dank haben wir dich endlich gefunden. Nun wird alles wieder gut!» Sie strich ihm sachte über das struppige, klebrige Haar und sah die schlecht vernarbten Wunden darunter. Ein tiefes, fast fiebriges Mitgefühl und die Vorstellung davon, wie sich ein Mensch in diesem Zustand fühlen musste, machte sie zittern. Aber dann reagierte sie so gefasst, wie es nur eine Frau konnte: «Komm! Wir fahren jetzt zu mir nach Hause. Du brauchst eine Dusche, einen Haarschnitt und vor allem neue Kleider. Mein Kollege, Beat Fuchs, wird sich um dich kümmern, während ich für dich einkaufen gehe. Denn in diesen Kleidern kannst du nicht auf die Strasse – und auch nicht zu deinem Freund Klaus Kaltbach. Hast du Hunger?»

«Klaus? Wo ist Klaus?»

«Spätestens morgen bist du bei ihm. Er wird sich ebenso freuen wie du! Hab noch ein paar Stunden Geduld. Du willst doch bestimmt nicht in dieser Aufmachung vor ihm stehen, nicht wahr?»

Er nickte. Dann sah er Margrit Bühler, machte ein paar rasche Schritte auf sie zu und umarmte sie. Und nun war der Damm gebrochen, und er begann er zu schluchzen, heftig und hemmungslos.

Die Bühler führte Attila in die Küche, bereitete ihm eine grosse Tasse Kaffee zu und strich ihm ein Butterbrot. Von Zeit zu Zeit murmelte sie: «Mein armer Junge! Jetzt kann der Tyrann dich nicht mehr quälen. Sie haben ihn abgeführt. Der kommt jetzt einige Jahre selber ins Gefängnis! Hier, trink und iss!» Kaltbachs schmerzhaft vermisster Schützling sass am Tisch und schaute sich mit verklebten geröteten und hungrigen Augen um, als ob er zum ersten Mal in einer Küche sitzen würde. Ab und zu durchfuhr ihn, während er Bissen um Bissen in den Mund schob, ein Zucken. Worte kamen keine aus seinem Mund. Fuchs stand am Fenster und schaute ihm von dort mitfühlend zu. Dann wandte er sich an die Bühler: «Sie führen hier ein Katzenheim. Aber wo haben Sie denn die Katzen?»

Jetzt konnte auch die Haushälterin ihre Tränen nicht mehr zurückhalten. «Das mit den armen Katzen ist fast genau so schlimm!» schniefte sie. «Man sperrt sie einfach im Keller ein, mit einem Becken Wasser und streut stinkendes, billiges Katzenfutter einmal am Tag auf den schmierigen Boden. Katzenkistchen hat es kein einziges, gepfundet und gebrunzt wird auf den Boden. Sie sollten die Felle dieser armen, bis auf die Knochen abgemagerten Tiere sehen. Dieser Unmensch hat mir verboten, sie zu füttern. Aber wenn er im Wald oben war, schlich ich in den Keller warf ihnen ein ganzes Pack Futter rein. Ich habe ihn gefragt, was eigentlich da los sei, ob er die Katzen verhungern lassen wolle oder was er mit ihnen vorhatte. Aber eine Antwort bekam ich nie, höchstens eine aufs Dach!»

«Wie viele Katzen sind es denn?»

«Zweiunddreissig. Sie haben recht, Herr Kommissar: Das soll ein Katzenheim sein! Auch Lorenz Lienhard hat den Kopf geschüttelt und Mitleid mit den Tieren gehabt. Aber auch er konnte nichts gegen diese Zustände unternehmen. Dieser kiffende Grobian hat ihn jedes Mal angeschrien, wenn er den Katzenkeller putzen wollte.»

«Wozu sind die Katzen denn hier?»

Sie verwarf die Arme. «Keine Ahnung! Doktor Lienhard sagte, sie würden jetzt nicht mehr gebraucht und bald ins Tierheim Oberbottigen gebracht. Bisher geschah aber nichts – und jetzt wo der Doktor tot ist... Ich glaube, die Jungs vom Klub sammelten sie einfach irgendwo ein, warfen die armen Wesen in den Keller, und ab und zu kamen sie her um eine zu holen. Aber ich habe eine Vermutung, wissen Sie. Ich glaube, die brauchen die Tiere um alte Leute zu erpressen. Man hört ja in letzter Zeit oft, dass eine alte Frau oder ein alter Mann sein Haustierchen vermisst, und es dann tot und verstümmelt vor seiner Haustüre findet.»

Fuchs hatte auch eine Vermutung, womöglich dieselbe wie die Bühler. «Wir werden diesen bösen Buben jetzt das Handwerk legen.»

Cécile kam mit einer Wolldecke zurück. «Wir können fahren, Beat. Frau Bühler, wir werden später nochmals bei Ihnen vorbeikommen. Wir brauchen Sie und ihre Kollegin unbedingt als Zeugen. Bis dann. Und vielleicht will der Richter Sie auch wegen Mithilfe zur Freiheitsberaubung betrafen.»

Die Bühler schoss hoch. «Mich? Was hätte ich denn tun sollen. Hätte ich den Jungen freigelassen, wäre ich jetzt tot!»

«Wir werden sehen. Unternehmen Sie möglichst rasch etwas für die Katzen. Das wird man Ihnen positiv anrechnen. Auf Wiedersehen.» Sie hatte es offenbar eilig, Attila hier wegzubringen und aus dem halb verhungerten Ungeheuer wieder einen hübschen Jüngling zu machen. Zärtlich und vorsichtig legte sie ihm die Wolldecke über die Schultern. «So mein Lieber, das wird dich ein wenig aufwärmen. Sonst erfrierst du uns noch, bevor wir dich unter die heisse Dusche stellen können.»

* * *

Auf der Fahrt zu Céciles Wohnung an der Militärstrasse redete Attila
verständlicherweise nicht viel. Zusammengekauert und hustend sass
er neben der Hauptkommissarin still auf dem Rücksitz. Bestimmt
hatte er genug damit zu tun, sich über seine wundersame Befreiung
Gedanken zu machen. Wenn er so pflichtbewusst war, wie es Pater
Innocent vor ein paar Tagen Kaltbach geschildert hatte, würde er, so
bald er wieder bei Kräften war, bestimmt nicht vergessen allen jenen
zu danken, die mitgeholfen hatten, ihn aus den Klauen der Gangster
vom Luna-Klub zu befreien. Und ebenso sicher sann er nun voller
Hoffnung darüber nach, ob und wie ihn Kaltbach wieder aufnehmen
würde. Aber trotz seinem bedauernswerten Zustand beantwortete er
noch während der Fahrt, leise und schüchtern, einige Fragen, die ihm
Fuchs stellte. Der Hauptkommissar wollte ihn damit nicht quälen,
aber er wusste aus Erfahrung, dass es einem traumatisierten Opfer
einer Entführung half, nach seiner Befreiung so rasch als möglich,
darüber zu reden. Und sich so bewusst zu werden, dass die Qualen
der Vergangenheit angehörten.

«Kannst du uns sagen, wer genau dich entführt hat? So weit wir
wissen, ist dir das ja zweimal passiert.»
   «Beim ersten Mal waren es Vadim und Lorenz Lienhard. Ich
war damals nur mitgegangen, weil ich Lorenz vertraut habe. Er war
ja der engste Freund von meinem... von Klaus. Er hat mir Angst
gemacht, indem er mir erklärte, die Polizei suche mich und wolle
mich festnehmen. Die Kommissare hätten mich in Verdacht, dass
ich es war, der Lisa und die Katze einer alten Frau und auch den

Hund des Apothekers misshandelte und tötete. Er sagte mir, es wäre besser wenn ich mich verstecken würde, weil ich sonst ins Gefängnis müsse oder abgeschoben würde. Darum wolle er mir dabei helfen.» Er machte eine Pause und atmete schwer und hustete wieder.

Cécile meinte: «Beat, lass ihn doch heute noch in Ruhe. Du kannst doch morgen...»

«Es geht schon.» flüsterte Attila. Er verbreitete im Auto einen Duft von Katzenpisse und abgestandenem Schweiss. Nach einer Pause erzählte er weiter: «Darum brachten sie mich in den Keller des Luna-Klubs. Milan, der Barchef verhalf mir dann zur Flucht. Während zwei Wochen wohnte ich in einem Kloster bei Fribourg. Meine Freundin und ihr Patron haben mir diese Unterkunft besorgt. Dort gefiel es mir gut. Pater Innocent nahm mich auf als wäre ich sein Sohn. Natürlich wäre ich lieber gleich zu Klaus zurück, aber ich wusste ja nicht, ob er mich wieder als Praktikant aufnehmen würde.» Husten. «Eines Abends, als ich von Colette zum Kloster zurückfuhr, passten mir Vadim, sein Bruder Nikolai und ein mir unbekannter Mann ab, zwangen mich in ihr Auto einzusteigen, fesselten mich und flössten mir ein Betäubungsmittel ein. Ich wusste schon, als sie mich ins Auto zerrten, dass sie mich wieder in den Keller im Luna bringen wollten. Ich erwachte erst dort wieder. Es war noch schlimmer als beim ersten Mal, denn Vadim schlug und quälte mich täglich, und Lorenz, der sonst eigentlich gut zu mir war, kam nicht mehr vorbei. Nur Milan war nett. Wenn Vadim nicht da war, liess er mich einmal duschen und brachte mir ab und zu etwas Anständiges zu essen. Nach zwei Tagen holte mich Vadim und brachte mich nach Matzenried. Dort oben war es am schlimmsten. Kaum zu essen und zu trinken, keine Möglichkeit mich zu waschen und die Kleider zu wechseln. Zudem traktierte mich Vadim laufend mit Fusstritten und schlug mir auf den Kopf. Alles nur weil ich mich weigerte, mit ihm für *Senior Security* zu arbeiten. Aus demselben Grund hasste mich auch dieser arrogante Unbekannte, den sie John Milton nannten. Aber der quälte mich wenigstens nicht.»

Attila begann zu husten und Cécile bat Fuchs sofort wieder. «Lass ihn jetzt. Du kannst ihn doch morgen befragen. Siehst du nicht...»

«Im Bauernhaus half mir Margrit» fuhr Attila fort. «Wenn Vadim schlief oder weg war, brachte sie mir manchmal rasch ein Sandwich hinauf. Sie hatte, genau so wie ich, Angst vor diesem Mistkerl.» Seine Stimme begann zu zittern, und Fuchs liess ihn deshalb eine Weile in Ruhe.

Dann begann Fuchs erneut: «Attila, ich werde dir jetzt noch zwei, drei Fragen stellen, über die ich noch heute Abend Bescheid wissen sollte. Die erste ist: Hast du eine Bewilligung in der Schweiz zu arbeiten. Oder bist du illegal hier?»

«Ich habe eine Aufenthaltsbewilligung als Student. Sie ist noch vierzehn Monate gültig. Allerdings nur, wenn ich weiterhin einen Studienplatz nachweisen kann. Schule oder Praktikum.»

«Ich bin sicher, Klaus Kaltbach wird dich gern wieder als Praktikant in seinem Atelier einstellen. Du hast also diesen John Milton gekannt?»

«Gekannt ist zu viel gesagt. Zuerst hörte ich nur von ihm als Oberchef des Luna-Klubs. Dann hat Vadim ihn mir mal vorgestellt. Seither bemühte sich Sir John mich als Scout bei *Senior Security* zu gewinnen. Ich hätte alte, reiche Leute besuchen und deren Wohnung und Gewohnheiten ausspionieren sollen. Sandor und Anna sollten diese dann überfallen. Aber so etwas würde ich nie tun, und mit Milton hätte ich niemals zusammenarbeiten wollen. Der war mir sehr unsympathisch. Und ich wollte keinesfalls in seine verbotenen Machenschaften verstrickt werden.»

«Vadim und Milton sind jetzt hinter Gittern. Vor ihnen hast du nichts mehr zu befürchten. Hast du eine Ahnung, wer Sandor Sarkas und Anna Zbinden umgebracht hat. War das auch Vadim?»

«Was?! Wer hat wen umgebracht? Ich kenne Sandor und Anna nur vom Sehen. Die beiden waren Vadims Sklaven, das hat mir Milan gesagt. Offiziell waren sie Flüchtlinge und lebten in einem Heim, das *Senior Security* irgendwo betreibt.»

«Ja, das haben wir auch herausgefunden. Sie wurden von John Milton und Vadim zum Einbrechen und zum Erpressen gezwungen. Gut, Attila, das ist alles für heute. Ich bin sehr glücklich, dass wir dich gefunden haben, und es freut mich auch sehr, dich nun persönlich zu kennen. Zwei Dinge will ich dir noch verraten: Lorenz Lienhard hat sich, zusammen mit seiner kranken Frau, gestern das Leben genommen. Vielleicht hat ihm jemand dabei geholfen. Und der Galerist Jonathan Sokowskys sowie sein Bruder David – alias John Milton – sind ebenfalls seit gestern, in Haft und werden für viele Jahre eingesperrt bleiben.»

Nach einem weiteren Hustenanfall fragte Attila: «Lorenz, Sandor und Anna sind tot? Jesus Maria! Aber wichtig ist mir, dass Klaus noch lebt.» Attila begann eine Melodie zu summen, was Cécile mit einem glücklichen Schmunzeln quittierte.

Fuchs konnte es nicht lassen, den Jungen auf Trab zu halten. «Klaus Kaltbach hatte allerdings gestern einen schlimmen Autounfall. Doch das Glück war auf seiner Seite: Er ist nicht schwer verletzt und bereits wieder mehr oder weniger munter. Wir haben ihn heute Morgen im Spital besucht. Er kann es kaum erwarten, dich zu sehen. Morgen bringen wir dich zu ihm. Er wird dir viel zu erzählen haben, auch was er alles unternommen hat um dich zu finden. Und wie sehr er dich vermisst hat. Ich glaube, er hat dich wirklich sehr, sehr gern!»

Attilas Miene erhellte sich sofort und er lächelte wahrscheinlich seit über drei Wochen zum ersten Mal. «Bitte, bitte, ich möchte ihn unbedingt sofort sehen. Bringen Sie mich doch gleich zu ihm.»

Cécile, die nicht aufhören konnte, den Jungen zu streicheln, bat ihn Geduld zu üben. «Besser erst morgen. Du willst doch nicht in diesen Kleidern, schmutzig und müde mit ihm Wiedersehen feiern, oder?»

Er atmete tief ein und schaute beschämt an sich hinab. «Weiss er denn schon, dass Sie mich gefunden haben?»

«Nein. Aber wir haben ihm heute Morgen versprochen, dass wir dich so schnell als möglich befreien werden. Dieses Versprechen können wir nun erfüllen.»

Cécile hatte das Gefühl, dass Attila am liebsten sofort zu Kaltbach in die Klinik geeilt wäre und sich nun darüber ärgerte, dass die Hauptkommissarin ihm dies verwehrte. Andererseits sah er sicher auch ein, dass sie recht hatte und er zu erschöpft war um jetzt noch mehr Höhepunkte zu erleben.

Um ein Viertel nach vier hielt Fuchs vor dem barocken Mehrfamilienhaus an der Militärstrasse. Attila kletterte sofort aus dem Wagen und schaute sich draussen auf der Strasse ängstlich, aber auch irgendwie glücklich aufatmend um.

Fuchs legte ihm den Arm über die Schulter und fragte ihn: «Haben wir etwa deine Sachen im Bauernhaus vergessen? Ich habe dummerweise nicht daran gedacht.»

«Die Tasche mit einer Jeans, einem Hemd und einem Pullover, die mir Colette in Fribourg besorgt hatte, und ein paar andere Sachen, die ich vom Pater Innocent bekam, müssen noch im Kloster sein. Alle meine andern Dinge sind im Atelier von Klaus, im Wandschrank hinter der Treppe, die vom Atelier zur Werkstatt hinunterführt. Aber Sie müssen jetzt nicht hinfahren, ich kann sie doch morgen dort holen. Seit Vadim und Nikolai mich in der Nähe des Klosters überfallen haben, blieb mir nichts anderes mehr zum Anziehen übrig, als das was ich jetzt trage.» Zum ersten Mal regte sich seine Eitelkeit wieder: «Ich sehe furchtbar aus, ich weiss, und ich schäme mich, dass Sie mich wie einen Lumpensammler mitnehmen mussten.»

«Ach, Mann, das ändern wir noch heute. Uebrigens haben wir im Atelier nach deinen Kleidern gesucht, aber nur zwei getragene T-Shirts und eine Jeans gefunden» erinnerte sich Fuchs.

«Der Schrank, den mir Klaus zur Verfügung stellte, steht nicht direkt in meinem Zimmer. Er ist etwas versteckt.»

«Lass' ihn jetzt in Ruhe, Beat» fuhr Cécile dazwischen. «Ich fahre sofort in die Stadt und besorge für ihn alles, was er in den nächsten Tagen braucht.»

«Hast du soviel Geld bei dir?» Fuchs griff zu seiner Brieftasche.

«Ich habe ein paar Kreditkarten. Du kannst dein dickes Portemonnaie ruhig wieder einstecken. Mach jetzt kein Theater deswegen.» Sie führte Attila ins Haus und in ihre gemütliche Vierzimmerwohnung hinauf, während Fuchs unten an der Treppe für sich selber konstatierte: «Mein Gott, die heutigen Frauen! Wenn man ihnen helfen will, wird man Mal für Mal als Macho gebrandmarkt. Und wenn man ihnen keine Aufmerksamkeit schenkt, ist man ein frigider Ignorant.» Er überliess den Lift den andern und nahm die fünfzig Stiegen bis ins dritte Stockwerk mit einem müden Seufzer in Angriff.

Als er keuchend die Wohnung erreichte, war Cécile schon wieder auf dem Sprung. «Zeige Attila das Badezimmer und gib ihm meinen roten Bademantel und was er sonst noch zum Duschen braucht. Du findest alles im Schrank neben dem Lavabo. Ich mache mich jetzt auf die Socken. Ausser den Kleidern für Attila will ich auch noch das Nötigste für ein Nachtessen einkaufen. Im Kühlschrank sind nur noch ein paar Dosen Cola.» Und weg war sie.

Fuchs reichte dem Jungen, was dieser zum Duschen brauchte

und setzte sich im Wohnzimmer vor den Fernseher. Auf ARD lief gerade die Aktualitätensendung *Brisant*. Schon nach zehn Minuten schnarchte der Kommissar selig vor sich hin.

Anderthalb Stunden später kehrte Cécile mit drei grossen, prall gefüllten Einkaufstaschen zurück. Fuchs starrte vom Fernsehsessel kopfschüttelnd auf die schwer beladene Kollegin. «Mann-o-Mann! Hast du nicht ein bisschen übertrieben?»

«Geht dich nichts an, darum schau nicht so vorwurfsvoll!» grinste Cécile ihn an. «Zum Empfang will ich Attila doch keinen Kantinenfrass vorsetzen. Ich habe vielleicht ein bisschen übertrieben, aber wir feiern ja gleichzeitig auch unseren Fahndungserfolg. Freue dich doch, du alter Griesgram! Ich bin zwar keine Starköchin, aber was ich uns heute Abend zubereite, wird euch schmecken. Alles nach Rezepten von meiner Mama.» Sie stellte die Tasche mit den Kleidern auf den Beistelltisch. «Hoffentlich gefallen ihm die Sachen. Keine Ahnung was in Bukarest gerade Mode ist.»

Fuchs schaute etwas skeptisch: «Du würdest besser fragen, ob sie ihm passen. Er ist ziemlich abgemagert. Hast du nach Augenmass eingekauft?»

«Natürlich. Eine Frau hat des Schneiders Messband bereits bei der Geburt mitbekommen. Da schau: eine schwarze Jeans, ein schwarz und rot gestreiftes Poloshirt, ein warmes, gestepptes, ärmelloses Gilet, ein Paar rote Nike-Turnschuhe, Socken, Unterhosen und ein langes T-Shirt zum Schlafen. Dazu ein paar Toilettenartikel. Rasieren muss der sich noch nicht, oder?»

«Höchstens alle vierzehn Tage.» Fuchs strich über seinen grauen Dreitagebart. «Kostenpunkt?»

Sie lachte Fuchs mit schalkhaftem Spott an. «Wirst jetzt auch noch geizig und geldgierig? Ich will, dass Attila frisch und fit aussieht, wenn er morgen wieder vor Kaltbach steht. Ich zweifle nicht daran, dass der Maler mir diese Ausgaben zurückerstattet.» Sie zog sich mit den andern zwei Taschen in die Küche zurück. «Übrigens, wo hast du den Jungen versteckt? Schläft er schon?»

«Ich glaube nicht. In seinem Kopf krabbelt es doch jetzt wie in einem Ameisenhaufen. Ich habe ihm das kleine Zimmer angewiesen. Zuvor hat er fast eine halbe Stunde lang geduscht und sich gepflegt. Ein eitles Bürschchen. Ich habe aber bemerkt, dass er eine wüste, eitrige Wunde am linken Fuss hat. Das könnte zu einer Blutvergiftung führen. Und er hustet ziemlich viel. Vielleicht sollte ich mit ihm nach dem Nachtessen zur Notfallstation im Inselspital?»

Von der Küche rief Cécile. «Hast du ihm etwa beim Duschen zugeschaut?»

«Blöde Gans!»

«Entschuldigung! Du hast recht: er hustet wie einst Kirchner in Davos. Wir sollten ihm Medikamente beschaffen. Ich werde das übernehmen. Ich kenne die Leute dort. Aber vorher stossen wir noch kurz auf unseren Erfolg an, ich habe nämlich auch Wein mitgebracht. Schenk uns schon ein Glas ein.»

Fuchs öffnete die Tür zum Gästezimmer und weckte den Jungen behutsam. Er legte ihm die neuen Kleider auf das antike Sofa und zog sich wieder zurück. Dann setzte er sich zu Cécile in die Küche, öffnete die Flasche Pinot Gris, schenkte ein und schaute seiner Kollegin beim Kochen zu. Kurz darauf wurde geprostet.

Cécile fühlte sich sichtlich wohl in der Rolle als Gastgeberin:«Ich freue mich, dir mal meine Kochkünste zu demonstrieren. Dann lernst du auch, meine heimlichen Talente richtig zu schätzen. Auf deine geliebte Kartoffelsuppe verzichte ich heute, denn ich vermute, dass diese Mistkerle Attila täglich mit irgendeiner lumpigen Brühe und trockenem Brot gefüttert haben. Denen tat sicher jeder Rappen weh, den sie für den Jungen ausgeben mussten. Darum soll er jetzt einen kleinen Festschmaus vorgesetzt bekommen. Und wir zwei haben auch wieder mal ein richtiges Essen verdient.» Neckisch spritzte sie ihrem alten Kollegen ein paar Tropfen Wasser ins Gesicht als sie die Hände wusch. «Es gibt einen Salat mit Tomaten, Gurken, Ei und Speckwürfeln, danach ein knusprig gebratenes Hühnchen mit Rösti und Karotten, und als Dessert Meringues mit Stracciatella-Ice Cream. Das wird ihm passen, glaubst du nicht?» Sie war in richtiger Festlaune, denn mit ihrem ersten heissen Fall hatte sie die Prüfung für das Dezernat Leib und Leben erfolgreich bestanden. Einen Wermutstropfen gab's zwar noch: In Zukunft würde sie Beat nicht mehr an ihrer Seite haben.

Fuchs spähte vom Tisch aus auf das Arrangement aus Gemüse, Fleisch und Kräutern. «Mhm. Liebste Cécile, mir läuft jedenfalls schon das Wasser im Mund zusammen. Hoffentlich kotzt der Kleine dann nicht in dein Gästebett. Aber du hast schon recht: So dünn wie der Junge aussieht, hat er in letzter Zeit bestimmt nichts Richtiges vorgesetzt bekommen.»

Cécile drehte sich zu ihm um und schüttelte den Kopf. «Blödsinn! Warum sollte er ins Bett kotzen? Und wenn schon, ich möchte ihn heute Abend ein bisschen verwöhnen. Nach all dem Horror den er durchstehen musste, hat er das verdient. Schenk mir bitte noch Wein nach. Ich bin in Feststimmung!»

Fuchs erhob sich, ein bisschen seufzend zwar, aber er tat was von ihm gewünscht wurde und hielt Cécile dann das gefüllte Glas entgegen.

«Danke, Beat. Auf unseren Erfolg!» Nach einem Schluck sagte sie sinnend: «Ich frage mich immer noch, wie David Sokowsky imstande war, den Autounfall so genau zu planen. Wie konnte der wissen, dass Kaltbach, und nur dieser, ihm genau in dem Moment und an dieser Stelle entgegenfahren würde!»

«Prost, Cécile!» Fuchs leerte das ganze Glas mit einem Schluck und goss sich sofort nach.

In diesem Moment kam Attila ganz leise in die Küche und präsentierte sich in seinen neuen Kleidern. Alles passte wie angegossen. Zuerst näherte er sich Cécile, um ihr einen Kuss auf die Wange zu drücken, wagte dies dann aber nicht und setzte sich zu Fuchs an den Tisch. Still und schüchtern machte er sich möglichst unsichtbar und liess die beiden weiterreden.

Fuchs war wieder in seinem Element. «Lienhard hat in seinem Abschiedsbrief erklärt, dass er an Kaltbachs Mercedes einen Peilsender montieren musste. Die Sokowskys und ihre Schergen waren bestens ausgerüstet. Schade, dass du die Sammlung von neuestem, technischem Material in Vadims Büro nicht gesehen hast. Mit diesen modernen Geräten sollte eine haargenaue Planung, etwa wie in einem Eisenbahnstellwerk, nicht so schwierig gewesen sein. Ich nehme an, Milton hatte oben und unten an der Sulgeneckstrasse noch Helfer postiert, die den unerwünschten Verkehr aufhielten und ihm dann meldeten, wann er unten am Kreisel losfahren musste. Übrigens hat Kaltbach auch noch unseren *road-position-finder* an seinem Offraoder. Könnte sein, dass Milton sich dort einloggen konnte. Heute kann man fast jedes Auto sekundenschnell und auf den Meter genau orten. Wir können ihn ja morgen fragen. Er wird es uns bestimmt voller Ganovenstolz erklären.»

«Ich mag den nicht mehr sehen.» Sie stellte eine grosse Schüssel Salat bereit und platzierte dann sorgfältig ihr Sonntagsgeschirr, Gläser, Besteck und in einen silbernen Ring gefasste Servietten auf dem Esstisch. Danach widmete sie sich wieder den zwei dampfenden Pfannen auf dem Herd. Dabei meinte sie: «Es ist wirklich bedenklich, dass sich alles immer brutaler nur noch ums grosse Geld dreht. Die einen gehen dafür über Leichen, die andern versuchen es mit sanfter Verführung und Verlogenheit. Im Vergleich zu den Sokowskys haben es die Leute von *Tutamentum* schlauer angestellt.»

Fuchs zog sich zufrieden den Geruch des im Ofen bratenden Hühnchens durch die Nase. «Was bringt dich zu dieser Ansicht?»

«Beide Seiten wollten möglichst rasch viel Geld verdienen. Die einen gingen mit ihrem knapp legalen, schlauen Stiftungsgebilde und glaubwürdigen Versprechen ans Werk und lockten so den wohlhabenden Alten und Einsamen das Geld sozusagen liebevoll und fürsorglich aus der Tasche. Die andern wählten den brutalen, gesetzlosen Weg mit Menschenhandel, Schmuggel, Erpressungen und Gewalt. Die ersteren stehen am Ende als mächtige Helden da, die andern landen als gefährliche, verabscheuungswürdige Verbrecher im Knast.»

Fuchs nickte zustimmend. «Das Wie ist nur eine Frage der Intelligenz. Verführung ist immer klüger, als Gewalt. Aber wenn du die Moral dieser beiden Gruppen bewerten willst, wirst du sehen, dass das Motiv und das Ziel bei beiden dieselben sind: Geldgier und Machthunger.»

Attila verfolgte das Gespräch nur mit halbem Ohr. Seine Gedanken drehten sich entweder um das morgige Wiedersehen mit Kaltbach oder er konzentrierte sich ganz auf das herrliche Essen, das Cécile inzwischen serviert hatte. Nach allen Entbehrungen, die er hatte hinnehmen müssen, fühlte er sich wie im Paradies. Er vertilgte alles, was er auf dem Teller hatte mit Hochgenuss. Salat, Hühnchen, Rösti, Gemüse und dann noch ein üppiges Dessert. Nichts blieb übrig.

Es war schliesslich bereits viertel nach acht, als Cécile das Geschirr in die Küche trug. «Attila, wir fahren jetzt noch rasch zu einem Arzt. Deine Wunde am Fuss muss behandelt werden, und du brauchst dringend Medikamente gegen deinen Husten. Um halb zehn sind wir wieder da. Wegräumen und Abwaschen werde ich später... falls Beat dies nicht inzwischen übernimmt.»

«Geht nicht! Ich muss versuchen die Staatsanwältin und den Untersuchungsrichter noch zu treffen. Wir sollten so rasch als möglich eine Anklage gegen die Sokowskys und das andere Brüderpaar, die Niculescus erheben können.»

Cécile hob die Schultern. «Ich weiss nicht, ob diese beiden eingebildeten Akademiker zu so später Stunde noch verfügbar sind. Du kannst es ja versuchen. Eigentlich müsste ich Bodenmann zuerst einen Rapport abliefern. Wenn die Staatsanwältin allerdings in der Oper sitzt und der Untersuchungsrichter bei seiner prominenten Geliebten liegt, wirst du wohl Pech haben.»

Unterwegs zum Inselspital fragte Attila: «Wie haben Sie mich eigentlich gefunden?»

«Das ist eine lange Geschichte» lächelte sie. «Einen Teil davon wird dir morgen dein Chef, Klaus Kaltbach erzählen. Und den andern wirst du von deiner Freundin Colette hören.»

Attilas Augen begannen sofort zu glänzen. «Ich danke Ihnen von ganzem Herzen für alles was Sie für mich getan haben und auch jetzt noch tun. In Rumänien kümmert sich die Polizei nur um sich selbst.»

«So schlimm wird es nicht sein» entgegnete Cécile. «Mit den Kollegen in Bukarest haben wir manchmal auch zu tun. Und bisher fanden wir sie immer sehr hilfsbereit.»

Sie sah ihm an, dass er nicht gleicher Meinung war. Aber natürlich wagte er nicht, zu widersprechen.

Cécile kannte die Empfangschefin der Notfallstation und so wurde sie direkt in ein Behandlungszimmer geführt. Ein junger Arzt kümmerte sich sofort um Attila. Er nahm seine Personalien auf, kontrollierte den Blutdruck, hörte mit dem Stethoskop Brust und Rücken ab, mass die Temperatur und schaute ihm in den Mund. Alles ging rasch und effizient vor sich. Dann sah er sich die Verletzung am Fuss an und staunte. «Uff! Höchste Eisenbahn, dass man das behandelt. Da scheint sich bereits eine leichte Infektion eingenistet zu haben. Wir werden jetzt die Wunde reinigen und den *puris* entfernen. Das wird ein bisschen wehtun. Danach werde ich ein paar Tropfen Blut für einen Schnelltest benötigen. Es geht nicht nur um die Blessur am Fuss und eine mögliche Blutvergiftung, sondern auch um einen Verdacht auf eine Lungenentzündung. Sprechen sie Deutsch, Herr Grigorescu? Verstehen Sie was ich sage?»

Attila bejahte das, und der Arzt wandte sich an Cécile: «Es wird etwa eine halbe Stunde dauern, bis sie ihn wieder abholen können. Sie können hier bleiben oder in die Cafeteria rübergehen; sie ist bis zehn Uhr offen. Es reicht sicher noch rasch für einen Kaffee.» Er lächelte sie eine Spur zu freundlich an, wie ihr schien. Sie ging jedenfalls auf seinen alternativen Vorschlag ein und verzog sich in den coffee shop.

Um ein viertel nach zehn war sie wieder im Behandlungszimmer. Der Arzt wollte bei dieser Gelegenheit noch Näheres über Attila von ihr wissen: «Ich habe Ihren Schützling nicht weiter über Persönliches ausgefragt, nur so weit, wie es für die Behandlung von Wichtigkeit ist. Er scheint aber ein paar schwere Wochen hinter sich zu haben. Hat er eine Krankenversicherung? Und können Sie mir sagen, woher Herr Grigorescu kommt? Ist er ein Flüchtling?»

«Weder noch. Die Behandlung wird sein Chef bezahlen, falls Herr Grigorescu nicht schon versichert ist. Und übrigens, er ist kein Flüchtling. Er arbeitet schon längere Zeit in Bümpliz bei einem Maler, bis er vor etwa einem Monat als Geisel entführt worden ist.»

Der Arzt nickte leicht erschrocken: «Oh! – Ich habe die Frage eigentlich nur gestellt, um zu erfahren, ob er sich in einem potentiellen Seuchengebiet aufgehalten hat. Das ist also glücklicherweise nicht der Fall. Er hat einige Hämatome an der Seite und am Rücken. Nicht schlimm, die kann man mit einer Salbe behandeln. Etwas anderes ist es mit der Wunde am Fuss. Ich habe sie desinfiziert, den Eiter abgesaugt und eine Spezialsalbe aufgetragen. Für den Moment reicht das. Aber zwischen einer Blutvergiftung und Lungenentzündungen kann es einen Zusammenhang geben, es ist also Vorsicht geboten. Er sollte morgen Vormittag noch einmal herkommen, damit wir ein Bild von der Lunge machen können. Ich habe Herrn Grigorescu schon einen Termin gegeben. In seinem Allgemeinzustand wäre eine Sepsis verhängnisvoll. Und hier sind noch Tabletten, die er unbedingt nehmen muss: Ab sofort alle sechs Stunden eine.»

Cécile bedankte sich beim Arzt mit einem kurzen Retourlächeln. Beim Hinausgehen fragte sie Attila: «Und nun? Wie fühlst du dich?»

«Es geht. Entsetzlich schmerzhaft war es, als der Doktor die Wunde behandelte. Er sagte, er dürfe mir leider keine Spritze geben um die Stelle unempfindlich zu machen, ich müsse einfach auf die Zähne beissen. Ich erzählte ihm, dass ich schon Schlimmeres erlebt habe.»

Cécile klopfte ihm auf die Schulter. «Braver Junge. Schmerzt es noch?»

«Nicht mehr so schlimm. Ich danke Ihnen nochmals für alles, was Sie für mich getan haben. Warum machen Sie das überhaupt? Sind Sie eine Freundin von Klaus?»

«Nicht eigentlich. Ich bin Hauptkommissarin bei der Polizei, genauer im Dezernat Leib und Leben. Dank unseren Ermittlungen weiss ich über dich ein wenig Bescheid. Auch Herr Kaltbach hat uns viel von dir erzählt. Aber es ist für mich so oder so selbstverständlich, dass ich dir, so weit ich kann, helfe. Morgen bringe ich dich nochmals hierher zum Röntgen, und dann fahren wir in die Klinik Permanence, wo Herr Kaltbach wegen seines Autounfalls behandelt wird. Später schauen wir dann weiter.»

Bei der Rückfahrt wollte Attila offensichtlich eines bestätigt haben: «Sind Sie ganz sicher, dass ich wieder bei ihm arbeiten kann? Hat er Ihnen das so gesagt?»

«Ja, das hat er. Und er möchte auch, dass du wieder bei ihm wohnst. Er war aus lauter Sorge um dich, und aus Kummer wegen deines Leidens ganz durcheinander. Du magst ihn auch sehr gern, nicht wahr?»

Er nickte. «Er ist... er steht mir sehr nah. Nur meine Mutter und meine Schwester stehen mir näher. Ich hoffe sehr, dass ich bei ihm bleiben kann.»

Fast hätte Cécile gefragt, wie es denn um die Liebe zu dieser Fribourgerin Colette stehe. Sie konnte sich im letzten Moment zurückhalten. Für eine Hauptkommissarin gehört es sich nicht, Opfern solche Fragen zu stellen.

* * *

Der erste April! Nach dem typischen Spitalfrühstück, das aus Kamillentee, einem Yoghurt-Hafermüesli und einer Früchteschale bestand, sass ich lange am Fenster und dachte über das Auf-und-Ab meines abenteuerlich gewordenen Lebens nach. Dabei kreisten meine Gedanken letztlich immer wieder um Marinas Besuch vom gestrigen Abend. Fast zwei Stunden hatten wir eng beieinander am kleinen Besuchertisch in meinem sterilen Klinikzimmer gesessen und über unsere Möglichkeiten für eine gemeinsame Zukunft fantasiert. Sie hatte meinen eingegipsten Arm lächelnd gestreichelt, sich ab zu und für einen Kuss zu mir hinüber gebeugt und sich eingehend und besorgt über meinen Autounfall und mein aktuelles Befinden erkundigt. Immer wieder hatte sie mich eingeladen, bei ihr an der Lerberstrasse Wohnsitz zu nehmen und das einsame Leben im kleinen, allzu bescheidenen Lehrerhäuschen in Bümpliz – wie sie mein bisheriges Zuhause nannte – aufzugeben. Stattdessen schlug ich ihr vor, gemeinsam in die hundertjährige, romantische Villa am Peterweg in Bümpliz einzuziehen, die meiner Kusine Lina Fankhauser gehört hatte. Laut Bernhard Boss hatte mir die gute Lina dieses Bijou vermacht, in welchem sie selber viele Jahre mit ihrem langweiligen Gatten Jost gelebt hatte, bevor sie nach dessen Tod nach Frauenkappelen, aufs ruhespendende Land umgezogen war. Marina hatte aber keine Lust in dieses, für sie viel zu grosse Haus und noch weniger nach Bümpliz zu wechseln, wo es, unter anderem, fünf unnötige Besucherzimmer und einen grossen Garten zu pflegen galt. Zudem würde das einen weiteren Arbeitsweg für sie bedeuten. Das alles war aber kein Thema, das uns all zu sehr beschäftigte. Viel intensiver bewegte mich, und wahrscheinlich auch Marina, die Tatsache, dass wir uns offensichtlich ineinander verliebt hatten; was immer das auch für einen alten, eingefleischten Single bedeuten mochte. Das hätte uns eigentlich euphorisch stimmen sollen. Jedoch auf Grund des grossen Altersunterschieds könnte das in einer, für uns beide unangenehmen Katastrophe enden... mit der wir, dessen war ich mir sicher, nicht so richtig umzugehen wüssten. Und dabei hätte ich beinahe Attila vergessen. Das behielt ich aber vorerst für mich, denn ich wollte unsere noch ungefestigten Gefühle auf keinen Fall mit irgendwelchen Eifersüchteleien belasten.

Als sie mich kurz nach zehn Uhr und nach einer intensiven Gute-Nacht-ich-liebe-Dich-Szene und einem «Ich komme morgen Abend wieder» verliess, drückte sie mir noch ein Buch des jungen Philosophen Markus Gabriel in die Hand. Titel: *Warum es die Welt nicht gibt*. Sie glaubte, diese moderne philosophische Lebensanschauung würde mir helfen, alles ein wenig zu relativieren. Zweimal versuchte ich während der verflossenen Nacht darin zu lesen, war aber nie über ein paar Seiten hinaus gekommen, ohne dass mir die Lider zu schwer wurden. Das Konkrete stand mir einfach zurzeit viel näher, als das Abstrakte. Für mich schien die Welt, ob es sie nun gab oder nicht, wirklicher und näher denn je. Immer wieder ging mir die Melodie eines Schlagers aus meiner Jugendzeit durch den Kopf: *Marina, Marina, Marina, tu sei la più bella per me!* Aber dabei gab mir die fatale Tatsache zu denken, dass ich als alter und ziemlich zukunftsloser Mann das Herz an eine, um fast vierzig Jahre jüngere, quicklebendige und intelligente Frau verloren hatte. Eine Ärztin mitten auf ihrer Karriereleiter, zweifellos auf dem Weg nach oben, die zudem auch noch mein Patenkind war! Einfältiger geht es wohl wirklich nicht, sagte ich mir und nannte mich einen einfältigen Trottel. Du machst diese wunderbare Frau und dich selber lächerlich! Das kann doch nicht gut ausgehen!

Über Mittag besuchten mich Max Heiniger, mein Treuhänder, der seit neustem auch mein Anwalt war. Auch Bernhard Boss, der schlitzohrige Notar meines Altvorderen erschien bei mir. Beide brachten Papiere mit, die ich – linkshändig – zu unterschreiben hatte. Ich bat sie, mich doch ein paar Tage in Ruhe zu lassen, denn ich wollte in den Dokumenten einige Änderungen anbringen, bei denen ich die Unterstützung von Max nötig hatte, und von denen Bernhard nichts zu erfahren brauchte. Ich sah Boss nämlich sofort an, dass er an meinem Verstand zweifelte, als ich ihm offenbarte, dass ich die beiden Häuser an der Stapfenstrasse kinderreichen Flüchtlingsfamilien für mindestens ein Jahr kostenlos zur Verfügung stellen wollte. Das erstere war mein Wohnhaus und das andere hatte ich bisher an Lorenz vermietet.

«Wo gedenkst du denn zu leben?» fragte mich der Notar von oben herab, wie immer ein Hans-Dampf-an-allen-Kassen, mit seinem bühnenreifen Stirnrunzeln.

«Vielleicht in der Villa, die mir Lina vermacht hatte. Vielleicht auch bei einer Freundin.»

Als ich eine Freundin erwähnte, sah er mich an, als käme ich von einem andern Planeten. Was ich auch gut verstand. Sehr wahrscheinlich befürchtete er vor allem, dass ein Teil meines Nachlasses seinen gierig helfenden Händen entgleiten würde. Freundinnen hatten in der Regel, was die Finanzen anbelangt, keinen günstigen Einfluss auf alte Männer. Sagt man. Treuhänder und Anwälte sind eben in finanziellen Angelegenheiten keine Fantasten. Künstler schon eher.

Bernhard Boss ärgerte mich aber am meisten, weil er wieder einmal sehr eigenmächtig über eine grosse Summe aus dem Erbe meiner Cousine entschieden hatte: «Neben der Villa am Peterweg hat Lina dir und diesem Schnösel Grigorescu noch 200 000 Franken in bar vermacht. Ich habe mir erlaubt, die ganze Summe als *membership contribution* in die Stiftung *Tutamentum* einzubringen. 100 000 auf deinen Namen und 100 000 auf den Namen deines jungen rumänischen Spielkameraden.» Als ich aufbegehren wollte, wehrte er sofort ab: «Sei nicht dumm! Damit entfällt für dich nämlich jegliche Erbschaftssteuer. Und der junge Mann kann dann, wenn du einmal nicht mehr auf diesem Planeten weilst, auf eine intensive Hilfe der Stiftung zählen. Da du dir selber ja nicht helfen lassen willst, muss ich das für dich tun. Ich bin das deiner Familie aus Tradition schuldig.» Welch dreister Witz! Ich hatte indessen keine Lust, mit ihm zu streiten. Den Beitritt zur *Tutamentum* hatte ich ja ohnehin geplant.

Am frühen Nachmittag brachte mir die Kommissarin Brun Attilas Kleider aus dem Atelier, sorgfältig verpackt in einem neu eingekauften Rollkoffer. Gleichzeitig gab sie mir den Schlüssel zurück den ich ihr vor ein paar Tagen überlassenen hatte. «Habt ihr Attila gefunden?!» überfiel ich sie voller Ungeduld. Mein Herz schlug noch höher, als am vorangehenden Abend, als Marina mich an sich gedrückt, geküsst und mich – ehrlich gesagt – trotz all meiner Zweifel, fast schmerzhaft lustvoll erregt hatte.

Die Brun grinste mich stolz wie ein Pfau an. «Ja. Wir haben ihn gestern befreit.»

«Befreit? Wo denn? Wie geht es ihm? Wo ist er denn jetzt? Warum haben Sie ihn nicht sofort zu mir gebracht?» Meine Stimme überschlug sich beinahe, ob der vielen Fragen, die mir auf der Zunge lagen.

«Er ist im Augenblick noch im Inselspital. Dort wird er von Kopf bis Fuss untersucht. Sie können sich vorstellen, dass sein Aufenthalt in David Sokowskys Keller und Lienhards Estrich keine Erholungsferien waren. Sie schaute auf die Uhr. «Ich denke, er sollte bald hier sein.»

«Warum war diese Untersuchung so dringend? Ist er krank? Haben diese Mistkerle ihn verletzt?»

«Es geht ihm den Umständen entsprechend gut, wie man so schön zu sagen pflegt.»

«Im Inselspital ist er also. Wie kommt er denn hierher? Sie haben ihn dorthin gebracht, nicht wahr? Also sollten Sie ihn auch abholen, meinen Sie nicht? Reden Sie endlich Klartext: Ist er wirklich wohlauf?»

«Er hat eine Wunde am linken Fuss, die etwas eitert. Gestern habe ich ihn zur Notfallstation gebracht, wo er fürs Erste versorgt wurde. Der untersuchende Arzt hat uns empfohlen, heute noch einen eingehenderen Check machen zu lassen, weil die Gefahr einer Infektion besteht, und weil er verdächtig oft hustet. Vielleicht hat er ja nur eine Erkältung eingefangen. Aber er ist ohne weiteres in der Lage, allein hierher in die Permanence zu kommen. Den Weg kennt er ja. Ich konnte ihn leider nicht abholen, weil ich eine Zeugin aus Fribourg zur Aussage auf die Hauptwache bringen musste.»

«Etwa dieses Mädchen, das bei Blaise Bugnon arbeitet und mir von Attilas Flucht erzählt hat?» Ein Anflug von Eifersucht versetzte mir einen leichten Stich, aber ich verbot mir diese Anwandlung sofort. Der Junge gehörte schliesslich nicht mir. Es war doch ein Glück für Attila, dass er, ausser dem alten Mann, ein Mädchen seiner eigenen Generation hatte, und zwar eines, das ihn zweifellos liebte.

«Ja. Eine hübsche und liebenswürdige, junge Frau namens Colette Vonlanthen. Sie machte heute Morgen beim Untersuchungsrichter eine Aussage, die für unsere Anklage gegen die *Senior Security*-Leute wichtig sein könnte.»

«Ich verstehe. Sie wissen gar nicht wie dankbar ich Ihnen bin. Und wie glücklich, dass Attila wieder da ist. Hoffentlich trägt er von seiner Gefangenschaft keine bleibenden Schäden davon.» Plötzlich war ich ganz nervös und konnte es kaum mehr erwarten, ihn zu sehen. Ob er sich wohl verändert hatte?

Ich musste das Thema wechseln, wenn ich nicht feuchte Augen bekommen wollte: «Ich werde bei der Stiftung *Tutamentum* einen Antrag für die Mitgliedschaft einreichen. Glauben Sie, dass ich diesen Leuten vertrauen kann?»

Die Kommissarin winkte sofort ab: «An Ihrer Stelle würde ich noch zuwarten. Erstens hat gestern eine Grossdemonstration vor deren Verwaltungszentrale, das heisst vor dem Geschäftshaus der Notare Boss & Boss an der Frankenstrasse stattgefunden. Vor allem linke Gruppen werfen der Stiftung Geldwäscherei vor. Und zweitens habe ich heute Morgen gehört, dass unser Dezernat Wirtschaftsdelikte wegen Korruption gegen das Anwaltsbüro der Boss Brüder ermittelt. Sollte dort etwas Unsauberes gelaufen sein oder noch laufen, würde ich denen kein Geld anvertrauen. Bevor ich wieder verschwinde, möchte ich Ihnen noch über unsere jüngsten Ermittlungen kurz berichten.»

Als sie die Zustände im so genannten Katzenheim in Matzenried schilderte, war ich mehr als schockiert. Natürlich nicht nur der armen Katzen wegen. Ich stellte mir die Leiden Attilas in jeder Einzelheit vor, spürte sie am eigenen Leib. Das untröstliche Gefühl an seinem Unglück mitschuldig zu sein, weil ich ihn gefeuert hatte, war schrecklich. Die brennende Wut auf Vadim und Milton war nicht minder schmerzhaft. Im Gegensatz dazu, berührte es mich kaum, als sie mir erzählte, was die Sokowskys mit meinen Bildern vorgehabt hatten. Bilder konnte ich wieder malen, aber Attila war unersetzlich. Und die Boss Brüder? Zu meiner grossen

Erleichterung würde ich mit den beiden korrupten und habgierigen Wölfen in Zukunft ja nichts mehr zu tun haben. Sie würden sicher ihre gerechte Strafe bekommen. Auch das Thema *Tutamentum* war für mich Vergangenheit. Dafür nahm nun Blaise Bugnons Idee einer gemeinsamen Galerie Gestalt an. Colette, seine junge Mitarbeiterin könnte uns dabei sehr behilflich sein... was wiederum Attila als Lohn für seine unverschuldeten Leiden entschädigen würde. Attila, Marina, Bugnon, Colette... sie verhalfen mir zu neuem Lebensmut und zeigten, dass das Zwischenmenschliche die Substanz und das Salz unseren Lebens sind. Das Malen würde mich wieder voll im Griff haben! In diesem Moment wurde mir erlösend bewusst, dass ich heute, als alter Mann plötzlich noch einmal die Chance bekam, ein begeisterter und kreativer Maler und ein engagierter, grosszügiger Mitmensch zu sein. Vielleicht sogar ein beglückender Liebhaber?

Die Hauptkommissarin liess mich um Viertel vor drei allein, und so legte ich mich auf das Bett, um noch einmal zu versuchen, die Thesen in Marinas Lieblingsbuch *Warum es die Welt nicht gibt* zu verstehen. Aber keine zwanzig Minuten später, erschien ihr Kollege Fuchs in meiner Klinikklause. Zum einem ernsthaften Leseversuch kam ich also wieder nicht, obwohl ich gerne herausgefunden hätte, was Marina mir mit diesem Geschenk kundtun wollte. Etwa, dass die Beziehung zwischen alten Männern und jungen Frauen ein Sinnfeld sein können, und darum zusammengehören wie alles andere in unserem Leben? Meine eigenen Fragen verlangten aber andere Antworten. Zum Beispiel, ob Liebe keine Frage des Alters sei und ob die Liebe im Alter ganz andere Motive und Ziele habe als in der Jugendzeit? Oder, ob ich mich nicht so stark an Attila binden und die Entwicklung seiner Selbstwerdung damit behindern solle? Und noch näher auf mich bezogen: Ob naive Menschen zwangsläufig zu Opfern von Verbrechern werden?

Aber jetzt stand der Kommissar an meinem Bett und würde mir wohl noch eine abschliessende Predigt halten. Immerhin konnte ich mich endlich für seine Arbeit und seine Hilfe in den letzten Tagen bedanken. Er und seine Kollegin hatten ihr Versprechen eingehalten und Attila gefunden und lebendig zurück gebracht. Fuchs verfiel sofort in seine übliche déformation professionelle und stellte Fragen: «Ist alles in Ordnung mit Ihnen, Kaltbach? Was sagt der Arzt zu den Verletzungen?» Er schien mich mit Vorliebe, oder sogar aus Spass wie ein hilfloses Kind – oder eben wie ein einfältiges Opfer zu behandeln.

«Danke für die Nachfrage. Der Gips wird in einer Woche abgenommen, und meine Nierenquetschung scheint auch rasch zu verheilen. Die Wunde an der Stirn sieht man kaum noch.» Ich grinste ihn als Beweis dafür zufrieden schmunzelnd an. «Und Sie? Sind Sie ohne Schaden davongekommen? Ihre Kollegin erzählte mir von den gefährlichen Ermittlungen gegen die *Senior Security*-Bande. Und dann natürlich von Ihrem Erfolg im Fall der beiden Sokowskys, und den kriminellen Brüdern Niculescu. Die Zustände im Flüchtlingsheim Eymatt und im Katzenheim in Matzenried müssen ja schrecklich sein. Vielleicht kann ich da auch helfen etwas zum Guten zu verändern.»

«Wäre schön von Ihnen» nickte er.

Er war ein drolliger Typ. Es drängte mich, ihn noch ein bisschen zu rühmen. «Ich glaube, seit dem 22. März haben Sie soviel Action gehabt, wie man es sonst nur in Bond-Filmen zu sehen bekommt. Herzliche Gratulation und nochmals vielen Dank für Ihren Einsatz! Wissen Sie was? Sobald mein rechter Arm wieder funktionsfähig ist, würde ich Sie gern zu einem feierlichen Nachtessen einladen, zusammen mit meinem Patenkind, der Ärztin Marina Marquez, und selbstverständlich mit Attila und seiner Colette. Würden Sie diese Einladung annehmen?»

Er hob seinen rechten Daumen. «Sehr gern. Wissen Sie, mit diesem Fall ist meine Mitarbeit bei der so genannten Sonderkommission *Bümpliz-Mord* abgeschlossen und auf mich wartet wieder die Langeweile des Rentnerdaseins. Zeit habe ich dann also genug. Darf ich meine Madame, die morgen aus ihren Schönheitsfarm zurückkommt, auch mitnehmen?»

«Sehr gern» lächelte ich ihn an. «Und natürlich auch Ihre Kollegin, Frau Brun.»

Er zog einen der beiden Stühle in die Nähe meines Bettes und setzte sich schwerfällig. «Gegen alle, an diesen Verbrechen Beteiligten wurde heute Morgen von der Staatsanwaltschaft Anklage erhoben. Ohne Zweifel werden sie lange Strafen aufgebrummt bekommen. In der Villa an der Habsburgstrasse haben wir genügend Beweismaterial gefunden, um den Galeristen und vor allem seinen Bruder für ein paar Jahre hinter Schloss und Riegel zu bringen. Vadim und Milan Niculescu werden auch einiges zu erwarten haben. Sie sind, so erklärte uns Milan, in einem Heim aufgewachsen, wo Katzen und Hunde mit vielmehr Fürsorge und Respekt behandelt wurden als die Kinder. Das hatte zur Folge, dass er die Haustiere zutiefst zu hassen begann und sie als Parasiten beschimpfte und quälte; siehe die hinterlassenen Pamphlete bei den Tierleichen. Er war der Initiant dafür, bei Erpressungen eingefangene Katzen und Hunde einzusetzen. Was wir nicht wussten, die Nicolescus werden auch von Interpol gesucht. Wegen Menschenhandel, Auto- und Drogenschmuggel und anderen Straftaten. Im Luna-Barklub fiel uns eine reiche Beute aus Einbrüchen, sowie Bargeld in sechsstelliger Frankenhöhe in die Hände. Unter anderem auch die Pistole, mit der Sandor und Anna erschossen worden sind. Die DNA-Vergleiche zeigen eindeutig, dass Vadim der Mörder des jungen Pärchens war. Für mich und Cécile Brun ist der Fall geklärt und abgeschlossen. Nun hat die Justiz das Wort. Es geht nicht nur um die Verurteilung von Erpressungen und Tierquälerei, Diebstahl, Schmuggel und einige Wirtschaftsverbrechen, sondern um mehrere Kapitalverbrechen. So eine Anhäufung von Straftaten habe ich noch nie erlebt.»

Ich nickte. «Mit Attila und meiner Wenigkeit mitten drin. Haben Sie irgendwann einmal geglaubt, einer von uns oder gar beide seien die Uebeltäter?»

«In meinem Beruf ist glauben nicht erlaubt. Nun, Sie und der Junge waren jedenfalls nicht die Bösen, das haben wir beweisen können. Aber umso mehr werden Sie beide als Zeugen herhalten müssen. Und wir wären froh, wenn Sie auch als Nebenkläger auftreten würden. Auch Ihr Schützling Grigorescu hat genügend Gründe, eine Klage einzureichen. Die Sokowskys und ihre Schergen in der Sicherheitsfirma haben Ihnen und dem Jungen ja brutal zugesetzt. Wenn Sie also einen Anwalt für Ihre Klage beiziehen wollen, werde ich diesen gerne mit meinem Wissen unterstützen. Ist zwar nicht ganz legal.»

«Das wäre natürlich sehr hilfreich. Mein Anwalt will übrigens auch gegen meine früheren Rechtsberater, die Anwälte Brunner und Tadeusz, Klage einreichen. Lorenz Lienhard hingegen kann nicht mehr belangt werden, und im Uebrigen verzeihe ich ihm. Er war schliesslich eher Opfer als Täter.»

«Mag sein» brummte Fuchs. «Aber Mithilfe bei Verbrechen ist ebenfalls eine Straftat. Nun, er hat diese Welt ja auf seine eigene, selbstbestimmte Art und Weise verlassen. Was ist übrigens mit den vielen Schulden, die er bei Ihnen hat?

«Ach, wissen Sie, lange Zeit war er mir ein wirklich guter Freund. Bis er in Jonathan Sokowskys Fänge geriet. Ich werde ihm seinen Verrat nicht nachtragen. Das Haus, in dem er wohnte, sowie auch mein Wohnhaus werde ich zwei Flüchtlingsfamilien gratis zur Verfügung stellen. Damit der ganze Schlamassel auch etwas Positives hinterlässt. Ich werde vieles in meinem Leben ändern. Die letzten Tage haben mich gelehrt, dankbar zu sein. Ich bin knapp dem Tod entronnen, Attila ist wieder frei und eine Freundin habe ich in diesem Zusammenhang auch gefunden. Deshalb möchte ich gerne beim Ausbau und Unterhalt des Flüchtlingsheims in der Eymatt mithelfen und in Zukunft auch das Katzenheim Matzenried unterstützen. Ganz nach dem alten Sprichwort: Man kann ja doch nichts mitnehmen.»

«Aber das Malen werden Sie hoffentlich nicht aufgeben?»

«Oh, nein! Im Gegenteil: Ich werde mich meiner Berufung intensiver widmen als je zuvor, und zwar so lange bis Attila mich übertrifft. Dann werde ich eine Stiftung für junge Künstler gründen. Es wird in dieser Hinsicht immer noch zu wenig getan.»

«Es freut mich, dass Sie schon wieder Pläne für die Zukunft schmieden» kommentierte der Kommissar. «Ich habe übrigens noch eine unglaubliche Neuigkeit zu berichten: Bernhard Boss wird heute Abend in der Universität Bern seinen Ehrendoktortitel abholen dürfen. Für seine ‹uneigennützigen Verdienste für die Stiftung *Tutamentum*!› Der Finanzadel und die Juristen halten doch zusammen wie Pech und Schwefel. Auch mein Chef gehört zu diesem erlauchten Kreis. Aber die Sache hat einen Haken: Er wurde fast gleichzeitig wegen Unterschlagung und untreuer Geschäftsführung angeklagt.»

«Ein Ehrendoktortitel für Bernhard Boss!» Ich lachte laut heraus. «Das hört sich in etwa so an, wie wenn alle FIFA-Funktionäre heilig gesprochen würden!»

Fuchs lachte mit. «Noch eine Frage, bevor ich wieder an die Arbeit muss: Haben Sie Ihre verschwundenen Bilder zurückerhalten?»

«Noch nicht. Mein Anwalt kümmert sich darum. Ich könnte sie wahrscheinlich bald gut gebrauchen.» Ich erzählte ihm kurz von dem Projekt mit Blaise Bugnon.

«Die Galerie Sokowsky, zumindest die Berner Filiale, könnten wir vielleicht dann übernehmen. Attila würde als Juniorpartner eingestellt, und ich könnte....» in diesem Moment unterbrach etwas viel Faszinierenderes meinen Sermon: Attila stand plötzlich leibhaftig in der Türe. Abgemagert bis auf die Knochen, wie mir schien, aber mit einem überglücklichen Lächeln. Und mit einem riesigen Blumenstrauss!

Mit zögernden Schritten und feucht glänzenden Augen kam er auf mich zu. Plötzlich lagen wir uns in den Armen – so weit das mein eingegipster Arm überhaupt zuliess – und verweilten ein paar Minuten lang so eng umschlungen. Er roch nach sauberem Schweiss und Blumen. Seine kastanienbraunen Haare waren lang und wild geworden. Vorsichtig lösten wir uns unendlich langsam voneinander. Ich musterte den verlorenen Sohn mit feuchten Augen. «Attila! Endlich! Wie geht es dir?» Beim Gedanken daran, was alles hinter ihm lag, musste ich mich zusammenreissen, um nicht in einen Tränenstrom auszubrechen.

«Klaus!» Attilas Stimme zitterte leicht und ein paar Tränen kollerten langsam über seine blasse Wange. »Ich...»

«Du solltest zum Coiffeur.» Ich versuchte, diese Welle von Emotionen ein wenig zu glätten.

Aber da begann er überstürzt zu reden. «Klaus, was hast du denn mit deinem Arm gemacht? Ist dies vom Autounfall, von dem mir die Polizistin erzählte? So kannst du ja gar nicht mehr malen! Aber ich werde dir helfen. Ich habe dich... als ich im Kloster war, habe ich mindestens zwanzig Mal versucht dich anzurufen, aber du hast nie geantwortet. Ich...»

«Lieber Attila, ich weiss, dass du mich gesucht hast. Père Innocent hat mir alles erzählt. Aber du hast mich gar nicht erreichen können. Ich musste ein neues Handy kaufen, mit einer neuen Nummer...»

«Ich hatte solche Angst, dass du mich nicht mehr bei dir haben wolltest. Dabei war ich doch wegen dir... zu wem sollte ich denn gehen, hier in der Schweiz? Meine Mama hat mir, bevor ich Bukarest verliess, deine Adresse mitgegeben. Sie würde dich auch gern treffen. Als ich Pater Innocent erzählte, sie lebe in Rom, wollte er sie sofort nach Hauterive einladen. Aber...» Er verhaspelte sich immer mehr. «Ich musste ihn anlügen und ihm einen falschen Namen nennen... dabei war er so liebenswürdig, ich durfte sogar seinen Malkurs besuchen. Aber er konnte mir auch nicht helfen, dich zu erreichen. Und als Vadim mir in der Nähe der Abtei auflauerte, mich zusammenschlug und wieder einsperrte, war...»

«Ich weiss, Attila! Es tut mir schrecklich leid, dass ich dich weggeschickt habe, und dass du meinetwegen diesen Verbrechern ausgeliefert warst. Ich habe alles unternommen um dich zu finden, glaub' mir. Ich war im Luna-Klub und dann mit dem Kommissar im Kloster. Gott sei Dank konnten dich diese beiden Polizisten befreien! Von jetzt an gehören wir wieder zusammen.»

In diesem Moment klopfte es kurz, und Colette trat ins Zimmer. Sie sah in einer hellgrauen Wildlederjacke und der roten Slim-Jeans hübsch, attraktiv und sehr jugendlich aus. Sie trug eine grosse Plastiktüte. Mich begrüsste sie mit einem kurzen Winken.

Er lächelte ein wenig verlegen. «Also..., das ist Colette Vonlanthen, meine Freundin.» Er zog sie an sich und küsste sie etwas linkisch und verlegen. Dann stellte er sich, stramm wie ein junger Soldat, neben sie. «Klaus, vielleicht erinnerst du dich an Coli? Sie hat ein paar Mal bei uns im Atelier übernachtet. Du hast sie damals kaum beachtet. Aber ich hab sie sehr gern.»

«Das kann ich gut verstehen. Ich habe sie übrigens auf der Suche nach dir in Fribourg schon näher kennengelernt.»

Colette zog aus ihrem Plastiksack ein flaches Paket und überreichte es Attlia. Und dieser gab es sofort an mich weiter. «Schau. Klaus. Ein Geschenk für dich!»

Er strahlte mich an und erzählte voller Stolz: «Ich habe es im Kloster für dich gemalt!» Dann packte er ein 40 × 60 Zentimeter grosses, silbern gerahmtes Gemälde aus. In verschiedenen Blau-, Grau- und Brauntönen erkannte ich sofort mein eigenes Konterfei. Ich bemerkte auf den ersten Blick, dass es eine absolut professionelle Arbeit war. Aus alter Gewohnheit versuchte ich zuerst das Handwerkliche zu beurteilen: mehrschichtig aufgetragene und dann nach meiner eigenen Technik subtil verkratzte, starke Acrylfarben, die Farbtöne harmonisch komponiert, die Konturen eher hart. Ich blieb am traurigen Lächeln in den halb geschlossenen Augen hängen: etwas zu sentimental. Doch ich spürte auch wie viel Liebe, Traurigkeit und Sehnsucht das Bild ausdrückte. Attila bewies mit dieser Arbeit sein grosses Talent einmal mehr. Ich war stolz auf ihn.

«Gefällt es dir?» fragte er gespannt und biss sich auf die Unterlippe.

«Blaise Bugnon findet, es sei ein Meisterwerk» bemerkte Colette hinter ihm, genau so stolz auf den jungen Schöpfer wie ich.

«Père Innocent hat es auch gemocht» flüsterte Attila, der immer noch mit fragendem, angespannten Gesicht auf mein Urteil wartete.

«Du wirst mich bald übertreffen» lachte ich den Jungen überzeugt an.

Attila meinte, etwas kleinlaut: «Vielleicht liegt es ja in unserer Familie? Kannst du dich an Aurica Alexandru erinnern?»

Dieser Name traf mich, als ob ich einen Hieb in die Magengrube erhalten hätte. Als ich betroffen schwieg, insistierte er, fast zornig: «Sag es endlich! Weisst du noch, wer Aurica Alexandru war?»

Ich nickte und prüfte sein Gesicht: Ja, er glich ihr. «Aurica… sie war in meinen jungen Jahren eine meiner Freundinnen» offenbarte ich ihm beschämt und schweren Herzens. Mehr wollte ich ihm nicht über jene Zeit erzählen. Wahrscheinlich war sie die wertvollste aller Frauen, die ich damals kannte. Ich habe sie anlässlich meiner Teilnahme an einer Ausstellung in der rumänischen Botschaft in Bern getroffen. Sie war damals freie Übersetzerin und Dolmetscherin und arbeitete oft für Botschaften. Ihretwegen zog ich 1962 nach Bukarest. Dort lebten wir über ein Jahr zusammen im Stadtteil Grozavesti. Ich fand einen Job als Privatdozent an der *Nationala de Arti*. Dann starb meine eigene Mutter, und ich reiste in die Schweiz zurück. Aurica schrieb mir kurz darauf, dass sie schwanger sei. Ich schrieb ihr zurück, um sie zu fragen, ob ich wirklich der Vater des Kindes sei, und sie antwortete sehr enttäuscht und kurz. Sie schrieb, dass ich sie vergessen solle, wenn ich an ihr zweifle. Sie ging mir aber nicht aus dem Kopf, und ich habe sie einmal kurz besucht um unser Kind zu sehen. Aber Bukarest, wo sie unbedingt bleiben wollte, konnte ich mir nicht als meine ständige Heimat vorstellen. Ich entzog mich aber meiner Verantwortung nicht ganz und lud sie in die Schweiz ein. Doch sie kam nicht. Die einzige Verbindung blieben dann meine regelmässigen Alimentenzahlungen für das Mädchen, das sie 1963 geboren hat. Zwanzig Jahre lang. Dann war jeglicher Kontakt zwischen uns Vergangenheit.

Attila setzte sich auf den Besucherstuhl, den er ganz nah ans Bett zog. Er erzählte mit fester Stimme die Geschichte seiner Familie: «Aurica hat nie geheiratet. Vielleicht passte ihr kein Mann mehr, nach diesem Schweizer. Sie taufte das Mädchen auf den Namen Daciana und sie zog es allein auf. Mit dem Geld aus der Schweiz konnte sie ihre Tochter Germanistik studieren lassen und Daciana wurde Lehrerin am Deutschen Gymnasium. Sie gebar 1995 einen Sohn und 1998 ein Mädchen. Ich bin der Sohn von Daciana. Deine Tochter ist meine Mutter! Und du, Klaus, bist mein Grossvater!»

Einen kurzen Moment lang wurde mir schwarz vor den Augen. Ich wusste nicht, ob mich diese Nachricht zutiefst schockierte, oder ob ich mich überglücklich fühlten sollte. Dass ich Attilas Grossvater war, wollte mein Kopf einfach nicht begreifen. Was kam denn nun auf mich zu? Zuallererst ein schlechtes Gewissen, weil ich Aurica auf so unverzeihliche Weise allein gelassen hatte. Schwanger und mehr oder weniger mittellos! Ein halbes Jahrhundert war inzwischen verstrichen und ich konnte mich kaum mehr an Einzelheiten dieser Episode erinnern. Ich, der Mistkerl! Aber zu vieles war inzwischen geschehen.

«Lebt Aurica noch?» fragte ich schliesslich in die fast unerträgliche Stille hinein. Fuchs stand regungslos in einer Ecke und lächelte irgendwie versonnen vor sich hin, und Colette verkroch sich hinter Attila.

«Sie ist vor zwei Jahren verstorben» erklärte der Junge leise. Er rückte noch näher zu mir und legte mir eine Hand auf die Schulter. «Bis zu ihrem letzten Tag sprach sie von dir und bat mich inbrünstig, dich zu suchen. Von irgendwoher hatte sie deine Adresse und wusste, dass du noch in der Schweiz lebst und ein berühmter Maler geworden bist.»

Fuchs versuchte uns aus der Patsche zu helfen: «Wo haben Sie denn so gut Deutsch gelernt, Grigorescu?»

Attilas Blick wich nicht von mir als er antwortete. «Ich war, wie meine Schwester Emiliana auch, Schüler bei meiner Mutter am

Deutschen Gymnasium. Und nun bin ich ja schon fast zwei Jahre in der Schweiz, lang genug um Ihre Sprache zu beherrschen.»

«Und wo lebt denn deine Schwester? Ist sie in Bukarest geblieben?»

«Ja. Nach einem Deutschlandaufenthalt ist sie wieder nach Bukarest zurückgekehrt. Ich hätte sie gern in die Schweiz geholt. Aber dann wäre meine Mutter allein zurückgeblieben.» Attila wandte sich wieder an mich. «Klaus, bist du jetzt böse auf mich, weil ich dir so lange verschwiegen habe, warum ich hierher kommen wollte? Du machst ein Gesicht als hätte ich dich verraten. Aber ich wagte es einfach nicht, dir das alles früher zu offenbaren, denn ich konnte ja nicht wissen wie du reagieren würdest. Vielleicht hättest du mich nicht aufgenommen, oder sofort fortgejagt, weil du nichts mehr von meiner Grossmutter wissen wolltest.»

Ich versuchte ihn mit der linken Hand zu schütteln, aber er wich sofort ängstlich aus.

Was sollte ich dazu sagen? «Wenn ich traurig bin, dann ist es nicht nur deinetwegen, Attila. Auch weil ich mich schäme damals so unverantwortlich und eigennützig gewesen zu sein. Ich weiss, es klingt wie eine billige Entschuldigung, aber es tut mir wirklich sehr leid, dass ich deine Grossmutter im Stich gelassen habe. Welche Gründe dabei eine Rolle spielten, möchte ich nicht mehr breit schlagen. Umso grösser meine Schuld. Das kann ich nie mehr gut machen. Aber dass du mein Enkel bist, ist für mich ein unvorstellbares Glück! Selbst wenn du mich hasst oder verachtest.» Und plötzlich war ich die Plaudertasche. «Oh Gott! Wie schön ist es, eine Familie zu haben, einen so wunderbaren Grosssohn wie dich! Ich möchte so rasch wie möglich mit deiner Mutter sprechen. Wir werden sie in Bukarest besuchen gehen, nicht wahr? Vielleicht kann ich dann etwas gutmachen von dem, was ich Aurica schuldig geblieben bin.» Ich fühlte mich wie ein trauriger Hund.

«Das wäre schön» flüsterte er langsam und verträumt.

Mehrere Minuten lang herrschte spannendes, für mich quälendes Schweigen. Ich musste unbedingt etwas tun, um es zu verscheuchen. «Kommt! Lasst uns zusammen anstossen! Auf unsere zukünftige Zusammenarbeit und auf unsere Familie.» Ich zeigte auf die Flasche Wein, die mir Max Heiniger mitgebracht hatte. «Herr Hauptkommissar, sie machen doch auch mit, nicht wahr?»

«Also gut. Aber danach muss ich wirklich wieder an die Arbeit. Vorher muss ich Ihnen noch einiges erklären, Kaltbach. Sie möchten doch bestimmt wissen, wie Sie in jener traurigen Nacht nach Rosshäusern gekommen sind, ja? Vadim Nisolescu wollte zwar bisher noch nicht mit uns reden. Aber dafür plauderte sein jüngerer Bruder Milan heute Morgen wie ein Buch. Er sagte folgendes aus: Nachdem Vadim Sie in der Normannenstrasse bewusstlos geschlagen hatte, flösste er Ihnen einen Flakon Wodka mit K.o.-Tropfen ein. In der Luna-Bar hatte er solches Zeugs stets bereit. Nach dem Überfall lud er Sie mit Milans Hilfe in den Kofferraum seines Range Rovers. Den gestohlenen Wagen, mit dem er Sie zu Tode fahren wollte. Na ja, das ist eine Nebensächlichkeit.» Er schüttelte den Kopf. «Dafür dass er Sie kidnappte, hatte er einen guten Grund: Er musste auf Befehl von John Milton, alias David Sokowsky, Sandor und Anna verschwinden lassen, denn die beiden hatten DNA- und andere Spuren in Lina Fankhausers Haus hinterlassen. Sandor und Anna weigerten sich aber nach Budapest zu reisen, um sich dort zu verstecken. Also gab es nur eine Lösung: Er musste die beiden Mitwisser umlegen. Natürlich wollte er selber nicht als Doppelmörder identifiziert werden. Ergo musste er jemanden finden der an seiner Stelle einen glaubwürdigen Täter abgab. Und das waren Sie.»

«Warum sollte denn gerade ich als glaubwürdiger Täter gelten?» wunderte ich mich.

Fuchs antwortete nicht sofort, da Colette ihm gerade ein Glas Wein einschenkte.

Nach einem «Merci, schöne Dame!» fuhr Fuchs weiter: «Weil Sie in dieser Nacht im Luna-Barklub nach Attila gesucht haben, und dort von den Jungs und Mädels gesehen worden sind. Sie waren zur falschen Zeit am falschen Ort!» Er trank einen Schluck. «Sandor und Anna wurden unterwegs im Forst erschossen, während Sie betäubt hinten im Auto lagen. In Rosshäusern lud er die Leichen bei der Tunnelbaustelle aus, wo sie am Morgen mit Sicherheit von den Arbeitern gefunden würden, und zwar mit frisch präparierten Hinweisen auf Sie.»

«Und warum gerade Rosshäusern?» forschte ich weiter.

«Der Ort grenzt an den Grossen Forst, der nachts kaum von jemandem besucht wird und viele mögliche Verstecke anbietet. Dort konnte Vadim die beiden unerwünschten Zeugen unbeobachtet aus der Welt schaffen. Aber die Leichen wären in dem grossen Wald nicht so schnell entdeckt worden, und das passte nicht zu seinem Plan, Sie als Doppelmörder ins Spiel zu bringen. Die Nähe des Bahnhofs eignete sich viel besser, weil er Sie dort als offensichtlich Verdächtigen präsentieren konnte. Das bestätigte sich dann ja auch.»

Ich liess mir die Schilderung durch den Kopf gehen. «Nun, ich bin lebend davongekommen, Attila auch, und Vadim und seinen Kumpanen haben alle von ihnen verübten Verbrechen nichts eingebracht, als jahrelangen Knast! Ich danke Ihnen zum dritten Mal von Herzen für die Aufklärung, Herr Fuchs. Ausser dieser Dankbarkeit werde ich aber versuchen, das Ganze so rasch wie möglich zu vergessen. Und nun Prost!»

Fuchs schaute auf die Uhr. «Recht haben Sie. Leider kann ich nicht mehr mit Ihnen feiern. Ich muss Sie jetzt verlassen. Noch gibt es einiges zu tun, bevor ich zu einem Umtrunk Zeit finde.» Von unserem emotionalen Sturm schien er etwas überfordert zu sein. Er gab uns der Reihe nach seine grosse, raue Hand. Bei mir nahm er meine linke und zwinkerte mir freundlich zu: «Ende gut, alles gut. Bis bald mal wieder!»

«Gern. Entschuldigen Sie uns, aber wenn man sehr glücklich ist, wird man schnell einmal etwas kindisch. Ich freue mich auf das gemeinsame Nachtessen. Überbringen Sie auch Frau Brun meinen besten Dank.»

Kaum hatte Fuchs die Klinik verlassen, surrte sein Handy. «Beat? Hier Bodo. Du bist der erste, den ich über meinen Entscheid informieren möchte. Schliesslich sind wir fast drei Jahrzehnte lang gute Kollegen gewesen.»

«Hallo, Bodo. Gewesen? Was soll das heissen?»

Bodenmann räusperte sich umständlich. «Du weisst, ich bin Jurist. Und du weisst auch, wie wenig ich hier bei der Polente als Dezernatchef verdiene.»

«Dreimal so viel wie ich verdiente» kicherte Fuchs.

«Stimmt, aber es ist wenig für einen Juristen mit Doktortitel und viel Verantwortung. Darum habe ich heute Morgen bei Police Bern gekündigt, mit dem Wunsch sofort zurücktreten zu dürfen. Und ehm... ich und die Staatsanwältin haben dich als meinen Nachfolger vorgeschlagen.»

Fuchs schnaufte. «Ich bleibe Rentner, mon cher! Gekündigt, also! Was hast denn du denn vor?»

«Na ja, man hat mich zum Präsidenten und Geschäftsführer der Stiftung *Tutamentum* auserkoren. Jahreslohn über drei Millionen! Du kannst dir vorstellen...»

«Also dann ciaò.» Fuchs legte auf.

Und die Moral von der Geschicht ...

Weit über die Hälfte aller Verbrechen werden aus Geldgier oder Machthunger verübt. Sie sind die Hauptursachen für das Leiden unzähliger Menschen und Tiere sowie für die unaufhaltsame Zerstörung der Lebensgrundlagen auf diesem Planeten.

Es ist mir ein grosses Anliegen, Charlotte Häfeli für das engagierte Lektorat, Marcel Winkelmann für die Beurteilung des Konzeptes, Pascal Eichenberger für das Layout und die Umschlaggestaltung, Rosmarie Bernasconi für die Verlagsarbeit, Stefan Ast für die Beratung sowie allen andern, die dieses Buch ermöglichten herzlich für ihre freundschaftliche Unterstützung zu danken.

Aber auch Ihnen danke ich, liebe Leserinnen und Leser. Ich hoffe, Sie hatten Spass daran.